本書係二〇二〇年度全國高校古委會直接資助項目成果
本書出版得到國家古籍整理出版專項經費資助

中國歷史文集叢刊

張浚集輯校

〔南宋〕張浚撰
陳希豐輯校

中華書局

圖書在版編目(CIP)數據

張浚集輯校/(南宋)張浚撰;陳希豐輯校. —北京:中華書局,2023.10
(中國歷史文集叢刊)
ISBN 978-7-101-16321-6

Ⅰ.張… Ⅱ.①張…②陳… Ⅲ.中國文學-古典文學-作品綜合集-南宋 Ⅳ.I214.422

中國國家版本館 CIP 數據核字(2023)第 155535 號

責任編輯:胡 珂 任超逸
責任印製:管 斌

中國歷史文集叢刊
張浚集輯校
〔南宋〕張 浚 撰
陳希豐 輯校
*
中 華 書 局 出 版 發 行
(北京市豐臺區太平橋西里 38 號 100073)
http://www.zhbc.com.cn
E-mail:zhbc@zhbc.com.cn
三河市鑫金馬印裝有限公司印刷
*
850×1168 毫米 1/32 · 21⅝印張 · 2 插頁 · 415 千字
2023 年 10 月第 1 版 2023 年 10 月第 1 次印刷
印數:1-3000 册 定價:89.00 元

ISBN 978-7-101-16321-6

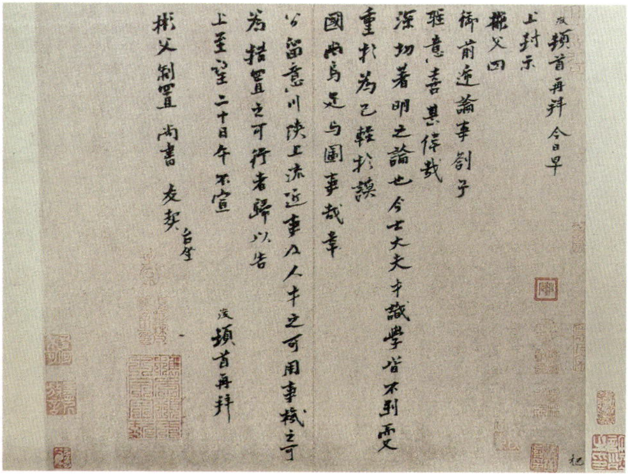

張浚手迹彬父帖（故宫博物院藏品大系書法編册三）

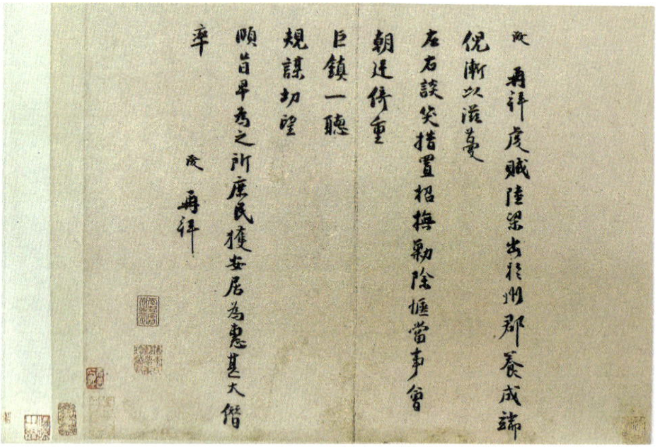

浚再拜虔賊陸梁出於州郡養成端
倪漸以滋蔓
左右談笑措置招撫剿除極當事會
朝廷倚重
巨鎮一聽
規謀切望
順旨早為之所庶民獲安居為惠甚大僭
率　浚再拜

張浚手迹談笑措置帖（故宫博物院藏品大系書法編册三）

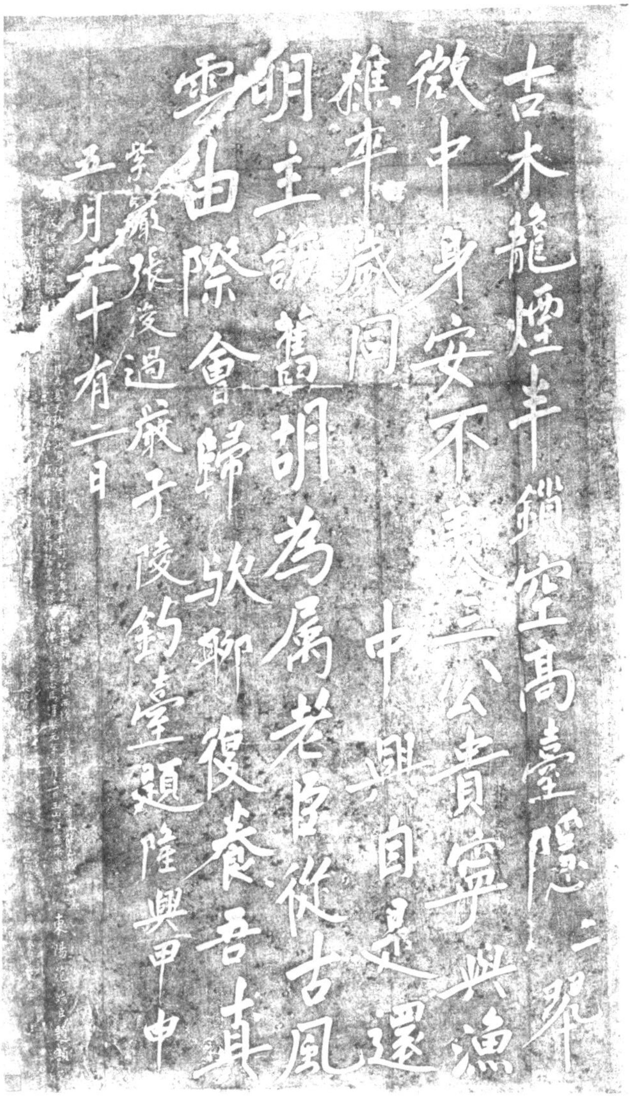

張浚過嚴子陵釣臺詩碑拓本

（北京圖書館藏中國歷代石刻拓本匯編册四三）

爲江西轉運使知隆興府繼有他命時以米綱不便就湖口造轉般倉請
事畢受代元一統志轉般倉在淮安府神運河西岸唐漕江淮等道米於
此轉送關陜北有神運堰周世宗始置滿浦閘以通水路張魏公奏議報
修瓜洲轉般倉利害　臣向者伏准處分令修瓜洲轉般倉臣已與向子
固計度工料將興役間子固乃遣揚州通判陸濬來稱相驗土色沙石相
半難於興築臣亦密遣人覆視與子固所申一同臣已逐一備奏去訖竊
惟此城之築不知議者將爲守計乎將爲戰計乎抑亦準備緩急爲士卒
有歸計也若虜非全歸而來可與角戰當據淮壖以俟其至何獨至此而
交鋒耶况是軍施既退安肯有背水復戰之理哉若謂爲守計則盱眙高
郵之險揚州之險自當量度力守必欲守瓜洲臣所未諭瓜洲近江人有
歸志孰與爲守度不過以備倉卒逋走耳如探報不明料事不審措置失
當至使虜之大兵得追躡吾後當是時孰不爭先求濟此城之設似爲無
益臣初以土脉堅固欲置轉般倉于其中雖費工役尚爲有用今土沙相
雜春雨秋潦必至頹毀費財困民何時而息事該國計不敢欺隱更乞聖
慈特賜詳察臣以孤危之迹特荷陛下眷待倚仗第知竭盡死力以報知
遇惟是踈遠任重責大日夜惴恐伏乞陛下察其用心俯賜矜照同日上

永樂大典卷七五一五「倉」字韻「轉般倉」

張魏公奏議報修瓜洲轉般倉利害

前言

張浚，字德遠，自號紫巖，漢州綿竹（今四川綿竹）人。生於宋哲宗紹聖四年（一〇九七），卒於宋孝宗隆興二年（一一六四）。因封魏國公，後世稱張魏公。南宋著名政治家、學者，也是理學大家張栻之父。

一、張浚生平

政和八年（即重和元年，一一一八），張浚中進士第，與朱熹之父朱松同榜。早歲任幕職州縣多年，歷任興元府士曹參軍、權城固縣事、褒城令、熙河路察訪司幹辦公事、恭州司録參軍等。靖康初，以尚書右丞何㮚薦，入爲太常寺主簿。高宗即位應天府，浚馳往投之，除樞密院編修官。旋以中書侍郎黄潛善薦，拜殿中侍御史，極論宰相李綱之失；又因屢請修備治軍，忤潛善及汪伯彦意，出知興元府，爲高宗所留。

建炎三年（一一二九）二月，金軍奇襲行在揚州，浚與吕頤浩、王淵等護衛高宗倉皇南渡。三月，扈從將領苗傅、劉正彦兵變於行在杭州。時浚以禮部侍郎、御營使司參贊軍事駐守平江，首倡勤王定亂之義。四月，亂平，以功除知樞密院事，時年三十三歲。旋授宣撫處置使，「出當川、陝半天下之責」，「黜陟之典，得以便宜施行」〔一〕。紹興四年（一一三四）二月還朝，尋出貶福建。浚在川陝，首尾五載，雖遭富平之敗，失陝西五路，然任用吴玠、劉子羽，以孤兵保固川蜀，屢挫金軍主力，於南宋西部戰區之開闢與鞏固厥功甚著。

紹興四年冬，金軍南下兩淮。浚以宰相趙鼎薦，起知樞密院事，赴江上指揮禦敵。五年二月，拜尚書右僕射、同中書門下平章事、兼知樞密院事、都督諸路軍馬。任相期間，主持平定楊么勢力，以諸軍前屯淮漢，進圖中原，國威大振。時左相趙鼎專主「政事及進退人才」，浚以右相總領「邊事」，「從列要津，多一時之望……人號爲『小元祐』」〔二〕。七年八月，淮西兵變。浚引咎去位，出貶湖南永州。九年二月，起爲福建路安撫大使、兼知福州。十一年末，罷，仍居湖南。於此前後，屢上疏論和議之失，大忤高宗、秦檜意。十六年，再貶廣東連州。二十年，量移永州。前後坐廢幾二十載。

紹興三十一年（一一六一）冬，以金海陵王南侵，起浚判建康府。三十二年五月，專一措置兩淮事務，兼節制淮東西、沿江州郡軍馬。孝宗即位，拜江淮宣撫使，進封魏國公，總領東南防務。隆興元年（一一六三）正月，進樞密使、都督江淮東西路軍馬，主持隆興北伐。五月，北伐軍師潰符離，降江淮宣撫使。八月，復都督。十二月，拜尚書右僕射、同中書門下平章事、兼樞密使，仍都督江淮東西路軍馬。二年四月，罷。八月，卒於江西餘干，年六十八。乾道五年（一一六九），贈太師，謚忠獻。宋史卷三六一有傳。

張浚一生經歷哲宗、徽宗、欽宗、高宗、孝宗五朝，曾親身參與靖康之變、宋室南渡、維揚之變、苗劉兵變、富平之戰、保固四川、進圖中原、淮西兵變、紹興和議、辛巳之役、隆興北伐等重大政治事件，官至右相兼知樞密院事、都督諸路軍馬，三度掌領南宋軍政，「兼將相之權，總中外之任」〔三〕。

張浚力主抗金，至老彌堅，是南宋前期最重要的抗金主戰派大臣，並在平定苗劉兵變、組建川陝戰區、保守川蜀、戡平楊么勢力、抵禦金齊南下等軍事活動中均有措畫統籌之功；同時，在他掌軍主政期間，又發生過富平之敗、淮西兵變、符離之潰三次重大軍事失利，南宋國力因之受挫；加之其與黄潛善、李綱、曲端、秦檜、岳飛間錯綜複雜的關係，使得圍繞張浚個人的功過褒貶，自南宋以降，未曾間斷。但有一點可以肯定：張浚在政治、軍事上的作爲深刻影響着南宋王朝的國勢，使他成爲南宋前期政治史上僅次於高宗與秦檜的重要人物。

就學術層面而言，張浚兼得程、蘇之傳，尤長於易，既是兩宋之際洛學的重要代表，也是宋代蜀學由蘇學爲主轉向以洛學爲主的節點性人物。張浚早年受學於蘇軾從孫蘇元老，後在京師，從游譙定，又成爲程頤再傳，與洛學中人趙鼎、胡寅爲至交。紹興五、六年間，他與趙鼎共政，倡導洛學，擢引洛學名士胡安國、尹焞、朱震、范沖等，「伊洛之學從此得昌」〔四〕。隆興中張浚再秉政，薦用蜀士虞允文、杜莘老、馮時行、任盡言、馮方等，對於蜀學的傳佈與發揚亦頗具推動作用。同時，張浚與胡安國、胡宏父子及門人胡銓、李椿相善，在紹興中後期長期寓居湖南，晚年更命嗣子張栻從學胡宏，使之終成一代名儒、湖湘學派奠基人。因此，張浚又與南宋理學湖湘學派的興盛有着千絲萬縷的聯繫。

二、張浚著作

據朱熹所作魏公行狀，張浚著有紹興奏議十卷、隆興奏議十卷、論語解四卷、易解并雜記共十卷、春秋解六卷、中庸解一卷、詩書禮解三卷及文集十卷。其中，中庸解、詩書禮解及文集不見歷代著録，今亦不存。此外，尚有建炎復辟平江實録一卷、中興備覽三卷兩種文獻行世。以下分述張浚著作在後代的傳抄、刊刻、著録情況。

（一）論語解四卷。又稱論語説，今不存。南宋名儒魏了翁於寶慶三年（一二二七）爲此書作序，稱「得論語解於公之從曾孫希亮」，「希亮將鋟梓以傳，而使某識其篇端」〔五〕。

可知此書在張浚去世後六十多年間一直只是張氏家藏，至南宋後期才由其從曾孫張希亮籌劃刊刻。此書後來流傳情況不詳，亦不見歷代著録；且魏序僅言「將鋟梓以傳」，實際是否刊刻成功，未得而知。

（二）易解并雜記共十卷。易解又稱易傳，雜記又稱讀易雜説。是書今存。通行本爲通志堂經解本與文淵閣四庫全書本。據嘉定十三年（一二二〇）浚之曾孫張獻之所作跋文，對此書成書狀況交代甚明，曰：「曾王父忠獻公潛心於易，嘗爲之傳，前後兩著稿，親題第二稿云：『此本改正處極多。紹興戊寅四月六日某書。』始爲定本矣。獻之頃嘗繕録之，附以讀易雜説，通爲十卷，藏之於家……揭來春陵，刻於郡齋，與學者共之。」〔六〕因知此書自紹興二十八年（即戊寅歲，一一五八）成書至嘉定十三年張獻之刊刻於棗陽軍的六十多年間，並未版印付梓。不過，易傳在南宋孝宗時代當已有抄本傳佈，故晁公武郡齋讀書志、尤袤遂初堂書目皆予著録。宋史藝文志載「張浚易傳十卷」。明代官私書目亦備載之，如文淵閣書目著録「張紫巖易傳一部八册」，朱睦㮮萬卷堂書目著録「紫巖易傳十卷」，祁承㸁澹生堂藏書目著録「紫巖居士易傳八册十卷」。

清初，朱彝尊曝書亭藏有「紫巖易傳舊鈔本三册」，此本後流入吴騫父子拜經樓，又歸陸心源皕宋樓所有（皕宋樓藏書志卷一「紫巖居士易傳十卷」後注「舊抄本，吴槎客舊藏」），今存於日本静嘉堂文庫。

康熙十九年（一六八〇），徐乾學與納蘭成德主持輯刻的通志堂經解亦收録紫巖易傳，形成後來流傳甚廣的通志堂經解本。關於通志堂本所據，翁方綱通志堂經解目録引何焯語曰「明書帕版」，馬國翰玉函山房藏書簿録亦稱通志堂本紫巖易傳乃「校刊明書帕本」。而徐乾學的藏書目録——傳是樓書目載張浚「紫巖易傳十卷，四本」，極有可能便是徐氏刊刻通志堂本所用的底本。

陸心源明抄紫巖易傳跋認爲朱彝尊所藏舊抄本與通志堂經解本皆源於明成皋王藩府刻本，而藩府刻本的底本係嘉靖朝名臣郭朴的抄本，郭朴抄本又來自唐順之藏本，而唐氏藏本乃源於宋本〔七〕。此外，清代前期私家藏書目著録此書者尚有錢曾也是園書目、季振宜季滄葦藏書目、姚際恒好古堂書目、王聞遠慈孝堂書目與曹寅楝亭書目。

乾隆朝編修四庫全書，收録此書，所用乃兩江總督採進本，唯其版本信息不詳。

（三）春秋解六卷。遂初堂書目著録「張忠獻春秋説」，當即此書。不見後代著録。今不存。

（四）紹興奏議、隆興奏議各十卷。遂初堂書目著録有張魏公奏議，不注卷數。關於張浚奏議集在南宋時期的傳佈，孔凡禮曾作推測，謂：「朱熹乾道三年（一一六七）爲張浚撰行狀時，紹興奏議、隆興奏議乃家藏本，尚未刊行。浚之子杓卒於淳熙七年（一一八〇）。如川（按係浚孫）刊張魏公奏議，當在此後數年間，故得爲遂初堂書目所著録。」〔八〕然遂目予以著録，似不能證明奏議一定曾刊行於淳熙年間，且時代晚於遂目的直齋書録解題以至宋史藝文志均不見張浚奏議集著録，遂目著録的張魏公奏議也可能是抄本。至明代前期，文淵閣書目著録有「張魏公奏議一部十二册」。永樂朝所修永樂大典、歷代名臣奏議等大型典籍中均收存大量張浚奏議，且大典明確標注引自張魏公奏議，可知張浚奏議集在明代前期國家藏書系統中尚存。至明代後期，萬曆朝孫能傳、張萱所編内閣藏書目録仍載有張魏公奏議，並注明「十二册全。公名浚，諸孫如川編次，凡四十卷。表劄五卷附」。張浚奏議集最後見諸史籍著録是錢謙益的絳雲樓書目，謂「張忠獻公奏疏，張忠獻公表劄」，然不記卷數。可知明末清初時張浚奏議尚存。此後，奏議集不再見諸史籍，極有可能隨同絳雲樓一併毁於順治七年（一六五〇）的大火。附帶指出，舊題明人所撰近古堂書目與舊題董其昌的玄賞齋書目中皆著録「張忠獻公奏議，張忠獻公表劄」，但已有學者辨明兩種書目皆係僞書〔九〕。

（五）建炎復辟平江實録一卷。朱熹作魏公行狀，對於建炎三年張浚勤王事記載尤詳，很可能即是參閲了此書。其後，李心傳撰作建炎以來繫年要録曾明確注引此書，宋史藝文志亦予著録。然是書不見於明清官私書目。今不存。

（六）中興備覽三卷。魏公行狀載，紹興五年十月，張浚自江上督師還朝，高宗「命公以所見聞置策來上」，浚「承命條列以進，號中興備覽，凡四十一篇」。據浚嗣孫張忠恕所述，寧宗嘉定七年（一二一四）前後，中興備覽曾刊刻於寧國府郡齋。理宗朝名臣吴潛在奏疏中稱「臣嘗觀先正魏公張浚中興備覽」〔一〇〕，亦見此書在南宋後期確有單行本傳世，然卻不見載於宋元書目。至明代前期，文淵閣書目始著録「張魏公中興備覽一部一册」。永樂朝修永樂大典，亦曾收録此書。然此書在清代流傳不廣，僅見蔣光煦别下齋庋藏。咸豐六年（一八五六），蔣光煦輯刻涉聞梓舊叢書，將舊藏的中興備覽收入其中。此本末尾有張忠恕所作跋文。除涉聞梓舊本傳世外，永樂大典卷一一二九九「宋」字韻全載此書，是爲永樂大典本，今存。

綜上，至明末清初，張浚學術著作、詩文集、奏議集大多已佚，僅易傳十卷、中興備覽三卷兩種著述流傳至今。

三、後世輯佚

自清康熙朝以降，不斷有四川地方官員、學者對張浚文字進行輯録與整理。康熙三十八年（一六九九），綿竹知縣王謙言主持編修綿竹縣志，書成五卷，於康熙四十四年付梓。該書藝文志收録有編纂者從魏公行狀、宋史張浚傳及方志中所輯浚詩文八十九篇。至乾隆初，綿竹人王一正利用任翰林院典簿之便，從永樂大典中又輯得張浚奏議五篇及其他相關文字數篇。其後，綿竹知縣安洪德於乾隆七年（一七四二）主持補修康熙舊志時，將王一正所輯文字增入。後歷知縣吴一璜、柴蓁兩度增補，最終形成現存初刻於康熙四十四年、增刻於乾隆四十二年（一七七七）的（康熙）綿竹縣志。志中共收張浚詩文九十四篇。

嘉慶十七年（一八一二），綿竹知縣沈瓌主持重修縣志，對（康熙）綿竹縣志所録張浚文字作了大幅刪減，僅留存詩文二十五篇。此後修成刊刻於道光二十九年（一八四九）的（道光）綿竹縣志所載張浚文字幾乎完全因仍（嘉慶）綿竹縣志面貌。至民國年間，綿竹人黄尚毅將（道光）綿竹縣志藝文志中所收張浚詩文二十五篇及相關文字輯出，以朱熹魏公行狀爲卷首，彙編爲張魏公集，於民國十九年（一九三〇）刊刻。此書流傳頗廣，知名度較高，但收文寥寥，實際學術價值有限。

繼綿竹縣志系統後，對張浚文字輯録工作作出重大貢獻的無疑是近代著名藏書家、學者、四川江安人傅增湘。自民國十七年（一九二八）至三十三年（一九四四），傅氏用時十六年，多方搜索，廣徵史乘，纂輯成宋代蜀文輯存一百卷。輯存首次將散見於三朝北盟會編（本書簡稱會編）、建炎以來繫年要録（本書簡稱要録）、永樂大典、歷代名臣奏議（本書簡稱奏議）、綿竹縣志等史籍中的張浚疏奏表記各類文字匯集整理，共得文二百十一篇。當然，囿於時代條件及個人精力所限，傅氏的輯録工作並不完備，亦存在誤收他人文字的情況；且傅氏對所輯文字僅作了十分初步的繫年，闕誤之處尚夥；加之宋代蜀文輯存長期未有好的整理本問世，檢閲、徵引不便，故影響相對有限。

二〇〇六年，四川大學古籍整理研究所編集的全宋文正式出版。其中，整理點校者王曉波教授在宋代蜀文輯存的基礎上，進一步輯得張浚各類遺文凡三百五十一篇，並對其中絶大多數文字作了詳盡的考訂與繫年，極大推進了張浚文字的輯録整理工作。二〇一四年，四川大學古籍整理研究所吴洪澤教授主持整理的宋代蜀文輯存校補一書在全宋文基礎上，輯得宋代蜀文輯存外之張浚各類文字凡二百零六篇。此外，一九九八年，北京大學古文獻研究所編纂出版的全宋詩，輯得張浚詩作九首。二〇二二年，四川大學古籍整理研究所的郭齊教授發表張浚佚詩文輯録一文，又輯得張浚詩文數十篇。

不過，以上著作對張浚文字的輯録、考訂、繫年工作仍有不足之處。具體來説：其一，張浚留存文字，以奏議部分體量最大、價值最高。同一奏議常見載於宋會要輯稿（本書簡稱輯稿）、會編、要録、中興兩朝編年綱目（本書簡稱編年綱目）、魏公行狀、永樂大典、奏議等不同史籍中，語句互有差異，實有對其進行校對比勘的必要。其二，輯稿、要録載有一些具體事務性文字，或以張浚個人名義上奏，或以張浚所領官司（如宣撫處置司、都督行府、江淮宣撫司）名義上奏。前人在輯録張浚文字時，僅將以張浚名義上奏者收入，而不及以官司名義上奏者。事實上，諸多具體事務類文字雖冠以張浚之名，但未必浚本人撰作；同樣，以官司名義上奏者，雖多非張浚親自撰作，但很大程度上仍代表張浚的意見，對於全面了解張浚政治主張與作爲實有價值，不宜忽視。其三，由於永樂大典、奏議所收張浚奏議多未繫年，即便繫年亦不乏錯訛者，而張浚在南宋初年與高孝之際的宋金對峙時期又都主持過南宋軍政，出任右相、樞密、都督之職，這無疑給張浚文字特别是奏議的訂年繫月工作造成了較大障礙。職是之故，前人對張浚文字的考證斷年仍有不少值得訂誤、完善處。其四，張浚曾在不同時期掌軍或主政川陝、兩淮、湖湘、福建等地，而類似要録、輯稿等史籍所繫張浚奏議時間往往是朝廷接到奏書後作出處理、反饋（即詔令下達）的時間，這與張浚在地方（特别是遠地）上呈報奏議的時間顯然會存在一定的「文書傳遞時間差」。這種時間差短則旬日，長則數月乃至半年之久。對此問題，前賢多未措意。此外，在輯録過程中，以上著作仍存在誤收他人文字（特别是張俊奏議）現象，文字整理亦有未審之處。

四、輯校説明

目前這部張浚集輯校，從輯稿、永樂大典、奏議、晦庵先生文集、中興備覽、要録、會編、編年綱目、中興禮書、五百家播芳大全文粹及歷代方志、筆記、文集、書帖集、禪宗語録等史籍文獻中輯得張浚詩文共計四百九十八篇(首)，依照宋人文集通行的文體類别編排順序，釐爲二十四卷。其中，卷一爲詩，卷二至十七爲奏劄，卷十八至二十爲中興備覽，卷二十一爲詔、赦、令、榜、檄與表，卷二十二爲書、啓，卷二十三爲記、序、跋、行狀、祭文，卷二十四爲箴、銘、論、題名、雜録。需要特别説明的兩點是：第一，爲全面反映張浚的政治主張與作爲，史籍文獻中記載的以張浚所領官司(如宣撫處置司、都督行府、江淮宣撫司)名義所上申、奏類文字，亦收入本書。然就史籍所呈現的相關文字樣貌來看，實難嚴格區分孰爲申狀，孰爲奏狀(如輯稿職官三九之一一載，紹興七年六月八日，「都督行府言：『權主管馬軍司公事劉錡見統率軍馬屯駐廬州，欲望依例差劉錡兼本府諮議軍事。』從之」)，故暫只得籠統歸入「奏劄」類。第二，紫巖易傳因體例相對獨立，暫不收入本書。

此外，本書附録分别羅列有關張浚的祭文、輓詞、行狀、史傳、著作序跋與後世評論，以便學者檢閱。

考慮到魏公行狀、要録、會編、編年綱目等所録張浚文字大多存在不同程度的删削，而輯稿、永樂大典、奏議所收文字則相對原始、完整。因此，本書的輯校工作，如遇同一文字收録於多種文獻的情況，原則上以輯稿、永樂大典與奏議所收張浚文字爲底本，以魏公行狀、要録、會編、編年綱目等史籍所載予以參校。

除永樂大典所存張魏公奏議外，本書輯校所引主要史籍共有七種：

一、晦庵先生朱文公文集，以四部叢刊初編影印明嘉靖刻本爲底本，以中華再造善本影印國家圖書館藏宋浙刻本（簡稱宋浙刻本）爲校本，參考四川教育出版社點校本朱熹集、上海古籍出版社安徽教育出版社點校本朱子全書成果。

二、宋會要輯稿，採用中華書局據大東書局影印徐松原稿縮印本，參考上海古籍出版社點校本成果。

三、中興備覽，以永樂大典所收者爲底本，以涉聞梓舊本爲校本。

四、三朝北盟會編，以國家圖書館藏明湖東精舍抄本爲底本，以國家圖書館藏明王氏鬱岡齋本（簡稱鬱岡齋本）爲校本。

五、建炎以來繫年要録，以文淵閣四庫全書本爲底本，以臺灣圖書館藏周星詒舊藏清鈔本(簡稱臺圖本)爲校本,參考中華書局點校本成果。

六、中興兩朝編年綱目,以中華再造善本影印國家圖書館藏宋刻元修本爲底本,以國家圖書館藏清影宋抄本爲校本。

七、歷代名臣奏議,採用上海古籍出版社影印明永樂十四年内府刊本。

其他史籍之版本情況,詳見書末所附輯校書目。

本書尤其重視對張浚文字撰作或進上年月的考證,因爲這對研究張浚的生平、思想以及南宋史極爲重要。在考證過程中,整理者儘可能充分挖掘文字信息,廣泛查閱相關史籍文獻,對宋代蜀文輯存、全宋文等前人研究成果甚至奏議中的繫年不盲目從信。例如:永樂大典卷一〇八七六所收張浚奏虜情及備禦利害狀,此奏亦見於奏議卷三三四禦邊。奏議繫之於紹興四年六月,宋代蜀文輯存、全宋文因之。然考紹興四年六月,浚正因罪廢居福建,「閭門以書史自娱」(魏公行狀),何能參議邊事,得聞「虜之大兵已至沂州之邊報?又奏中稱「世忠進兵淮上」「我師自屯淮楚」,顯指紹興五年韓世忠進屯楚州以撼山東事;又稱金軍「去歲失意而去」,則係紹興四年金齊聯軍南下受阻事。故此奏當上於紹興五年。又内稱「方此大暑」,因定此奏上於紹興五年夏。再者,受近年來「文書傳遞與信息渠道」研究思路及相關成果的啓發,整理者有意識地注意了文書在傳遞過程中存在的時間差。例如：要録卷四二載：「（紹興元年二月二十三日）庚寅，張浚奏：『本司都統制曲端自聞吴玠兵馬到郡，坐擁重兵，更不遣兵策應，已責海州團練副使，萬州安置。』詔依已行事理。」二月二十三日並非張浚上奏時間，乃朝廷接獲浚奏後予以處理（即「詔依已行事理」）的時間。當時川陝與朝廷間文書傳遞需時三至五個月，據此推算，此奏或上於建炎四年冬。

總之，本次輯校工作，力求在前人研究成果的基礎上做到全面而準確，重點對張浚詩文精加考校，繫定年月，以期爲學界更全面、深刻地研究張浚與南宋前期歷史提供助力。

整理者近年主要從事有關南宋邊防與軍政的研究。在此過程中，愈發體會到張浚在南宋歷史中的重要性，遂萌生出整理張浚文集與編纂張浚年譜的想法。這一計劃得到了中華書局與胡珂女士的大力支持。整理過程中，胡坤、閆建飛、尹航、曹傑、苗潤博、吴淑敏等学友，或是助我查找資料，或是對文稿提出過重要修改意見。本書責任編輯任超逸先生在審閱、修訂書稿過程中付出了大量心血，指出、改正了書稿中的許多差錯。叔祖陳煒湛先生慨然爲本書封面題簽。謹此誠致謝意！

由於整理者學力有限，錯誤及疏漏之處自所難免，敬望師友及學界先進不吝賜教，俾將來修改時，再加補正。

陳希豐

二〇二一年四月草成於成都寓所

二〇二三年五月修改

注釋

〔一〕李心傳建炎以來繫年要録卷二五建炎三年七月庚子，中華書局點校本，二〇一三年，第五九七頁。

〔二〕熊克皇朝中興紀事本末卷三二紹興五年二月丙戌條引趙鼎事實，四部叢刊四編影印國家圖書館藏清鈔本，中國書店，二〇一六年，第六五三頁；朱熹朱熹集卷九五下少師保信軍節度使魏國公致仕贈太保張公行狀下，四川教育出版社點校本，一九九六年，第四八四九頁。

〔三〕李綱李綱全集卷一二六與張相公第二十六書，嶽麓書社點校本，二〇〇四年，第一二一七頁。

〔四〕黄宗羲原著，全祖望補修宋元學案卷四四趙張諸儒學案，中華書局點校本，一九八六年，第一四一一頁。

〔五〕魏了翁鶴山先生大全文集卷五四張魏公紫巖論語説序，四部叢刊初編影印嘉業堂藏宋刊本，上海書店，一九八九年，第三頁b。

〔六〕陸心源皕宋樓藏書志卷一，續修四庫全書影印清潛園總集本，上海古籍出版社，二〇〇二年，第九二八册，第二一〇頁。

〔七〕陸心源儀顧堂書目題跋彙編儀顧堂續跋卷一明抄紫巖易傳跋曰「紫巖居士易傳十卷，首載易論一篇，後有嘉定庚申紫巖曾孫獻之跋、萬曆甲戌郭朴跋。朴稱得録本於林慮李龍岡主事，林録自唐荆（州）〔川〕家。成皋王傳易論及易注，因取朴所藏本刻焉。此本蓋從王府刊本影寫者……其書源出宋本，獻之跋猶存。通志堂所據本，亦即明藩府本，削獻之跋，並缺卷首易論，不若此本之完善也」，中華書局，二〇〇九年，第二五七至二五八頁。

〔八〕孔凡禮見於永樂大典的若干宋集三考，收入孔凡禮文存，中華書局，二〇〇九年，第三九五頁。

〔九〕李丹明代私家書目僞書考，古籍研究，二〇〇七年，卷上，第一三九至一四二頁。

〔一〇〕吳潛宋特進左丞相許國公奏議卷二奏論制國之事不懼則輕徒懼則沮，續修四庫全書影印清抄本，上海古籍出版社，二〇〇二年，第四七五册，第一四三頁。

目録

張浚集卷三

奏劄

張浚集卷四

奏劄

張浚集卷五

奏劄

張浚集卷六

奏劄

張浚集卷七

奏劄

張浚集卷八

奏劄

張浚集卷九

奏劄

張浚集卷十

奏劄

張浚集卷十一

奏劄

張浚集卷十二

奏劄

張浚集卷十三

奏劄

張浚集卷十四

奏劄

張浚集卷十五

奏劄

張浚集卷十六

奏劄

張浚集卷十七

奏劄

張浚集卷十八

中興備覽第一

張浚集卷十九

中興備覽第二

張浚集卷二十

中興備覽第三

張浚集卷二十一

詔赦令榜檄

表

張浚集卷二十二

書啓

張浚集卷二十三

記

序跋

行狀

祭文

張浚集卷二十四

箴銘

論

題名

雜録

附録一

凡例

一、本書對同類文字之編排，大體以撰作時間先後爲序。每篇文字後，注明文獻出處，並作案語，詳考其撰作年月及浚之官職、身份、所在。其無可考訂者，則次於本類文字末。

二、本書文字之篇名，如輯自永樂大典、奏議者，原有篇名，儘量因仍襲用；若所輯文字舊無篇名，則據文意擬定。

三、文字所繫時間之範圍，或爲某年某月，如「建炎三年三月」；或爲某兩月間，如「紹興四年十、十一月間」；或爲某年某季，如「紹興二十六年秋」；或爲某兩季間，如「紹興三十二年秋冬間」；或僅爲「紹興初」「紹興中」。

四、本書輯校工作，若遇同一文字載録於多種文獻的情況，原則上以輯稿、永樂大典與奏議所收張浚文字爲底本，以魏公行狀、要録、會編、編年綱目等史籍所載予以參校；其他文字，則以出處較早、内容較全者爲底本。

五、凡底本與他本、他書間字句有異，原則上皆出校説明，以供對照參考。

六、本書輯校工作，在無確切版本依據的情況下，大體秉持「出校不改」的原則。個别無版本依據但能確定訛誤者（主要見於輯稿），則直改正文，並出校説明。

七、他書文句較底本多出，可補闕文者，以輯存文獻爲原則，儘量補入，並出校説明。

八、本書輯録張浚文字中所引先秦、兩漢典籍，有些未必一一遵從原文，不校文字。其中有文句省略者，不加省略號。

九、本書儘量採用規範繁體字，適當保留異體字。俗體字、不規範字及明顯的點畫之訛，徑改不出校。

張浚集卷一

詩

謁范文正公祠 建炎四年秋冬間

拜公祠廟識公顔，神氣如生晚不還。守土小生偏感仰，太平功業重如山。池北偶談卷一三張浚書

案：池北偶談卷一三張浚書載「宋張魏公手書謁范文正公祠一絶」，後題「樞密副使綿竹張浚頓首題」，又謂其「字畫甚拙，詩亦劣」。彭遵泗蜀故卷九所載全同。考張浚一生並不曾任樞密副使，而於高宗建炎三年四月至紹興四年三月、紹興四年十一月至五年二月任知樞密院事，孝宗隆興元年正月至十二月任樞密使。若此詩確屬張浚，既有「樞密」結銜，又自稱「守土小生」，則當作於建炎三年末至紹興三年夏浚以知樞密院事任職川陝宣撫處置使時。范仲淹一生不曾入蜀，而治軍陝西有年，浚所謁范文正公祠當在陝西。考仲淹曾於慶曆五年正月出知邠州，兼陝西四路緣邊安撫使（續資治通鑑長編卷一五四），至當年

十一月改知鄧州。據（順治）鄧州志卷四載明人唐龍重建范文正公祠記，稱范仲淹去世後，「邠人思公，不忘建祠，以修厥祀」；（民國）邠州縣新志卷一七則載邠州城「西街有范文正公祠，相傳爲公宅故址」，皆可證邠州建有范文正公祠。建炎四年秋冬間，張浚發動富平之戰前夕，曾由秦州東出，駐軍邠州（要録卷三七），不久即敗退入蜀。綜上，若此詩確係張浚作品，則當繫於建炎四年秋冬間，時浚以川陝宣撫處置使治軍邠州。然此詩僅見清人著録，又所載浚之職銜不確，亦或爲後人僞作。

將相堂 紹興初

三相當年鎮廟堂，江山草木亦增光。一時主宰權衡重，千古人聞姓字香。大明一統志卷六八保寧府

案：（嘉靖）四川總志卷六保寧府亦載此詩。將相堂，在閬州城南台星巖，相傳爲北宋名臣陳堯叟、堯佐、堯咨兄弟讀書之所。紹興元年，浚自陝西退守四川，移宣撫處置司於閬州，至三年五月還朝。其間遊覽此地，因題詩。

贈羅赤脚 紹興初

學道由來不記年，嘯歌風月在前緣。身心已到無塵處，疑是人間自在仙。輿地紀勝卷一

八五利東路閬州仙釋

案：此亦紹興初年浚宣撫川陝、置司閬州時所作。

偈 紹興初

教外單傳佛祖機，本來無悟亦無迷。浮雲散盡青天在，日出東方夜落西。佛法金湯編卷一四

案：佛法金湯編卷一四載「圓悟勤公歸蜀，住昭覺寺，公問道於師，師曰」云云，浚伏膺，因投此偈。考紹興元年至三年，浚以宣撫處置使置司閬州，時圓悟克勤主持成都昭覺寺。浚問道於勤，當在此時。

容車山 紹興初

九州何日息煙塵，聊結新亭契我心。只恐馬頭關隴去，卻辜風月伴高吟。（康熙）衢州府志卷三山川

案：容車山，在衢州常山縣北二十五里。（康熙）衢州府志卷三載「紹興間，簽書樞密院趙鼎寓縣（即常山縣），建獨往亭，題詩於石」，並録趙鼎、沈與求及浚詩三首於後。「聊結新亭契我心」一句與「建獨往亭」之説合，則此詩係浚與摯友趙鼎的唱和之作無疑。

府志稱獨往亭乃「紹興間簽書樞密院趙鼎寓縣」時所建，考要録卷三三、三九、五九，建炎四年五月，趙鼎拜簽書樞密院事，十一月初罷，至紹興二年十月起知建康府；另據趙鼎自志自述，建炎四年「十月引疾奉祠，提舉臨安府洞霄宫，寓居衢州常山縣黄崗山永平寺」，則趙鼎寓居常山、建獨往亭當在建炎四年末後、紹興二年末前，府志因稱「紹興間」。此時浚遠在川陜，故稱「只恐馬頭關隴去」。綜上，此詩當作於紹興元年或二年。

牛頭寺　紹興中

暮宿牛頭寺，朝離虎節門。東風知我意，送我過前村。（弘治）八閩通志卷七六寺觀福州府

案：（萬曆）古田縣志卷一四亦載録此詩。牛頭寺，在福州古田縣，一名大雲，後唐天成元年建。考浚嘗於紹興四年短暫謫居福州，又於紹興九年至十一年知福州軍州事，然未知此詩具體作於何時，姑繫於紹興中。

李伯紀丞相挽詩二首　紹興十年

（一）

蒼蒼安可料，舊德奄重泉。痛爲黎民惜，誰扶大厦顛。英風摩日月，正氣返山川。丙

午功勳在，豐碑萬口傳。

（二）

十相從明主，唯公望最隆。召周雖跡異，李郭本心同。未遇升天藥，空餘濟世功。薰風歌吹咽，淚盡古城東。梁溪先生文集附録

案：詩末題「特進、觀文殿大學士、福建路安撫大使、兼知福州、南陽郡開國公張浚上」。紹興十年正月，中興名相李綱卒於福州，享年五十八歲（要録卷一三四）。浚時帥閩，且與綱相善，因作輓詩二首悼之。

無題 紹興中

群凶用事人心去，大義重新天意回。解使中原無左衽，斯文千古未塵埃。晦庵先生朱文公文集卷八三跋張魏公詩

案：此詩無題，亦無繫年。朱熹跋語謂：「舉大義以清中原，此張公平生心事也。觀於此詩，可見其寢食之不忘。然竟不得遂其志，可勝嘆哉！」以「群凶用事人心去」觀之，此詩或係紹興中葉秦檜專任期間所作。

浪石亭　紹興中

繒檜相逢在此亭，一和一戰兩紛争。忠良不遂奸雄志，砥柱中流於此存。（光緒）分水縣志卷一〇雜志

案：（光緒）分水縣志卷一〇載「王繒嘗與侍郎晏敦復力詆和議，深論秦檜誤國之罪。後張魏公訪繒於桐廬，會讌浪石亭，贈詩有云」。考王繒、晏敦復深論秦檜誤國之罪，事在紹興八年後，又繒卒於紹興二十九年（要録卷一八二），則張浚訪繒於桐廬當在此間。

朝陽巖　紹興中

已覺雲天闊，風聲水面涼。路幽遲晚日，巖古浥流湘〔一〕。客舍長年静，漁舟底事忙。相逢賢太守，不用管絃將。（隆慶）永州府志卷七提封

案：此浚謫居永州時所作。陳世隆宋詩拾遺卷一五亦載録此詩。朝陽巖，在零陵城西瀟湘之滸。考浚嘗於紹興八年至九年、紹興二十年至三十一年兩度謫居永州，未知此詩具體作於何時。

校勘記

〔一〕巖古浥流湘　「湘」，宋詩拾遺卷一五作「香」。

過嚴子陵釣臺 隆興二年五月

古木籠煙半鎖空〔一〕，高臺隱隱翠微中。身安不羨三公貴〔二〕，寧與漁樵卒歲同。中興自是還明主，訪舊胡爲屬老臣。從古風雲由際會，歸歟聊復養吾真。北京圖書館藏中國歷代石刻拓本匯編册四三

案：此詩刻石於嚴州桐廬縣嚴子陵釣臺，題記曰「紫巖張浚過嚴子陵釣臺題。隆興甲申五月二十有二日」，現存。（康熙）綿竹縣志卷四藝文志亦節載此詩。「隆興甲申」，即隆興二年。時浚罷相，自平江府西歸潭州，道過桐廬，因作此詩。又，汪應辰汪文定公集卷九跋張魏公釣臺詩曰：「忠獻魏國公純孝精忠，貫通日月，充塞天地。既以身任天下之重，至於可以去而去，宜亦與世相忘矣。然而惓惓之義，其根於心者，豈能已哉？此詩蓋公辭相位，過嚴子陵釣臺所作。玩味其意趣於言語之表，想象其風采於翰墨之餘，庶幾得公之心焉。」

校勘記

〔一〕古木籠煙半鎖空 「籠煙」，（康熙）綿竹縣志卷四作「煙籠」。

〔二〕身安不羨三公貴 「身安」，（康熙）綿竹縣志卷四作「長間」。

登道觀

蒼髯野褐予甚古，蘿月桂風誰爲貧〔一〕。當户蛟龍森漢柏，隔江鷄犬隱秦人。好山如畫能留客，寶鼎藏丹不計春。更上高亭問雙鶴，莫教詩眼有纖塵。全蜀藝文志卷一四詩寺觀

案：此詩亦見於（天啓）成都府志卷二六、（雍正）四川通志卷三九。（天啓）成都府志謂此詩係浚同邑里人魏忠所作。

校勘記

〔一〕蘿月桂風誰爲貧　「爲」，（天啓）成都府志卷二六、（雍正）四川通志卷三九作「謂」。

贊喻彌陀掩遺骸詩

刀兵劫海苦漫漫，原野遺骸葬若干。盡大地人須薦取，眼睛突出髑髏寒。武林梵志卷四妙行寺

張浚集卷二

奏劄

論李綱第一疏 建炎元年八月

綱雖負才氣、有時望，然以私意殺侍從，典刑不當，有傷新政，不可居相位〔一〕。要録卷八

案：魏公行狀、中興紀事本末卷二、編年綱目卷一亦節載此奏。要録、中興紀事本末皆繫此奏於建炎元年八月。魏公行狀謂「宰相李綱以私意論諫議大夫宋齊愈腰斬，公與齊愈素善，知齊愈死非其罪」，因劾論綱。考宋齊愈腰斬，事在建炎元年七月十五日癸卯；七月十九日丁未，詔以虞部員外郎張浚爲殿中侍御史；李綱罷相，則係八月十八日乙亥事（要録卷七、八）。故魏公行狀稱浚「既入臺，首論綱罷之」。

校勘記

〔一〕不可居相位 魏公行狀、中興紀事本末卷二、編年綱目卷一皆作「恐失人心」。

論李綱第二疏　建炎元年八月

綱任官圖事，無毫髮之功；報怨害民，有丘山之罪。强悍凶很，悖慢無君。閱時三月，不聞報政。原其用心，尤肆姦惡。大要杜絶言路，獨擅朝政，當時臺諫如顔岐、孫覿、李會、李擢、范宗尹，重者陷之以罪，輕者置之閑散。士夫側立，不敢仰視。於是事之大小，隨意畢行〔一〕。買馬之擾〔二〕，招兵之暴〔三〕，勸納之虐〔四〕，優立賞格，召吏爲姦〔五〕。四方之民被箠楚、苦刑禁，皇皇無告，不獲安居者，不知其幾千萬人矣。聖語戒飭，恬不知變，甚至擅易詔令，竊庇姻親〔六〕。陛下之號令，綱得以改革而自專，人臣不道，無過於此。若非察見之早，而養成其惡，則宗廟之寄，百姓之托，幾敗於國賊之手，豈可不爲寒心？編年綱目卷一

案：中興紀事本末卷三、會編卷一一三、要録卷八皆節載此奏。編年綱目卷一載建炎元年八月，「李綱罷，落職奉祠。殿中侍御史張浚論之也。浚疏略曰『綱任官圖事……』」因繫此奏於建炎元年八月。時浚任殿中侍御史。又，要録卷一〇建炎元年十月八日甲子條所載文句稍異，曰：「綱杜塞言路，獨擅朝政。所陳敷奏之語，無非殺戮之事，蓋欲陰爲慘毒，外弄威權。當時臺諫如顔岐、孫覿、李會、李擢、范宗尹，重者陷之以罪，輕則

置之閒散。若非察見之早，而養成其惡，則宗廟之寄，幾敗於國賊之手，可不爲之寒心邪？向使綱之輔相，止於任職不堪。當此危難，尚當借綱行法，以示懲戒。矧其得罪於宗廟百姓，與夫不道之跡，顯著如此。願早賜竄殛，以厭士論。」

校勘記

〔一〕隨意畢行 「畢」，要録卷八作「必」，會編卷一一三作「專」。

〔二〕買馬之擾 「買」，中興紀事本末卷三作「括」。

〔三〕招兵之暴 「兵」，要録卷八作「軍」。

〔四〕勸納之虐 「勸納」，中興紀事本末卷三作「勸民納財」。

〔五〕召吏爲姦 「召吏」，要録卷八、會編卷一一三皆作「公吏」，鬱岡齋本會編卷一一三作「公肆」。

〔六〕「四方之民」至「竊庇姻親」共四十五字 中興紀事本末卷三作「民無所告，以至陛下德意，綱沮之而不行」。

論李綱第三疏 建炎元年十月

綱邪險不正，崇設浮言，足以鼓動流俗。非竄之殛之，上無以謝宗廟，下無以謝生民，次無以嚴君臣之分。而國是紛紛，陛下黜陟之典，終不能明於天下。況誣罔不根，事有可恨者。惟綱不學無術，始肆强忿，首議遷都於金陵，陛下固嘗寢其請矣。而乃狠戾輕狂，施設大繆，故爲反覆，以惑衆心。如前所謂括馬、招兵、勸納民財之政，此最大者。夫馬可盡括而有，兵可强招而用，民財可驟斂而得，使三者果如其言，人必大怨，國本先困矣！逮其易詔令以庇翁彦國之親黨，捐金帛以資張所、傅亮之妄費，姦跡謬狀，不逃聖鑒。是以乾剛獨斷，斥去不疑。事之可稽，皎如日月。而反覆之論，輒爾肆行。徒取細民目前之譽，以幸虚名，不知朝廷經遠之謀，是爲大計。人臣之忠於國家，固如是乎？

臣嘗歷考綱之所爲，當靖康初，力請淵聖皇帝留京師，雖無制敵之策、遠慮之明，亦可爲奮身以徇國矣！而乃小器易盈，不知涵養，貪名自用，競氣好私，忠義日虧，寖失所守。謂蔡京之罪可略，蔡攸之才可用，交通私書，深計密約。凡蔡氏之門人，雖敗事誤政，力加薦引。綱之負宗廟，與夫存心險惡，抑亦有素。若不早加竄殛，臣恐非所以靖天下。要録卷一〇

案：要録卷一〇載建炎元年十一月二日「戊子，銀青光禄大夫、提舉杭州洞霄宫李綱鄂州居住。時殿中侍御史張浚等論綱罪狀未已，浚言『綱邪險不正……』」此奏當上於建炎元年十月下旬。

論李綱第四疏 建炎元年十月

若綱之專事姦邪，陰藏反覆，豈止滔天之罪。陛下若不斷自宸衷，早加竄殛，臣恐非

所以靖天下，而聖謨宏遠，爲國至計，亦將黯闇而不明。編年綱目卷一

案：編年綱目卷一載建炎元年「十一月，竄李綱，鄂州居住。以張浚等論綱罪狀不已也。浚……又云『若綱之專事奸邪……』」是此奏亦建炎元年十月下旬所上。然此奏顯非一獨立奏疏，其與論李綱第三疏之關係，尚待進一步考證。

乞罷升暘宮疏 建炎元年末

方時艱難，行幸所至，豈宜爲此以重失人心？此必從行官吏欲假威福，妄興事端，借御前之號，爲奉己之私耳。乞行罷止。魏公行狀

案：行狀謂：「駕幸東南……時以藩邸舊宮錫號『升暘』，至維揚，內侍占官寺爲之。公奏『方時艱難……』上從之。」是知此奏係建炎元年末浚從駕至揚州時所上，時任殿中侍御史。

論孟忠厚疏 建炎元年末

忠厚才氣中常，無聞士路。況論思之官，天子所藉以補朝廷之闕失，非重德宿望、有功在人，豈可輕以除授？今葭莩姻親無故得之，孰不解體？珏言忠厚與邢煥皆爲戚里，陛

下因臣僚論列，易煥以廉察之秩，而釋忠厚不問。臣嘗究觀歷世之君睠私后家以撓法者，比比皆是，未有能隆恩於諸母之黨而行法於中宮之家如陛下者。然臣竊謂憲度者，祖宗所以維持天下，列聖奉之而不敢違者。陛下欲承隆祐太后之意，而拂於祖宗之法，臣恐非所以爲孝也。忠厚與煥均以外戚而被超擢，均以文資而得法從。今一則易爲廉察，一則尚仍舊授，豈惟煥之不服，天下聞之，亦必悵然不平，臣恐非所以爲公也。

蓋漢以禄、莽，閻、梁亂天下，唐以武、韋、楊氏撓王政，故祖宗深監於此，未有后之姪而爲法從者。雖韓琦之子嘉彦，本文資也，神祖既令尚主，則授以右列，況肯與之法從乎？論者如以高遵惠嘗權侍郎、向宗旦嘗歷卿寺，則有説矣。考遵惠、宗旦之世業，則高瓊、向敏中乃將相之家，而遵惠、宗旦又宣仁、欽聖之疏屬也；論其資歷，則遵惠、宗旦皆登進士第，乃其後來自以材奮，非緣二后之恩寵也。忠厚烏得援以爲例哉？要録卷一一

案：要録卷一一建炎元年十二月二十五日庚辰條載「會膚敏（指右諫議大夫衛膚敏）論孟忠厚未已，殿中侍御史張浚亦言『忠厚才氣中常……』」此亦建炎元年末浚任殿中侍御史時所上。

論董耘疏 建炎二年正月

兵部尚書董耘諂事童貫〔一〕，南征北伐，首尾幕中，納賄賂以市官資，飾表章以肆欺罔，

海内咸怨。陛下總師濟鄆，仍緣獲進〔二〕，蓋有所自。豈可濫居高選〔三〕？中興紀事本末卷四

案：要録卷一二亦節録此奏。中興紀事本末卷四建炎二年正月九日甲午、十一日丙申條載：「殿中侍御史張浚言『兵部尚書董耘……』丙申，以耘爲延康殿學士、提舉洞霄宫。」因繫此奏於建炎二年正月。時浚任殿中侍御史。

校勘記

〔一〕兵部尚書董耘諂事童貫　「諂」字之上，要録卷一二多「自布衣」三字。

〔二〕仍緣獲進　「仍」，要録卷一二作「夤」。

〔三〕豈可濫居高選　要録卷一二作「尚書高選，耘邪佞有素，豈可濫居」。

論胡珵疏　建炎二年二月

秘書省正字胡珵挾諂媚之姿，躬姦回之性，沾沾可鄙。自託李綱，服童僕之役，而出入其寢室，朝夕交結，陰中善良。逮綱遭逐，營爲百計，密招群小，鼓唱浮言。陳東之書，珵實筆削，意欲使布衣草萊之士，挾天子進退大臣之權，一時閧然，幾致召亂。按珵罪狀，天地不容。願褫奪官爵，投之荒裔，永爲臣子立黨不忠之戒。要録卷一三

案：要録卷一三建炎二年二月十七日辛未條載「時浚方上疏論『秘書省正字胡

珵……』」因繫此奏於建炎二年二月。時浚任殿中侍御史。

行在維揚論奏 建炎元年末、二年初

崇觀以來，濫授官資，乞盡釐正。戚里邢焕、孟忠厚不當居侍從，宜换右職；駙馬潘正夫不待扈從，先來維揚，請治其罪；内侍李致道誤國爲深，不當引赦叙復；尚書董耘獨以藩邸恩黄緣通顯，宜即退閑。魏公行狀

案：此係建炎元年末、二年初浚扈駕揚州、任殿中侍御史時所上諸奏略。

車駕不宜久駐維揚疏 建炎二年春夏

近日軍民論議紛然。彼得藉口爲説者，蓋二帝遠在沙漠，而陛下乃與六宫端居於此〔一〕，何怪人之竊議。願明降睿旨，以車駕不爲久住維揚之計曉諭軍民。仍乞朝廷早措置六宫定居之地，然後陛下以一身巡幸四方，規恢遠圖。上以慰九廟之心，下以副軍民之望。魏公行狀

案：魏公行狀謂「遷侍御史，賜五品服……時車駕久駐維揚，人物繁聚，而朝廷無一定規摹，上下頗觖望。公奏『近日軍民論議紛然……』」要録卷一八建炎二年十月十三日

甲子條亦載：「張浚爲侍御史，嘗請先措置六宮定居之地，然後陛下以一身巡幸四方，規恢遠圖。」考建炎二年二月十七日辛未，浚試侍御史；六月，拜禮部侍郎（要録卷一三、一六）。則此奏必建炎二年二月至六月浚任侍御史時所上。

校勘記

〔一〕而陛下乃與六宮端居於此　「陛」原作「陞」，據宋浙刻本改。

乞敕東京留守司略葺大内疏　建炎二年春夏

中原，天下之根本也；朝廷，中原之根本也。本之不摇，事乃可定。願降詔旨，敕東京留守司略葺大内及關陝〔一〕、襄鄧等處，常切準備車駕巡幸，及以今來行在所止不爲久居之計。庶幾内外和悦，各思奮勵，以圖報國。魏公行狀

案：據魏公行狀，此奏亦建炎二年春夏浚從駕揚州、任侍御史時所上。

校勘記

〔一〕敕東京留守司略葺大内及關陝　「關」原作「開」，據宋浙刻本改。

乞沙汰御營使司屬僚疏　建炎二年春夏

御營使司屬猥衆，俸給獨厚，資格超越，而未嘗舉其職。乞行沙汰，使僥倖者無以得

志。法行自近，軍氣必振。魏公行狀

案：據魏公行狀，此奏亦建炎二年春夏浚從駕揚州、任侍御史時所上。

乞修備治軍疏 建炎二年春夏

無謂虜不能來，當汲汲修備治軍，常若寇至。魏公行狀

案：據行狀，此奏亦建炎二年春夏浚從駕揚州、任侍御史時所上。因以上數奏，浚大拂宰相黄潛善、知樞密院事汪伯彥意，將出之，爲高宗所留。

乞留六宮朝廷杭州奏 建炎三年二月末、三月初

近日鑾輿過平江府〔一〕，扈從需索，其數尚多。欲乞外擇臣寮可與經營者數人，内侍忠信謹願者一二，其餘六宮、朝廷悉留杭州。輯稿方域二之六

案：輯稿方域二之六載建炎三年三月「三日，禮部侍郎、充御營使司參贊軍事張浚言『近日鑾輿過平江府……』詔候到江寧府取旨」。三月三日非浚奏上之日，乃詔下之日。考是歲三月五日癸未行在杭州發生「明受之變」，次日，即位大赦，赦書到達平江府的時間爲三月八日丙戌（要録卷二一），可知當時杭州與平江間文書傳遞時間至少兩到三天，因

繫此奏於建炎三年二月末、三月初。時浚以禮部侍郎、御營使司參贊軍事駐軍平江。

校勘記

〔一〕近日鑾輿過平江府　「江」字原闕，據要録卷二〇，建炎三年二月七日丙辰，高宗由揚州至平江，因留浚守之，因補。

乞立藩鎮於江北擇近上文武守江南疏　建炎三年二月末、三月初

江北之地，其勢須變爲藩鎮，然後可守。乞詔宰執詳之，俟金人畢退，即便施行。江南一帶，非依重鎮，擇近上文武臣寮守之，許以便宜行事，恐不能堅守。乞早賜措置。要録卷二一

案：要録卷二一建炎三年三月三日辛巳條載「禮部侍郎、充御營使司參贊軍事張浚言『江北之地……』」以杭州與平江間文書傳遞狀況計之，此奏亦建炎三年二月末、三月初所上。時浚以禮部侍郎、御營使司參贊軍事駐軍平江。

乞少留平江彈壓奏　建炎三年三月

今張俊人馬乍回平江，人情震讋，若臣不少留彈壓，恐致敗事。要録卷二一

案：要録卷二一，建炎三年三月十一日己丑條載：「先是，苗傅等以省劄趣浚行……浚亦奏：『今張俊人馬乍回……』」時浚以禮部侍郎、御營使司參贊軍事駐軍平江。

乞睿聖皇帝親總要務疏　建炎三年三月

臣伏覩三月五日睿聖皇帝親筆：「朕即位以來，强敵侵陵，遠至淮甸，其意專以朕躬爲言。朕恐其興兵不已，枉害生靈，畏天順人，退避大位。」臣伏讀再四〔一〕，不覺涕泣。臣竊以國家禍難至此，皆臣等文武之臣不能悉心圖事，補報朝廷，致使土地侵削，民人困苦〔二〕，上負睿聖之恩，下失天下之望。今睿聖皇帝以不忍生靈之故，避位求和，固爲得策。然臣獨有一説〔三〕，不敢不具陳其詳。

臣竊以當今外難未寧，内寇竊起〔四〕，正人主憂勞自任、馬上求治之時。恐太母以柔静之身，皇帝以幼沖之質〔五〕，端居深處，責任臣寮，萬一强敵侵陵，不肯悔禍，則二百年宗廟社稷之基，拱手而遂亡矣。臣愚不避萬死，伏願太母陛下、皇帝陛下特軫宸慮，祈請睿聖念祖宗委託之重〔六〕，思二聖屬望之勤〔七〕，不憚勤勞，親總要務，據形勝之地〔八〕，求自治之計〔九〕，抑去徽名，用柔敵國，然後太母陛下、皇帝陛下監國於中，撫靖江左〔一〇〕。如此，則於天下國家大計，似爲得之〔一一〕。如以臣言爲然〔一二〕，乞行下有司〔一三〕，令率文武百官祈請施行〔一四〕。

〔貼黄〕〔一五〕臣契勘，伏睹睿聖皇帝方春秋鼎盛，而遽爾退避大位，恐天下四方聞之，不無疑惑，萬一别生它虞〔一六〕。更乞睿斷，詳酌施行。會編卷一二八

案：魏公行狀、要録卷二一、汪應辰汪文定公集卷一〇書朱丞相度江遭變録俱録此奏。行狀謂建炎三年三月「十一日，附遞發奏『臣伏覩三月五日……』」則此疏上於建炎三年三月十一日己丑甚明。時扈從將領苗傅、劉正彦兵變於行在杭州，浚以禮部侍郎、御營使司參贊軍事駐軍平江，節制平江府、常秀湖州、江陰軍軍民控扼等事。

校勘記

〔一〕臣伏讀再四　「四」，要録卷二一作「三」。

〔二〕民人困苦　「民人」，魏公行狀、要録卷二一作「人民」。

〔三〕然臣獨有一説　「獨有一」，要録卷二一作「自有」。

〔四〕内寇竊起　「竊」，要録卷二一作「並」。

〔五〕皇帝以幼沖之質　「幼沖」，魏公行狀作「沖幼」。

〔六〕祈請睿聖念祖宗委託之重　「委」，魏公行狀作「付」。

〔七〕思二聖屬望之勤　「聖」，魏公行狀、要録卷二一、汪文定公集卷一〇皆作「帝」。

〔八〕據形勝之地　「勝」，魏公行狀作「勢」。

〔九〕求自治之計　「治」，要録卷二一作「安」。
〔一〇〕撫靖江左　「靖」，汪文定公集卷一〇作「定」，要録卷二一作「静」。
〔一一〕似爲得之　「似」，魏公行狀作「自」。
〔一二〕如以臣言爲然　「以」字原闕，據魏公行狀、要録卷二一、汪文定公集卷一〇補。
〔一三〕乞行下有司　「有」，汪文定公集卷一〇作「省」。
〔一四〕令率文武百官祈請施行　「官」，魏公行狀、要録卷二一作「僚」。
〔一五〕貼黄部分原闕，據魏公行狀、要録卷二一補。
〔一六〕萬一别生它虞　「别」，汪文定公集卷一〇作「恐」；「虞」，要録卷二一、汪文定公集卷一〇作「事」。

乞立捕斬苗傅劉正彦賞格奏　建炎三年四月

契勘皇帝復即位，臣等於四月三日進至臨平鎮西約七八里以來，逆臣苗傅、劉正彦差官引兵前來拒敵。有前軍統制、承宣使韓世忠率兵交戰，王師大捷。其苗傅、劉正彦潛引所部人馬，由嚴州路逃遁。臣等除已遣兵追襲外，契勘上件事止係苗傅等數人爲首，其餘脅從人自合一切不問。臣等除已行下嚴、秀、越、池、湖、宣、衢州，平江、江寧府，廣德軍等處，分明出榜曉示，以生擒苗傅、劉正彦，有官人轉承宣使，無官人正任觀察使；生擒到王鈞甫、馬柔吉、張逵、苗翊、瑀，與轉七官。或能斬首，並同上件功賞。餘人於所在出給公據赴行在，依舊收管。望更賜睿旨，專遣使命，多降黄榜施行。建炎復辟記

案：要録卷二二亦節録此奏。建炎復辟記謂建炎三年四月「五日壬子，樞密院事張浚等奏『契勘皇帝復即位……』」時浚以勤王功新除中大夫、知樞密院事，年僅三十三。李心傳因謂「國朝執政，自寇準以後，未有如浚之年少者」（要録卷二二）。

乞令庶僚舉薦材能奏 建炎三年四月

方今天下多事，乞明詔庶僚，各舉内外官及布衣隱士材堪大用之人，擢爲輔弼，庶幾協濟大功。輯稿選舉二九之二〇

案：輯稿選舉二九之一九至二〇載建炎三年「四月十三日，尚書右僕射吕頤浩、知樞密院事張浚言『方今天下多事……』詔令行在職事官以上，限三日開具所知聞奏」。時浚以知樞密院事居朝輔政。

乞賜薛慶下將兵張存正授文帖奏 建炎三年五月

勘會高郵軍屯駐統制官薛慶下將佐、使臣、人兵，能保護知宗一行無虞，居民歸業，係

河北忠義之士，因金人侵洺州，累年堅守，勢力不加，轉戰千餘里，皆曾殺獲，委有功效。昨隨李民來赴行在，又能堅守忠義，再立勞績，深可嘉尚。今依奉聖旨，各與轉三官資。內存係民兵甲頭，至今未曾陳乞正授文帖。要録卷二三

案：要録卷二三建炎三年五月十八日乙未條引高宗日曆載：「紹興二年三月七日，進武副尉張存狀：『於建炎三年五月內，受到御營副使張樞密劄子：「勘會高郵軍屯駐統制官薛慶……」』詔張存轉兩資，其借補劄子，令尚書省毀抹。」因繫此奏於建炎三年五月。時浚過江至高郵，因招撫薛慶一軍。

辭免知樞密院事疏　建炎三年五月

高郵之行，徒仗忠信，雖不至如所傳聞，然身爲大臣，輕動損威，其罪莫大。要録卷二三

案：要録卷二三載建炎三年五月「辛丑（二十四日），張浚自高郵至行在，復以浚知樞密院事……浚辭曰『高郵之行……』詔不允」。時浚往高郵招撫薛慶勢力，因留其軍寨數日，外間不知，謂浚爲慶所執。朝廷聞之，遂於五月十八日罷浚樞密之職，至是又復之。

乞降付粘罕書大金國表奏　建炎三年七月

今雖遣使大金，緣粘罕多在雲中，乞別降粘罕書、大金國表兩本付臣行〔一〕。所有禮

物，俟到司相度。要録卷二五

案：要録卷二五建炎三年七月七日癸未條載：「知樞密院事張浚奏乞降夏國書二封，一如常式，一用敵國禮。又奏『今雖遣使大金……』詔直學士院汪藻草書如浚奏。」因繫此奏於建炎三年七月。時浚將發行在建康，赴上游經略川陝。

校勘記

〔一〕今雖遣使大金緣粘罕多在雲中乞別降粘罕書大金國表兩本付臣行　「粘罕」，原作「尼瑪哈」，據同書卷二〇所附金人地名考證改。

乞誅范瓊疏 建炎三年七月

瓊大逆不道，罪冠三千之辟。呼吸群凶，布在列郡，以待竊發。若不乘時顯戮，則國法不正，且它日必有王敦、蘇峻之患。臣任樞筦之寄，今者被命奉使川陝，啓行有日，迺心踟躕。若不盡言，乞伸典憲，死且不瞑。魏公行狀

案：會編卷一二九、要録卷二五俱載録此奏。要録卷二五建炎三年七月十日丙戌條謂「知樞密院事張浚奏『瓊大逆不道……』」行狀謂「公行有日矣，會御營平寇將軍范瓊來赴行在……公奏大略云」。因繫此奏於建炎三年七月。時浚將發行在建康，赴上游經略

川陝。然要録所載浚奏文字稍異，曰：「瓊大逆不道，罪惡貫盈。臣自平江勤王，凡三遣人致書，約令進兵，瓊皆不答。今呼吸群凶，布在列郡，以待竊發。若不乘時顯戮，他日必有王敦、蘇峻之患。」

論招納盜賊疏　建炎三年

臣竊謂當今盜賊竊發，理宜誅伐，使無遺類。然事有出於權宜而不可輕舉者。臣聞盜賊之徒，多河北、京東失業之人，義不歸虜，偷生中國。若欲盡殺之，是必使之盡歸虜人而後已。又御前之師，儻百戰百勝，固無足道，萬一稍挫鋭於盜賊，則王師之勢愈弱，何以捍禦敵人？臣謂不如臨之以聲勢，如差某軍行，且令駐軍未發，先遣辯士往諭之。來則徙其老弱於江南，分屯少壯於淮甸，以待防秋。他日國勢苟立，何施而不可者？惟陛下留意。奏議卷三一八

案：由「盜賊竊發」「盜賊之徒，多河北、京東失業之人」「他日國勢苟立」等語，可知此奏乃南宋建國之初所上，唯不知確時。奏議繫此奏於建炎三年，姑從之，因附於浚西行前。

乞新置弓手請給依舊例支破奏　建炎三年八月

舊置弓手，請給止有雇錢，無米；其新置弓手，各有錢米。今既令新置弓手撥併與舊弓

手一處衮同差使，望將諸路新招弓手請給，並依舊弓手則例支破施行。輯稿兵三之一九

案：輯稿兵三之一九載建炎三年「八月六日，知樞密院事、御營副使、宣撫處置使張浚言『舊置弓手，請給……』從之」。考浚以七月二十四日發建康（要録卷二五），八月十四日至江州（請明教化嚴刑罰疏），此奏係建炎三年八月初浚西行之初所上。

請明教化嚴刑罰疏 建炎三年八月

臣自建康抵江州境，凡二十日。所歷兩州六縣，莫不累經殘破，滿目蕭然，斷椽破瓦，狼籍於道。父老知朝廷命大臣出使，扶攜遠迓，感嘆咨嗟。臣每見則羞愧汗顔，身無所措。因念今日之事，皆因風教敗亡，淳樸凋喪，侈靡太甚，天實惡之。其勢非一大改革，使上下内外反本還淳，去華就實，熙熙然復見堯、舜、三代之遺俗，治道未易成也。

臣既念之深，則求其所以致此之策。竊以謂若欲撥亂反正，以力拯其弊，此事特在陛下明教化而以身率之於前，嚴刑罰而以政繩之於後，日積一日，治或可圖。陛下躬歷險阻，累試艱難，身率之教，宜優爲之。惟刑罰一事，臣始備員二府日，固願陛下赫然大明黜陟，一洗而丕變之。顧以時方多故，人心未定，驟而更革，不易服從。臣雖受陛下眷知之深，而德望威名亦未聞於天下，區區改作，適取怨尤。臣所以輕捨朝夕奉承之

恩，冒犯艱險可虞之地，其意誠欲爲陛下稍强兵勢，先定國本。異時果能建立尺寸之功，陛下不以其不可用而尚加使令，則犬馬之力深欲有爲於後日也。然則當今所急務，在於陛下身率之，更加勉强以行之而已。

臣願陛下早暮見天，無忘誠禱，思天下之所以困窮，生民之所以塗炭，而自反自咎，身任其責。衣服之尚有鮮美者去之，飲食之尚有豐肥者止之，文采之可以亂目者屏之，讒佞之可以惑耳者遠之，淡然漠然，與道爲一。苟言之非有益於天下生靈者，弗聽也；苟思之非有利於天下生靈者，弗及也。以此而化家人，以此而化天下，積久而行之，則可以動天下，可以格人。自近及遠，自内及外，民雖至愚，豈不感格？

至於兵革之事，雖陛下所當留意，要之兵本凶器，聖人不得已而用之。凡所以救亂止難，難止則已，非陛下中心所樂而深好之也。所當急務者，特在於明教化耳。自古帝王所以致治，莫不深明此理。臣仰惟陛下英睿之質，仁勇之資，必能坐進此道。臣於陛下，分則君臣，情則父子，故雖遠去天威，而區區愛君之心，朝夕思有以自效。臣言蕪陋，惟陛下裁赦。奏議卷四六

案：奏議繫此奏於建炎三年。魏公行狀亦節録之，謂「公……遂西行……又奏曰『自古大有爲之君……』」奏中稱「臣始備員二府日」，考浚拜知樞密院事，事在建

炎三年四月三日庚戌(要録卷二二)。隨後,浚自請由行在建康赴上游經略川陝。由「臣自建康抵江州境,凡二十日」,可知此奏乃浚西行之初所上。考浚以七月二十四日發建康(要録卷二五),則其抵江州當在八月十四日左右,因知此奏乃建炎三年八月中旬所上。時浚以知樞密院事、宣撫處置使西赴川陝。唯行狀所載奏疏乃合此奏及本書卷三乞内剛立志疏中文字删削而成。茲録行狀奏疏於後:「自古大有爲之君,未有不體乾剛健而能成其志者也。易曰:『天行健,君子以自强不息。』人君法天,莫大於此。少康氏有田一成,有衆一旅,而夏后之業復振,蓋其經營越四十年,向使其間一萌退縮之意,則王業無自而興矣。漢高帝困於鴻門,屏於巴蜀,敗於滎陽、京、索間,屢挫而愈不屈,終滅項氏,以啓漢基。此二君者,豈非剛健不息而卒能配天乎?今日禍變可謂極矣,意者天將開中興之基,在陛下體乾之剛,身任天下而已。願陛下以至公至誠存心,惻怛哀矜,思天下之所以困窮,生民之所以塗炭,自反自咎,身任其責,便佞之惑耳者去之,美麗之悦目者遠之。以至於衣服飲食,亦惟菲薄之務,淡然漠然,視天下無足以動吾心者,而專以宗社生靈爲念。苟言之非有益於宗社生靈者,弗言也;苟思之非有益於宗社生靈者,弗思也。持之以堅,行之以久,乾乾不息,則上可以動天,下可以格人。由近及遠,由内及外,民雖至愚,豈不感化?少康、漢祖之事業又何難哉？臣於陛下，分則君臣，情則父子，故雖遠去天威，而區區愛君之心，不敢不思所以自效。」比對文字，可知魏公行狀此奏前半段乃删削自乞内剛立志疏（見本書卷三），後半段乃取自本疏。

張浚集卷三

奏劄

權攝官犯入己贓元差官並同罪奏 建炎三年八、閏八月間

已劄下京湖、川陝轉運司，時下差官權攝職任，若犯入己贓，其元差官並同罪。要録卷二八

案：要録卷二八建炎三年九月二十五日庚午條載：「宣撫處置使張浚言：『已劄下京湖……』從之。」輯稿職官六二之四五亦載此詔。九月二十五日乃朝廷詔下之日。考浚以七月二十四日發建康、八月中旬抵江州、閏八月二十六日壬寅抵襄陽（宋史高宗本紀二），以道路里程及文書傳遞狀況估算，此奏當建炎三年八、閏八月間浚赴任川陝、行經湖北時所上。

奏虜中事宜狀 建炎三年九月

臣近據曲端申：契丹大石林牙自招州遣人持國書赴朝廷，爲夏人截留。有元送文

字，漢兒走透過涇源，供析到上件事理。及陝西諸路遣去河東探事使臣報到事宜，其間多説金人軍馬那回嶺北、河東紅巾占據州縣等事。得於傳報，未敢爲實。臣除已分遣信實人深入虜界體探的確，别具奏聞。

河東義兵首領李宋臣等，率衆拒捍金賊累年，忠義可尚。臣書填告命，間道遣人給付。不惟可以激厲兩河忠義人心，亦欲觀其事力，結約舉事。今來已是防秋，虜情難測，尤宜過爲隄備。除已經畫戰守應援之策，專遣屬官便道前去，與陝西諸路帥計議外，臣取今月十四日起離襄陽，計程中冬可至熙秦路。謹具□知。永樂大典卷一〇八七六

案：文末原注「三年九月上，時公在襄陽，車駕以十月六日至平江府」。由「臣取今月十四日起離襄陽，計程中冬可至熙秦路」，可知此奏必建炎三年九月上旬所上。時浚以知樞密院事、宣撫處置使出赴上游經略川陝，行至襄陽。

乞謹察細微疏 建炎三年秋

前日餘杭二凶鼓亂，彼豈真惡内侍哉？當此艱危，人情易摇，欲爲不順，借此以鼓惑衆聽耳。然在我者，有隙可指，其事乃作。願陛下謹之察之，於細微未萌之事，每切致意，使姦逆無以窺吾間。魏公行狀

案：行狀謂「公……遂西行。獨念上孤立東南，朝廷根本之計未定，蚤夜深思，苟有所見，不敢不納忠，以身在外而不言也。嘗奏曰『前日餘杭……』」是知此奏乃建炎三年秋浚西行道中所上。

乞令大臣身任其責疏 建炎三年秋

臣累具奏，謂前此大臣不肯身任國事，意謂事苟差失，衆言交攻，取禍必大。惟因循度日，萬一得罪而去，亦不過謂庸繆，落職領祠而已。此風誤國有素。願陛下臨朝之際，不匿厥指，與大臣決議，繼自今必使身任其責，脱或敗事，誅罰無赦。魏公行狀

案：行狀謂「公……遂西行……又曰『臣累具奏……』」此奏亦建炎三年秋浚西行道中所上。

論聽言之道疏 建炎三年秋

臣聞聽言之難，自古記之。是以書稱先王之盛，必曰「侍御僕從，罔匪正人」。僕從之微，亦必精擇。蓋以言語之間，有興衰禍福所自起者。使左右苟非正人，則聽言之間，人君不能無至於惑亂也。臣嘗謂小人進用讒説，必投隙乘間，不正名其事。彼其挾私負怨，

朝夕經營，固出於有心。或因進詼諧之説，或假託市井之論，夤緣附會，其端甚微。而人君以萬機之衆，憂勞天下，其於聽言之際，奚暇再三思慮，以決擇是非？是以小人之志常得行於天下，而使濫被謗逐者往往歸怨於人君。臣以謂欲盡聽言之道，莫若親君子而遠小人。蓋不如是，雖有大過人之聰明，亦不能無過聽之失也。可不謹哉！可不戒哉！奏議卷二〇五

案：奏議繫此奏於建炎三年。魏公行狀亦節録之，謂「公遂西行……又奏曰『臣聞聽言之難……』」因知此奏亦建炎三年秋浚西行道中所上甚明。然行狀所載文字頗異，曰：「聽言之難，自古記之。書稱先王之盛，有曰『侍御僕從，罔非正人』。夫僕從之微也，而亦必嚴擇。蓋其朝夕在君側，浸潤膚受，言爲易入。苟使小人得售，將何所不至！夫小人進讒説以快其私，經營窺測，投隙伺間，固不正名其事、顯斥其人也。或因獻談諧之説，或假託市井之論，夤緣附會，其端甚微。人君一或忽之，則忠賢去國，億兆離心，其禍有不可勝言矣。臣謂欲盡聽言之道，莫若親君子而遠小人。不然，雖有過人之聰明，而朝夕所狎近者，既皆非類，漸漬以入，其能無過聽之失乎！」

乞内剛立志疏 建炎三年秋

臣竊惟自昔大有爲之君，莫不内剛以立事，外柔以待下。内剛所以堅在己之志，外柔

所以來天下之賢。易曰：「天行健，君子以自强不息。」其意以謂人君之德，要當抗以剛大，持以至誠。是以在乾則以「剛健中正，純粹精也」，以象人君之七德；在大畜則曰「剛健篤實輝光，日新其德」，以言人君之自養。古之聖人，未嘗不以此持身者。是以文王拘於羑里，而王德日修；少康有田一成，有衆一旅，而夏后氏之基復振。向使文王以被辱爲羞，少康懷退縮之志，則二王之業無自而興矣。豈獨文王、少康爲然哉？漢高祖先入關中，於懷王之約，當王全秦之地，項氏不義，肆行威劫。當是時，鴻門之會，僅以身免。其後屢戰屢敗，事幾可笑，太公、吕后爲質敵人，而高祖之氣未嘗少屈，終能滅項氏而有天下。此亦内剛以立志之效也。

陛下繼祖宗積累之基，承人心推戴之業，上天昭格，眷佑顯然。以陛下英斷之資，仁儉之德，何求而不得，何爲而不成？顧惟風俗之壞，積有歲年。天其或者俾陛下一變舊風，重致治效。是以虜人侵突，無歲無之，而生民轉徙，比昔尤甚。天意亦欲以堅陛下有爲之志，啓下民願治之心也。孟子曰：「天將降大任於是人也，必先苦其心志，勞其筋骨，餓其體膚，空乏其身。所以動心忍性，增益其所不能。人常有過，然後能改，困於心，衡於慮，而後有作。出則無敵國外患者，國常亡，然後知生於憂患而死於安樂也。」願陛下勉之。至於飲食之奉，起居之養，喜怒之節，願陛下以道寧志，守以恬淡，持以戒謹，無使陰陽之寇，或至傷和。上念祖宗委寄之重，下念生靈繫望之深，自然動静之間，不至乖養。臣言狂切，幾至犯分，然區區具述至此，其中心之所感激者，已不覺涕泗交流矣。願陛下無忽於須臾，臣與天下不勝幸甚。奏議卷三

案：奏議繫此奏於建炎三年。魏公行狀亦節録此奏，謂「公……遂西行……又奏曰『自古大有爲之君……』」因知乃建炎三年秋浚西行道中所上。唯行狀所載文字頗異，已辨之於本書卷二請明教化嚴刑罰疏後案語。

乞放還李綱疏 建炎三年秋

逆黨如吴幵、莫儔顧反得生歸，綱雖輕疎，亦嘗爲國任事，乃不得叙，天下謂何？魏公行狀

案：行狀謂：「時渡江大赦，獨李綱以言者論列貶海外，不放還。公論奏『逆黨如吴幵……』上用公奏，綱得内徙。」又據要録卷二九，李綱由昌化軍安置「特許自便」，事在建炎三年十一月。此奏亦建炎三年秋浚西行道中所上。

乞鑾輿早幸西北疏 建炎三年冬

竊見漢中實天下形勢之地，臣頃侍帷幄，親聞玉音，謂號令中原，必基於此。臣所以

不憚萬里，捐軀自效，庶幾奉承聖意之萬一。謹於興元理財積粟，以待巡幸。願陛下鑾輿早爲西行之謀，前控六路之師，後據兩川之粟，左通荆襄之財，右出秦隴之馬，天下大勢〔一〕，斯可定矣。魏公行狀

案：會編卷一三三、要録卷二八、編年綱目卷二亦節載此奏。行狀謂「公以十月二十三日抵興元，奏曰『竊見漢中實天下形勢之地……』」因知此奏係建炎三年冬浚初抵川陝時所上。

校勘記

〔一〕天下大勢　「勢」，編年綱目卷二作「計」。

諫遣使收買寶劍疏 建炎三年冬

臣輒有愚懇，干冒聖聰，區區愛君之誠，不能自已，惟陛下赦宥。臣近自京西按歷陝右，風聞道路之言，謂陛下近遣使臣二名，於种師中處收買寶劍二口，乃優支價直。臣仰惟陛下聖姿英武，志在靖難，居常於田獵之游、聲色之奉，無所嗜好，惟是弓劍、鞍馬，每切留意於其間。蓋聖心之所以眷眷而不須臾忘者，志固有在也。但人君舉措不可以不謹。陛下居萬乘之尊，臨四海之廣，若大小文武之列用得其人，則盜賊當自息，夷狄當自平。

以是知陛下所宜寶者，在人而不在劍。今千萬里之遠，不聞陛下有求賢之命，而徒聞有買劍之名。臣恐有識之士，猶得以竊窺而私議也。況臣之所聞，又謂王瓊嘗以師中藏劍之事奏知陛下，小人無知，不識陛下右武之意，便欲以此邀求寵倖，原其用心，罪不容誅。臣願陛下以此寶劍分賜立功將士，仍乞自今有如王瓊之徒，或欲以弓劍、鞍馬進至御前者，一切屏去，庶幾絶小人觀望之意。奏議卷一九五

案：奏議繫此奏於建炎三年。由内稱「臣近自京西按歷陝右」，考浚以建炎三年九月十四日己未發襄陽趨陝，十月二十三日戊戌抵興元，十一月五日己酉發興元、出行關陝（永樂大典卷一〇八七六張魏公奏議奏虜中事宜狀、魏公行狀、宋史高宗本紀二），則此奏係建炎三年冬浚初抵川陝時所上甚明。

奏乞那撥東南財賦入充陝西招兵買馬議 建炎三年十一月

臣取會到陝西五路見闕戰馬七萬餘疋、戰兵十萬餘人。今來經畫大計，惟是招兵買馬，最爲急務。招兵所用例物，以十萬人計之，約費一百餘萬貫；戰馬除用名山茶博買外，緣川路遥遠，般運有限，須兼以金帛，方可廣得數目。四川財賦樁充來年春衣及預支三百萬貫赴諸路帥司乘時糴買外，所存無幾。欲望聖慈特降睿旨，於户部東南賦入内那

撥錢二百萬貫，以金銀紐計，差官自夔路押發前來陝西，赴臣軍前交割，貼助招兵買馬之用。庶幾年歲之間，士馬强盛，可以剿除大敵，實宗社之大計。（康熙）綿竹縣志卷五補

案：此奏係王一正輯自永樂大典者，題下原注建炎「三年十一月四日上，時將發興元府」。時浚以知樞密院事、宣撫處置使自東南初抵川陝。

奏乞差官知興元府 建炎三年十一月

臣竊見漢中控制巴蜀，襟帶荆湖，俯瞰三秦，旁臨沔鄂，山川阻固，實天下形勢之地。臣頃侍帷幄，親聞玉音，謂號令中原，必基於此。臣誤蒙知眷，慷慨自期，將命入關，庶幾有濟。已留軍馬屯駐興元府，固護四川，儲積芻糧，斡旋財賦，以足經費外，但興元舊無城壁，既作都會，理須繕治。子城堙圮，州部治別無限隔，以至省官司諸軍營幕皆合預行區處。見任守臣井度官卑體輕，難以責辦。臣已具奏湯東野、梁揚祖二人内，乞出自聖意，選差一員前來知興元府；仍乞將利州路帥司移隸興元府。所貴事權增重，師帥得人，於歲月之間，庶事畢集，以備車駕臨幸。取進止。永樂大典卷一〇九九九

案：文末原注建炎「三年十一月五日上，時已發興元，出行關陝」。此亦浚初抵川陝時所上。

奏虜情議　建炎三年秋冬

臣身遠闕庭，無緣恭奉聖訓。區區私憂過計之念，日夕縈情，輒有鄙見，上瀆聖聰。臣竊惟金虜自用兵以來，借講和之名，以威契丹，繼而侵陵中國，亦用此術。如靖康之初，遣使愈頻，用兵愈急。先登城不下，以寬衆心；繼邀請二帝，以危社稷。陛下所親見而熟聞者也。去歲宇文虛中嘗至其寨矣，泗上之兵，不測而至。向非南渡，宗廟奈何？臣竊謂金虜非有争天下之志，其包藏深禍，專在聖躬。今日之計，將力拒而棄絶之，則爲非策，但當卑詞厚禮，庶驕其心。萬一虛中復來，願陛下深加奬諭，且厚待其使，而遷避之計、防守之策，尤宜速圖。蓋彼以講和圖事，此復以講和而款其謀，此策之上者也。惟陛下留意，天下幸甚。

〔貼黄〕臣契勘淵聖皇帝嘗兩幸虜營，至誠不疑，以解禍紛，而虜人曾無毫髮肯回之意，卒至二帝遠狩，宗社幾亡。蓋緣何㮚、李若水之徒以書生一偏之見，深誤國事。兼淵聖皇帝在虜營之日，凡所以待之之禮不爲不盡，彼其見利則爲，何有於我？願陛下鑒前日之禍，深思遠計，以福蒼生，無使事至而悔，爲後世笑，天下幸甚。永樂大典卷一〇八七六

案：此奏原無繫年。内稱「去歲宇文虛中嘗至其寨矣」，考建炎二年五月十三日丙

申，詔宇文虛中復資政殿大學士、提舉萬壽觀，充大金通問使；十月二十六日丁丑，資政殿大學士、大金祈請使宇文虛中始渡河（要録卷一五、一八），則此奏上於建炎三年甚明。又奏稱「臣身遠闕庭」，則必張浚遠離東南後所上。考浚受命出任宣撫處置使，以建炎三年七月二十四日發建康，八月十四日至江州，閏八月至襄陽，十月二十三日抵興元，因繫此奏於建炎三年秋冬。

奏慮虜人詐和狀 建炎三年秋冬

臣竊惟今歲防守之策，陛下固已博採衆謀，處置略定。然臣尚有私憂過計者。其事苟或有之，願陛下長慮素謀，以善其後。臣竊以虜人貪暴殘虐，非有決爭天下之計，其所圖特在於聖躬，臣固備陳其詳矣。尚慮自今以往，復詐爲講和之謀，以疑我心，然後不測遣兵，直指行在。計儻出此，願陛下益示謙和，推甘辭厚禮以待之於外，而還避之策、治兵之道、强國之計，尤當速圖。至於腐儒偏見執一之論，此陛下所素察，不待臣區區之説也。臣言狂瞽，惟陛下裁赦。永樂大典卷一〇八七六

案：此奏原無繫年。觀奏中要旨，乞示金人以「謙和」「甘辭厚禮」，而陰圖「强國之計」，與前奏（即奏虜情議）所論相類；又稱金人「所圖特在於聖躬，臣固備陳其詳矣」，前

奏中亦有「包藏深禍，專在聖躬」之論。則此奏當與前奏上於同一時期。時浚以知樞密院事、宣撫處置使初至西北，而東南國勢未立。

乞令四川總領依陝西運使例舉官奏 建炎四年二月至四月

總領四川財賦所屬五十餘州，乞依陝西路轉運使例舉官。輯稿選舉二九之二〇

案：輯稿選舉二九之二〇載建炎四年「七月十四日，知樞密院事、宣撫處置使張浚言『總領四川財賦……』從之」。七月十四日乃朝廷詔下之日，以當時川陝與朝廷間文書傳遞狀況（需三至五個月。參陳希豐南宋朝廷與地方間文書傳遞的速度——以四川地區爲中心，國學研究第四十五卷；本書本卷乞除張上行知興元府奏、卷四王庶與王似易任奏案語。下同）推算，此奏或上於建炎四年二月至四月間。時浚以宣撫處置使治軍西北。

在外宗室注授差遣奏 建炎四年二月至四月

應在外宗室，不因贓私罪犯，許召保官具脚色保明申繳赴本司，許令赴本路參部注合入差遣。未有差遣人，取見告劄付身照驗，與注近裏差遣。如曾犯贓私罪，不許注授。輯稿帝系五之三四

案：輯稿帝系五之三四載建炎四年「七月十五日，知樞密院事、宣撫處置使張浚言『應在外宗室……』從之」。要録卷三五建炎四年七月十五日乙卯條載：「宣撫處置使張浚請宗室非嘗犯贓私罪者，許具脚色申本司，赴四路轉運司注擬。從之。自熙寧劄制宗室不許調川陝官，至是，宗室避難入蜀者多，故浚以爲請。」七月十五日乃朝廷詔下之日，以當時川陝與朝廷間常程文書傳遞狀況（三至五個月）推算，此奏或上於建炎四年二月至四月間。時浚以知樞密院事、宣撫處置使治軍西北。

奏陝西勝捷劄 建炎四年三月

臣契勘陝西自去年十一月之後至今，金、夏二賊合謀交攻〔一〕。金人婁宿引大兵直犯淳化，尋遣將捍禦，偶獲勝捷，生擒到千户首領一名，斬首數百，即日退師。夏賊舉五監軍師犯熙河，西寧、蘭州兩路出没，王師皆獲大捷，奪到戰馬二千餘匹，斬首數千。至今年二月初，粘罕復益二萬騎，與婁宿並兵大入。臣尋大起諸路之師，據險屯駐，將醴州、鳳翔一帶居民盡行空徙，保聚山間，兩旬之間，虜人一無所得。不意有契丹、漢兒軍等攜家並所有戰馬等願來歸附，射殺大酋一名，據探報到，係粘罕之子。至三月十一日，一夕遁去。今陝西士馬强衆，漸次可用。伏乞睿照。（康熙）綿竹縣志卷五補案：此奏原無繫年，題注「張魏公集，見大典」，係王一正輯自永樂大典者。内稱金人「直犯淳化」「醴州、鳳翔一帶居民盡行空徙」，則此時淳化、醴州皆未喪失。又稱「今陝西士馬强衆，漸次可用」，可知此奏必上於建炎四年九月富平戰役前。奏中稱「陝西自去年十一月之後至今」「至今年二月初」，考浚於建炎三年十一月進抵關陝，則所謂「今年」當係建炎四年。又稱「至三月十一日，一夕遁去」，則此奏當上於建炎四年三月。時浚以宣撫處置使治軍陝西。

校勘記

〔一〕金夏二賊合謀交攻　「金」字原闕，據文意補。

乞鑾輿先幸鄂渚疏　建炎四年夏

陛下果有意於中興之功，非幸關陝不可。願先幸鄂渚，臣當糾率將士，奉迎鑾輿，永爲定都大計。魏公行狀

案：行狀謂建炎「四年二月，公以虜勢未退，治兵入衛。未至襄漢，遇德音，知虜既北歸矣，乃復還關陝，奏曰『陛下果有意……』」據宋史高宗本紀三，建炎四年四月「己卯（八日），張浚引兵至房州，知金兵退，乃還」，則此奏當上於建炎四年夏。時浚以宣撫處置使

治軍西北。

乞修德選賢以消天變疏 建炎四年夏

臣竊惟國家不競，患難薦臻。夷虜憑陵，海宇騰沸。二聖久征於遠塞，皇輿未復於中原，而敵國交兵，方興未艾。郡邑半陷於賊手，黎元悉困於塗泥。自古禍亂所鍾，罕有若此之比。必欲昊穹悔禍，甿庶獲安，非君臣之間更相勉礪，痛心嘗膽，修德著誠，大誅姦邪，頓革風俗，親君子、遠小人，去讒佞、屏聲色，簡嗜慾、崇節儉，則曷以上應天變，下懷民心？四海黔黎，殊未有休息之日。若昔黄帝遭蚩尤之亂，大禹罹洪水之災，然而卒能誅夷〔一〕，終歸平治者〔二〕，正以君臣上下，苦心勞形，杜邪枉之門，開公正之道，天人響應，遐邇協謀，故能平難化之寇〔三〕，成不世之績。是知應非常之變，必當得非常之人。

重念臣自叨殊遇，深荷眷知，雖事不辭難，而功無可紀。自知力小而任重，徒能志大以心勞。而況臣濫居政府以來，天文失軌，風雨不時，夷狄交侵，盜賊多起，蚤夜自省，畏懼彌深。欲隆希世之大勳，必非微臣之可致。伏願皇帝陛下念宗廟社稷之重，憫邊陲黎庶之災，敕己清心，畏天念咎。然後選求賢哲，委付事功，假以歲月之期，漸圖興復之業。俾臣乞身而去，以畢餘生，庶免顛隮，仰負天地生成之賜，不勝至願。奏議卷三〇五案：奏議繫此奏於建炎四年。魏公行狀亦節録此奏，謂建炎「四年二月，公以虜勢未退，治兵入衛。未至襄漢，遇德音，知虜既北歸矣，乃復還關陝……又奏曰『臣竊惟國家不競……』」據宋史高宗本紀三，建炎四年四月「己卯（八日），張浚引兵至房州，知金兵退，乃還」，則此奏當上於建炎四年夏。時浚以宣撫處置使治軍陝西。

校勘記

〔一〕然而卒能誅夷　「誅」，魏公行狀作「平」。

〔二〕終歸平治者　「平」，魏公行狀作「安」。

〔三〕故能平難化之寇　「化」，魏公行狀作「平」。

乞除張上行知興元府奏　建炎四年五月

上行知夔州二年，當湖南盜賊充斥，能增修關隘，保全一路，爲永久之利。乞除修撰、知興元府。輯稿選舉三四之三

案：輯稿選舉三四之三載建炎四年「九月十一日，詔知興元府張上行直龍圖閣。以知樞密院事、宣撫處置等使張浚言『上行知夔州二年……』故有是命」。九月十一日乃朝廷詔下之日。據要録卷三三建炎四年五月條載「是月……宣撫處置使張浚承制以……中

大夫、新知荆南府張上行知興元府」，可知此奏當上於建炎四年五月，文書傳遞時間約四個月。時浚以宣撫處置使治軍西北。

乞差官充金房鎮撫使奏 建炎四年五月至七月

金、房兩州東連襄郢，西控川蜀，道途險阻，最爲衝要。今措置將金、房兩州割屬利州，仍添差精鋭軍馬前去屯駐，與興、洋等州互相照應，關防守禦。勘會金、房州已係分鎮去處，昨差范之才充鎮撫使，身亡，未曾差人。輯稿方域五之一八

案：輯稿方域五之一八載：「建炎四年十月四日，知樞密院事、宣撫處置使張浚言『金、房兩州……』詔令張浚一面選差有風力官充鎮撫使，仍先次之任訖，具名聞奏。」十月四日乃朝廷詔下之日，以當時川陝與朝廷間文書傳遞狀況（三至五個月）推算，此奏或上於建炎四年五月至七月間。時浚以宣撫處置使治軍西北。

乞整軍自治不宜輕舉疏 建炎三年冬至四年秋

臣不避斧鉞之誅，輒以狂瞽之説，昧冒天聽，惟陛下留神省察焉。臣聞兵者國之大事也，社稷安危於此乎決，生民休戚於此乎分。臣雖愚庸，固嘗深考熟究，早夜以思。揆其

大要，亦本人情。

臣竊謂今日之勢，賊虜非有争天下之略，特其部族堅忍，士馬强盛，以數萬精鋭騎卒，驅數十萬亡命無歸之人，爲大盜於四海耳。若關中勁兵，養而後用，一戰而勝，天下可復；苟惟不然，一戰而敗，天下亡矣。何則？兵家急務，不出乎彼己之説。錙銖考較，勝敗自分。顧我國家之名義，與彼之爲不道爲孰正？我之朝廷，與彼之僞爲官府孰治？我之人材，與彼之所用之人孰賢？我之行事，與彼之行事孰得？我之將士，與彼之將士孰勇？我之兵卒，與彼之兵卒孰練？我之甲馬，與彼之甲馬孰多？我之行陣，與彼之行陣孰整？我之賞罰，與彼之賞罰孰明？我之法令，與彼之法令孰行？參稽博採，每每比類。有所不戰，戰無不克。王者之師未戰先勝者，彼己之道素明故也。

陛下念父兄之恥，思宗廟之辱，特發詔書，俾臣任中興之責，所以委遇甚厚，所以期望甚大，臣非木石，安敢愛身以負眷知？惟宗廟社稷大計，有不可不爲陛下敷陳者。陛下欲乘戰勝之鋭氣，效宣王之北征，非徒陛下之所願爲，亦臣之所願爲，非徒臣之所願爲，亦天下之所願爲也。然臣嘗考宣王爲政之迹，則其施設有漸，如詩所謂「内修政事，外攘夷狄，修車馬，備器械，復會諸侯於東都，因田獵而選車徒」，此恐非一朝一夕之積。故鴻鴈之安集離散，采芑之養育人材，庭燎之勤於政事，惟當其無事之時，施設素著，故用於行師之際，戰勝可期。又六月之詩，明言薄伐之舉，至於太原，是直抵其巢穴也。今則不然，金虜之巢穴遠過雲燕，大兵一舉，必興數十萬之衆，然後可以鼓行。使虜之善計者，收其精甲鋭士，置之極邊，休息牧養，益滋鋭氣，以彼之逸，待我之勞，王師將何所爲？不過攻吾之城邑，殘吾之土地，師老疲困，勢必頒師。退有尾襲之憂，進有乏糧之患。逮至秋高馬肥，彼然後乘我困弊，卷甲而來，天下大事去矣。

蓋自兵政之壞，不啻三十餘年，雖有堅甲利器之具，殊無壯馬健兵之實。寖及靖康，勢已衰弱。當是時，有避無戰，而一時用事大臣皆太平書生，不知兵事。或專請求戰，而不知時勢之未宜；或有意避敵，而不知治己之所務。一戰而陷城下之師，再戰而失太原之地，其後望風逃遁，束手無策，勢使然也。今朝廷根本獨在陝西，要當審知彼知己之説，爲必戰必勝之謀，整治軍旅，以當大敵。借使竭國而來，亦可與之抗禦。苟能取勝於此時，然後因利乘便，疾進渡河，天下不勞而可定矣。

臣受陛下重寄，苟有所見，不敢緘默。若夫機會之來，則固有不容聲息者，臣當以身任之；亦不敢輕率少算，致敗大計。唯陛下少寬聖慮。奏議卷二三二

案：此奏原無繫年。内稱「若關中勁兵，養而後用，一戰而勝，天下可復」「今朝廷根本獨在陝西」「不敢輕率少算，致敗大計」，可知此奏當上於建炎三年十月浚抵達陝西後、

建炎四年秋富平兵敗前。

論自治之策疏 建炎三年冬至四年秋

臣輒有區區管見，冒瀆聖聰，退省狂愚，不勝戰慄。臣伏自國家多故以來，每於軍旅之事，私竊留意。蓋嘗深思熟慮，求所以致勝之方，大要不出古語所謂「上策莫如自治」。何則？人心不服不可以戰，將士不相熟不可以戰，卒伍烏合不可以戰，步騎不相敵不可以戰。有是四者，而欲驅以求戰，是謂暴兵。暴兵之敗，未有不喪國亡家者。是以古之明君賢臣，知自治之不可忽，必先修身正己，以率群下，信號令、明賞罰、薄税斂、躬節儉、親君子、遠小人，使賢者處上，不肖者處下。舉國之人，方且愛之若父母，畏之若神明，知吾君之爲可歸，知鄰國之爲我讎。人心既服，然後可以言戰矣。於是擇將命帥，因之以久任，使士卒之心有所屬；分正隊伍，嚴之以紀律，使烏合之弊無所容；蓄財賦，通商賈，使精兵鋭騎填溢國中。有所不戰，其戰必克。臣嘗恭對咫尺之間，屢言及此矣。

大抵欲致中興之治，未可輕率圖之。況兵政之壞，積有歲年，而朝廷綱紀政事有不便於民心者，其來亦久。風俗侈靡，士風凋弊，非一大改革，人心不歸。陛下踐祚以來，兢兢業業，惟自治是圖。臣雖不才，早夜奉承聖訓，思所以服人心、擇將士、治烏合、募騎兵，亦不敢少怠。謂今日之事決可以有爲者，其理昭然。金人侵犯中原，殺戮無辜，不知幾千萬計。虜婦女，劫財寶，其名雖强，其實賊也。陛下但急於自治，而緩於求戰，事無不濟。臣所以縷縷及此者，臣竊觀行在之兵，率多烏合，將士未相諳，步騎未相敵，臣恐爪牙之臣欲圖一旦近功，妄有興舉，既遇堅敵，勢必潰散，自此江浙多事矣。

願陛下明詔大臣，使各類爲一軍。如京師之兵，聚而爲一，京東、河北亦然。屯駐要害之地，犬牙相制，擇善撫循者，時其衣糧以養蓄之，俾不爲中國之患。陛下如以陝西之衆，扈蹕西來，早據形勢，益究自治之策，天下事大定矣。願陛下留意毋忽。臣荷眷遇之厚，盡言無隱，僭越之罪，死無所逃。臣無任皇恐之至。奏議卷二三二

案：奏議繫此奏於建炎三年。内稱「陛下如以陝西之衆，扈蹕西來」，則此奏必上於建炎三年十月浚抵達陝西後、建炎四年秋富平兵敗前。時浚以知樞密院事、宣撫處置使治軍西北。

責降曲端奏 建炎四年冬

本司都統制曲端自聞吴玠兵馬到郡，坐擁重兵，更不遣兵策應，已責海州團練副使，萬州安置。要録卷四二

案：要録卷四二，紹興元年二月「庚寅（二十三日），張浚奏『本司都統制……』詔依已行事理」。二月二十三日乃朝廷詔下之日，以當時川陝與朝廷間文書傳遞狀況（三至五個月）推算，此奏或上於建炎四年冬。時浚以宣撫處置使治軍陝西。

張浚集卷四

奏劄

乞優陞韓迪職名奏 紹興元年初

桑仲侵犯歸州，迪捍禦無虞，功績顯著。輯稿選舉三四之三

案：輯稿選舉三四之三載：「紹興元年五月十六日，詔知夔州韓迪除直徽猷閣。以宣撫處置使張浚言『桑仲侵犯歸州……』故也。」要録卷四四載紹興元年五月「辛亥（十六日）……朝散郎、知夔州韓迪直徽猷閣。先是桑仲犯歸州，迪能禦之，張浚承旨除職二等，言於朝，乃有是命」。五月十六日乃朝廷詔下之日，以當時川陝與朝廷間常程文書傳遞狀況（三至五個月）推算，此奏或上於紹興元年初。時浚以富平兵敗整軍退保蜀口。

宣司印造度牒出賣奏 紹興元年春夏間

恭稟聖訓，便宜行事，見依倣朝廷給降體例，臣本司製造綾紙度牒逐急支降，應副贍

軍使用，許於川陝、京西路販賣，與已給度牒一衮行使，謹具奏知。輯稿職官一三之三二

案：輯稿職官一三之三二載紹興元年「七月六日，詔四川宣撫處置使司自行製造度牒出賣，應副使用，自今降旨揮到日住罷。今後如有合應副支使去處，即差使臣前來行在請降。先是，知樞密院事、宣撫處置使張浚言『恭稟聖訓……』」要録卷四六紹興元年七月六日庚子條亦載：「宣撫處置使張浚以便宜印造綾紙度牒，鬻之川陝、京西，以助軍用，至是以聞，詔日下住罷。」七月六日乃朝廷詔下之日，以當時川陝與朝廷間文書傳遞狀況（三至四個月）推算，此奏或上於紹興元年春夏間。時浚以富平之敗退保蜀口，置司閬州。

乞以扈駕揚州合轉官回授兄滉奏 紹興元年夏

昨任殿中侍御史，自應天府扈從車駕至揚州，合轉一官，乞迴授兄迪功郎滉，改初等合入官。輯稿職官六一之二四

案：輯稿職官六一之二四載：「高宗紹興元年九月三日，知樞密院事、宣撫處置使張浚言『昨任殿中侍御史……』從之。」九月三日乃朝廷詔下之日，以當時川陝與朝廷間常程文書傳遞狀況（三至四個月）推算，此奏或上於紹興元年夏。時浚以宣撫處置使治軍四川。

乞竄黜羈管楊晟惇奏 紹興元年夏

朝請郎楊晟惇挾持詭計，躐求高官，包藏禍心，常幸時變，公肆狂悖，鼓惑衆聽，望賜竄黜羈管。要録卷四七

案：要録卷四七紹興元年九月六日己亥條載：「浚又言『朝請郎楊晟惇挾持詭計……』詔浚一面施行。」九月六日己亥乃朝廷詔下之日，以當時川陝與朝廷間常程文書傳遞狀況（三至四個月）推算，此奏或上於紹興元年夏。時浚以宣撫處置使治軍四川。

乞出給劉鎡等付身奏 紹興元年夏

恭依聖諭，便宜黜陟闕官去處，差過監司、守倅劉鎡等，乞出給付身降下。輯稿兵一四之八

案：輯稿兵一四之八載：「紹興元年九月六日，知樞密院事、宣撫處置使張浚言『恭依聖諭……』詔從之。」九月六日係朝廷詔下之日，以當時川陝與朝廷間常程文書傳遞狀況（三至四個月）推算，此奏或上於紹興元年夏。時浚以宣撫處置使治軍四川。

乞優陞趙開職名奏 紹興元年夏秋間

朝奉大夫、直祕閣、專一總領四川財賦趙開自建炎三年内推行祖宗賣引法，措置出賣茶引，至四年終，收到息錢一百七十餘萬貫，計置買馬，實有勞效，理宜旌賞。臣除已恭依所得便宜黜陟處分將趙開特轉一官外，欲望與開優陞職名。輯稿食貨三二之二五至二六

案：輯稿食貨三二之二五至二六載紹興元年「十月二十一日，知樞密院事、宣撫處置使張浚言『朝奉大夫……』詔趙開與除直顯謨閣」。十月二十一日乃朝廷詔下之日，以當時川陝與朝廷間常程文書傳遞狀況（三至四個月）推算，此奏或上於紹興元年夏秋間。

回奏虜情狀 紹興元年七月

臣於七月十二日伏奉四月初七日詔書。聖旨丁寧，反覆開諭，雖父祖之訓子孫，不過如此。臣伏讀再四，感泣交并。自念罪大無所逃於天地間，陛下方且洗其過愆，責以後效，在臣區區，何以論報？惟當展盡，少答恩私。

除見今虜人動息及臣措置次第，臣已親書始末節次具奏去訖。契勘金賊自四月末，前軍烏魯都統等回師鳳翔。緣吴玠於五月初七、初八、初九三日之間，連獲四捷，遲留山

谷凡一月餘，人馬死亡十之五六，更不敢經由吴玠所駐軍前後，自間道趍秦、隴一帶歇泊。其大軍因此只留陝西諸路。近又因慶陽獲捷，虜鋒甚挫，恐未有東向之意。臣已恭依聖訓，駐兵保險，講武積粟，相時而動。於階、成、鳳州及鳳翔府各據險聚兵外，興元駐大軍以爲聲援。臣又提領重兵以殿其後，四川之險決可保全。所有陝西被掠州軍，見節次撫定。謹具奏知。

〔貼黄〕虜人大軍見今往來關陝之間，恐未能東向，伏乞睿照。永樂大典卷一〇八七六

案：此奏原無繫年。内稱「自念罪大無所逃於天地間，陛下方且洗其過愆，責以後效」，則此奏必上於建炎四年富平之敗後；又稱「吴玠於五月初七、初八、初九三日之間，連獲四捷」，據宋史高宗本紀三，紹興元年五月「癸卯（八日）……金人犯和尚原，吴玠擊敗之」，奏中所言即此役，則顯係紹興元年所上；又因「七月十二日伏奉四月初七日詔書」一句，定此奏於紹興元年七月。時浚以宣撫處置使治軍四川。

請擇宗室厚養以爲藩屏疏 紹興元年八月

臣荷陛下恩德之厚，有踰等倫，顧事有干於宗社大計〔一〕，臣知而不言，誰爲陛下言者〔二〕？惟陛下察其用心，貸其萬死〔三〕。臣恭惟陛下自即位以來，念兩宫倚託之重，夙夜

憂勤，不近聲色，不事玩好，雖古賢王之用心持身，無以加此。是宜天地感格，祖宗垂祐，受福無窮，決致中興。臣之區區，亦冀依日月之末光，獲保終年，少效補報。臣竊見西漢之制，人君即位，首建儲嗣，所以固基本、屬人心。臣願陛下特詔大臣講明故事，仍乞多擇宗室之賢者〔四〕，優禮厚養，以爲藩屏。臣無任懇禱激切之至。奏議卷七三

案：奏議繫此奏於紹興元年。魏公行狀亦載此奏，謂「先是，公在川陝，念上繼嗣未立，以紹興元年八月十五日上奏曰『臣荷陛下恩德之厚……』」因繫之於紹興元年八月。時浚以宣撫處置使治軍四川。

校勘記

〔一〕顧事有干於宗社大計　「宗社」，魏公行狀作「宗廟社稷」。

〔二〕誰爲陛下言者　「誰」「爲」間，魏公行狀多一「敢」字。

〔三〕貸其萬死　「其」，魏公行狀作「以」。

〔四〕仍乞多擇宗室之賢者　「乞多」，魏公行狀作「先」。

置獄推治曲端奏　紹興元年秋

今年二月於階、成州駐兵，與金人相持，聞潼川府路有僞造檄書，稱「平蜀大將軍」，不

顯姓名，指斥宗廟，摇動吏民。臣移師利、閬之間，密切採訪。據知潼川府宇文粹中稱〔一〕：「本府吏民，乞用曲端充統制官等。」緣端跋扈之迹顯著，臣受陛下重寄，豈有主兵之官卻用藩府薦用？萬一事出於意外，臣將何辭以報朝廷？已送端恭州置獄推治外，四川見今前執政、侍從等官在職，慮與臣議論不同，別有奏陳，乞賜下照。要録卷五〇

案：要録卷五〇載紹興元年十二月「甲子朔，知樞密院事、宣撫處置使張浚言『今年二月於階、成州駐兵……』詔已覽來章，令三省劄浚照會」。十二月一日甲子乃朝廷詔下之日，以當時川陝與朝廷間文書傳遞狀況（三至四個月）推算，此奏或上於紹興元年秋。

校勘記

〔一〕據知潼川府宇文粹中稱 「川」原作「州」，據臺圖本改。

乞加封張將軍爵奏 紹興元年秋

邊人侵犯境上，陰佑中興，忠烈助順，英靈如在。其神舊封安國公，乞加王爵。輯稿禮二〇之一五八

案：張將軍，即張飛也。輯稿禮二〇之一五八載「張將〔軍〕祠，在閬州、興元。高宗紹興元年十二月封（顯）〔忠〕顯王。是歲，以樞密、宣撫處置使司張浚言『邊人侵犯境

上……』」要録卷五〇紹興元年十二月四日丁卯條載：「宣撫處置使張浚言：『已封永康軍普德廟神爲昭惠靈顯王，漢右將軍張飛爲忠顯王。』詔依已行事理。普德神，秦蜀守李冰次子也，宣和間改封真人。至是，浚言神比託夢兆，欲掃妖凶，患無兵印，又言閬州有死卒復甦，稱飛與關羽分兵境上，摧拒强敵，故封之。」即此事也。十二月四日乃朝廷詔下之日，以當時川陝與朝廷間文書傳遞狀況（三至四個月）推算，此奏或上於紹興元年秋。

和尚原大捷奏 紹興元年十月

金賊於熙河、秦雍盤泊，自秋及冬，遣發老弱、輜重過河，悉存留精兵，聲言回師。臣察其詭計，必謀窺伺川蜀，以絶關陝。尋措置關隘，嚴爲備禦。專委秦鳳路經略安撫使、陝西諸路都統制吴玠指教將佐，於鳳翔府大散關一帶，先處戰地，誘致其來，痛行掩擊。十月九日，金賊僞四太子親統大軍，於鳳翔府寶雞縣界渡渭河入谷，自谷口至神岔。初十日午時，直犯駐兵處和尚原，玠遣統制官吴璘、雷仲統率將兵與賊拒戰，展轉至晚，殺敗三陣，追襲過河。金賊於神岔口分留一軍通運糧道，尋遣將兵邀其歸路，殺敗數陣。十一日，金賊欲出寶雞前去神岔口，伏兵殺回，奪到馱糧驢畜。是夜二更，遣發諸將於二里驛東金賊僞四太子寨，劫破賊寨，追趕賊人入崖澗。四更，兵將會合西來，换兵自大散關劫賊寨。至十二日寅時，賊衆拔寨遁走，於二里驛東復來迎敵。自寅至酉，大小凡三十餘陣，生擒江南四萬户羊哥孛堇、僞國相黏罕女婿婁堇、姪也不露孛堇等二十餘人。其餘千户至甲軍，生擒并殺獲、墮落溪澗甚衆，金賊僞四太子於後心連被兩箭。其所遣諸將軍馬，前後掩擊僞四太子所統大軍，剿殺幾盡。輯稿兵一四之二二至二三

案：輯稿兵一四之二二至二三載紹興元年「十二月二十六日，宣撫處置使張浚言：『金賊於熙河、秦雍盤泊……』」又，要録卷五〇載紹興元年十二月「戊子（二十五日），知樞密院事、宣撫處置使張浚奏和尚原剿殺金賊」。二書所載稍差一日。又，十二月二十六日乃捷奏抵達臨安時間，以當時和尚原前綫與宣司駐地閬州間文書傳遞狀況（五天左右）推算，浚接獲吴玠軍前戰報並上奏朝廷之時間當在紹興元年十月中旬。

乞加封和尚原三聖神祠奏 紹興元年十月

是歲捍禦金賊，祈禱山神、土地、黑龍王潭祠，創立三聖神祠，四戰皆捷。移寨據黄牛嶺，本境小雨，虜寨大風雨雹，折木震屋，賊懼，遂遁去。乞加封爵焉。輯稿禮二〇之一六五

案：輯稿禮二〇之一六五載「和尚原三聖祠，光堯皇帝紹興元年十月，威烈王封昭烈靈應王，威顯王封忠顯昭應王，威惠王封忠惠順應王。知樞密院事、宣撫處置使張浚言

『是歲捍禦金賊……』」此奏上於紹興元年十月。蓋和尚原大捷後，浚以便宜之權加封原上神祠，並在形式上奏乞朝廷准允。又，乾道臨安志卷一載：「紹興元年，宣撫處置使張浚劄子：『據吴玠陳請，陝西出兵，自來祈禱三聖，屢獲顯應，乞於鳳翔府和尚原立廟。賜旌忠廟額，封忠烈靈應王、忠顯昭應王、忠惠順應王。』」

奏淮南備虜事宜狀 紹興元年末、二年初

臣契勘自到關陝以來，前後累獲近上首領及僞皇親等，厚加待遇，詢問虜情，頗得事實。皆稱金賊用兵，深入重地，利在速進。揀選正女真充精鋭甲軍，先遣三四千人，多帶弓矢，倍養副馬。探知本朝大軍所聚去處，急戰衝擊，臨以弓矢，必致潰敗。因此千里之内，鄉村居民悉皆驚移。本朝雖有精鋭甲軍在後，既聞居民驚移，往往軍心摇動，望風奔走。金人每遇驚移人民，止逼令四散，更不殺戮。前後所説並同。

臣伏覩朝廷見出兵措置淮南等路，臣出使在外，即未知廟算規畫次第，尚慮所遣兵將，弓矢器甲未至堅備，或有新收烏合之衆，不堪破敵。萬一金賊知朝廷兵馬在近，分遣精鋭，先至驚亂，即江南軍民不無動摇。臣愚欲乞朝廷特賜講究，令淮南一帶小作頭項，各據險地，爲堅壁清野之計，以保軍民家屬。賊衆之來，勿與接戰，使之自困。若團聚大

軍，止作一處，竊慮以戰則未能當虜人之鋒，以守則必有糧食闕絶之患。如使至期那退，必致摇動人情。緣今來利害所繫甚大，臣除未知朝廷措置事理的實外，苟有所見，不敢緘默。臣無任激切之至，取進止。

〔貼黄〕臣契勘今來朝廷所遣軍馬，慮有旋行招收烏合之衆，萬一遇敵，恐致奔潰，因而摇動江南軍民之情。以臣所見，恐可止於淮南東、西選擇地利，安置山寨或水寨，據險保聚，分駐人馬，爲清野自保之計。或移那近裏，守固險要，淮南量留軍馬，以爲斥候。更乞聖慈深賜熟議施行。

臣契勘今賊凡用兵，多選正女真精鋭甲軍以爲先鋒，唯務弓矢，最多每人帶箭不下三百隻。深恐朝廷軍馬弓矢未備，緩急遇敵，别致誤事，欲望睿慈更賜詳酌施行。

臣契勘今來賊虜之情，緣鳳翔大敗之後，勢必增兵西來，未能窺伺江南。竊慮今來淮南去賊差近，恐致探知，分遣精鋭人馬因循引惹深入。欲望朝廷令淮南速爲清野堅壁之計，蓄藏鋒鋭，以待機會。臣出使在遠，無緣備知措置始末，區區憂國之心，實爲過計，僭越狂妄之罪，臣不敢逃。伏乞睿照。永樂大典卷一〇八七六

案：此奏原無繫年。貼黄稱「今來賊虜之情，緣鳳翔大敗之後，勢必增兵西來」，所謂「鳳翔大敗」，當乃指紹興元年十月和尚原之戰，則此奏當上於紹興元年末、二年初。時浚

以宣撫處置使治軍四川。

乞陞趙開職名奏 紹興元年末、二年初

直秘閣、都大同主管川陝茶馬公事、兼隨軍轉運使趙開措置川路隔槽酒務，自建炎四年春至紹興元年秋，增收息錢一百四十萬緡，已陞直龍圖閣。要録卷五三

案：要録卷五三紹興二年四月「己巳（八日）」，宣撫處置使張浚言：『直秘閣、都大同主管川陝茶馬公事……』詔中書省給告」。四月八日乃朝廷詔下之日，以當時川陝與朝廷間常程文書傳遞狀況（三至四個月）推算，此奏或上於紹興元年末、二年初。時浚以宣撫處置使治軍四川。

已運米五萬斛至荆南奏 紹興二年初

已運米五萬斛至荆南，欲理川口，與行在相接。要録卷五三

案：要録卷五三紹興二年四月「甲申（二十三日）」，宣撫處置使張浚言：『已運米五萬斛至荆南……』」四月二十三日乃朝廷詔下之日，以當時川陝與朝廷間常程文書傳遞狀況（三至四個月）推算，此奏或上於紹興二年初。時浚以宣撫處置使治軍四川。

已加封梓潼縣英顯王奏 紹興二年初

比形靈應，大破群凶……已加封梓潼縣英顯王「武烈」二字。要録卷五三

案：要録卷五三紹興二年四月二十四日乙酉條載：「宣撫處置使張浚言『已加封梓潼縣……』……詔令中書省出告。」四月二十四日乃朝廷詔下之日，以當時川陝與朝廷間常程文書傳遞狀況（三至四個月）推算，此奏或上於紹興二年初。時浚以宣撫處置使治軍四川。

乞均房二州聽宣司節制奏 紹興二年春

桑仲侵犯均、房州，已令鎮撫使王彦掩殺，乞嚴行戒約，令兼聽臣節制。要録卷五三

案：要録卷五三載紹興二年閏四月「甲辰（十四日），張浚奏『桑仲侵犯均、房州……』詔京西係屬宣撫處置地分，自合節制。」閏四月十四日甲辰乃朝廷詔下之日，以當時川陝與朝廷間常程文書傳遞狀況（三至四個月）推算，此奏或上於紹興二年春。時浚以宣撫處置使治軍四川。

復程唐舊職奏 紹興二年春

唐累該赦宥，合復舊職，已劄下先次繫階，乞下有司，於寶文閣學士上降敕。要録卷五三

案：要録卷五三載紹興二年閏四月丁未（十七日），「宣撫處置使張浚承制復徽猷閣直學士程唐爲寶文閣學士，充參謀官，專一措置財用。浚言：『唐累該赦宥……』……從之」。閏四月十七日乃朝廷詔下之日，以當時川陜與朝廷間常程文書傳遞狀況（三至四個月）推算，此奏或上於紹興二年春。時浚以宣撫處置使治軍四川。

乞宣司所差官朝廷不得衝替奏 紹興二年春

四川監司、知通闕人去處，本司已差官到任，而朝廷所差官後至者，乞別與本等差遣。要録卷五三

案：要録卷五三載紹興二年閏四月丁未（十七日），「宣撫處置使張浚……又言『四川監司……』皆從之」。此奏亦紹興二年春所上。時浚以宣撫處置使治軍四川。

乞令成都知府王似再任奏 紹興二年春

似選練軍馬，創置將分，整治器械，應辦軍須，備見宣勞，無所侵擾，將欲任滿，衆惜其

去。乞優進職名。輯稿職官六〇、選舉三四之四

案：輯稿職官六〇載紹興二年「六月九日，詔知成都府王似除顯謨閣直學士，令再任。以知樞密院事、宣撫處置使張浚言『似選練軍馬……』故有是命」。（輯稿此處有錯簡，點校本已移正，今從之。）輯稿選舉三四之四載紹興二年六月「九日，徽猷閣直學士、成都府路安撫使王似除顯謨閣直學士，仍再任。以知樞密院事、宣撫處置使張浚言『似選練軍馬……』故有是命」。兩處記載爲同一奏疏，分書之。要録卷五五亦載此事。六月九日乃朝廷詔下之日，以當時川陜與朝廷間常程文書傳遞狀況（三至四個月）推算，此奏或上於紹興二年春。

進唐故事論謹微疏　紹興二年春夏間

臣竊謂天下之事，每當謹微，一失其原，終不可救。古語謂「涓涓不絶，浩浩奈何」，凡以微之不可不謹也。古之君人者，非不欲遠追三代，興太平，而治世常少，亂世常多，何哉？幾微之間，禍患已成，而人主每以其微而忽之。故日積一日，而終至於敗亂喪亡也。明皇之於唐也，鋤韋氏之亂，致承平之業，聰明睿智，號爲賢君。迨楊妃一用，遂成播遷。當是時，明皇豈以此事爲果足以壞天下哉？夫惟以其微而忽之，故變亂遂大。非特此也，

藩鎮跋扈，終亂王室。原其始也，特本夫假借一二武夫以數州之地而已。北司恣横，與唐俱亡。原其始也，特本夫差委一二中官兼總衛兵而已。事之細微，不可不謹，每每若此。唐事至近，可以類考。竊惟陛下萬幾之餘，必嘗留意經覽於此。臣之管見，何足補助萬一。奏議卷一九六

案：奏議繫此奏於紹興二年。魏公行狀亦節録此奏，然文字頗異，茲録於下：「天下之事，每當謹微，一失於初，末不可救。夫莫顯者，微也。常情謂爲微而忽之，明智以其著而謹之。唐玄宗惑女色，而致禄山之禍；憲宗任内侍，而啓晚唐之禍。其初二君之心皆以爲微而不加察也，孰知其貽害之烈至此哉！願陛下於事之微每深察焉，則天下幸甚。」行狀亦僅云此奏上於紹興二年，未言何月。全宋文繫此奏於二月下旬，恐誤。考行狀謂「遣内侍任源往宣旨，源歸，公附奏謝，且密奏曰『天下之事……』」又要録卷五一載紹興二年正月「辛酉（二十九日），遣入内東頭供奉官、睿思殿祇候任源往張浚軍前撫問」，以當時朝廷與川陝交通估算，任源自臨安抵達宣司駐地閬州，當在紹興二年春夏間。浚因「源歸」「密奏」，亦當在紹興二年春夏間。時浚以宣撫處置使治軍四川。

王庶與王似易任奏 紹興二年閏四月

知興元府王庶與陝西都統制吴玠、金均房州鎮撫使王彦，皆以職事不相協和，深恐有誤國事。臣以便宜將庶與知成都府王似兩易其任，庶幾將帥一心，相爲犄角，併力合謀，以定興復。要録卷五七

案：宋代蜀文輯存繫此奏於紹興二年八月，誤。要録卷五七載紹興二年八月「丙申（九日）……宣撫處置使張浚奏『知興元府王庶……』從之」。八月九日丙甲乃朝廷命下之日。據宋史高宗本紀四，紹興二年閏四月，「張浚命利夔制置使王庶與知成都府王似兩易其職」，浚奏當上於此時，因繫此奏於紹興二年閏四月。此奏所反映四川與朝廷間文書傳遞時間約三至四個月。時浚以宣撫處置使治軍四川。

乞賜度牒萬道奏 紹興二年夏

見依倣朝廷體制，造綾紙度牒，爲贍軍、修城壘、除戎器之用，或不如則。乞給降度牒萬道，付張滉以歸，俟至即罷。要録卷五八

案：要録卷五八紹興二年九月十四日辛未條載：「宣撫處置使司言：『見依倣朝廷

體制……』詔以五千道賜之。」九月十四日乃朝廷命下之日，以當時川陝與朝廷間常程文書傳遞狀況（三至四個月）推算，此奏當上於紹興二年夏。時浚以宣撫處置使治軍四川。

乞優陞董詵職名奏　紹興二年夏

金賊犯和尚原，詵協力致糧，克成大功。便宜黜陟，超轉詵奉議郎，乞除直祕閣。輯稿選舉三四之四至五

案：輯稿選舉三四之四至五載紹興二年「九月二十九日，詔承事（節）〔郎〕、通判鳳翔府、兼權陝西路轉運判官董詵除直祕閣。先是，宣撫處置使張浚以『金賊犯和尚原……』詔從之」。九月二十九日乃朝廷命下之日，以當時川陝與朝廷間常程文書傳遞狀況（三至四個月）推算，此奏或上於紹興二年夏。時浚以宣撫處置使治軍四川。

差田祐恭知珍州奏　紹興二年六、七月間

恭依聖訓便宜行事。將珍州管界境土已選差正侍大夫、華州觀察使、夔州路兵馬鈐轄、知務川城田祐恭充知州，依倣務川城例施行，庶得省免經費，爲公私利便。所有黔州元撥隸珍州税户李澤等四十九家，並令撥還彭水縣等處。已行下田祐恭更切相度條具，

中本路帥司審度，保明供申，别聽本司指揮。輯稿方域七之九

案：輯稿方域七之九載：「紹興二年十月四日，宣撫處置使張浚言『恭依聖訓便宜行事……』從之。」十月四日乃浚奏抵達朝廷之日，以當時川陝與朝廷間常程文書傳遞狀況（三至四個月）推算，此奏或上於紹興二年六、七月間。時浚以宣撫處置使治軍四川。

賜陝西類省試進士出身奏 紹興二年八月

遵依詔旨，選官就成州鏁院類試陝西路發解舉人，考到合格周模等一十三人，已恭依便宜聖訓，第一名特賜進士出身〔一〕，餘並特賜同進士出身訖。輯稿選舉二之一五

案：輯稿選舉二之一五載紹興二年「十二月十七日，知樞密院事、宣撫處置使張浚言『遵依詔旨……』詔依，令尚書省給降敕牒」。要録卷六一紹興二年十二月十七日癸卯條亦載：「宣撫處置使張浚即成州置院，類試陝西發解進士，得周漢等十三人。浚承制賜漢進士出身，餘同出身。癸卯以聞，詔令尚書省給黄牒。」十二月十七日乃詔下之日，據宋史高宗本紀三，紹興元年二月二十九日丙申詔「諸路提刑司以八月類省試」，結合當時川陝與朝廷間文書傳遞狀況（三至四個月），此奏或上於紹興二年八月末。

校勘記

〔一〕第一名特賜進士出身　「第」原作「等」，據文意改。

乞薦舉本司轉運使副下屬官依發運司體例施行奏　紹興二年冬

諸路經略、安撫、發運、監司屬官，依條許逐司官互相薦舉。所有本司隨軍轉運使、副下屬官，内係選人員闕，在法合用舉主陞改，緣未有許監司等薦舉指揮，欲依發運司屬官體例施行〔一〕。輯稿職官四一之二六至二七

案：輯稿職官四一之二六至二七載：「紹興三年二月五日，宣撫處置使張浚言『諸路經略、安撫、發運、監司屬官……』從之。」二月五日乃詔下之日，以當時川陝與朝廷間常程文書傳遞狀況（三至四個月）推算，此奏或上於紹興二年冬。時浚以宣撫處置使治軍四川。

校勘記

〔一〕欲依發運司屬官體例施行　「例」原作「列」，據文意改。

論謹近臣進退將帥用捨疏　紹興二年

臣昔歷考傳記，深究前代得失存亡之因。竊觀漢高祖所以屢危而復振，不過豁達大

度，信任三傑耳。夫漢高祖承亡秦之餘，自始及終，以此道平定天下。是知寬洪任人，真御天下之長策。方今金虜狂暴，無異亡楚。陛下承祖宗二百年之緒，仁恩惠澤，沛然在人，而又聖德日新，著聞天下。中興之治，夫何遠哉？

臣愚願陛下鑒漢祖之所以得天下者，默而識之。事有疑貳，與之更新。舉能用賢，期以信任。蓋自崇觀以來，士風寖壞，學儒爲業者往往背道而營私。故進説於人君者，或懷朋黨之私，或快宿昔之忿，遂使大臣不得行其志，小臣不得盡其才。且夫郡守方伯之任，亦已重矣，往年被論者動輒十數，相繼罷斥，跡其所攻，率多舊過。

臣謂處今之職，贓污不才，民實受害，按而得實，黜之可也；而指擿往事，虚實未明，數郡之間，迎送不暇，此豈爲國家計乎？況多事之日，利害有大於迎送。以此推之，近臣進退，將帥用捨，尤當謹審。且布衣之交尚有腹心相與者，緩急之間，誓死期許。況陛下以帝王之尊，御天下之大，欲致中興，欲平禍難，非得社稷之臣數輩，信而任之，果何能濟邪？至於夷考其大節，究觀其忠義，求之於始，信之於終，此又陛下之所優爲，臣愚願併以爲獻。奏議卷一四二

案：奏議繫此奏於紹興二年，姑從之。時浚以宣撫處置使治軍四川。

論格天之實疏 紹興二年

自古聖賢之君，莫不以畏天爲心。其意若曰：天道雖高，其聽甚邇。語默動静，天實臨之。故一話一言，一舉一措，靡不孜孜恭肅，務格天心。方今大寇憑陵，民墜塗炭，四方歸心，期致太平者，責在陛下。臣愚伏乞政事之餘，平澹自養，正心修身。自然言行之間，可以動天，禍難之作，指日消弭。凡此皆人君格天之實也。陛下聖學高妙，固已自得。臣愚區區愛君之心，願以所知爲獻耳。奏議卷一三

案：奏議繫此奏於紹興二年，姑從之。時浚以宣撫處置使治軍四川。

張浚集卷五

奏劄

乞用恩例陳乞母舅徐愈宮觀奏 紹興二年末、三年初

乞用恩例陳乞母舅左朝議大夫徐愈宮觀一次。輯稿職官五四之三四

案：輯稿職官五四之三四載紹興三年「三月二十五日，知樞密院事張浚言『乞用恩例……』從之」。三月二十五日係詔下之日，以當時朝廷與川陝間常程文書傳遞狀況（三至四個月）推算，此奏或上於紹興二年末、三年初。

乞朝廷差官踰期者别與差遣奏 紹興二年末、三年初

逐路監司、知通等所有闕官去處，選差奏聞，先令赴任管幹職事。竊慮奏狀未達間，别行差官前來。緣道路遥遠，多是所替人已年滿過期，再差官到任亦已多日。若便令交割，不唯有礙見任人資考，兼恐所差人各懷不測替罷，不肯究心職事。今欲將朝廷差到官

如踰期者，別與本等合入差遣，所貴各不相妨。輯稿職官四一之二七

案：輯稿職官四一之二七載紹興三年「三月二十六日，知樞密院事、宣撫處置使張浚言『逐路監司、知通等……』從之」。三月二十六日係詔下之日，以當時朝廷與川陝間常程文書傳遞狀況（三至四個月）推算，此奏或上於紹興二年末、三年初。

奏虜犯金州攻禦事宜狀 紹興二年末、三年初

臣契勘金賊僞皇弟郎君撒離喝及叛賊劉豫弟僞大王劉益，於十二月初復聚河東、燕山、陝西僉軍及金賊正甲軍等侵犯金州。臣已指揮同都統制王彦先次盡行清野外，堅壁不戰，使之困弊，俟賊頭回，首尾襲擊，以取全勝。兼節次調發本司正甲軍三萬餘人，差都統制吴玠於金、洋州界首屯駐，以備大戰。伏乞睿照。

〔貼黄〕臣契勘金賊自長安聚兵，深入至金州，約一千里，糧道甚艱。緣諸將堅壁，不與接戰，已見困弊。伏乞睿照。

臣契勘金賊分數頭項侵犯川蜀，其熙、秦一帶，係是輕兵。先緣關師古於熙河擊散甲軍二千餘人、僉軍一萬餘人，節次秦鳳路統領鄭師正於伏羌城又擊散叛賊李彦琦軍三千餘人、金賊甲軍一千餘人，見今岷、秦一帶別無賊馬。所有鳳翔和尚原及隴州一

帶，見委節制郭浩、總管吴璘、統制雷仲等駐兵捍禦，可保無虞。伏乞睿照。

臣契勘虜人近緣俞都反叛，誅殺契丹、漢兒首領八十餘人，虜人心離異，遂糾合大兵，以求決戰。今所犯金州賊馬，正甲軍約一萬餘人、僉軍二萬餘人、馬一萬五千餘騎。臣見措置斷絶糧道，堅壁自守，待其困弊，以取全勝。其長安諸路更無賊馬重兵，臣止候捍退前項賊馬，或憑仗天威，遂致破滅。賊勢可以畢見，即條具合行措置事務奏陳。伏乞睿照。永樂大典卷一〇八七六

案：此奏原無繫年。「俞都反叛」，即金史太宗本紀所載天會十年「九月，元帥右都監耶律餘睹謀反」事。又内稱金人「自長安聚兵，深入至金州」，顯係紹興二年末侵蜀事。又云指揮王彦清野，知是時金州尚未陷落或浚尚未獲悉金州失陷事。考金州失陷，事在紹興三年正月九日乙丑（要録卷六二），則此奏當上於紹興二年末、三年初。時浚以宣撫處置使鎮守四川。

爲劉子羽趙開吴玠辨譖疏 紹興三年初

臣被命出使以來，獨荷陛下眷遇之厚，致茲保全，而浸潤之言，静思可畏。至如劉子羽，雖稍輕易，而忠義盡瘁，以死任責，故於調和將士，最其所長，而或者乃謂其盡失將帥

之心。趙開公廉持身，深疾贓吏，所措置茶、鹽、酒三事，斂不及民，以足用度，而或者乃謂其苛虐於民。吴玠和尚原每行獲捷，招來甚衆，而或者乃謂其將士背叛。諸叛迫於畏死之故，從虜偷生。虜之欲危社稷，固亦有素，而或者乃謂叛人致之。緣臣自抵關陝、川蜀，所乞廢放流逐者不一，如辛彦宗、潘浹之徒不下數十人，而又别白功罪，退黜贓私。四川員闕不能盡滿人人之欲，此輩日夜騰議，欲以危臣，先及官屬。况劉子羽預邊議，趙開總財賦，二人者先被罪責，則臣束手廢事矣。且自昔立人之朝者，往往各立門户，不恤國家大計，至於因循敗事，則歸之以無可奈何。此臣所以日夜痛心，恨無羽翼以仰訴於陛下之前。

〔貼黄〕契勘王似與宰相吕頤浩通鄉里親戚之好，臣今所奏，不免違拂頤浩之意。又臣兄滉近離行在，吕頤浩之子爲臣兄滉言，有譖臣於朱勝非者，謂臣在平江勤王日，嘗欲斬勝非之首。事之有無，仰惟不逃聖鑑，而臣孤危之蹤，日夕恐懼。伏乞睿照。編年綱目卷四

案：此奏原無繫年。全宋文繫之於紹興二年九月，恐誤。考紹興二年九月二十九日丙戌，朝命以王似爲宣撫處置副使（要録卷五八），奏中稱「契勘王似與宰相吕頤浩通鄉里親戚之好，臣今所奏，不免違拂頤浩之意」，則浚已聞王似除命。又稱「臣兄滉近離行

在」，考張浞自臨安歸四川，事在紹興二年十月十三日庚子（要録卷五九），浞與浚之私書傳遞，當在三個月左右，推斷此奏當上於紹興三年初。時浚以宣撫處置使治軍四川。

論王似充宣撫副使五不可疏 紹興三年初

臣輒具危懇，上瀆聖聰。區區至情，仰祈睿照。再念事干大計，利害非輕，臣而言之，惟恐違拂朝廷之意，微臣孤遠之蹤，無所逃責；臣而不言，終致上誤國家，非臣捐身以事陛下之意也。

臣近奉聖旨，差王似充宣撫處置副使。臣伏思聖意高遠，所以爲天下之計者至厚。慮臣一有犬馬之疾，或誤使令，遠方無副，將士失歸，此蓋甚善計也。然臣熟知王似平生最詳。鎮重寬厚，於民不擾〔一〕，似之所長；至於駕御將帥〔二〕，裁處機事，不爲身謀，以圖事功，緩急之間，恐未可仗〔三〕。若臣蒙陛下聖恩，得請而去，事有不可勝言者矣。此其一也。臣又伏思陛下之意，欲委似招徠未附之人。臣竊惟天下之患，獨在金虜。虜未退聽，難將不已，何暇撫叛？又況似任環慶日，嘗爲制置使，行檄諸路，皆不奉從。如張中孚之徒，昔有深隙，今又安能懷之使來乎？此其二也。臣被命川陝，外而劉子羽、吴玠之徒，蹈萬死一生之地，與虜爲讎；内而張深、程唐日夜謀議。此輩皆以侍從高選，嘗立破虜之功，其意各望陛下天日照知，寖加任用〔四〕。今事將就緒，一旦以無功侍從驟處副任，人情謂何？此其三也。臣去歲差似知興元府，兼節制吴玠、王彥。彥與玠各有論列，遂復以劉子羽代之。今似爲副使，必不安職。此其四也。臣最單微，獨荷陛下知遇，屢經大謗，悉荷保全，凡所委任，莫非親付。今似未嘗得對天日之表，有此除擢，恐自此臣之過失日聞於陛下之前矣。此其五也。臣之區區肝膽，畢露於此。伏乞陛下念臣嘗有微績，曲賜保全，俾之退歸遂養疾。臣之未死，尚當圖後日之報。臣無任祈懇之至。

〔貼黄〕契勘臣所陳事理，上干國家。臣非不知含糊苟且，自爲身謀，特慮劉子羽、張深、程唐、吴玠、王彥之徒必自引去，而似之才能庸常，終至敗事。臣雖萬死，無以塞責。兼事之利害，又有至切者。伏見蜀之士大夫及流寓侍從官以下，貽書至臣及朝廷執事，皆以自守安静爲言。彼非爲陛下國家計，乃自爲家屬及一身計者也。曾不知將士所以捨僞從正，數至十五餘萬，彼於臣何有哉？特以上念祖宗恩德之厚，次戴陛下養育之仁，各欲奮力，以求平定。今若按兵自固，能保其不離散而爲亂乎？此特其一耳。又況虜爲不道，必欲傾摇我社稷，翦除我民人，而我乃委靡自困〔五〕，終必爲虜所滅。爲此説者，蓋不思之甚也。臣每與劉子羽、吴玠、王彥等日夜治兵，儲糧食，備器械。其一蓋欲張大聲勢，使虜知我必與爲敵，不敢萌意南行；其二亦欲激勵將士，講明戰陣，爲陛下興大利、除大害，奉迎車駕，以福中原。而或者區區獨爲身謀，遂起怨謗，相爲朋黨，求撓臣權。在臣去就利害甚輕，而國家之計恐有未便。伏望陛下謀之於心，斷之於己，以惠天下。臣之此言，天日鬼神，實所照知。伏望陛下留臣章疏於中，恐大臣不安其職，求爲進退，益煩聖慮。臣無任懇切之至。奏議卷二三八

案：此奏原無繫年。續宋中興編年資治通鑑卷三、編年綱目卷四俱節録此奏。續宋中興編年資治通鑑卷三謂「浚聞王似來，求解兵柄，且上疏略曰『臣熟知王似平生最詳……』」奏中稱「臣去歲差似知興元府」，考王似差知興元，事在紹興二年閏四月（宋史高宗本紀四），則此奏必上於紹興三年。又朝命以王似爲宣撫處置副使，事在紹興二年九月二十九日丙戌（要録卷五八），以當時川陝與朝廷間軍期急切類文書傳遞狀況（約兩個月）推算，此奏當上於紹興三年初。時浚以宣撫處置使治軍四川。

校勘記

〔一〕於民不擾　「於」，續宋中興編年資治通鑑卷三作「爲」。

〔二〕至於駕御將帥　「至」字原闕，據續宋中興編年資治通鑑卷三、編年綱目卷四補。

〔三〕緩急之間恐未可仗　「間」，續宋中興編年資治通鑑卷三、編年綱目卷四作「際」；「未可仗」，續宋中興編年資治通鑑卷三作「不可使」。

〔四〕寖加任用　「用」，續宋中興編年資治通鑑卷三、編年綱目卷四作「使」。

〔五〕而我乃委靡自困　「乃」，續宋中興編年資治通鑑卷三作「自」；「自」，續宋中興編年資治通鑑卷三、編年綱目卷四作「日」。

乞放大寧鹽至京湖販賣奏　紹興三年初

湖北、京西盜賊漸衰，未有客販鹽貨。本司恭依便宜聖訓，從權措置將夔州路大寧鹽許客旅興販貨賣，接濟民間食用，候有淮、浙鹽到日住罷。近準紹興二年五月二十八日尚書省劄子約束，不許大寧鹽入別路界。本司已劄下荆南府歸峽州荆門軍公安軍鎮撫使解潛契勘，如有淮、浙鹽到，供贍得足，即關報夔路，依已措置住行放過大寧鹽；若未有客人興販淮、浙鹽貨，亦報逐路權宜放行，接濟軍民食用。輯稿食貨二六之一一至一二

案：輯稿食貨二六之一一至一二載紹興三年「四月四日，宣撫處置使司言『湖北、京西盜賊漸衰……』詔宣撫司照會紹興二年九月十三日已降指揮施行」。要録卷五四亦載此事。四月四日乃朝廷詔下之日，以當時川陝與朝廷間常程文書傳遞狀況（約三個月）推算，此奏當上於紹興三年初。

乞命劉子羽吴玠爲宣撫判官奏　紹興三年初

王庶、王似、盧法原威望素輕，乞命劉子羽、吴玠並爲判官。宋史卷二七高宗本紀四

案：宋史高宗本紀四載，紹興三年四月「己酉（二十四日），張浚奏『王庶、王似……』不報」。四月二十四日乃奏書抵達朝廷的時間，以當時朝廷與川陝文書傳遞狀況（三個月）推斷，此奏或上於紹興三年初。時浚以宣撫處置使治軍四川。

饒風關捷奏 紹興三年二月

金賊自去年九月於鳳翔、長安團聚大兵，窺伺川蜀。至十二月初，果分三路進兵：一路自熙、秦牽制，一路屯駐鳳翔，一路甲軍、簽軍等衆至十萬，自長安路直趨金、商，侵犯梁、洋。尋委王彥、劉子羽、吴玠嚴備戰守，合謀破賊，金、商一帶，並行清野，於漢江南岸掎角駐兵，相爲外援。二月五日，都統制吴玠大破賊徒於真符縣饒風嶺，生擒金賊千户首領一人，活（人）〔捉〕一千餘人。統制官楊皋破賊於枝溪，生擒賊徒二百餘人，追襲二十餘里，奪牛羊、器甲，生擒漢兒、女真簽軍百餘人，前後俘獲五千人。十七日（一），吴玠親帥諸將迎敵，往復六十餘陣，射金賊死傷不可計，餘衆皆遁。輯稿兵一四之二三至二四

案：輯稿兵一四之二三至二四載紹興「三年三月十九日，宣撫處置使張浚奏報『金賊自去年九月……』」此係捷報抵達臨安時間。奏中稱「十七（一）日，吴玠親帥諸將」云云，以宣司駐地閬州與饒風關軍前文書傳遞狀況（三四日）推算，浚上奏時間當爲紹興三年

二月十五日左右。

校勘記

〔一〕十七日　要録卷六三載紹興三年二月五日辛卯，「吴玠與敵遇於真符縣之饒風關」，「凡六日，關陷」，「七」字當係「一」字之誤。

乞差張深知成都府奏　紹興三年三月

被旨：王似除端明殿學士、川陜等路宣撫處置副使，其知成都府令張浚具名奏差。臣今欲乞改差端明殿學士、左正奉大夫、宣撫處置使司參議張深充成都府路兵馬鈐轄，兼本路安撫使，兼知成都軍府事，望給降告命。輯稿職官四一之二七

案：輯稿職官四一之二七載紹興三年「六月十九日，知樞密院事、宣撫處置使張浚言『被旨：王似除端明殿學士……』從之」。要録卷六六亦載紹興三年六月「壬寅（十九日），端明殿學士、宣撫處置使司參議官張深知成都府，充本路安撫使。初，深以老疾丐免，張浚命深五日一赴司視事，會成都闕守，有詔浚具名奏差。浚承制授深，至是申命」。六月十九日係詔下之日，以當時朝廷與川陜文書傳遞狀況（三個月）推算，此奏當上於紹興三年三月。

使還乞祠疏 紹興三年四月

君臣相與之際，自古所難。惟聖賢之君，乃能終始保全，使其臣立於無過之地，史册書之，後世歌之。此臣日夜引領東向，區區有求於陛下者也。臣以崎嶇孤旅之身，幸蒙擢用，適時艱危，屢經大變。臣荷陛下恩德深隆，不敢以家室宗族爲念，勉竭股肱之力，庶幾有濟。力倡忠義，決圖破敵，誓不俱生。而臣志大而才疎，心忠而識闇，舉措謬戾，動致怨尤。首罷使權，繼膺召命。再念臣五年使事，心力俱疲，疾病交攻，日以衰弱。願陛下推保全之志，廣均逸之仁，俾獲真祠，奉事香火。方今大敵敗卻，將士一心，外敵之勢漸衰，中國之威將振。臣之求退，不爲無辭。異時儻未死於溝壑，尚求報於天地。執筆見意，涕淚交流。要録卷六七

案：要録卷六七紹興三年七月十一日甲子條載：「知樞密院事張浚言『君臣相與之際……』詔不允，令浚疾速赴行在。」七月十一日乃詔下之日，以當時朝廷與川陝文書傳遞狀况（三個月）推斷，此奏或上於紹興三年四月。時浚將解宣撫處置使職事。

支撥贍軍鹽應副解潛軍費奏 紹興三年十、十一月間

荆南府見屯駐大軍，費用不貲，竊慮闕乏〔一〕，臣已於隨行贍軍鹽内支撥一十萬斤應副解潛，充軍期支遣去訖。輯稿食貨二六之二一

案：要録卷七一亦節録此奏。輯稿食貨二六之二一載紹興三年「十二月十五日，知樞密院事張浚言『荆南府見屯駐大軍……』詔除張浚已支鹽一十萬斤應副解潛外，更不得將帶川鹽過界，有害鹽法」。十二月十五日乃詔下之日，以當時荆湖與朝廷文書傳遞狀況推斷，此奏或上於紹興三年十、十一月間。

校勘記

〔一〕竊慮闕乏　「闕」原作「間」，據要録卷七一改。

乞降祝文付下四川奏 紹興三年秋冬

四川自七月以來，霖雨、地震，蓋名山大川久闕降香，乞製祝文付下。要録卷七二

案：要録卷七二，紹興四年正月「癸酉（二十三日），輔臣進呈張浚奏『四川自七月……』」以奏疏内容及當時朝廷與川陝文書傳遞狀況推斷，此奏或上於紹興三年秋冬。

乞支降錢物添置鼎州車船奏 紹興三年末、四年初

近過澧、鼎州，詢訪得楊么等賊衆多係群聚土人，素熟操舟，憑恃水險，樓船高大，出入作過。臣到鼎州，親往本州城下鼎江閱視。知州程昌禹造下車船，通長三十丈或二十餘丈，每隻可容戰士七八百人〔一〕，駕放浮泛往來，可以禦敵。緣比之楊么賊船數少，臣據程昌禹申，欲添置二十丈車船六隻，每隻所用板木材料、人工等共約二萬貫。若以係官板木，止用錢一萬貫，共約錢六萬貫。乞行支降，及下辰、沅、靖州計置板木。如係私下材植，即行支給價錢，和買使用。臣已於隨行官兵請受錢物輒那金三百兩，付程昌禹收管買木，及劄下辰、沅、靖州，多方計置應付去訖。所有少缺錢物，望賜量度應副。輯稿食貨五〇之一五

案：輯稿食貨五〇之一五載紹興「四年二月七日，知樞〔密〕院事張浚言『近過澧、鼎州……』勘會……」二月七日乃詔下之日，以當時荆湖與朝廷文書傳遞狀況推斷，此奏當上於紹興三年末、四年初。時浚已解宣撫處置使職事，由四川返朝，途經荆湖。

校勘記

〔一〕每隻可容戰士七八百人 「隻」原作「支」，據文意改。下同。

令荆南府潭州等地措置箭簳奏 紹興三年末、四年初

荆南府、潭、筠、峽州最係出産箭簳去處，已令各計置一二三百萬赴行在。要録卷七三

案：要録卷七三載紹興四年二月「丁亥（七日），知樞密院事張浚言：『荆南府、潭、筠、峽州……』」此奏當與乞支降錢物添置鼎州車船奏同時奏到。時浚已解宣撫處置使職事，由四川返朝，途經荆湖。

乞依例推恩差帶官屬奏 紹興四年二月

被旨召還樞庭，依已降指揮，將帶軍馬前赴行在。今來道路遼遠，一行起發事務并將來合奏陳宣撫司文字不少，臣已量度差帶官屬分頭管幹。欲乞候到行在，依例推恩，仍特與内外陞等差遣一次。輯稿職官四一之二九

案：輯稿職官四一之二九載：「紹興四年三月一日，知樞密院事張浚言『被旨召還樞庭……』從之。」考紹興四年二月二十六日，浚至行在入見（要録卷七三），然觀此奏文辭，似浚將至行在時所上。時浚已罷宣撫處置使職事，仍執政、知樞密院事。

乞斥遠和議疏 紹興四年三月

臣竊觀此虜情狀，專以和議誤我，亦云久矣。彼勢蹙則言和，勢盛則復肆，前後一轍。請姑以近事明之。紹興二年秋〔一〕，粘罕有親寇蜀之意，先遣王倫還朝，且致勤懇。蓋懼朝廷大兵乘彼虛隙，又其爲劉豫之計，至委曲周悉也。自後九月，余覩作難，前謀遂寢。至十二月，余覩之難稍息，則復大集番漢之衆，徑造梁洋。是時，朝廷已遣潘致堯出使矣。次年二月，虜困饒風，進退未皇。先是，朝廷開都督府，議遣韓世忠直抵泗上〔二〕，虜實畏之，於四月遣致堯還。其詞婉順，欲邀大臣共議，此非無所忌憚而然也。梁洋之寇未能出境，至五月而後得歸，既狼狽矣，而世忠大兵尋復輟行。虜之氣力固已復蘇，而叛豫之心亦云舒緩，所以前日使人之來，求請不一，故爲難從之事也。

竊惟此虜傾我社稷，壞我陵寢，迫我二帝，驅我宗室百官，自謂怨隙至深，其朝夕謀我者，不遺餘力矣。况劉豫介然處於其中，勢不兩立，必求援於虜。借使暫和，心實未已〔三〕。數年之內，指摘他故，豈無用兵之辭？而我將士率多中原之人，謂和議既定〔四〕，不復進取，將解體思歸矣。若謂今日不得已而與之通使，爲陛下之權，敵亦固能用權也〔五〕。願陛下蚤夜深思，益爲備具，處將士家屬於積粟至安之地，使出爲戰守者無返顧奔散之憂。精擇奇才，以撫川陝之師，使積年戍邊者無懈惰懷望之意〔六〕。江淮、川陝互爲牽制，斥遠和議，用定大業〔七〕。

臣奉使川陝，竊見主兵官除吴玠、王彦、關師古累經拔擢，備見可任外，其餘人才尚衆，謹開具如左：吴璘、楊政可統大兵，田晟可總一路，王宗尹、王喜、王彦可爲統制。魏公行狀

案：會編卷一五八、要録卷七四、編年綱目卷五、宋史全文卷一九俱節載此奏。行狀繫此奏於紹興四年六月浚以本官提舉臨安府洞霄宫、福州居住後，然浚貶福州居住，實非六月，而在三月二十一日辛未（要録卷七四、十朝綱要卷二二）。要録、編年綱目亦繫之於紹興四年三月，則此奏之上，當在紹興四年三月。時浚已罷知樞密院事，提舉臨安府洞霄宫，出貶福州。

校勘記

〔一〕紹興二年秋　「二」原作「三」，據宋史全文卷一九、編年綱目卷五改。考要録卷五八，紹興二年九月，王倫還朝至行在；又，奏中稱「次年二月，虜困饒風」，顯指紹興三年二月圍攻饒風關事。

〔二〕議遣韓世忠直抵泗上　「上」，會編卷一五八、要録卷七四、編年綱目卷五皆作「州」。

〔三〕心實未已　「實」，會編卷一五八、要録卷七四、編年綱目卷五皆作「必」。

〔四〕謂和議既定　「既」，會編卷一五八、要録卷七四、編年綱目卷五皆作「已」。

〔五〕敵亦固能用權也　「亦」，編年綱目卷五作「國」。
〔六〕使積年戍邊者無懈惰懷望之意　「戍」，會編卷一五八、要録卷七四、編年綱目卷五皆作「屯」。
〔七〕用定大業　「定」，會編卷一五八、要録卷七四、編年綱目卷五皆作「集」。

論戰守利害奏　紹興四年十、十一月間

臣契勘承楚諸軍家屬、錢糧，傳聞盡徙内地。聖意必以虜議大入，先伐其謀，未爲失策。惟戰守之備，益當嚴備。蓋通泰一失，則江浙不能安居，而歲失鹽司一千三百萬緡，所繫利害非細。且虜以淮東有戰無掠，則必窺川陝。荆襄爲上流，攻討之計，當委大臣總治，以壯形勢；兼使南下之師，不得一意江浙，其勢必分。夫兵之聚散，不在形跡之間，在於精神心術運動之際。苻堅、王莽之兵，非不聚也，一戰而潰；漢高駐軍京洛，韓信出山東，彭越往來梁楚之墟，黥布用兵於南方，相去千里之遠，而兵勢如常山之蛇，楚以困弊，卒之期會於垓下而敗焉，其事可以爲法。奏議卷二三二

案：此奏原無繫年。宋代蜀文輯存繫之於建炎三年，誤。觀奏中文辭，時金軍南下兩淮，淮東守備未固，宋方僅以堅壁清野之策待之，且浚並未在朝秉政或掌領軍務。考南宋前期宋金和戰始末，唯紹興四年冬之局勢與此相合。是年九月，金齊聯軍南下兩淮；

十月八日癸未，詔浚起自福建，除資政殿學士、提舉萬壽觀兼侍讀；十一月十四日己未，浚至行在，即日拜知樞密院事。此奏當即紹興四年十、十一月間浚自福建赴闕途中所上。

辭免知樞密院事疏 紹興四年十一月

人道所先，惟忠與孝。一虧於己，覆載不容。自昔懷姦欺君，妬賢賣國，當時閭巷細民，莫不深怨嫉憤，恨不食其肉者。至若一心事上，守正盡忠，雖天下後世皆知企慕稱歎，思見其人焉。蓋理義人心之所同〔一〕，故好惡不期而自定。臣以區區淺薄之質〔二〕，幼被家訓，粗知義方。平居立身，以此自負。偶緣遭遇，寖獲使令。仰惟陛下任之太專〔三〕，待之過厚。而有怨於臣者，攻毁之備至〔四〕；有求於臣者，責望之或深。上賴聖智之獨明，乾綱之自斷〔五〕，保全微蹤〔六〕，不爲廢人〔七〕。臣奉使無狀，豈不自知〔八〕！至於加臣於大惡之名〔九〕，陷臣於不義之地，隳臣子百世之節，貽孀親萬里之憂。言之嗚咽，痛憤無已〔一〇〕。今陛下察其情僞，保庇孤忠，許以入侍，旋擢樞筦，在臣毁首碎身，無以論報。然而公議之所劾，訓詞之所戒，傳之天下，副在史官，臣復何顔，敢玷近列〔一一〕？魏公行狀

案：會編卷一六四、要録卷八二亦載此奏。行狀謂浚以紹興四年「十一月十四日入見……即日復除公知樞密院事。公奏曰『人道所先……』」因繫此奏於紹興四年十一月

中旬。時金齊聯軍南下，浚自福建被召還朝，復知樞密院事。

校勘記

〔一〕蓋理義人心之所同　「理義」，會編卷一六四作「義理」。

〔二〕臣以區區淺薄之質　「質」，要録卷八二作「姿」，會編卷一六四作「資」。

〔三〕仰惟陛下任之太專　「仰惟」二字原闕，據要録卷八二補。

〔四〕攻毁之備至　「攻」，要録卷八二作「竊」。

〔五〕上賴聖智之獨明乾綱之自斷　「之獨明乾綱之自斷」八字原闕，據要録卷八二補。

〔六〕保全微蹤　「蹤」，要録卷八二作「跡」。

〔七〕不爲廢人　此句原闕，據要録卷八二補。

〔八〕臣奉使無狀豈不自知　要録卷八二作「夫以失地喪師，累年無成，臣之罪惡，臣豈不知」。

〔九〕至於加臣於大惡之名　後一「於」字，會編卷一六四作「以」。

〔一〇〕言之嗚咽痛憤無已　「咽」，要録卷八二作「噎」；「憤」，要録卷八二作「隕」；「無」，會編卷一六四作「而」。

〔一一〕敢玷近列　「近」，要録卷八二作「班」。

乞修省以消災變疏　紹興四年末

臣聞太史推測天象，以來年正月之旦日有蝕之〔一〕。臣竊惟天之愛人君，必示以災變，使之畏懼修省〔二〕，勉求爲治。人君修德畏天〔三〕，則天心眷祐，享國無窮；如其怠忽不省，歸之時數，禍有不可勝言者矣。然而應天之道在實不在文，當求之於心，考之於行，心有未至者勉之，行有不善者改之。如天之無不公，如天之無不容，如天之至誠無私而不失其信，則何憂乎治道之不興？何患乎賢才之不至哉？惟陛下留神毋忽。奏議卷三〇五

案：魏公行狀亦載録此奏。奏議謂此奏係「浚爲觀文殿學士」時所上，恐誤。行狀謂浚以紹興四年「十一月十四日入見……即日復除公知樞密院事……時太史局占明年當日食正旦，公奏曰『臣聞太史推測天象……』」則此奏係紹興四年末所上甚明。時浚以宰相趙鼎薦，復知樞密院事。

校勘記

〔一〕以來年正月之旦日有蝕之　「蝕」，魏公行狀作「食」。

〔二〕使之畏懼修省　「畏」，魏公行狀作「恐」。

〔三〕人君修德畏天　「君」，魏公行狀作「主」。

金人已渡淮北去奏 紹興四年十二月

金人潛師遁去，今已絶淮而北，見行措置招集淮南官吏還任，撫存歸業人户等事。要録

卷八四

案：要録卷八四載，紹興五年正月三日丁未，「知樞密院事張浚奏『金人潛師……』上曰『劉豫父子强誘金人擁衆南侵……』」時浚在鎮江，以知樞密院事主持江淮防務。以鎮江與臨安間文書傳遞狀況，此奏當上於紹興四年十二月末。

張浚集卷六

奏劄

乞補歸朝人趙期等官奏 紹興五年正月

漢兒千户趙期等率衆歸趙〔一〕，顯屬忠義。兼數内投拜人李明累差硬探，事皆信實，委有勞效。乞千户趙期、李明各補承信郎，百人長陳景、禹之祐各補下班祗應。輯稿兵一七之二一

案：輯稿兵一七之二一至二二載紹興「五年正月十二日，知樞密院事張(俊)〔浚〕言『漢兒千户趙期……』」從之」。

校勘記

〔一〕漢兒千户趙期等率衆歸趙 「趙」，似當作「朝」。

乞補金將程師回等官奏 紹興五年正月

解到投降漢兒頭首萬户程師回元係安州團練使、知遼州、管押山西路漢軍都統，萬户

張建壽元係銀青榮禄大夫〔一〕、兼監察御史、武騎尉、溟州刺史〔二〕、知解州，張議元係銀青榮禄大夫〔三〕、兼監察御史、洛苑使，張忠茶元係銀青榮禄大夫、檢校國子祭酒、禮賓使，王從元係銀青榮禄大夫、檢校國子祭酒、率副。輯稿兵一七之二二

案：輯稿兵一七之二二載紹興五年正月「二十三日，張浚奏『解到投降漢兒頭首……』詔程師回補武功大夫、忠州團練使……」要録卷八四載紹興五年正月「丁卯（二十三日），金國安州團練使、知遼州程師回特補武功大夫、忠州團練使，金國解州刺史張延壽特補武翼大夫、貴州刺史，仍並充神武中軍正將」，即此事也。時浚知樞密院事。

校勘記

〔一〕萬户張建壽元係銀青榮禄大夫　「建」，要録卷八四、宋史卷二八高宗本紀五作「延」。

〔二〕溟州刺史　考金國無溟州之行政建制，要録卷八四作「解州刺史」，當是。

〔三〕張議元係銀青榮禄大夫　「議」，輯稿兵一七之二二下文作「儀」。

乞建儲疏　紹興五年二月

宗社大計，莫先儲嗣。雖陛下聖德昭格，春秋方盛，必生聖子，惟所以系天下之心，不可不早定議。魏公行狀

案：行狀謂紹興「五年二月十二日宣制，除公宣奉大夫、尚書右僕射、同中書門下平章事、兼知樞密院事，都督諸路軍馬……至是入謝，復陳『宗社大計……』」因繫此奏於紹興五年二月。時浚新除右相兼知樞密院事。

乞正心疏 紹興五年二月

王者以百姓爲心，修德立政，惟務治其在我，則大邦畏其力，小邦懷其德，天下捨我將安歸哉？固不僥倖於近績也。仰惟陛下躬不世之資，當行王者之事，以大有爲。正心以正朝廷，正朝廷以正百官，正百官以正萬民，國勢既隆，强虜自服，天下自歸。

魏公行狀

案：會編卷一六六、要録卷八五、編年綱目卷六皆載録此奏。要録卷八五載紹興五年二月「丙戌（十二日）……尚書右僕射、同中書門下平章事趙鼎守左僕射，知樞密院事張浚守右僕射，並同中書門下平章事、兼知樞密院事、都督諸路軍馬……丁亥（十三日），趙鼎、張浚告謝，命坐賜茶……浚復奏『王者以百姓爲心……』」是此奏上於紹興五年二月十三日甚明。時浚新除右相兼知樞密院事、都督諸路軍馬，因有此奏。

進王朴平邊策故事疏 紹興五年二月

周世宗謂宰相曰：「朕每思致治之方，未得其要，寢食不忘。又自唐晉以來，吴、蜀、幽、并皆阻聲教，未能混一。宜命近臣著爲君難爲臣不易論及開邊策各一篇。朕將覽焉。」比部郎中王朴獻策，以爲：「中國之失吴、蜀、幽、并，皆由失道。今必先觀所以失之之原，然後知所以取之之術。其始失之也，莫不以君暗臣邪，兵驕民困，姦黨内恣，武夫外横，因小致大，積微成著。今欲取之，莫若反其所爲而已。夫進賢退不肖，所以收其才也；恩隱誠信，所以結其心也；賞功罰罪，所以盡其力也；去奢節用，所以豐其財也；時使薄斂，所以阜其民也。俟群才既集，政事既治，財用既充，士民既附，然後舉而用之，功無不成矣。彼之人觀我有必取之勢，則知其情狀者願爲間諜，知其山川者願爲鄉導。民心既歸，天意必從矣。凡攻取之道，必先其易者。唐與吾接境幾二千里，其勢易擾也。擾之當以無備之處爲始。備東則擾西，備西則擾東，彼必奔走而救之。奔走之間，可以知其虚實彊弱，然後避實擊虚，避彊擊弱。未須大舉，且須輕兵擾之，南人懦怯，聞小有警，必悉師以救之。師數動則民疲而財竭，不悉師則我可以乘虚取之。如此，江北諸州將悉爲我有。既得江北，則用彼之民，行我之法，江南亦易取也。得江南則嶺南、巴蜀可傳檄而定。南方既定，則燕地必望風内附。若其不至，移兵攻之，席卷可平矣。惟河東必死之寇，不可以恩信誘，必當以彊兵制之。然彼自高平之敗，力竭氣沮，必未能爲邊患，宜且以爲後圖。俟天下既平，然後俟間，一舉可擒也。今士卒精練，甲兵有備，群下畏法，諸將效力，期年之後，可以出師，宜自夏秋蓄積實邊矣。」上欣然納之。時群臣多守常偷安，所對少有可取者。惟朴神峻氣勁，有謀能斷。凡所規畫，皆稱上意，由是重其器識。未幾，遷左諫議大夫、知開封府事。

臣竊觀王朴所論，大率先求自治，次圖進取。世宗聽之，遂能奄有淮甸，旋下關南，其效驗甚明也。雖然，此猶雜霸道於其間耳。乃若王者以天下百姓爲心，修德立政，治其在己，必使大邦畏其力，小邦懷其德。天下之人，捨我將安所歸，初不僥倖於近績也。陛下襲祖宗積累之德，躬睿知不世之資，固將行王者之事，以大有爲於天下。要當正心誠意，思所以格天心、召和氣，自然國勢日隆。國勢日隆則彊虜自服，彊虜既服則天下自歸，不用急急於開邊之計也。臣愚欲望聖慈特取朴之所陳，時賜觀覽，恐於時事，或有所補。至於圖回天下，則臣願以王者之心爲心焉。臣不勝繫望之至。奏議卷二三二

案：奏議僅謂「紹興間，浚進」此奏。宋代蜀文輯存繫之於建炎三年，誤。據要録卷八五，紹興五年二月「丙戌（十二日）……尚書右僕射、同中書門下平章事趙鼎守左僕射，

知樞密院事張浚守右僕射，並同中書門下平章事、兼知樞密院事、都督諸路軍馬……丁亥（十三日），趙鼎、張浚告謝，命坐賜茶，浚因曲謝，又以儲貳爲言……因書王朴平邊策以獻」，則此奏上於紹興五年二月甚明。時浚新除右相兼知樞密院事、都督諸路軍馬。

進王朴練兵策故事疏　疑紹興五年二月

初，宿衛之士，累朝相承，務求姑息，不欲簡閲，恐傷人情。由是羸老者居多，且驕蹇不用命，實不可用，每遇大敵，不走即降。其所以失國，亦多由此。周世宗因高平之戰，始知其弊。癸亥，謂侍臣曰：「凡兵務精不務多，今以農夫百，未能養甲士一，奈何竭民之膏澤，養此無用之物乎？且健懦不分，衆何所勸？」乃命大簡諸軍，精鋭者升之上軍，羸弱者斥去之。又以驍勇之士，多爲諸藩鎮所蓄，詔募天下壯士，咸遣詣闕。命太祖皇帝選其尤者，爲殿前諸班。其騎步諸軍，各命將帥選之。由是士卒精彊，近代無比，征伐四方，所向皆捷，由練之有方也。

臣竊惟治兵之道，莫過於精擇、厚養、嚴訓。且擇之不精，雖多無益；養之不厚，人不爲用；訓之不嚴，難以必勝。祖宗以數萬之旅西下川蜀，北取太原，南平江淮，蓋知此道耳。臣故願陛下每深思而力行之。奏議卷二三二案：宋代蜀文輯存繫之於建炎三年，恐誤。然亦未知其時，或與前奏同時進上。

論君子小人之辨疏 紹興五年二月

臣昨奉清光，竊見陛下於君子小人之際反覆詳究，退自慶幸，以爲治道之本，莫大於辨君子小人之分。聖意孜孜於此〔一〕，宗社生靈之福也。昔唐李德裕言於武宗曰：「邪者正者〔二〕，勢不相容。正人指邪人爲邪，邪人亦指正人爲邪，人主辨之甚難。臣以爲正人如松柏，特立不倚；邪人如藤蘿，非附他物，不能自起。」臣嘗以類推之〔三〕，君子小人見矣。大抵不私其身，慨然以天下百姓爲心，此君子也；謀身之計甚密，而天下百姓之利害，我不顧焉，此小人也。志在於道〔四〕，不求名而名自歸之，此君子也；志在於利〔五〕，掠虛美、邀浮譽，此小人也。其言之剛正不撓，無所阿徇，此君子也；辭氣柔佞，切切然伺候人主之意於眉目顏色之間，此小人也。樂道人之善，惡稱人之惡，此君子也；人之有善，必攻其所未至而掩之，人之有過，則欣喜自得〔六〕，如獲至寶，旁引曲借，必欲開陳於人主之前，此小人也。難進易退，此君子也；叨冒爵禄，蔑無廉恥，此小人也。臣嘗以此求之，君子小人之分，庶幾其可以概見矣〔七〕。小人在位，則同於己者譽之以爲君子，異於己者排之以爲小人，不顧公議，不恤治亂，不畏天地鬼神。是以自崇觀以來，至於今日〔八〕，有異於己者而稱其爲君子乎〔九〕？臣以爲必無之也。彼其專爲進身自營之計，故好惡不公，至於亡身亡家，亂天下而莫之悔。惟陛下親學問，節嗜慾，清明其躬，以照臨百官〔一〇〕，則君子小人之情狀，又何隱焉？奏議卷一五六

案：魏公行狀、要録卷八五、會編卷一六六、編年綱目卷六俱節録此奏。奏議繫此奏於紹興四年，誤。要録卷八五載紹興五年二月「丁亥（十三日），趙鼎、張浚告謝，命坐賜茶，浚因曲謝，又以儲貳爲言……因書王朴平邊策以獻，又奏『臣昨奉清光……』」則此奏上於紹興五年二月甚明。時浚新任右相兼知樞密院事、都督諸路軍馬。

校勘記

〔一〕聖意孜孜於此　「孜孜」，會編卷一六六、要録卷八五、編年綱目卷六作「拳拳」。

〔二〕邪者正者　魏公行狀、會編卷一六六、要録卷八五、編年綱目卷六作「邪正二者」。

〔三〕臣嘗以類推之　「以類推」，魏公行狀、會編卷一六六、要録卷八五、編年綱目卷六作「推類而言」。

〔四〕志在於道　「於」「道」間，魏公行狀、會編卷一六六、要録卷八五、編年綱目卷六多一「爲」字。

〔五〕志在於利　「於」「利」間，魏公行狀、會編卷一六六、要録卷八五、編年綱目卷六多一「爲」字。

〔六〕則欣喜自得　「欣」，會編卷一六六作「形」。

〔七〕庶幾其可以概見矣　「幾」，會編卷一六六、要録卷八五、編年綱目卷六作「乎」。

〔八〕至於今日　「至於」，魏公行狀、會編卷一六六、要録卷八五、編年綱目卷六作「以至」。

〔九〕有異於己者而稱其爲君子乎　「有」字原闕，據魏公行狀、會編卷一六六、要録卷八五、編年綱目卷六補。

〔一〇〕以照臨百官　「照臨」，魏公行狀作「臨照」。

都督府合行事件奏　紹興五年二月

蒙恩除都督諸路軍馬，有合奏請事件：

一、印以「諸路軍事都督府之印」九字爲文。

一、川陝、荆襄都督府事務并官吏、兵將、官物等，合併歸本府。内印記候鑄到新印日，於禮部寄收，如遇臣等出使，卻行關取行使。

一、本府行移，緣臣等係宰臣兼領，乞依三省體式，其與三省、樞密院往來文字依從來體例互關。

一、如遇臣等出使，其官屬并直省、通引官、知客、散祗候、大理官、街司、堂厨、東厨、監厨合干人等，量度差撥，使回仍舊。内合破使臣、親兵，宣借兵士、諸色人等，乞許存留照管家屬，或將帶隨行。

一、本府應干合行事件，並遵依川陝、荆襄都督府并臣昨措置江上已得指揮及體例施

行。事小或待報不及，聽一面施行。輯稿職官三九之七至八

案：輯稿職官三九之七至八載紹興五年二月「二十一日，趙鼎、張浚言『蒙恩除都督諸路軍馬……』並從之。」時浚新除右相兼知樞密院事、都督諸路軍馬。

赴江上措置邊防合行事件奏 紹興五年二月

被旨暫往江上措置邊防，有合奏請事件：

一、〔一〕、昨蒙差到中軍將官一名、馬軍使臣一百人騎，今來除將官乞就差王存外，内使臣并馬令中軍依前次數目揀選差撥，仍候起發日，每日添支食錢二百文。

一、昨在江上措置日，有支使不盡激犒金帛等，乞下所屬取撥前去。

一、乞於左藏庫見樁管空名官告内共支撥三百道，准備緩急書填立功將佐等使用。

一、乞於省馬院差騾、馬五十頭、匹，控養兵士各一名，管押將校共二人，應副一行官屬乘騎、馱載官物。

一、差到官屬使臣等，並許通理前任月日。

一、隨行輜重人并官屬合破白直等，除於都督府差撥外，如闕少，於所至州軍差撥，依條給與口券，逐州交替。輯稿職官三九之八

案：輯稿職官三九之八載紹興五年二月二十一日，「張浚言『被旨暫往江上……』並從之」。考要録卷八五，是歲二月「壬辰（十八日），詔張浚暫往江上，措置邊防」。時浚任右相兼知樞密院事、都督諸路軍馬，將往江上視師。

校勘記

〔一〕一　「一」字原闕，據上下文體例補入。下同。

乞乘夏進討洞庭水寇疏　紹興五年閏二月

建康東南都會，而洞庭實據上流。今寇日滋，壅遏漕運，格塞形勢，爲腹心害，不先去之，無以立國。然寇阻重湖，春夏則耕耘，秋冬水落則收糧於湖寨，載老小於泊中，而盡驅其衆，四出爲暴。前日朝廷反謂夏多水潦，屢以冬用師，故寇得併力，而我不得志。今乘其怠，盛夏討之，彼衆既散，一旦合之，固已疲於奔命，又不得守其田畝，禾稼蹂踐，則有秋冬絶食之憂，黨與必攜，可招來也〔一〕。雖已命岳飛往，而兵將未必諭此意；或逞兵殺戮〔二〕，則失勝算、傷國體。魏公行狀

案：行狀繫此奏於浚「出江上勞軍」之後，並謂：「時巨寇楊么據洞庭重湖，朝廷屢命將討之不克。公念『建康東南都會……』遂具奏請行，上許焉。」要録卷八六亦節載此

奏。考浚「往江上視師」，事在紹興五年閏二月三日丁未（要録卷八六），則此奏當上於紹興五年閏二月。時浚任右相兼知樞密院事、都督諸路軍馬。

校勘記

〔一〕黨與必攜可招來也　要録卷八六作「黨與攜離，必可招來」。

〔二〕或逞兵殺戮　「逞」原作「退」，據宋浙刻本、要録卷八六改。

乞差陳桷兼督府隨軍運判奏　紹興五年閏二月

都督府總諸路軍馬，所用錢糧合差官隨軍應辦，欲就差淮南東路宣撫使司參謀官陳桷兼都督府隨軍轉運判官，許辟差幹辦公事官兩員，並依發運司屬官條例施行。輯稿職官三九之九

案：輯稿職官三九之九載紹興五年閏二月「二十二日，都督行府言『都督府總諸路軍馬……』從之」。據要録卷八六，閏二月三日丁未，「浚往江上視師，詔百官出城餞送」，則上此奏時，浚以右相兼知樞密院事、都督諸路軍馬視師於外。

乞措置上游軍事許一面施行奏　紹興五年三月

臣被旨暫往江上措置邊防。臣近到鎮江、建康府，以相去行在所地理未遠，即不敢一

面施行。節次關報，動經旬月，竊慮誤事。臣將來到上江日，如有似此事件，欲並依先降指揮施行訖具奏。要録卷八七

案：要録卷八七紹興五年三月二十二日乙未條載：「尚書右僕射張浚言『臣被旨暫往江上……』從之。」時浚以右相兼知樞密院事、都督諸路軍馬由江淮赴荆湖措置平定楊么水寇。

乞支降度牒付光州收買耕牛奏 紹興五年三月

光州收復之初，方奉行營田之法，合量行接濟布種。欲望朝廷依壽春府例，支降江南東路空名度牒二百道，付本州收買耕牛。輯稿食貨二之一四

案：輯稿食貨二之一三至一四載紹興五年「三月二十八日，諸路軍事都督行府言『光州收復之初……』從之」。三月二十八日乃朝廷詔下之日。考要録卷八七，紹興五年三月「辛丑(二十八日)……賜光州度僧牒二百，爲營田費用，都督行府請也。先是，賜壽春府度牒四百道，故光州援以爲請」，即此詔也。案據要録卷八八，紹興五年四月一日甲辰，詔遣内侍往潭州勞浚；另據輯稿職官三九之一二引吴泳鶴林集載紹興五年「四月，浚視師湖南」。則上此奏之時，浚當在江淮入荆湖途中。考當時臨安與鄂岳間常程文書傳遞時

間當在十五日以上，因繫此奏於紹興五年三月中上旬。

營田利害奏 紹興五年三月

左朝散郎、知泰州邵彪具到營田利害：應請射荒田，每畝納課子五升，田土瘠薄者，量與裁減。耕種五年，仍不欠官司課子，許認爲己業。限外元主識認，或照驗明白，即許自踏逐荒田，依數指射，以爲己業。如是五年内歸業，即許佃人晝時交還，量出工力錢還佃人。勘會所陳，委可施行，令關送尚書省指揮。要録卷八七

案：邵彪所奏事亦見於輯稿食貨二之一四。要録卷八七載紹興五年三月「辛丑（二十八日），都督行府言：『左朝散郎、知泰州……』從之」。此亦紹興五年三月中上旬自江淮入荆湖途中所上。

乞打造神勁弓箭奏 紹興五年四月

諸軍缺神勁弓箭，欲令行在軍器所自四月爲始，專打造神勁弓六千張、箭一百萬隻。輯稿兵二六之二八

案：輯稿兵二六之二八載「高宗紹興五年五月二日，都督行府言『諸軍缺神勁弓

箭……』」據輯稿職官三九之一二引吴泳鶴林集載紹興五年「四月，浚視師湖南」，又魏公行狀謂浚「五月十一日至潭州」，以臨安與荆湖間文書傳遞狀況推算，此奏當上於紹興五年四月中上旬。

乞令諸路州縣將收支見在錢物數並置籍申上奏 紹興五年四月

今日之急，莫先財賦，若按籍可考，則無容失陷。自兵火後來，成法廢弛。州縣凡有移用，漕司不能盡察；漕司凡有支使，户部不能盡知。因致州縣肆爲侵隱失陷錢物，爲害不細。欲諸路收支、現在錢物，今後分上下半年，縣具數申州，州類具〔一〕，同本州之數申漕司。如係常平、茶鹽司并提刑司錢物，即依此申所隸置籍。本司總一路之數，作旁通開具聞奏〔二〕，付之户部，考察登虧。仍詔守臣通判，今後歲終及替罷，并開具管下諸縣，并一州收支、見在數目，申尚書省。其初到任，即具截日見在，依此供申送部，亦行置籍，以備移用。庶幾稍革陷失之弊。要録卷八九

案：要録卷八九載紹興五年五月「辛巳（八日）……都督行府言：『今日之急……』」詔户部依此行下」。輯稿食貨一一之一六亦節載此奏。據輯稿職官三九之一二引吴泳鶴林集載紹興五年「四月，浚視師湖南」，又魏公行狀謂浚「五月十一日至潭州」，以臨安與

荆湖間文書傳遞狀況推算，此奏當上於紹興五年四月中下旬。

校勘記

〔一〕州類具「具」，輯稿食貨一一之一六作「聚」。

〔二〕作旁通開具聞奏「通」「開」間，輯稿食貨一一之一六多一「册」字。

乞俟六月上旬赴行在奏 紹興五年五月

水寨闕食，徒衆頗離。據飛稱：旬日之間，可見次第。臣欲更依聖訓起發，慮賊勢轉熾，將士懷疑，欲俟六月上旬，見得水賊未下，即詔飛來潭州訖，兼程赴行在。要録卷九〇

案：要録卷九〇紹興五年六月十五日丁巳條載：「浚之初被詔還也，上奏言『水寨闕食……』許之，而賊已破矣。」據鄂國金佗稡編卷六鄂王行實編年三：「五月，有旨召張浚還……乃奏曰：『臣只候六月上旬，若見得水賊未下，即召飛前來潭州，分屯潭、鼎人馬，規畫上流軍事訖，赴行在。』」因知此奏必紹興五年五月所上。時浚以右相兼知樞密院事、都督諸路軍馬視師湖南，主持平定楊么勢力。

奏虜情及備禦利害狀 紹興五年夏

臣聞山東警報，曉夕深思，未見虜人大舉之意。臣竊惟世忠進兵淮上，號稱十萬，劉

豫父子，勢已窘蹙，必多遣僞使求援於虜。向使虜之大兵外示衰弱，養鋭不動，秋高馬肥，一舉而至淮甸，是爲可憂。然其勢亦須再調生兵，簽發百姓，方敢深入。何則？去歲失意而去，人心離怨，苟非增益重兵，安肯輒至也？今我師自屯淮楚，僞地騷然，修城郭，起丁役，設馬柵，運糧餉。蓋劉豫欲以安其民人，使無背叛之心。凡此，皆臣之所樂聞而深喜者。

比又報虜之大兵已至沂州，臣所未喻。借使有之，豈不爲我之利乎？夫盛夏興師，中國所難，夷狄爲之，其失多矣。虜之所恃者馬，方此大暑，不獲休養，則秋冬安可復用？此一利也。虜以騎射爲能，當夏之時，筋膠解緩，豈能害物？此二利也。北人性不能熱，堅甲重兵，皆非所用之時。此三利也。爲我之計，正當休兵持重，日爲過淮聲勢，困弊其人。仰惟陛下聖算神機，必有所處。臣愚無識知，豈能測度？姑叙所見，恐或有補聖慮萬一。區區僭冒，伏幸睿照。永樂大典卷一〇八七六

案：此奏又見於奏議卷三三四。奏議繫之紹興四年六月，宋代蜀文輯存、全宋文因之，恐誤。考紹興四年六月，浚正因罪廢居福建，閭門以書史自娱，何能參議邊事？奏狀稱「世忠進兵淮上」「我師自屯淮楚」，顯指紹興五年韓世忠進屯楚州以撼山東事；又稱金軍「去歲失意而去」，則係紹興四年金齊聯軍南下受阻事。故此奏上於紹興五年無疑。

又稱「方此大暑」，因繫此奏於紹興五年夏。時浚以右相兼知樞密院事督師湖南。

乞申明國是疏 紹興五年六月

臣伏見近報罷諸路檢察財用官，并福建、江西路收買翎毛，亦皆住罷。臣仰惟陛下仁民愛物，事每謹微，雖帝王之用心，不過是也。然臣區區之意，竊以爲天下之勢有緩急，天下之事有輕重。急其所緩，重其所輕，則顛沛於末流，而害之加於百姓，有不可勝言矣。臣嘗謂天下大計，譬如人之一身。方安平無事之時，恬淡虚静，調養元真，足以保天和，享壽考。不幸而養治失素，痼疾已成，邪氣侵凌，日甚一日，苟非瞑眩之藥，毒而治之，臣恐元氣既失，必無遽生之理。

今天下之勢，衆所共知，倘不思拯溺救焚之策，以保吾民，豈不終至危殆耶？臣非不知夫捐器甲而不修，捨弓矢而不造，羽毛不傷，舟車不葺，漕運不督，激賞不施，可以裕民力，足財用，崇虚譽，靖國人。然而叛虜之禍，近在腹心，一旦緩急，誰任其責？將棄吾赤子而避之乎，亦將驅士卒而與之争乎？若欲驅士卒而與之争，即如前所陳，闕一不可。此數者，固非天降地出，出於民力而已。安有事借民力而無毫髮之擾者哉？夫合天下百姓之力，除天下百姓之害，而措之安平之域，雖湯、武復生，無以易此也。顧取之均平，無或苛虐，使錙銖寸粒，還以爲民，斯善矣。且商、周之君，當桀、紂之時，退而修德，以待天定。方是時，桀、紂未嘗憑陵天下也，故能修德以懷徠天下，歷時之久，得行其志。陛下上有父兄之讎，下有生民之責，虜之謀我，歲必一至，四海嗷嗷，未見休息。以事揆之，如黄帝之有蚩尤，漢高之有項籍，光武之於赤眉、王莽，争雄角力，曾不少暇，轉晷之間，存亡所係。自非一大痛治，掃除其惡，推行仁德，與民更始，四海内外，何以獲安？

且檢察之官，謹擇其人，可也；以財用爲不當檢察，非也。羽毛之實，謂申請措置之不善，可也；併兩路而悉罷之，非也。不然，即天下之事無一可爲，姑束手端拱聽之而已。彼操仁義繩墨之説者，正如人之有疾，勢在膏肓〔一〕，庸醫畏縮，方且戒以勿吐勿下，姑進參苓而安養之，終至於必死〔二〕，主人猶以爲愛己也。乃若良醫進剖腹洗腸之術，傍觀駭愕，指以爲狂，迨疾良已〔三〕，尚不免夫輕試之謗。自古掠美附衆者得譽常多，而骨鯁當權者負謗常重。天下之事難如人意，大率如此。往者澶淵之役，寇準決策親征，功存社稷。事平之後，姦臣謂其輕棄萬乘〔四〕，假此擠陷。近事之鑒，使人傷憤。

臣起廢放之中，蒙陛下一心委用，願竭死力以報恩德。雖此兩事臣不預行，然傳聞紛紛，思之誠爲可畏。萬一異時事有大於此者，出衆人之不意，始徐起而議之，則敗事多矣。伏望陛下申明内外，更賜詳議。國是既定，事乃可爲。孟子曰：「人之易其言也，無責耳矣。」無責之人，言每輕發，況乎懷私意、務摇動者乎？且靖康以來，借仁義愛民之言以進説者，不知其幾人矣。其後都城之禍，渡江之後，生民塗炭，莫之紀極，官私事力，十去八九。愛民之意，其實安在？當時大臣，流離竄棄，雖死無益，而獻言陳説者，今尚保其妻孥，以安於田里也。臣之區區，不自量度，輒任國事，早夜以憂，必欲盡力而爲之。然而事之成敗，猶恐未保，倘於此含糊首鼠，誤陛下決矣。伏望聖慈察臣之心，苟所見邪僻不可信用，臣自此入覲天光，即乞骸骨歸里養親矣。冒犯天威，無任震恐。奏議卷八八

案：此奏原無繫年。魏公行狀節載此奏，謂浚紹興五年視師荆湖「在道」所作。内稱「臣伏見近報罷諸路檢察財用官，并福建、江西路收買翎毛，亦皆住罷」，考紹興五年六月十八日庚申，「詔諸路檢察財用官，度支員外郎章傑，樞密院編修官霍蠡，計議官徐康、吕用中，並日下回行在」，又六月九日辛亥，趙鼎面對，有「近日蠲除翎毛箭鏃，及官舟運糧等事，皆是仰承聖意，以寬民力」之語（要録卷九〇），則此奏必上於紹興五年六月前后。時浚以右相兼知樞密院事、都督諸路軍馬督師在外。

校勘記

〔一〕勢在膏肓　「勢」，魏公行狀作「正」。

〔二〕終至於必死　「終」字之上，魏公行狀多一「雖」字。

〔三〕迨疾良已 「迨」，魏公行狀作「至其」。

〔四〕姦臣謂其輕棄萬乘 「臣」「謂」間，魏公行狀多一「乃」字。此句之下，魏公行狀作「今合天下之力，以誅天下之不義，雖湯武復生，亦必出此。而顧乃爲恐懼顧慮之計，何由而事功可集哉」。

張浚集卷七

奏劄

平定湖寇捷奏 紹興五年六月

么等屢行招撫，妄作遷延。今來岳飛親提大兵，分屯要害，及剋日進攻賊寨，致黃誠等畏懼失措，束手請降。除楊么已就殺戮外，招接到楊欽、劉衡、夏誠、楊壽、楊收、黃進等二十餘頭項徒衆二十餘萬，破蕩巢穴，並已了當。輯稿兵一〇之三七

案：輯稿兵一〇之三七載紹興五年，「都（統）〔督〕張浚言『么等屢行招撫……』湖湘於是底平」。據要録卷九〇，紹興五年六月二十三日乙丑，浚奏洞庭湖盜賊見已盡静，高宗手書褒獎，或即此奏也；又六月十五日丁巳，「湖賊黃誠以鍾子儀至潭州都督行府」，即奏中所謂「致黃誠等畏懼失措，束手請降」，則此軍奏之文書傳遞時間僅八日。時浚以右相兼知樞密院事、都督諸路軍馬督師潭州。

乞賞岳雲功奏 紹興五年六月

湖湘之役，岳雲實爲奇功，以雲乃飛子，不曾保明，乞與特推異數。鄂國金佗稡編卷九

案：鄂國金佗稡編卷九鄂王行實編年六載「臣雲從戰，數立奇功……平楊么亦第一，又不上。張浚廉得其實……乃奏云『湖湘之役……』」考岳飛平定湖湘，事在紹興五年六月，因繫此奏於此。

乞令益陽依舊隸潭州奏 紹興五年六月

益陽縣屬潭州，昨緣水賊作過，權隸鼎州，今楊么等已是平定，鼎州用度減省，欲令依舊〔一〕。輯稿方域六之二九

案：輯稿方域六之二九載：「紹興五年七月五日，都督行府言『益陽縣屬潭州……』從之。」時浚仍在荆湖一帶，以臨安與荆湖間常程文書傳遞狀況（至少十餘日）推算，此奏當上於紹興五年六月中旬。

校勘記

〔一〕欲令依舊　「依」字原闕，據文意補。「欲令依舊」乃宋代文書通用語。

乞陞龍陽縣作軍奏 紹興五年六月

鼎州龍陽縣移於黄城寨地，仍陞作龍陽軍，置使一員，差軍使兼知龍陽縣事。輯稿方域六之三四

案：輯稿方域六之三四載：「紹興五年七月五日，都督行府言『鼎州龍陽縣移於黄城寨地……』詔從之。」要録卷九一亦載紹興五年七月「丙子（五日）……都督行府奏：『移鼎州龍陽縣於黄誠寨地建立，仍陞爲軍，以持服人黄與權起復左奉議郎，充龍陽軍使、兼知縣事。』」時浚仍在荆湖一帶，以臨安與荆湖間常程文書傳遞狀況（至少十餘日）推算，此奏當上於紹興五年六月中旬。

措置潭鼎諸縣事宜奏 紹興五年六月

潭、鼎諸縣，因水賊侵擾，多有移治去處，並令移歸舊治。如係選人知縣，俟任滿，與改合入官；京官與轉一官。應水寨出首之人，令制置司量事體輕重，擬定合補官資申行府。願歸業及充水軍者，聽。要録卷九一

案：要録卷九一載紹興五年七月丙子（五日），都督行府「又言『潭、鼎諸縣……』」……

皆從之」。此奏當亦紹興五年六月中旬所上。

乞蠲免澧州上供錢物三年奏 紹興五年六月

勘會澧州兵火不絶，農事久廢。合發上供錢物，伏望自今年蠲免三年。輯稿食貨六三之五

案：輯稿食貨六三之五載紹興五年七月「五日，都督行府言『勘會澧州兵火不絶……』從之」。要録卷九一亦載此事，謂紹興五年七月「丙子（五日）……都督行府……又請免澧州上供錢三年，皆從之」。此奏當亦紹興五年六月中旬所上。

乞募道僧收拾暴露屍骸奏 紹興五年六月

勘會水寨比因闕食，餓殍頗多，及貧民死亡并抗拒戰歿之人，並皆暴露屍骸。欲委本路地分知縣召募道僧童行並行收拾，如法埋瘗。每及二百人，與支度牒一道，願改換紫衣、師號者亦聽。仍令沿湖諸縣各以官錢致祭。輯稿食貨六八之一二三

案：輯稿食貨六八之一二三載紹興五年「七月五日，都督行府言『勘會水寨……』從之」。此奏亦紹興五年六月中旬所上。

沿湖諸州居民歸業事宜奏 紹興五年六、七月間

勘會潭、鼎、岳、澧州、荆南府、公安軍昨緣水寨作過，沿湖居民抛棄田土甚多，今來漸已歸業，令逐州、軍將抛棄田土，如元地主歸業，委自令、丞子細照檢見收執契狀、户鈔或鄉書手造到文簿之類，可以見得分明，給還依舊耕種。其元地若已被人請佃開耕了當，即依鄰近見田地段内〔一〕，許對數指射，摽撥分明，出給户帖文據，與免三年六料催科。元無産業，願指射空閑田土耕種之人，依已降指揮摽撥施行。俟及半年，比較諸縣歸業人數，取旨推賞〔二〕。輯稿食貨六九之五四

案：要録卷九一亦節載此奏。輯稿食貨六九之五四謂紹興五年「七月十五日……都督行府言『勘會潭、鼎、岳……』從之」。考楊么勢力平定，事在六月十五日（要録卷九〇），浚離潭州，當在是月中下旬；據魏公行狀，浚既平楊么勢力，遂自岳鄂輾轉至淮東西。上此奏時，浚必在荆湖東行兩淮途中，因繫此奏於紹興五年六、七月間。

校勘記

〔一〕即依鄰近見田地段内　「見」，要録卷九一作「閑」。

〔二〕俟及半年比較諸縣歸業人數取旨推賞　此句原闕，據要録卷九一補。

乞除黄潛善子秠差遣奏 紹興五年六、七月間

臣頃建炎之初，擢預郎曹，實出宰相黄潛善、樞密汪伯彦之薦。潛善以謬戾得罪，死於貶所，骨骸未覆，貲産凋零。其子秠仕宦不競，殆無餬口之計。臣愚欲用初除樞密院事合得有服親一名差遣恩例，陳乞秠差遣一次。上推陛下廣覆包涵之仁，下全微臣朋友故舊之分。要録卷九一

案：要録卷九一紹興五年七月十七日戊子條載：「右承直郎黄秠，令吏部差虔州録事參軍。宰相張浚言『臣頃建炎之初，擢預郎曹……』故有是旨。」此奏計程當亦浚自荆湖東行兩淮途中所上。

乞蠲免湖南秋税之半奏 紹興五年六、七月間

湖南一路，比緣少雨，田壠亢旱。欲將本路秋税苗米先次特予蠲免五分。若將來檢覆災傷分數更重去處，即令提刑司别行開具減放。輯稿食貨六三之五至六

案：輯稿食貨六三之五至六載紹興五年七月「十九日，諸路軍事都督行府言『湖南一路……』從之」。要録卷九一紹興五年七月十七日戊子條亦載此事，謂「時湖南旱，行府奏減

本路秋税苗米之半，從之」。此奏亦紹興五年六、七月間浚自荆湖東行兩淮途中所上。

乞推恩免解進士聞人耆奏 紹興五年七月

免解進士聞人耆招到水寨張百通、楊奴、楊壽，兼本貫係今上皇帝封牧舊鎮，拜表稱賀，合該免省恩例，今乞將招安功賞、拜表恩例一併推恩。輯稿職官六二之九

案：輯稿職官六二之九載紹興五年七月「二十三日，諸路軍事都督行府言『免解進士聞人耆……』詔特與補下州文學」。要録卷九一紹興五年七月丙戌條亦載此事，謂「進士蕭清臣以撫諭劉衡、夏誠有勞，補忠州文學。後旬日，都督行府又言，鄭州鄉貢進士聞人耆，進士趙倜、陶青，皆嘗入賊寨，於是悉以文學命之」。注曰：「耆補官在七月甲午，倜、青補官在七月丁酉。」此奏計程亦浚自荆湖東行兩淮途中所上。

乞令歸朝官張企曹釐務奏 紹興五年七月

歸朝官左通直郎張企曹添差權通判道州，曾有許釐務指揮，今任欲令釐務。輯稿兵一五之五

案：輯稿兵一五之五載紹興五年「八月四日，都督行府言『歸朝官左通直郎張企

曹……』從之」。八月四日乃詔下之日，浚上此奏在由荆湖東行兩淮途中，以文書傳遞計，此奏當上於紹興五年七月下旬。

乞令歸州依舊隸湖北奏 紹興五年七月

歸州舊屬湖北路，昨緣荆南失守，權撥隸夔路。後來朝廷又差解潛充荆南府歸峽州荆門公安軍鎮撫使，即係湖北分鎮地分，止是不曾正行交割。今來王彦復爲荆南安撫使，遷於舊治，屯泊大軍，其歸州合依舊撥還湖北。兼歸州薄有税入，可助本府經費。輯稿方域六之三五

案：輯稿方域六之三五載：「紹興〔六〕〔五〕年八月六日，都督行府言『歸州舊屬湖北路……』詔依。所有歸州一帶捍禦，專委本司措置，不管疏虞。」要録卷九二亦載此事，謂紹興五年八月一日壬寅，「罷荆南營田司……又以歸州還隸安撫使王彦。皆用都督行府奏也」。時浚在由荆湖東行兩淮途中。

乞陞劉洪道職名奏 紹興五年七月

洪道沈毅持重，勇於事功，艱難以來，所至宣力。要録卷九二

案：要録卷九二載紹興五年八月「庚戌（九日），徽猷閣直學士、知鄂州、荆湖北路安撫使劉洪道進職二等。張浚言『洪道沈毅持重……』故有是命」。八月九日乃詔下之日，浚上此奏在由荆湖東行兩淮途中，以文書傳遞計，此奏當上於紹興五年七月末。

乞湖北淮南守令到任酬賞須招民歸業奏 紹興五年八月

湖北、淮南自兵火之後，百姓流亡，田多曠土，令佐招誘增虧，已有立定殿最賞罰。欲令後守令到任一年，雖該到任酬賞，若不曾招誘人民歸業，雖有而不及分數，並不在保明推恩之限。仰監司常切遵守。輯稿職官五九之一九

案：輯稿職官五九之一九載紹興五年「八月十六日，都督行府言『湖北、淮南自兵火之後……』從之」。據魏公行狀，浚既平楊么勢力，遂自岳鄂輾轉至淮東西，會諸大將議防秋之宜，直至楚州，至十月十一日庚戌方還朝入見。上此奏時，浚當已離湖湘，視師兩淮。

乞知郴州許和卿再任奏 紹興五年八月

右中散大夫、知郴州許和卿治狀有方，欲從朝廷推恩，令再任。要録卷九二

案：要録卷九二載紹興五年八月「壬戌（二十一日），都督行府言『右中散大夫……』從之，仍還和卿一官」。此亦浚視師兩淮時所上。

乞置横江水軍奏 紹興五年八月

以見管湖南水軍及周倫等所部置十指揮，並於手背上刺「横江水軍」四字。要録卷九二

案：要録卷九二載紹興五年八月「癸亥（二十二日）……都督行府言『以見管湖南水軍……』從之」。此亦浚視師兩淮時所上。

乞嚴飭當職官起發上供錢物奏 紹興五年九月

契勘屯駐軍馬，比去歲其數過倍，費用浩瀚，皆自行在措置應副。比嘗置司講究，近畫旨並罷，即裹外軍國之費，除茶鹽課入外，止仰上供錢物資助，不容少有違欠，而當職官往往循習積弊，罕肯留心。居常則緩催理以沽名譽，急闕則太騷擾以資吏姦，理合嚴行戒飭。要録卷九三

案：要録卷九三載紹興五年九月「丁亥（十七日），都督行府言『契勘屯駐軍馬……』詔『户部開坐州軍應干上供錢物糧斛……』」。此亦浚視師兩淮時所上。

乞祠疏 紹興五年九月

臣寖叨委使，獨荷簡知。不懲妄作之愆，數至煩言之及。要録卷九四

案：要録卷九四紹興五年十月三日壬寅條載……「尚書右僕射張浚引疾乞奉祠，其言有曰『臣寖叨委使……』詔不許，仍趣赴闕。」時浚以右相、知樞密院事督師江淮。以臨安與江淮間文書傳遞狀況推算，此奏當上於紹興五年九月末。

論時政七弊奏 紹興五年閏二月至十月間

臣幸蒙陛下不以臣愚不肖，置諸宰輔。顧慚駑下，不足以奉承德意。伏自惟念君臣相與，莫過於誠。一毫欺妄，乖戾所生。臣區區中懷淺陋之見，爲日久矣，儻畏縮隱默，終不以言，豈惟上負陛下，亦非所以格天心、召和氣也。是用齋沐洗心，百拜以獻，惟明主詳酌而行焉。臣竊惟方今政事施設，數年以來，更張非一，夙夜以思，多所未曉。臣謹條列其大者，用備乙夜之觀。僭越之罪，不可以逃。

臣嘗謂人主之職，專在論相。古之賢君留意於此，殆不苟然。考其素履，詢之國人，幸而得之，遂足以濟一代之用，如成湯之於伊尹，高宗之於傅説，文王之於太公。彼其精

神會遇，默運於一堂之上，而中和之氣，洋洋乎敷洽於宇宙矣。後世創業中興之君，如漢高祖、世祖、唐太宗最可稱者。當時風雲相際，附翼之臣，亦莫不始終展竭，各效所長。豈無傷功害能之人陰肆間隙，二三主者終不以是而疑棄之，知之深而用之專也。陛下踐祚，九年於兹矣。所倚以爲腹心、共斷天下之事者，果有之乎？所藉以振飭紀綱、輔成一代之法者，果有之乎？爲陛下牧養小民而久任其職者誰歟？爲陛下經理財用而首尾其事者誰歟？然則國勢安得而不衰，治功安得而興起也？所幸陛下神聖之資，長於駕御，二三將帥，任用不惑，不以人言而遽廢，不以一敗而遂黜，故雖中庸之人，各能盡力軍政，可備使令。不然，臣未見宗廟血食之所矣。此臣之所以未曉者一也。

臣聞自昔人君之命相也，莫不相與講論天下之大計，與夫修德立政之舉，次第而施爲。故日積月累，成效可冀。譬諸爲室，先廣基址，次定規模，付諸匠者，以責其成。一有不合，安可輕委？臣竊惟自建炎以來，陛下選用大臣，未知責以何事。大臣之進説於陛下，亦未知何以奉詔。臣但見夫一相之入，親舊之間，不問賢否，例叨要職，而讎隙之人，率多廢棄。又見夫臺諫排擊多自堂除，大臣因之遂爲進退。而陛下所以攘戎狄，圖中興，求人才，立法度，理財用，治軍政，則漠然皆不及之。朝廷聚訟，殆止私意耳。此臣之所未曉者二也。

臣竊考祖宗崇設臺諫之意，將以輔治，非以擾治也。慮夫四方萬里之遠，人才之善惡，官吏之能否，民情之利便，廟堂不能盡見而周知，臺諫得以風聞而論列。臣故曰：將以輔治，非以擾治也。至於不幸而大臣之選非其人，又得以力争明辯於前，蓋非懷姦觀望，伺候主意，而收拾細故於其後也。臣請復借築室以喻之。主人於此將營大室，固必選求匠者，授以成規。凡運斤之徒，得以旁招，梁棟之材，得以選用，亦必有監視之人焉，以警偷惰、繩不法，俾匠者得以成其功。大匠譬諸宰相也，監視之人譬諸臺諫也。今匠者求人擇材，次第施設，而監視者在傍纖悉指數，謂某人爲不可用，某材爲非所宜，自朝及夕，紛争不已，則匠雖智巧而亦縮手不能爲矣。曷亦各守其職，而務存大體，姑責其成與不成乎？故謂匠爲不能立，廢之可也；使匠營室，而俾監視者一二細摘，不可也。不然，空爲紛張，徒費歲月，室何由成？爲主人者，既不能成大厦，風雨之所凌逼，烈日之所觸犯，而終不知監視者爲非焉。方且輟食興嘆，謂匠無人，不省其任之不專而聽之惑也。人情失於斷大，而樂於聞小，每每如此。今臺諫之間，事或類焉。此臣之所未曉者三也。

臣竊惟仁宗皇帝之時，風俗忠厚，事皆可法。當時臣僚廷論大臣者，所言雖行，旋亦補外，所以隆體貌、崇教化、防邪僻、破朋黨也。使言事之人復居要職，大臣疑似之過，何自而明？夫惟兩出，事乃顯著。公議既分，復加召用，其用意深矣。比年以來，爲中丞、爲諫議，多以詆毁大臣而得之。好進之徒，姦巧百出，或陰肆揣摩，或公爲反復，士風薄惡，莫此爲甚。甚者伺候人主之意，陰結内臣之私，榻前之語，往往預聞，觀勢乘時，以快宿忿。時有異同，則使人導意，謂不如是，無以解主上之疑。大臣之黨有聞望者，則必先求細故而歷詆之，使無敢議其私焉。外示不畏强禦之名，内懷力圖進取之計，其於人主治道，了不相干。此臣之所未曉者四也。

古者設官分職，凡以爲民。夫人主以一身而臨莅天下，捨百姓其何以有爲哉？監司守宰，奉行人主德意而推之以及民者也。治兵之官，所以救民之難；理財之官，所以息民之力。事雖不同，實皆加惠元元耳。祖宗時，郎曹之選，非累歷親民，有所不授。自臺閣而出爲貳守者，十常七八。蓋使之更歷世故，諳曉民情，養成其材，以備任用。是以内外均一，百姓蒙福。至於執政之除，則又重其事。爲郡守監司，爲沿邊轉運使，爲一路帥臣，爲三司副使、正使，然後預簽書樞密之選。今則不然，事口語者可致言官，弄文采者偕陞館職，日進月遷，驟竊要位。一居朝列，視州縣爲冗官。故有爲大臣而不知民情之休戚、財用之盈虚，以至軍政之始末者；有爲侍從而不知州縣政事所宜施行者。況責之以天下之大計哉！或十百爲朋，更相汲引，繼處華要，不啻手拾。彼爲州縣之官者，自視流落，不復有寸進之望，因循苟且，民受其苦。此臣之所未曉者五也。

當熙豐之前，天下未嘗聞某年人材、某時政事也。蓋祖宗盛時，君臣立政，惟以利民。是則行之，非則更之而已。自是而後，公道不明，假借名號，以行其私，黜陟用捨，更爲進退。人材隨時，各立門户，非爲國家計也。夫天下之事，要當惟其是而已，何必曰此熙豐之失，此元祐之得，此紹聖之非，取此去彼，以彰先朝之未至乎？此臣之所未曉者六也。

舜之罪也殛鯀，其舉也用禹。古之聖人，示天下以至公，未嘗容私意於其間也。今舊出蔡京、王黼之門者，不問賢否，一切廢罷。京、黼秉政踰二十年，天下士夫將何所適而可乎？至於元祐子孫，則一切任用。夫以其賢德之後，物色而獎借之則可也，謂其爲元祐之家，概蒙進任，此何理耶？昔者有大功德於天下，莫若堯、舜、禹、湯，未聞後世人君必求其子孫盡録之也。此臣之所未曉者七也。

臣愚無識知，誤蒙陛下知遇，每思慮所及，必欲盡言無隱。念臣而不以告陛下，誰爲陛下力陳者？惟是所學淺陋，所見迂僻，臣不敢自逃其罪，惟陛下裁擇。奏議卷四六

案：此奏原無繫年。宋代蜀文輯存繫之於建炎三年，誤。內稱「陛下不以臣愚不肖，置諸宰輔」，則時浚任相；又稱「陛下踐祚，九年於兹」，可知此奏當上於紹興五年前後。時浚任右相兼知樞密院事。此奏之二、三、五條亦見於魏公行狀，謂：「公雖在外，常以內

治爲憂，每有見輒入奏。其一謂：自昔人君命相，與之講論天下大計，次第而施行之，故日積月累，成效可必……其二謂：祖宗置臺諫，本慮夫軍民之利害、人才之善惡、官吏之能否，廟堂不能盡見而周知，臺諫得以風聞而論列……其三謂：祖宗時，郎曹之選，非累歷親民不以授，自臺閣而爲守貳者十嘗七八……」行狀稱上此奏時浚「在外」，考浚以紹興五年閏二月三日丁未赴江上視師（要録卷八六），十月十一日庚戌自湖湘還入見（皇宋十朝綱要卷二二），則此奏必上於紹興五年閏二月至十月間。

乞蠲免荆湖窠名錢貫奏　紹興五年十月

湖南、北州縣應干所入窠名錢貫，並係取撥應付大軍支用。近潭州已行蠲免起發，有其餘州縣〔一〕，欲望並行蠲免。輯稿食貨六三之六

案：輯稿食貨六三之六載紹興五年「十月十八日，諸路軍事都督行府言『湖南、北州縣……』詔兩路印契稅錢並特予蠲免」。行狀曰「公以（紹興五年）十月十一日至行在」，時浚已由江淮還朝入見。

校勘記

〔一〕有其餘州縣　「有」字之上，似闕一「所」字。

謝賜御書否泰卦因陳卦義疏 紹興五年十月

臣昨日特蒙聖慈頒賜臣御筆親書周易泰、否二卦。臣以愚庸之質，叨竊相位，絲毫無補，俯仰實慙。不謂聖恩有隆疇昔，賜之寶翰，許以珍藏，感荷私心，非言可盡。

臣竊惟自古小人之傾陷君子，莫不以朋黨爲言。夫君子引其類而相與並進，志在於天下國家而已。其道同，故其所趍向亦同，曾何朋黨之有焉？小人則不然〔一〕，更相推引，本圖利禄。詭詐之蹤，莫可迹究。或故爲小異以彌縫其事，或内外合符以信實其言〔二〕。人主於此，何所決擇而可哉？則亦在夫原其用心而已矣。

臣嘗考泰之初九：「拔茅茹，以其彙，征。」而象以爲「志在外」，蓋言其志在天下國家，非爲身故也。否之初六：「拔茅茹，以其彙，征。」而象以爲「志在君」，則君子連類而退。蓋將以力守善道〔三〕，而未始忘憂國愛君之心焉。觀二爻之義，而考其用心，則朋黨之論可以不攻而自破矣〔四〕。

臣又觀否、泰之理，起於人君一心之微，而利害及於天下百姓。方其一念之正，畫而爲陽〔五〕，泰自是而起矣；一念之不正，畫而爲陰〔六〕，否自是而起矣。然而泰之上六，三陰已盡，復變爲陽，則君子在外，而否之所由而生焉〔七〕；否之上九，三陽已盡，復變爲陰，則小人在外，而泰之所由生焉〔八〕。

當今時適艱難，民墜塗炭，陛下若能日新其德〔九〕，正厥心於上，臣知其將以致泰矣。異時天道悔禍，幸而康寧，願陛下常思其否焉。區區臆説，敢併以爲獻，不自知其妄陋也。惟陛下裁赦。奏議卷一五六

案：此奏原無繫年。宋代蜀文輯存繫於紹興四年，誤。魏公行狀、編年綱目卷六亦節録此奏。行狀謂「公以（紹興五年）十月十一日至行在……上親書周易否、泰卦以賜焉。公奏『自古小人傾陷君子……』」編年綱目卷六謂五年「冬十月，張浚入見。浚自湖南轉由兩淮，會諸將議防秋，至是入見，上勞勉之，賜賚甚厚，親書泰、否二卦以賜浚。浚奏『自古小人……』」是知此奏上於紹興五年十月無疑。時浚自湖湘、兩淮督師還朝輔政，仍任右相兼知樞密院事、都督諸路軍馬。

校勘記

〔一〕小人則不然　「小」字之上，魏公行狀、編年綱目卷六多一「惟」字。

〔二〕或内外合符以信實其言　「合符」，魏公行狀、編年綱目卷六作「符合」。

〔三〕蓋將以力守善道　「力守」，魏公行狀、編年綱目卷六作「行」。

〔四〕而考其用心則朋黨之論可以不攻而自破矣　原作「朋黨可以破矣」，據魏公行狀、編年綱目卷六改。

〔五〕晝而爲陽　魏公行狀、編年綱目卷六作「其晝爲陽」。
〔六〕晝而爲陰　魏公行狀、編年綱目卷六作「其晝爲陰」。
〔七〕則君子在外而否之所由而生焉　「君子在外而」五字原闕，據編年綱目卷六補。
〔八〕則小人在外而泰之所由生焉　「小人在外而」五字原闕，據魏公行狀、編年綱目卷六補。
〔九〕陛下若能日新其德　「若能」二字原闕，據魏公行狀、編年綱目卷六補。

論修德以圖恢復疏 紹興五年冬

臣聞明主能受盡言，暗主以言爲諱。臣幸遭遇陛下，不以臣爲至愚不肖，數亦采聽其說。臣倘不以死力陳，而猶回顧後患，是臣負陛下矣，故願盡區區之忠。烏乎，尚忍言之哉！今吾之二帝、宗族遠處沙漠之地〔一〕，憂憤無聊，可想而知；輕侮肆辱〔二〕，可思而見。臣嘗屈指而計之，如此者蓋三千晝夜矣。雖云歲奉之牛種，時遺之粟帛，數既不多，安能充養？彼其狼虎用意〔三〕，實欲摧折而消磨之也。雖然，此尚以陛下總師於南，不敢遽加無禮耳。

嗚呼！陛下異時之事，一或差跌，禍有可勝言者乎？臣自富平既敗，分膏斧鉞，陛下矜憐其心，不以釁鼓，臣幸復見天日，陛下之惠也。今事雖有可爲之機，理未有先勝之道。

含糊畏默，終不以言，而僥倖於一勝，富平之事將復見於今日矣。豈惟上辱陛下，抑亦辱臣之身。臣願披肝膽、露心腹，爲陛下言之。

夫兵家之事，不在交鋒接戰，然後勝負可分，要在夫得天下之心，則士氣百倍，虜叛歸服，不旋踵而四海定矣。故人君之道，莫先乎正心修身，以感格天下之心。然而，是豈可以僞爲哉〔四〕？心念之間〔五〕，一毫有差，四海共知。今使天下之人皆曰吾君孝弟之心，須臾不忘，寢食之間，父兄在念，則忠義之士，當思有以共憤雪恥矣〔六〕。吾君言動舉措，皆合禮法，至誠不倦，上格於天，則教化必行於異日矣。吾君之朝，君子在位，小人屏去，侍御僕從，罔匪正人；譖言不行〔七〕，邪言不入，市井之談不聞，道義之説日至〔八〕，則内外安心，各服其職，而有才智者悉思盡其力矣〔九〕。吾君棄珠玉、絶弄好、輕犬馬、賤刀劍，金帛之賞不以予幸，惟以予功，則上下知勸矣。以至吾君言動舉措俱合禮法，至誠不倦，上格於天，則望教化之可行矣〔一〇〕。夫如是，則將帥之心日益以壯，士卒之心日益以奮，天下四海之心日益以歸〔一一〕。

彼將曰：吾君之所爲如此，所行如此，醜虜不道，尚肆吞噬，曷不共力而同濟事功哉？夷狄之人，雖號荒服，蓋亦心知善惡，非若禽獸全無知識也〔一二〕。聞陛下之威德〔一三〕，知中國之理直，則氣讋志喪，小大離異〔一四〕，戰未必力，衆未必同。如此，陛下何爲而不可，何事而不成乎？

嗚呼！事或有一不然，疑惑之説〔一五〕，毫髮著見於外。天下之人，口不敢言，心則敢怒。異時事乖勢去〔一六〕，禍亂立作，如覆水之不可救矣。蓋隙一見於此，心已生於彼，不易之道。爲人上者，其可不畏而戒之耶？且自古爲君之難，非獨今日也〔一七〕。或一言之失，或一行之非，或失色於人，或失禮於人，或一小人在側，便足以致禍致難，起戎起兵。前日明受之變，大逆之徒陳兵闕下，旁引他詞，其鑑不遠也。爲人上者，其可不兢畏戒懼耶〔一八〕？今祖宗傳陛下以二百年之基業，而陛下聖德日躋，學問日廣，斷然修其在己者，遂可以致帝王之治，何憚而不勉之耶？

如臣備位宰輔，受美禄，享重名，豈不欲懷姦觀望，因循度日，以全其身哉？顧以異時身無死所，且蒙誤國惡聲，則爲臣莫大之醜，故寧盡言而得罪於今日也。不識陛下能恕而容之於後日乎？陛下果能容之，而欲以至誠行其事，臣將繼此而一二以獻焉。奏議卷八八

案：此奏原無繫年。魏公行狀亦節録此奏，繫之於紹興五年十月浚自湖湘還朝後。奏中稱「今吾之二帝、宗族遠處沙漠之地……如此者蓋三千晝夜矣」，考徽、欽二宗被擄北去，事在靖康二年四月，以「三千晝夜」計之，則此奏當上於紹興五年冬，時浚任右相兼知樞密院事、都督諸路軍馬，與奏中「臣備位宰輔」之語正合。

校勘記

〔一〕今吾之二帝宗族遠處沙漠之地　「宗」，魏公行狀作「皇」。

〔二〕輕侮肆辱　「肆」，魏公行狀作「受」。

〔三〕彼其狼虎用意　「狼虎」，魏公行狀作「虎狼」。

〔四〕然而是豈可以僞爲哉　魏公行狀作「雖然，是豈可以聲音笑貌爲哉」。

〔五〕心念之間　此句原闕，據魏公行狀補。

〔六〕當思有以共憤雪恥矣　「有以共憤」，魏公行狀作「共爲陛下」；「恥」，魏公行狀作「讎」。

〔七〕譖言不行　「言」，魏公行狀作「説」。

〔八〕道義之説日至　「説」，魏公行狀作「益」。

〔九〕各服其職而有才智者悉思盡其力矣　「而有才智者悉思盡其力」十字原闕，據魏公行狀補。

〔一〇〕以至吾君言動舉措俱合禮法至誠不倦上格於天則望教化之可行矣　此句原闕，據魏公行狀補。

〔一一〕天下四海之心日益以歸　「四海」，魏公行狀作「百姓」。

〔一二〕非若禽獸全無知識也　魏公行狀作「然非至若禽獸也」。

〔一三〕聞陛下之威德　「威」，魏公行狀作「盛」。

〔一四〕小大離異　「離」，魏公行狀作「雖」。

〔一五〕疑惑之説　「惑」，魏公行狀作「似」。

〔一六〕異時事乖勢去　「時」，魏公行狀作「日」。
〔一七〕非獨今日也　「獨」，魏公行狀作「特」。
〔一八〕爲人上者其可不兢畏戒懼耶　此句原闕，據魏公行狀補。

乞人户未歸業縣分權宜併都奏　紹興五年十二月

相度欲將曾經賊馬殘破、見今人户未歸業縣分，據見存户口權宜併都，減置保正、長，委是可行利便。輯稿食貨一四之二六

案：輯稿食貨一四之二六載紹興「六年正月一日，都督行府言『相度欲將曾經……』從之」。

張浚集卷八

奏劄

乞保養天和澄静心氣疏 紹興六年正月

陛下以多難之際，兩宫幽處，一有差失，存亡所系，慮之誠是也。然臣嘗聞之，聽雜則易惑，多畏則易移。以易惑之心行易移之事，終歸於無成而已。是以自昔君人者修己正心，惟使仰不愧於天，俯不怍於人，持剛健之志，洪果毅之實，爲所當爲，曾不它卹。陛下聰明睿知，灼知古今，苟大義所在，斷以力行，夫何往而不濟乎？臣願萬機之暇，保養天和，澄静心氣，庶幾利害紛來，不至疑惑，以福天下，以建中興。魏公行狀

案：行狀謂紹興「六年正月，上謂公曰：『朕每以事幾難明，專意精思，或達旦不寐。』公奏曰：『陛下以多難之際……』」時浚任右相兼知樞密院事，居朝輔政。

乞屯田事並申督府奏 紹興六年正月

被旨往川陝視師，及因就沿江措置軍事。所有屯田事務，已蒙朝廷差屯田郎官樊賓

隨逐前去。緣措置之初，申審省部，竊恐留滯，欲望應屯田事務並申行府，候就緒日歸省部施行。輯稿食貨二之一五

案：輯稿食貨二之一五載「紹興六年正月二十一日，尚書右僕射、都督諸路軍馬張浚言『被旨往川陝視師……』從之」。據要録卷九七，紹興六年正月丙戌（十八日），「尚書右僕射張浚辭往荆襄視師……是日，詔百官出城送浚行」。則上此奏時，浚甫出國門未久。此番視師，浚雖以「荆襄視師」爲名，然行跡實未至上游。

條具淮漢屯田事宜奏 紹興六年正月

江淮州縣自兵火之後，田多荒廢，朝廷昨降指揮，令縣官兼管營田事務，蓋欲勸誘，廣行耕墾。緣諸處措置不一，至今未見就緒。今改爲屯田，依民間自來體例，召莊客承佃，其合行事件，務在簡便。今條具下項：

一、將州縣係官空閑田土并無主逃田，並行拘籍見數，每縣以十莊爲則，每五頃爲一莊，召客户五家相保爲一甲共種。甲内推一人充甲頭，仍以甲頭姓名爲莊名。每莊官給耕牛五頭，并合用種子、農器，如未有穀，即計價支錢。每户别給菜田十畝，先次借支錢七十貫。仍令所委官分兩次支給，春耕月支五十貫，耨田月支二十貫。分作二年兩料還納，更不出息。若收

成日，願以斷㪷折還者聽。仍比街市增二分。課如街市一貫，即官中折一貫二百。其客户仍免諸般差役、科配。

一、應有官莊州縣，守倅、縣令並於「勸農」字下添帶「屯田」二字，縣尉專一「主管官莊」四字，仍差手分、貼司各一名，於本縣人吏内輪差〔一〕，一年一替，依常平法支破請給。

一、每莊蓋草屋一十五間，每間破錢三貫。每一家給兩間，餘五間準備頓放斛斗。其合用農具，委州縣先次置造，仍具合用耕牛數目申行府節次支降。

一、每莊摽撥定田土，從本縣依地段彩畫圖册，開具四至，以千字文爲號，申措置屯田官類聚，繳申行府，置籍抄録。

一、收成日，將所收課子除椿出次年種子外，不論多寡厚薄，官中與客户中停均分。

一、今來屯田所招客户，比之鄉原大段優潤，係取人户情願，即不可强行差抑，致有搔擾。其諸軍下不入隊使臣及不披帶揀退軍兵有願請佃者，並依百姓例，仍别置籍開具。

一、州縣公人等如敢因事搔擾官莊客户，及乞取錢物，依法從重斷罪外，勒令罷役。仰當職官嚴行禁止，如有容縱，當議重作施行。

一、逐縣種及五十頃已上，候歲終比較，以附近十縣爲率，取最多三縣令、尉各減二年磨勘。其最少并有閑田不爲措置召人承佃者，並申取朝廷指揮。知、通計管下比較賞罰。

一、收成日，於官中收到課子内，以十分爲率，支三釐充縣令、尉添支職田，仍均給。

一、今來招召承佃官莊，如有願就之人，仰諸有官莊縣分陳狀，以憑摽撥地分支給。其縣令、尉能廣行勸誘〔二〕，致請佃之人漸多，當議推賞。

一、今來措置官莊，除湖南北、襄陽府路見别行措置外，止係爲淮南、江東西路曾經殘破州縣有空閑田土去處，依今來措置行下。

一、諸處土宜不同，如有未盡未便事件，仰當職官條具申行府。輯稿食貨二之一五至一六

案：輯稿食貨六三之一〇〇至一〇一、要録卷九八亦節載此奏。輯稿食貨二之一五至一六載紹興六年正月「二十八日，都督行府言『江淮州縣自兵火之後……』詔從之」。考浚以右相兼知樞密院事，於本月十八日丙戌發行在，赴上游視師（要録卷九七），二十七日乙未左右，行至鎮江府丹陽縣（見本書卷二二與趙丞相咨目），以臨安與平江常州間常程文書傳遞狀況（約三四日）推算，此奏當上於紹興六年正月二十三日左右，時浚行至平江一帶。

校勘記

〔一〕於本縣人吏内輪差　「輪」原作「輸」，據輯稿食貨六三之一〇〇改。

〔二〕其縣令尉能廣行勸誘　「尉」原作「行勸」，據輯稿食貨六三之一〇一改。

買官人約束奏 紹興六年正月

乞將大姓已曾買官人，於元名目上陞轉。文臣迪功郎陞補承直郎一萬五千緡，特改宣教郎七萬緡，通直郎九萬緡；武臣進義校尉陞補修武郎二萬二千緡，保義郎已上帶閤門祇候三萬緡，武翼郎已上帶閤門宣贊舍人十萬緡。已有官人，特賜金帶五萬緡，並作軍功，不作進納，仍與見闕差遣，日下起支請給。其家並作官户，見當差役、科敷並免。如將來參部，注擬資考、磨勘改轉、蔭補之類，一切並依奏補出身條法施行，仍免銓試，金帶永遠許繫。要録卷九七

案：輯稿職官五五之四五至四六亦載此奏。要録卷九七載紹興六年正月「戊戌（三十日），都督行府奏『乞將大姓……』從之」。此亦浚視師江淮時所上。

乞賜詔奬諭李迨奏 紹興六年正月

兩浙路都轉運使李迨近躬親遍詣浙西六州軍，點檢過逐州縣違戾事件三百餘項，並令改正，及措置酒税課利，增錢僅五十萬貫。輯稿食貨四九之四二

案：輯稿食貨四九之四二載紹興「六年二月二日，右僕射張浚言『兩浙路都轉運使李

迨……』詔李迨備見體國，修舉職事，可賜詔奬諭」。考浚以正月十八日丙戌發行在，赴上游視師（要録卷九七），二十七日乙未左右，至鎮江府丹陽縣，俟與大將張俊、岳飛相會（與趙丞相咨目），以臨安與常鎮間常程文書傳遞狀況（約三四日）推算，此奏當上於紹興六年正月末。

乞撫勞韓世忠疏 紹興六年春

臣契勘韓世忠每以恢復自任，慷慨負氣，不許同輩之出其右。今諸帥列屯並進，實自世忠發之。欲望陛下因召問之際，曲加撫勞。以駐軍承楚，始自世忠，淮東鹽利之贍給諸軍者歲不下千萬，向非世忠力爲此行，則諸帥因循玩日，安肯渡江？自來凡遇虜兵，率多望風而遁，惟世忠力破精鋭，以少擊衆。異時中興之功，當責望世忠。臣每與之款言，世忠亦深以此自負。故願陛下委曲及之。干冒天威，不勝惶懼之至。奏議卷二三八

案：此奏原無繫年。内稱「駐軍承楚，始自世忠」，考韓世忠進屯楚州，事在紹興五年三月（要録卷八七），則此奏必上於紹興五年三月後。又稱「今諸帥列屯並進」，「向非世忠力爲此行，則諸帥因循玩日，安肯渡江」，則劉光世、張俊諸將皆已進屯兩淮。考浚「命淮西宣撫使劉光世屯合肥以招北軍，命江東宣撫使張俊練兵建康，進屯盱眙」，事在紹興

六年春（要録卷九八）；又魏公行狀謂紹興六年春，浚「至江上，會諸帥議事……公於諸將中尤稱韓世忠之忠勇、岳飛之沉鷙，可倚以大事」，與奏中所乞頗合。則此奏當上於紹興六年春。時浚以右相兼知樞密院事總領南宋軍政，令諸軍進屯兩淮，以圖中原。

乞改襄陽府路依舊爲京西南路奏 紹興六年二月

襄陽、唐、鄧、隨、郢、金、房、均州、信陽軍元係京西南路，欲乞改襄陽府路依舊爲京西南路。輯稿方域五之一八

案：輯稿方域五之一八載紹興六年「二月十日，都督行府言『襄陽、唐、鄧、隨……』從之」。時浚以右相兼知樞密院事、都督諸路軍馬將赴荆襄視師。

乞許岳飛便道面聖劄子 紹興六年二月

勘會岳飛議事已畢，令取道衢、信，去行在不遠，欲一見天顔，少慰臣子瞻戀之心。欲望聖慈特令内殿引見。取進止。鄂國金佗續編卷六

案：此奏録自鄂國金佗續編卷六所載紹興六年二月十三日下付湖北、襄陽府路招討使岳飛的催赴行在奏事省劄。浚上此奏，當在紹興六年二月上旬。時浚視師江上，召張

俊、岳飛諸將議事。

乞差官專一總領江淮錢糧奏 紹興六年二月

三宣撫司軍屯駐江淮，所用錢糧雖各有立定取撥窠名，及專委漕臣應辦，自來多是互相占吝〔一〕，不肯公共移那，因致闕乏〔二〕。動經旬月，深慮生事〔三〕。既無專一總領官司，諸處財賦出納難以稽考。乞於户部長貳内輪那一員前來鎮江府置司，專一總領，措置移運應辦。輯稿職官四一之四五

案：要録卷九八亦載録此奏。輯稿職官四一之四五載紹興「六年二月二十一日，都督諸路軍馬張浚言『三宣撫司軍屯駐江淮……』詔差户部侍郎劉寧止」。時浚以右相兼知樞密院事、都督諸路軍馬視師江淮。

校勘記

〔一〕自來多是互相占吝　「自來」二字原闕，據要録卷九八補。

〔二〕不肯公共移那因致闕乏　「移那」，要録卷九八作「那移」；「乏」字原作「之」，據要録卷九八改。

〔三〕動經旬月深慮生事　此句原闕，據要録卷九八補。

乞江淮守令並帶營田奏 紹興六年三月

諸路宣撫、安撫大使各令帶營田大使，諸路安撫並帶營田使。緣行府措置屯田官及江淮等路知通、縣令見帶「屯田」二字，切慮稱呼不一，欲並以「營田」爲名。輯稿食貨二之一七

案：輯稿食貨二之一七載紹興六年三月「十七日，都督行府言『諸路宣撫、安撫大使……』從之」。據要録卷九九，紹興六年三月，「時都督張浚在淮南，謀渡淮北向」。

乞展免和州夏税奏 紹興六年三月

契勘和州田産兵火，正當水陸之衝，比之他處，殘破至極。竊見蘄、黄州並免二年，舒州免二年，今本州今夏起税，深慮輸納未前。望特展免二三年〔一〕，候招集人民、開墾田土，稍成次第日起催施行。輯稿食貨六三之六

案：輯稿食貨六三之六載紹興六年三月「二十日，諸路軍事都督行府言『契勘和州田産兵火……』詔更予展限一年」。時浚以右相兼知樞密院事、都督諸路軍馬視師江淮。

校勘記

〔一〕望特展免二三年 「特」「展」間原衍「免」字，據文意删。

乞許一面支使户帖錢奏 紹興六年三月

諸路州縣出賣户帖錢，元降指揮令都督府拘收，非奉聖旨指揮不得支使。竊緣方今軍事之際，合用錢數浩瀚，兼措置屯田、般發岳飛糧米等，所費益廣，若一一奏請處分，竊慮待報不及，卻成留滯。除已逐急取撥應副使用外，欲望許臣候支使了畢具實數奏請除破。輯稿職官三九之九

案：輯稿職官三九之九載紹興「六年三月二十六日，張浚言『諸路州縣出賣户帖錢……』從之」。時浚以右相兼知樞密院事、都督諸路軍馬視師江淮。

勸誘富豪納金入粟奏 紹興六年四月

契勘都督府并行府恭被聖訓〔一〕：勸誘懷忠體國富豪之人納金入粟，以助軍費。詢訪得浙西平江府、湖、秀、常州、江陰軍，浙東紹興府、衢、温州，江東建康府、廣德軍，最係豪右大姓數多去處。行府量度支降官告，委守貳隨時勸誘上户請買〔二〕，即不得將下户例行均敷。如或委實勸誘不能敷足數目，即具狀申取行府指揮。兼行府詳度，自來民户物力陞降不常，竊慮一概勸誘，卻成搔擾。又已行下守令，更切契勘，若元係出等上户，即今物

力減退，亦不得抑勒科配〔三〕。輯稿職官三九之九至一〇

案：要録卷一〇〇亦載此奏。輯稿職官三九之九至一〇載紹興六年四月十八日，「張浚又言『都督府并行府恭被聖訓……』從之」。時浚以右相兼知樞密院事、都督諸路軍馬視師於外。

校勘記

〔一〕契勘都督府并行府恭被聖訓　「契勘」二字原闕，據要録卷一〇〇補。

〔二〕委守貳隨時勸誘上户請買　「時」，要録卷一〇〇作「宜」。

〔三〕亦不得抑勒科配　「得」字原闕，據要録卷一〇〇補。

淮漢營田事宜奏　紹興六年四月

營田莊並已支給耕牛、借貸糧種、屋宇、農具之類，將來收成，合計五頃所得子利，官中與客户中半均分。緣今歲法行之初，佃户耕種未遍，欲將所收子利，不計頃畝，止以今歲實收數，除樁出次年種子外，官中與客户中半均分。謂如實收一碩，官中、客户各五斗。輯稿食貨二之一七

案：輯稿食貨二之一七載紹興六年四月「二十八日，都督行府言『營田莊並已支給耕牛……』從之。」時浚以右相兼知樞密院事、都督諸路軍馬視師江淮。

淮漢營田事宜再奏 紹興六年四月

江淮州軍并鎮江府閑田、逃田，依累降指揮，即不得强科抑勒保正、長，及一概占充營田，如有均科大户耕佃官莊去處，日下改正。如違，許人户詣本路監司陳訴，具當職官吏姓名重作行遣，及有摽已耕已業熟田去處，許人户陳訴，依實改正。今日已後人户踏逐到田，令量力開耕，隨時布種。切慮州縣奉行違戾，卻成民害，今欲乞下營田州軍將畸零田土，如人户情願承佃，即依官莊法；若大段不成片段，令别項樁管。仍申嚴行下，常切遵守，許人户陳訴。輯稿食貨二之一七

案：輯稿食貨二之一七載紹興六年四月二十八日，「都督行府言『江淮州軍并鎮江府……』從之」。時浚以右相兼知樞密院事、都督諸路軍馬視師江淮。

乞撥江淮錢鹽應付襄陽府支使奏 紹興六年四月

襄陽府係屯兵控扼重地，將來行府巡按，前去措置軍事。所有應辦邊防及間探斥堠，應干軍須，并行府置司事務，皆合前期經畫。緣本府收復未久，財賦不充，理宜措置，以助支使。臣已令江東轉運司於本路已送户帖錢内支一十萬貫，并通、泰州見應副都督府鹽

内各支一千五百袋，並聽劉洪道取撥，措置回易。所收息錢專一應副上件支使外，循環充本，即不得侵用本錢。今來係行府那融贍軍財賦應副〔一〕，自合極力措置，以濟國事。輯稿職官三九之一〇

案：輯稿職官三九之一〇載紹興六年四月「二十九日，張浚又言『襄陽府係屯兵控扼重地……』從之」。要録卷一〇〇紹興六年四月二十二日己未條亦載此事，謂「寶文閣直學士、新知揚州劉洪道爲寶文閣學士、知襄陽府，賜銀帛三百匹兩……張浚因奏洪道兼行府參謀軍事，仍以江東户帖錢十萬緡，通、泰鹽三千袋爲回易本」。時浚以右相兼知樞密院事、都督諸路軍馬視師江淮。

校勘記

〔一〕今來係行府那融贍軍財賦應副　「那」原作「郡」，據文意改。

乞差襄陽知府劉洪道兼督府參謀奏　紹興六年四月

荆襄控扼上流，最係重地。臣見被旨視師，其襄陽府將來權留駐司事務，理合差官先次經畫。伏見近已除劉洪道知襄陽府，本官識度宏遠，諳練邊事，可以任責，欲望差劉洪道兼都督府參謀軍事，依舊知襄陽府。輯稿職官三九之一〇

案：輯稿職官三九之一〇載紹興六年四月二十九日，「張浚又言『荆襄控扼上流……』從之」。據梁溪先生文集卷一二四與張相公第三書，是歲初夏，浚「渡江犒師，至承、楚間」。此奏當上於浚視師兩淮時。

乞蘄黄州依舊令岳飛兼行節制奏 紹興六年四月

岳飛昨充荆湖南北襄陽府路兼蘄黄州制置使，今來已除湖北京西路宣撫副使，其蘄、黄州自合依舊兼行節制。輯稿職官四〇之九

案：輯稿職官四〇之九載紹興六年四月「二十九日，諸路軍事都督行府言『岳飛昨充……』從之」。時浚以右相兼知樞密院事、都督諸路軍馬視師江淮。

乞許劉洪道帶京西南路安撫使奏 紹興六年五月

已降指揮，劉洪道除知襄陽府。契勘襄陽府係上流重地，密鄰僞境，欲乞依陝西五路例，許帶京西南路安撫使。輯稿職官四七之二五

案：輯稿職官四七之二五載紹興「六年五月十二日，都督行府言『已降指揮……』從之」。時浚以右相兼知樞密院事、都督諸路軍馬視師江淮。

乞依建康府畫到行宮寢殿制度修蓋奏　紹興六年五月

建康府畫到行宮寢殿制度簡省，可以副陛下崇儉之意，乞降下本府，依此修蓋。要録卷一〇一

案：要録卷一〇一紹興六年五月十九日丙戌條載：「張浚奏『建康府畫到……』從之。時浚乞上幸建康，故有是請。」時浚以右相兼知樞密院事、都督諸路軍馬視師江淮。

乞許應副呂頤浩措置營田奏　紹興六年五月

湖南累經殘破，田多荒蕪。近本路安撫制置大使呂頤浩乞錢一十萬貫措置營田，望許行府那融應副。輯稿食貨六三之一〇四

案：輯稿食貨六三之一〇四載紹興六年「五月二十日，尚書右僕射、都督諸路軍馬張浚言『湖南累經殘破……』從之」。時浚以右相兼知樞密院事、都督諸路軍馬視師江淮。

乞選官充督府參議軍事奏 紹興六年六月

行府見今調發大軍移屯淮甸，邊事至重，欲乞於侍從官内選官一員，充行府參議軍事〔一〕。輯稿職官三九之一〇

案：輯稿職官三九之一〇載紹興六年「六月八日，張浚又言『行府見今調發大軍移屯淮甸……』詔吕祉除刑部侍郎，差都督行府參議軍事」。要録卷一〇二紹興六年六月「甲辰（八日），給事中吕祉試尚書刑部侍郎，充都督行府參議軍事。以張浚言調發大軍移屯淮南，乞選從官前來參議軍政故也」，即此事也。另據要録卷一〇二，紹興六年六月十三日己酉，「遣内侍往淮南撫問右僕射張浚，仍賜銀合茶藥，以浚將渡江巡按故也」，因知時浚仍以右相兼知樞密院事、都督諸路軍馬視師江淮。

校勘記

〔一〕充行府參議軍事 「事」原作「馬」，據要録卷一〇二改。

請車駕移蹕建康疏 紹興六年六月

東南形勢，莫重建康，實爲中興根本。且使人主居此〔一〕，則北望中原，常懷憤惕，不敢

自暇自逸。臨安僻居一隅，内則易生安肆，外則不足以號召遠近、係中原之心。請車駕以秋冬臨建康〔二〕、撫三軍，以圖恢復。魏公行狀

案：要録卷一〇二、中興紀事本末卷三七、編年綱目卷七、宋宰輔編年録卷一五皆録此奏。要録卷一〇二載紹興六年六月「己酉（十三日）……遣内侍往淮南撫問右僕射張浚，仍賜銀合茶藥，以浚將渡江巡按故也。浚以爲『東南形勢莫重於建康……』」因繫此奏於紹興六年六月。時浚以右相兼知樞密院事督師江淮。

校勘記

〔一〕且使人主居此　「使」字原闕，據要録卷一〇二、中興紀事本末卷三七、編年綱目卷七、宋宰輔編年録卷一五補。

〔二〕請車駕以秋冬臨建康　「車」，要録卷一〇二、中興紀事本末卷三七、編年綱目卷七、宋宰輔編年録卷一五作「聖」。

燕山回報徽宗皇帝不豫奏 紹興六年六月

臣近得此信，不勝臣子痛切憤激之情。仰惟陛下處天子之尊，遭父兄之變，聖懷惻怛，勤切於中，固不止坐薪嘗膽也。臣願陛下至誠剛健，勉强有爲，成敗利害，在所不恤。

彼藉姑息之論，納小忠之説者，爲一己妻孥計耳。使天有志於中興，陛下奮然決爲，躬冒矢石，事無不濟。使天無意乎中興，陛下雖過爲計慮，以圖一身之安，曾何補於事乎？但當盡其在我，一聽天命而已。況夫孝弟可以格天，仁厚可以得民，推此心行之，臣見其福，不見其禍也。魏公行狀

案：會編卷一七〇、要録卷一〇二皆節録此奏。行狀謂「時公所遣人自燕山回，知徽宗皇帝不豫，又聞欽宗皇帝所貽虜酋書，奏曰『臣近得此信……』」要録繫此奏於紹興六年六月二十七日癸亥浚加恩後。據十朝綱要卷二三，六月甲寅（十八日），「浚視師淮上」，因知時浚以右相兼知樞密院事、都督諸路軍馬督師淮南。

論江淮形勢奏　紹興六年夏秋間

臣以庸陋之才，荷陛下委任，夙夜憂思，不敢少忽。獨患智識止此，無以補稱。試畢愚慮，爲陛下詳陳之。

臣聞用兵之道，所貴在專，故備前則後寡，備左則右寡，無所不備則無所不寡。今江淮形勢，表裏連亘，數千里之間，爲襟喉抗制之地者，不過承楚、襄漢、合肥耳。承楚北通清河，舟行甚便，其在形勢，最爲要衝。襄漢下徹武昌，糧運可出，則爲次之。合肥旁通大

湖，自湖抵江，輕舟所行，則又次之。若大兵連屬，盤據要害，間道之來，似無所施。曩以兵勢不張，望風奔潰，虜之所向，如踐坦塗，或整陣而來，或乘間而至，緩急如意，誰其禦之？陛下講武訓戎，頗爲精鋭。方且以數路之兵直臨敵境，尚慮夫間道或有突入者耶！至於先示弱以啖我，後出强以用奇，此在兵法，固亦有之。當求所以破敵制勝之策，不當謂其計出於此而但已也。

臣不量力，輒負陛下兵戎之寄。比以地震爲變，已上章待罪，區區之心，誠恐仰玷聖主知人之明，願乞退閑，庶息公議。止欲緘默引去，又恐利害不明，重誤國事。伏望聖慈明詔大臣，更賜詳議。奏議卷二三二

案：此奏原無繫年。宋代蜀文輯存繫之於建炎三年，誤。内自稱「荷陛下委任」「負陛下兵戎之寄」，可知浚掌領南宋軍政；又稱「方且以數路之兵直臨敵境」，知宋方乃取進攻之勢；又稱「比以地震爲變，已上章待罪」，考要録卷一〇二，紹興六年六月九日乙巳夜，臨安地震，浚時任右相、兼知樞密院事，督師在外，當上章待罪。因繫此奏於紹興六年夏秋間，然未知確時。

乞罷川陝監司守倅未受告敕者奏 紹興六年七月

川陝監司守倅，内係宣撫司便宜所差，未受朝廷告敕之人，日下並罷。要録卷一〇三

案：要録卷一〇三載紹興六年七月「癸巳（二十七日），詔『川陝監司守倅……』用都督行府奏也」。據魏公行狀，六年「七月，有詔促公入覲。八月至行在」。因知時浚以右相兼知樞密院事、都督諸路軍馬督師在外。

乞覈實川陝雜功遷轉將士奏　紹興六年七月

宣撫司自罷黜陟後，以雜功遷轉將士，並令四川制置大使席益取索改正。若委有勞績，令所屬保明申尚書省取旨推賞。内有出川歸部之人，令吏部依濫賞條具申省。要録卷一〇三

案：要録卷一〇三載紹興六年七月「癸巳（二十七日）……行府又奏『宣撫司自罷黜陟後……』皆從之」。時浚以右相兼知樞密院事、都督諸路軍馬督師在外。

乞開荒初年收成課子官收四分奏　紹興六年七月

訪聞開耕荒閑田土，頗費工力，欲望將初年收成課子，且令官收四分，客户收六分；次年已後，即中停均分。今後請佃官莊，並依此。輯稿食貨二之一八

案：輯稿食貨二之一八載紹興六年七月「二十八日，都督行府言『訪聞開耕荒閑田

土……』從之」。要録卷一〇三亦載此事。據魏公行狀，六年「七月，有詔促公入覲。八月至行在」。時浚以右相兼知樞密院事、都督諸路軍馬督師在外。

乞約定租牛事宜奏 紹興六年九月

諸路州縣將寄養牛權那一半，許闕牛人户租賃，依本處鄉原例，合納牛租以十分爲率，量減二分，除一半寄養牛具，準備節次增置官莊使用，所貴牛具〔一〕、田土不致荒閑。輯稿食貨二之一八

案：輯稿食貨六三之一〇六亦載此奏。輯稿食貨二之一八載紹興六年「九月二十一日，都督行府言『諸路州縣將寄養牛……』詔依」。考紹興六年八月上旬，「張浚自江上歸，力陳建康之行爲不可緩」；九月八日癸酉，高宗北上至平江府，浚從駕；九月二十五日庚寅，浚復往鎮江視師。（要録卷一〇四、一〇五）因知上此奏時，浚以右相兼知樞密院事從駕在平江。

校勘記

〔一〕所貴牛具 「貴」原作「賃」，據輯稿食貨六三之一〇六改。

乞推賞誘買官告知通縣令奏 紹興六年十月

昨令兩浙、江東州軍勸誘大姓就買官誥，今來將欲就緒，望將每州勸誘及三十萬緡以上知通、縣令當職官，各減二年磨勘；及二十萬緡，減半推賞。要録卷一〇六

案：要録卷一〇六載紹興六年十月「丙申（二日）……尚書右僕射張浚言『昨令兩浙……』從之」。據要録卷一〇五，九月二十五日庚寅，浚復往鎮江視師。時高宗車駕在平江，浚以右相兼知樞密院事在鎮江措置邊備。

論江淮備禦疏 紹興六年十月

俊等渡江則無淮南，而長江之險與虜共矣。淮南之屯，正所以屏蔽大江。向若叛賊得據淮西〔一〕，因糧就運，以爲家計，江南其可保乎？陛下其能復遣諸將渡江擊賊乎？淮西之寇，正當合兵掩擊，令士氣益振〔二〕，可保必勝。若一有退意，則大事去矣。又岳飛一動，則襄漢有警，復何所制？願陛下勿專制於中，使諸將不敢觀望。魏公行狀

案：要録卷一〇六、編年綱目卷七亦節録此奏，要録繫之於紹興六年十月。行狀謂「公至江上，知來爲寇者實劉麟兄弟……寇已渡淮南，涉壽春，逼合淝。公調度既已定矣，

而張俊請益兵之書日上，劉光世亦欲引兵退保。劉豫又令鄉兵僞胡服，於河南諸州，十百爲群，由此間者皆言處處有虜騎。趙鼎及簽書樞密院事折彦質惑之，移書抵公至七八，堅欲飛兵速下。又擬條畫項目，乞上親書付公。大略欲俊、光世、沂中等退師善還，爲保江之計，不必守前議。公奏『俊等渡江則無淮南……』」因繫此奏於紹興六年十月。時僞齊大軍南下兩淮，浚以右相兼知樞密院事督師江上。

校勘記

〔一〕向若叛賊得據淮西　「向若叛」，要録卷一〇六、編年綱目卷七作「使」；「據淮西」，要録卷一〇六、編年綱目卷七作「淮南」。

〔二〕令士氣益振　「令」，要録卷一〇六、編年綱目卷七作「況」；「益」，要録卷一〇六、編年綱目卷七作「甚」。

奏乞降車駕至江上指揮狀 紹興六年十月

臣契勘日近事宜警急，正當鼓作士氣，以圖戰守。臣愚欲望聖慈特降車駕至江上指揮，未須進發，庶幾將士聞風，各圖效命。伏乞詳酌施行，取進止。永樂大典卷一二九二九

案：此奏原無繫年。據要録卷一〇六引趙鼎事實，紹興六年十月，僞齊南下，「劉麟已逼合肥，光世輜重已回江北，人情大懼。浚急以書屬鼎曰：『欲上親幸江上，先作一指

揮行下，庶諸將用命。』」蓋即此奏所請事。時高宗駐蹕平江府，浚以右相兼知樞密院事督師江上。

乞蒲圻縣令劉旁再任奏 紹興六年十月

鄂州蒲圻縣累經盜賊，人户逃移，本路安撫使司先辟差右從事郎劉旁充縣令，招集流亡，存撫疲瘵，獄訟無冤，催科不擾，户口歲增，田野日闢，乞令再任。輯稿職官六〇之二九

案：輯稿職官六〇之二九載紹興六年「十月十二日，諸路軍事都督行府言『鄂州蒲圻縣……』詔特授右文林郎，令再任」。時浚以右相兼知樞密院事督師江上。

奏楊沂中破劉猊疏 紹興六年十月

臣伏奉十四日親筆處分，臣已恭依聖訓施行。楊沂中於十日大破劉猊全軍，剿除净盡。麟勢甚窮，日爲遁計。劉光世已發大兵，方兹乘勝之後，慮有困獸之虞，理須量其才力，戒以持重，庶幾可收全功，無復差跌。伏望聖慈上寬顧慮。

臣竊惟用兵之道，譬諸奕棋。方兩家争戰，思慮必惑，立志不專，自須疑貳，一着苟失，勝負遂分。方其急時，要以静應。寧當持子未下，不宜數有更易。今岳飛之軍控制上

流，利害至大，儻使之全軍而來，萬一虜叛出没此處，何以支梧？其爲患害與淮西同，非惟川陝隔絶，大江之南無日奠居矣，卻欲進兵攻取，不亦甚難已乎？臣已具奏聞，乞委臣從宜措置，伏冀早賜指揮。

淮東之寇，非竭國而來，不肯輕舉；況韓世忠士馬精鋭，地利得宜，縱其深入，我必有利。區區淺見，未識當否？伏望聖慈曲垂訓諭。奏議卷二三三二

案：此奏原無繫年。宋代蜀文輯存繫之於建炎三年，誤。内稱「臣伏奉十四日親筆處分」「楊沂中於十日大破劉猊全軍」，考楊沂中藕塘大捷，事在紹興六年十月十日甲辰（要録卷一〇六），因知此奏必上於紹興六年十月中旬。時浚以右相兼知樞密院事督師江上。

乞營田諸路租牛以五年爲約奏 紹興六年十月

提舉營田諸路州縣將寄養牛租賃闕牛人户，以五年爲約〔一〕，未滿五年，不得輒取。輯稿食貨二之一九

案：輯稿食貨二之一九載紹興六年十月「二十日，都督行府言『提舉營田諸路……』從之」。時浚以右相兼知樞密院事督師江上。

校勘記

〔一〕以五年爲約 「五」原作「二」，據下篇内容及文意改。

乞撥牛付壽春及濠州定遠縣奏 紹興六年十月

乞令提領江淮等路營田司於見寄養牛内，就近支撥三百頭付壽春府，一百頭付濠州定遠縣。仰疾速計置，節次起發前去，委孫暉及定遠知縣借給歸業人户耕種，免納租課。候收成日，與作五年還納，每牛一頭，止令納錢一百貫省。輯稿食貨二之一九

案：輯稿食貨二之一九載紹興六年十月「二十二日，都督行府言『乞令提領江淮等路……』從之」。時浚以右相兼知樞密院事督師江上。

乞賜貶黜疏 紹興六年十、十一月間

賊臣邇者輒入邊塞，今雖勝捷，而渠魁遁去，殺戮雖衆，亦吾赤子。致彼操戈而輕犯，由臣武備之弗嚴。願賜顯黜，以允公議。魏公行狀

案：據行狀，此奏乃紹興六年十、十一月間所上。時浚以右相兼知樞密院事督師江上。

保明軍士戰功奏 紹興六年十、十一月間

馳驅盡瘁，職所當然，賞或濫加，士將解體。乞上保奏戰功，庶可旌勸軍士。魏公行狀

案：行狀載紹興六年十月「十日，沂中大破猊於藕塘，降殺無遺……有旨，都督府隨行官吏、軍兵諸色人等備見勤勞，可令張某等第保奏。公奏『馳驅盡瘁……』」是知此奏亦紹興六年十、十一月間所上。時浚以右相兼知樞密院事督師江上。

乞以禄令成書恩例回授兄滉奏 紹興六年十一月

乞以禄令成書特授左光禄大夫恩例回授兄滉。輯稿職官六一之二四

案：輯稿職官六一之二四載紹興「六年十一月二十日，尚書右僕射、提舉詳定一司敕令張浚言『乞以禄令成書……』從之」。考是歲十一月六日庚午，詔浚還行在，十二月一日甲午，浚入見（要録卷一〇六、宋史高宗本紀五），則上此奏之時，高宗車駕在平江，浚仍督師江上。

張浚集卷九

奏劄

論車駕進止利害 紹興六年十二月

臣昨日幸侍天光，獲聞聖訓。退而思之，惟是車駕進止一事，利害至大。臣區區中懷，所見未知當否，敢以剖露，惟陛下深思而詳擇焉。

臣竊惟天下之事，不唱則不起，不爲則不成。自古賢聖之君，平定禍亂，未有謙退遠處，而能躋天下於太平之域者。惟太公避狄、勾踐報吴二事，士大夫多以爲口實，不知與今事勢萬萬不同。夫祖宗二百年積累之基業，付在陛下，不幸而虜人陵之，叛臣據之，陛下不得已而養鋭待時，以俟天定，猶之可也。至於事有可爲之理，時有可興之勢，思前慮後，猶豫不決，豈不重失人心乎？臣請以棋諭：善弈者先固基本，次定算數，臨以大勢，使之左右枝梧之不暇，然後我勝可必，彼敗可分。今四海生民之心，孰不思戀王室者〔一〕。虜叛相結，脅之以威，雖有智勇，無由展竭。三歲之間，賴陛下一再進撫，士氣從之而稍振，民心因之而稍回。正當示之形勢，庶幾乎激忠起懦〔二〕，而三四大帥者，亦不敢懷偷安苟且之心。

夫天下者，陛下之天下也。陛下不自致力，孰肯履危險、忘寢食，孜孜焉惟恢復是望，而愚忠不移者乎？臣意謂今日之事〔三〕，存亡安危，所自以分。陛下六御儻還〔四〕，則有識解體，内外離心，日復一日，終以削弱。異時復欲下巡幸詔書〔五〕，誰爲深信而不疑者。何則？彼知朝廷姑以此爲避地之計，實無意於圖回天下故也。陛下若斷自宸衷，有進無退，車塵一動，上可以格天心，下可以順民望。虜叛之勢，寖以蹙縮，大功自是而立，大業自是而成。

論者不過曰：「萬一秋冬有警，車駕難於遠避。」夫軍旅同心，將士用命，扼淮而戰，破敵有餘，況陛下身臨大江〔六〕，氣當百倍。苟士不效力，人有離心，陛下雖過自爲計，將容足於何地乎？又不過曰：「當秋而進，士有戰心，及春而還，絶彼窺伺。」此特可舒一時之急〔七〕，應倉卒之警。年年爲之〔八〕，人皆習熟，謂我不競，當有怨望，難乎其立國矣。又不過曰：「賊占上流，順舟而下，變故立生，所不可測。」夫襄漢我有也〔九〕，賊舟何自而來乎？虜叛事力有餘，果能陵犯〔一〇〕，水陸偕行，自上而濟，陛下身處臨安〔一一〕，去建康無數舍之遠也，處之其安否乎？三者利害，有同白黑。

矧惟陛下遭兩宫之大恥，負四海之重責，天意人心，兩皆屬望。有爲而去成〔一二〕，天下猶矜憐而歸心陛下也；不爲而坐待其盡，爲禍可勝言耶？夫爲將帥之策者，恐臣導陛下而前，督其進取，曾不知事有機會，時有利鈍，士馬不能遽益也，賊勢不能立破也，要宜剛大其志氣，恢洪其度量〔一三〕，以拯救天下百姓爲心，仰無愧於天，俯無怍於人〔一四〕。度事而爲，審時而動，先謀自治，利而誘之，致而破之，何難而不可濟哉？惟陛下斷以恢復爲事，則任恢復之人；以退守爲事，則任退守之人。使各引其類，求其黨，一意施爲，爲陛下畢盡死力，庶乎不至於操持兩端，擇利自謀也。臣又竊譬之，父有痼病，其子欲以瞑眩之藥治之，而或者争止焉。爲或人之謀，疑其愛己；爲子之謀，似乎不審。然而人各有心，姑取諛悦，捨此適彼，所不慙焉，謂子爲不盡忠乎，其父豈不過謬哉！

今臣侍陛下以還〔一五〕，爲臣之謀〔一六〕，無所任責，誠亦得計矣。爲陛下國家之計，恐有所未至〔一七〕。是以披心腹、露肝膽，反復一二言之，而不知其當否。惟陛下裁赦。

〔貼黄〕臣輒盡己見，仰塵聖覽，區區臆説，未知當否。願陛下因此閑暇，更加聖思，齋戒沐浴，以告於宗廟，謀之鬼神。此大事也，臣豈敢固執一己之見，異日惟陛下詳教而曲諭焉，庶幾君臣之間，得盡心腹，不貽萬世之論〔一八〕。永樂大典卷一二九二九

案：奏議卷八八、魏公行狀、要録卷一〇七、編年綱目卷七俱載此奏。要録卷一〇七

載「先是，張浚自江上還平江，隨班入見。上曰：『卻敵之功，盡出右相之力。』於是趙鼎惶懼，復乞去。浚入見之次日，具奏曰『獲聞聖訓，惟是車駕進止一事……』」即此奏也。奏中稱「臣昨日幸侍天光」，考浚自江上還行在平江府入見，事在紹興六年十二月一日甲午（宋史高宗本紀五），則此奏當上於紹興六年十二月二日乙未。時浚任右相兼知樞密院事。是月九日壬寅，趙鼎罷左相。

校勘記

〔一〕孰不思戀王室者　「思」，要録卷一〇七作「想」。

〔二〕庶幾乎激忠起懦　「起」，編年綱目卷七作「興」。

〔三〕孰肯履危險忘寢食孜孜焉惟恢復是望而愚忠不移者乎臣意謂今日之事　自「孰」至「謂」，魏公行狀作「以爲之先，臣懼被堅執鋭、履危犯險者，皆有解體之意」，要録卷一〇七作「以爲之先，則被堅執鋭、履危犯險者，皆有解體之意」。

〔四〕陛下六御儻還　「御」，奏議卷八八作「師」，魏公行狀、要録卷一〇七作「飛」。

〔五〕異時復欲下巡幸詔書　「時」，要録卷一〇七作「日」。

〔六〕況陛下身臨大江　「身」，魏公行狀作「親」。

〔七〕此特可舒一時之急　「此」，魏公行狀作「爲此論者」；「特可」，要録卷一〇七、編年綱目卷七作「但可以」。

〔八〕年年爲之　上一「年」字之上，魏公行狀多一「使」字。

〔九〕夫襄漢我有也　「夫」，要録卷一〇七、編年綱目卷七作「今」；「我」「有」間，魏公行狀多一「所」字。

〔一〇〕虜叛事力有餘果能陵犯　「虜叛事力有餘」，臺圖本要録卷一〇七、編年綱目卷七作「使賊有餘力」；「虜」字之上，魏公行狀多一「使」字；「能」，魏公行狀作「然」。

〔一一〕陛下身處臨安　「身」，魏公行狀、要録卷一〇七、編年綱目卷七作「深」。

〔一二〕有爲而去成　「去」，奏議卷八八作「無」，魏公行狀作「未」。

〔一三〕要宜剛大其志氣恢洪其度量　「宜」，魏公行狀作「須」；「洪」，魏公行狀作「廓」。

〔一四〕仰無愧於天俯無怍於人　「無」，魏公行狀俱作「不」。

〔一五〕今臣侍陛下以還　「臣」，奏議卷八八作「日」；「還」字之下，魏公行狀多一「歸」字。

〔一六〕爲臣之謀　「爲」，魏公行狀作「在」。

〔一七〕恐有所未至　魏公行狀作「則爲不忠」。

〔一八〕庶幾君臣之間得盡心腹不貽萬世之論　「心腹」，魏公行狀作「其道」；「論」，魏公行狀作「悔」。

乞宣司屬官以二年成資替罷奏　紹興六年十二月

朝廷今欲恢復中原，所賴者正在諸大帥，幕府猶要得人。自兵興以來，士大夫一入軍中，便竊議而鄙笑之，指爲濁流，皆緣朝廷未加審擇，一聽其辟差。故所用之人或坐罪廢，或報私恩，或因應副，或出干求，貪利覓官，略無去就之節，有更十年而不退者。如朝廷稍擇賢才，以重其選，乞應軍中屬官悉以二年成資替罷，立爲永格。輯稿職官四一之三三

案：輯稿職官四一之三三載紹興六年「十二月十四日，諸路軍事都督行府言『朝廷今欲恢復中原……』詔應宣撫司屬官許本司奏辟或朝廷差除，選人依舊三年外，餘並以二年爲任」。時浚以右相居朝秉政。

論内重外輕疏 紹興六年十二月

臣前日親奉玉音訓諭，以謂有天下國家者，凡以爲民。今刺史、縣令之官未盡得人，令臣選擇。臣私自喜幸，仰慶陛下酌見治道之原。顧雖愚庸，願竊有獻。

當今治民之官少得其人者，無它，蓋因内重外輕，祖宗之法盡廢故耳。流落於外者終身不獲用，經營於内者積歲得美官。此治道之所以分，而斯民之所以不被其澤。臣請一二而數之。稍有時望，躐序而遷，雖無實效及民，忠言補上，而身已富貴矣。此其一也。大臣取人，假借拔擢英豪之説，曾未踰時，便居侍從。進用如此，孰不歸心？故其所言所爲，求報於人主者少，求附於大臣者多。此其二也。士大夫一居州縣，遂無進身之望，貪

污自謀，不顧廉恥。此其三也。受知於大臣，其身速化，惴然惟懼斯人之去也。毁譽由此而不公，議論由此而不一，分門户、立朋黨，無不至焉。此其四也。富貴可以倖得，名位可以巧取，其修身必不專，其爲學必不篤，罔上賣交，惟利是視，風俗何自而厚哉？此其五也。所用之人，既非素望，夷狄之所輕侮，天下之所憤疾。此其六也。不歷民事，利害不明。詔令之行，職事之舉，安能中理？此其七也。一歲屢遷，官不修職，其視公家之務，殆如傳舍。此其八也。

夫内重外輕，其害於天下百姓，且不便於國家之計如此，可不思所以變其道耶？雖然，驟而行之，人情駭愕，是非共起，無益於事，惟徐徐而理之，事事而正之，磨以歲月，治道可復也。奏議卷一四二

案：此奏原無繫年。魏公行狀亦節録之，謂「十二月，趙鼎出知紹興府，專委任公。公謂『親民之官，治道所急……』」因繫此奏於紹興六年十二月。時趙鼎已罷，浚以右相獨秉朝政。

奏内外任官法 紹興六年十二月

官於朝者，不歷民事，利害不明。詔令之行，職事之舉，豈能中理？民多被其害。郡

守、監司有治狀，任滿除郎。郎曹資淺，未經民事之人，秩滿除監司、郡守。令中書省、御史臺籍記姓名，回日較其治效，優加擢用。治民無聞者，與閑慢差遣。館職未歷民事者除通判、郡守，殿最如前。魏公行狀

案：據行狀，此紹興六年十二月浚以右相獨秉朝政之初所上。

都督府隨行官吏軍兵推賞奏 紹興七年正月

賞或濫加，則將士解體。乞將至龜山、太平州人並轉一官資，别有功人，量與增賞。要録卷一〇六

案：要録卷一〇六紹興六年十月十七日辛亥條載：「楊沂中捷奏至，俘戮甚衆……上嘉張浚之功……仍令浚具上都督府隨行官吏、軍兵推賞。浚言『賞或濫加……』上從之。」李心傳注「浚奏以七年正月丁卯（五日）下，今聯書之」，因繫此奏於紹興七年正月。

論劉光世疏 紹興七年正月

光世沉酣酒色，不恤國事。語以恢復，意氣拂然。乞賜罷斥，以警將帥。要録卷一〇九

案：要録卷一〇九紹興七年二月二十八日庚申條載：「淮西宣撫使劉光世乞在外宫

觀……張浚自淮上歸，亦言『光世沉酣酒色……』上然之。」據宋史高宗本紀五，浚以正月七日己巳由淮上入見，則此奏當上於紹興七年正月。時浚以右相獨秉朝政。

論終行喪禮事 紹興七年正月

臣昨日伏蒙聖慈特遣中使宣諭，欲終行喪禮，且緩聽政之期。仰惟聖情哀慕，大孝格天，凡在臣子，孰不感涕？臣竊惟天子之孝與士庶不同，必也仰思所以承宗廟、奉社稷。若規規然以堅守孝節爲事，顧何以副委託之重哉？今日之事，利害所繫，則又有大於此者。今梓宮未返〔一〕，天下塗炭，至讎深恥，亘古所無。陛下揮涕而起，斂髪而趨，一怒而安天下之民，臣猶以爲晚也。至若易月之制，聽政之期，臣嘗考之故事，揆以人情，皆爲得中。伏望聖慈痛自抑損，早賜矜從。臣不勝至願。奏議卷一二四

案：魏公行狀亦節録此奏，謂「是年（紹興七年）正月二十五日，（何）蘚歸，報徽宗皇帝、寧德皇后相繼上仙。上號慟擗踴，哀不自勝。公奏『天子之孝與士庶不同……』」又，要録卷一〇八紹興七年正月二十五日丁亥條載：「閤門祗候、充問安使何蘚，承節郎、都督行府帳前準備差使范寧之至自金國，得右副元帥宗弼書，報道君皇帝、寧德皇后相繼上仙。張浚等入見於内殿之後廡，上號慟擗踴，終日不食。浚奏『天子之孝與士庶不同……』

上猶不聽，浚等伏地固請，乃進少粥。」因知此奏上於紹興七年正月末無疑。時浚以右相獨秉朝政。

校勘記

〔一〕今梓宫未返　「今」字原闕，據魏公行狀、要録卷一〇八補。

奉太上訃告待罪疏　紹興七年正、二月間

仰惟陛下時遇艱難〔一〕，身當險阻，圖回事業〔二〕，寢食不遑。所以思慕兩宫，憂勞百姓，未嘗一日忘也。臣之至愚，獲遭任用，在諸臣先，每因從容語及北狩事〔三〕，聖情惻怛，淚數不已〔四〕。臣感慨自期，願殲讎虜〔五〕。十年之間，親養闕然，爰及妻孥〔六〕，莫之私顧。其意亦欲遂陛下孝養之志，拯生民塗炭之難，則臣之事親保家，庶幾得矣。

昊天不弔，禍變忽生，使陛下抱無窮之痛，積罔極之思。哀復何言，罪將誰執？載念昔者陝蜀之行，陛下丁寧告戒，且曰：我有大隙於虜，刷此至恥，惟臣是屬。而臣終隳成功，使賊無憚。況以沙漠之墟，食飲憂慮，兩宫處此，違豫固宜。今日之禍端，自臣致，尚叨近輔，實愧心顔。伏願明賜罷黜，亟正典刑，仰以慰上皇在天之靈，俯以息四海怨怒之氣。會編卷一七七

案：魏公行狀亦載此奏。宋代蜀文輯存繫之於紹興七年五月，誤。會編卷一七七紹興七年二月八日庚子條載：「張浚具奏待罪『陛下時遇艱難……』上降詔起公視事。」又魏公行狀載：「是年（紹興七年）正月二十五日，（何）蘚歸，報徽宗皇帝、寧德皇后相繼上仙……公退，又具奏待罪曰『仰惟陛下時遇艱難……』上降詔起公視事，公再上疏待罪，不獲請。」是此奏當上於紹興七年正、二月間。時徽宗死訊傳至宋廷，浚以右相獨秉政，因上疏待罪。

校勘記

〔一〕仰惟陛下時遇艱難　「仰惟」二字原闕，據魏公行狀補。
〔二〕圖回事業　「回」，鬱岡齋本作「爲」。
〔三〕每因從容語及北狩事　「語」字原闕，據魏公行狀補。
〔四〕淚數不已　「數不已」，魏公行狀作「必數行」，似文意更佳。
〔五〕願殲讎虜　「讎虜」，魏公行狀作「虜讎」。
〔六〕爰及妻孥　此句原闕，據魏公行狀補。

論易月之制疏　紹興七年二月

臣竊惟陛下至孝之性，出於天成，思養親之弗及，痛梓宮之在遠。雖躬行終身之喪，臣知其猶未稱陛下孝思之深也。惟是易月之制，若聖慈堅欲不允，則出而勞師臨戎，訓閱士卒，皆爲非禮，陛下固當不得已以徇群臣之請。獨異時視朝之服，比故事更令淡白，仍寬其制，多以疎厚之帛爲之；供帳服用，並去采飾，悉從樸素，以示天下追慕痛念之意。蓋太上皇帝在位二十六年，天下蒙被厚澤。今不幸而崩於沙漠之北，故天下之責望於陛下也深。陛下勉從群請，止以軍旅多事，思所以雪大恥、圖恢復、安宗廟、救百姓，而身行於宫中者，喪禮如制，可以感格天心，可以俯慰人望。臣累被聖訓，知聖心之所以自處者，於孝道已盡。尚慮陛下疑易月爲非制，故不憚煩瀆，上浼宸聽。伏幸裁覽。奏議卷一二四

案：此奏原無繫年。宋史高宗本紀五載紹興七年二月，「帝欲遂終服，而張浚連疏論喪服不可即戎，遂詔外朝勉從所請」，此奏當係其中之一。因繫此奏於紹興七年二月。時徽宗死訊傳至宋廷，浚以右相獨秉政。

論劉光世軍馬屯駐事 紹興七年二月

臣昨日恭奉聖訓，令臣思慮劉光世一軍合屯家小去處。臣再三審度，惟江州最便。其一漕運通利；其二城壁堅固；其三將士往上流措置，去家不遠，書信易通，無後顧之

憂。異時淮甸有警，家屬各已安居，大兵順流而下，聲勢尤大。區區鄙陋之見，仰冀聖裁。伏乞詳酌。

〔貼黄〕如合聖意，乞因宰執奏事宣諭，止以太平被火，光世一軍家屬合行移駐。永樂大典卷三三五八六

案：此奏原無繫年。内稱「太平被火」，太平州係劉光世大軍屯駐地。考要録卷一〇九，紹興七年二月「丙申（四日）夜，太平州火……先是，僞齊劉豫遣姦細縱火於淮甸及沿江諸州，於是山陽、儀真、廣陵、京口、當塗皆被其害。淮西宣撫使劉光世軍於當塗郡治，其府被焚，軍須帑藏，一夕而盡。太平州録事參軍吕應中、當塗丞李致虚悉以燔死」。則此奏當上於紹興七年二月或稍後。時浚以右相獨秉政。

減罷督府使臣事宜奏 紹興七年二月

本府昨裁減使臣發歸樞密院，如願減罷，即與省罷恩例。所有行府近減罷使臣事體一同，緣内有到府月日不多之人，即難以一概並給恩例。輯稿職官三九之一一

案：輯稿職官三九之一一載紹興「七年二月十一日，都督府言『本府昨裁減使臣……』詔行府并屬官下應減罷使臣，如到府實及一年，並與依省罷法。今後依此」。時浚以右相獨秉政。

奏淮南移屯事目 紹興七年二、三月間

臣今具淮南移屯事目下項：

一、議者以爲虜叛自清河大具戰艦而來，韓世忠之舟師所不能遏止。臣以爲造舟於北，邑邑難備，探報所傳，多非其實。向者世忠以水軍直抵淮陽城下，糧食器械盡萃於舟，而虜叛曾莫能略遣偏師追擊邀截，賊之事力可以見矣。其後世忠又以戰船徑赴彭城，緣水急石大，過淮陽而止。比其返也，莫有乘輕舸以追之者。今兩三月之間，豈能便集大舟？縱使有之，又安敢與世忠爲敵也？

一、大軍既出，內外之論，多以前出後空、前重後輕爲言。臣謂用兵所恃，獨在士心之和協、將帥之肯爲、器械之犀利耳。就是三者，尤以人心爲先。士心苟離，雖擁百萬之師遮蔽江淮，無補於事也；士心苟奮，所向無敵，虜叛安敢輕越而輒犯之乎？故朝廷所急者，當知其辛苦，視其疾病，時其衣糧，明其賞罰。不如是，雖環兵而守之，緩急無可恃也。

永樂大典卷三三五八六

案：此奏原無繫年。全宋文繫此奏於紹興六年，恐誤。內稱「向者世忠以水軍直抵淮陽城下」「其後世忠又以戰船徑赴彭城，緣水急石大，過淮陽而止」，考世忠曾先後兩度

進圍淮陽城，分别爲紹興六年二月與紹興六年十二月（鄧廣銘韓世忠年譜），與此正合；又稱「今兩三月之間」，是知此奏乃第二次淮陽之戰兩三月後——即紹興七年二、三月間所上。時浚任右相兼樞密使，居朝秉政。

乞以薛弼兼督府隨軍運副奏 紹興七年三月

逐路宣撫使司各有本府隨軍轉運使，有湖北京西路宣撫使司未曾差置，今欲差本司參謀官薛弼兼督府隨軍轉運副使，專一應辦錢糧。輯稿職官三九之一一

案：輯稿職官三九之一一載紹興七年「三月三日，都督府言『逐路宣撫使司……』從之」。時浚以右相兼樞密使從駕移蹕建康。

論車駕進止事宜 紹興七年三月

臣昨日得吕祉私書，以建康宫室未備，意望車駕少留鎮江，庶幾事集。臣反復計之，容有可議。今天氣尚熱，恢圖是時，大駕儻有定居，人情自當振作，有司措置錢糧，亦須以時而辦。臣意只欲於鎮江暫駐三兩日間，乘此晴明，便行進發，更乞聖裁。永樂大典卷一二一二九

案：此奏原注「三月上」。内中謂「得吕祉私書，以建康宫室未備」，考要録卷一〇七，紹興六年十二月十一日甲辰，「命吏部侍郎、都督行府參議軍事吕祉往建康措置移蹕事務」；又稱「意望車駕少留鎮江」，考要録卷一〇九，紹興七年三月二日甲子，高宗次鎮江府，三月九日辛未，次建康府。則此奏上於紹興七年三月初甚明。時浚以右相兼樞密使從駕赴建康。

條具張守陳與義分治尚書省事 紹興七年三月

欲張守治吏、禮、兵房，陳與義治户、刑、工房。如已得旨，合出告命、敕、劄，與合關内外官司，及緊切批狀、堂劄，臣依舊書押外，餘令參知政事通書。要録卷一〇九

案：輯稿職官一之五〇亦載此奏。要録卷一〇九紹興七年三月十日壬申條載：「浚奏『欲張守治吏、禮、兵房……』從之。」李心傳原注：「浚條具在是月乙亥（十三日）。」時浚任右相兼樞密使，從駕建康。

奏報淮陽等處備虜事狀 紹興七年春

臣伏領宸翰，再三思之。春水方生，時氣向熱，非虜行兵之利。泗州傍近盱眙，取之

固難，得莫能守。淮陽之兵恐是疑我深入，先張聲勢。所有沂州賊馬一項，來歷未明，又皆得之傳聞。已行下諸帥，令過爲隄備外，更數日間，可見事實。其餘曲折，容臣留身奏稟。永樂大典卷一〇八七六

案：此奏原無繫年。由「容臣留身奏稟」一句，可知浚居朝輔政；又稱「行下諸帥」「淮陽之兵恐是疑我深入，先張聲勢」，可知此時南宋方面正謀求進取；又「春水方生，時氣向熱」。則此奏或上於紹興七年春。時浚以右相兼樞密使從駕。

乞獎諭王俊楊從義奏 紹興七年五月

勘會興元府、洋州所管渠堰，澆溉民田，數目浩瀚。昨自兵火之後，例皆隳壞。今吴玠遣發將兵及委知興元府王俊、知洋州楊從義部押官兵同共修葺，並已就緒。望賜獎諭，並乞降黄榜撫勞將兵。輯稿食貨七之四四

案：輯稿食貨六一之一〇九亦載此奏。輯稿食貨七之四四載紹興七年五月「十七日，尚書右僕射、都督諸路軍馬張浚言『勘會興元府……』從之」。時浚以右相兼樞密使從駕建康。

論重修神宗實録疏 紹興七年五月

紹聖以舊史不公，故再修；而蔡卞不公又甚，每持一己褒貶之語，以騁其愛憎。今若不極天下之公，則後人將又不信。要録卷一一一

案：要録卷一一一載紹興七年五月「己丑（二十八日），張浚奏論史事，因言『紹聖以舊史不公……』……自趙鼎去位，有言神宗實録改舊史非是者，故浚奏及之」。因繫此奏於紹興七年五月末。時浚以右相從駕建康，獨秉朝政。

乞令江州疾速津遣尹焞奏 紹興七年五月

臣先備員川陝宣撫處置使，切見和静處士尹焞，緣叛臣劉豫父子迫以僞命，焞經涉大河，投身山谷，自長安徒步趨蜀，崎嶇千餘里，乞食問路，僅獲生全。臣嘗延請至司，與之晉接，觀其所學所養，誠有大過人者。紹興甲寅春，被命還朝，蓋嘗以焞姓名達之天聽。今陛下博採群議，召置經筵，而焞辭免新命，未聞就道。伏望聖慈特降睿旨，令江州守臣疾速津遣。要録卷一一一

案：要録卷一一一載紹興七年五月「庚寅（二十九日），尚書右僕射張浚言『臣先備

員……』」又魏公行狀載紹興七年「五月，始達建康，而公亦自淮西歸……公以人主當務講學，以爲修身致治之本，薦河南門人尹焞宜在講筵，有旨趣赴闕」。因繫此奏於紹興七年五月末。時浚以右相從駕建康，獨秉朝政。

乞差劉錡兼督府諮議奏 紹興七年六月

權主管馬軍司公事劉錡見統率軍馬屯駐廬州，欲望依例差劉錡兼本府諮議軍事。輯稿職官三九之一一

案：輯稿職官三九之一一載紹興七年「六月八日，都督行府言『權主管馬軍司公事劉錡……』從之」。時浚以右相從駕建康，獨秉朝政。

道君皇帝謚議 紹興七年六月

臣聞漠然無際，萬物資之以有生者謂之天，代天理物，而天下宗之以爲主者謂之帝。在昔放勳、重華，帝之盛者也。降及三代，夏十有七君，商三十王，史皆謂之帝。豈二帝三王時雖不同，而代天理物無二道歟？夫易名之義，必讀之郊於以告上帝者。人君處天位，治天職，上當天意，而後謚之，則將公萬世而傳之矣。恭惟道君皇帝躬睿主之資，纘列聖

之緒，有懷斗載干之異，協瑶光貫月之祥。粤其潛德未升，合章不耀，而行安節和之譽，固已播於諸侯宗藩，聞於朝廷列位矣。泰陵上賓，入繼大統，謳歌所歸，景命有僕，皎然如清風戒旦而白日登，隱然如春雷出地而幽蟄奮。方是時也，恤鰥寡，存孤獨，出德政，改制度，病者養，死者葬，老者安，少者懷，絃歌之聲徧於四海，冠帶之倫被於八荒，網罟之所及，耒耨之所布，舟車之所至，聲教之所被，蓋遐邇一體，中外禔福。而又覽娵訾法營室而總章建，備犧象絜牷牲而清廟修，審鍾律而致五聲八音之和，正郊祀而定圓丘方澤之制，述五禮以齊俗，明八刑以糾姦。是以在位二十有六載，懷生之類，莫不漸漬休澤，沐浴太和。猶以爲未也，而謂僻陋殊俗之國，遼絶異黨之域，士斷壤隔，正朔未加，加之則犯義滅禮，外之則渝盟造兵。跂踵之民，延頸傒后，故弔伐之師行焉。夫國者，天下之大器也；位者，天下之大寶也。宣和之末，上畏天戒，付社稷於元子，視委大器、去大位若棄敝蓰然。所謂功成身退，有大美而不居者歟！謹按謚法：窮理盡性曰聖，經緯天地曰文，功施於民曰仁，有義可尊曰德，受禄於天曰顯，慈惠愛親曰孝。若乃游於六藝之囿，馳乎仁義之塗，修容禮園，翺翔書圃，聖之至也。上則三辰全、寒暑時，下則萬物盛、山川寧，典章粲然，人道大備，文之至也。德澤滂流，淪浹肌髓，故聞諱之日，如喪所親，塗悲巷哀，聲動天地，仁之至也。禪遜之事，古人爲難，自神堯、明皇而來，皆不得以盡其美。乃斷以社稷之義，天地消息之理，饗天下養爲天子父，德之至也。時亨歲貢，爲下國駿龐，顯之至也。仰奉九廟，傍睦九族，孝之至也。夫徽者，至美也。大舜致五典之美，謂之徽；文王盡文德之美，謂之徽；大似嗣大任之美，謂之徽。蓋總衆美而論，一言足以盡之者，其惟徽乎！致治之美，由前所云，可謂致美。傳曰：允迪前徽。其斯之謂乎！且宗者，尊之也。商之三宗，漢之七制，皆以其德可尊，是以宗之。道君皇帝尊謚宜天錫之曰聖文仁德顯孝皇帝，廟號曰徽宗。中興禮書卷二三八

案：據中興禮書卷二三八，紹興七年「六月十八日，攝太尉、宰臣張浚奏謹率群臣詣南郊，道君皇帝謚議曰『臣聞漢然無際……』」謚議乃翰林學士朱震所撰，以浚名義進上。

歲旱待罪疏 紹興七年七月

臣等以愆陽爲災，將害秋成，不愛牲幣〔一〕，徧走群靈，已彌旬浹，未獲休應。上貽陛下閔雨之慮〔二〕，下使望歲之民凜凜然有溝壑之憂。載循召災之由，皆緣臣等輔相失職，積有罪戾，以奸陰陽之和。望將臣等速賜罷黜，並致嚴科，以彰失職之咎，用以厭塞天心，召致和氣。輯稿瑞異二之二三

案：輯稿瑞異二之二三載紹興「五年六月十四日，右僕射張浚，樞密使秦檜，參知政事張守、陳與義言『臣等以愆陽爲災……』」然據宋史宰輔表，張守紹興六年十二月始除參政，陳與義、秦檜七年正月除拜參政及樞密，因知輯稿所載「紹興五年」乃誤。另據要録卷一一二，紹興七年七月「壬申（十二日），張浚以旱，乞率從官禱雨……辛巳（二十一日），張浚等奏：『禱雨備至，未獲休應。』……癸未（二十三日）……宰臣張浚、樞密院使秦檜已下引咎乞罷黜……」因繫此奏於紹興七年七月。

校勘記

〔一〕不愛牲幣　「幣」原作「弊」，據文意改。

〔二〕上貽陛下閔雨之慮　「貽」原作「詒」，據文意改。

論僞齊簽軍奏　紹興七年八月

探報僞齊簽軍，自六十以上則減之，十五以下則增之〔一〕，科條之煩〔二〕，民不堪命。出軍之際，自經於溝瀆者不可勝計。要録卷一一三

案：要録卷一一三載紹興七年「八月壬辰（二日），張浚奏『探報僞齊簽軍……』上蹙額歎息……」時浚以右相從駕建康，獨秉政。

校勘記

〔一〕十五以下則增之　「十五」原作「五十」，據皇宋中興兩朝聖政卷二三、宋史全文卷二〇改。

〔二〕科條之煩　「條」，皇宋中興兩朝聖政卷二三、宋史全文卷二〇作「調」，似是。

叙復汪伯彦奏　紹興七年八月

詩之伐木，燕朋友故舊。自天子至於庶人，未有不須友以成者，則故舊固不可忘。陛下念舊如此，實甚盛之德，但伯彦無所因而牽叙，則必致紛紛，恐非徒無益也。臣等商量，俟因大禮取旨復職，更得親筆數字，爲明元帥府舊勞，庶幾内外孚信。輯稿職官七六之四九

案：輯稿職官七六之四九載紹興「七年八月三日，上謂輔臣曰：『元帥舊僚往往（論）〔淪〕謝，惟伯彦實同艱難。朕之故人，所存無幾，伯彦宜與牽叙。』張浚奏『詩之伐木……』上以爲然」。要録卷一一三亦節載此奏。時浚以右相從駕建康，獨秉政。

論功賞利害狀　紹興七年九月前

臣去歲令韓世忠舉淮陽之師，竟無成功，夙夜震懼，恨無以仰副使令。伏念臣駑下不才，陛下過聽，委以兵事。臣嘗伏而計之，敵之盛强，自古未有如今日者。今每有舉措，必

欲戰無不勝，攻無不克，是責臣以難能之事矣。使臣善爲身謀，不過斂兵自固，坐受其弊，而臣終不忍爲此也。世忠以淮陽之役不賞其下，二年之間，頗無進取之意。彼欲擁兵固位，自求保全耳，而於陛下圖回中興之策，則未爲得。故今之論者，莫不皆曰：輕易舉兵，事必無成，虚費功賞。朝廷甘聽其言，不免且爲偷安之計，將日益以怠，兵日益以老。必欲求所謂一舉而勝之，蓋亦難矣。竊譬之解牛，頑髀固骨，必勞新刃，堅節既解，無復難者。今將求破大敵而欲一毫不挫，萬舉有得，不亦惑邪？臣愚昧之見，所陳奏章，乞不付外。惟陛下知臣之心，故敢以瀆天聽。伏望聖慈，俯加照察。奏議卷一八九

案：此奏原無繫年。内稱「臣去歲令韓世忠舉淮陽之師，竟無成功」，考韓世忠圍攻淮陽軍不克，事在紹興六年十二月（要録卷一〇七、一〇八），則此奏當上於紹興七年。又考浚以是歲九月罷政去朝，則此奏必上於紹興七年九月前，然未知確時。

乞委官交割督府職事奏 紹興七年九月

已具奏陳，解罷機政，所有都督府職事别無以次官交割。輯稿職官三九之一一

案：輯稿職官三九之一一載紹興七年「九月十一日，張浚言『已具奏陳……』詔令樞密院交割」。時浚以淮西兵變，乞罷政。考浚由特進、尚書右僕射、同中書門下平章事、兼

樞密院使、都督諸路軍馬罷爲觀文殿大學士、提舉江州太平觀，事在七年九月十三日（輯稿職官七八之四〇），因知此奏當上於紹興七年九月中上旬。

乞借差使臣量留親兵奏 紹興七年九月

臣荷陛下知遇，出入總兵，將近十年〔一〕，其所施爲，不無仇怨。臣今奉親偕行，去家萬里〔二〕，汎然舟寄，未有定居。除依例合破使臣外〔三〕，望許臣於都督府借差使臣四員，存留親兵五十人，以備緩急。如蒙俞允，令所在州於上供錢米内應副。要録卷一一四

案：輯稿儀制四之二八亦載此奏。要録卷一一四載紹興七年九月「丙子（十七日）……特進張浚言『臣荷陛下知遇……』許之」。因繫此奏於紹興七年九月。時浚以淮西兵變罷相去朝。

校勘記

〔一〕將近十年　「將近」，輯稿儀制四之二八作「幾及」。

〔二〕去家萬里　「去」，輯稿儀制四之二八作「還」。

〔三〕除依例合破使臣外　此句原闕，據輯稿儀制四之二八補。

論邊事利害奏 紹興七年十、十一月間

臣聞忠臣去國，不忘憂君之心。臣雖至愚，數敗國事，而其拳拳憂主之義，竊慕前修，敢畢其説。伏冀留神觀覽，不勝幸甚。

臣竊惟用兵之道，以氣爲主，氣勝則强，氣衰則弱。故雖有數十萬之敵，而古人率以少取勝，變危爲安，其術無他，氣足以吞之故也。晉有淝水之捷，吴有赤壁之勝，皆其君臣上下議論不移，謂夫迎降畏避之策，終不能求全以立國，故斷然鼓而作之，卒以定難。使其計不出此，禍有不可勝言者矣。今歲虜人舉動，未見大入之形。惟是逆麟狂謀，借虜援以幸萬一，此容有之。臣所過憂者，恐探報之間，有所未審，而我之措置，或至輕搖。外敵未來，内患先起，事至於此，追咎無及。以陛下之明聖，加以講論邊事，不忘聖懷，此固非臣所憂。獨臣既以罪戾之著，不得已而遠去聖躬，又慮夫後之過計失事者，畢以歸罪於臣，是用略嫌疑之跡，冒雷霆之威，輒瀆宸聽。皇懼之情，殆無所容。伏惟聖慈俯賜照貸，不勝幸甚！奏議卷二三二

案：此奏原無繫年。宋代蜀文輯存繫之於建炎三年，誤。内稱「數敗國事」，可知紹興七年八月淮西兵變已生；又稱「逆麟狂謀，借虜援以幸萬一」，可知劉豫尚未被廢（考

豫廢在紹興七年十一月十八日丙午）；又稱「既以罪戾之著，不得已而遠去聖躬」，據要録卷一一五，紹興七年十月九日戊戌，浚責授左朝奉大夫、秘書少監、分司南京，永州居住。因繫此奏於紹興七年十、十一月間。時浚甫以淮西兵變出貶永州。

張浚集卷十

奏劄

論和議利害疏 紹興九年正月

臣於正月十五日恭覩大霈之頒〔一〕，再三熟讀〔二〕，通夕不寐。翌日，作書呈參知政事孫近，大概以虜若尚强，和安可信，其勢遂衰，和爲可惜。竊料聖心高明，姑且爲此，内以激將士之憤，外以觀敵國之情。不然，事日委靡，何以立國？燕雲之舉，其鑒不遠。他日之悔，復何可追？

臣愚區區過計，竊以謂虜自宣政以來〔三〕，挾詐反覆，傾我國家，蓋非可結以恩信、待以仁義者〔四〕。今日事之虚實，姑置未論。借令虜中有故，上下分離〔五〕，天屬盡歸，河南遂復，我必德其厚賜，謹守信誓。數年之後〔六〕，人情益解〔七〕，士氣漸銷，彼或内變既平，指瑕造隙，肆無厭之欲，發難從之請，其將何詞以對？

顧事理之可憂，又有甚於此者。陛下焦心勞慮，積意兵政，精神感格〔八〕，將士漸孚。

一旦北面事虜，聽其號令，游談之士取功於一時，勳績之臣置身於無用〔九〕，比肩宥密〔一〇〕，接武求盟，小大將帥〔一一〕，孰不解體？陛下且欲經理河南而有之〔一二〕，臣知其無與赴功而共守者矣。矧夫虜計莫測，自古所傳。異時策馬渡河，風塵畢起，倉卒之間，孰肯赴敵？

蓋自堯舜以來，人主奄有天下，非兵無以立國，非武無以定亂。國立而勢起，亂定而治生，然後干戈可戢，道德可行。未聞委質夷狄，可以削平禍難。遠而石晉，近而叛豫，著人耳目，歷歷可想。夫中原之地，未易輕守也。譬諸人身至虛，風邪乘之，手足偏廢，不能運動，必其精於自養，元氣日强，氣之所到，肢體乃舉，藉外物以扶持，難乎其經久而及遠矣。昔魯仲連不欲尊秦爲帝，且曰：「秦無已而帝，則將變易諸侯之大臣，彼且奪其所不肖而與其所賢，奪其所憎而與其所愛。彼又將使其子女讒妾爲諸侯妃姬，處梁之宮，梁王安得晏然而已乎？」蓋小之事大，不幸而交於虎狼無道之國，彼力屈則姑且矜容，力强則肆爲吞并。春秋之時〔一三〕，楚懷王入覲於秦，一往不返。逮今千載之下，爲之痛心，由辨之不早也。漢高祖起兵之四年，侯生侍太公、吕后以歸，軍皆稱萬歲。已而羽解而東歸，漢王引兵西歸，張良、陳平諫曰：「今漢有天下太半，而諸侯皆附，楚兵罷食盡，此天亡之時。不因其機而取之，所謂養虎自遺患也。」漢王從之。古人争天下，必審夫機會。時不再來，追咎莫及。高祖知羽之寡恩少義，其和不可恃也，又知夫從我將士日夜望尺寸功，求其顯著，人心之不可沮也。故雖再敗固陵，甘心不悔。茲二事者，足以爲今之戒矣。

臣日夜思念，此國之大事也，陛下獨不與二三將帥熟謀之〔一四〕，而從約之遽〔一五〕，肆赦之速，用世儒之常説，答猾虜之詭秘，措置失叙，思之寒心〔一六〕。臣不自量，爲陛下再計〔一七〕。萬嗣今以往，使其遷延生事，姑緩一時，謝絶使人可也。明告以利害，詳喻以曲直可也。有一如太公、吕后之歸，便當博詢諸帥，奬礪將士，外存和議之名，内圖恢復之實。逼之以大勢，使其人心終至於乖離；示之以威武，使其内釁不能以遽息。始臣而終服之，如唐太宗之所以待頡利者，庶乎國家可立焉。

臣罪戾之餘，一意養親，深不欲論天下事。顧惟利害至大至重，不忍緘默，以負陛下之知。罪之聽之，惟陛下命〔一八〕。奏議卷三三四

案：奏議繫此奏「浚奉祠永州」時。魏公行狀、要録卷一二五、編年綱目卷八均節録此奏。行狀謂「是歲（紹興八年），秦檜已得政，始決屈己和戎之議。九年正月，詔書至永。公……具劄子以奏曰『恭覩詔書之頒……』」要録卷一二五載紹興九年正月「庚寅（九日）……責授左朝奉大夫、秘書少監、永州居住張浚復左宣奉大夫、提舉臨安府洞霄宫。浚上疏言『燕雲之舉，其鑒不遠……』」奏中稱「臣於正月十五日恭覩大霈之頒，再三熟讀」，則此奏上於紹興九年正月甚明。時浚謫居永州。

校勘記

〔一〕臣於正月十五日恭覩大霈之頒　「大霈」，魏公行狀作「詔書」。
〔二〕再三熟讀　「熟」，魏公行狀作「伏」。
〔三〕竊以謂虜自宣政以來　「政」，要録卷一二五、編年綱目卷八作「和」。
〔四〕待以仁義者　「待」，要録卷一二五、編年綱目卷八作「事」。
〔五〕上下分離　「分離」，要録卷一二五、編年綱目卷八作「紛雜」。
〔六〕數年之後　魏公行狀作「將來」。
〔七〕人情益解　「解」，要録卷一二五作「懈」。
〔八〕精神感格　「神」，魏公行狀作「誠」。
〔九〕勳績之臣置身於無用　「勳績」，魏公行狀作「忠勳」。
〔一〇〕比肩宥密　「宥密」，要録卷一二五、編年綱目卷八作「遣使」。
〔一一〕小大將帥　「小大」，要録卷一二五作「大小」。
〔一二〕陛下且欲經理河南而有之　「且欲」，要録卷一二五作「方將」，編年綱目卷八作「方」。
〔一三〕春秋之時　「春秋」，要録卷一二五、編年綱目卷八作「戰國」，當是。
〔一四〕陛下獨不與二三將帥熟謀之　「獨不與二三將帥」，要録卷一二五作「宜深慮之」。
〔一五〕而從約之遽　「而」，要録卷一二五作「今」；「遽」，要録卷一二五作「早」。

〔一六〕措置失叙思之寒心　「叙」，魏公行狀作「緒」，要録卷一二五作「序」；「思之」，要録卷一二五作「臣不勝」，魏公行狀作「不勝」。

〔一七〕臣不自量爲陛下再計　魏公行狀作「願陛下思宗社之計」。

〔一八〕罪之聽之惟陛下命　魏公行狀作「惟陛下留意」。

再論和議利害疏　紹興九年二月

竊惟今日事勢，處古今之至難，一言以斷之，在陛下强勉圖事而已。陛下進而有爲，則其權在我，且順天下之心。間雖齟齬，終有莫大之福。陛下退而不爲，則其權在敵，且咈天下之心。今雖幸安，後將有莫大之憂。夫在彼者情不可保，在我者心不可失。外徇敵國，内罹實害，智者所不爲也。仰惟聖慈深計審慮，茂圖大業，永福元元。魏公行狀

案：行狀謂紹興九年「二月，以大霈復宣奉大夫，提舉臨安府洞霄宫，任便居住。公復具劄子曰『竊惟今日事勢……』」據輯稿職官七六之四九、要録卷一二五，浚復左宣奉大夫、提舉臨安府洞霄宫，任便居住，事在紹興九年正月九日庚寅。可知復官詔書由臨安傳遞至永州，已是二月。時浚仍謫居永州。

辯和議利害奏 紹興九年二月

臣近嘗以淺陋之説仰瀆聖聰，區區私憂過慮，誠以今日之事，上干國家大計，臣雖退處，休戚實同，輒罄愚忠，更乞洞照。

臣竊惟陛下回駐臨安，甫閲歲序〔一〕，聖心之所經營，朝論之所商榷，專意和議，庶幾休息，莫不幸其將成矣。臣嘗不寐以思，屈指而計：虜人於我，讎釁非一端，詭詐非一事〔二〕，其設心措意，果欲存吾之國乎？抑願我委靡而遂亡也？臣意力弱未暇，姑借和以怠我之心；勢盛有餘，將求故以乘吾之隙。理既甚明，事亦易見。然則紛紛異議，可端拱而決矣。陛下進而有爲，人心順，士氣振，國立勢强，其權在我，可戰則戰，可守則守，可和則和，無適而不如陛下志者。何則？權在我也。陛下退而不爲，人心離，士氣沮，國微勢弱，其權在敵，欲戰則不能勝，欲守則不能固，欲和則不能久，無適而如陛下之志者。何則？權在敵也。

臣竊謂陛下新盛德以服海内，推至誠以御人材，勉勵壯猷，恢張大業，以戰守爲實事，以和好爲虚名。如是，則祖宗之基不墜既成，天下之民復見至治。若乃偷一時之安，滋異日之禍，偃兵不用，適以造兵，遇患不除，終致大患。且虜之畏懼請和，在我朝抑可考矣。

澶淵之役，萬乘親征，兵刃未交，大酋先斃，於是惴惴知畏，歡好可成。繼而西夏有警，泛使踵至，請關南之地，興幣帛之求。賴當仁宗皇帝時，賢材輩出，天下富盛，卒不能逞其私志。不然，事亦危矣。陛下以今日之和爲可信乎？爲可恃乎？

臣年數奇窮，養親是急，徒能爲陛下敘陳曲折，分别利害。仰冀聖心獨斷，無惑近效，天下幸甚！奏議卷二三二

案：此奏原無繫年。宋代蜀文輯存繫之於建炎三年，誤。魏公行狀亦載録此奏，謂紹興九年「二月，以大霈復宣奉大夫，提舉臨安府洞霄宫，任便居住。公復具劄子……居旬日，又具劄子曰『自陛下回駐臨安……』」唯「可端拱而決矣」以下文字區别明顯，兹列於下：「料虜上策，還梓宫、復母后，輿地來歸，不失前約，結懽篤好，以怠我師。遲之數年，兵無戰意，然後遣一介之使，持意外之詔，假如變置大臣，更立妃后，將何以塞請？虜出中策，則必重邀求、責徽禮，失約爽信，近在期年，中原之地，將有所付。如梁武之立北魏王顥者，尚庶幾於前。虜出下策，怒而興師，直臨江表，勢似可愕，而天下之亂，或從此而定矣。」奏中稱「陛下回駐臨安，甫閲歲序」，考高宗自建康回臨安，事在紹興八年二月（宋史高宗本紀六）；又自稱「退處」「養親是急」，則浚尚謫居永州。據要録卷一二六，紹興九年二月「己未（八日）……宣奉大夫、提舉臨安府洞霄宫張浚知福州」，按臨安與永州

間文書傳遞時間約十餘日至二十餘日，則此奏當上於紹興九年二月下旬浚聞命起知福州前。

校勘記

〔一〕甫閱歲序　「序」，魏公行狀作「時」。

〔二〕讎釁非一端詭詐非一事　「非一端詭詐非一事」，魏公行狀作「之深」。

乞因權適變疏　紹興九年四月

竊惟陛下建炎初載，嘗歷大艱，天意至深，益彰聖德。前事不忘，後事之鑑。伏願亟收人心，務振士氣，權勢專制，操縱自我。外之醜虜，曷發敢侮之謀？內之群帥，益堅盡節之志。天下國家，我所自定；宋之社稷，永永無窮。夫理有近利，亦有深憂。有天下者，當審機會、度人情、斷大義，持柄握權，不以與敵。腐儒寡能遠見，事至而悔，將何及焉？況夫今日事機尚可，因權適變，速於救藥。惟望聖慈斷以無疑，則天下幸甚！魏公行狀

案：行狀載紹興九年「四月，公奏前論講和事未蒙開納，又具劄子曰『竊惟陛下建炎初載……』」因繫此奏於紹興九年四月。時浚仍謫居永州，尚未就職福州。

奏虜書名詔諭事狀 紹興九年八月

臣近者累輸瞽説，仰瀆聖明，誠以憂君過慮，不能自息。竊惟天下之事有置必有廢，有與必有奪。虜以詔諭爲名，將持廢置與奪之大柄，且其蓄謀起慮，欲以沮人心、奪士氣，而坐傾吾國。臣之所憂，不但目前而已也。劉先主曰：「成大事以人心爲本〔一〕。」此存亡之大計。願陛下考臣前後所奏，留神毋忽焉。永樂大典卷一〇八七六

案：此奏原無繫年。魏公行狀亦載録此奏，謂紹興九年「八月，聞虜遣使來，以詔諭爲名，則又具奏曰『臣近者累輸瞽説……』」。考要録卷一二六，紹興九年二月「己未（八日）……宣奉大夫、提舉臨安府洞霄宫張浚知福州」；然據行狀，浚「九月至閩中」。則此奏係紹興九年八月浚由永州貶所赴任福建路安撫大使途中所上。

校勘記

〔一〕成大事以人心爲本　「成」，魏公行狀作「濟」。

乞增福州學田奏 紹興九年十月

據州學學生陳備中等三百三十八人狀，竊見本州科場赴試至七千餘人，補試終場二

千五百五十五人。今繫籍學生五百餘人〔一〕，本學養士止二百人額，每人食錢止一十九文，餘皆供給不到。乞別給田五七頃，仍以五百人爲額。（淳熙）三山志卷八

案：三山志卷八載「紹興九年十月，張丞相浚奏『據州學學生……』」時浚任福建路安撫大使、兼知福州。

校勘記

〔一〕今繫籍學生五百餘人　「繫」原作「繁」，據文意改。

乞依浙東安撫大使例奏闢官屬奏　紹興九年十二月

乞依浙東安撫大使例奏辟官屬，除參謀、參議官更不差置外，欲乞更差主管機宜文字及幹辦公事三兩員，並從帥臣踏逐奏差。輯稿職官四一之一一〇

案：輯稿職官四一之一一〇載紹興「十年正月六日，福建路安撫大使、兼知福州張浚言『乞依浙東安撫大使例奏辟官屬……』詔許更辟差主管機宜文字、幹辦公事各一員」。正月六日乃詔下之日，以當時福州與朝廷文書傳遞狀況推斷，此奏當上於紹興九年十二月中下旬。

乞全養精神剛大志氣疏 紹興十年正月

願陛下全養精神，剛大志氣，惟果惟斷，見幾見微，察强弱於言辭之際，轉禍福於談笑之間，無使噬臍，爲天下笑。魏公行狀

案：行狀載紹興「十年正月，上遣中使撫問，公附奏謝，且曰『願陛下全養精神……』」時浚任福建路安撫大使、兼知福州。

論戰守利害疏 紹興十年五、六月間

臣智識暗陋，所見不明，惟有愚忠，庶幾仰報。儻或畏避隱默，負愧天地，誠不忍爲。臣竊惟醜虜盛夏舉兵，拂天違時，朝廷發明詔，議征伐，固天下所願者。臣愚以爲今虜竭國而來，其勢方鋭，可以計圖，難以力破。若速於用兵，則戰有勝負，時有利鈍，糧有繼絶，曠日持久，變生不虞。曷若俾諸帥結從連衡於近淮要害之地，據利便、擇形勢、就餉運，以促其勢，堅壁清野，時遣間諜，坐觀釁隙。使之進不得決戰，守不能久聚，俟其智力俱困而圖之，天下可定矣。帝王之師，以全取勝，貴謀而賤戰，正今日之先務也。惟陛下察大易不密之戒，矜愚臣憂國之私，斷自聖意，天下幸甚。奏議卷三三四

案：此奏奏議繫於紹興四年六月條後，全宋文因之，恐誤。由奏疏文辭可知，是時浚既未因罪廢居，亦非居朝輔政、持握兵柄；又稱「醜虜盛夏舉兵」，考南宋初年金軍歷次南下，唯紹興十年係「盛夏舉兵」，時浚在福建路安撫大使任上，正相合。考浚以紹興九年九月到任福州，此奏當上於紹興十年五、六月間。

乞因權制變疏 紹興十年六月

臣竊念自群下決回鑾之議〔一〕，國勢不振，事機之會，失者再三。向使虜出上策，還梓宫、歸兩殿，供須一無所請，宗族隨而盡南，則我德虜必深，和議不拔，人心懈怠，國勢寖微。異時釁端卒發，何以支持？臣知天下非陛下之有矣。今幸上天警悟，虜懷反復，士氣尚可作，人心尚可回。願因權制變，轉禍爲福，用天下之英才，據天下之要勢，奪敵之心，振我之氣，措置一定，大勳可集。臣又有臆見，當燕山新復，朝廷恃郭藥師爲固。一旦醜虜敗盟，藥師先叛。何則？賣國無恥之人，本無它長，難與共事。願陛下每以爲鑑，制御於早，無忽。魏公行狀

案：要録卷一三六、編年綱目卷八亦節載此奏。行狀載「時虜中變盟約，復取河南。公奏曰『臣竊念自群下決回鑾之議……』」要録卷一三六繫之於紹興十年六月，可從。時

浚任福建路安撫大使、兼知福州。

校勘記

〔一〕臣竊念自群下決回鑾之議　「念」，要録卷一三六作「願」；「議」，要録卷一三六作「計」。

奏虜情及捍禦之策 紹興十年夏

臣叨冒陛下厚禄，義當有所建陳。臣竊惟虜人逆天用兵，取敗固宜。尚慮秋高馬健，大爲點集。臣愚見以爲乘此勝鋭，正須蓄養，外示進討，内實安静，更觀其變。若併犯陝蜀，則襄陽、承楚之兵攻其後；若大窺淮浙，則岳飛、吴璘、楊政之兵擊其中。儻或虜勢稍虧，未能辦此，在我徐議征伐，固未爲晚。夫虜巨敵也，願陛下詳究其勢，審察其情，俾諸帥協力合意，共成大業。今日勝負，全在人心，略有離異，利害非細。陛下每切留神，天下幸甚。永樂大典卷一〇八七六

案：此奏原無繫年。由「臣叨冒陛下厚禄，義當有所建陳」，可知是時浚既未遭貶謫，又未在朝總理軍政；又「虜人逆天用兵，取敗固宜」，則金軍甫遇南侵失利；又謂「尚慮秋高馬健，大爲點集」，則金軍乃因盛夏舉兵南下；又以吴璘、楊政與岳飛並舉，可知是時吴玠已去世，則此奏必作於紹興九年至十一年間。綜之，此奏乃紹興十年夏金軍南侵失

利後所上無疑。時浚任福建路安撫大使、兼知福州。

福州進錢以助國用奏 紹興十一年二月

朝廷調發大軍，用度至廣。臣本州措置出賣官田〔一〕，及勸誘寺院變易度牒〔二〕，共得六十三萬緡，節次起發，少助國用。要録卷一三九

案：要録卷一三九載紹興十一年三月「庚子（一日）」，觀文殿大學士、左宣奉大夫、福建路安撫大使、知福州張浚言『朝廷調發大軍……』詔浚一意體國，識大臣體，令學士院降詔獎諭」。三月一日庚子乃高宗下詔褒獎張浚之日，以福州與臨安間文書傳遞狀況推算，此奏當上於紹興十一年二月中旬。

校勘記

〔一〕臣本州措置出賣官田 「本」原作「至」，據臺圖本、皇宋中興兩朝聖政卷二七、宋史全文卷二一改。

〔二〕及勸誘寺院變易度牒 「勸」原作「以」，據臺圖本、皇宋中興兩朝聖政卷二七、宋史全文卷二一改。

奏張俊劉錡捷報乞令持重議 紹興十一年二、三月間

臣近覩張俊、劉錡捷奏，竊見兩軍已駐東關、含山一帶，仰惟聖算無遺，不勝喜躍。臣嘗謂此虜可以計圖，難以力破。今萬里用兵，利在速鬭，且其性强忍耐戰，尚慮示弱用間，以致我師。若堅壁持重，勿顧小利，使之進退失據，可取全勝。臣詳觀虜人立意，必欲傾覆國家，勢不但已，淮西儻或未利，亦須別有所向。然臣嘗反覆熟計，在今日有可以破滅之策。伏惟陛下仁智天錫，將以救民，不有艱難，莫顯聖德，唯願堅持素志，勿以目前得失輒輕沮抑。臣猥荷聖知，異於倫等，屢貢臆説，庶盡其心，仰惟聖慈俯賜洞照，不勝幸甚。

（康熙）綿竹縣志卷五補

案：此奏原無繫年。原注「張魏公奏議，見大典」。奏中稱「覩張俊、劉錡捷奏，竊見兩軍已駐東關、含山一帶」，據宋史高宗本紀六，紹興十一年二月「癸酉（四日），張俊遣王德渡江，屯和州，金人退屯昭關……癸未（十四日），王德、田師中等擊破金人，復含山縣，奪昭關；劉錡自東關擊敗金人於青谿……丁亥（十八日），楊沂中、劉錡等大敗兀朮軍於柘皋」。奏中所云即此前後事，然似尚未有柘皋之大捷。因繫此奏於紹興十一年二、三月間。時浚任福建路安撫大使、兼知福州。

奏乞令諸將持重議 紹興十一年三月

臣近覩淮西諸帥捷奏，竊審國威大振，醜虜犇逃。仰惟聖算先得駐軍要害，曾不踰月，屈此群凶，殺獲衆多，士氣百倍，凡有知識，孰不鼓舞。況臣嘗叨近輔，休戚實均，其於踴躍，萬萬倫等。伏願陛下訓敕諸將，益勵忠誠，持重爲先，輕敵是戒，庶取全勝，早就大勳。臣無任激切祈懇之至。（康熙）綿竹縣志卷五補

案：此奏原無繫年。原注「亦見大典」，係王一正輯自永樂大典者。由「淮西諸帥捷奏」「國威大振，醜虜犇逃」，可知宋軍甫擊退金人於淮西；「臣嘗叨近輔」，則是時浚未秉政。考諸南宋初年史事，唯紹興十一年柘皋大捷與此情境相合。據要録卷一三九，柘皋大捷在二月十八日丁亥，朝廷獲悉捷報在二十三日壬辰，以福州與臨安間信息傳遞狀況計之，浚「覩淮西諸帥捷奏」，必在三月，因繫此奏於紹興十一年三月。時浚任福建路安撫大使、兼知福州。

奏虜情及攻守事宜議 紹興十一年三月

臣近聞醜虜再犯濠梁，是必益兵合衆，堅壁淮北，意欲勞致我師，以快其憤。大兵並

進，糧道難繼，其害一也。諸帥之兵，不相統一，孰與決戰？戰而捷之，不過爲一郡之利；設有差跌，事將若何？其害二也。淮東、漢上，前出後空，萬一綴留我師，別以騎兵它道攻擾，人心必摇，其害三也。

臣聞解紛排難，必擣其虚。願陛下先於滁口、濡須量留大兵，深溝高壘，以防侵軼。自餘各旋其師，亟會諸帥，求所以牽制攻討之策。濠梁但令空城，領衆自淮而下，用伐其謀。夫虜欲決成敗於近歲，立意非淺。譬之奕棋，不曉其策算，姑隨手而應之，事可慮矣。臣嘗經勝負，思慮過審，未敢自以爲是，每憂時事，繼之以泣。願陛下察其用意，特寬誅責，不勝幸甚。永樂大典卷一〇八七六

案：此奏原無繫年。據要録卷一三九，紹興十一年三月四日癸卯，金軍於柘皋之敗後復圍濠州，即奏中所謂「醜虜再犯濠梁」者。時張俊、韓世忠、岳飛、楊沂中、劉錡諸將與金軍對峙於淮西，然互不統一，與此奏所謂「諸帥之兵，不相統一」亦合。因繫此奏於紹興十一年三月。時浚任福建路安撫大使、兼知福州。

奏虜情并乞早圖大計議 紹興十一年三、四月間

臣得右僕射秦檜書，竊聞虜人已過淮北。此虜初欲因春草將生，盡有淮西，與我共争

大江之險，以摇江浙，候秋氣既深，徐圖南渡。賴陛下天授威算，力遣大將摧折凶焰，天下蒙福。然而巨酋包藏逆毒，意蓋未息，勢須堅壁要地，示弱用間，以誘我師。此計儻或不行，即大發國中之兵，秋冬謀爲再舉。臣嘗歷考其所爲，殊與粘罕、婁宿輩不同，謂可破滅。自己未春以來，屢以所見冒昧具奏，誠恐事機差失，所繫非細。而今日之事，安危以決，利害尤重，疊浼宸聰。所惜者時，及嘗於秦檜書中，略具大概。願陛下速會諸帥，謀以胸腹，將相同心，早圖大計。凡有施爲，必究始末。區區庸謬，惟陛下素知其立志用意，不避誅責，敢布微誠。仰冀聖慈特寬斧鉞，不勝幸甚。永樂大典卷一〇八七六

案：此奏原無繫年。内稱「自己未春以來，屢以所見冒昧具奏」，「己未」乃紹興九年，則此奏必上於紹興十年後；又稱「右僕射秦檜」者，考檜以紹興八年三月除右僕射，十一年六月遷左僕射（宋史宰輔表），則此奏必上於紹興十一年六月前；又稱「此虜初欲因春草將生，盡有淮西……賴陛下天授威算，力遣大將摧折凶焰」。可知此奏乃紹興十一年二月十八日柘皋之戰後所上無疑。時浚任福建路安撫大使、兼知福州。又奏中稱「得右僕射秦檜書，竊聞虜人已過淮北」，考金人渡淮北歸，在三月十三日壬子（宋史高宗本紀六），以兩淮與臨安、臨安與福州間文書傳遞計，此奏當上於紹興十一年三、四月間。

奏虜情及戰守事宜狀 紹興十一年十月

臣近者竊聞朝廷以莫將等南歸，遣劉光遠、曹勳持書至大金軍前。仰惟聖智高妙，洞察虜情，更遣信使，詳觀其變，初非臣思慮所能及也。竊惟宣和、靖康之際，虜使不絶於道，如王雲、李若水輩，皆信其説。逮至圍城中，使者踵至，猶議前議。今日之事，則有異此。我方整齊六師，可戰則戰，可守則守。姑命使人嘗試其意，夤緣考究，必見事實，天下幸甚。臣妄慮虜人始知淮楚有釁，力破此軍，以張聲勢。陛下首伐其謀，故遲留泗上，更審事機。臣恐春草滋茂，必有所向，而荆襄、岳鄂上流，最爲重地，敢冀聖慮先及，委任將帥，有決戰決守之計，即制命在我，中原可圖。異時虜兵一動，便當止絶使命，恐傷士氣。

臣識見淺短，曷足以仰補聖慮萬一？區區憂國過計，敢展所見。仰惟特寬斧鉞之誅，不勝幸甚。永樂大典卷一〇八七六

案：此奏原無繫年。内稱「近者竊聞……遣劉光遠、曹勳持書至大金軍前」，據宋史高宗本紀六，紹興十一年「九月……丙(申)〔辰〕(二十一日)，遣劉光遠等充金國通問使」，又宋史卷三七九曹勛傳，紹興「十一年，兀朮遣使議和，授勛成州團練使，副劉光遠報之」，以臨安與福州間信息傳遞狀況計之，此奏當上於紹興十一年十月。時浚任福建路安

撫大使、兼知福州。

奏欲寓居湖南及論虜使狀 紹興十一年十二月

臣伏聞特降制命，除臣檢校少傅、節鉞、宫觀，任便居住。臣聞命之初，罔知所措，繼以感泣。伏念臣誤被眷知，度越倫等，恩踰山嶽，報靡涓埃。夙夜震惕，大懼得罪於天地。比緣竊符日久，義有未遑，過失滋繁，恐勤覆護，輒輸心腹，願獲便安。豈謂皇帝陛下特軫仁慈，併敷光寵，意隆恩大，數異禮優，顧臣何人，敢冒盛典？撫心感激，無以見誠。臣只俟被受朝廷照劄，迎侍臣母至撫州，迤邐過湖南，爲寓居之計。所有一行請受之屬，已干告朝廷，乞行下本路轉運司應副。仰冀聖慈始終留念。

臣竊聞虜人信使已還，恭惟聖慮高明，洞照事理，隨宜遣處，以稽情僞，不待臣區區之説。冬序正寒，仰冀聖慈善保聖躬。臣無任祝頌瞻依之至。永樂大典卷一〇八七六

案：此奏原無繫年。内稱「除臣檢校少傅、節鉞、宫觀，任便居住」，即要録卷一四二所載紹興十一年十一月「辛酉（二十七日），特進、觀文殿大學士、福建安撫大使、兼知福州張浚爲檢校少傅、崇信軍節度使、充萬壽觀使，免奉朝請」是也。以臨安與福州間文書傳遞狀況推算，此奏當上於紹興十一年十二月。

張浚集卷十一

奏劄

論當時事勢疏 紹興十六年四月

臣聞受非常之恩者，圖非常之報；拯焚溺之急者，乏徐緩之音。臣竊惟當今事勢，譬若養成大疽於頭目心腹之間，不決不止。決遲則禍大而難測，決速則禍輕而易治〔一〕。惟陛下謀之於心，斷之以獨，謹察情僞，預備倉卒。猶之奕棋，分據要害，審思詳處，使在我有不可輒犯之勢，庶幾社稷有安全之理。不然，日復一日，且將噬臍〔二〕，異時以國與敵者反歸罪於正議。此臣所以食不下咽，不能一夕安也〔三〕。倘非陛下聖德在人，獲天地之祐，承祖宗之慶，有以照察其心，臣亦何所逃罪？奏議卷八八

案：魏公行狀、要録卷一五五、編年綱目卷一〇亦節録此疏。行狀謂紹興「十六年，公念檜欺君誤國，使災異數見，彗出西方，欲力論時事，以悟上意……乃言曰『臣聞受非常之恩者……』」要録卷一五五紹興十六年七月壬申條附注謂「十五年四月彗出東方，今年

四月浚上此疏，七月貶，十二月彗再出」。因繫此奏於紹興十六年四月。時浚以檢校少傅、崇信軍節度使、萬壽觀使、和國公寓居潭州。

校勘記

〔一〕決速則禍輕而易治　「速」，要録卷一五五作「疾」。
〔二〕且將噬臍　「且」，魏公行狀、要録卷一五五、編年綱目卷一〇作「後」。
〔三〕不能一夕安也　「不能一夕」，要録卷一五五作「而一夕不能」。

賀天申節進無逸篇劄子 紹興十六年五月

臣仰惟神聖出震御乾之辰，天下孰不歡欣鼓舞，祝吾君壽？臣竊謂人臣事君，猶子事父，要當略去禮文，思求實報。臣嘗潛心聖人之經，有可以取必於天，膺大福、獲大壽，決然無疑者，輒輸丹誠，爲陛下獻。臣伏考周公無逸篇，商王中宗「嚴恭寅畏，天命自度，治民祗懼，不敢荒寧」，高宗「嘉靖商邦，至於小大，無時或怨」，周文王「自朝至於日中昃，不遑暇食，用咸和萬民」，「不敢盤於遊田，以庶邦惟正之供」。三君者，非徒身享安榮而有國長久〔一〕，後世莫加焉。商自祖甲之後立王〔二〕，「生則逸，不知稼穡之艱難，不聞小人之勞，惟耽樂之從」，是以「罔或克壽，或十年，或七八年，或五六年，或四三年」。夫天道昭昭，其報如響〔三〕。仰惟聖德日新，大孝之誠，昭格天地，壽福無疆，宜過商宗、周王遠甚〔四〕。臣不勝臣子祝頌之情〔五〕，願陛下兢兢業業，勉之又勉，永堅此心，以奉天道，則天之所以報吾君者，宜如何哉！奏議卷一九五

案：此奏原無繫年。宋代蜀文輯存繫之於建炎三年，誤。魏公行狀亦節録此奏，謂紹興「十六年……公又以天申節手寫尚書無逸篇，具劄子爲賀曰『臣嘗潛心聖人之經……』」天申節，乃紹興十六年五月二十一日己丑。時浚以檢校少傅、崇信軍節度使、萬壽觀使、和國公寓居潭州。後因此奏及論當時事勢疏獲罪，再貶連州。

校勘記

〔一〕非徒身享安榮而有國長久　「徒」，魏公行狀作「獨」。

〔二〕商自祖甲之後立王　「商」字原闕，據魏公行狀補。

〔三〕其報如響　「報」，魏公行狀作「應」。

〔四〕仰惟聖德日新大孝之誠昭格天地壽福無疆宜過商宗周王遠甚　此二十六字，魏公行狀作「古之聖人，以一身莅天下，惠澤四海，無不如意，未嘗少有憂懼退怯之懷。凡以天道可必，吾無愧歉於心而已」。

〔五〕臣不勝臣子祝頌之情　「情」，魏公行狀作「誠」。

論和戰利害疏 紹興二十六年五月

臣夙負大罪，自謂必死瘴癘之地。仰惟陛下優容之，矜憐之，保全之，死骨復生，盡出聖神之造。自今已往，皆已死之日，而陛下實生之。臣今雖居苫塊中，安敢恝然遂忘陛下恩德，且顧惜一己而默不出一言，庶幾有補萬一哉。惟陛下察其用心，恕之而已。

臣聞自昔忠臣事君，莫不欲其主之明，莫不欲其主之聖，莫不欲其主之名顯日月，功蓋宇宙。彼知夫國家安榮，則其身亦與有安榮，故犯顔逆耳而不敢辭也〔一〕。姦臣不然，惟利之圖〔二〕，不復他恤。導君於非，使重失天下之心，而陰肆其邪志。始則曲意媚順，而蔽欺人主之聰明〔三〕；終則專事擅權，而潛移生殺之大柄。跡其包藏，有不可勝言者矣。然而身滅家亡〔四〕，族覆世絶，見於史册，歷歷可考。天下後世視之，曾犬豕之不如。彼果何所利耶〔五〕？惜乎至愚而莫之思也。

日者陛下法乾之剛，而用以沉潛，施設中幾，天下四夷孰不畏服？是臣可言之秋也。臣疎遠，不復預聞朝廷機事，而伏自思念〔六〕，今日事勢極矣，陛下將拱手而聽其自然乎？抑將外存其名而博謀密計，求所以爲長久歟？臣誠過慮，以爲自此數年之後，民力益竭，財用益乏，士卒益老，人心益離，忠臣烈將淪亡殆盡〔七〕，内憂外患相仍而起，陛下將何以爲策？

方祖宗盛時〔八〕，嘗與虜通好矣〔九〕。惟力敵勢均，而國家取兵於西北，取財於天下，文武之才，世不乏人，是故其事得以持久。而百四十年之後，靖康大變，事出不意，禍亂之酷〔一〇〕，亘古所無。論者猶恨夫恃和爲可安，而不知自治之失也。今天下幾何？譬之中人之家，盜據其堂室，安居飽食其間〔一一〕，而朝夕陰伺吾隙，一日有間，其捨我乎？

然則陛下不可不深思力圖於此時也。且虜嘗有弑立之舉〔一二〕，夫弑逆之人〔一三〕，天地所不容，人情所甚惡。誠能任賢選能，修德立政，斷然爲吾之所當爲，口不絶和而實以勢臨之，彼必有瓦解之憂。借使虜不量度，輕爲舉動，第堅壁清野以遲之〔一四〕，明示逆順，其衆自離，虜之危亡，可立而待。何則？人心不肯趨逆而忘順也〔一五〕。假之五七年，而虜君臣之分定，彼國有人，得柄用事，雖有賢智，莫知爲陛下計矣。願陛下精思審謀，無忘朝夕，無使異日有噬臍之嘆〔一六〕。夫約和衰弱之時，謂不能久，而强虜之變，荐生於内，則是天贊陛下。違天不祥，陛下其承之！

臣聞人主之俯仰天地間〔一七〕，所以自立其身者，不過忠孝二字。此天下之大義，不可斯須少忽也〔一八〕。而臣行負神明，孤苦餘生，親養已無所施矣。事有大義所當爲者，不過盡忠於陛下。顧雖頭目手足有可捐棄而爲陛下用者，所不當顧惜。而況親逢聖明，極力保全，恩德至大，使臣有懷私顧己、匿情畏罪慮禍之心，則是陛下不負臣，臣實負陛下，天地鬼神，其肯容之哉！是以不顧嫌疑，不避鼎鑊，不恤讒毁，爲陛下陳之。陛下勿謂軍民之心爲可忽，忠良之言爲可棄。夫治天下，譬持罌水〔一九〕，一決而潰，有不可收拾者矣。陛下其念之哉！

臣行年六十，死亡無日，非若紛紛者互持和戰之説，惟恐其説之不勝而身之不獲用，貪目前之得，忽久遠之圖。臣知爲陛下國家計耳。陛下安榮，臣亦與有安榮。臣之自謀，亦豈有不審耶？幸未死〔二〇〕，得終禮制。陛下不以臣爲愚而卒棄之。願陛下許臣居嚴、婺間，賜之屋三十楹、田三十頃，俾得優游養痾田野間，爲陛下謀畫心腹之臣，以畢盡愚忠〔二一〕，庶幾有補萬一，臣之志願足矣。惟陛下廣乾坤之度〔二二〕，以精求天下之賢，無忘祖宗國家之恥，父兄宗族之讐，盛德大業，昭著後世，臣猶幸及見之。臣不勝大願。奏議卷八八

案：魏公行狀、要録卷一七二亦録此奏。行狀謂浚「獨念天下事二十年爲檜所敗壞，人心士氣委靡銷鑠，政事無綱，邊備蕩弛，幸其一旦隕斃，當汲汲惟新令圖，而未見所以慰人望者。且聞完顔亮篡立，勢已驕豪，必將妄舉，可爲寒心。自惟大臣義同休戚，不敢以居喪爲嫌，（紹興二十六年）五月，具劄子曰『臣夙負大罪……』」因繫此奏於紹興二十六年五月。時浚以特進、觀文殿大學士、和國公謫永州，居母計氏之喪。

校勘記

〔一〕故犯顔逆耳而不敢辭也　「耳」，魏公行狀作「指」。
〔二〕惟利之圖　「之」，魏公行狀作「是」。
〔三〕而蔽欺人主之聰明　「蔽欺」，魏公行狀作「欺蔽」。
〔四〕然而身滅家亡　「家」，宋浙刻本魏公行狀作「國」。
〔五〕彼果何所利耶　「彼」「果」間，魏公行狀多一「誠」字。
〔六〕而伏自思念　「自」字原闕，據魏公行狀補。
〔七〕忠臣烈將淪亡殆盡　「將」，要録卷一七二作「士」。
〔八〕方祖宗盛時　「方」字原闕，據魏公行狀補。
〔九〕嘗與虜通好矣　「好」，魏公行狀作「和」。
〔一〇〕禍亂之酷　「酷」，魏公行狀作「大」。
〔一一〕安居飽食其間　「居」，要録卷一七二作「眠」。
〔一二〕且虜嘗有弑立之舉　「且」，魏公行狀作「或謂」。
〔一三〕夫弑逆之人　「逆」，魏公行狀作「立」。
〔一四〕第堅壁清野以遲之　「遲」，魏公行狀作「持」。
〔一五〕人心不肯趨逆而忘順也　「趨」，魏公行狀作「附」。

〔一六〕無使異日有噬臍之嘆 「異日」，魏公行狀作「真」。
〔一七〕臣聞人主之俯仰天地間 「主」字原闕，據魏公行狀補。
〔一八〕不可斯須少忽也 「斯須」，魏公行狀作「須臾」。
〔一九〕譬持罌水 「持罌」，魏公行狀作「如槃」。
〔二〇〕幸未死 「死」，魏公行狀作「即隕」。
〔二一〕以畢盡愚忠 「盡愚」，魏公行狀作「愚盡」。
〔二二〕惟陛下廣乾坤之度 「廣」，魏公行狀作「廓」。

再論和戰利害疏 紹興二十六年秋

臣受陛下更生大恩，今至憂迫身，涉險萬里，常恐一旦死填溝壑，終無以仰報萬一。思得以展盡所懷，瞑目無憾。臣嘗病夫世儒牽於和戰異同之説〔一〕，而不知實爲一事。或者竊儒爲姦，不知經史之心，切切焉利禄是圖，而有以欺惑陛下之聽。又其甚則大姦大惡，挾虜懷貳，以自封殖其家，簧鼓曲説，愚弄天下。敢畢陳之。

臣聞天地之大德曰生，而天地生物之功本於秋冬。蓋非嚴凝之於秋冬，則無以敷榮之於春夏。然則秋冬之嚴凝，乃生物之基也。在萃之象曰：「除戎器，戒不虞。」而泰之九二爻辭曰：「包荒用憑河。」泰萃之世，聖人謹於武備如此，謂不如是不足以生物而行其心也。況時丁艱難〔二〕，而可忽略不省，啓大禍於後，反謂是爲得哉？

若夫一時之和，則亦聖賢生利天下之權矣。商湯事葛矣，而終滅葛，書曰「湯一征自葛始」〔一〕；周太王避狄矣，築室於岐〔三〕，未幾謀以卻狄〔四〕，詩曰「乃立冢土，戎醜攸行」；文王事昆夷矣，而卒伐之，詩曰「昆夷駾矣，維其喙矣」；越勾踐事吴矣，坐薪嘗膽，竟以破吴，越語曰「越十年生聚，十年教訓」。彼皆翕之乎始而張之乎終，汲汲乎德政修立而以生利天下爲心，未嘗恃和爲安，自樂其身而已也。漢高祖嘗與項羽和，羽歸太公、吕后〔五〕，割鴻溝以西爲漢，東爲楚。良、平進言：「今楚兵罷食盡，此天亡之時，不因其機而取之〔六〕，是養虎自遺患也。」漢王從之，卒成大業。漢文帝與匈奴和，曾無間歲之寧。漢文全有天下，謂可和以息民。方是時，百姓猶不免侵陵之苦，至武帝始一大征伐之。其後單于來朝，漢三百年間用以無事。唐太宗天下初定〔七〕，有渭上之盟。未幾，李靖之徒深入沙漠之地，犁其庭、係其酋，海内始安焉。兹豈非以和爲權而得之哉？

若夫石晉之有天下則不然，取之非其道，謀之非其人。桑維翰始終於和〔八〕，其言曰：願訓農習戰，養兵息民，俟國無内憂，民有餘力，觀釁而動，動無不成。初若有深謀者。然考其君臣所爲，名實不孚於上下。朝廷之上，專務姑息，賞罰失章，施設繆戾，權移於下，政亂於上〔九〕，無名之獻，莫知紀極。一時用事方鎮之臣，往往昏於酒色，厚於賦斂，果於誅戮，以害於百姓，朝廷莫知所以御之。所謂訓農習戰，養兵息民，略無實事。維翰所陳，殆爲空言，姑欲信其當時必和之説，以偷安竊位而已。契丹窺見其心，謂晉無人，須求陵侮〔一〇〕，日甚一日。後嗣不勝其忿，始用景延廣之議，僥倖以戰，而不知其荒淫怠傲，失德非一日，天下之心已離，天下之勢已去，天下之財已匱。延廣不學，不知行聖賢之權，亟思所以復其心、立其勢、强其國，急急兵戰之争〔一一〕，事窮勢極，數萬之師，無一夫爲之發矢北向者，至今爲天下後世嗤笑。凡言君臣委靡不振，服役夷狄者，必曰石晉云。

臣仰惟陛下聰明聖知，孝心純一，即位以來，簡用實材。虜人聞風而畏之，於是有議和之事〔一二〕。陛下以太母爲重，且幸徽宗皇帝梓宫之亟還〔一三〕，和之權也。不幸用事之臣貪天之功，肆意圖利〔一四〕，乃欲翦除忠良，以聽命於虜，而陰蓄其邪心。方國家閒暇之時，怠傲是務，德政俱廢，而專於異己之去，志果安在哉〔一五〕？夫虜日夕所願望者，欲我之忠良淪没耳，欲我之盡失天下之心耳，欲我之將士解體，其氣不復振作耳，欲我之懷於宴安，以甘於酖毒耳。前日用事者一切徇其所甚欲而畢爲之，不幾乎與虜爲地歟？身死之日，天下酌酒相慶，不約而同。下至田夫野老，莫不以手加額。其背天逆人，不忠於君，而天人之心重惡之如此〔一六〕。

且彼曾不思夫虜之於我，其愛之而和乎？其有餘力而肯和乎？其國中亦有掣肘之虞而和乎？其欲圖之於後而和乎？臣謂虜有大讎大怨，不可復合，譬夫一葉之分。今日之和，必其酋帥攜離，人心睽異，姑爲此舉，以息目前；而圖回江淮，以去除後患之心，其中未嘗一日忘也。惜夫昏庸姦賊之人，豢於富貴，闇於政事，曾無尺寸之效以上報於國家，毫髮之惠以下及於百姓。分列黨與，布在要郡，聚斂珍貨，以獨厚於私室。爲身謀，爲子孫謀，而不知爲陛下謀，不知爲國家天下謀。坐失事機者二十餘年，以誤陛下社稷大事。有識之士，誰不痛心？

且夫賢才不用，政事不修，國勢不立〔一七〕，而專欲責成受命於虜，適足以啓輕侮之心而正墮其計中。魯仲連所謂「彼將有所與奪，梁王安得晏然而已乎」，此甚可痛恨者也〔一八〕。敵國之人何自而畏？敵國之心何自而服〔一九〕？敵國之難何自而成？遲以歲月，百姓離心，將士喪氣，國亦危亡而已矣。

臣願陛下鑒石晉之敗，而法商湯、周太王、文王之心，用越勾踐之謀，考漢、唐四君之事，以保固社稷〔二〇〕，天下幸甚！臣竊料前日用事者獻議於陛下，不過曰：「以我之和，而虜之變難荐生。」是欺天之説也。虜相殘之釁，其來有素，初不在夫和與不和之間。向使國家德政修乎上，威令加乎下，虜之變難豈不有大於此，而我不世之恥庶幾其可雪乎？又不過曰：「姑少遲之，更俟其亂。」此蓋度其身之必不可辦任大事，相與爲叨竊苟且計而已，非國家計也。萬一虜有人焉，定其亂而强其國。臣恐當是時，陛下不得一夕安枕矣。古語曰：當斷不斷，反受其亂。又曰：天與不取，反受其咎。又曰：畏首畏尾，身其餘幾。又曰：機事之來，間不容髮。此四者，今日之謂也。願陛下體道之權，外示順聽，一從之。於今及春陽用事，與廊廟大臣圖回大計，復人心，張國勢，立政事，以觀機會〔二二〕。不絶其和〔二三〕，而遣一介之使，與之分别曲直逆順之理，事必有成。臣不孝之身，親養已絶，含毒忍死，其亡無日，徒能爲陛下言之而已。

臣又伏思祖宗之德在天下，至大至厚，太平之治，多歷年所，三代盛時，有不能及。恭惟皇帝陛下禀乾剛之資，而輔以緝熙之學，何爲而不成？何治而不至？願陛下充其志氣，擴其聰明，必使清明在躬，如太虚然，惟是之從，以選賢才，以修德政，以大基業，天下幸甚！奏議卷八八

案：魏公行狀、要録卷一七五、編年綱目卷一一皆節録此奏。行狀謂紹興二十六年「八月，行至荆南，會以星變詔求直言。公念虜數年間勢決求釁用兵，吾方溺於宴安，謂虜可信，蕩然無備，沈該、万俟卨據相位，尤不厭天下望，朝廷益輕。顧伏在苫塊，經歷險阻，死亡無日，不得爲上終言之，懷不自安，乃復奏曰『臣受陛下更生大恩……』」則此奏乃紹興二十六年秋浚護母喪自湖南歸蜀途中所上甚明。

校勘記

〔一〕臣嘗病夫世儒牽於和戰異同之説　「和戰」，魏公行狀作「戰和」。

〔二〕況時丁艱難　「丁」，魏公行狀作「方」，似是。

〔三〕周太王避狄矣築室於岐　「太」原作「文」，據魏公行狀、要録卷一七五、編年綱目卷一一改；「岐」原作「歧」，據魏公行狀改。

〔四〕未幾謀以卻狄　「狄」原作「敵」，據要録卷一七五、編年綱目卷一一改。

〔五〕羽歸太公吕后　「羽」字原闕，據魏公行狀、要録卷一七五、編年綱目卷一一補。

〔六〕此天亡之時不因其機而取之　魏公行狀、要録卷一七五、編年綱目卷一一作「釋而弗擊」。

〔七〕唐太宗天下初定　「天下初定」，魏公行狀、要録卷一七五、編年綱目卷一一作「初定天下」。

〔八〕桑維翰始終於和　「於」，要録卷一七五、編年綱目卷一一作「主」。

〔九〕政亂於上　「亂」，魏公行狀、編年綱目卷一一作「私」，要録卷一七五作「施」。

〔一〇〕須求陵侮　「須求」，要録卷一七五、編年綱目卷一一作「頻來」。

〔一一〕急急兵戰之争　「急急」，魏公行狀、要録卷一七五、編年綱目卷一一作「急於」。

〔一二〕於是有議和之事　「於是有議」，要録卷一七五、編年綱目卷一一作「嚮者講」。

〔一三〕且幸徽宗皇帝梓宫之亟還　「且幸」，要録卷一七五、編年綱目卷一一作「幸而」。

〔一四〕肆意圖利　「圖利」，魏公行狀、要録卷一七五、編年綱目卷一一作「利欲」。

〔一五〕志果安在哉　「志」，魏公行狀作「意」。

〔一六〕而天人之心重惡之如此　「人」，魏公行狀作「下」。

〔一七〕國勢不立　「國」，魏公行狀、要録卷一七五、編年綱目卷一一作「形」。

〔一八〕此甚可痛恨者也　「此」，魏公行狀作「而」。

〔一九〕敵國之心何自而服　此句原闕，據魏公行狀補。

〔二〇〕以保固社稷　「保固」，魏公行狀、要録卷一七五作「保圖」，編年綱目卷一一作「圖保」。

〔二一〕以觀機會　此句原闕，據魏公行狀、要録卷一七五、編年綱目卷一一補。

〔二二〕不絶其和　「不」，魏公行狀、要録卷一七五、編年綱目卷一一作「未」。

進否泰二卦解義疏　紹興二十六年秋

臣往待罪相位，陛下賜臣親書周易否、泰二卦辭。其後臣謫居連山，益遠天日，葵傾之心，不能自已。遇朔望，必取再拜伏讀。竊不自揆，爲二卦訓釋。久欲獻之，以備乙鑒，而負罪積畏，無路上達。今謹繕寫，昧死以進。顧坐井之見，豈足以仰補萬一？惟臣子愛君之誠，則不能自已焉。竊惟易謹君子小人之辨，而二卦則其效之尤深切著明者也。其事則本諸一心，惟陛下留神。魏公行狀

案：行狀謂紹興二十六年「八月，行至荆南，會以星變詔求直言。公……又以所著

否、泰卦解義進之，奏曰『臣往待罪相位……』」則此奏乃浚紹興二十六年秋所上。時浚護母計氏喪自湖南歸蜀。

乞早定守戰之策疏 紹興三十一年五月

孝慈皇帝訃自北來，又聞逆虜兵動，凡爲臣子，孰不痛憤？臣往叨任使，孤負眷知。主憂臣辱，主辱臣死，無所逃罪。臣又度今日虜勢決無但已，九月、十月之間，必有所向。願陛下與大臣計議，早定必守必戰之策，上安社稷。魏公行狀

案：行狀謂紹興三十一年「五月，（浚）奉欽宗諱，號慟至不能食。又聞虜有嫚書，不勝痛憤，上奏曰『孝慈皇帝訃自北來……』」因繫此奏於紹興三十一年五月。時浚以特進、提舉江州太平興國宫、和國公寓居潭州。

條奏捍禦虜寇之策 紹興三十一年夏秋間

臣竊聞虜人似有窺伺之意，事雖未信，實重心憂。仰惟睿志先定，成算已行，而臣受陛下更生之賜，儻懷顧望，只爲身謀，天地鬼神，得以誅之。臣謹條列於右〔一〕：

一、虜酋狂暴譎詐，天下共知。今兹求釁敗盟，大逆天道。惟虜之心腹精兵，恐不啻

十餘萬人，平日養之素厚，莫不盡死力，必能以威力脅制番漢，與苻堅事體不同。方其去國遠來，非有萬全之利，未可輕與爭鋒。扼之數月，其衆必離。天下之事，從此可定。伏惟聖慈更賜詳酌。

一、臣之愚見，欲於揚州之東擇地駐兵，保通、泰、高郵之險，以待機會。厚募勇士，晝驚夜劫，以罷其師。如揚州城壁久已修治，專委守帥量敵率民兵共力守禦；事或迫切，即焚蕩室廬，退保大軍營壘去處。其本州百姓先令從便於江浙及通、泰、高郵居住，優與存恤。

一、乞遍揭小榜，令百姓避賊馬之日，各以火焚草。嚴立法禁，務在必行。虜用騎，以草爲急。其真、滁、濠、廬、壽春五州，依揚州施行。如逐州城壁未修，便當措置山水寨，時暫保守。

一、臣今所陳，若朝廷於盱眙要地已有大兵屯駐守險，亦乞只令堅壁清野，以老其師。俟見機會，合兵掩擊。

一、淮西欲於東關及焦湖一帶擇險駐兵，如淮東措置。

一、虜情百出，不以戰敗爲恥。萬一佯爲遁北，以誘我師，伏乞預戒諸將，勿許窮追，深入其地。大抵困弊其人，使前不得進，必爲數月之留，則諸國之變，自生於內。況中原人心，各戴我宋，大業之復，指日可圖也。

臣嘗負陛下使令，失地喪師，積有大罪。被謫以來，晝省夜思，冀或一得。蓋以衰遲久病之身，獨有區區愚忠，庶幾可以上報聖恩。第惟遠外，時事不及盡知，深慮聞見乖謬，觸犯天聽。伏惟陛下鑑察其心，少寬斧鉞之威。臣愚不勝幸甚。永樂大典卷一〇八七六

案：此奏原無繫年。内稱「衰遲久病之身」，可知必上於高、孝之際；又「今茲求釁敗盟」，考金使高景山「求淮、漢之地及指取將相近臣」，啓釁於紫宸殿，事在紹興三十一年五月十九日辛卯（十朝綱要卷二五）；又内中所論皆兩淮備禦事。則此奏當上於紹興三十一年夏秋間、完顔亮攻宋前夕。時浚以特進、提舉江州太平興國宫、和國公寓居潭州。

校勘記

〔一〕臣謹條列於右　「右」疑爲「左」之誤。

奏虜情及控禦之策疏　紹興三十一年十、十一月間

臣往負敗事之罪，屏息静處，晝夜思惟，求所以少報聖恩。獨恨智識淺短，終恐無補，自視不遑。然中有所懷，不敢欺心不以言之於陛下也。

虜人以二十萬之騎憑陵淮甸，方其衝突之初，大兵引退，保守江干，衆以爲憂。臣則有望，謂其少留數月，内變必生，糧草匱乏，恐不能支。我之得算，固已多矣。今臣過慮，萬一虜識機會，引兵言旋，别犯它路要處，或安處京師，徐有他圖，在彼則逸，在我則勞。蓋虜之精兵所損未幾，苟非糧草急闕，恐或未退。萬一掩擊上流，吴拱一軍，未易遽當也。臣愚欲望戒敕吴拱，許從宜措置。先保民人，使在安地，堅壁清野，勿與輕戰。量分大兵内守鄂州家計，庶幾有以待之。臣竊以虜之在汴，與昔日事體不同。往時退師，定歸沙漠；今自精兵，竊據神都。縱使今歲别無他謀，來春野草既生，水運通快，人糧馬食，無不順便，彼又將必有所向。

臣願陛下常謀其强，不謀其弱，得城得邑，未補大計。破彼精鋭，圖地畢歸，陛下何患焉？更乞密與大臣共圖全策，先爲備具，次明間諜，以恢遠業，天下幸甚。永樂大典卷一〇八七六

案：此奏原無繫年。内稱「虜人以二十萬之騎憑陵淮甸」，並及「吴拱一軍」，可知乃紹興三十一年十月金海陵王南侵事；又稱「方其衝突之初，大兵引退，保守江干，衆以爲憂」，所指乃十月中旬兩淮守將王權、劉錡敗退江上事；又觀浚言語，似尚未受命判建康府、江南東路安撫使、兼行宫留守。考朝命以浚判建康府、兼行宫留守，事在十一月四日

壬申（要録卷一九四），以朝廷與潭州間緊要文書傳遞狀況（約十日）計之，浚獲朝命當在十一月中旬。因繫此奏於紹興三十一年十月末至十一月中旬。時宋金大軍對壘於長江，浚仍謫居潭州。

張浚集卷十二

奏劄

次鄂州奏虜情并乞善撫將士狀 紹興三十一年十一月

臣恭聞除命，不敢辭難。次日攜二子臣栻、臣杓即就道，於十一月十七日抵純州。是日得雪，江風少息。尋顧舟東下，於二十二日抵鄂州。

先是，上流及潭湘一帶傳聞不實，致有驚疑。見臣父子同行，人情稍定。襄漢諸軍見與虜人相拒，虜人正兵約近二萬人，簽軍數萬。所簽軍各生離心，日有策馬來歸者。經此時雪，馬草難致，必懷怨望。臣竊坐想淮南事體與襄漢略同，願陛下内撫百姓，外撫將士。官爵犒賞，固不可濫，要滿其心。戒敕諸將，以守爲主，事有機會，進退遲速，勿制於中，少寬聖心，終成大業。

臣年老久病，豈堪閫寄？適丁多事，義當效節。星夜疾馳，恨無羽翼可以即至。來春事勢稍定，即乞致禄，歸守墳墓，以畢餘生。惟是不識去就，輒議軍國大事，謗讟之起，恐不可測。伏望陛下察臣之心，終賜保全。臣無任懇禱激切之至。

〔貼黄〕臣將來到建康新任，所有本路屯駐軍馬合與不合許臣同共商量措置？本路控扼，利害至大，臣與諸帥均任其責，理合取自聖裁，伏乞特降睿旨施行。永樂大典卷一〇八七六

案：此奏原無繫年。内稱「攜二子臣栻、臣杓即就道，於十一月十七日抵純州……於二十二日抵鄂州」「年老久病，豈堪閫寄」，顯係紹興三十一年十一月下旬被命由潭州赴判建康府任時所上。

奏黄州等處備禦事宜狀　紹興三十一年十二月

臣舟行自上流而下，旦暮反復詢究形勢利害。大率長江要處，惟漢口、采石、真、揚出舟便利，今朝廷已各屯駐大軍控扼。此外黄州爲緊，其次蘄，又其次舒。建炎中，虜人犯江西，自黄造栰以濟。蓋自黄至光，其路坦夷，不可不過防，而鄂州大軍家計正與黄對境，相去不遠。臣近曾具劄子，乞戒敕吴拱堅壁清野，量分大軍照管諸軍家計，正以備黄，伏想已達聖覽。今聞成閔領援兵東下，又那差鄂州一兩軍偕行。上流水軍並赴采石、鎮江，理固當然。臣過慮虜人窺襄漢之兵未解，萬一潛以精兵犯我，勢當有以應之，則衆寡或有

不敵；兼是水軍，亦須量留鄂渚，或别爲之計，以備緩急。伏望聖慈更賜詳酌，如臣言稍可采，乞自聖意處分施行。永樂大典卷一四四六四

案：原注「十二月上」。内涉吴拱、成閔二將，可知必高宗末海陵王南侵前後所上。所謂「臣近曾具劄子，乞戒敕吴拱堅壁清野」，當即前奏奏虜情及控禦之策疏。又稱「今聞成閔領援兵東下，又那差鄂州一兩軍偕行」，考主管馬軍司公事成閔由應城整軍東下，事在紹興三十一年十一月三日辛未（要録卷一九四）。案浚於十一月二十二日庚寅抵鄂州（參次鄂州奏虜情并乞善撫將士狀），其獲悉成閔那差鄂州大軍隨行並論黄州及京湖備禦事，當在此前後。由是觀之，此奏似當上於紹興三十一年十一月下旬。如若大典繫月不誤，則此奏當係是歲十二月初所上。時浚在赴任判建康府、兼行宫留守途中。

奏恢復事宜疏 紹興三十一年十二月

臣伏覩聖旨指揮：「令沿江諸大帥、監司、帥守各條陳目今進討恢復事宜，合如何施行，具已見利害，疾速聞奏。」此陛下兼覽衆智，明目達聰之義也，天下幸甚！臣不自量，嘗以河東、陝西之策上浼天聽，伏想已達聽覽。竊惟今日之事，當自陝西、河東、山東始，以觀其變，以度其勢，然後因時而應，似爲得宜。

臣仰惟陛下好生之德，格於天地，賊虜不道，自取殄滅，此天心也，誠可爲天下大慶。然臣嘗觀唐安禄山之亂，慶緒、史思明繼之，稱兵爲虐，亦既數年。緣九節度之師節度不一，心腹不相得，一敗不振，使之及此，誠可爲龜鑑也。

臣自入本路界，早夜詢問江淮目今民力軍勢之實。百姓困於征役，科斂頻繁，頗不聊生；軍馬疲於道路，飢疾相仍，殘死者衆。民多流離，軍有愁歎，將或驕而不武，兵或分而不協。

臣願陛下厚撫軍民，亟施恩惠，固結其心，振作其氣，謹簡將帥，大修軍政，乘此機會，掃除大讎。陛下略細務、罷常程、去冗食，專意馬上之治，除天下之大害，興天下之大利，如祖宗創業之初，則中興之業，盛大無窮，功績之隆，震耀前古，固陛下之所優爲。臣愚無識，嘗誤國事，每自震懼，顧何足以補萬一？區區愚忠，不忍少隱，當否未必，惟陛下寬赦采擇，不勝幸甚。奏議卷八八

案：此奏原無繫年。據要録卷一九五，紹興三十一年十二月「癸卯（五日）……詔樞密行府行下沿江諸大帥，各條陳目今進討恢復事宜，合如何施行，具已見利害，疾速聞奏」。浚時新判建康府事、充江南東路安撫使，因奉詔上此奏，請大修軍政，以圖北進。

論撫恤淮漢兵民及經理陝西河東事宜疏 紹興三十一年十二月、三十二年正月間

臣竊見淮西虜人以聖駕俯臨，大兵四出，引衆遁去，其勢必爲北歸計。臣竊伏思之，虜人悖逆天道，率脅醜類，來涉吾境，衆叛親離，旋被殺戮。天之相佑國家，大啓昌期，可謂甚著。兹蓋皇帝陛下執柔剛之權，惟其時中；盡仁孝之誠，有以上格。自信此心，終獲其應。顧兹機會，誠大有爲之秋也，天下幸甚。

臣待罪藩方，望屬車之塵，不遠數舍，歡抃之餘，反復深念，其敢不盡？竊以天意人事推之，今日爲恢復之時，蓋無疑矣。雖然，恢復所宜詳講周慮，使出萬全。臣愚以爲來遠之道，先自近始。爲今之計，恐宜以撫養根本爲急務也。惟自夏迄冬，江漢、兩淮之間，兵疲往來，民困饋運。若復大舉深追，誠恐所得未幾，而我之事力益覺其弊。借使河南之地即盡得之，秋風既高，鐵騎萬一復來，不得不虞。恐或一城差跌，百姓必重被其毒，孤中原歸戴之心，遲海内平寧之望。臣故願陛下孜孜於撫兵恤民之事，俾江漢、兩淮得少休息於三兩月間。圖回經略之心，則默運而亟行之，頻遣間使，求歸故地，以察其情，以觀其勢，以怠其志，以回其心。廣陛下好生至德，使諸國之人皆知愛慕，而坐銷其精兵勇夫，怒我復戰之意。時發檄文，責任將帥，招撫中原，其間豪傑，自樂輸情。

獨陝西、河東形勢所在，厥今可以進爲，伏乞更勤神算，以時授之，俾先駐險地，常爲大敵復臨之計。山東海道，亦宜一大措置，付以成謀。據天下之要，阨海道之衝，左牽右引，使支梧之不暇，而後使人之辭得伸其説。縱其未從，吾之勢力亦足以平定中原矣。伏惟睿算固已洞燭，區區愚見，何補萬分。仰乞特賜采擇，不勝幸甚。奏議卷八八

案：此奏原無繫年。内稱「來涉吾境，衆叛親離，旋被殺戮」，顯係紹興三十一年海陵王南侵被殺事。又稱「淮西虜人以聖駕俯臨，大兵四出，引衆遁去」，據要録卷一九五，是歲十二月二十五日癸亥，「張浚言：金兵已退，兩淮皆定」，則此奏當上於十二月二十五日前後。又奏中稱「臣待罪藩方，望屬車之塵，不遠數舍」，則是高宗車駕已近建康，考十二月十日戊申高宗車駕發臨安，十二月二十日戊午至鎮江，紹興三十二年正月五日壬申至建康（要録卷一九五、一九六），則此奏必上於紹興三十一年十二月末、三十二年正月初。時浚以觀文殿大學士判建康府事、兼行宫留守。

建康行宫召對論元氣疏 紹興三十二年正月

國家譬如人之一身，必元氣充實，然後邪不能干。朝廷，元氣也。今邪氣得以干犯，必是元氣之弱，或汗或下。邪氣固暫退，然元氣不壯，邪再干之，恐難勝任。用人才、修政

事、治甲兵、惜財用，此皆壯元氣之道。魏公行狀

案：據行狀，紹興三十二年正月五日，高宗自臨安移蹕建康行宫，首引浚見，「後六日，再引對，公奏『國家譬如人之一身……』」「後六日」，即正月十一日也。時浚以觀文殿大學士判建康府事。

建康行宫再奏 紹興三十二年二月

陛下當京城阽危之際，毅然請使不測之虜，後復受任開元帥府，以孤軍當虜鋒。當是時，不知陛下之心還知有禍福生死否？魏公行狀

案：行狀載「車駕將還臨安……臨發，復引公對。公奏『陛下當京城阽危之際……』」考高宗車駕南返發建康，事在紹興三十二年二月六日癸卯；二月四日辛丑，浚入見（要録卷一九七）。則此奏當上於紹興三十二年二月四日。時浚判建康府、充江南東路安撫使。

乞支降錢物打造舟船奏 紹興三十二年閏二月

本府界沿江通計二百五十餘里〔一〕，緊要渡口止是七處，若措置巡捕，委可禦備〔二〕。惟是打造舟船合用錢物，乞支降錢四萬貫，仍乞以度牒并承信郎、迪功郎及助教告敕降

下。其沿江州郡，亦乞依此應副打造使用。輯稿食貨五〇之一九

案：輯稿食貨五〇之一九載紹興三十二年「閏二月十九日，判建康府、江南東路安撫使張浚言『本府界沿江通計二百五十餘里』云云。詔建康府支錢四萬貫，鎮江府支三萬貫，江陰軍、太平、池、江、鄂州、荆南府各支二萬貫，並以空名迪功郎、承信郎、助教告敕、度牒折支。」

校勘記

〔一〕本府界沿江通計二百五十餘里　「沿」原作「松」，據文意改。下同。

〔二〕委可禦備　「備」原作「捕」，據文意改。

條具江上屯守事宜 紹興三十二年春

臣職守藩方，無以自效。去秋不遠，理宜過爲之備，少分憂顧。竊謂大江措置既立，則形勢隱然，虜不敢萌窺伺之志。輒有本路管見，條列於後，萬一可采，伏乞早降睿旨施行。

一、臣欲乞本路弓手許權宜增置五分，將來或有調發，即存留新人及舊人三分之一，在縣巡警。其所增募錢，許於係省錢内通融應副。

一、臣愚見欲將本路合調發禁軍、土兵、弓手並於建康府屯駐，差本路副都總管張玘統之，專一教習水軍，控禦沿江一帶。契勘日前禁軍並分撥隸屬都統司差使，緣分差火頭及散在諸隊，人情不相諳習，未必得用。今若萃而爲一，如某戰船使某縣土兵、弓手及本州禁軍，每五十人或百人各爲一船，以使臣一員統之，益以篙手、水夫十五人或三十人，人情既熟，緩急必效力用命。

一、如蒙聖慈俞允，所有太平州、池州、宣州南陵縣沿流去處，其州禁軍、縣土軍、弓手，並行存留應副本處差使。

一、太平州、池州係緊要控扼去處，欲乞差福建路合調發禁軍、土兵、弓手分兩處屯駐，仍乞差本路副都總管賈和仲統制太平州所駐軍。其池州軍，容臣踏逐，别具申奏。緩急聚而爲壹，可禦大敵。其福建起發人數，仍乞聖慈特降睿旨，優恤犒設，使之通知。今來既不差在諸軍，止令守江，人情庶幾安悦，可以驅使。

一、臣今所陳，如可施行，其江州乞以江西路兵、鄂州乞以湖南路兵、鎮江乞以兩浙兵屯駐，各擇統制，教習水戰，仍令州郡務加存恤，無使闕乏。

〔貼黄〕一、臣本府所造戰船已及六隻，餘數如期可辦。其它諸州，更乞頻降指揮，催促施行。所有屯駐軍添支食錢，欲自朝廷科撥支降。伏乞特賜睿旨。

一、今來措置既定，則諸處進屯，無反顧家室之憂。江南一帶，民情亦安。進戰退守，各得其利。伏乞睿照。永樂大典卷三五八六

案：此奏原無繫年。内稱「職守藩方」「本府」，涉張玘、賈和仲二將，所論又皆禁軍、土兵、弓手集合教習水戰守江事，可知必紹興末浚判建康府事、且未獲江淮屯駐大軍節制之權時所上。考浚兼措置兩淮，事在紹興三十二年四月六日壬申（要録卷一九九），因繫此奏於紹興三十二年春。時浚任江南東路安撫使、判建康府。

奏進屯壽春利害狀 紹興三十二年三、四月間

臣不避誅戮，嘗具奏稟，謂虜使之來，其議各有不同，萬有一得河南之地，即乞先據形勢，以令天下；如其姑爲款我之辭，願陛下與二三大臣亟議戰守，及時而定。

臣竊惟我之事力雖自單弱，而中原之心實勤歸向。臣愚欲因此盛夏，遣大兵進屯壽春，用觀其變。今陝西、山東之師，寖寖自立，正宜從中亟進，伺其心腹，使夾河百姓堅戴宋之望。利則深入，鈍則持守，在我初無它虞。臣意無它，誠恐此虜乘間隙先定其内，秋高馬肥，以數萬之衆來寇淮甸，深溝高壘，積以時月，事實未易支梧；亦恐歷日滋久，虜聚兵攻東西兩地之師，既無牽制，或難振作。又況虜之臣下，若張浩之徒，務功貪利，豈無異

心？其患特不在大酋也。惟虜自去冬用兵，不得少休，近破陳州，聞復分其衆，西望唐鄧，東趨徐海，料其正兵亦疲矣。若我屯師壽春，彼必致慮。欲東西而騖，則疑我來突於中；欲備禦於中，則恐東西大軍益以深入。如此，則其下必有離心，中原之人理須響應。縱未能即成大功，規摹事勢，固已立矣。臣愚何足以少補聖聰，姑竭所見，以效樸忠。伏惟聖慈俯賜鑒察。

〔貼黄〕臣往嘗備陳先遣兵屯駐淮上，以爲耳目，正謂今日事。今詳觀將帥中可屬以壽春重任者，莫如李顯忠。蓋顯忠得名西北，虜實畏憚，而邵宏淵、郭振之徒可以佐之。惟糧食急務，伏乞專敕有司，蚤爲措置。陛下若更厚捐金帛，付委信臣，招來中原之衆，事恐可圖。蓋兵馬器甲，非材不辦。今日之舉，借令中原未靖，防秋之計已自先成。伏乞聖慈更賜詳酌，貼黄乞留中。永樂大典卷三三五八六

案：此奏原無繫年。内涉李顯忠、邵宏淵、郭振諸將，可知必高孝之際所上。由「臣愚欲因此盛夏，遣大兵進屯壽春」，則此奏必上於盛夏之前。又謂「虜……近破陳州」，據要録卷一九八，紹興三十二年三月二十二日戊午，金軍破淮寧府（即陳州），守臣陳亨祖死節，即此事也。「虜使之來」，乃金使高忠建來告世宗登位事，其入宋境在紹興三十二年三月十一日丁未（要録卷一九八）。綜上，此奏當上於紹興三十二年三月末、四月初。時浚

任江南東路安撫使、判建康府。

奏屯駐盱眙濠壽利害 紹興三十二年四、五月

臣契勘虜酋亮去歲南來，以十年之經營，率諸國之强大，蓋將爲必渡大江計也，而天道惡盈，就隕江干。今葛王雖欲迫脅醜類，復效前非，非惟不敢〔一〕，其下決未肯從。第惟用兵之道，不恃其不來，而況中原舊兵，不啻十萬，然則群下貪功，窺我淮甸，亦豈可謂無此心哉？

臣誠過慮，以爲萬一有此，而其深鑑去歲之失，摘那精兵數萬，先據兩淮形勢，北通清河、渦口之運，南擾真、滁、廬、壽之間，則恐未易支吾。臣愚以爲今日之機，其在兩淮，不可不預作措置。淮東宜於盱眙屯駐，以扼清河上流；淮西宜於濠、壽屯駐，以扼渦、潁之運。其他大兵，節次進屯，各立家計。縱未能使之讋服，而我之勢力日以寖立，人心畢歸，精兵可集。儻益兵數萬，則江南基本强矣。至於屯田之計，可以招來淮北之人，以歲月爲之，先至者獲利，則彼必源源而來。惟今日之事，錢糧二者，最爲急務。乞明戒朝廷，申敕有司，廣行科撥，趁秋水未涸之前，積於兩地險要去處。庶幾軍旅之心，不致回顧。自餘臣與陳俊卿、許尹子細面議，必具奏稟。事或有疑，伏望聖慈不以臣愚不肖，令宰臣陳康

伯等以書詰問，當畢其説。上備采覽，伏乞睿照。

〔貼黄〕臣契勘楚州正對清河，將來遣兵分守，責在淮東都統隨機處置。惟是當於海口多備海船，以防糧道之出，伏乞睿照。

臣之所陳，姑叙大概。竊惟兵家之事，變化不常。異時淮東、西兩地，自當酌量虜人所犯輕重，隨宜應援，難以預度。某處必以若干人守，某處必以若干人戰，必欲進而攻取，必欲退而不爲，屬在天時人事，固難執一也。伏乞睿照。

臣聞兵事以幾爲主，幾微之理，其端無窮。臣自被罪，日夜思慮，不敢時刻少廢。今日兩淮屯兵，正欲示之以形，更觀其變，徐爲措置。若一向示弱，則狂虜有輕我之心，中原失來蘇之望。雖遣間使，難以得志。又況陝西、山東之兵，方圖牽制，而我無中立之師，則首尾隔遠。虜人得以併盡其力，專攻一處，爲害甚大。區區愚慮，未敢爲當，伏乞聖慈更賜詳察。永樂大典卷三三五八六

案：此奏原無繫年。内稱「虜酋亮去歲南來」，可知乃紹興三十二年所上。又奏中所議皆兩淮屯兵事，則浚已受命「兼措置兩淮」（四月六日）。又内稱「自餘臣與陳俊卿、許尹子細面議」，據要録卷一九八，是歲三月十五日辛亥，陳俊卿、許尹被命措置兩淮堡寨、屯田等事，至五月二十六日壬戌、二十七日癸亥，二人被召還朝，則此奏必上於五月末之

前。綜上，繫此奏於紹興三十二年四、五月。時浚以觀文殿大學士、判建康府兼措置兩淮。

校勘記

〔一〕非惟不敢　「非」字原闕，據文意補。

經理淮甸疏　紹興三十二年四月上旬至六月上旬

臣竊惟虜人退兵之後，士馬物故幾半，飲馬長江之志，固未敢萌也。而用事群酋，人各有心，日夜備具，似有欲窺淮甸之謀。先事預圖，理不可緩。我之甲兵，方之昔日西北之士，所存無幾，而又去歲捍禦大敵，傷折逃亡，繼以病死，十亦四五，馬固同之。以今歲事力比量酌度，夫人知其爲弱也。議者或欲弭兵息民，以治在我，此説近是也。誠恐虜之圖事，未肯但已，一旦倉卒，何以待之？又況補集將士，必資西北之人，能戰忍苦，方爲可仗。然則乘機及時，内堅守備，外疑敵心，左牽右制，使之首尾奔趍，人情摇動，斯爲成算，不可忽也。淮甸要處，我不先圖，異日强虜起侮渡淮，先據形勢，則事有難處者矣。惟陛下其念之，臣愚不勝惓惓。奏議卷八八

案：魏公行狀亦節録此奏，繫之於浚被命措置兩淮後、孝宗即位前。考浚被命措置

兩淮，事在紹興三十二年四月六日壬申（要録卷一九九）；孝宗即位，事在紹興三十二年六月十一日丙子（要録卷二〇〇）。因繫此奏於紹興三十二年四月上旬至六月上旬。

乞屯兵沿淮諸州軍奏 紹興三十二年四月上旬至六月上旬

三國以後，自北窺南，未有不由清河、渦口兩道以舟運糧。蓋淮北廣衍，糧舟不出於淮，則懼清野無所得，有坐困之勢。東屯盱眙、楚、泗以振清河，西屯濠、壽以扼渦、潁，大兵進臨，聲勢連接，人心畢歸，精兵可集。魏公行狀

案：行狀繫此奏於紹興三十二年四月六日浚被旨措置兩淮，兼節制建康、鎮江府、江、池州、江陰軍駐屯軍馬之後，六月十一日孝宗即位之前。

論泗州事宜疏 紹興三十二年春夏

臣竊聞虜人有燕山自立者，僞赦傳聞，大略可見。此天付陛下以恢復之日也。目今事宜，臣愚以爲宜召募有智辯使臣數輩，持主事宰執書，反復詳列，俾切中其心，庶幾祖宗故地，不待血刃可復得之。仰惟陛下早夜整兵訓戎，命帥擇將，聚糧儲財，以待機會。中興之業，其必有成。

臣又伏見淮東泗州在今日最爲要害之地。若得一智勇兼長之將，以步騎五千近日未經戰戍者，使守其中，北可以通京師，東可以通山東，西可以通陳蔡。英雄豪傑，其必有環應而起者。第與之深結，勿用輕復城邑，它日大兵一出，鄉導既得，人心既歸，孰不響合？惟是擇任不可不謹。

臣智識淺短，特以荷陛下恩遇，夙夜殫竭，不敢不盡其誠。陛下不以爲罪，自茲機事之來，臣當次第具所見以進，用備采擇之末。伏惟聖慈貸其狂愚，不勝幸甚。奏議卷八八

案：此奏原無繫年。全宋文繫此奏於紹興三十一年冬，恐誤。所謂「虜人有燕山自立者」，乃指契丹首領移剌窩斡稱帝事，非金世宗也。考窩斡稱帝改元，事在大定元年（即紹興三十一年）十二月一日己亥（金史卷一三三移剌窩斡傳）。宋方獲悉此事，當在紹興三十二年正月以後。又稱「庶幾祖宗故地，不待血刃可復得之」，則在張浚看來，以外交手段得到河南故地存在可能，可知上此奏之時賀金主即位使洪邁尚未回朝。考邁使還回朝，事在紹興三十二年七月末（凌郁之洪邁年譜）。則此奏當上於紹興三十二年春夏。奏中進屯泗州之建請亦與前奏進屯盱眙、濠、壽思路相一致。

乞置御前萬弩營奏 紹興三十二年五月

兩淮之人，素稱强力，而淮北義兵，尤爲忠勁，困於虜毒，亦已甚矣。讎虜欲報之心，蓋未嘗一日忘也。特部分未嚴，器甲不備，雖有赤心，不能成事。自强虜恣爲殘虐，十室九空，皇皇夾淮，各無所歸。臣恐一旦姦夫鼓率，千百爲群，别致生事，謂可因其憤嫉無聊之心而招集之〔一〕。欲置御前萬弩營，募民强壯年十八以上、四十五以下堪充弩手之人，並不刺臂面，以御前强弩效用爲名，各給文帖，書寫鄉貫、居住之處，及顔貌、年甲、姓名，令五人結一保，兩保爲一甲，十甲爲一隊，遞相委保〔二〕，有功同賞，有罪同罰，於建康府置營寨安泊。魏公行狀

案：行狀繫此奏於浚被命措置兩淮（事在紹興三十二年四月六日壬申）後、孝宗即位（事在六月十一日丙子）前。要録卷一九九亦載録此奏，繫之於紹興三十二年五月；又宋史高宗本紀九載紹興三十二年五月「壬戌（二十六日）……命張浚置御前萬弩營，募淮民爲之」。則此奏當上於紹興三十二年五月。時浚以觀文殿大學士、判建康府兼措置兩淮。

校勘記

〔一〕謂可因其憤嫉無聊之心而招集之 「謂可」，要録卷一九九作「可慮」。

〔二〕遞相委保　「委保」，要録卷一九九作「保委」。

乞多撥錢米招來北人狀　紹興三十二年五月

臣累具奏陳屯兵淮甸利害，區區愚意，容有未盡，理合密以上稟聖聽。臣體訪得東北今歲蝗蟲大作，米價踴貴，日來尤甚，中原之人，極艱於食。加以虜政名爲寬大，實行苛刻，百姓皇皇，莫不思變。若不因此機會，廣示懷撫，中興之業，何自而立？臣愚欲乞戒諭朝廷，檢照臣前奏，多撥米斛錢物，付臣措置，招來吾人。人心既歸，虜勢自屈。伏乞聖慈更賜詳酌，早降處分。永樂大典卷三〇〇三

案：輯稿食貨五九之三七、魏公行狀、要録卷一九九皆節録此奏。輯稿食貨五九之三七載紹興三十二年「五月二十七日，特進、觀文殿大學士、判建康軍府事張浚言：『體訪得東北今歲米價踴貴，欲乞朝廷多撥米斛、錢物赴淮南賑濟支用。』詔令浙西、江東常平司，各更於近便州軍支撥常平米一萬碩」。要録卷一九九紹興三十二年五月二十七日癸亥條載「觀文殿大學士、判建康府張浚言『軍籍日益凋寡，補集將士，必資西北之人，能戰忍苦，方爲可仗。臣體訪得東北今歲蝗蟲大作……』詔以米萬石予之」。因知此奏上於紹興三十二年五月下旬。時浚以觀文殿大學士、判建康府兼措置兩淮。

論虜情及製短强弩事狀 紹興三十二年五月至六月初

臣聞虜人極畏新製短强弩，諸將頗得其力。伏乞嚴督有司，倍料計置。如蒙采擇，乞自聖意指揮施行。

臣近見虜中赦書，跡其規摹，亦自不淺，而淮甸之寇，已拜虜命，恐未易便肯屈服。惟是彼之弑逆，已更三四，人情事勢，安能長久相保？莫若治其在我，臨之以謀，仰順天時，終當有濟。臣竊譬諸奕棋之局，勢各各不同，臨機應變，當在一時，不可執一，惟求取勝而已。仰惟聖謨洪大，豈俟臣言？臣不勝狂妄恐懼之至。

契勘賊亮虐用其人，今莫不思家，欲歸巢穴。若急於進討，又恐新酋留兵中原，其勢未艾。臣故願少緩其事，彼衆既歸，人情莫不樂於休息；兼新酋立國之初，夷狄争利，未必協輔。詳察其變，事乃可圖。伏乞睿照。永樂大典卷一〇八七六

案：此奏原無繫年。所謂「賊亮」，顯係海陵王完顔亮；「新酋」，即金世宗完顔雍。則此奏乃高、孝之際所上無疑。由「淮甸之寇，已拜虜命，恐未易便肯屈服」「賊亮虐用其人，今莫不思家，欲歸巢穴」等句，可知此奏當上於紹興三十二年春夏。又魏公行狀於浚奏置萬弩營（事在是年五月）、孝宗即位（事在是年六月十一日丙子）之間載「公謂虜長於

騎，我長於步，制步莫如弩，衛弩莫如車，乃令敏（案即陳敏）專制弩治車」，當即此奏所言短强弩事。綜上，繫此奏於紹興三十二年五月至六月初。時浚以觀文殿大學士、判建康府兼措置兩淮。

乞申嚴私役禁軍之法奏 紹興三十二年六月

臣竊見陛下嚴戒御前諸軍，不得私役軍士。此誠軍政之要務，號令一頒，人心悦服。臣仰惟國家郡置禁旅，法令嚴密，養之訓之，皆有成制。蓋將使之備緩急、修守備、戢姦宄、除盜賊，爲千里之惠，意甚深遠也。自頃擾攘之後，官吏玩習，兵政不舉。臣嘗熟究其弊矣，自守臣兵官不務遵制，以時閲習，而違法差占，若當然者。以至監司倅貳、僚屬幕職，凡不應差借之處，巧作事目，或以巡守，或以備火，或以收買軍器、捕捉逃亡爲名，遣出差役。及使之荷擔肩輿，市買工作，廣占人數，大傷士心，甚失朝廷養兵本意。

臣愚伏望下有司檢舉舊制，應知州合破禁軍接送之類，並不許過數。自兵興以來，州郡增添兵官數多，乞於合破舊數，痛與裁減，其不合破者，止得差厢軍。而後俾之揀退老弱，招補闕額，申明隊伍，修飭器械，嚴教閲之法，謹階級之令。其知州兵官所破人數，亦仰依法輪次赴教，置爲兵籍，以時勾稽。委逐路帥憲嚴行覺察。輒敢如前差占，並行按劾，從私役禁軍法，必罰無赦。仍自樞密院常切委官密賜體究施行，庶幾爲民養兵，不至虚設，而緩急之際，可以倚仗，用復祖宗之良法，不勝幸甚。奏議卷二二二

案：奏議繫此奏於紹興三十二年。内稱「臣竊見陛下嚴戒御前諸軍，不得私役軍士」，考要録卷二〇〇所附中興聖政草，孝宗即位之初（紹興三十二年六月十三日戊寅），嘗下詔申嚴私役軍士之禁，此奏或上於六月中旬稍後。時浚以觀文殿大學士、判建康府兼措置兩淮。

乞免兩淮殘破及新復州軍進貢奏 紹興三十二年六月

臣今月十六日準登寶位赦書内一項，應諸帥臣、監司、郡守，依例進貢推恩。臣契勘兩淮殘破及新復州軍見今人民凋弊，府庫匱乏，雖欲端誠，無從辦出。欲望聖慈特降睿旨，應兩淮殘破及新復州軍監司守臣等，許令表奏，與免進貢，庶幾不至科擾於民。中興禮書卷一七九

案：輯稿崇儒七之六八亦節録此奏。中興禮書卷一七九載紹興三十二年六月「二十六日，特進、觀文殿大學士、判建康府事、充江南東路安撫使、兼行宫留守、專一措置兩淮事務、和國公張浚奏『臣今月十六日準登寶位赦書内一項……』詔依」。因繫此奏於紹興三十二年六月下旬。

張浚集卷十三

奏劄

人主以務學爲先疏 紹興三十二年七月

人主以務學爲先。人主之學本於一心，一心合天，何事不濟？所謂天者，天下之公理而已。人主惟嗜慾私溺有以亂之，失其公理。故必須兢兢業業，朝夕自持，使清明在躬。惟是之從，則賞罰舉措無有不當，人心自歸，醜虜自服。魏公行狀

案：編年綱目卷一三亦節載此奏。行狀謂：「上（案指孝宗）自藩邸熟聞公德望，臨朝之初……首召公赴行在……至即引見……命内侍賜公坐，降問再四。公奏『人主以務學爲先……』」據宋史孝宗本紀一，七月「庚子（五日），判建康府張浚入見」，因知此奏係紹興三十二年七月五日浚自江上赴闕入見時所上。時浚以特進、觀文殿大學士判建康府事，充江南東路安撫使，專一措置兩淮事務。

乞每事以藝祖爲法奏 紹興三十二年七月

今日便當如創業之初，宜每事以藝祖爲法，自一身一家始，以率天下。魏公行狀

案：編年綱目卷一三亦節載此奏。行狀謂「上自藩邸熟聞公德望，臨朝之初……首召公赴行在……至即引見……命内侍賜公坐，降問再四……公又奏『今日便當如創業之初……』」是知此奏亦紹興三十二年七月五日浚自江上赴闕入見後所上。

論蕭宇等約降及恢復事宜疏 紹興三十二年七月

臣今月初七日得翰林學士史浩書，恭領御筆處分。臣愚荷陛下示以腹心，與謀至計，其敢不盡誠？臣契勘宿州總管蕭宇及蕭千户，皆契丹之族屬。今其聞契丹之盛，欲歸之心，想見甚切，其言誠實，誠如聖諭。臣見已選募得力心腹人前去外，臣伏讀聖訓，將來秋深，以大兵繼之，來降則重賞，叛則破之。陛下聖慮，蓋得之矣。今當以兵臨境，約之使降，俟其從我，俾居先鋒，同共破賊。若付之以兵，責成於宇等，恐它日有難制者。聖意素定，臣謹當遵守。惟是定中原、圖恢復，非徒係之天時，亦須人事克盡，有以副之。

仰惟陛下兢兢修德，誠意格天，必欲拯斯民之窮，復祖宗之業，規模甚盛。然而朝廷

承前日多事之後，綱紀未立，賞罰未明，人才未集，法令未行，風俗未變，甲兵未備，財用未足。自治上策，猶不能盡厭人心。臣愚以爲今日之幾既不可失，所以圖之，當務酌中，庶幾萬全。

臣前日之奏，欲令吴璘固守德順，時爲聲勢，牽制其西；復欲令淮東之兵循海而出，水陸漸進，摇動其東。彼之事勢，大概可見。然後復以重兵進襄漢，只當以一二萬人耀兵許順，以示出奇。蓋彼處糧道難繼，不當更用重兵，恐乏食退師，更沮軍勢。異時善後之策，莫若屯駐大軍於順昌。非惟糧道便利，屏蔽江淮，而與山東、陝西聲勢相通。若河南之地盡歸於我，臨河都邑秪先選募，令自爲守。我之大兵雲屯順昌，招來英豪，益壯軍勢，常爲備具，以待其來。縱竭國遠至，亦必有以破之矣，況其大勢既去，不能復來耶？臣所陳今日經常之規，理當如是。若夫東北之人，雲合響應，與夫夷狄相攻，其勢攜貳，此又一時機會。雖事有決然者，而不敢預必，但當先爲在我不可勝之計耳。臣衰遲淺學，何足以補聖聰萬一。伏惟聖慈更賜睿斷，特降處分。奏議卷八八

案：此奏原無繫年。内稱「今月初七日得翰林學士史浩書」，考史浩除翰林學士，事在紹興三十二年六月二十一日丙戌，浩以内翰拜參知政事，則在當年八月五日己巳（宋史孝宗本紀一），因知「今月初七日」必紹興三十二年七月七日無疑。又奏稱「若河南之地

盡歸於我」，則在當時以外交手段得到河南故地在張浚看來依然存在可能，可知上此奏時賀金主即位使洪邁尚未自金回朝。據淩郁之洪邁年譜，邁使還回朝，事在當年七月二十九日甲子，與此正合。浚既領孝宗御筆，必不可能遷延遲覆，因繫此奏於紹興三十二年七月上旬。時孝宗初即位，浚自江上入覲，在朝。

奏飛蝗爲災狀 紹興三十二年七月

臣今月十一日午後舟行出國門，有飛蝗自北而南，其長數里。臣竊惟災異之起，必有所因。恭惟陛下即位之初，厲精求治，憂勞庶政，豈容有此！臣愚伏望聖慈益加欽畏〔一〕，以答天心。抑天之愛陛下，殆將有以警勉於初，助成聖德，恢張皇業。更乞延見近臣，賜以清閒，咨問時政，必使澤惠實及軍民〔二〕。臣愚不勝拳拳。奏議卷三〇五

案：奏議繫此奏於紹興三十二年。魏公行狀亦節録之，謂「制除公少傅、江淮東西路宣撫使……以秋防復往江上……公舟行出國門，見蝗自北來，飛長數里，即具奏曰『災異之起，必有所因……』」則此奏係紹興三十二年七月中旬浚自臨安赴江上視師途中所上。時浚甫拜少傅、江淮宣撫使。

校勘記

〔一〕臣愚伏望聖慈益加欽畏　「加」，魏公行狀作「修」。

〔二〕必使澤惠實及軍民 「澤惠」，魏公行狀作「惠澤」。

乞加恩直言獲罪者疏 紹興三十二年七月

直言不聞，非國之福。自秦檜用事，二十年間，誣以它罪，賊殺忠良，不知幾何人？願下明詔，以太上之意，條具往以直言獲罪之人，各加恩施。其誣之以事，而身已淪没，許本家開析事因，經朝廷雪訴。庶幾冤憤之氣，得申今日。魏公行狀

案：行狀載「制除公少傅、江淮東西路宣撫使……以秋防復往江上……公至江上，復奏曰『直言不聞……』」是知孝宗即位初，浚奏乞加恩前日直言獲罪之人。考浚以紹興三十二年七月十一日出國門（奏飛蝗爲災狀），行狀謂浚「至江上」後有此奏，則此奏當上於紹興三十二年七月中下旬。

奏乞令使人諭及虜中事宜狀 紹興三十二年七月

臣竊慮使人洪邁等非晚回程入界，欲於鎮江府少駐旬日，彈壓邊境，以俟其至。兼臣誤蒙任使，所有使指，理合備知。伏乞聖慈特降睿旨，令洪邁、張掄盡以虜中商量曲折、聞見事宜，密以諭臣，庶得以展盡萬一。更乞聖裁。永樂大典卷一〇八七六

案：此奏原無繫年。内乞於鎮江稍駐，俟洪邁使還之日諭以金國見聞。據凌郁之洪邁年譜，紹興三十二年三月二十一日丁巳，遣洪邁等賀金主即位，七月二十九日甲子，邁使還回朝；考浚以七月十一日出國門赴江上視師（奏飛蝗爲災狀）。則此奏必上於紹興三十二年七月中下旬。時浚以江淮宣撫使在外措置邊備。

乞舉薦紹興末改官員數奏　紹興三十二年七月

臣被譴十五年，不獲推薦一士。蒙聖慈特與罷政恩數，逐年舉改官并陞陟文字，不敢盡行陳乞。今欲舉薦自二十九年至三十二年員數。輯稿選舉三〇之一一

案：輯稿選舉三〇之一一載「紹興三十二年七月十七日，新除江淮東西路宣撫使張浚奏『臣被譴十五年……』特從之」。時浚新除江淮宣撫使，赴江上措置邊防。

乞令宣司辟奏兩淮闕官奏　紹興三十二年七月

兩淮兵火之後，闕官處多，欲望許令宣司辟奏一次。輯稿選舉三一之八

案：輯稿選舉三一之八載「紹興三十二年七月十七日，張浚言『兩淮兵火之後……』從之」。時浚以少傅、魏國公、江淮宣撫使赴江上措置邊備。

乞蠲免和州税課奏 紹興三十二年七月

兩淮先經殘破，流移人户漸次歸業，所有税課已展免二年。今和州見拘催課子，乞予蠲免。輯稿食貨六三之二〇

案：輯稿食貨六三之二〇載紹興三十二年「七月二十二日，判建康府、專一措置兩淮張浚奏『兩淮先經殘破……』從之」。

措置收糴米斛事宜奏 紹興三十二年七月

面奉聖訓，令措置收糴米斛。目今江浙豐稔，宜趁時措置。所有糴本，乞從御前支降。所糴米斛，全賴差出使臣及所委官趁時措置。如能用心收糴，每及一萬碩，與減一年磨勘，内有作過及不能究心職事之人，取旨責罰。輯稿食貨四〇之三四至三五

案：輯稿食貨四〇之三四至三五載「紹興三十二年七月二十七日，江淮東西路宣撫使張浚言『面奉聖訓……』詔令内庫支降銀三十萬兩，餘並依」。

乞推賞趙公稱李琦奏 紹興三十二年七月

昨降空名告身、度牒下沿江諸州軍打造戰船〔一〕，今鎮江府率先造成二十四艘，守臣趙

公稱委勤於職，及措置打造官、水軍副統制李琦監督有勞，乞與推賞。輯稿食貨五〇之二〇

案：輯稿食貨五〇之二〇載紹興三十二年「七月二十七日，江淮東西路宣撫使張浚言『昨降空名告身……』詔趙公稱減三年磨勘，李琦減二年」。時浚以少傅、魏國公、江淮宣撫使措置邊備於江上。

校勘記

〔一〕昨降空名告身度牒下沿江諸州軍打造戰船　「沿」原作「松」，據文意改。

乞責降都遇奏　紹興三十二年七月

忠翊郎、閤門祗候、權發遣濠州都遇性不疏通，凡本司行事不即稟承，致歸正人各生怨望。輯稿職官七一之一

案：輯稿職官七一之一載紹興三十二年「七月二十九日，詔忠翊郎、閤門祗候、權發遣濠州都遇降一官，與宫祠。以江淮宣撫使張浚奏其『性不疏通……』故有是命」。

論不宜築城江干疏　紹興三十二年七、八月間

今臨淮要地俱未措置，高郵、巢縣家計亦復未立，而乃欲驅兵卒，但於江干建築城堡，

豈不示虜削弱，失兩淮之心，墮將士之氣？或有緩急，誰肯守兩淮者？不若先城泗州便。魏公行狀

案：魏公行狀繫此奏於浚拜江淮宣撫使後、史浩任參知政事前。考浚拜江淮宣撫使，事在紹興三十二年七月八日癸卯；浩拜參知政事，事在八月五日己巳（宋史孝宗本紀一）。則此奏當上於紹興三十二年七、八月間。時浚以江淮宣撫使措置邊備於江上。

奏虜情狀 紹興三十二年八月

臣今月初四日午時准御筆處分，臣已條列，别具敷奏。臣近在鎮江，詢問歸使，恐虜人決無歸我河南之意。蓋彼方恃强彈壓諸國，豈肯輕棄土地，自爲迫蹙？今日之事，惟陛下勤修德政〔一〕，寢食之間，無忘此讎。上慰天心，下從民欲〔二〕，密圖大計，以和款之。使既不遣，和亦虚名。伏惟聖慈更賜睿裁。事有可否，伏乞特降訓諭，容臣精思遵守。取進止。永樂大典卷一〇八七六

案：此奏原無繫年。全宋文繫之於隆興二年三月，誤。奏中稱「恐虜人決無歸我河南之意」，考南宋前期涉及金方歸還河南事，先後有二：一爲紹興八年，一爲紹興三十二年。紹興八年時，浚正謫居永州，而奏中稱「臣近在鎮江」，故此奏必上於紹興三十二年。

所謂「歸使」，乃指洪邁、張掄，非王之望。魏公行狀亦節録此奏，繫之於「洪邁、張掄使虜回，見公於鎮江」後。考洪、張使回，事在紹興三十二年七月末，奏稱「臣今月初四日午時准御筆處分……臣近在鎮江，詢問歸使」，則此奏上於紹興三十二年八月初甚明。時浚以江淮宣撫使在鎮江。

校勘記

〔一〕惟陛下勤修德政　「勤修德政」，魏公行狀作「修德立政」。

〔二〕下從民欲　「民」，魏公行狀作「人」；「欲」字之下，魏公行狀作「不當復遣使以重前失」。

奏殿前司起發日程　紹興三十二年八月

殿前司今月十三日得旨，更候十日起發，乞從令如期應副差使。輯稿兵九之一六

案：輯稿兵九之一六載紹興三十二年八月「二十二日，張浚奏『殿前司今月十三日得旨……』詔令殿前司疾速催督起發，不得住滯」。時浚以江淮宣撫使在外措置邊防。

乞毋遣使報登寶位疏　紹興三十二年八月

陛下初立，方欲圖回恢復，而遽聞遣使，懼天下解體。前日洪邁虜中供伏事狀，尋聞

虜酋備坐告喻嶺北諸國。虜借我和議之名以迫脅諸國類如此，願毋遣。魏公行狀

案：行狀載「時浩（案即史浩）已遣使使虜，報登寶位。公奏『陛下初立……』」並繫此奏於紹興三十二年七月十一日浚赴江上視師、十一月召宣撫判官陳俊卿及張栻赴行在之間。有關宋方遣劉珙、張説使金告登寶位之時間，據宋史孝宗本紀一，紹興三十二年七月九日甲辰，詔「遣劉珙等使金告即位」；然據晦庵先生朱文公文集卷九四劉樞密墓記，劉珙「借朝議大夫、禮部尚書奉使大金」，實在當年八月。又奏中稱「前日洪邁虜中供伏事狀」，則上此奏之時賀金主即位使洪邁業已還朝。考洪邁使還回朝，事在七月二十九日甲子（凌郁之洪邁年譜）。綜上，此奏當上於紹興三十二年八月。時浚以江淮宣撫使在外措置邊備。

乞歸正人王軥陳世廉各免將來文解奏 紹興三十二年八、九月間

泰州被虜逃歸進士王軥、陳世廉，並泰州學校士人，久在虜中禮部楊伯傑家授館，深知虜情，辛勤遠來，所言事宜，實皆詳悉，乞各與免將來文解一次，以爲忠義之勸。輯稿兵一五之一二

案：輯稿兵一五之一二載紹興三十二年「九月七日，江淮東西路宣撫使張浚言『泰

州被虜逃歸進士……』從之」。以江淮與臨安間常程文書傳遞狀況計之，此奏或上於紹興三十二年八月末或九月初。

論招納歸正人利害疏 紹興三十二年八月至十月間

今月初二日，司農寺丞史正志到建康。伏領御筆處分，臣不勝感懼。惟歸正一事，臣日夜思念至熟，不敢少忽也。竊惟國家自南渡以來，兵勢單弱，賴陝西及東北之人不忘本朝，率衆歸附，以數萬計。臣自爲御營參贊軍事，目所親見。後之良將精兵，往往當時歸正人也〔一〕。三十餘年，捍禦力戰，國勢以安。今一旦遽絶之〔二〕，事有大不可者。臣不避誅責，敢條列於後。

此令一下，中原之人以吾有棄絶之意，必盡失其心，一也。人心既變，爲寇爲讎〔三〕，内則爲虜用，外則爲我寇，二也。今日處分既出聖意，將見淮北之人無復渡淮歸我者。人迹既絶，彼之動息，無自而知，間探之類，孰爲而遣？三也。中原之人，本吾赤子，今陷於虜三十餘年，日夜望歸，如赤子之仰父母〔四〕。今有脱身而來者，父母拒而棄絶之，不得衣食，天理人情〔五〕，皆所未順，四也。自往歲用兵，大軍奔馳〔六〕，疾疫死亡，十之四五。陛下慨念及此，既望諸將各使招募〔七〕。若淮北之人不復再渡，所募之卒，何自而充？五也。尋常諸軍招江浙一卒之費不下百緡，而其人柔弱〔八〕，多不堪用。若非取兵淮北〔九〕，則軍旅之勢，日以削弱，六也。

臣自叨任使事，即爲二説，以盡其情。其一，山寨之首領來歸，厚加犒勞，使持帛書復往撫諭本處山寨，令各安居耕種，毋輒生事，以待王師。其二，許令充應萬弩之選。若有官借補之人，不肯與效用爲列，即以忠義從軍之名處之，各令準備差出間探及學習弓弩，以就行列。今近二百餘人，其攜家而來者，老弱不任軍用，則分撥荒田，借貸錢糧，俾爲屯守之計。

區區不敢少容私意於其間，惟此一事，所係甚重。若果絶之，人心一失，大事去矣。仰惟陛下聖明，仁孝英武，有太祖、太宗之遺風，思欲拯生民之厄，雪廟社之恥。國家所係，人心爲本。惟陛下恢洪聖度〔一〇〕，同符天地，信順獲祐，其理必然，天下幸甚。奏議卷八八

案：此奏原無繫年。魏公行狀亦載録此奏，稱「浩已爲參知政事……遣其腹心司農寺丞史正志來建康，專欲沮招納事。公論奏曰『竊惟國家自南渡以來……』上見之感悟，事得不罷……十一月，有旨召宣撫判官陳俊卿及公子栻赴行在」。考史浩拜參知政事，事在紹興三十二年八月五日己巳（宋史孝宗本紀一），則此奏必上於紹興三十二年八月至十月間。時浚以少傅、江淮宣撫使在江上。

校勘記

〔一〕往往當時歸正人也　「往」「當」間，魏公行狀多一「皆」字。
〔二〕今一旦遽絶之　「遽」「絶」間，魏公行狀多一「欲」字。
〔三〕人心既變爲寇爲讎　「變爲寇爲」，魏公行狀作「失變爲寇」。
〔四〕如赤子之仰父母　「赤」字原闕，據魏公行狀補。
〔五〕天理人情　「天」字之上，魏公行狀多一「於」字。
〔六〕大軍奔馳　「馳」，魏公行狀作「疲」。
〔七〕既望諸將各使招募　「既望」，魏公行狀作「命」；「各使」，魏公行狀作「再行」。
〔八〕而其人柔弱　「弱」，魏公行狀作「脆」。
〔九〕若非取兵淮北　「兵」，魏公行狀作「軍」。
〔一〇〕惟陛下恢洪聖度　「惟」字原闕，據魏公行狀補；「洪」，魏公行狀作「廓」。

報修瓜洲轉般倉利害　紹興三十二年八月至十月間

臣向者伏准處分，令修瓜洲轉般倉。臣已與向子固計度工料。將興役間，子固乃遣揚州通判陸濬來，稱相驗土色，沙石相半，難於興築。臣亦密遣人覆視，與子固所申一同。臣已逐一備奏去訖。

竊惟此城之築，不知議者將爲守計乎？將爲戰計乎？抑亦準備緩急爲士卒有歸計也？若虜非全歸而來〔一〕，可與角戰，當據淮壖，以俟其至，何獨至此而交鋒耶？況是軍施既退〔二〕，安肯有背水復戰之理哉？若謂爲守計，則盱眙、高郵之險，揚州之險，自當量度力守；必欲守瓜洲，臣所未諭。瓜洲近江，人有歸志，孰與爲守？度不過以備倉卒遁走耳。如探報不明，料事不審，措置失當，至使虜之大兵得追躡吾後。當是時，孰不争先求濟？此城之設，似爲無益。臣初以土脉堅固，欲置轉般倉於其中，雖費工役，尚爲有用。今土沙相雜，春雨秋潦，必至頹毁，費財困民，何時而息？事該國計，不敢欺隱。更乞聖慈，特賜詳察。

臣以孤危之迹，特荷陛下眷待倚仗，第知竭盡死力，以報知遇。惟是疎遠，任重責大，日夜惴恐。伏乞陛下察其用心，俯賜矜照。同日上。永樂大典卷七五一五

案：此奏原無繫年。奏中所言瓜洲築城事，即魏公行狀所載「正志又受浩（案指史浩）旨，聚兩路監司、守臣往瓜洲相度築壘事」，考行狀繫此事於紹興三十二年八月史浩拜參知政事與十一月召陳俊卿、張栻赴闕之間，則此奏當上於紹興三十二年八月至十月間。時浚以少傅任江淮宣撫使，治軍江上。

校勘記

〔一〕若虜非全歸而來　「歸」，似爲「師」之誤。

〔二〕況是軍施既退 「施」，似爲「旅」之誤。

論牽制事宜奏 紹興三十二年九月

臣等誤膺重寄，夙夜恐懼，思有以報稱萬一。況事關利害，一失機會，後悔難及。臣等不敢隱默顧望，上負聖知，伏惟聖慈特賜鑒察。臣等竊惟兵家之事，必以謀勝。古人用師，彼出則我守，彼歸則我入。故晉悼公三駕而楚不能與爭；漢高祖用轅生之説，出兵宛葉，以分楚力，卒勝垓下；諸葛亮祁山之師連歲數出，竟以困魏；而王朴安邊策亦曰「備東則擾西，備西則擾東。奔走之間，可以知其虛實」。蓋敵人事力之强，必左制右牽，以乘其弊，而後可圖也。若欲拱手不爲，制命於敵，雖幸目前之安，終必貽患於後。矧勢陵事格，有不得而暫安者乎。

臣等受命以來，自惟當此財匱兵疲、民困力弱之際，第當審擇險要，以守爲主，而事貴權時，理難固執。揆之今日，有不得而但已者。竊聞陝西吴璘之師曾未幾月，與虜人大戰者已至於再。臣等私以爲此不可不爲之深思。蓋使此虜得志於西，則氣焰必熾，脅制蕃漢，聚兵邊陲，迫我臣屬，事固難處；使虜脱有敗績，則必形勢支離，上下攜貳，幾不可失；使虜留屯列守，求以困我，則磨以歲月，變故多端。然則虜之勝負與夫持久不決，皆有大利害存乎其間。倘坐視不問，貽憂異時，恐非計之得也。

臣等愚慮，欲先發舟師，奄出海道，以摇山東；而令張子蓋駐兵盱眙、楚、泗之間，李顯忠駐兵壽春、花靨之間，蓄鋭休卒，用觀其變。先立不敗之地，俾賊虜首尾奔命之不暇，見利則趨，知難則守，而潛遣忠義，結約中原，機會蓋有可言者。虜聞我重師臨邊，其精鋭往關陝者又不敢輒呼之使還，人心憂顧，必致疑惑。而我師之在德順者，知吾有牽制之舉，將士之情，孰不奮作，益堅鬬志。若皇天悔禍，虜之弱勢，畢露無餘，則豪傑響應，理無可疑。陛下徐御六飛，來臨建業，力圖恢復，誠千載一時也。

議者或謂此虜若復能竭國而來，吾將何以應之？惟完顏亮十年圖謀，一旦舉十萬之衆深涉吾地，身殞衆遁，士馬物故甚衆。使亮復生，亦必不能再舉全師於今日。況葛王北有契丹之擾，西有陝右之敵，分兵州郡，處處屯守，其不能遽以全師復來明矣。今我諸軍久屯淮上，耳目所接，斥候固明，萬一此賊或冒昧一來，小則率衆抗禦，足遏其鋒；大則斂兵清野，以伺其便。其權固常在我，而初無所損也。

仰惟太上皇帝宵衣旰食，屈己爲民，而狼子野心，終不自革。太上皇帝肅將天命，大駕順動，凶渠就隕，天之佑德，蓋已可見，而親舉大器，授之聖子。恭惟陛下體太上付託之重，概祖宗王業之艱，卹生民塗炭之苦，念金虜讎恥之大，未嘗一日而忘於心。事幾至此，誠不可忽。臣等中有所見，倘若隱默，則其欺天負君之罪，雖死奚及？惟是智識淺短，安敢自以爲當，伏望陛下默運宸算，特賜處分。不勝幸甚。奏議卷二三四

案：此奏原無繫年。宋代蜀文輯存繫之於隆興二年，誤。魏公行狀節録此奏，謂「公於（紹興三十二年）九月中嘗具奏，以謂『近聞吴璘之兵在德順……』」可知此奏乃紹興三十二年九月所上。時浚任江淮宣撫使。然行狀所載與奏議文辭頗有不同，兹録於下：「近聞吴璘之兵在德順，曾未幾月，與虜大戰，不可不爲之深思也。使此虜得志於西，則氣焰必熾，脅制蕃漢，聚兵邊陲，迫我臣屬，事固難處。今持久不決，有大利害存焉。儻坐視不問，貽憂異時，非計之得也。當令兩淮之師虎視淮壖，用觀其變，而遣舟師自海道摇山東，及多遣忠義，結約中原，疑惑此虜，使有左顧右眄之慮，而德順之師知我有（奉）〔牽〕制之勢，將士當亦賈勇自奮。」

奏歸正忠義人耕種兩淮田土事宜 紹興三十二年九月

兩淮自經兵火，田萊多荒〔一〕，今歸正忠義之人，往往願於淮上請射田土。本司已行下兩浙帥臣〔二〕、提領屯田官，將願請田耕種者，結甲置籍，據合摽撥頃畝，借貸錢米、牛具、種糧。仍逐一體訪利便條陳，務要簡便可行，不致徒爲文具。將來就緒，所委官合行推賞。

輯稿食貨六三之一二五

案：輯稿食貨三之八亦載此奏。輯稿食貨六三之一二五載「紹興三十二年九月，江淮東西路宣撫司言『兩淮自經兵火……』從之」。

校勘記

〔一〕田萊多荒　「萊」原作「菜」，據輯稿食貨三之八改。

〔二〕本司已行下兩浙帥臣　據文意，「浙」字似當作「淮」。

奏虜人有窺伺淮甸之意狀 紹興三十二年九月

臣已恭依詔旨，畫一條具劄子繕寫，俟李宗回自揚州還日附奏外。臣今月初十日得探報，七月末間，虜人稍得志於契丹，即有遣兵南來之意。雖兵之輕重未見的數，而所據間探，則欲侵陵淮甸，謀爲堅守之計。臣見委李顯忠、張子蓋親至邊上，量度事宜，措置戰守。伏望聖慈特賜睿照。

〔貼黄〕臣累遣間探前去，俟得回信，續具聞奏。伏乞睿照。

臣初議欲以兵臨淮甸，覘其强弱之形。今虜人先爲此舉，以示其强，正當嚴爲之備，静以待之，不一月間，其强弱之形畢見矣。伏乞睿照。永樂大典卷一〇八七六案：此奏原無繫年。内涉李顯忠、張子蓋二將，可知係高孝之際所上。又稱「臣今月初十日得探報，七月末間，虜人稍得志於契丹」，乃指金世宗挫敗契丹移剌窩斡反叛勢力。當時南宋對於關外金軍之動向信息，必無可能於十數日後便獲取，故此奏似當上於紹興三十二年九月。時浚任江淮宣撫使，總領東南邊防。

乞别置武騎毅士優給請受奏　紹興三十二年九月末

臣近措置招集御前萬弩手，其所招人，多是莊農。間有稍稍出衆之人，恥與爲伍。臣昨乞别置武騎毅士三百員，以待謀慮過人、勇敢絶衆者，至今未蒙指揮。臣續體訪得淮北歸正忠義，及見今將佐之家，往往有武勇壯健，曾習弓馬者甚多，以所請既薄，不願前來。契勘諸軍見招武勇效用，每月食錢九貫、米九斗，皆是旋刺南兵，艱於教習。今來大約可將武勇效用三人請受，以給毅士二名。要録卷二〇〇

案：要録卷二〇〇紹興三十二年十月四日丁卯條載「江淮宣撫使張浚劄子奏『臣近措置招集御前萬弩手……』詔從之」。以江淮與臨安間文書傳遞狀況計之，此奏當上於紹興三十二年九月末。

張浚集卷十四

奏劄

奏虜中事宜狀 紹興三十二年十月

臣得吴璘九月初十日德順軍發來書，謹繳連進呈。璘書中略無怵迫之意，必是見得虜兵的確次第。伏惟聖慈少寬憂顧。近日據所遣探事人歸言，自燕山以來，緣蝗蟲爲害，物價極貴，雖簽軍及摘那人馬向西南來，別未見大舉動息。臣仰奉聖訓，晝夜悉心措置，不敢少忽。伏乞睿照。永樂大典卷一〇八七六

案：此奏原無繫年。據宋史高宗本紀九、孝宗本紀一，紹興三十二年三月，吴璘率軍攻克德順軍。此後宋金争奪隴右，屢戰於德順，互有勝負。十二月，孝宗詔令吴璘班師。次年初吴璘棄德順軍。奏中稱「臣得吴璘九月初十日德順軍發來書」，此處「九月初十日」必爲紹興三十二年九月十日。以當時東南與德順軍文書傳遞狀況（約一個月）計之，浚得璘書，當在十月。因繫此奏於紹興三十二年十月。時浚以江淮宣撫使總領東南邊防。

乞本司屬官依四川宣撫司例序官奏 紹興三十二年十月

本司屬官，欲依四川宣撫司，主管機宜文字與監司、幹辦公事與知州序官。輯稿職官四一之三五

案：輯稿職官四一之三五載紹興三十二年「十月二十九日，江淮東西路宣撫使司言『本司屬官……』從之」。

奏恢復事宜疏 紹興三十二年秋冬

臣老無能爲，自蒙太上皇帝委用，既而陛下紹統，信任彌深，審計密圖，朝夕不替。臣於五月間，必欲廣運錢糧，冒險泝淮，置之於西，正以事機之來，理不可失。今日誠有可爲之時，獨師旅單寡，賞予闕乏，將帥難得，不可冒昧一戰，以幸其成。所宜圖爲萬全，左牽右制，徐爲之應。若異時形勢自見，果有必取中原之圖，願陛下假臣以權，使得少效尺寸，然後歸老山林，臣之願也。至於見可則進，知難則退，惟社稷之計是謀，惟生民之命是卹，此又臣區區素心，初不敢僥倖一時之動，貽悔後日也。伏乞聖慈更賜睿照。奏議卷八八

案：此奏原無繫年。内稱「老無能爲，自蒙太上皇帝委用，既而陛下紹統」，則此奏必

作於紹興三十二年六月孝宗即位後；又稱「今日……不可冒昧一戰，以幸其成」「不敢僥倖一時之動」，因知此奏必隆興元年春動議出師北伐前所上；所謂「臣於五月間，必欲廣運錢糧，冒險泝淮」，係浚於孝宗即位後追憶紹興三十二年五月之事。綜上，此奏當上於紹興三十二年秋冬，然未知確時。

奏乞遣辯士通書虜酋狀 紹興三十二年秋冬

臣聞兵凶器也，聖人不得已而用之。古者出師，必先之以文告之辭，蓋所以承天意、重人命、明曲直、通敵情也。今兩淮諸軍雲屯於邊，臣欲乞自宣司遣募才辯之士，與見在汴京主事者通書，及達虜酋。書意大率敷叙天理，明正是非。辭貴簡約，或有以感動其情，仰伏威靈，庶幾有濟。乞賜聖裁。如或可行，乞密付臣照會。永樂大典卷一〇八七六

案：此奏原無繫年。內稱「欲乞自宣司遣募才辯之士」，顯係浚任江淮宣撫使時所上。考浚以紹興三十二年七月除江淮宣撫使，至隆興元年正月九日進樞密使、都督江淮軍馬；又隆興元年六月至八月間亦曾短暫降授江淮宣撫使。觀此奏文句，當係首任江淮宣撫使時所上，然未知確時，姑繫於紹興三十二年秋冬。

奏知作書答虜元帥狀 紹興三十二年秋冬

臣蚤來嘗繳進虜元帥所與宣撫司書，伏想已經睿覽。見議再作書及遣通辯有膽氣官一員前去。欲望聖慈特賜宣示聖意所欲令臣酬答及商量事，容臣恪意審思，具檢奏禀，更取聖裁。永樂大典卷一〇八七六

案：此奏原無繫年。由「繳進虜元帥所與宣撫司書」，考浚任江淮宣撫使，事在紹興三十二年七月至隆興元年正月及隆興元年六月至八月，然未知確時，姑繫此奏於紹興三十二年秋冬。

奏川陝事宜 紹興三十二年冬

臣竊惟自昔三國鼎立，惟吴蜀相與爲脣齒。故魏擊吴則蜀應，擊蜀則吴應。今二國之勢，我盡得之，而川陝之師荷戈接戰，亦既幾年。陛下慨然軫念，屢發詔旨，使之措置牽制。偶舟師稽遲，張子蓋復以久病，事容齟齬。然而自今以往，圖之安可緩也？且夫蜀人之不欲吴璘出師於陝，猶吴人之不欲王師輒越江淮也，彼各以鄉里家屬爲重，勢有不得不然。而事機之來，緩急輕重，利害甚大，非審思力斷，順天人之心，其安能有濟哉？兵家之

事，難以遥度。它日或有處分至吴璘，只望詳述利害，令璘隨宜措置。蓋恐遠地所傳未信，或至違誤。伏乞睿照。奏議卷二三四

案：此奏原無繫年。宋代蜀文輯存繫之於隆興二年，誤。内稱「張子蓋復以久病，事容齟齬」，而不言其卒，考子蓋病逝於隆興元年正月七日戊戌（朝野雜記甲集卷二〇癸未甲申和戰本末），則此奏當上於隆興元年正月之前。又稱「川陝之師荷戈接戰，亦既幾年」，考辛巳之役川陜戰火點燃，事在紹興三十一年九月。因繫此奏於紹興三十二年冬。時浚任少傅、江淮宣撫使。

論虜情及招納歸附事狀 紹興三十二年冬

臣今月十七日未時伏准御筆處分，臣已一一遵禀外。臣竊惟女真之於契丹，事不兩立，勝則疑其人，敗則疑其人。女真之心，固可度也。異時其勢必至於交相攻滅而後已。昨緣八月末，女真獲一戰之勝，契丹雖斂退，而士馬、土地無因一旦剪除。今其揭示於邊，以詔不以赦，容有欺僞於其間，俟臣更得實報，續具奏禀。

海州投來人，聞僞招討人才頗亦桀黠，俟到建康，恭依聖訓津發近上頭領等，及參酌官賞請給之宜，取自聖裁。蕭宇果有歸意，嘗亦密遣人至臣所，緣千户以它事謀泄，遂追

宇歸燕北。今尚聞託疾於兩京。臣三次遣人,皆未有回者。築塢屢具聞奏,伏蒙聖慈俯賜鑒察,不勝幸甚。

招集强壯,在今日最爲急務。諸軍軍額子細核實,虛數不至甚多。而息兵歲久,帶甲之士,比之向來,才三之二。須招填復舊,庶幾它日國勢以强。惟是支費稍大,匱乏是憂。然而有兵斯可以保民,有民斯可以有財,又不得不權緩急輕重於其間。事之輕重,較然可見。伏望聖慈更賜睿照。取進止。永樂大典卷一〇八七六

案:此奏原無繫年。奏中所言女真戰勝契丹事,乃金世宗討平契丹首領移剌窩斡。據金史世宗本紀及窩斡傳,窩斡於大定元年(即紹興三十一年)十二月一日自立爲帝,世宗屢遣軍討伐。大定二年八月,詔元帥完顔思敬等率大軍討伐,窩斡北走,九月,爲金人所獲。與奏中「八月末,女真獲一戰之勝」所言正合。其事傳入宋境,或在紹興三十二年冬,此奏當上於此前後,然未知確時。

論東西牽制奏 紹興三十二年冬

臣仰荷陛下委任至重,不敢愛死,庶報萬分。顧臣雖愚,非不知坐保江淮,圖安目前,爲可以免戾。而區區每思牽制此虜於東方者,非有他也,顧以虜萃精兵於關陝,東方空

虚，不及茲時有以撓之，用觀人心之變，而坐待賊虜回師，併力以事兩淮，竊恐國家之悔爲無及矣。臣日近奏稟山東海舟利害，亦非敢冒昧爲之，蓋欲先張聲勢，屯泊於海州一帶，招收壯勇，窺伺機會。庶幾此虜有後顧之憂。而人心易離，不能深入。其與束手不爲，俟虜勢之張，爲有間矣。

臣衰老多病，豈復僥倖萬一功名之心？惟是受國厚恩，朝思夕惟，不忍只爲目前之計，以蹈後禍。伏惟聖度高遠，灼見事機，如以臣所慮爲有可采，即乞特賜親筆處分，令臣執守措置。不然，亦乞明以諭臣，使之遵守。伏乞聖慈特賜睿旨，不勝幸甚。奏議卷二三四

案：此奏原無繫年。宋代蜀文輯存繫之於隆興二年，誤。由「虜萃精兵於關陝」，可知金軍尚與吴璘對峙於陝西。考紹興三十一年九月，吴璘遣將出師；至紹興三十二年，圍繞隴右，宋金展開拉鋸戰，十二月，孝宗詔令吴璘班師；次年初，吴璘棄德順軍，退守蜀口。則此奏必上於紹興三十二年。又考浚隆興元年所上奏虜勢及海道進取等事狀云「臣自去冬即具奏，乞爲東西相應之舉」，此奏或即其中之一，因繫此奏於紹興三十二年冬。時浚以少傅、江淮宣撫使治軍於外。

乞幸建康疏 紹興三十二年十一月

今日之事，非大駕親臨建康，則決不能盡革宿弊，一新令圖，鼓軍民之氣，動中原之心。臣自太上時，已爲此謀。蓋江南形勢，實在於此，舍而不爲，未見其策。魏公行狀

案：行狀謂「十一月，有旨召宣撫判官陳俊卿及公子栻赴行在。公附俊卿等奏曰『今日之事……』」因繫此奏於紹興三十二年十一月。時浚以江淮宣撫使治軍於外。

舉西漢故事乞早建太子疏 紹興三十二年十一月

臣竊惟人君即位，必蚤建太子，所以承祖宗、廣孝愛、固根本、懷萬方也。漢高帝初定關中，付蕭何以居守之任，首建太子；文帝自代邸繼大統，即位未數月，有司請蚤建太子，以尊宗廟。其爲天下國家之計甚厚也。仰惟太上皇帝以帝堯之心付受陛下，光照萬古，邈不可及。爲陛下計，所當立萬世之基，拯生民之難，揚祖宗之烈，用以仰副太上皇帝之心。西漢故事，其在今日，不可不舉。伏望陛下蚤賜睿斷，不勝幸甚。奏議卷七三

案：奏議僅稱此奏乃「孝宗時」所上，無繫年。魏公行狀節録此奏，謂紹興三十二年「十一月，有旨召宣撫判官陳俊卿及公子栻赴行在。公附俊卿等……奏曰『漢文帝初

立……』」則此奏上於紹興三十二年十一月甚明。時浚以少傅任江淮宣撫使治軍於外。

乞津發山東忠義人衣糧奏 紹興三十二年十一月

山東忠義人來歸不絶。海州招募强壯義軍已及四千餘人，各有家小，多至十餘口，大率衣糧殫闕，及楚州忠義人在外。伏望睿旨寬剩科降，仍令有司疾亟津發。輯稿兵一五之一二

案：輯稿兵一五之一二載紹興三十二年「十一月二十六日，江淮東西路宣撫使張浚言『山東忠義人……』詔淮東總所施行」。

再乞幸建康疏 紹興三十二年末

人心向背，興亡以分。建康之行，一日有一日之功。願仰稽天道，俯徇衆情，亟定行期，以慰中外之望。魏公行狀

案：行狀謂「俊卿等歸，公知車駕來建康之期尚緩，深慮有失機會，復具奏曰『人心向背……』」考紹興三十二年十一月，詔江淮宣撫判官陳俊卿赴行在，則俊卿歸建康，浚因作此奏，當在是歲末。時浚以少傅、江淮宣撫使治軍於外。

乞厚撫蕭鷓巴等奏 紹興三十二年末

女真一國之兵，其數有限，向來獨以强力迫脅中國之民及諸國之人爲用，是以兵盛莫敵。今當招納吾民，厚撫諸國，則女真之心自生疑惑，中原諸國莫爲其用，虜可亡也。魏公行狀

案：行狀謂「時契丹酋窩斡亦起兵攻虜，爲虜所滅，其黨奔潰。驍將蕭鷓巴、耶律适里自海道來降。公以爲『女真一國之兵……』奏乞厚撫鷓巴等」，並繫此奏於紹興三十二年十一月陳俊卿、張栻赴行在後、隆興元年正月浚拜樞密使前，則此奏當上於紹興三十二年末。時浚以少傅任江淮宣撫使。

乞改壽春爲府奏 紹興三十二年末

欲將壽春縣改爲壽春府，以淮北壽春府爲下蔡縣，仍隸焉。其安豐軍却合改作縣，使隸壽春府。方輿勝覽卷四八淮西路安豐軍

案：方輿勝覽卷四八淮西路安豐軍引圖經載「宣撫使張浚劄子：『欲將壽春縣改爲壽春府……』」，未有繫年。考宋史卷八八地理志四載紹興「三十二年，升壽春爲府，以安

豐軍隸焉」，輯稿方域六之一七載「紹興三十二年十二月二十九日，以壽春縣爲壽春府，淮北壽春府爲下蔡縣」，可知此奏當上於紹興三十二年末。又考浚以紹興三十二年七月除江淮宣撫使，至隆興元年正月進樞密使、都督江淮軍馬，與圖經所載「宣撫使」職銜亦合。綜上，此奏乃紹興三十二年末浚任江淮宣撫使時所上。

進呈答虜元帥書檢狀 紹興三十二年冬或隆興元年初

某聞信義天下大本也。匹夫而無信義，則無以自立於天地之間，而況有國有家者哉？惟正隆背天渝盟，積非一日，兵難之端，自此而起，南北塗炭，以至今日，肝腦塗地，和好中絶。近因諸城之來歸，從而撫之，謂於理無愧。大國必欲恃强兵以争，疆埸之事，一彼一此，何常之有？事之由來，理之曲直，上天昭昭，其必鑒之矣。庸念此皆祖宗之故地，今書乃必欲指正隆以前爲界，我所未曉，是不容我立國。大金欲休息生民，宜執事者成其志。正隆信義一失，我南北之人無不愁怨。若大國有以加惠於我，使信義之實孚於我國，亦生靈之幸。其詳使人面議。永樂大典卷一〇八七六

案：此書檢原無繫年，或即前奏所稱「作書答虜元帥」「具檢奏稟，更取聖裁」者。金史卷八七僕散忠義傳載：「既至南京，簡閲士卒，分屯要害，戒諸將嚴守備。使左副元帥

志寧移牒宋樞密使張浚，其略曰：『可還所侵本朝内地，各守自來畫定疆界，凡事一依皇統以來舊約，帥府亦當解嚴。如必欲抗衡，請會兵相見。』宋宣撫使張浚復書志寧曰：『疆埸之一彼一此，兵家之或勝或負，何常之有，當置勿道。謹遣官僚，敬造麾下議之。』」書中文句與僕散忠義傳所載大致相合。據金史世宗本紀，大定二年（即紹興三十二年）十月以僕散忠義爲右丞相，紇石烈志寧爲左副元帥，命志寧經略南邊。此書檢當作於紹興三十二年冬或隆興元年初，時浚任江淮宣撫使。

奏虜勢及海道進取等事狀〔一〕 隆興元年初

臣契勘虜人南向之兵在靈壁、虹縣。近發回宿州、南京者，無慮數千騎。雖姦詐百出，情未可量，要之勁兵多在陝西，而宿、亳、南京一帶不過近四萬餘人，潁昌、襄城亦不過二萬餘人。比聞復出文榜，欲以三月及八月因草地茂盛，來窺淮南。以臣度之，虜若無西北牽制之患，則今歲秋成，糾合大兵，圖我淮甸，理無可疑。臣日夜思所以待之之計，私以爲虜之事力素强，儻非出奇擣虚，乘其不意，使各有懷顧巢穴之心，則攘卻之功，未易可爲也。

臣自去冬即具奏，乞爲東西相應之舉，與故鎮江都統張子蓋反復計度。當時所任將佐、所差舟楫、所募忠義之人，議已素定。會子蓋卧病連月，而福建海舟踰期不來，致使川陝之師獨當一面。失此機會，誠可歎息也〔二〕。今虜兵疲弱，非往昔比，而民心懷怨〔三〕，日甚一日，山東虛實，可坐而料。三月以後，南風順便，海舟之發，適當其時。因東人思奮之心而用之，事或可圖矣。伏奉二十三日處分，令臣以逸待勞，觀釁而動，敢不遵稟。臣愚見以爲淮上大兵，當務持重，獨海道之舉，不可不亟爲。不然，彼將無所顧忌，秋高馬肥，得以驅脅蕃漢，一肆所爲矣。惟陛下圖之，天下幸甚。永樂大典卷一〇八七六

案：此奏並見於奏議卷二三四。宋代蜀文輯存繫之於隆興二年，恐誤。內稱「臣自去冬即具奏，乞爲東西相應之舉，與故鎮江都統張子蓋反復計度」，考李心傳建炎以來朝野雜記甲集卷二〇癸未甲申和戰本末，隆興元年「正月七日戊戌」，張子蓋「感憤悒死」，則所謂「去冬」乃紹興三十二年冬甚明，是知此奏之上在隆興元年，非二年也。又稱「臣契勘虜人南向之兵在靈壁、虹縣」，考魏公行狀載「隆興元年正月九日，制除公樞密使，都督建康、鎮江府、江、池州、江陰軍屯駐軍馬，且命即日開府視事……時虜將萬户蒲察徒穆及僞知泗州大周仁以兵五千屯虹縣，都統蕭琦以萬餘人屯靈壁，積糧修城，遣間不絶」，亦可證此奏乃隆興元年初所上。又，奏中稱「比聞復出文榜，欲以三月及八月因草地茂盛，來窺淮南」「三月以後，南風順便，海舟之發，適當其時」，可知此奏必上於隆興元年初。

時浚以樞密使督師江淮。

校勘記

〔一〕奏虜勢及海道進取等事狀　「狀」，奏議卷二三四作「疏」。

〔二〕誠可歎息也　「歎」原作「欺」，據奏議卷二三四改。

〔三〕而民心懷怨　「怨」，奏議卷二三四作「宋」。

乞賜歸正人細甲弓箭奏　隆興元年正月

比高選歸正人往戍邊，欲望支降細甲弓箭，作聖旨給賜，以爲激勸。輯稿兵一五之一二

案：輯稿兵一五之一二載孝宗隆興元年「二月五日，江淮東西路宣撫使張浚等言『比高選歸正人……』詔内軍器庫支降」。以江淮與臨安間文書傳遞狀況計之，此奏似當上於隆興元年正月末。

兩淮買馬奏　隆興元年二月

朝廷每歲於川、廣收買戰馬，計綱起發，每匹不下三四百千。近措置於兩淮買到戰馬七十匹，每匹通不過二百千，非惟價例差小，且無道塗倒斃之患〔一〕。輯稿兵二二之二八

案：據輯稿兵二二之二八載「孝宗隆興元年二月十三日，都督江淮軍馬張浚言『朝廷每歲於川、廣收買戰馬……』緣所管錢物不多。詔令買到馬，總領所逐旋支給價錢」。

校勘記

〔一〕且無道塗倒斃之患　「倒」原作「例」，據文意改。

奏虜情及遣發舟師事狀　隆興元年三月

臣今月初四日早伏奉御筆處分，臣已恭稟詔旨。臣契勘虜人聚兵轉糧，已兩月餘。初揭牓必復舊地，而泗上之寇爲重。今遲回不進，豈謂無因？臣惟精選間探，勉勞將士，日夜嚴備，不敢輕忽。然虜之人情，亦可概見。人心厭兵，各欲休息。獨用事群酋以力脅逼，陷之死地。瓦解之勢，固自不遠。

仰惟陛下權輕重緩急之宜，力革宿弊，斷然有爲。誠動於中，德施於外，顧何事而不濟哉？臣衰老力疲，每恐不足以副陛下委任。拳拳之意，空勤朝夕。臣欲於此月中旬至鎮江，遣發舟師至東海縣屯泊，更看機會。是時邊警無他，欲望特降處分，許臣趨行闕奏事。臣無任悚懼俟命之至。永樂大典卷一〇八七六

案：此奏原無繫年。內自稱「衰老力疲」，又稱金國「揭牓必復舊地」，可知必高孝之

際所上。「舊地」，即海、泗、唐、鄧四州。又内稱「虜人聚兵轉糧」「泗上之寇爲重」，係指隆興元年初金人屯兵聚糧於靈壁、虹縣二城謀復泗州事。又内言「許臣趨行闕奏事」「臣今月初四日早伏奉御筆處分」，據宋史孝宗本紀一，是歲三月十六日丁未召浚，則此奏或上於隆興元年三月上旬。時浚以樞密使督師江淮。

奏答虜僞元帥書檢事狀 隆興元年三月

臣今月初六日申時伏領御筆處分。臣再拜伏讀，仰識聖意爲社稷天下計甚厚，不勝慶幸。臣謹當一一遵依聖訓。見具通僞元帥書檢，子細詳議，續具進呈。臣竊惟天下之事，惟誠與信乃能動人。女真雖夷狄遐裔，有禽獸心，而彼亦人耳，安可不曉以道理哉？臣愚欲選才辯膽氣之士，從都督府遣至僞元帥所，鋪陳始末，分別曲直。大要如黷兵廣地、争城攻戰，在女真有害無利，而況諸國、中原之人苦於征役，必生變心。如此之類，俾使人得一一專對。惟憑天理，庶挫凶燄。臣區區淺見如此，更取聖裁。永樂大典卷一〇八七六

案：此奏原無繫年。内稱「從都督府遣至僞元帥所」，則必隆興元年正月至六月、八月至二年四月間事，然未知確時。據宋史孝宗本紀一，隆興元年「三月壬辰朔，金左副元

帥紇石烈志寧以書取侵地」；而奏中稱「臣今月初六日申時伏領御筆處分」，因論答僞元帥書檢事，以臨安與兩淮間文書傳遞狀況計，時日頗合。則此奏或係隆興元年三月初所上。時浚任樞密使、都督江淮東西路軍馬。

乞差撥軍馬淮上屯駐奏 隆興元年三月

諸軍官兵自去年差出兩淮屯戍，已是日久，乞於殿前司差撥軍馬一萬人，步軍司五千人，起發前來鎮江府，分發前去淮上，抵替三衙并江上諸軍歸寨休息。輯稿兵五之二〇

案：輯稿兵五之二〇載「孝宗隆興元年三月二十四日，都督江淮軍馬張浚言『諸軍官兵自去年差出兩淮屯戍……』從之」。

論和戰利害疏 隆興元年三月末

臣今月二十五日恭被御筆處分，臣已即日具奏去訖。臣雖愚陋，中有所懷，敢不盡言。伏惟聖慈俯賜矜察。今之議者，孰不以戰守爲説〔一〕，其次則就遵舊轍〔二〕，重講前好。以臣觀之，戰守之説是也。然而争城争地，罪不容誅。城高池深，兵甲堅利，委而棄之〔三〕。地利不如人和，則是戰守之中，尚有可得而論者焉。臣竊以爲戰守之道，本以廟勝。君天

下者，誠能正身以正朝廷，正朝廷以正百官，正百官以正萬民，用之戰則克，用之守則固〔四〕，理有決然者矣。如是而後可以言戰守。

仰惟陛下以神聖恭儉之資，受太上委任之重，即位以來，孜孜治道。然而德政未洽於人心，宿弊未革於天下。揆以廟勝，猶有可疑〔五〕。臣愚願陛下發乾剛、奮獨斷，於旬月之間，大布詔旨，一新内治〔六〕。盡循太祖、太宗之治〔七〕，使南北之人知有大治於後。人心既孚，兵氣必振〔八〕，於以戰守，何往不濟〔九〕。

臣衰暮之景，精力有限，理當退閑，以全晚節，豈肯分毫更有覬念？獨以事機迫切，治亂安危，斷在今歲。臣若尚懷顧畏，他日身名具喪，辱國辱家，悔之無及。伏願陛下深軫宸慮，早定至計，事或二三，終恐無成。臣愚干冒聖聰，俯伏俟罪。奏議卷九三

案：此奏原無繫年。魏公行狀節録之，謂隆興元年「三月，召公赴行在。公中道具奏曰『今之議者……』」又，宋史全文卷二四上隆興元年三月條亦載「是月……召都督江淮軍馬張浚赴行在。浚中道上疏，謂『廟勝之道在人君正身以正朝廷……』」聯繫奏中稱「臣今月二十五日恭被御筆處分」，則此奏上於隆興元年三月末甚明。時浚任樞密使、都督江淮東西路軍馬。

校勘記

〔一〕孰不以戰守爲説　「以」，魏公行狀作「持」；「爲」，魏公行狀作「之」。

〔二〕其次則就遵舊轍　「次」，魏公行狀作「下」；「就」，魏公行狀作「欲復」。

〔三〕然而争城争地罪不容誅城高池深兵甲堅利委而棄之　此二句文意不明，疑有脱誤。

〔四〕用之守則固　「用之」二字原闕，據魏公行狀補。

〔五〕猶有可疑　「猶」，魏公行狀作「深」。

〔六〕大布詔旨一新内治　「詔旨」，魏公行狀作「德章」；「治」，魏公行狀作「外」。

〔七〕盡循太祖太宗之治　「治」，魏公行狀作「法」。

〔八〕兵氣必振　「兵」，魏公行狀作「士」。

〔九〕於以戰守何往不濟　此句原闕，據魏公行狀補。

奏移屯牽制利害狀　隆興元年四月

臣所議，欲於十五日以前節次施行。荆襄止是移兵添屯，若至秋深，必有舉動。目今牽制之師，豈可不圖？臣到堂見兩相，皆以錢糧闕乏爲言，臣未敢盡説底裏，而日來衆論紛然。惟國家之大計，臣當以身任，更冀陛下斷之宸衷，俾無掣肘後虞，而錢糧之屬，不敢闕誤。不勝幸甚，伏取聖旨。永樂大典卷三三五八六

案：文末原注「四月二日上」。由「國家之大計，臣當以身任」，可知浚掌領南宋軍政；又「臣到堂見兩相」，則是時朝中二相並立，而浚未拜相。符合此情境者，唯孝宗初

年。時浚任樞密使、都督江淮東西路軍馬，謀圖出師虹縣、靈壁，而「兩相」陳康伯、史浩皆不主之。是此奏上於隆興元年四月二日甚明。

乞褒嘉邵宏淵奏 隆興元年四月

契勘御前諸軍都統制邵宏淵昨引兵三千人於真州六合縣迎遏金賊數萬之衆，致揚州闔境百姓並獲濟渡。本州見立生祠，望賜褒嘉，以爲激勸。輯稿兵一九之九

案：輯稿兵一九之九載隆興元年「四月十二日，都督江淮軍馬張浚言『契勘御前諸軍……』詔邵宏淵特除正任承宣使」。此係出師之前褒獎主將邵宏淵。

乞推恩宣司僚佐奏 隆興元年四月

昨承指揮，江淮宣撫司結局，所有應辦借置舟船、津發錢糧、修蓋營寨、置辦軍須得力官吏，得旨許臣保明，量與推恩。今作優平兩等，與減三年及二年磨勘。輯稿職官四一之三五

案：輯稿職官四一之三五載「孝宗隆興元年四月二十二日，張浚言『昨承指揮……』詔江南東路轉運副使向子忞特復直秘閣，淮南路轉運判官鍾世明特除直徽猷閣，淮南西路提點刑獄公事莫濛，江南東路轉運判官陳良弼，尚書户部郎中、總領淮東軍馬錢糧洪

适，尚書户部郎中、總領湖廣江西京西財賦、湖北京西軍馬錢糧王珏，（冬）〔各〕特轉一官。内礙止法人，依條出給減年公據」。

乞招誘沿淮莊農耕作奏 隆興元年四月

楚州并漣水軍接海州界，多淮北及山東莊農將帶老幼或牛具，散在沿淮住坐，無生計，竊慮失所，欲從朝廷委自兩淮帥臣〔一〕，行下所部州軍，責令知縣、縣令多方措置，招誘耕作〔二〕。若招及三百户，耕種就緒，生理不闕，知縣、令除到任、任滿賞外，與轉過一官，知、通減半。若過數，並與累賞。如招不及三百户，即紐計推賞。或有虚數，當議重責。仍令本路帥、漕司同共覈實，保明來上。輯稿食貨六九之六一

案：宋史全文卷二四上亦節載此奏。輯稿食貨六九之六一載：「（隆興元年）四月二十二日，詔『楚州并漣水軍……』從都督江淮軍張浚請也。」

校勘記

〔一〕欲從朝廷委自兩淮帥臣 「欲從朝廷委自」，原作「委是」，據宋史全文卷二四上改。

〔二〕責令知縣縣令多方措置招誘耕作 「多方」「耕作」四字原闕，據宋史全文卷二四上補。

張浚集卷十五

奏劄

奏邵宏淵招降到蒲察徒穆等歸順 隆興元年五月

建康諸軍統帥邵宏淵攻圍虹縣，僞知州蒲察徒穆及同知大周仁、千户趙受、李公輔等，率軍萬餘人歸順。輯稿兵一七之二八

案：輯稿兵一七之二八載隆興元年「五月十四日，江淮都督府言『建康諸軍統帥……』」

乞遣發殿步司戰馬前來揚州牧放 隆興元年五月

殿前、步軍司諸軍戰馬，見在湖、秀州等處牧放。緣淮甸水草利便，望並發遣前來，就揚州牧放。輯稿兵二一之三三

案：輯稿兵二一之三三載「孝宗隆興元年五月十四日，都督江淮軍馬張浚言『殿前、

步軍司……』詔除未出戍諸軍戰馬外，餘從之」。

奏靈壁虹縣捷報劄 隆興元年五月

臣契勘近日捷報，兩邑盡平。靈壁所破賊兵萬五千餘衆，虹縣降附自首領而下以萬數計。自軍興以來，未有我兵進涉其境如此其捷。此皆陛下智略獨運，天人助順。生民之慶，當自茲始。惟是陛下方督諸將以事功，賞典之頒，有不可緩。臣愚欲望聖慈除李顯忠開府儀同三司、淮北招撫大使，邵宏淵節度使、淮北招撫副使外，馮方欲降聖旨，令疾速取會核實諸軍統制以下功狀，結罪保明以聞。（康熙）綿竹縣志卷五補

案：此奏原無繫年，題注「張魏公集，見大典」。宋史孝宗本紀一載隆興元年五月「丁酉（七日），李顯忠復靈壁縣。邵宏淵次虹縣，金人拒之。戊戌（八日），顯忠東趨虹縣。庚子（十日），復虹縣，金知泗州蒲察徒穆及同知泗州大周仁降……甲辰（十四日），顯忠及宏淵敗金人於宿州……丙午（十六日），復宿州，戮金兵數千人」。奏中僅言「兩邑盡平」，不及宿州事，則此奏當上於隆興元年五月宋軍平靈壁虹縣二城後、復宿州前。時浚以樞密使督師兩淮，主持北伐。

奏宿州招降到蕭琦等歸順 隆興元年五月

僞右翼軍都統蕭琦將帶家屬、奴婢、親信赤山千户、尖山千户、馬尾山千户、石盤千户、蕃軍等，自宿州歸順。輯稿兵一七之二八

案：輯稿兵一七之二八載隆興元年五月「十九日，江淮都督府言『僞右翼軍都統……』」

奏乞責降疏 隆興元年五、六月間

今日之事，明罰爲本。而罰之所行，當自臣始。魏公行狀

案：行狀謂「時公獨與子栻留盱眙幾月，俾將士悉歸憩而後還維揚，具奏待罪。上手書撫勞」，浚因上此奏。故繫此奏於隆興元年五、六月間。時北伐失利，浚還至揚州，自請責降。

奏乞致仕疏 隆興元年六月

臣竊惟自古大有爲之君，必有心腹之臣，相與協謀同志，以成治功。得失利害，君臣

一體，不容秋毫之間，然後上下觀望，響應影從，事克有濟。如伊尹之於成湯，太公之於周，其次管仲之於齊，諸葛亮之於蜀。書傳所載，始終可考。不然，作舍道邊，何日可成〔一〕？安危禍福之幾，其應不遠，可不畏哉！

恭惟陛下天錫勇智，接踵帝王，而臣區區，首蒙眷遇，任以邊事。所恨臣學識淺短，不先其本，屑屑於軍旅之末，負罪聖賢，咈違天地，以致將士失律，讒誣繼興。蓋内治未先立，而從事於外，其應必爾，皆臣不知本原，孤負陛下，以至於此。早夜悔恨，事無所及。臣今衰老，況復誤事如此，天下士大夫之心，其誰復信之，而陛下亦安得不有疑於心？在臣去就，所當審決。今邊隅粗定，軍旅粗整，虜以傷敗之故，其勢未能爲竭國之舉〔二〕；而臣以孤蹤，跋前疐後，强顔閱日，動輒掣肘，平日之氣，消磨殆盡，陛下將安所用之？

伏望陛下深爲國計〔三〕，精選天下巖穴之賢，付以中外大柄。任之專，信之篤，如前數君所爲，謀出於一，而使之旁招忠信之士，相與參濟，不使小臣得以陰間，不使異議得以輕摇，先内後外，以圖恢復。庶幾月積其功，歲著其效〔四〕，太平之期有可望也。載惟陛下當至艱至難之時，遇古未有之强敵。若非君臣相與爲一，朝夕圖回，均任其責，不較利鈍，終期有成，誠恐歲月易流，後悔難追，甚可痛惜也！臣老矣，罪戾又積〔五〕，伏願陛下矜憐，賜以骸骨，使之待盡山林，無令出處狼狽，取笑天下後世。臣不勝大幸。奏議卷一四二案：奏議謂「浚附子栻入奏曰『臣竊惟……』」魏公行狀亦節録此奏，謂隆興北伐失利後，浚「留真揚，大飭兩淮守備……上復召栻奏事，公附奏曰『自古大有爲之君……』」又宋史全文卷二四上載隆興元年六月，「上復命栻奏事，浚因乞骸骨。上見奏，謂栻曰：『雖乞去之章日上，朕決不許。』」因知此奏上於隆興元年六月。時浚自都督江淮軍馬降爲江淮宣撫使，仍治軍揚州。

校勘記

〔一〕何日可成　「日可」，魏公行狀作「自而」。

〔二〕其勢未能爲竭國之舉　「未」原作「本」，據魏公行狀改。

〔三〕伏望陛下深爲國計　「伏望」，魏公行狀作「願」；「爲」，魏公行狀作「惟」。

〔四〕庶幾月積其功歲著其效　「月積其功歲著其效」，魏公行狀作「日積月著」。

〔五〕臣老矣罪戾又積　「矣罪戾又積」，魏公行狀作「且病」。

乞貶降張訓通奏　隆興元年六月

宿州之役，初非戰敗，而統制官等無故引歸。殿前司統制官張訓通，係軍馬入城之際，先次一面引歸。欲望酌情定罪，明賜貶降。盤洲文集卷四八

案：此奏録自洪适盤洲文集卷四八繳張訓通復官劄子。隆興元年五月，張浚以樞密

使督師兩淮，主持北伐。二十四日，李顯忠、邵宏淵所率宋軍師潰宿州。據輯稿職官七一之四，隆興元年七月六日，「以符離用師，首先奔潰」，「詔建康府統制官、忠翊郎周宏特追五官，除名勒停，送瓊州編管；殿前司統制官、武德大夫左士淵降五官；正侍大夫、和州防禦使張訓通……各降四官」，「從宣撫使張浚所奏也」，則浚上奏乞貶降張訓通等，當在是年六月。

乞賜田虹縣投來人奏 隆興元年六月

契勘虹縣投來蒲察徒穆、大周仁等一行人馬前去揚州屯泊〔一〕，數内蒲察徒穆、大周仁乞量賜田，一千户至謀克於揚州等第給賜田各五頃。輯稿食貨六一之四九至五〇

案：據輯稿食貨六一之四九至五〇載「隆興元年六月十一日，江淮東西路安撫使張浚言『契勘虹縣投來蒲察徒穆……』詔蒲察徒穆、大周仁各賜田二十頃，令都督府一面於淮東係官田内摽撥」。「江淮東西路安撫使」，南宋無此官，當爲「江淮東西路宣撫使」之誤。據宋史孝宗本紀一，隆興元年六月十四日癸酉，張浚以符離師潰由都督江淮軍馬降「江淮東西路宣撫使」，則此處輯稿所載時間恐誤。

校勘記

〔一〕契勘虹縣投來蒲察徒穆大周仁等一行人馬前去揚州屯泊　「周仁」原闕，據後文補。

乞諸軍因戰殘疾者許令子弟承襲奏 隆興元年六月

諸軍官兵因戰鬭重傷廢疾不堪披帶之人，許令子弟、親戚承襲。輯稿職官一四之八

案：據輯稿職官一四之八載「孝宗隆興元年六月二十日，詔『諸軍官兵……』從江淮都督張浚請也」。

乞責降尹機奏 隆興元年六月

尹機用意懷私，措置乖謬，大失士心，以致離散。輯稿職官七一之四

案：據輯稿職官七一之四載隆興元年六月「二十六日，詔尹機送郴州編管。以宣撫使張浚奏其『用意懷私……』故有是命」。

乞召人耕種總領所諸軍營田官莊奏 隆興元年六月末

總領所、諸軍營田官莊，見占官兵人數稍多，每歲所得，不償所費。欲乞下有司取會，立限措置，將見管頃畝、牛具、種糧，依官中、客户所得子利分數召人耕種，抵替官兵歸軍使喚。輯稿食貨三之一〇

案：據輯稿食貨三之一〇載隆興元年「七月四日，樞密使、江淮東西路(安)〔宣〕撫使、魏國公張浚言『總領所諸軍營田……』詔工部行下逐路總領措置」。考此時浚在真、揚一帶整飭邊防，其與臨安間常程文書傳遞時間在五日左右，則此奏當上於隆興元年六月末。

乞優陞向子固職名奏 隆興元年六月末

招降到蒲察徒穆一行〔一〕，兵屯揚州，子固彈壓撫循，各有條理。輯稿選舉三四之一三

案：據輯稿選舉三四之一三載隆興元年七月「四日，詔直寶文閣、權知揚州向子固特除直龍圖閣。以張浚再奏『招降到(莆)〔蒲〕察徒穆一行……』故有是命」。時浚於真、揚一帶整飭邊防，其與臨安間常程文書傳遞時間在五日左右，則此奏當上於隆興元年六月末。

校勘記

〔一〕招降到蒲察徒穆一行 「蒲」原作「莆」，據宋史孝宗本紀一、輯稿食貨六一之五〇改。

回奏楚泗等處守禦事宜劄子 隆興元年夏秋間

臣二十七日宿平原鎮。至晚，統制官左祐齎到御筆處分一通，臣謹已祗領。契勘楚、

泗守禦利害，臣累具奏聞去訖。泗州係緊要控扼去處，陳敏一軍，在彼幾年，已成家計。見自陳敏，下至士卒，盡般家屬，節次來居，蓋以此城必可倚恃。兼臣近閲此軍，人材强勇，事藝精熟，施放便捷，行陣齊一，少見其比。向之兵將竊笑指議者，今皆心服。臣愚以爲敏可責以守泗無疑。若城池之險，糧粟之便，在我得計爲多。更乞聖慈詳酌。

劉寶身任淮東之責，建議欲築甘羅城，先立家計。其城直臨淮岸，在兩清河之間，居海、泗兩州中。寶親握大兵應援，卻令副都統吳超以舟師守清河。蓋此處以舟爲便，若河口有備，則楚州正在腹内，而捍禦之計，盡仰甘羅城。其楚州即合作第二重家計寨。惟是陳敏一軍通一萬二千餘人，至九月中理須益兵。所有淮西戰備之要，容臣至和州條列以奏。

淮東真州一帶，以六合爲重。於茲固守，其敢輕入？兼廬之巢縣及和州列屯大兵，正乘其後，絶糧邀擊，計皆可施。淮西之兵，山立不動，虜人豈敢輕捨此兵，直犯淮東？六合當其前，淮西襲其尾，進退實難，況值奔敗，定致狼狽。虜用兵日久，必不出此。

臣竊惟兵者國之大事，聖人生物之德本於兵。臣行年將七十，雖在遷謫，朝思夜度，不敢輒廢。凡幾微曲折，調發先後，常恐誤失。而近世文武之士，徒事空言，竊聽道塗，靡有實用，是非顛倒，莫可究詳。自非陛下神武天付，得之於心，臣之區區，何所布露？

三司兵積弊，尚有可議者，統制以下，多未得人。今此歸休，陛下一大料理之。將來高秋，親總此數萬之旅，嚴賞罰，示恩信，觀虜兵勢重去處，遣王琪輩疾趨取利，似爲得宜。

奏議卷三三五

案：此奏原無繫年。全宋文繫之於紹興三十二年秋冬間，恐誤。據元豐九域志卷五，平原鎮屬泗州盱眙縣。奏中稱「陳敏一軍」守泗州「幾年，已成家計」，又稱「臣近閲此軍」，換言之，上此奏之時，浚甫視師泗州城。據魏公行狀，符離師潰後，「公在盱眙，去宿不四百里，浮言洶動，傳虜且至。官屬中有懷檄以歸者，亦有請公亟南轅者。公不答，遂北渡淮，入泗州城。軍士歸者勞而撫之，視瘡痍，拯疾病，存録死事，旌有功，人情胥悦」，與之正合，則此奏必上於隆興北伐後。又觀奏中所論，皆兩淮備禦事。據魏公行狀，隆興北伐失利後，浚「留真揚，大飭兩淮守備，命魏勝守海州，陳敏守泗州，戚方守濠州，郭振守六合，治高郵、巢縣兩城爲大兵家計」，與之亦合。由「陳敏一軍……至九月中理須益兵」一句，可知此奏必上於九月前。綜上，此奏當上於隆興元年夏秋間。

乞許黄州爲前知州趙令峸建廟劄子 隆興元年七月

臣據黄州狀申：據本州士庶父老湯政等狀：伏見建炎元年，逆賊閻僅侵犯黄州，當時通判鄂州趙令峸將帶官兵在武昌把隘，閻僅纔退，即時過江，收復黄州，卻回鄂州任所。於當年三月内，以朝散大夫、直龍圖閣知黄州。到任當年五月内修城，至十二月内了畢。至建炎二年正月初十日，孔彦舟侵犯本州，攻打城壁。凡六晝夜，保守堅固，賊勢沮退。繼而趙龍圖會合五州都巡蔣宣瓚兵馬前來解圍，殺散而去。并前後累次盜賊丁一箭、九朵花、李成、張遇、桂仲等，侵犯本州城壁，並皆守禦保全。至建炎三年三月内，趙龍圖丁母憂，解官往建昌縣住。至當年七月内，起復再知黄州。八月初十日再還到任，當月十三日，係趙龍圖丁母憂去後，權州蔡通判起奏朝廷，乞移治武昌縣。是日奏下從所乞。至當月十八日，趙龍圖將帶本州官吏軍民渡江往武昌縣。至十月二十三日辰時，虜人犯城，箭射入城内。守衙排軍晏興拾得虜箭，遣習水兵士潘明將箭浮江過武昌縣報復趙龍圖，於當夜二更將帶官兵，自武昌縣渡江回來黄州，連夜上城，擺布守禦。於當月二十五日巳時，番賊攻破州城，就西邊城上捉趙龍圖去城東地名土門子就坐。趙龍圖一向高聲叱罵云：「番犬你甚物類，如何敢犯大宋州郡，殺害生靈！真是畜生禽獸。」連聲叫罵：「我誓死不屈！」其番賊將酒與飲，揮盞擲打云：「我不飲番賊畜生之酒！」褫去涼衫，欲换戰袍。又罵云：「我不着番賊畜生之衣！」番賊稱「待與你好官」，又罵云：「我不受番賊畜生僞命！」勒令下拜，又罵云：「我有兩膝，只拜我祖宗。」當時見其難屈，毁罵不已，番賊大怒，用鐵鞭打趙龍圖面額一下，正當左額，并連眼頰，血流被面，趙龍圖罵聲愈高〔一〕。即令驅出，向東竹林邊，腦後敲殺，至死罵聲不絶。同時遇害官員：都監王逵，打殺在倉巷口；判官吴源，從事，打殺在東門城上；三縣巡檢劉綽，從義，亦打殺在東門城上；并殺武昌吴縣尉、朱巡檢，并打殺使院人吏傅拱、姜邵、李寔，王仲、李堅，衙前毋宰、張觳等，并一行兵吏、守城百姓打殺者不記數目。至二十八日，番人過江盡絶。二十九日，排軍晏興同劉祥於竹林下，尋見趙龍圖屍。二人拼到江邊，用小船載屍過武昌〔二〕，地名礬口，分付與龍圖宅眷，買棺木收殮。令晏興等埋在武昌界内吉祥寺。至紹興五年，吕誼、周仲等具狀，經州乞賜，保明申奏朝廷去。今來所陳趙龍圖守城死節，並是詣實，本州士庶兵吏等願情乞就趙龍圖死節之地〔三〕，建立廟宇，歲時祭祀，永爲歸向。可備申特賜旌表趙龍圖廟額施行。本州契勘往年朝散大夫、直龍圖閣趙令峸知黄州，自守城死節，皦如白日，明不可誣。詢之同時被虜之人〔四〕，後得脱出尚有存者，能言其詳。蓋其方當被旨，移治南岸，纔聞虜騎，即時奮勵，一夜渡江，入城禦敵，以嬰其鋒。及城陷被執，極口詆罵，至殺而不屈其節。鯁烈之氣，凛然如在，可敬而仰。黄人思之，願立廟宇，尸而祝之，出於誠心，理實可從。本州竊恐歲月久遠，必致泯滅，寂然闕文白無疑，申乞特賜敷奏，俯從所請，賜以廟額，載在祀典，血食一方，少申臣子報國之英魂，永爲後人忠義之激勸。臣謹録進呈，伏

望聖慈特降睿旨施行。取進止。會編卷一三三

案：會編卷一三三載「乞建廟禮部狀，準淳熙元年七月二十二日敕，尚書（省）送到降授特進、樞密使、江淮東西路宣撫使（司）、魏國公張浚劄子奏：『臣據黄州狀申：據本州士庶父老湯政等狀……』七月二十三日，三省同奉聖旨，依」。考隆興元年六月癸酉，浚以符離兵敗「降授特進，仍前樞密使、江淮東西路宣撫使」，八月丙寅，復都督江淮軍馬，則此處「淳熙」顯係「隆興」之誤，因繫此奏於隆興元年七月。

校勘記

〔一〕趙龍圖駡聲愈高　「愈」字原闕，據鬱岡齋本補。

〔二〕用小船載屍過武昌　「用小」原作「小用」，據鬱岡齋本改。

〔三〕本州士庶兵吏等願情乞就趙龍圖死節之地　「願情」，鬱岡齋本作「情願」。

〔四〕詢之同時被虜之人　「之人」原作「人之」，據鬱岡齋本改。

乞海州守臣帶管内安撫使奏 隆興元年七、八月

契勘海州係極邊州軍，見屯軍馬、新招忠義軍，多是初自北來，未成紀律，全在守臣彈壓鎮撫。欲乞許帶海漣水軍管内安撫使。輯稿職官四一之一一二

案：輯稿職官四一之一一一至一一二載隆興元年五月「七日，降授特進、樞密使、江

淮東西路宣撫使張浚言『契勘海州係極邊州軍……』從之」。據宋史孝宗本紀一，隆興元年六月十四日癸酉，以符離師潰，「張浚降授特進，仍前樞密使、江淮東西路宣撫使」，至八月八日丙寅，「復都督江淮軍馬」，則五月初張浚不應降授江淮東西路宣撫使，疑此處繫月有誤，當爲「七月」或「八月」。

回奏盱眙與虜人書等事狀 隆興元年夏秋

臣今月二十六日卯時，伏準御筆處分。臣謹已遵稟聖旨。伏蒙訓敕，以盱眙所與虜人書不可太示怯弱，恐愈生輕我之心，令臣別改定，仍未須齎與。臣本欲以此書款之，更觀其用意何如。仰惟聖慮深遠，曲中事機，容臣熟議，續具聞奏。

又蒙聖諭，忠勇四軍便可分撥在鎮江、建康軍中。臣契勘衆論，皆以爲與經戰大軍相參雜而可用。但當時差發，有更不分撥指揮。今或驟然爲此，又恐人情未安。臣欲候李横到日，更切體問人情，條具進呈。伏乞睿照。永樂大典卷一〇八七六

案：此奏原無繫年。全宋文繫之於紹興三十一年十二月，恐誤。據宋史孝宗本紀一，隆興元年五月二十七日丁巳，「遣御前忠勇軍赴都督府」；輯稿禮六二之六九，隆興元年六月二日，御前忠勇軍都統制李横言事。則隆興元年五月末後忠勇軍方自行在赴江

上。又内稱「以盱眙所與虜人書不可太示怯弱，恐愈生輕我之心」，亦可見此奏當作於隆興北伐失利後。因繫此奏於隆興元年夏秋。

乞撥江都營田二十頃付蕭琦奏 隆興元年八月

契勘已降指揮，蕭琦於淮東官田内撥賜二十頃，尋劄下揚州標撥。今據向子固備據江都、泰興縣申，共有係官水陸荒閑田一百八十二頃，係紹興元年復興以前人户抛棄，無人請佃，有誤標撥。伏見江都縣界有鎮江府駐劄諸軍營田官莊一十七處，皆有耕種田地。乞於上件田内標撥近城二十頃應副蕭琦。除存留軍中元差使臣二員依舊管轄外，其耕田人户，就用元召募到百姓客户耕作〔一〕。所有力耕軍兵，卻發遣歸軍。輯稿食貨六一之五〇

案：據輯稿食貨六一之五〇載隆興元年「八月二十三日，江淮東西路宣撫使、魏國公張浚言『契勘已降指揮……』從之」。

校勘記

〔一〕就用元召募到百姓客户耕作　「客户」原作「户客」，據文意改。

乞通理督府官屬考任奏 隆興元年八月

契勘本府昨來初置江淮宣撫使司〔一〕，辟置官屬。後來改爲江淮都督府，近又改爲江

淮宣撫使司，近降指揮依舊江淮都督府。雖建司開府，前後名稱不同，所有一行官屬只是就辟改差，又就改差，就改稱呼，即非有更替承代之人。欲從朝廷下吏部，將一行官屬自初及今應歷過月日，並與通理爲考任。輯稿職官三九之一四至一五

案：輯稿職官三九之一四至一五載隆興元年「九月一日，江淮都督府奏『契勘本府昨來……』從之」。以江淮與臨安間常程文書傳遞時間計之，此奏當上於隆興元年八月下旬。

校勘記

〔一〕契勘本府昨來初置江淮宣撫使司　「江淮」原作「淮江」，據文意改。

論歸正人利害疏　隆興元年秋

臣竊惟自昔創業中興之君，圖回天下，初非有夙任之將、素養之兵、舊撫之民爲之用也。考其施設，事非一端，或取之群盜，或得之降虜，或以夷狄攻夷狄，莫不虛懷大度，仰憑天道，俯順人心，以成大功。後世仁德之不孚，措置之失宜，馴致降人，多有背叛。此非徒人事之繆，蓋亦天命之所不歸也。

今陛下紹隆祖宗，方務恢復，乃於降者而首疑之，則左右前後與夫今日軍旅之衆，孰

不可疑？而況他日進撫中原，必先招徠，事乃可濟。若處之失當，反激其怒。他日人自爲敵，未易可圖。計之出此，豈不誤哉？雖然，臣知此非陛下意也。蓋陛下將有經營四海之心，推誠待人，如天如日，豈比固陋之士，姑爲保身全家之謀〔一〕？唯恐大江以南，萬一生事耳；至於刺客間起，固容有之，不可不防，然亦安可以此因噎廢食也？死生有命，富貴在天，聖賢豈虚語乎？臣之幕屬，固有力持此議者，臣蓋嘗深闢之。伏乞睿照。

奏議卷八八

案：魏公行狀亦節載此奏，繫之於隆興元年八月浚復都督後，謂「時朝廷欲謝卻歸正人，已至者悉加禁切，且不欲公多遣間諜，恐生邊釁。公奏曰『自昔創業中興之君……』」因繫此奏於隆興元年秋。

校勘記

〔一〕姑爲保身全家之謀　「謀」字之下，魏公行狀作「獨無天命之可信哉」。

奏虜情及遣王展間諜事狀　隆興元年秋

臣伏准尚書省、樞密院劄子，坐奉聖旨，臣已恭依處分施行外。臣竊惟虜人於我有不戴天之讎，挾詐肆欺，不遺餘力。自宣和、靖康以來，專以和議撓亂國家，反覆詭秘，略無一實。今復敗盟如此，而朝廷尚蹈覆轍，號爲信義，恐生兵釁〔一〕，臣所未諭。惟疆埸之事，信詐相半，而事有不可不爲者。蓋欲使之内懷掣肘，中有疑心，不敢專向淮甸耳。朝廷比來遣李坤等數輩深入虜庭，密行結約，何獨於王展卻爲生事？昔宋襄公謂君子不重傷〔二〕，不禽二毛〔三〕，取誚君子。今日獻議者之意，大或類之。伏望聖慈留臣所奏，更不降出。只乞出自聖裁，特賜處分，付臣遵守。如睿意別有所主，乞伏宣諭，使之盡思，以求其正。伏取聖旨。永樂大典卷一〇八七六

案：此奏原無繫年。魏公行狀亦節録此奏，繫之於隆興元年八月浚復都督及僕散忠義與紇石烈志寧貽書後。時浚以樞密使、都督江淮軍馬治軍於外。

校勘記

〔一〕恐生兵釁　「釁」，魏公行狀作「隙」。

〔二〕昔宋襄公謂君子不重傷　「謂君子」三字原闕，據魏公行狀補。

〔三〕不禽二毛　「毛」字之下，魏公行狀作「而卒敗於楚，得無類是乎」。

回奏虜情及遣使事宜狀　隆興元年九月

臣今月五日辰時伏奉御筆處分，謹已祗禀聖訓。臣累具奏，謂虜人力强則來，力弱則

止，初不在夫和與不和之間〔一〕。而以今日事勢論之，斷然不能竭國大舉，其理明甚。僞元帥以書來，必其國中掣肘之事甚多，而又簽軍憚於遠行，率多逃叛。虜爲此策，不爲無謀。一以款我，使無侵軼之虞；二以彈壓其民，使無變亂之志。當爲好辭款之，未須指定與決，第令使人隨機酬答，請更歸稟於朝。而益治在我，徐觀其形勢於後日耳。況是不出來春，事機盡見。

臣私憂過慮，切恐儒生之論〔二〕，不知大計，恃爲真和〔三〕。曾不知三數年後，戎馬日蕃，千萬爲群，分臨邊境。彼之人心益定，我之將士解體〔四〕。方是時，何以支吾？臣近已因張説之還，令其面奏。惟望陛下默識此理，御之以權，俟至來春，當見情實，别爲裁處。臣之愚見，今日大害正在内治不立〔五〕，人多懷私，只務謀身〔六〕，不思爲國，軍民之弊，漠不加意。不求之此而區區於末〔七〕，恐無益也。所遣盧仲賢薄有口辯，但恐於忠信或虧。今雖無及，不敢不以奏知。俟其回歸，及邊事稍定，臣欲一至行闕，更叙悃愊，退歸山林，瞑目無憾。伏取進止。

〔貼黄〕臣近據淮西探報，已節次聞奏去訖。目今虜人雖未有端的動息，而秋氣已深，備禦不可不謹。臣除已節次調撥屯駐外，伏乞睿照。永樂大典卷一〇八七六

案：此奏原無繫年。魏公行狀亦節録此奏，繫之於隆興元年八月浚復都督及僕散忠

義與紇石烈志寧貽書後。内稱「僞元帥以書來」，即隆興元年八月二十日戊寅紇石烈志寧「以書求海、泗、唐、鄧四州地及歲幣」事；又「所遣盧仲賢薄有口辯」，考宋史孝宗本紀一，隆興元年八月二十八日丙戌，遣盧仲賢等齎書至金帥府，則奏中所謂「臣今月五日辰時伏奉御筆處分」當指九月五日無疑，此亦與「秋氣已深」之説合。故繫此奏於隆興元年九月上旬。時浚以樞密使、都督江淮軍馬治兵於外。

校勘記

〔一〕初不在夫和與不和之間　「間」字之下一百二十八字，魏公行狀作「使其有隙可乘，有機可投，雖使人接踵於道，卑辭厚禮，無所不至，亦莫足以遏其鋒也。今僞帥書蓋知江南之士欲和者衆，離間吾心腹，撓亂吾成謀，坐收全功，以肆其忿毒於後，惟陛下深察之」。

〔二〕切恐儒生之論　「儒生」，魏公行狀作「腐儒」。

〔三〕恃爲真和　「恃」，魏公行狀作「遂」。

〔四〕我之將士解體　「體」字之下，魏公行狀多「怠惰」二字。

〔五〕今日大害正在内治不立　「不」，魏公行狀作「未」。

〔六〕只務謀身　「務」，魏公行狀作「貴」。

〔七〕不求之此而區區於末　「之」字原闕，據魏公行狀補。

乞令兩淮清野馬草奏 隆興元年九月

欲行下兩淮州縣清野馬草〔一〕，唐、鄧、信陽沿邊一帶依此措置。輯稿兵二九之三六

案：輯稿兵二九之三六載隆興元年「九月十四日，江淮東西路宣撫使張浚劄子『欲行下兩淮……』辛執陳康伯等奏……」然隆興元年九月，浚已復都督江淮軍馬逾月，疑輯稿所載有誤。

校勘記

〔一〕欲行下兩淮州縣清野馬草 「州」字原闕，據文意補。

乞置孳生馬監於揚州奏 隆興元年九月

承中使鄧從義傳旨，令置孳生馬監。欲乞於揚州踏逐水草穩便去處，起蓋監屋，就委守臣向子固提舉，許差監官文武臣共二員。内先差一員幹置，餘候措置就緒日差。輯稿兵二一之一二

案：輯稿兵二一之一二載「孝宗隆興元年九月十六日，樞密使、都督江淮軍馬、魏國公張浚奏『承中使鄧從義傳旨……』從之」。

奏乞令大臣共議回答虜書 隆興元年秋冬

臣伏奉處分，以北界僞元帥書從來係都督府回答，臣具檢繳奏。臣奉命跼蹐，敢不欽承。伏念臣涉道甚微，賦識又淺，自夏以來，精神衰耗，心志凋落，益甚於前，深恐無以副陛下委任之重。今謹守江淮，蓋臣之職，而事率妄爲，多致繆戾，上下弗信，謗誚百端。惟虜之通書，事干大計，豈臣愚昧所能裁決？伏望聖慈宣諭大臣，各盡所見，均任其責，毋使它日紛紛，溷瀆聖聰。至於兩淮疆埸之事，臣誓當竭力盡誠，夙夜經營，庶或有濟。更望聖慈俯賜詳酌，特降睿旨施行。永樂大典卷一〇八七六

案：此奏原無繫年。內稱「都督府回答」，則必隆興元年正月至六月、八月至二年四月間事；又自稱「自夏以來，精神衰耗」，因知此奏必隆興元年所上無疑。蓋二年夏以後，浚已罷都督矣；而元年夏以後，浚因符離兵潰，「心志凋落」，與此正合。然考隆興元年夏以後，金帥遺宋書凡二，一在八月，一在十一月，未知確時，姑繫此奏於隆興元年秋冬。

張浚集卷十六

奏劄

奏虜情狀 隆興元年九、十月間

臣今月十四日准御前金字牌遞降付臣宰執劄子一件。臣竊惟虜自逆亮背盟，旋致隕命，繼而葛王新立之後，通問朝廷，每以舊禮、舊疆與夫歲幣爲辭。朝廷蓋嘗兩遣使人矣。一至其國，議其不合而還；一至境上，拒而不納。其說惟堅執此三事。去冬移辭三省頗厲，後又報書宣司，雖若於舊禮稍緩，而意猶前也。今彼一旦先貽我書，不復更及舊禮，止言舊疆、歲幣而已。臣以此知其厭兵，有欲就議之意矣。雖然，虜情狡而難測，誠如朝廷所慮。臣料使人之回，不出二端：或即以兵臨境，肆爲强辭，脅我使從其欲；或其國中多事，士馬未集，則姑示悠悠往復之論，反以款我。朝廷於此，正當勿怒其師，勿墮其計，長慮卻顧，爲國家福。想必預有定論處此矣。臣受任江淮，惟當過爲之備，堅壁清野，糾率諸將，圖所以困之、弊之之計，不敢少忽。若謂能如逆亮時糾合諸國直臨大江，其在今日，

恐亦事力未能至此也。伏乞睿照。永樂大典卷一〇八七六

案：此奏原無繫年，全宋文繫此奏於隆興二年三月，誤。内稱「兩遣使人」，紹興三十二年三月洪邁充大金國賀登寶位使，「欲令金稱兄弟敵國而歸河南地」（宋史洪邁傳），爲金人所卻，此所謂「議其不合而還」者；同年七月劉珙使金告登寶位，至盱眙而還，此所謂「拒而不納」者。又稱「去冬移辭三省頗厲，後又報書宣司」，考浚以紹興三十二年七月出任江淮宣撫使，隆興元年正月進樞密使、都督江淮軍馬，後又於隆興元年六月至八月短暫降授江淮宣撫使，則「去冬……報書宣司」當在紹興三十二年末，因知此奏必上於隆興元年。故奏中「臣料使人之回」之「使人」乃指盧仲賢。考宋史孝宗本紀一，隆興元年八月二十八日丙戌，遣盧仲賢等齎書至金帥府，十一月，仲賢攜僕散忠義遺三省、樞密院書回，浚上此奏時，仲賢尚未回朝；又觀奏中文辭，知宋廷頗以金軍大舉南下江淮爲憂，則此時係防秋之際。綜上，此奏當上於隆興元年九、十月間。時浚以樞密使、都督江淮軍馬禦邊於外。

乞禁主兵官監司帥守以軍期事徑申朝廷奏 隆興元年十月

節制江淮軍馬，其調發進退，當從督府取旨施行。日近主兵官及帥司、監司、郡守輒

以軍期事務徑申朝廷。已劄下遵依本府指揮，如敢違戾，當取旨重作施行。仍取責當行人軍令狀。輯稿職官三九之一五

案：輯稿職官三九之一五載隆興元年「十月十六日，又進呈都督府奏『節制江淮軍馬……』」時浚以樞密使、都督江淮軍馬治軍於外。

論致治之道必自内始疏 隆興元年十月

臣恭覩進奏院報，已降制書，令有司涓日册賢妃爲皇后。乾道當陽，坤儀配極，神人協慶，海寓同歡。竊讀易家人，象辭曰：「父父子子，兄兄弟弟，夫夫婦婦，而家道正，正家而天下定矣。」是知致治之道，必自内始。臣復考其象辭：「風自火出，爲家人。」風之譬則化也，火之譬則禮也。禮修於身，化行於外，是爲「風自火出」。仰惟皇帝陛下聖學高明，而事親以孝，撫下以仁，御事以斷。凡有所爲，無一不合於禮。方將正身以刑家，刑家以齊國，克謹細微，以先天下。治化之隆，指日可俟，四海幸甚。臣欽聞詔命，無任欣躍鼓舞之誠。奏議卷七五

案：奏議、宋代蜀文輯存繫此奏於紹興三十二年，誤。奏中稱「册賢妃爲皇后」，考宋史孝宗本紀一，隆興元年十月「丙子（十九日），立賢妃夏氏爲皇后」，則此奏必上於隆興

元年十月下旬。時浚以樞密使、都督江淮軍馬治軍於外。

乞令兩淮總領所支還所買户馬奏 隆興元年十月

近措置兩淮諸州所買户馬合用價錢。據諸州發解到馬内，多有堪乘騎出戰及壯實可充馳負馬，等第支給價錢，乞令總領所支還。輯稿兵二二之二九

案：輯稿兵二二之二九載隆興元年「十月二十六日，都督江淮軍馬、魏國公張浚言『近措置兩淮諸州……』從之」。

論議和之臣疏 隆興元年十一月

自昔議和之臣，始以怯懦誤國，全身保家，其終必至於降。蓋有草降表以待用，而陰圖其富貴者矣，不可不察。編年綱目卷一四

案：編年綱目卷一四繫此奏於隆興元年十一月十九日丙午召浚赴闕前。

回奏虜情并遣使利害狀 隆興元年十一月

臣今月十八日伏准御筆處分，臣不勝感懼之至。臣契勘朝廷始差盧仲賢出境，人情

上下，已自疑惑。臣職在疆埸，所當振作將士，日夜奮厲，以守以備。近仲賢等回，泄漏非一，歸正等人往往口語相向，各有攜心，而三軍之氣亦復怠弛。臣遂從宜出牓彈壓，姑爲虛聲，以疑敵人，以鼓士氣，即不曾移文北界。況當今日之事，在我實計，正當清野堅壁，坐俟其弊，不戰以困之，亦安用敢爲決戰之舉也？茲獨兵家虛聲耳。前日恭奉聖訓，察見肺腑，不勝幸甚。茲蒙訓諭，臣再三審思，虜之不來，非愛我也，蓋其勢未能便舉。今一切示之以弱，恐反生彼虜窺伺之心，別致侵侮，借欲通書，尤難商量。又不知聖意以爲如何？臣近累論奏虜事，數日來，伏聞朝廷遣使甚急，思慮反復，實不遑寧。伏乞聖慈更賜訓諭，不勝幸甚。

伏念臣頃居謫籍，幾二十年，流離困苦，加以憂患，狼狽萬狀。所以愛養此身〔一〕，不敢即死，亦以臣子大義，負不戴天之深讎，終幸一朝得伸素志，瞑目無憾。幸遇皇帝陛下龍飛之始，英武之奮發，慨然有澄清天下之心〔二〕，臣是以敢受任而不辭。惟臣知人不明，宿州之役，雖未成功，而虜之傷殺過當，心實憚我。今將士上下，人情日以振作，而虜寇作於內，師老於外，少稽時月，形勢畢見。載惟此虜若勢力有餘，內無掣肘，則秋冬之交必引兵長驅，要我以和，何求不成？而乃遣書約期，勢實內弱〔三〕，其狀甚露。縱令敢以偏師深入，自淮西來，爲我則利，在彼非福。蓋三百里之內，野無芻粟，扼以不戰，又何能爲此急急也〔四〕？伏惟聖慈必賜洞照。

重念臣衰老多病，所見所爲，迂闊寡合。自度賦分單薄，無以勝任國事，方欲俟歲晚力求休退。臣所愛者，陛下之聖德聞於天下，有可爲之時；臣所憂者，夷狄之姦計得以肆行，而達官貴人畏懦苟且，循致誤國〔五〕。不然，臣年餘幾何，豈不欲姑就安逸，以畢此身，而固爲異同於今日也？惟陛下鑒察，不勝幸甚。

〔貼黄〕臣契勘今歲虜以宿州之事勢，當舉兵大入，以示威强，用快其志。賴陛下威靈，將士各肯出力，臣早夜訓教，守備粗嚴，深秋暨冬〔六〕，初無一事。向若虜不貽我以書，則守備固自若也。不幸因虜以一介持書慢我，而朝廷忽遽遣使〔七〕，自招紛紛。緣此人情内外〔八〕，各不懷安，其於國體，所係甚大，以至上貽聖慮，事蓋有自〔九〕。惟此虜若必欲來犯〔一〇〕，我雖懇請百拜，有不可遏；如其不能來，何由可動〔一一〕？況專幸寇讎之不我侵〔一二〕，急急然徒爲懇免苟安之計〔一三〕，臣之所未諭也。伏幸睿照。

臣竊惟今日之事，所係國家公議，乞以臣章集侍從、臺諫廷論之，卒歸於當，無愧天理。不勝幸甚。永樂大典卷一〇八七六

案：此奏原無繫年。魏公行狀節録此奏，繫之於隆興元年孝宗「下仲賢大理寺……鐫仲賢官」之後。考盧仲賢自宿州使還，事在隆興元年十一月初；仲賢以擅許四州下大

理寺、奪三官，事在十一月十九日丙午（宋史孝宗本紀一）。奏中稱「臣遂從宜出牓彈壓，姑爲虚聲」者，即行狀所載湯思退「建遣王之望、龍大淵爲通問使副。公在遠，爭不能得。見諸軍惶惑，歸正人尤不自安，即出牓諸軍，謂虜人妄有邀索，如輒敢渡淮，當約日決戰」之事，考遣王之望、龍大淵爲通問使副，事在當年十一月十三日庚子（宋史孝宗本紀一）。綜上，所謂「臣今月十八日伏准御筆處分」必十一月十八日事無疑，則此奏當爲隆興元年十一月中下旬所上。時浚以樞密使、都督江淮軍馬禦邊於外。

校勘記

〔一〕所以愛養此身　「愛養」，魏公行狀作「養愛」。

〔二〕慨然有澄清天下之心　「心」，魏公行狀作「志」。

〔三〕勢實内弱　「内弱」，魏公行狀作「畏怯」。

〔四〕又何能爲此急急也　「爲此」之上，魏公行狀多「爲而直」三字。

〔五〕而達官貴人畏懦苟且循致誤國　魏公行狀作「而後悔何及」。

〔六〕深秋暨冬　魏公行狀作「自秋涉冬」。

〔七〕而朝廷忽遽遣使　「忽」，魏公行狀作「怱」；「使」，魏公行狀作「人」。

〔八〕緣此人情内外　「人情内外」，魏公行狀作「内外之情」。

〔九〕以至上貽聖慮事蓋有自　魏公行狀作「今茲使行事體尤重，豈宜更復草草」。

〔一〇〕惟此虜若必欲來犯　「來犯」，魏公行狀作「侵凌」。

〔一一〕如其不能來何由可動　「來」，魏公行狀作「亦」；「可」，魏公行狀作「而」。

〔一二〕況專幸寇讎之不我侵　「專」字原闕，據魏公行狀補。

〔一三〕急急然徒爲懇免苟安之計　「急急然」三字原闕，據魏公行狀補。

乞給絹布歸正忠義勝兵奏 隆興元年十一月

諸軍所統歸正、忠義勝兵，其中口衆，冬寒衣裝多闕，慮或失所。欲將入隊伍口以上，給絹、布各一疋，不入隊給布一疋，入隊三口、四口給布一疋。或闕布，折支緡錢。輯稿兵一五之一三

案：輯稿兵一五之一三載隆興元年「十一月二十二日，樞密使、都督江淮軍馬張浚言『諸軍所統歸正、忠義勝兵……』詔總領所契勘支給」。

論遣使之失疏 隆興元年十一月

虜兵屯河南者號十七萬，今歲意欲迫我以和，復調十萬之師盡臨邊境。未論人糧，且以馬草料論之，馬騾驢駄自當以十萬計，月用草二百一十萬束、料二十一萬斛。今兹大雪，轉輸益艱。稍遲至春，虜之潰遁有可必者。臣所以累具奏陳未須遣使，正欲坐視其

變。使命一下，則必增醜虜之氣，墮士卒之心，失中原之望，攜契丹之衆，利害至重，而朝廷易爲之。編年綱目卷一四

案：編年綱目卷一四載隆興元年十一月「朝廷乃遣王之望、龍大淵爲通問使副，而召浚赴行在。浚沿途復上疏争之，且曰『虜兵屯河南者……』」則此奏乃隆興元年十一月末浚奉詔赴闕途中所上甚明。浚此次赴闕途中，數上疏論國事及和議之失。

再論遣使之失疏 隆興元年十一月

自秦檜主和，陰懷他志，卒成逆亮之禍。檜之大罪，未正於朝，致使其黨復出爲惡。臣聞立大事者，以人心爲本。今内外之議未決，而遣使之詔已下，失中原之心，失將士之心，失四海傾慕陛下之心。他日誰爲陛下出力用命哉？人心既失，如水之覆，難以復收，而況於天則不順，於義則未安。臣竊爲陛下憂之。編年綱目卷一四

案：編年綱目卷一四載隆興元年十一月「朝廷乃遣王之望、龍大淵爲通問使副，而召浚赴行在。浚沿途復上疏争之……又曰『自秦檜主和……』」則此奏乃隆興元年十一月末浚奉詔赴闕途中所上甚明。時浚任樞密使、都督江淮軍馬。

論遣使議和之失疏 隆興元年十一月

近者竊承朝廷已定遣使之議，臣身在外，初不預聞。竊惟徽宗、欽宗不幸不反，此亘古非常之巨變〔一〕，凡在臣庶，不如無生。而八陵久隔，赤子塗炭，國家於虜，大義若何？況逆亮憑陵，移書侮嫚，邀求大臣，坐索壤地，其事近在前歲。今議者不務力爲自强之計，而因虜帥一貽書〔二〕，遽遣朝士奔走麾下〔三〕；再貽書，則又欲遣侍從近臣〔四〕。趨風聽命，復將裒吾民之膏血以奉讎人，用猶子之禮以事讎人，欺陛下以款之之名，而爲和之之實〔五〕。

其説固曰：「吾將款之而修吾兵政。」不知使命一遣，歲幣一出，國書一正，將士褫氣，忠義解體，人心憤怨，何兵政之可修？又不過曰：「吾將款之而理吾財用。」不知今雖遣使，而兵不可省，備不可撤，重以歲幣之費，虜使之來，復有它須，何財用之可理？此可見欺陛下以款之之名，實欲行其宿志也。彼方惟黨與之是立，惟家室之是顧，惟富貴之是貪，豈復以國事爲心哉？況兩朝鑾輿之望已絶，宗室近親流落虜廷，戕賊殆盡，猶欲與之結和，不知於天理安否？臣實痛之。

臣年老多病，所論與朝廷略不相合，豈可蒙恥更造班列，以重敗其素節？且陛下廟堂之上，豈容狂妄不合之臣濫厠其間？臣雖至愚，亦誠不忍與今日力主和議之臣並立於朝。

伏乞早降指揮，罷臣機政。臣見力疾至前路秀州，聽候指揮。魏公行狀

案：編年綱目卷一四亦節載此奏。據行狀，浚「聞朝廷遣之望（即王之望）等。（隆興元年）十一月二十五日，行至鎮江，上奏曰『近者竊承朝廷已定遣使之議……』」則此奏乃隆興元年十一月末浚奉詔赴闕途中所上。時浚任樞密使、都督江淮軍馬。

校勘記

〔一〕此亘古非常之巨變　「此」字原闕，據編年綱目卷一四補。

〔二〕而因虜帥一貽書　「貽」，編年綱目卷一四作「移」。

〔三〕遽遣朝士奔走麾下　「遽」，編年綱目卷一四作「遂」。

〔四〕則又欲遣侍從近臣　「則又」二字原闕，據編年綱目卷一四補。

〔五〕而爲和之之實　「而」「爲」間，編年綱目卷一四多一「共」字。

論虜勢衰微疏 隆興元年十一月

臣見王之望、龍大淵之望甚言守備不至。臣竊以爲虜以大兵臨我，自秋及春，凡半年餘，見我無備，胡不直入？徒以虛聲，迫脅中外。往者固不須論，今歲邊防，更密坐待其來，破之必矣。編年綱目卷一四

案：編年綱目卷一四載隆興元年十一月「朝廷乃遣王之望、龍大淵爲通命使副，而召

浚赴行在。浚沿途復上疏争之……又言『臣見王之望……』」則此奏亦隆興元年十一月末浚奉詔赴闕途中所上。

論國事疏 隆興元年十一月

臣竊聞道路之言，謂今茲議和非陛下本心，事有不得已者。詢之士大夫，多以爲然。惟臣昔嘗力陳和之不可，爲秦檜所擠，瀕死者屢。賴太上皇帝保全覆護，獲有餘生。今日之議，臣以國事至大，不敢愛身，力爲陛下敷陳，不知陛下終能主張之否？又有事之大者，人才混殽，風俗陵夷，綱紀久弛，上下偷安，巨細積弊，内治自强，未見端緒。若力圖所以革之，一繩以公，不䘏浮議，則怨謗之言，投隙伺間，巧爲傷中，事必無成。若因循不革，日復一日，何以爲國？國政不立，何以禦寇？不知陛下能力斷於中，果行於外，君臣一心，無間可乘，以濟此艱難之業否〔一一〕？

臣是以食不遑味，寢不遑處，拳拳憂心，有如皦日。思所以爲陛下計、爲社稷計，須臾不敢忽也。不然，臣年老數奇，粗知學道，豈敢叨踰榮寵，竊位於朝，以負陛下社稷哉？臣到闕日，願賜清間之燕，俾盡區區。度其是否，使之進退有據，不違其道。不勝幸甚！魏公行狀

案：據行狀，此奏亦隆興元年十一月末浚自江淮赴闕途中所上。時浚任樞密使、都

督江淮軍馬。

校勘記

〔一〕以濟此艱難之業否　「艱」原作「疑」，據宋浙刻本改。

論虜情狀　隆興元年十一月末、十二月初

臣竊惟虜人虚張聲勢，脅我以和，其來已久。若彼事力有餘，見利則進，何必更以空書徒爲邀索？迹其用意，蓋欲脅我成和，以彈壓諸蕃，徐爲後圖，事理甚明。所患不知虜情，墮其計中。始因先遣盧仲賢，用非其人。既歸，輒肆妄誕，恐動上下，招此紛紛。其實本自無事，重爲煩擾。臣謹節略虜人前後書詞，簽貼進呈，伏望特賜睿覽，情自可見。今兹僞元帥回牒事理，其始雖有躁憤之意，其終約使人過界之日，恐是邀致我使，别有深謀，如日前張掄、洪邁之爲。幸陛下聖明，先遣小使，事之濟否，足可商量。惟陛下静以鎮之，更竢後報。永樂大典卷一〇八七六

案：此奏原無繫年。内稱「先遣盧仲賢」，考仲賢使金，事在隆興元年八月。十一月，盧仲賢攜僕散忠義遺三省、樞密院書回，此所謂「僞元帥回牒」。因知此奏必上於隆興元年十一月後。又據宋史孝宗本紀一，十一月二十六日癸丑，以胡昉、楊由義爲使金通問國

信所審議官，即奏中所謂「幸陛下聖明，先遣小使」。則此奏當上於隆興元年十一月末、十二月初。時浚自江淮奉詔赴闕。

乞推恩隨行官吏軍兵奏 隆興元年十二月

昨承恩降節制兩淮，後來改除宣撫、都督江淮軍馬。二年防秋，偶免曠闕，除臣與近上官屬自不當陳乞，所有臣隨行官吏、軍兵并應辦軍前實有勞效之人，欲望從臣保明，比附前後宣撫司、督視府等處月日體例，特賜推恩施行。輯稿職官四一之三六

案：輯稿職官四一之三六載隆興元年「十二月二十八日，張浚言『昨承恩……』從之」。時浚已拜右相兼樞密使，居朝輔政。

乞幸建康奏 隆興元年末、二年初

今不幸建康，則宿弊不可革，人心不可回，王業不可成。且秦檜二十年在臨安，爲燕安酖毒之計，豈可不舍去之而新是圖？大抵今日凡事皆當如藝祖創業時，務從省約，而專以治軍卹民爲務，庶國有瘳。不然，日復一日，未見其可。魏公行狀

案：行狀繫此奏於隆興元年十二月二十二日浚拜右相兼樞密使後、二年三月初赴江

上視師前，因繫之於隆興元年末、二年初。

乞牓示諸軍奏　隆興元年末、二年初

宜牓示諸軍，諭以僕散忠義械繫使人，加以無禮，使各奮忠義，勉勵待敵，趨赴功名。庶幾諸軍知曲在虜，且知和議不成，激昂增氣。魏公行狀

案：行狀繫此奏於隆興元年十二月二十二日浚拜右相兼樞密使後、二年三月初赴江上視師前，因繫之於隆興元年末、二年初。

乞赴淮上視師疏　隆興二年正、二月間

虜自元亮之後，民心頗離，兼亦懲艾，勢未能動。長驅江淮，決無是事。今日書不可不答，更半月，恐有報到。有所邀索，亦未可絶。但三月間春草生，須防衝突。乞明降指揮，令臣往淮上視師，免致臨期人情驚疑。無事則不須行。輯稿兵二九之三七

案：輯稿兵二九之三七隆興二年二月八日條載「先是，張浚奏『虜自元亮之後……』」所謂「今日書不可不答」，乃指隆興二年正月二十日丙午「金僕散忠義復以書來」事（宋史孝宗本紀一）；又内稱「三月間春草生，須防衝突」。則此奏上於隆興二年正、二月間無

疑。時浚拜右相兼樞密使，居朝輔政。

再乞幸建康奏 隆興二年正、二月間

近日外間往往謂臣與宰執議論不和，便欲陛下用兵。今日若能保守江淮，已爲盡善。萬一機會之來，王師得勝，虜衆潰散，不得不爲進取之計。是時，陛下須幸建康〔一〕，亦望宰執協力。輯稿兵二九之三七至三八

案：輯稿兵二九之三七至三八隆興二年二月八日條載「浚又奏『近日外間往往……』」此奏亦隆興二年正、二月間所上。時浚任右相兼樞密使，居朝輔政。

校勘記

〔一〕陛下須幸建康 「建」原作「逮」，據文意改。

論虜情及備禦事宜狀 隆興二年正月末至三月初

臣伏奉親筆處分，臣已恭悉聖訓。臣契勘自來虜人調發大軍，必用秋季之月。蓋亦須俟秋成既畢，方可調發車牛，應副差使。今醜虜於此時不能進攻海、泗，脅我以和，乃遣介持書，坐邀實利。其奸計畢露，事理甚明。況自八月以來，新益僉軍數萬人，坐食累月，

糧草安得相繼？前年以十餘萬人攻圍海州，在三、四月間，正欲乘春草滋生，爲久屯計。頓兵城下四十餘日，竟以糧運艱難，兼海之爲州，四壁皆沮洳之地，騎兵非便，將議班師。張子蓋一擊破之，人馬之陷没以數千計，傷敗亦萬餘人。今焚草已久，春雨薦作，爲虜之計，似難施設。而魏勝、任旺諸軍帶甲七千餘人，魏勝忠義軍可及五千人，其家屬多在鎮江，此皆必死必守之兵。縱使冒昧而來，亦未易以旬月攻取也。城中有半歲之糧，足可支吾。

臣愚意以爲虜若犯海州，臣當駐楚州措置；若犯泗州，臣當駐盱眙措置。劉寶只當隨臣在盱眙，去泗止隔淮河，有浮橋可以渡兵，虎視其外，與城中相表裏，晝驚夜劫，不出旬日，破賊無疑。臣竊料此賊未敢輕爲此舉也。環海、泗三百里之地，糧草皆無。糧尚可致，草何所出？況春雨不時，三日之雨，便可困弊。其衆如果爲之，失算多矣。至於淮西衝突之弊，非一二萬騎，安肯輕來？非惟糧草之艱，又將何所取利？且在彼國，所虞不一。前出後空，寇盜隨起，蕃漢作亂。前日逆亮之事，鑑固不遠也。劉寶，臣已恭依昨日聖旨，令密帶騎兵前去盱眙駐劄。閻德、陳敏聞已漸各安愈。今泗州守兵近二萬人，守固有餘，而我之援兵近在三百里內，足可照應措置。臣早來約與湯思退侍班，嘗略説大概，其餘俟臣來日面奏。 永樂大典卷一〇八七六

案：此奏原無繫年。內稱「前年以十餘萬人攻圍海州……張子蓋一擊破之」，考海州

解圍之役乃紹興三十二年五月事，因知此奏必上於隆興二年。又稱「春雨薦作」，則是春間事。又稱「臣早來約與湯思退侍班」，按浚以隆興元年十二月九日乙丑自建康入朝，二十一日丁丑拜右相，湯思退進左相，二年三月一日丙戌詔浚赴淮視師（宋史孝宗本紀一），則浚與思退侍班必在正月至三月初間。又稱「今醜虜……乃遣介持書，坐邀實利」，據宋史孝宗本紀一，隆興二年正月二十日丙午，金僕散忠義復以書來，朝野雜記甲集卷二〇載「明年正月，復以書來，大略言四州係本朝内地，不當言於意外」，即奏中所言事也。綜上，繫此奏於隆興二年正月末至三月初。時浚以右相兼樞密使居朝輔政。

乞許督府置準備差遣六員奏 隆興二年三月

本府見措置兩淮，修築城壁、開掘壕塹、禁壩櫃水、打造舟車、修治軍器、督運錢糧、教閱軍馬，邊防之備，正要官屬分委責辦。昨申請許置準備差使三十員，緣係使臣窠闕〔一〕，難得人才。今欲於内分撥六員改充準備差遣，許於見任、寄居、待闕京官、選人内踏逐指差，其請給等止依準備差使例支破。所有今來應辦軍事〔二〕，乞不以有無拘礙踏逐指差，不許辭避。輯稿職官三九之一五至一六

案：輯稿職官三九之一五至一六載隆興二年「三月三日，張浚奏『本府見措置兩淮，

修築城壁……』從之」。時浚以右相兼樞密使居朝輔政，將赴淮上視師。

校勘記

〔一〕緣係使臣稟闕　「闕」原作「闗」，據文意改。

〔二〕所有今來應辦軍事　「所有」原作「有所」，據文意改。

論人君以修己爲要得人爲實疏 隆興二年三月

臣今日自長河堰起發，天氣晴和，抵暮可至秀州。惟是暫遠闕庭，瞻戀聖德，深切於心。邊境别無它報，臣固嘗屢奏，今歲三月虜之形勢可以盡見，決無它慮，仰惟聖慈簡記不忘。

夫自古人主有道，而人臣亦能盡道事君，則動無私意，事事合天。凡百施爲，俯順人情，仰循天理，是之謂道。果能行此，内侮外寇，何自而生？曰戰曰守，皆可如意。夷狄雖强，孰敢陵犯？夫何故？彼知我得人心，知我君臣有道，自是畏讋怯服，况敢加兵！是以人君以修己爲要，以得人爲實。此二事，夷夏歸心，理之決然，無可疑者。惟人主以一身臨天下，而富貴生殺之柄，得以自專。天下奔趨名利之人，以千萬心乘隙投間，攻吾一心。自非正心修己，揆之於天，不爲遜志讒巧之説輕動於中，則何以照見本末，使天下四海終受其惠哉？書曰：「無怠無荒，四夷來王。」此言人君修己之勤，則政事備舉，内治先定，宜四夷知畏，相率以朝也。又曰：「惇德允元，而難壬人，蠻夷率服。」此言人君信任賢者，陰邪莫間，壬人求進之難，則蠻夷知中國之有人，不敢輕侮。聖人之言，如天可信，其事豈不著明邪？

臣自受任江淮以來，仰荷陛下眷遇之隆，不敢不勉。伏自思念，内無腹心十夫之翼，孤立於朝；外則將帥循習舊風，千蹊百徑，稍加嚴束，怨謗立生。臣之一身，固無足恤，第恐有始無卒，蔑補於事。用是雖殫心力，而政效邊績，兩皆不著。仰惟陛下處古今天下之至難，臣恐事或掣肘，仰體聖意，委蛇曲折，以期有濟。然而四面之責，已歸罪於臣身。謂其不能以死生進退力争，將不能善厥後矣。今陛下奮乾之斷，大議已正。臣之衰老，所患無能，敢不忘身及家，求有以報。自今人才悉萃於朝，忌間讒説不復輒起，則天下山林之賢與夫豪傑英俊之士，聞陛下之風，莫不來歸。陛下何憂夫夷狄？臣晚景餘幾，豈復更有貪戀陛下富貴之念？顧愛君之切，言不敢隱，幸陛下赦罪。奏議卷四九

案：奏議繫此奏於隆興間。由内稱「抵暮可至秀州」「暫遠闕庭」，可知乃浚自臨安赴江淮視師道中所作。考隆興中浚曾兩度自行在赴江淮視師，一爲隆興元年四月，一爲隆興二年三月初。由奏中稱「臣固嘗屢奏，今歲三月虜之形勢可以盡見，決無它慮」，因知乃隆興二年三月所上無疑。時浚以右相兼樞密使赴淮上措置邊防。

張浚集卷十七

奏劄

論急收人才使議論歸一疏 隆興二年三月

臣初十日自平江府門外起發，屢得雨澤，物價不貴。據諸處報，閘水已通，糧運畢集。建康、鎮江榷貨兩務，日納二萬餘緡。俟臣回日，取見錢糧的確數目別具聞奏。伏乞聖慈少寬念慮。

臣今日得知泰州范愉申到被虜脱歸人曾充虜寨軍曹司，備知虜中人馬錢糧數目，與向來范常、田換并近日于崇之所供申數目一同。仰惟陛下聖知自天，神機獨照，虜之强弱形勢，盡在目中。所患乏同心同德之助，而文詞之士，識見淺陋，無肯爲陛下竭死力、任重責者。向若智者獻謀，勇者效命，通財計者究心於經畫，練邊事者盡節於封陲，先其所急，後其所緩，一意圖事，有死無二，如創業之時，馬上求治，陛下何憂夫事之不濟哉？臣願陛下急收人才爲吾羽翼，必使議論歸一，讒説莫間，以揆今日之變。天下幸甚。奏議卷一四四案：奏議繫此奏於隆興二年，謂「浚次平江，奏論人才」。據宋史孝宗本紀一，隆興二年三月丙戌朔，詔張浚視師於淮。浚遂以右相兼樞密使出赴江淮視師，三月十日乙未道過平江，因上此奏，乞收人才爲羽翼，使議論歸一。

乞補授忠義人張慶祖奏　隆興二年三月

汴京百姓張慶祖等，忠義遠來，陳説事宜，欲從朝廷特與補授。輯稿兵一五之一三

案：輯稿兵一五之一三載隆興二年三月「十四日，江淮都督府言『汴京百姓張慶祖……』詔以慶祖未有功，令候立功日補轉」。時浚以右相兼樞密使、都督江淮軍馬督師在外。

乞令權發遣高郵軍宋肇再任奏　隆興二年三月

肇到任以來，修治城壁，催運錢糧，安輯流移，究心民事，乞令再任。輯稿職官六〇之三三

案：輯稿職官六〇之三三載「隆興二年三月十五日，詔權發遣高郵軍宋肇候今任滿日，特令再任。以都督江淮軍馬張浚言『肇到任以來……』故有是命」。時浚以右相兼樞密使、都督江淮軍馬督師在外。

乞補授趙不驕承信郎奏 隆興二年三月

趙不驕昨歸朝，具説虜情虛實，擬承信郎，令於北地結約忠義豪傑，欲補上官，再遣山東幹事。輯稿兵一五之一三

案：輯稿兵一五之一三載隆興二年三月「十九日，江淮都督府言『趙不驕昨歸朝……』上令候有功正補」。時浚以右相兼樞密使、都督江淮軍馬督師江上。

奏邊事疏 隆興二年三月

臣今日行次常州〔一〕，約十四、五日間，可以渡江。臣自離行闕，内外之議及以書抵臣者，多欲臣只於維揚暫駐，無至極邊，意恐虜人因此舉兵，或至生事。大率世俗所見，是非顛倒，往往如此。仰惟陛下聖智高明，卓越群倫，不待臣言，固已洞照。而臣嘗所經歷，敢畢陳之。

臣聞漢兵利於夏，是以宣王有六月之師；胡兵利於冬，是以夷狄率秋高而舉。方初冬時，虜以虛聲臨我，使我調發謹備，不得休息。及至春夏，我得天時，迺欲斂兵藏跡，使彼一無可虞，安居養牧，以俟深秋復來侵擾。此豈計哉！今日之事，陛下以人才未得，財

用未備，未能恢張聖略，親總六師，蓋亦出於不得已也。至於脅之以聲，示之以勢，使彼羽檄交馳，使命奔走，群情疑恐，多設備具，增兵益馬，虚廢糧食，逮至秋高，不能措置舉動。庶幾立國之計，要不可忽也。臣故願陛下汲汲夫人才之用，合志同心，以待機會。臣到維揚歇泊三兩日間，即一到楚泗。謹先密具奏知，伏乞睿照。奏議卷二三四

案：此奏原無繫年。由「行次常州」「可以渡江」「自離行闕」，可知乃浚自臨安赴江淮視師途中所上；又「漢兵利於夏」「及至春夏，我得天時」，則此奏當上於春夏之際；又「無至極邊」「人才未得，財用未備」，因知是時宋方非進取之勢。又奏中稱「約十四、五日間，可以渡江」，據宋史孝宗本紀一，隆興二年三月一日丙戌，詔浚視師於淮；又據前奏論急收人才使議論歸一疏，三月十日乙未，浚過平江府，以日計之，十四、五日間，正可渡江。綜上，此奏當爲隆興二年三月中旬初浚以右相兼樞密使赴江淮視師、行次常州時所上。

校勘記

〔一〕臣今日行次常州　「日」原作「月」，據文意改。

論沿淮斥堠及諸將言語反覆等事疏　隆興二年三月

臣伏奉今月十八日午時親筆處分，臣已恭禀聖訓。王之望等言泗州利害，所當講明。

今欲且令謹守，俟至秋初，專責主事者，俾權歸於一。聖諭切當事機，臣見遵依施行。向北斥堠，緣馬軍極少，差使不敷。泗上地勢平坦，恐步卒當彼馬騎，不能遽還。近陳敏等建議，欲於臨淮縣築堡，屯步兵三百人爲斥堠，庶幾緩急可以相應。臣見審度措置。又舟檝尚少，誠如聖慮。臣見委劉寶打造一百隻，委運使黄仁榮應副材料、工匠。臣望陛下因宰執奏事宣諭，令仁榮一到鎮江，躬親應副。臣見别具奏聞次。他日舟船既辦，分差忠勇軍駕放，自不闕人。每舟以强弓弩手二十人載其上，施放火箭，足可禦敵。伏乞睿照。

臣伏蒙聖訓，諸將見和議成與不成之間，語言反覆。此正中其病。臣即以宣示劉寶、吴超、劉光時、范榮等，莫不悚懼知愧。然而以臣觀之，將帥難得英偉之才，況人情之常，不免觀望，以此語言不一，理當戒敕。惟陛下示以好惡，明正表儀，俾各悉心奉公，不求偷合苟容，以報國家。夫死者，人之所難。陛下以天下爲念，不肯自求一己之安，表而率之，猶恐習成舊態，各不盡力；矧夫朝廷上下，導之以和，孰不捨難就易，以幸一日安全也？此是社稷大計，在陛下爲重，在群臣爲輕，自非陛下毅然獨斷，與天同心，申之以號令，齊之以賞罰，舉天下之大，制命在我，誰爲陛下出力者？至於挺身任事，盡節向前，一有差跌，則衆口交攻，禍患不測；而以貲結託，平生畏避，碌碌度日者，例獲大官，且無後悔。兹望陛下深察，必使賞罰之間，上當天心，下合人情。即後來諸將，易於遣使。伏望陛下更致聖思，幸甚！

臣又伏蒙聖諭，虜人八、九月之間，必竭力而來。在陛下以社稷宗廟之重，理宜過爲之備。臣聞太公佐周以伐紂，伊尹相湯以伐桀，彼皆深通天人之際，審桀、紂之無道，知其民之思治，有所不動，動無不成。又況湯、武之君德修於己，而二臣用心，上達於天，計策圖謀，若有神相，蓋非偶然也。臣學識駑下，揆事度變，安足以望前賢萬一。臣竊觀金虜無道，弒主再世，天怒人怨，破滅無疑。而臣所憂有大焉者。今風俗習成，上下相蒙，惟知富貴，不知有他，上違天理，下虧臣節。此風不改，借使金賊已亡，内患外變，且將相仍而起矣，而其責實在陛下。臣故願陛下正心修己，急收人才，以應天心，以活萬姓。使事事誠實，感格天人，聖德日新，兵革自息，理之決然，更無可疑。詩曰：「鼓鍾於宮，聲聞於外。」惟陛下敬之謹之，天下幸甚！

臣子栻過蒙聖慈獎借，臣不勝感激之至。惟是臣父祖皆以賢良方正科出身，臣以艱難之時，勉强事功，不謂讒謗交攻，幾至亡身，以及家族。獨荷陛下眷遇之隆，父子感涕，恨無以報。惟望陛下察三至之言，終始保全，使免大戾。奏議卷二三四

案：奏議繫此奏於隆興二年。奏議卷九七亦收録此奏，謂「寧宗時，張浚楚州回奏曰：『臣伏奉今月十八日午時親筆處分……』」繫時顯誤。内稱「王之望等言泗州利害」，

乃指隆興二年三月通問使王之望還朝論泗州守備事，因可見奏中「今月十八日」乃指三月十八日，是此奏必上於隆興二年三月十八日後數日間。時浚以右相兼樞密使視師江淮。

奏郭振屯六合事宜狀 隆興二年四月

臣今月一日郭振自滁州、定山一帶回，所歷地利形勢，一一詳悉。臣與郭振議定，以二萬甲軍守六合，鎮江大軍屯揚州，建康大軍屯和州，池州大軍屯巢縣。内和州去六合不遠，須得大軍屯駐。將來視賊所向，徐議向兵，決可取勝。江州軍分五千人屯舒州，與巢縣相爲掎角。其餘子細曲折，並令郭振面奏。伏乞聖慈更賜詳酌施行。

臣契勘前日馬步司兩軍曾經宿州出戰者近三萬人，今來歇泊未久，無故遽令遠出，恐於人情或有未安。臣愚見欲令郭振先總行在去歲未曾差出之軍，步軍萬人、馬軍二千騎，於八月二十日以後，令振統率前來，先駐六合，繕治家計。萬一虜有餘力，合兵大入，探報得實，即乞車駕來幸至鎮江日，諸軍次第而進，聲勢百倍，士氣自振。伏望聖慈特賜睿斷施行。永樂大典卷三三五八六

案：此奏原無繫年。全宋文繫之於隆興元年，恐誤。内稱「馬步司兩軍曾經宿州出戰者近三萬人」，宿州之戰乃隆興元年五月事；又謂「欲令郭振先總行在去歲未曾差出之

軍」，言宿州之戰乃「去歲」之事。則此奏必上於隆興二年。又稱「乞車駕來幸至鎮江日」，則時浚身在江淮前綫。考諸史籍，隆興二年正月、二月，浚以右相兼樞密使在朝理政；三月一日丙戌，詔浚視師於淮，十日乙未，過平江，四月六日庚申，召浚還朝，十四日戊辰，罷江淮都督府（宋史孝宗本紀一、論急收人才使議論歸一疏）。則奏中所謂「臣今月一日」係四月一日乙卯無疑。綜上，此奏乃隆興二年四月初所上。時浚以右相兼樞密使視師於江上。

督府用度奏　隆興二年三、四月間

計督府遣間探、給官吏等，二年半之費，實不及三十萬緡。其餘爲修城、造舟、除器、招軍等用。魏公行狀

案：據行狀，此奏上於隆興二年三、四月間。時浚將罷江淮都督。

論帝王之學疏

臣聞帝王之學，以治心修性爲主。心本至静，因欲而動，欲不必邪欲，凡有外慕，皆欲也。性本至善，因習以成，欺僞既生，遂拂天理。是知治亂在己，德成於上，化行於下，凡

所施設，莫不感格天人。大治之效，其應必矣。帝王以天爲宗，以禮爲門，以敬爲輔，心敬則畏天，如天之常在左右上下。誠自此立，治自此出，卓乎後世不可及也。奏議卷八

案：自此篇以下諸奏，大抵爲高、孝兩朝所上，然不得其年月，今次於奏劄類之末。

乞辨奸邪不忘戰守疏

孟子曰：「入則無法家拂士，出則無敵國外患者，國常亡。然後知生於憂患而死於安樂也。」又曰：「今國家閒暇，及是時，般樂怠傲，是自求禍也。禍福無不自己求之者。」故善謀國者，常以修德立政爲本，而切切於戰守之備，使人主知戰守之不可一日忘，則有恐懼爲善之心，則德以修，政以立，國家庶幾可興焉。不然，驕怠肆意，忽於爲善，則國家萬無安全之理矣。若夫奸邪之臣，貪藉利禄，遂以既和爲已治已安，莫顧後患。彼徒知爲身謀，爲子孫謀，事勢既極，不過賣國偷生於異日耳。況夫導君於過舉，而陰懷包藏之志者哉。此不可不辨也。奏議卷一九五

案：宋代蜀文輯存繫此奏於建炎三年，恐誤。内稱「奸邪之臣，貪藉利禄，遂以既和爲已治已安，莫顧後患」，揆諸南宋初年和戰情勢及浚前後章疏，建炎三年時，其不當汲汲於批判和議，倡言不忘戰守；既言「奸邪之臣」「以既和爲已治已安」，「賣國偷生」，則此

奏當係紹興八年或十一年和議前後所上。

論謀功立事疏

臣受陛下聖知最厚，自謂遭逢幸會，蓋非偶然，凡有所見，盡言無隱。又況社稷至計所繫，臣安敢曲爲身謀，默不上達？仰惟俯賜矜察，不勝大幸。

臣契勘金虜侵犯以來，强暴爲甚，鋒不可當。公卿大夫上負國家，甘爲叛逆，其大惡不道，固不待言矣。次則不過畏避怯縮，隨時俯仰。虜之未至，幸且偷安；虜之憑陵，委身而去。陛下念其勢力不逮，旋復器使。此往事之明驗也。其間蓋有恨虜之不道，憫國之無辜，誓死捐身，力圖破賊，而事機之來，有成有敗，好事觀望之人，又復以輕狂而媒蘖之。

然則爲陛下社稷至計，果如之何而可乎？臣嘗折中而論之，大凡持盈守成，遲重是貴；謀功立事，勇決爲先。今國勢衰弱，寇難日至，使人人懷因循苟且之心，不敢任成敗安危之責，臣恐日復一日，坐致大壞矣。臣竊謂當今喪亂之後，謀身者易，任事者難，謀身則毁譽不至，任事則怨謗立隨。仰惟陛下念社稷之重，思中興之難，反復熟計，以觀得失。至於臣之起自孤遠，驟膺委寄，不自量力，妄意事功，則又甚難矣。今臣欲決意以圖賊，則恐負敗事之憂；欲專斷以立功，則恐貽擅權之議。至於因循玩日，姑爲朝夕之計，事極勢危，終歸於無可奈何，則又臣之所深疾痛恨，不肯爲此，以負陛下知遇也。伏惟萬幾之暇，特賜省覽，庶使臣之孤忠得被聖知，趨事赴功，雖死無悔。臣無任激切之至。奏議卷八八

論國勢紛擾宜取才能疏

臣嘗觀詩曰：「任賢使能，周室中興。」賢以言其德，能以言其才。當今大亂後，國勢紛擾，與創業圖事者無異。才德兼全之人，不可以盡得，猶宜專取實有才能者。是以漢興之初，如陳平無行，英布犯法，彼其智勇，果有益於實用，亦略而取之。如責細行、事形跡，漢何以立四百年之基也？又況言語文詞之士，徒以親近之故，先獲任用，宣力四方之人，豈不解體？易曰：「大君有命，開國承家，小人勿用。」其詞必繫於師之上六。蓋上六，師道之終也。用師之始，則異於此時。然其所謂「勿用」，非盡絶而不用也，特不使之居廟堂、處上位而已。觀孔子釋爻象之辭，謂：「小人勿用，必亂邦也。」使其非居廟堂、處上位，何以至於必亂邦乎？此事在陛下心曉獨斷，以助成中興之業，無惑腐儒紛紛之論，致臨事緩急，無可倚仗之人。伏乞睿照。奏議卷一四二

論戰守利害疏

臣聞先聖之言，謂：「我戰則克，祭則受福，蓋得其道矣。」俎豆、戰陣之事，聖人深研其故，所不敢忽。其必協天人之心，終有感格，始得其道。臣知識不足以測聖人用意，而老馬知道，似或經歷。竊惟兵家之事，至誠爲主。要在先物，而臨機應變，其殆不常。大率以守爲本，以不戰爲先。而或設權以誘之，多方以誤之，不可執一。

今日之事，國勢不張，將士誠弱，民力誠困，財用誠匱。臣若不更自激昂，以身率衆，或臨之以虛聲，或示之以不恐，內激軍旅之心，外應中原之望，使蕃漢諸國知虜不可恃，各有離心，虜亦不敢輕舉南來，畏蕃漢之襲其後，而但欲區區角力戰鬬之間，事固有難爲者矣。

自今恐萬一有得於臣言語文移，妄生臆度者。伏望陛下覽臣此奏，定志於內，以息浮議。載惟臣幸一見聖主，仰窺聖學高明，雄略大度，沉幾先物，非臣之愚所得而知。臣敢用是，輒布胸臆，上浼天聽。奏議卷二三二

乞以大臣鎮撫京湖廣南疏

臣聞孟子之言：「所謂故國者，非謂有喬木之謂也，有世臣之謂也。王無親臣矣。」臣以爲大臣用捨進退，天下所視，以爲重輕。古之人君必待以禮貌，掩其過失，非區區私之也；謂不如是，則朝廷不尊，人望不孚，天下不服。其用意蓋甚深也。後世貪利急仕之徒，專務指擿謗毁，求爲速進，其自謀則至矣。使大臣不韙之聲悉暴露於天下，而啓敵人輕視朝廷之心，茲豈有國家者之利乎？

臣仰惟陛下天資神武，知略超越，是必欲慨然有爲於天下。異時江淮之間，非並用大臣，則不能以鎮撫；中原之地，非列置大臣，則不能以彈壓。當平日無事，遇之以禮，結之以恩，殆未可一日忘也。臣竊見廣東西路及虔、吉之間，寇盜間作，今已數年。謂宜以大臣判虔州兼廣西路採訪使、判潭州兼湖襄採訪使，各許置親兵將佐。明下詔書，宣示置使之意。民情利病，得以上聞；盜賊竊發，得以處置。異時福建、兩浙皆大臣總安撫使事，陛下進而有爲，可以忘南顧之憂矣。伏望聖慈出自睿斷，詳度施行。奏議卷二八六

論臺諫章疏當體究指實疏

臣聞祖宗時優待臺諫之意，欲以正紀綱、補闕失。實天下國家休戚所係，不可忽也。然祖宗施行賞罰，必務覈實。每有臣寮章疏論人，在外則必委監司體究，其大者遣使馳驛審驗；在内則必稽考公案，研窮取問。然後施行責罰。縱有不實，置言者而不問。此祖宗優待臺諫，許風聞言事之本意也。故當時臺諫所言，無非事實，未嘗指擿陰私，以快己意；亦未嘗猥屑言辭，致傷國體。不過論某事爲是，某事爲非，某爲君子，某爲小人，某爲政有稱，某爲政無狀而已。自崇觀以來，大臣各立朋黨，援引臺諫，去其異己者。每有章疏，朝廷不論虚實，一切施行。以無爲有，以是爲非，致有造不根之謗，綴淫媟之辭。士大夫平生立身，一遭點污，遂爲廢人。況其間報宿怨、陷正人，情意百端，難以立辨。此最傷和氣、敗風俗、害教化之大者。

今陛下選用賢才，任處臺諫，以革前弊。臣愚欲望除二府大臣，每有臣僚章疏，自合即日引去外，餘乞體究指實，然後施行。至如事屬陰私，別無跡狀，皆寢而不問，庶幾風俗漸厚。更乞睿察。奏議卷二八六

案：奏議僅謂「高宗時張浚奏」。

論鎗弓弩隊次序奏

臣契勘諸軍當結純鎗、純弓、純弩隊。鎗之隊在前，弓次之，弩次之。其弓弩手各帶刀斧，每隊九十人，通九隊作一部，九部爲一陣。緣弓可射八十步，弩可射二百餘步。虜騎若近，先發弩，鎗、弓隊小坐，次發弓。若至前，則純鎗之勢甚壯，可禦馬足，鮮有不勝。舊嘗以此行下諸軍。韓世忠等用此，後來更改不常，名爲花裝，徒便觀看。臣恐弓、弩數少，鎗手又散在隊中，參錯失序，不能破虜。如合聖意，伏乞批付臣行下諸軍，遵守施行。

奏議卷二二二

奏虜情狀

臣自遵陸行，備聞江上動息。竊料目今事勢稍定，惟不當速圖近功。蓋軍事尚謀，以戰爲後，伏惟聖慮高明，必有所處。臣言僭越，不勝恐懼。臣過慮虜人不得逞志於長江，或恐狂憤未息，致有侵犯它處。見聞所及，不敢不以上瀆聖聽。伏乞聖慈恕其冒昧之罪。不勝幸甚。永樂大典卷一〇八七六

奏進金虜遺録狀

臣契勘去冬有在淮上得虜遺篋衣物者，内有文字一編，臣近傳寫到其間所謂兵數與器甲之屬，一一詳備。竊恐或可備睿覽，謹繕寫上進，題曰金虜遺録。其字畫不無訛差，伏乞聖慈特賜睿照。永樂大典卷一〇八七六

張浚集卷十八

中興備覽第一

左宣奉大夫、守尚書右僕射、同中書門下平章事、兼知樞密院事、都督諸路軍馬臣張浚上進。

臣恭被聖訓，令臣以所見聞置册來上，用備乙夜觀覽。顧惟遭逢之盛，無愧古人，謹齋戒沐浴，條列大綱，百拜以進，目之曰中興備覽第一。臣之繼此，又將有所獻也。易曰：「君不密則失臣，臣不密則失身，機事不密則害成。」願陛下尚戒之焉。臣頓首，謹序。

案：此序永樂大典本無，據涉聞梓舊本補。魏公行狀謂紹興五年十月，浚自江上督師還朝，因「命公以所見聞置策來上。公承命條列以進，號中興備覽，凡四十一篇。立國之本，用兵行師之道，君子小人之情狀，駕馭將帥之方，均節財用之宜，聽言之要，待近習之道，以至既往之得失，郡縣之利病，莫不備具。上深嘉歎，置之坐隅」。

議征伐

孟子曰：「征之爲言正也。各欲正己也，焉用戰？」蓋在己者不正，則無以得天下之心，作天下之氣。臣願陛下强勉修德，先正其身。夫左右前後之人，犯顔拂意，惟善是言，則陛下聞見益廣，聖德日新；左右前後之人，遜志順旨，求悦聖心，則陛下過失益著，聖德日衰。天下從違，自此分矣。況兩宫遠狩，四方困窮，所責望於陛下者如何耶？惟陛下戒之謹之，無謂其細故而忽也。斥去邪佞，登崇善良，以福四海〔一〕，以隆社稷。

校勘記

〔一〕登崇善良以福四海　「善」，涉聞梓舊本作「俊」；「四海」，涉聞梓舊本作「天下」。

議用兵

用兵之道，貴在專一。心有所主，不憂中制，則雖敗而能勝，雖弱而能强。自古見於行事，此類非一也。若夫號令改易，進退猶豫，則未戰而先敗矣。臣曩爲富平之舉，不能擇將而任之，紛紛然徒事約束，是以終至於敗。今日之事，朝廷當以爲戒也。

案：又見於奏議卷二三二。

議駕御將帥

論者謂人主之御將，當結之以恩，待之以禮。此固是也。然臣竊以爲服將帥之心，莫若一循理道而加以至誠，則何事不濟？若一有不歸於正，彼雖遜順伏從，而其心已窺測懷望矣。唐自肅宗之後，藩鎮跋扈，終至於亡。豈非有以啓其心者乎〔一〕！

案：又見於奏議卷二三八。

校勘記

〔一〕終至於亡豈非有以啓其心者乎 「終」字以下，涉聞梓舊本作「終制於外焉。若必曰某爲君子，某爲小人，一一別之，又未知其真能辨之否也。加人以不善之名，則人必報之以至惡之實，朋黨交傾，端自此始。然則人主宜如何哉？知之於心，待之以權，使上下内外各當其分，真爲小人者，方且化而遷矣。使其言者之誤，而吾未嘗以此名加之，人心豈不悦服乎」，乃同書同卷議君子小人文字誤入。

議親近之人

臣竊惟人主之尊，譬如北辰，不動於上，而衆星拱之。是以聖人治天下，必謹選左右，親近賢良，以輔成其德。嗚呼！見君者，非齋戒沐浴，恭獻善言，則不敢輕進焉。若使小人或得以肆其市井之説，是爲瀆尊矣。至於詢之蒭蕘，以問利害，兹又無不可者〔一〕。

校勘記

〔一〕兹又無不可者 「又」，涉聞梓舊本作「固」。

議君子小人

朋黨之論起，而君子小人之名紛然交作，莫知其孰是孰非，自古患之矣。夫志在天下國家，此君子也；志在一身，此小人也。然而託君子之言，行小人之志，其事甚微，其情難辨，人主當留意焉。然自昔帝王之用心〔一〕，惡聞人之有過，而喜人之改過。其小人也，特使之退聽自省而已；幸而改過，猶復用之於外焉〔二〕。若必曰某爲君子，某爲小人，一二別之，又未知真能辨之否也。加人以不善之名，則人必報之以至惡之實，朋黨交傾，端自此始。然則人主宜如何哉？知之於心，待之以權，使上下内外各當其分，真爲小人者，方且化而遷矣。使其言者之誤，而吾未嘗以此名加之，人心豈不悦服乎？

案：又見於奏議卷一五六。

校勘記

〔一〕然自昔帝王之用心　「然」字之上，涉聞梓舊本多一「雖」字。

〔二〕猶復用之於外焉　「猶」字以下，涉聞梓舊本作「猶用總攬英豪，寧失之過。方今逆豫盜有中原，神人共憤。彼方且假吾爵禄以欺詐其下，在我者當如何耶」，乃同書同卷議名器文字誤入。

議姑息

世之儒者〔一〕，拘於古義，惟知薄賦省用，可以得天下之心；而不知排大難，除大患，權一時之宜，救四海之急，其用心非不本於仁，取之於民，有不得已者。且愛民而姑息之，一旦有急，不能保護，使之父子流離，生事委棄，安在其爲仁也？況兩宫未歸，中原徯望，天下之心所以責望於我者至重乎！雖然，兵興之久，生民憔悴益甚矣。願陛下勉之〔二〕，寸陰是惜，至誠有爲，以惠天下。臣請以死效力焉。

案：又見於奏議卷一〇七。

校勘記

〔一〕世之儒者　「世之」二字原闕，據涉聞梓舊本補。

〔二〕願陛下勉之　「願」字原闕，據涉聞梓舊本補。

議間諜

自古用兵，莫先於料敵，而間諜之發，本以爲之輔耳。故能察見虚實，分别情僞，莫有失者。若夫今日聞某處聚兵，即發兵以應之；明日又聞某處聚糧，即又發兵以應之，是惑於聞聽，而常制命於敵矣。臣願異時邊警有急，當先料之於心，無或輕出號令，則失誤鮮矣。

案：又見於奏議卷二三二。

議指揮諸軍

號令出於一，則令嚴而事有所濟。使臣行事於外，而朝廷異論於内，則上下觀望，鮮能成事也。

議固結人心

臣嘗謂方天下無事之時，君臣上下之分，其勢足以相維。雖人君不能修治其身及繩正其左右，以失天下之心，其爲禍也尚遲。乃若艱難多故，敵情不測，人心易怨，君人者儻有差失，禍亂不旋踵而作矣。大勢一去，不可復合，無以微而忽之，幸也。

案：又見於奏議卷一九六。

議名器

論者曰：方今名器猥濫，宜有以更張而貴重之。此意誠是也。然臣嘗觀漢高祖有天下，起於匹夫，分土列爵，以收天下之豪俊，而卒成帝業。其後光武中興，布衣之交，並列三公，小大功臣〔一〕，以千百計，豈有他哉？定天下之大難，救百姓之塗炭，非有以振動鼓作之，未易得其死力也。夫賞幸予私，徇情納賄，此可爲名器之濫。至於激厲將士〔二〕，總攬英豪，寧失之過。方今逆豫盜有中原，神人共憤。彼方且假吾爵禄以欺詐其下，在我者當如何耶？

案：又見於奏議卷一九八。

校勘記

〔一〕小大功臣 「小大」，涉聞梓舊本作「大小」。

〔二〕至於激厲將士 此句之下，涉聞梓舊本作「至於忘身。豈非有以啓其心者乎」，乃同書同卷議駕御將帥文字誤入。

議分别邪正

方今士大夫之賢者，莫不欲主張清議，發明正道，以爲萬世人臣之戒。誠以有天下國家，要在夫得人以維持之，故忠義大節，不可不明。苟使持禄保身、隨時俯仰者得行其志，則馮道之徒復見於後日矣，豈人主之利耶？然臣嘗謂天下自有要道，隨時舉措，則盡得天下之心，而致治不難也。且圍城之役、明受之變，當時從邦昌而爲侍從，徇苗傅而有所施爲，其罪固大。厥後乃繼踵作相，持握化權，果何以勸忠義、示風俗耶？若夫論者必欲正其罪而暴白之，則又失中矣。何者？士大夫之不能死節義，則無所不爲；而死者，人之所甚難，未可人人而責之也。今正名其罪，則有過者無以自新，非其本心者無以自見。附僞之人，知其無所逃於天地之間，將與我爲死敵矣，非國家之善計也。臣願陛下戒忠義之不可不勸，思有以發揚而榮顯其身，至於不幸而得罪於名教，則亦優容涵覆〔一〕，特遠而去之，不委以心腹之任，則取天下、定國家、明教化之術盡於此矣。

案：又見於奏議卷一五六。

校勘記

〔一〕則亦優容涵覆　「優容涵覆」，涉聞梓舊本作「哀矜拉拭」。

議彈擊

自昔爲臺諫之臣者，通曉古今，深明治道〔一〕，其弛張獻替，莫不以天下國家爲念。嘗考其所言，輕重緩急，皆有條理。於姦人之有才者，則必力排而極詆之，惟恐其言之不切，論之不詳。非有心於甚惡之也，謂不如是，則彼之姦計得以行，彼之才術得以施〔二〕，將爲天下國家之害矣。至於人材平下，政事差失，姑擊之使退，未嘗以陰昧之事，切切然深指之。使其人幸而悔悟，尚可以爲朝廷之用，不爲無補也。乃若宗工巨儒，功在社稷，則初不以末節細故，而輕議其失。蓋欲使四夷八蠻，知有是人，斯足以增朝廷之氣。近世進用非人，皆失此意。臣獨願陛下掩人之過，成人之美，則孰不歸心而樂爲吾用也。

案：又見於奏議卷一四二。

校勘記

〔一〕自昔爲臺諫之臣者通曉古今深明治道　涉聞梓舊本作「自昔爲臺諫之臣，通曉古今，深明治道者」。

〔二〕彼之才術得以施　「才」，涉聞梓舊本作「姦」，似是。

議任人

臣竊惟自昔人君於內外侍從之臣，間有深知其所爲者，往往自謂我之聰明才智〔一〕，足以制御而役使之。而不知事有緩急，理有不虞，藏伏竊發，爲國家大患，由辨之不早，去之不速也。可不戒哉！

案：又見於奏議卷一九六。

校勘記

〔一〕往往自謂我之聰明才智　「謂」原作「爲」，據涉聞梓舊本、奏議卷一九六改。

議撫恤侍衛之人

臣嘗謂人君高拱於一堂之上〔一〕，其於天下百姓、内外士卒，安能徧撫而盡恤之哉？則亦推至誠之心，自近以及遠而已。今有人於此，無故而陵侮毁辱其類，則天下識與不識，莫不深惡之者。此無他，人情本於一故也。是故推至誠之道，以待遇左右爪牙之士，則孰不悦服而歸心？一人傳之十，十人傳之百，以千以萬，莫不皆然。臣願陛下稽祖宗之法，撫恤衛士，問其疾苦，知其嫁娶，時其飲食〔二〕，教其事藝，使適其中，不必拘以常制。則天下之凡爲將士者，莫不知所自勉而樂爲陛下用矣。

案：又見於奏議卷二二五。

校勘記

〔一〕臣嘗謂人君高拱於一堂之上　「謂」原作「爲」，據涉聞梓舊本、奏議卷二二五改。

〔二〕知其嫁娶時其飲食　「嫁娶」，涉聞梓舊本作「婚嫁」；「飲」，涉聞梓舊本作「衣」。

議堂吏

或者謂堂吏員冗，而俸給優厚，宜有以裁制之。臣竊以爲養之不厚，無以責其廉。但當督責戒約，使不爲過可矣。彼其間固有棄父母生事而從陛下者，汰之澄之，其在異日乎。

議軍器

臣嘗謂軍器之積，數不厭多。或者乃以大軍器用足備，不爲之計，而不知虛養兵卒，所費更廣。緩急闕乏，非旬月可辦也。

議民兵

臣竊謂往歲巡社之舉，無益於禦寇，秖以召亂。而況東南之人，其不可爲兵也明矣。一發其端，爲害甚大，不可不審。

議諸州兵官

臣竊惟方今人材之豪傑者，悉皆從軍。郡邑兵官，未易得人，當徐徐改易，庶不至駭人耳目也。

議宣政人才

臣嘗謂宣政之間，内外用事之臣，固有得罪於天下。或專事應奉，或興造土木，或留意花石，或搜求玩好。此類甚多，天下之人，憤怨久矣。今若復用之於内，彼雖循理自戒，天下猶疑之。疑之則謗生，謗生則禍起。曷若禄之於外，以養其身乎？惟陛下圖之。其在當時而能奉法守公者，此固宜襃崇而激勸之也。

議刑罰

臣竊見前此爲帥者，皆謂嚴刑重罰可以整治軍旅〔一〕。不察其情，不原其心，故罰不當罪〔二〕，下多怨怒而深恨之者〔三〕。方平居無事時，雖上下相制，不敢犯分，然而人心已離矣。一旦有警，誰與效命？不測之變，殆將由是而生焉。今之庸將，鮮知此理〔四〕。嗚呼！人心不可輕失，豈特爲將者然哉！爲人上者，儻不思所以正心修身，事每謹微，一失其心，不可追悔也。

案：又見於奏議卷二一七。

校勘記

〔一〕皆謂嚴刑重罰可以整治軍旅　「謂」原作「爲」，據涉聞梓舊本、奏議卷二一七改。

〔二〕故罰不當罪　「罰」，奏議卷二一七作「刑」。

〔三〕下多怨怒而深恨之者　「下」字原闕，據涉聞梓舊本補。

〔四〕今之庸將鮮知此理　「今之」二字原闕，據涉聞梓舊本補。

張浚集卷十九

中興備覽第二

議大勢

當今大患，不在逆豫，而在醜虜。此天下之所共知也。虜既衰敗，豫何能爲？故今日之獻説者〔一〕，莫不以得地莫能守、遇虜莫能敵爲朝廷之所甚憂。然而金人譬之虎也〔二〕，擒虎者必使其力困氣弱，心亂技窮，而後虎可得焉。夫使金人安然蠶食數十州之地，未嘗有東顧西備之憂，而曰坐待其弊，其説蓋已疎矣。況豫之乘暇因間，以整其人〔三〕，而又生一敵乎？故夫量力度勢，北嚮而争天下，不可一日而忘之。此天下之大勢也，臣故備論之。

校勘記

〔一〕故今日之獻説者　「故」，涉聞梓舊本作「而」。

〔二〕然而金人譬之虎也　「然而」，涉聞梓舊本作「不思」。

〔三〕以整其人　「其人」，涉聞梓舊本作「治軍旅」，似是。

議將帥之情

臣嘗謂握重兵、被隆委者，其過失常聞於天下；而事不任責、言可惑衆者，未有不獲美名。此何故耶？人情惡人之在己上，而患己之不能有所成立，凡有血氣者皆然也。是以紛紛之論，莫可究正，豈獨將帥哉！然則人主何從而辨之？要當學古之道，酌今之情，苟於吾心未見有可用之實〔一〕，勿輕以畀付也。知之而後用之，用之而勿疑。天下之事，可不勞而定矣〔二〕。

案：又見於奏議卷二三八。

校勘記

〔一〕苟於吾心未見有可用之實　「可用」，奏議卷二三八作「所見」。

〔二〕可不勞而定矣　「可」，涉聞梓舊本作「有」。

議假竊威權

堂上遠於百里，堂下遠於千里，門庭遠於萬里。人君端拱九重之内，而欲徧知天下之事，盡察天下之情，不亦甚難乎？臣嘗謂爲君有要道，在夫善任人而已。不然，則一己之聰明，何以勝千萬人之思慮？是故自古聖賢之君，必選端正忠實之士，以充左右侍從之列。廣問博詢，而姦邪壅蔽之計不行。昔人之喻，謂虎有以狐自隨者，以狐終不能竊弄其威也。然狐隨虎而行，則百獸爲之辟易，而其威信焉，曷若遠而去之之爲愈乎？在昔人君之於臣下，固有知其操術之不正、施爲之犯義者，謂我之聰明，足以制而御之，曾不知其耳目所不及者，所損多矣。可不戒哉！

案：又見於奏議卷一四二。

議道理

甚矣！明皇之於禄山，愛寵而親信之也。雖妃子之貴，爲之執爵以飲之，豈非欲得其誠心，而托其捍禦疆埸耶？然其終也不能免其不叛，至使六飛蒙塵，四海肇亂，其故何哉？御之不以心也。嗚呼！人主以一身而臨億兆衆庶之上，所恃以承祖宗之業，建百世之基者，惟道理所在耳〔一〕。得之則治，失之則亂。儻惟此之行，如圭玉之純，略無瑕污，如日月之明，曾無掩蔽，王道不難成也。夫今日之爲將帥者，忠義之質，出於所性，蓋天實生之，以佐陛下中興，且久與書生從處，於古是非得失之計，亦耳聞而心熟之。臣願陛下待之以正禮，遇之以直道，不復少有間隙，俾之或得而窺伺，則君臣享福，垂美無窮，豈不爲千載之盛事乎！

案：又見於奏議卷二二三八。

校勘記

〔一〕惟道理所在耳　「道理」原作「理道」，據涉聞梓舊本、奏議卷二二三八改。

議讒間

自古陷害忠良者，莫不先譽其美、稱其善，使人主初不置疑，然後乘間伺隙，其說得以行焉。或託之星象，或假之圖讖，或借助於獻言之人，浸淫日久，而人主之心移矣。昔陳平捐萬金而間楚之君臣，范增卒以不用而死。讒間之爲人害如此。臣願陛下每於斯事，謹聽而熟察之。

議進取

臣聞諸論者曰〔一〕：今借使復中原，擒劉豫，得其地而不能守，金人之來而不能破，一豫復起矣，是動不若静之爲安也。曾不知虜肆不道，豫爲叛逆，天下疾憤甚矣。王師一振，勢當百倍，虜復聚兵，又安能爲我敵乎？況其釁隙既開，怨讎交起，衰亡可翹足而待也。不然，爲吾之計者，是終無適而可矣，且將束手而待盡乎？

校勘記

〔一〕臣聞諸論者曰　「聞諸」，涉聞梓舊本作「每聞」；「曰」，涉聞梓舊本作「謂」。

議太原〔一〕

昔虜人犯順之初，以五萬之衆，環太原而攻之，久而不下，乃築長圍而去，留數千鋭卒於此，休兵息馬於沙漠之地，天下始困弊矣。嗚呼！竭天下事力，不能解太原之難，而終至於京城覆亡，宗廟播越，我之失計，亦何多邪！夫毒獸之害人，未至死亡者，在手當斷其手，在足當斷其足，所損固大而生尚存也。向使朝廷屯重兵於澤潞，大饗士卒，厚給稟餼，據險而守之，不急急於太原之救，虜未易度太行也。故夫天下之患，莫大乎一有變故，而不能定議審處，自取顛覆。且國家自創業之初，江淮、兩蜀率皆未下，秦、晉之地尚多賊有，祖宗以次征討，志意未嘗少屈，胸中有所處故耳〔二〕。今天下蒙祖宗積累休德，功無難成者，獨恐夫譊譊之議，惑聽疑心，一有驚急之報〔三〕，上下自紛亂耳。臣願陛下以此爲鑑焉。

校勘記

〔一〕議太原　「議」原作「論」，據涉聞梓舊本及中興備覽篇目體例改。

〔二〕胸中有所處故耳　「處」，涉聞梓舊本作「定」。

〔三〕一有驚急之報　「驚」，涉聞梓舊本作「警」。

議朋友

臣嘗謂人之大倫，朋友居一。於朋友而薄之，則父子君臣之間，從可知矣。後世乃有賣友欺友而得寵於君上者，風俗何爲而純厚耶？

議大軍屯駐

臣嘗觀楚漢交兵之際，漢駐兵於殽、澠之間，則楚不敢越境而西。蓋大軍在前，雖有他岐捷徑〔一〕，不能踰越也〔二〕。故太原未平〔三〕，則粘罕之兵不復濟河，亦以此耳。今之論者，多以前後空闕，虜出他道爲憂，曾不議其糧食所自來〔四〕，師徒所自歸，彼其上下之心，安得無恐而不至離散也。不然，環數千里之地〔五〕，盡以兵守之，然後人心可安〔六〕。議兵至此，不亦疎謬乎〔七〕！

案：魏公行狀、編年綱目卷七亦録此奏。

校勘記

〔一〕雖有他岐捷徑　「有」原作「在」，據涉聞梓舊本、魏公行狀、編年綱目卷七改。又，「徑」字之下，魏公行狀、編年綱目卷七多「敵人畏我之議其後」八字。

〔二〕不能踰越也　「能」，魏公行狀、編年綱目卷七作「敢」；「越」「也」間，魏公行狀、編年綱目卷七多「而深入」三字。

〔三〕故太原未平　「平」，魏公行狀、編年綱目卷七作「陷」。

〔四〕曾不議其糧食所自來　「議」，涉聞梓舊本作「識」。

〔五〕環數千里之地　「數」字原闕，據涉聞梓舊本、魏公行狀補。

〔六〕然後人心可安　「人心可安」，魏公行狀作「爲可安乎」。

〔七〕不亦疎謬乎　「亦」，涉聞梓舊本作「已」。

議出使

近者日親，遠者日疎〔一〕，人之情也，況於君臣之間乎！古語謂一日不朝，其間容戈，其所由來遠矣。故息壤之盟，終不能定其君之志。自古立事者爲難也。臣遭遇陛下特達之知，每去行闕，動以歲月計，亦仰恃陛下神聖聰明，必能洞察而力主之耳。至於浸潤之言，捭闔之論，疑似之間，機數之起，願陛下加察焉。

校勘記

〔一〕近者日親遠者日疎　「日」，涉聞梓舊本皆作「曰」。

張浚集卷二十

中興備覽第三

議均節

天生民而立之君，俾司牧之，非特使之奉養其私而已也。自古聖賢之君〔一〕，莫不恭儉節用，損己益人，凡以順天意、享天心耳。且農夫終歲勤動，計其十畝之耕，輸公上而有餘者，所得不過一釜耳。我乃捐之以市不急之用，棄之以徇無名之費，豈不重違物理乎？乃若排去大難，勸賞有功，宗廟之供，官吏之俸，將士之養，此則宜從優厚，而不容但已者也。臣仰惟陛下至誠恭儉，追古聖賢，而臣竊聞文書刀劍之求，尚容有賜予過制者焉。夫多難之時，人情易怨。力戰效命者所得如此，而伺間投好者顧亦如彼，即解體矣。衛懿公好鶴，鶴有乘軒者，將戰，而國人皆曰使鶴。臣謂非獨名器爲然也，錫賚之間，亦所當謹也〔二〕。

案：又見於奏議卷一九二。

校勘記

〔一〕自古聖賢之君　「聖賢」，涉聞梓舊本作「賢聖」。

〔二〕亦所當謹也　「謹也」，涉聞梓舊本作「然」。

議練兵

士有好爲大言者，以兵家勝負在將不在兵，苟將得其人，驅市人而戰可也；將非其人，兵精器利，曾何補於用乎？嗚呼！爲此説者，蓋亦不思之甚矣。夫趙歇哀初斂之兵，號稱二十萬，能戰者無幾也，韓信率新勝之人以破之。借使金人舉河北、山東之衆，無驍騎利甲，無堅弓良矢，雖董之以粘罕，輔之以僞太子，臣知其易爲敵矣。故有精練之卒，然後可以議嚴訓之方；有訓練之兵，然後可以議兵器之利；有堅利之器，然後可以議破敵之計。知此數者，庶乎可以論兵矣。彼空空然謂可驅市人而戰者，豈不誤國惑聽乎？

案：又見於奏議卷二二二。

議任事

昔漢高祖得陳平於亡虜，其信任不疑，至捐萬金而輕以予之。苟書生儒士與聞其計〔一〕，得不痛惜而力止之乎？臣謂非特漢祖爲難能也，陳平受之而不辭，爲尤難焉。使今之爲臣者，蒙陛下以萬金付與，殆將自失而走矣。夫拯天下之難，救生民之急，非君臣同德一心，慨然有高天下之氣，事未易立也。平本無王佐之才，特其英姿雄略，差出一時耳，尚能輔漢，成四百年之業。況以陛下之明聖，仰承祖宗積世休德，苟爲臣下者不惜其身，不顧其私，不慮其禍，任天下之責而爲之，庶乎或有濟矣。如臣愚陋，終恐不足以副使令之萬一。

案：又見於奏議卷一四二。

校勘記

〔一〕苟書生儒士與聞其計　「書生儒士」，涉聞梓舊本作「迂闊之儒」。

議親民之官

設官分職，本以爲民。故聖人視勤勞之大小，命品秩之高下，非有功於民，不在選也。監司守令，於民最親者也，今皆號爲冗官。及瓜而去，則乞憐於人，莫有顧者。彼文辭巧麗，親舊推薦，期歲之間，可致清要。茲豈不倒置已甚乎？嗚呼！求天下之士於言語文采之間，臣知其無以得真賢矣。況夫推薦者之不公耶〔二〕！後世坐廟堂，秉樞要，而於安危之機、治亂之理、百姓之情〔三〕、財用之源、甲兵之事，瞢然不曉者，無他，用之無其道也。繼自今以往，可不知所戒哉！

案：又見於奏議卷一六九。

校勘記

〔一〕況夫推薦者之不公耶　「不」，涉聞梓舊本作「未必盡」。

〔二〕百姓之情　「百姓」，涉聞梓舊本作「民庶」。

議堅忍立事

臣嘗觀漢祖因思歸之兵，與項籍力戰滎陽、成皋間，大小七十餘戰，身困兵潰者數矣〔一〕。然則良、平之計謀，曾不預其敗乎？是不然也。夫高祖東嚮以爭天下，良實啓之，平多奇畫，高祖數賴之以免；至於不幸而用兵未利，則亦上下同心，姑爲善後之圖耳，何至紛然自爲離間乎〔二〕？此其所以能終有天下也。燕退樂毅，秦用孟明，可以爲鑑，而況不爲樂毅、孟明者耶？

案：又見於奏議卷二三八。

校勘記

〔一〕身困兵潰者數矣　「困」原作「因」，據涉聞梓舊本、奏議卷二三八改。

〔二〕何至紛然自爲離間乎　「紛然」，奏議卷二三八作「紛紛然」。

議忠臣良臣

臣竊聞真宗皇帝嘗著忠臣、良臣及權臣、姦臣論。臣以爲忠類權，良類姦，何以言之？忠則任事，任事則多怨，豈不幾於擅權乎〔一〕？良則委曲，委曲則不暴，豈不幾於爲姦乎〔二〕？然則人主於此，如之何而辨之哉？則亦視其志之所存而已矣。彼其志在天下國家，切切然以身任内外之責，是之謂忠；志在納君於善，將順其美，是之謂良。乃若營私立黨，蔽欺君上，苟利於身，以死力行，則爲權矣；逢君之惡，事每阿循，反覆變詐，陰肆讒間，則爲姦矣。臣故別白而具論之。

案：又見於奏議卷一五六。

校勘記

〔一〕豈不幾於擅權乎　「幾」，涉聞梓舊本作「類」。

〔二〕豈不幾於爲姦乎　「幾」，涉聞梓舊本作「類」。

議皇極之道

甚矣！古之人君，喜人爲善，而樂人之改過也。臣於洪範見之，其言曰：「凡厥庶民，有猷有爲，汝則念之。不協於極，不罹於咎，皇則受之，而康而色。曰予攸好德，汝則錫之福。時人斯其惟皇之極。」夫不協於極而受之，自言好德而信之〔一〕，聖人所以待下者，豈不忠且恕乎〔二〕？或謂好德者，許之自言，容有欺詐，聖人信而弗疑，得無害於治乎〔三〕？是不然。聖人修身以化人，推誠以待人，積之歲月，雖欺詐者，且將遷而爲善，況於不忍爲此，以負其教誨者耶！蘇軾之論，以謂唐武后之無道也，非獨進人無所留難，士之自薦，皆得盡其才，其後開元之間，幾致刑措，皆武后所收也。德宗好察而多忌，士無賢愚，例不得進，國空無人，以致奉天之禍。故陸贄有言：「武后以易得人，陛下以精失士。」至哉斯言也！臣故併陳之。

案：又見於奏議卷一四二。

校勘記

〔一〕自言好德而信之　「德」字，涉聞梓舊本無。

〔二〕豈不忠且恕乎　「不」「忠」間，涉聞梓舊本多一「至」字。

〔三〕得無害於治乎　「害」，奏議卷一四二作「礙」。

議進退人材

人主之於人材，試之州縣，養之館閣〔一〕，見其可用則用之，不必以未盡深知爲嫌。見其可去則去之，見其可罪則罪之，不必恥其用之於前〔二〕，而遽廢之於後也。要當如天地之於萬物〔三〕，一切待以無心。吾之爲此，凡以爲民而已〔四〕，非有一毫私意於其間也。雖然〔五〕，人才之遇合，又有大患焉。或因一言之契意〔六〕，雖無長才奇略，寖以柄用；或因一事之拂意〔七〕，雖有賢德美行，寖以疎遠。此無他，蓋其喜怒好惡之氣〔八〕，未能平之以歸於道。故投隙乘間者〔九〕，得以行其姦也。夫如是，則日復一日〔一〇〕，賢者益退，不肖者益進，終至於國家喪亡〔一一〕，天下大亂。初以爲得計，而其失計，莫大於此矣〔一二〕。初以爲我之威福得以肆行〔一三〕，而其後威福不行，莫大於此矣。故古之賢君，莫不正身平氣，以求合於聖人之道，其用意終在天下百姓，不敢私其一己。是以於進退人材之際，無不當理焉。臣願陛下力行之。

案：又見於奏議卷一四二。

校勘記

〔一〕養之館閣　涉聞梓舊本作「參之輿論」。

〔二〕不必恥其用之於前　「恥其」，涉聞梓舊本作「謂既」。

〔三〕要當如天地之於萬物　「要當」，涉聞梓舊本作「吾心」。

〔四〕吾之爲此凡以爲民而已　「爲此凡以」，涉聞梓舊本作「進退人才」。

〔五〕雖然　涉聞梓舊本作「而況於」。

〔六〕或因一言之契意　「之契」，涉聞梓舊本作「稍合」。
〔七〕或因一事之拂意　「事之」，涉聞梓舊本作「語少」。
〔八〕此無他蓋其喜怒好惡之氣　「此無他蓋」，涉聞梓舊本作「方寸間任」。
〔九〕未能平之以歸於道故投隙乘間者　「歸於道故」，涉聞梓舊本作「故小人之」。
〔一〇〕夫如是則日復一日　「夫如是則」，涉聞梓舊本作「天下人才」。
〔一一〕終至於國家喪亡　「終」，涉聞梓舊本作「馴」。
〔一二〕而其失計莫大於此矣　「其失計」，涉聞梓舊本作「失計蓋」。
〔一三〕初以爲我之威福得以肆行　「肆」，涉聞梓舊本作「大」。

議聽言之難

古語有之：「築舍道旁，三年不成。」蓋言之者多，則聽之者惑，自然之理也。帝王之道，聽雖欲廣，斷惟務獨。故成湯之伐桀，百姓以爲「我后不恤我衆，舍我穡事而割正夏」，主其議者，伊尹而已。武王之伐紂，雖夷、齊之賢，亦叩馬而諫，風雷暴作，皆有疑心，主其議者，太公而已。今日之事，以中國而攘夷狄，以君而討臣，以有道而誅無道，雖遲速大小〔一〕，所舉不同，終在夫力爲之而已矣。往歲江、湖皆旱，獨二浙豐稔，故可以給軍須，靖百姓〔二〕。向使浙亦被災，則大事已去，惜乎議者之不思及此也〔三〕。機不可失，賊不可縱，時不再來，昔人論之詳矣。臣去國踰旬〔四〕，憂慮倍積，惟恃陛下主之於內，故不憚譊譊之言〔五〕，冒瀆天聽，所冀曲賜照臨也〔六〕。

案：又見於奏議卷二〇五。

校勘記

〔一〕雖遲速大小　「大小」，涉聞梓舊本、奏議卷二〇五皆作「小大」。

〔二〕靖百姓　「靖」原作「請」，據涉聞梓舊本、奏議卷二〇五改。

〔三〕惜乎議者之不思及此也　「惜乎」，涉聞梓舊本作「奈何」。

〔四〕臣去國踰旬　「旬」，涉聞梓舊本作「年」。

〔五〕故不憚譊譊之言　「憚」，涉聞梓舊本作「避」。

〔六〕所冀曲賜照臨也　「也」字原闕，據涉聞梓舊本、奏議卷二〇五補。

議禄廩之制

先王制禄以代其耕，用意深矣。蓋倉廩實而知禮節，衣食足而知榮辱，非特百姓爲然。今使委質而事人者，仰無以事父母，俯無以育妻子，且不有多寡之數、厚薄之差，以激勸勤勞，獎厲才智，何以風動在位，使之自立於無過之地耶？夫合天下之衆而君之，欲舉得其歡心，亦在夫本人情而爲之制耳。過制則紀綱亂，不及則人心離。是二者，其失均也。嗚呼！仕宦不爲利禄計者，鮮矣。儻夷、齊之操人人爲之，則天下之士盡爲山林之遊，人主安得而器使之乎？至於左右近習，又宜深察而熟究者。彼其生長富貴，奉養有素，日用不給，何以責廉？將自營其私耶，則有侵漁細民之嫌，而怨謗日益以生；將受遺於人耶，則有請求納賄之罪，而國體日益以損。臣謂不若省其員，優其俸，然後責之以善，則其從之也輕。兹有天下國家之大計，人主不可忽也。

案：又見於奏議卷二八六。

議行師

臣嘗讀易，至謙之上六曰：「鳴謙，利用行師，征邑國。」至復之上六曰：「迷復，凶，有災眚。用行師，終有大敗，以其國君凶。至於十年不克征。」夫鳴謙而虚己，則善日益以進，過日益以聞，四海歸仁，上天眷祐，故用師爲得之。若乃迷復而不反，則遂非恣欲，寖失天下之心矣，故終有大敗。臣讀易至此，始知兵家大要，特在夫人君之一身。今陛下修己進德，孜孜不倦，上可以通於天，下可以格於人，臣知夫大功可立，中興可期矣。更願陛下勉之謹之，悔咎自省，無使驕怠之意，少生於中。帝王之治，豈難成哉！

案：又見於奏議卷二三二。

張浚集卷二十一

詔敕令榜檄

討苗劉檄 建炎三年三月

宋有天下垂二百年，太祖、太宗開基創業，真宗、仁宗德澤在民，列聖相傳，人心未厭。昨因内侍童貫首開邊禍，遂致虜騎歷歲侵凌。逆臣苗傅躬犬彘不食之資，取鯨鯢必戮之罪，乃因艱難之際，敢爲廢立之謀；劉正彦以孺子狂生，同惡共濟，自除節鉞，專擅殺生。仰惟建炎皇帝憂勤恭儉，志在愛民，聞亂登門，再三慰喻，而傅等陳兵列刃，凶燄彌天，逼脅至尊，蒼黄遜位，語言狂悖，所不忍聞。大臣和解而不從，兵衛皆至於掩泣。詔書所至，遠近痛心。駭戾人情，孰不憤怒！况傅等揭牓闤市，自稱曰余，祖宗諱名，曾不回避，迹其本意，實有包藏。今者吕頤浩因金陵之師，劉光世引部曲之衆，張某治兵於平江，韓世忠、張俊、馬彦溥各領精鋭，辛道宗、陳思恭總率舟師，湯東野、周杞扼據衝要，趙哲調集民兵，劉誨、李迨餽餉芻糧，楊可輔等參議軍事，并一行將佐官屬等，同時進兵，以討元惡。師次秀州，四方響應。用祈請建炎皇帝亟復大位，以順人心。今檄諸路州軍官吏軍民等，當念祖宗涵養之恩，思君父幽廢之辱，各奮忠義，共濟多艱。所有朝廷見行文字，並是傅等僞命，及專擅改元，即不得施行。敢有違戾，天下共誅之！魏公行狀

案：行狀曰建炎三年三月「二十七日，傳檄内外，辭曰『宋有天下垂二百年……』」時浚以禮部侍郎、充御營使司參贊軍事治軍平江。

徽宗諱問降諭中外詔 紹興七年正、二月間

朕以不敏不明，託於士民之上，勉求治道，思濟多艱。而上帝降罰，禍延於我有家，天地崩裂，諱問遠至。嗚呼！朕負終身之戚，懷無窮之恨。凡我臣庶，尚忍聞之乎！今朕所賴以宏濟大業，在兵與民。惟爾小大文武之臣，早夜孜孜，思所以治兵卹民，輔朕不逮。皇天后土，實照臨之。無或自暇，不卹朕憂。魏公行狀

案：要録卷一〇九、會編卷一七七亦節載此詔。魏公行狀載紹興七年「正月二十五日，（何）蘇歸，報徽宗皇帝、寧德皇后相繼上仙……數日後求奏事，深陳國家禍難，涕泣不能興。因乞降詔諭中外。上命公具草以進，親書付外。其詞曰『朕以不敏不明……』」時浚以右相、都督諸路軍馬居朝輔政，備受高宗信用。因繫此詔於紹興七年正、二月間。

致劉豫手榜 紹興七年春夏

劉豫本以書生，被遇太上皇帝，曾居言路。主上嗣極，擢守鄉郡。當山東之要衝，任濟南之委寄，眷禮殊厚，責望至深。俄聞率衆以請降，旋乃失身而據位。諒亦迫於畏死，姑務偷生。如能誘致金人，使之疲弊，精兵健馬，漸次消磨，兹誠報國之良圖，亦爾爲臣之後效。更須愛惜民力，勿使傷殘。儻或永懷異心，自致顯戮，豈惟皇天后土有所不容，抑恐義士忠臣終懷憤疾。魏公行狀

案：行狀載：「先是，公遣人賫手榜入僞地云：『劉豫本以書生……』金虜用事者見此榜，已疑豫。八月，豫聞王師欲北向……十月，虜副元帥兀朮徑領兵來廢豫。」則此榜當作於紹興七年春夏。

明堂赦書 紹興七年九月

以明堂大禮告成，頒恩宇内，霈澤下流，仁德均被，神人胥慶，遠邇同歡。永樂大典卷八〇二三

案：大典謂此文摘録自張魏公奏議，蓋赦文係浚居朝輔政時所草。考南宋前期，明堂禮凡行有五：紹興元年九月、紹興四年九月、紹興七年九月、紹興十年九月、紹興三十

一年九月。唯紹興七年時，浚居朝秉政。據要録卷一一四，七年九月十三日壬申，浚以淮西兵變罷相；二十二日辛巳，合祭天地於明堂，大赦。蓋赦文乃大禮舉行前浚預先草擬。

兩淮募兵令　紹興三十二年五月

兩淮比年累被荼毒，父子兄弟夫婦殺傷虜掠，不能相保。今議爲必守之計，復耻雪怨，人心所同。有願充者，宜相率應募。至於淮北，久被塗炭，素懷忠義，欲報國恩，亦當來歸，共建勳業。魏公行狀

案：行狀載紹興三十二年五月，浚奏乞置萬弩營，因「下令曰『兩淮比年累被（荼）〔荼〕毒……』於是兩淮之人欣然願就，率皆强勇可用」。時浚以觀文殿大學士、判建康府兼措置兩淮。

撫勞海州將士帛書　紹興三十二年五月

當使見帶大兵前往楚州及漣水一帶照應，解圍海州。仰城中將士盡力戰守，圖報國恩，將來功賞，俟一一躬親核實保明，務在優異，節鉞以下，皆當力請於朝，以酬勞苦，各仰知悉。永樂大典卷八四一四

案：此紹興三十二年五月浚督鎮江都統制張子蓋解圍海州時所作。時浚判建康府、兼措置兩淮。

曉示淮北山東豪傑榜

隆興二年三、四月間

淮北、山東之人慕戀國恩，厭苦虐政，保據山險，抗拒賊兵，於今累年。首領冒難遠來，備述爾等忠勤，爲之惻痛。已具奏皇帝，記録汝等姓名。將來大兵進討，則犄角爲援，晝驚夜劫，抄絶糧道。如是賊兵深入，便當連跨城邑，痛剿賊徒。勳績儻成，節鉞分茅，皆所不吝。但當觀時量力，無或輕動，反墮賊計。今本朝厲兵秣馬，以俟天時，汝等亦宜訓習，以待王師之至。魏公行狀

案：行狀載「俄有旨命公按視江淮……及是，公又以宰相來撫諸軍……淮北歸正者日來不絶，山東豪傑悉遣人來受節度。公曉之曰『淮北、山東之人……』」此榜乃隆興二年三、四月間浚以右相出視江淮時所發。

諭契丹檄

隆興二年三、四月間

本朝與契丹有兄弟之好，不幸姦臣誤兩國，皆被女真之禍。今契丹不祀，皇帝無日不

念此。爾能結約相應，本朝當敦存亡繼絶之義。魏公行狀

案：行狀載「及是，公又以宰相來撫諸軍……公又以蕭琦乃契丹四軍大王之孫，沉勇有謀，欲令琦盡統契丹降衆，且以檄喻契丹，大意謂『本朝與契丹……』虜人益懼，遂爲間書，鏤板摹印，散之境上」。考浚以右相視師淮上，在隆興二年三月初，至四月十四日罷江淮都督府（宋史孝宗本紀一），則此檄當作於隆興二年三、四月間。時浚總東南兵柄。

表

謝賜詔書奬諭表 紹興六年十、十一月間

逆雛遠遁，尚稽授首之期；金寇方强，未見息戈之日。臣之罪大，何所逃刑？顧陛下念十年留滯之非，歎雙馭還歸之晚。儻爲民而勞己，當有神以相身。無使自謀擇利之言，得惑至高無私之聽。魏公行狀

案：行狀載楊沂中既大捷於淮西藕塘，「於是公奏車駕宜乘時早幸江上，上賜手書……公奏曰『逆雛遠遁……』」考楊沂中藕塘大捷，事在紹興六年十月十日甲辰，則此奏當上於紹興六年十、十一月間。時浚以右相兼知樞密院事督師江上。

復宣奉大夫任便居住謝表 紹興九年二月

敢不專精道學，黽勉身修。求以事親，方謹晨昏之養；庶幾報國，敢忘藥石之規？〔魏公行狀〕

案：行狀謂紹興九年「二月，以大霈復宣奉大夫，提舉臨安府洞霄宮，任便居住……又自作謝表云『敢不專精道學……』」又輯稿職官七六之四九載紹興九年正月九日，「張浚復左宣奉大夫，提舉臨安府洞霄宮，任便居住」。時浚謫居永州。復官任便詔在正月九日，文書遞到永州，已是二月，因上謝表。

太后鑾輅歸國賀表 紹興十二年十一、十二月間

與或爲取，安必慮危。夫惟務農而强兵，乃可立國而禦侮。願勤聖慮，終究遠圖。〔魏公行狀〕

案：行狀載紹興「十二年，太母鑾輅來歸，制封公和國公，具劄子以賀，且曰『與或爲取……』」據要録卷一四七，紹興十二年十一月「己丑朔，檢校少傅、崇信軍節度使、萬壽觀使張浚以赦恩封和國公」。時浚寓居長沙，因上謝表。

落職依舊永州居住謝表 紹興二十八年九月

念君臣雖分於異勢，而利害實係於同舟。魏公行狀

案：行狀謂「服闋，得旨落職，以本官奉祠，居永。公自爲表謝曰『念君臣雖分於異勢……』」要録卷一八〇載紹興二十八年八月壬寅（十五日），「尚書省勘會張浚已服闋，詔特進、觀文殿大學士、和國公張浚落職，提舉江州太平興國宫，依舊永州居住」。以朝廷與湖南間文書傳遞狀況推算，詔書遞到永州，當在紹興二十八年九月，浚因上謝表。

湖南路任便居住謝表 張栻代 紹興三十一年二月

家國異謀，固難調於衆口；天日下照，夫何歉於一心。兹蓋皇帝陛下體堯之仁，行禹之智。微彰以道，必因天地之時；動化若神，孰測風雷之用。誠齋集卷一一四詩話

案：誠齋集卷一一四詩話載「紹興辛巳年，其父魏公久謫居永州，得旨自便。欽夫代作謝表，自叙有云『家國異謀……』」辛巳年，即紹興三十一年。考要録卷一八八，紹興三十一年正月「己亥（二十六日）……詔特進、提舉江州太平興國宫、和國公張浚令湖南路任便居住」。以朝廷與湖南間文書傳遞狀況推算，謝表當上於紹興三十一年二月下旬。

辭免都督江淮軍馬表 隆興元年正月

江淮重寄，猥出異恩。犬馬餘生，蓋安微分。輒上臣愚之請，未蒙制可之音。中謝。伏念臣少不如人，老將及耄。一士賢百萬之衆，素乏修能；百里半九十之時，仍當末路。儻進退不懲於迷復，則鬼神將害於福謙。顯罹嘖有之言，重玷并包之度。況明光之口，雖陳於別塞；而赤白之囊，不徹於甘泉。分屯已固於長城，申命何資於錫鉞？伏望皇帝陛下擴日月之照，推天地之恩。俯憐視蔭之幾何，時加全護；不憚出綸之惟反，曲賜矜從。聖宋名賢五百家播芳大全文粹卷三中

案：考浚曾兩任都督：一爲紹興五年二月，都督諸路軍馬；一爲隆興元年正月，都督江淮東西路軍馬。由「犬馬餘生」「老將及耄」，可知乃隆興元年正月拜樞密使、都督江淮東西路軍馬時所上。

謝除都督江淮軍馬表 隆興元年正月

賜斧專征，蓋求人望；揚庭孚號，詎料臣愚？控避無從，省循知懼。中謝。伏念臣天資任己，衆謂寡謀。趙北燕南，雖愧風聲之慷慨；吳頭楚尾，粗更牧圉之周旋。無憐拊髀之憂消，自覺據鞍之已老。壯心徒在，綿力既愆。當國家多士之時，值神聖有爲之主，人思

奮勵，臣肯懷安？所虞薦康瓠於鼎鼐之陳，必有駕鳴鳩於霄漢之誚。奪乘何悔，辱命爲憂。自承制誥之頒，未省聽聞之誤。磨鉛策蹇，夙夜以思；食蘗飲冰，進退維谷。茲蓋伏遇皇帝陛下臨朝獨斷，立賢無方。謂臣結髮於邊陲，粗識三軍之情僞；察臣致身於公傅，必同一體之戚休。起自里居，俾承人乏。臣敢不激昂晚景，報稱殊知？趙將軍八九十而習羌情，願罄老臣之肺腑；漢天子十八萬而建武節，會來醜虜之梯航。聖宋名賢五百家播芳大全文粹卷四下

案：同上。

降授特進依前樞密使江淮東西路宣撫使謝表

王質代　隆興元年六月

授任無方，功垂成而易敗〔一〕；至仁不殺，罪當死以更生。既苟逭於大刑，仍弗移於故任，强顏拜命，流涕銜恩。中謝。伏念臣遭時艱虞，受國光寵。自惜四朝之舊物，嘗居百辟之上游。意廣才疎，乃自天而夙賦；主憂臣辱，實無地以自容。自叨授鉞之權，每切繫纓之志。痛國威之不振，致邊警之多虞，誓以三軍，決於兩陣。轉石之勢，方疾投於千仞之顛；破竹之威，旋見格於數節之後。當知難而遂退，乃貪進以不休。衆散而歸，民逃其上。莫解陸沉之憤，益深旰食之憂。嚮郊次以哭師，至下行秦伯之事〔二〕；載厨車而徇市，

將奚逃漢法之誅。敢期骨肉之恩〔三〕，尚詭焚舟之舉！雖回谿失律，他日冀澠池之功；然城濮喪師〔四〕，何顔見申息之老？此蓋伏遇皇帝陛下順帝之則，與神爲謀。憐臣耿耿之孤忠，惟知徇國；諒臣區區之小信，尚足使人。遏橫議於風波〔五〕，脱微軀於鼎鑊，盡蠲宿負，俾勵後圖。臣敢不蒐攬智能，申明紀律。焚龍庭而犁沙漠，終必望燕然之銘；馘王雙而遁郭淮，行且報街亭之辱。雪山集卷三

案：此表原題「代張魏公謝表」。貴耳集載：「王景文質……曾入張魏公幕。」據宋史孝宗本紀一，隆興元年六月，以符離師潰，「癸酉（十四日），下詔罪己。張浚降授特進，仍前樞密使、江淮東西路宣撫使」。時王質在浚幕中，因代作謝表。

校勘記

〔一〕功垂成而易敗　「易」，文淵閣四庫全書本作「忽」。

〔二〕至下行秦伯之事　「秦」原作「泰」，據文淵閣四庫全書本改。

〔三〕敢期骨肉之恩　「骨肉」，文淵閣四庫全書本作「肉骨」。

〔四〕然城濮喪師　「師」，文淵閣四庫全書本作「軍」。

〔五〕遏橫議於風波　「橫」字原闕，據文淵閣四庫全書本補。

張浚集卷二十二

書啓

報苗傅劉正彦咨目 建炎三年三月

某久病無聊，日思趨赴行在。緣靳賽人馬過平江，平江之人各不安居，守貳日夕相守，不容出城。朝夕事畢，即便登途。邇者睿聖皇帝以不忍生靈塗炭之故，避位求和，足見聖心仁愛之誠。然當此多難，人主馬上圖治之時，若睿聖謙沖退避，上無以副宗廟之寄，次無以慰父兄之望，下無以厭四海之心。某曩備員言官日，竊見睿聖皇帝聰明英斷，意欲有爲，止緣小大臣寮誤國至此。某叨竊侍從，蓋亦誤國之人，迺至過江，事出倉卒。向使將相有人，睿聖豈肯輕發？今太母垂簾，皇帝嗣位，而睿聖乃退避别宫，若不力請，俾聖意必回，與太母分憂同患，共濟艱難，中興之業未易可圖〔一〕。二公苟不身任此事，人其謂何？當念祖宗二百年涵養之舊，今所恃以存亡，惟睿聖皇帝。況皇帝天資仁厚，從諫如流，願勉爲之，再三懇請，睿聖宜無不允也。魏公行狀案：行狀謂建炎三年三月「十一日……具咨目報苗傅、劉正彦：『某久病無聊……』」要録卷二一建炎三年三月十一日己丑條亦節録此書，然文字頗異，謂：「太母垂簾，皇帝嗣位，固天下所願。向所慮者，宦官無知，時撓庶政，今悉戮其無狀者，最快人望。惟睿聖退避一事，若不力請，俾聖意必回，與太母分憂，同患中興之業，未易可圖。二公忠義之著，有如白日，若不身任此事，人其謂何？浚愚拙，死生出處，當與二公同之。」時浚以禮部侍郎、御營使司參贊軍事在平江。

校勘記

〔一〕中興之業未易可圖　「業」原作「宗」，據宋浙刻本改。

與馬柔吉王鈞甫書　建炎三年三月

浚與二公最厚。聞苗廣道、劉子直頗前席二公，事每計議而行。今日責在二公。浚初聞道路傳餘杭事，不覺驚疑。繼聞廣道、子直實有意於宗社大計，然此事不反正，終恐無以解天下後世之惑。要録卷二二

案：要録卷二一載建炎三年三月「辛卯（十三日），張浚遣馮轓赴行在，浚爲咨目，具以請主上親總要務事稟朱勝非，及與傅、正彦書……兼致書馬柔吉、王鈞甫，大略云『浚與

二公最厚……』」時浚以禮部侍郎、御營使司參贊軍事在平江。

與苗傅劉正彥書 建炎三年三月

自古言涉不順，謂之指斥乘輿；事涉不遜，謂之震驚宫闕。是以見君輅馬，必加禮而致恭，蓋不如是，無以肅名分、杜僭亂也。廢立之事，非常之變，謂之大逆不道。大逆不道者，族矣。凡爲人臣者，握兵在手，遂可以責君之細故而議廢立，自古豈有是理者哉？今建炎皇帝春秋鼎盛，不聞失德於天下，一旦遜位，豈所宜聞？自處已定，雖死無悔。嗚呼！天佑我宋，所以保衛皇帝者歷歷可數。出質則虜人欽畏而不敢拘，奉使則百姓謳歌而有所屬。天之所與，誰能廢之？況祖宗在天之靈，豈不昭昭？借使事正而或有不測，猶愈於終爲不義不忠之人而得罪於天下後世也。魏公行狀

案：行狀謂建炎三年三月「二十一日，復遣馮幡以書行，且令幡居中，幾事相應。會得傅等書云：『朝廷以右丞待侍郎，伊尹、周公之任，非侍郎其誰當之？』公不勝忠憤，度傅等已覺公義兵動，而我兵勢既已立，遂因遞報之，其略云『自古言涉不順……』」要録卷二一建炎三年三月己亥（二十一日）條亦載此書，然文辭頗異，謹録之：「自古言涉不順，則謂之指斥乘輿；事涉不順，則謂之震驚宫闕。至於遜位之説，則必其子若孫年長以賢，

因託以政事，使之利天下而福蒼生。不然，謂之廢立。廢立之事，惟宰相大臣得專之，伊尹、霍光之任是也。若不然，則謂之大逆，族矣。凡爲人臣者，握兵在手，遂可以責其君之細故，而議廢立，自古豈有是理也哉？今建炎皇帝春秋鼎盛，不聞失德於天下，一旦遜位，似非所宜。浚豈不知廢置生殺二公得專之？蓋其心自處已定，言之雖死無悔。嗚呼！天祐我宋，所以保佑皇帝者，歷歷可數，出質則金人欽畏而不敢拘，奉使則百姓謳歌而有所屬。天之所興，孰能廢之？願二公畏天順人，無顧一身利害。借使事正而或有不測，猶愈於暴不忠不義之名而得罪於天下後世也。」時浚以禮部侍郎、御營使司參贊軍事在平江。

與馮轓書　建炎三年三月

浚近發苗都統書，論列睿聖皇帝事，反復數百言。適有客自杭來，知二公於朝廷社稷初無不利之心，甚悔輕易，未識體察否？然浚無他也，欲此忠義大節終歸二公，無使他人爲之。會見望致意。要録卷二一

案：此書亦建炎三年三月所作。時浚遣馮轓入苗劉叛軍中，其謀主王世修欲拘轓不遣，浚因繆爲此書遺轓以安之。轓字元通，後更名康國，宋史卷三七五有傳。

答呂頤浩書 建炎三、四年間

臺諫箴規人主闕失，糾彈朝廷官邪，當優容之，但使主上曉其意足矣。要録卷四〇

案：要録卷四〇謂「初，頤浩在相府，遺浚書，言近日臺諫尚循舊態，論事不切時務，浚報之曰『臺諫箴規人主闕失……』」考頤浩爲相在建炎三年四月至四年四月之間。此書當作於浚出領川陜宣撫處置使時。

致馬擴書 建炎四年或紹興元年

上之待公不輕，雖緣讒毁，終必保全。公荷厚恩如此，可不圖報乎？會編卷一六四

案：此書又見於要録卷四九。會編卷一六四紹興四年十月十三日條載：「馬在融州仙溪也。張浚都督陜右，不遠萬里遣人持貲幣招之，書中以同濟國事爲言，且曰『上之待公不輕……』馬以劉子羽昔年在真定有隙，今在宣幕，不往，復書謝之。」參據黄寬重馬擴與兩宋之際的政局變動（收入氏著宋史叢論），此書當作於建炎四年或紹興元年。

與謝參政書　紹興四年三、四月間

浚再拜。曩以急於禄養，未及盡心於學。茲緣罷退，初欲託庇三衢，庶有承教之便。比又恭領處分，俾居福唐，失此依賴，殊用慊然。差人種種，悉荷留意，尤所感激。浚再拜。

晦庵先生朱文公文集卷八三書張魏公與謝參政帖

案：謝克家，建炎四年八月拜參知政事，紹興元年正月罷（宋史宰輔表），故稱「謝參政」。紹興四年三月，浚罷，初許其任便居住，時謝克家以資政殿學士知衢州（要録卷七〇），故書帖稱「茲緣罷退，初欲託庇三衢」，謂有意移居衢州，「庶有承教之便」，不想隨後「恭領處分，俾居福唐」，被詔福建居住（輯稿職官七〇之一三），只得「殊用慊然」。此書當作於紹興四年三、四月間。

與趙丞相咨目　紹興六年正月

浚咨目，頓首再拜。即日小雨作寒，伏惟機政之暇，鈞候起止萬福。區區已次丹陽，張期以今日相會，岳過太平，數日之間，事可決也。惟錢糧邈然無涯，户帖州縣皆不敢催督，尚觀望改易耳，將如之何！早夜思之，任今日之責者誠難，内有輕舉之謗，外蒙聚斂之責〔一〕，終不若前時居廟堂者偷安寡悔之爲愈也。然則國家大計又將如何？況吾儕被上厚恩，且天下所責望乎！凡有可致力者，更冀默運於内，切祝，切祝！常州許筆甚佳，但毫極難得，已令計置。餘爲天下自愛，不宣。浚咨目，頓首再拜元鎮丞相老兄鈞座。二十八日早。謹空。式古堂書畫彙考書卷一四張忠獻即日小雨帖

案：此咨目又見於清河書畫舫卷五下。内稱「元鎮丞相老兄鈞座」，可知趙鼎時在相位，而浚視師江上，則此咨目必作於紹興五年二月至紹興六年十二月間。又稱「户帖州縣皆不敢催督」，考南宋朝廷詔令諸路州縣出賣户貼，以助軍用，事在紹興五年十一月（要録卷九五），可知此咨目必作於紹興五年十一月至紹興六年十二月間。又謂「區區已次丹陽，張期以今日相會，岳過太平」，蓋係浚於紹興六年正月十八日發行在，辭往江上視師，並約張俊、岳飛諸大將議事（宋史高宗本紀五）。作此咨目時，浚已至丹陽，將與張俊相會，而岳飛因道遠，尚在太平州，未及至。以當時之道路里程計，咨目之「二十八日」當爲正月二十八日。時浚以右相視師江上。

校勘記

〔一〕外蒙聚斂之責　「外蒙聚」三字原闕，據清河書畫舫卷五下補。

與趙丞相書 紹興六年三月

浚頓首再拜。領十九日手字。恭聞聖上以赤目不視朝一日，已即時作奏，上問起居，想便安愈。不勝拳拳思念之懷也，即日伏惟鈞候萬福。仲古樞密，練詳明事，無過舉。今庶事悉歸右府，甚善！建康（旁注「鎮江」二字）入納甚盛，韓帥一軍已應副至五月二十五日。又椿下四十萬貫，劉、張二軍見取會實收支數目。餘並封樁，不令分文加交，旦夕煩無虞至軍前親自驅磨，督府劃不擅支一錢。今事勢比去歲又不同。只得一熟，儘可措置。相公切是安神養氣，慎勿過憂。其他皆閑事，一切勿置之胸中也。至祝，至祝！上目疾已平，冀速示報。區區不宣。浚頓首再拜元鎮丞相老兄，二十一日晚。手字帖

案：此書現藏日本東京國立博物館。徐邦達古書畫過眼要録名之爲手字帖。「仲古樞密」即折彦質，考紹興六年二月十六日甲寅，折彦質除簽書樞密院事，十二月罷（要録卷九八、卷一〇七），則此書必作於六年二月至十二月間。「無虞」即劉寧止，據要録卷九八，紹興六年二月，「遣權户部侍郎劉寧止往鎮江總領三宣撫司錢糧」，與書中所載韓、張、劉供軍事正合。又稱「恭聞聖上以赤目不視朝一日」，據要録卷九九，紹興六年三月十九日丙戌，「上不視朝。後二日，趙鼎等問聖體，上曰『前夜已覺目痛，偶探報叢集，又新令范

沖校陸贄奏議，有兩卷未曾看過，三更方看徹，比曉，目遂腫痛，不能出』」。即此事也。綜上，此書作於紹興六年三月二十一日甚明。時浚以右相督師於外。

與參議侍郎書一 紹興六年夏

浚再拜。炎暑幾不能出息，遽辱荔子爲貺，食之神氣頓爽，荷厚意無已也。浚與兒子幸無恙。得老親近教，壽體彌强健，賴天之惠，私以感激。浚再拜。鳳墅殘帖釋文上

與參議侍郎書二 紹興六年九月

浚頓首上啓參議侍郎閣下。被手翰，審聞所履益快健，欣慰之至。即日伏惟台候萬福。謹啓，不宣。浚頓首上啓參議侍郎閣下。九月二十日。鳳墅殘帖釋文上

案：此二書原無繫年。内稱「浚與兒子幸無恙」，考浚長子張栻生於紹興三年；又稱「得老親近教，壽體彌强健」，則浚母計氏夫人仍在世，考計氏卒於紹興二十六年，則此二書必作於紹興三年至二十六年間。在此期間，符合作書對象「參議侍郎」之稱謂者，唯二人：一爲邵溥，一爲吕祉。先説邵溥。考紹興六年正月，起復徽猷閣待制、都督府參議軍事、權川陝宣撫副使邵溥試尚書禮部侍郎，仍兼參議軍事；七年二月，尚書禮部侍郎、兼

都督府參議軍事邵溥充徽猷閣待制、知衡州，尋改知眉州（要録卷九七、一〇九）。換言之，邵溥任「參議侍郎」在紹興六年正月至七年二月。在此期間，邵溥實際並未離開四川赴朝廷就任。再説吕祉。考紹興六年六月，給事中吕祉試尚書刑部侍郎，充都督行府參議軍事；七年二月，吕祉試兵部尚書，陞兼都督府參謀軍事（要録卷一〇二、一〇九）。吕祉任「參議侍郎」在紹興六年六月至七年二月，地點則爲江淮一帶。而二書之撰作時間，一爲「炎暑」時節，一爲「九月二十日」，與邵、吕任「參議侍郎」之時間皆相合。然第一書中稱「遽辱荔子爲貺」，荔枝乃四川南部地區所産之物，顯係任職四川的邵溥所餽贈；又稱「得老親近教，壽體彌强健，賴天之惠，私以感激」，時計氏夫人居綿竹，浚「私以感激」者，必爲任官蜀地關照、對其母多所的邵溥。綜上，此二書皆係浚作予邵溥者。第一書作於紹興六年夏，第二書作於紹興六年九月。時浚以右相治軍江淮。

與張俊劉光世書 紹興六年十月

賊豫之兵，以逆犯順，若不盡剿〔一〕，何以立國？平日亦安用養兵爲？今日之事，有進擊，無退保。魏公行狀

案：要録卷一〇六、編年綱目卷七亦載此書。行狀載：「諜報叛賊劉豫及其姪猊挾

虜來寇，公奏虜疲於奔命，決不能悉大衆復來，此必皆豫兵。公既行，而邊遽不一，大將張俊、劉光世皆張大賊勢，爭請益兵，自趙鼎而下，莫不恟懼。至欲移盱眙之屯，退合淝之師，召岳飛盡以兵東下。公獨以爲不然，以書戒俊、光世曰『賊豫之兵……』」據要録卷一〇六，此書作於紹興六年十月。時浚以右相督師江上，力主禦北軍於兩淮。

校勘記

〔一〕若不盡剿 「盡剿」，要録卷一〇六、編年綱目卷七作「剿除」。

與李綱書 紹興六、七年間

浚再拜。虔賊陸梁，出於州郡，養成端倪，漸以滋蔓。左右談笑措置，招撫剿除，愜當事會。朝廷倚重巨鎮，一聽規謀，切望頤旨早爲之所，庶民獲安居，爲惠甚大。僭率，僭率，浚再拜。式古堂書畫彙考書卷一四張德遠談笑措置帖

案：徐邦達古書畫過眼要録據「虔賊陸梁」四字判定此書係紹興三年四五月間浚付與岳飛者，似可商榷。考岳飛平虔寇，確係紹興三年四月事，然彼時浚仍以知樞密院事在川陝宣撫處置使任上，飛僅爲神武副軍都統制，尚未邁入南宋一綫統兵官行列，二人既無私交，又無任何職事關聯，浚何緣作書致意於飛？再者，「招撫」並非岳飛面對賊寇慣用之

手段；「左右談笑措置」「朝廷……一聽規謀」亦非執政重臣與一般武將書通所用措辭；且南宋前期，虔州地區寇亂頻仍，並無確切證據表明所謂「虔賊陸梁」便是紹興三年岳飛所平之虔州賊寇。此書或係紹興六、七年間浚作與江西安撫制置大使李綱者。據梁溪先生文集卷一二五，紹興六、七年間，李綱與張浚書通中論「昨被行府札命，欲先次遣兵討蕩虔寇」「虔賊謝小鬼等結集凶徒數千人，侵犯吉州，破永豐、吉水兩縣，潰散官軍，驅執將佐，殘害甚衆。本司遣兩項軍馬前去討殺，并督將兵會合掩擊，幸獲勝捷。已催督進兵，追襲窮捕，第恐兵力單弱，未能盡其根株」「虔寇已遣本司兵將會合討捕，剿殄數項，亦有受招安者，餘黨漸歸巢穴，目前粗定」（與張相公第十書、與張相公第十九書、與張相公第二十書）事，與浚書所論「虔賊陸梁」「招撫剿除」正合；綱任江西安撫制置大使，浚謂「朝廷倚重巨鎮」，亦較紹興三年任神武副軍都統制的岳飛更爲妥帖。

與孫參政書　紹興九年正月

魯仲連不尊秦爲帝〔一〕，且云：「連寧有蹈東海而死。」蓋知帝秦之禍，遲發而大。況我至讎深隙，迺欲修好，而幸目前少安乎？異時歲幣求增而不已，使命絡繹以來臨，以至更立妃后，變置大臣，起罷兵之議，建入覲之謀，皆或有之矣。某是以伏讀詔書，不覺戰

汗。幸公深思，密以啓沃。魏公行狀

案：編年綱目卷八亦載此書。行狀載紹興「九年正月，詔書至永。公伏讀恐懼，寢食不安，移書參知政事孫近，大略曰『魯仲連不尊秦爲帝……』」則此書作於紹興九年正月甚明。

校勘記

〔一〕魯仲連不尊秦爲帝　「不」「尊」間，編年綱目卷八多一「肯」字。

與連壅書 紹興十一年九月

富貴不足道，孝悌忠信可以垂名百世，利澤萬物。紹興辛酉重陽前一日，書贈連君幾宜，紫巖張德遠。周益公文集省齋文稿卷一七跋張魏公與連壅帖

案：「紹興辛酉」，即紹興十一年，是歲浚在福建路安撫大使任上。周必大跋文謂：「應山連處士，一布衣爾。既没，而鄉人法其孝友禮遜，凡矜寡饑饉之人皆追思之。歐陽文忠公表其墓，謂『行之以躬，不言而信』，蓋實録也。有子四人，而寶文公則第三子之孫，以文章贊書命，才略典方面，克孝而忠，大其家聲。今機宜君復蒙上拔擢，守蓬守邵，進用未已，施於有政，豈直如此士居鄉而已乎？舉斯心加諸彼，則上不負天子，下不負張忠獻

公之言矣。」考「寶文公」即連南夫。據韓元吉南澗甲乙稿卷一九連公墓碑，連南夫晚歲以寶文閣學士寓居福州，紹興十三年正月卒於福州寓舍。居閩期間，與浚當有交誼。書中「連君幾宜」當即連南夫長子連𦫼。據韓元吉連公墓碑，連南夫共三子，長子𦫼，朝奉郎、權發遣邵州；次子瑴，承奉郎、監秀州華亭縣袁步鹽場；幼子瑩，承奉郎。瑴、瑩皆早卒。連𦫼「權發遣邵州」，與跋文所説「今機宜君復蒙上拔擢，守蓬守邵」正相合。「連𦫼」，或爲「連𦫼」傳寫之訛。

遠辱手翰帖　紹興十一年末

浚再啓。遠辱手翰，良佩勤厚，治郡無補，丐祠蒙允，荷上厚恩，錫以異數，方具牢辭，未知所報。行李已出城，謀爲湖湘寓居之計。筆脯爲況，慰感慰感！益遠會集，唯祈加衛。浚再啓。式古堂書畫彙考書卷一四張德遠遠辱手翰帖

案：此貼徐邦達古書畫過眼要録繫於隆興二年四月，恐誤。内稱「治郡無補，丐祠蒙允」「謀爲湖湘寓居之計」，與紹興十一年末浚罷知福州、充萬壽觀使、將往長沙居住事（要録卷一四二、永樂大典卷一〇八七六張魏公奏議奏欲寓居湖南及論虜使狀）正相合，因知此帖當作於紹興十一年末浚離福前，惟撰作對象不可考。

賀秦丞相除太師啓 史堯弼代　紹興十二年九、十月間

伏審顯膺命典之隆，首冠泰階之重，伏惟歡慶。恭惟太師僕射相公，器涵精粹，學茂經綸。出入險夷，躬履危而可疚；弛張文武，才任大以優爲。贊限遠之威懷，輔格天之孝治。式旋醜御，歸正保茲。功尤軼於前聞，事有光於振古。彝章攸舉，輿論僉諧。暢達士之邈然，聳宏休之卓爾。莫展造前之慶，徒勤抃躍之私。永樂大典卷九一七

案：據要録卷一四六，紹興十二年九月十六日乙巳，秦檜進太師，封魏國公。時浚以檢校少傅、崇信軍節度使、萬壽觀使寓居潭州，例進上賀啓，由蜀士史堯弼代作。

與張子蓋書 紹興三十二年五月

比得報聞，分兵三道解圍海州，心頗疑之。不知地理形勢，果是何如？蓋分兵則弱，如彼專攻其一，則在我未易枝梧也。今李侯既在城外，莫可相約商量，更圖長策。或益兵共擊，或量度進退，事欲必濟，宜各以協和爲心，其他區區言語之間，皆不足深較。節使以名將之裔，驟取富貴，勉力功業，上以報主上，下以副先令叔循王之望。一或差跌，則公議不容，名節掃地盡矣。所宜勉之！某見治裝，帥李節使帶領大軍，前去楚州以來照應。仍

乞以某此書關報李節使、海州，及以帛書報城中將士，使共知也。永樂大典卷八四一四

案：據魏公行狀，紹興三十二年五月，「虜以十萬衆圍海州甚急，鎮江都統制張子蓋提兵在淮上，欲前救。聞當受公節制，士氣十倍。而公受命之日，亦即爲書抵子蓋，勉以功名，令出奇乘虜弊。子蓋率兵力戰，大破虜衆，得脱歸者無幾」。所謂「李侯」「李節使」，即靖海軍節度使、京東招討使李寶。此書及與李寶書皆作於紹興三十二年五月。時浚判建康府、兼措置兩淮。

與李寶書　紹興三十二年五月

節使總兵於外，照應城中，策未爲失，但不知海道今尚可通城中否？糧食可自海津致否？心甚憂之。已作書與張節使，所宜深思遠慮，率厲將士，且與張節使熟議，共成大功，勿分彼此。虜兵既衆，不知張節使之師可以必戰解圍否？凡此等事，幸一一子細條具，速以見示，務濟國事，乃所望也。虜人殘害不道，專嗜殺人，所得城邑，噍類無遺，想見城中豪傑忠義，共圖力守。某已治裝，親帥建康李節使自水道前往楚州、漣水以來照應。帛書封呈，更望照悉。永樂大典卷八四一四

與虞允文書 隆興元年十二月至二年三月

浚頓首再拜。今日早上封示彬父回御前遞論事劄子，聖意喜甚。偉哉，深切著明之論也！今士大夫才識學皆不到，而又重於爲己，輕於謀國，尚烏足與圖事哉？幸公留意川陝上流近事，及人才之可用、事機之可爲、措置之可行者，歸以告上，至望！二十日午，不宣。浚頓首再拜彬父制置尚書友契台坐。式古堂書畫彙考書卷一四張魏公早上封示帖

案：此書現存北京故宫博物院，原無繫年。「彬父」即虞允文。據宋史孝宗本紀一，隆興元年七月一日庚寅，虞允文以兵部尚書出任湖北京西制置使，即所謂「制置尚書」，則此奏必作於隆興元年七月後；又内稱「今日早上封示彬父回御前遞論事劄子，聖意喜甚」，可知浚作此書時正在朝堂之中。據孝宗本紀，浚於隆興元年十二月九日乙丑自江淮入見，旋拜相，明年三月復出視師，則此書必作於隆興元年十二月至二年三月間。時浚以右相兼樞密使居朝輔政。

付二子手書 隆興二年七月

婚禮不用樂，三日後管領親家，即隨宜使酒成禮可矣。不當效彼俗子，徒爲虚費，無

益有損。

祭禮重大，以至誠嚴潔爲主。別置盤盞碗碟之類，常切封鎖，以待使用。喪禮貴哀，佛事徒爲觀看之美，誠何益？不若節浮費而依古禮，施惠宗族之貧者。賓客盡誠、盡禮可也。恣烹炮，飾器用，又群集婦女，言語無節，昏志損財，爲害莫大。

戒子通録卷五

案：行狀謂隆興二年「孟秋既望，公薦享祖考，既奠而跌。公起，歎曰：『吾大命不遠矣。』手書家事付兩子，且定祭祀昏喪之禮，俾遵守，曰：『喪禮不必用浮屠氏。』」此書當即浚手書家事付二子者。「孟秋」，七月也，則此書當作於隆興二年七月中下旬。時浚寓居江西餘干。

又付二子手書　隆興二年七月

吾嘗相國家，不能恢復中原，盡雪祖宗之恥，不欲歸葬先人墓左。即死，葬我衡山足矣。

魏公行狀

案：行狀謂隆興二年「孟秋既望，公薦享祖考，既奠而跌……手書家事付兩子……且曰：『吾嘗相國家……』」此書亦隆興二年七月中下旬所作。時浚寓居江西餘干。

時義帖

浚再拜啓。二十年之別，如一彈指間。每思慷慨正論，未嘗不抵掌興歎也。載惟心法所格，自結上知，擢之遠外，恃爲耳目，而士議謂公展盡忠嘉，無負於上，聞之悚慰。夫遇合有時，進退有義，君子何患哉？蓋其在我，以勉求諸天而已。何時執手罄所懷？馳仰馳仰！浚再拜啓上。寶真齋法書贊卷二四宋名人真蹟

案：以下二帖，不得其確切年月。

誠力帖

浚再拜啓。浚誠力俱不足，自罹大戾，憂患困苦，何可勝陳！中間薦辱教貺，感公高義，慙悚積心，獨不敢輒布謝問，無他，恐讒間之或行也。公道不振，習俗以成，沐知有素，豈責此耶？聖主如天，方付公以屏之也重，恩禮有隆，想惟盡力報稱。一路受惠，至幸至幸。浚再啓上。寶真齋法書贊卷二四宋名人真蹟

張浚集卷二十三

記

天寧萬壽禪寺置田記 紹興三年

勤公圓悟禪師有大因緣於世，能以辯才三昧，闡揚佛教，無論士庶，皆知信仰。師以大慈悲心，作平等觀，種種譬喻，接以方便。若貴若賤，各各懽忻。靖康之初，首承詔旨，來抵京師，公卿貴人争至其門，捨所愛物而爲供養，金珠寶貝、象馬器服，凡所好玩，曾不吝惜。師隨其意趣，一切攝受，秘藏寶蓄，纖芥不遺。衆人視之，若甚愛者，雖其徒衆，貌肯心疑。予時被召，涖職太常，爲其徒言：「勤公所行，我實知之，慎勿生疑。彼其存心，等擬太虚，森羅萬象，殆非真實。又如明鏡，姸醜隨現，惟所應之，了無著者。是特將以一大事因緣故建立法門，爲佛庇蔭，垂裕後來。」於時其徒，且疑且信。

歲在癸丑，予解使事，歸省庭闈。勤銜冒大暑，遠來問勞，始爲予言：「克勤住昭覺之八年，復爲南遊，殆二十年而歸。今執掃灑之役，又四年矣。參徒日至，聚指三千，後將有不給之憂。我之歸蜀，嘗捐千萬錢，鼎新妙寂，四視篋中所有，尚八百萬，將求成於大檀越，市田千畝，爲久遠計，上祝皇帝無疆之壽。」予聞其言而悦之，喜知人之不妄，因以禮部度七僧符及俸餘二十萬助成其志。且上之在維揚，嘗詔師赴行闕，賜坐便殿，委曲慰藉，顧其道之足以感動人主，決非偶然。予之爲此，其亦所以崇美聖主之意耶！勤既遂所欲，又求予爲記。

夫佛之道有益於世間，非特使人起爲善之心而已。其毁棄天倫，絶滅世法，於吾道初若少悖，至於忘嗜欲，絶貪愛，輕富貴，外死生，視天下之物無一可以少動其心，有補於教化者甚大。嗚呼！使天下之爲士者皆知去貪懲欲，以天下百姓爲心，而於富貴死生之分了然胸中，必將安分守義，盡節效忠，而天下不復有非常之亂。上而朝廷，何傾危之足憂；下而百姓，無侵漁之可患。天下無有不治矣。予故因勤之請，聊爲言之。後之田斯田、食斯食者，宜勉勵此道，庶幾不墜勤之高風焉。紹興三年記。成都文類卷三九

案：紹興三年，浚將離任川陝回朝，其友圓悟克勤禪師特來問勞，因談及天寧萬壽禪寺置田事，遂爲作記。

三省堂記 紹興八年二月

紹興丁巳冬，予以淮西兵變，言者論列，謫居零陵。明年春二月，既至，寓止客館，作

堂於地之東隅，僅庇風雨，庶幾燕息，取曾子三省之目以名之。其省謂何？思吾之忠於君、孝於親、修於己者，恐或未至。嗚呼！士大夫於聖人之道，當求所以通於天人之際。予之三省，殆將有進於斯，而愧其未能也。吾兄昭遠喜，爲書其名，於予有光焉。（隆慶）永州府志卷八

案：魏公行狀亦節録此記。（隆慶）永州府志卷八載：「三省堂在府城内，張浚寓居時建，今廢。」紹興七年九月，浚以淮西兵變罷相。十月九日戊戌，責永州居住。（要録卷一一四、一一五）即文中所謂「謫居零陵」事。八年二月，至永州貶所，建三省堂居之，因作是記。

自信菴記 紹興八年

余氏湖湘，佛日又使謙來，發武林，越衡陽，崎嶇三千餘里，曾不憚煩。中途緣契，悟徹真理，一見神色怡然，若礙膺之疾已除者。仍以筆諾寄元曰：余謫居零陵，徑山佛日禪師遣謙師上人來問動止。僧宗元因佛日室中舉竹篦話「心地先有發明處」，毅然與謙偕來。既至撫、信間，謙亦因緣契會，放下從前，參學窠窟。元喜曰：「我已見清河公矣。」徑歸東陽，爲衆辦衆事。余嘉其行止近道，書此寄元，因勉以護持云。紹興戊午四月二十三

日，紫巖居士張浚德遠書。雲臥紀談卷下

案：雲臥紀談卷下載「大慧老師先住徑山日，遣謙首座往零陵，聞訊張魏公。是時竹原庵主宗元者與謙有維桑契分……謙未逮半途，忽有契悟……魏公嘗爲謙識其悟，爲名菴曰『自信』而記之，略曰『余氏湖湘……』」「紹興戊午」，即紹興八年。時浚謫居永州。

雲巖禪寺藏記　紹興九、十年間

吴郡山水秀麗，虎丘號勝處。世傳闔閭葬此，地氣騰出。秦皇使人求劍，虎存其上，因以名焉。晉王珣與弟珉宅石澗之東西，已而捨興佛刹。本朝至道中，革律爲禪。紹興八年（二），余謫居零陵。住持宗達以書抵余曰：「我與紹隆同嗣法於圓悟禪師，實繼灑掃。隆常建立轉輪大藏，效彌勒示現禮製。施軸於中，負載其上，規摹甚偉。僧法霎、法清、法悟爲之勸，邦人李方高次弟輸財。方議卜築，隆適先寂。我不敢以勝事難集爲解，夙夜究力，益勵精誠，再閱寒暑，工績俯就。平高益下，棟宇翼如，琅函貝葉，輝燦焜耀。信士鄒珉目規口歎，盡捐所有，獨力莊嚴，於我法中，爲大緣事，敢以請記。且當天下無事時，當世名儒，間以財爲病，矧兵革迭興，軍儲或匱，勤役費用，理容未安。然我嘗思之，夷狄之變，其來有事。因欲生愛，因愛生貪，因貪生忿。欲、愛、貪、忿，是謂無明。展轉交攻，激爲鬭亂，怨深禍結，殆不偶然。我佛以清浄立教，使人回心歸善，一念儻正，和氣自生，其於教化，似非小補，是以有請而無愧。」

余聞佛爲一大事因緣故出現於世，種種警喻，發明空理，丁寧反復，務息塵勞。現大光明，饒益照耀，妙用神通，不可思議。古人指擿之意，蓋病夫不知虚静修己，區區致恭以佞之也。又病夫落髪披緇之徒，易浸以溢，流宕南畝，其教可輕疵哉？將見斯藏之成，覩相增信，由信趨善。宿習退轉，真證圓通，孝悌和睦之心油然而起。宜勤守護，用永其傳。藏始建於紹興丁巳春正月，至冬十一月告成。復授資政殿大學士、左宣奉大夫、福建路安撫使兼知福州張浚爲之記。吴郡志卷三二

案：「紹興丁巳」，即紹興七年也。藏建成之日，浚已罷相，謫永州。然文末落款之結銜作「復授資政殿大學士、左宣奉大夫、福建路安撫使兼知福州」，考要録卷一二六，紹興九年二月「己未（八日）……宣奉大夫、提舉臨安府洞霄宫張浚知福州」，二月十一日壬戌，「復資政殿大學士」；又紹興十年十月癸酉（二日），浚以明堂恩復觀文殿大學士（要録卷一三八），則此記之作，當在紹興九年二月至十年十月間。

校勘記

〔一〕紹興八年　「興」原作「熙」，據文意改。

祖印院記 紹興十一年

唯嵊縣之南二十里，有南巖，相傳是海門，大禹時決水東注，積砂成嵒。三山坡陀環繞，其東斷如玉玦。東晉永和歲中，高僧釋暉始卜築於此。五代時，錢氏以院分屬新昌。唐朝賜額名咸通，本朝治平初賜今額。自天姥嶺驛路斗折入小徑，松杉排立，如人物可數。夾徑有兩浮圖，前有乳香巖，雜花叢竹，陸離可觀。巖腹有仙骨巨棺，其嶮不可梯。方臘寇入山，從絕頂垂綆下，窺棺中之藏，唯見所蛻骨甚大，與今人異，其色微紅，如餘霞也。後山之巔有古釣車，云是任公子以五十巨犗釣於會稽時所作。（寶慶）會稽續志卷三

案：（寶慶）會稽續志卷三「祖印院」條謂「紹興十一年，張浚嘗爲院記」。時浚在福建路安撫大使任。

重修鼓山白雲湧泉禪寺碑記 紹興十二年

天下之事，未有爲而不誠，誠而不至，充盡夫至誠之道，猶不能有克成者。佛家者流，毀衣糲食，惟道是求，祖祖相傳，師法具在。舉措施設，雖千萬衆，若出一化。智者盡謀，壯者竭力，有餘者分施，不足者求人，事功敏速，不日而成。如降於天，如出於地，如有鬼

神，陰來相之。且其道以清净不争爲本，無濁惡氣，無殺害聲，無鬬争語，無私邪事，虚静平和，上格高穹，龍天歸仰，神佛護持。歷世以來，天下被患於刀兵水火之厄，不知幾數矣，而梵宫秘宇，羅列山間，巍然焕然，多有存者。借使近市喧雜，夤緣回禄之變，苟爲名刹，率免於難，夫人而能道之也。嗚呼！是理真實，同諸天地而不昧，質諸鬼神而無疑。奈何學聖人而不究盡其道，使有愧於佛也哉！雖然，釋氏之先，其教甚嚴，其儀甚簡，其道勤苦而難入。食惟充腹，擇草木之實以食；衣惟蔽體，取蒲荷之葉以衣。路宿不再，懼有戀意。則夫高峻其制，丹青其木，平齊其址，綵繪其像，疑非佛之本心。後世通儒博識，多以是而疑其徒也。然而實際一塵之不受，建立一法之不遺，世間萬法，切等空幻。聖賢設心，猶有示化，運廣大心，具堅忍力，辦莊嚴事。不信者覩相以生善，吝嗇者易慮以出材，企慕者捨愛以學道，於教不爲無補。鄭侯當平定之初，大築漢宫闕，議者或譏其侈，而侯亦自記，以昭示壯觀之意。予謂侯深曉世法，非小智淺陋所能窺測也。以下闕文。

紹興十二年，檢校少傅、崇信軍節度使、充萬壽觀使、南陽郡開國公、食邑六千六百户、食實封二千五百户張浚撰文。顯謨閣直學士、左中奉大夫、知福州軍州事、兼管内勸農使、充福建路安撫使、馬步軍都總管、文安縣開國子、食邑六百户、賜紫金魚袋程邁篆額。左朝奉郎、充福建路安撫使司參議官何大珪書丹。鼓山志卷七案：此記作於紹興十二年甚明。考紹興十一年十一月二十七日辛酉，浚爲檢校少傅、崇信軍節度使，罷知福州，充萬壽觀使（要録卷一四二）。隨後往湖南居住，作此記時，浚或仍在福建，或在福建赴湖南途中，或已至湖南，不確。

濯纓堂記　紹興十六年至二十年間

濯纓四木犀，不知植自誰手。父老相傳，以爲歷寒暑之變，幾百閏矣。青陰環合爲一，若碧雲出覆，時見日星。夏之日，率二三友，與子姪讀易。其中挹巾山之聳秀，玩湟水之澄清，清風顧我，不疾不徐，蓋恍然不知此在塵世也。異時秋深花發，香氣襲人，莫不吸清芬而懷美德，又不獨余數人獨私其惠云爾。（同治）連州志卷六

案：此紹興十六年至二十年浚謫居連州時所作。（同治）連州志卷六古跡志載「濯纓堂，向在湟川驛，舊志云即泗洲堂。張魏公記其略曰『濯纓四木犀……』」

保安寺碑記

物之興廢，繫乎天數，而所以興其廢，使終不至於淪墜者，則存乎其人焉爾。苟得其人，則意念所及，足奮神化，而投無不獲，掀天功業，亦屬指掌。而况叢林巨剎，爲西方聖

神之所棲泊〔一〕，靈資利澤，與大造相周旋。脱有大善知識，以夙緣乘之，則其鎔瓦礫爲金碧〔二〕，化土苴爲旃檀〔三〕，若探囊取寄，而曩昔舊觀〔四〕，若自天而下矣。回天之力，其有藉於人者，固如是哉！

保安講寺，舊爲通聖蘭若，隸秀州，距城北一舍許，在北秋原上。蓋自東晉肅宗朝雪巢法師雲遊擇勝，得善士卜本常割地一方，遂卓錫於此。拮据焦勩，誅茆索綯，僅營幽構，粗循矩矱。延及法徹〔五〕、方智、德玄等，守之不絶如綫。迨唐至德間，易爲保安禪院，叢席響振。物盛必衰，罹會昌之厄〔六〕，寺衆星散，梵宇化爲荆榛。否極泰來〔七〕，繼有大中之詔，陰霾駁散，佛日重輝，院墜而復起。丞相陸公曾記其事。

及今普誠法師，以大阿羅漢心，發圓覺神照，鳩善信而重拓之，畚湫成亢〔八〕，撤腐爲新，歷五載而就緒。奉大士有殿，講法有堂，匭藏經有閣，設鐘簴有樓，棲伽藍有祠〔九〕，安禪有室，庖湢有所。翬飛蜺聳，藻飾丹堊〔一〇〕，而又繚以甓垣，藩以卉木。慈雲甘澍，繽蕤法界〔一一〕，足爲十方大衆之所皈依。於是具請於朝，額爲保安講寺〔一二〕。大業既成，爰請予文以紀成績，抑以見師神通之廣，智量之弘，足以挽乎天功，指迷途而超慾海，空五藴而掃六塵也。繼有是請業者，尚其懋諸，俾梵法其永興哉。大宋乾道七年，歲在辛卯，冬十二月吉奉敕，督師江淮、樞密院使張浚撰。（正德）嘉興志補卷六案：（萬曆）秀水縣志卷九亦載録此文，題爲「重建保安寺記」。然乾道七年，浚已去世有年；「僅營幽構」，「構」字未避高宗諱；「督師江淮」亦非宋人結銜之確切表述。此文當係僞托浚作，姑附於此。

校勘記

〔一〕爲西方聖神之所棲泊　「神」，（萬曆）秀水縣志卷九作「人」。

〔二〕則其鎔瓦礫爲金碧　「鎔」，（萬曆）秀水縣志卷九作「鑠」。

〔三〕化土苴爲旃檀　「旃」，（萬曆）秀水縣志卷九作「栴」。

〔四〕而曩昔舊觀　「曩」字原闕，據（萬曆）秀水縣志卷九補。

〔五〕延及法徹　「徹」，（萬曆）秀水縣志卷九作「允」。

〔六〕物盛必衰罹會昌之厄　「物盛必衰罹」五字原闕，據（萬曆）秀水縣志卷九補。

〔七〕否極泰來　「否極」二字原闕，據（萬曆）秀水縣志卷九補。

〔八〕畚湫成亢　「亢」，（萬曆）秀水縣志卷九作「冗」。

〔九〕棲伽藍有祠　「棲」，（萬曆）秀水縣志卷九作「妥」。

〔一〇〕藻飾丹堊　「藻」，（萬曆）秀水縣志卷九作「渙」。

〔一一〕繽蕤法界　「蕤」，（萬曆）秀水縣志卷九作「紛」。

〔一二〕額爲保安講寺　「額」，（萬曆）秀水縣志卷九作「升」。

序跋

圓悟佛果禪師語録序 紹興四年二月

圓悟禪師克勤，嘗被遇今上皇帝，對揚正法眼藏，其道盛行。僧若平鳩工聚材，欲以師法語傳諸天下，以待後學，託嚴州天寧老元弼丐予爲叙。吁！此果師之本旨哉？予聞師常偃處一室，坐斷語言，轉無上法輪，不容擬議。揚眉開口，立便喪身，纔涉廉纖，老拳隨起。每舉到不與萬法爲侶公案，已是拕泥帶水，落第二義。今乃欲褒集其平昔咳唾之音，鋪陳而揄揚之，師其聞而有不釋然者乎？雖然，師之不得已而有言，我知之矣。譬彼時雨，隨物濟潤，遐陬僻處，枯根蠹芽，若大若小，各各霑足。而太虚空本自無相，亦無有作，觀覽於斯者，宜得之言意之表。此集之行，在在處處，當有神物護持云。紹興四年二月日，檢校少保、定國軍節度使、知樞密院事、南陽郡開國侯張浚序。〔圓悟佛果禪師語録卷一〕

案：此文作於紹興四年二月甚明。考紹興三年五月，浚始自閬州宣司還朝；四年二月一日辛巳，至潭州；二月二十六日丙午，至行在入見（宋史高宗本紀四、要録卷七三）。

則浚作此文時，或在還朝途中，或已還朝，不確。

李潼川下蜀圖題跋 紹興八年三月

岷山導江，瀦爲彭蠡，奇峰怪石，險灘惡水，皆余所熟游。潼川李君輒出新意，寫而成圖。黄牛、白馬、山鷗、高唐之影，巫山十二峰，夔門百八槃，纖悉無遺。使足未及者見之，莫不心驚目駭，疑非人世所有也。自君山東至於海，風檣陣馬，水村烟郭，好景尚多，安得喚起李君爲我續數千里版圖之勝云！戊午春暮，零陵放臣廣漢張浚書於龍興寺之西軒。

式古堂書畫彙考畫卷一四

案：龍興寺，據（隆慶）永州府志卷一七，在永州太平門内正街北，元豐四年更名太平寺。「戊午春暮」，即紹興八年三月，時浚謫居永州，故跋文自稱「零陵放臣」。

陳氏族譜序 隆興二年夏秋間

左司丞相、福國公陳公，以其所修陳氏家譜示予，且屬爲之序。浚肅觀畢卷而歎曰：「盛哉斯譜，仁義藹然矣。」按江南之有陳氏，自太監太公逵始，其後析居，分爲二十一支，再分爲五十四小支。康伯公自仁瑞公支，由潁川避難〔一〕，而睦、而懷玉、而莆、而泉、而譙，再徙而來者也。太監蓋千有餘年。其間以文章道德、勳名功業自見於世者，不可覼縷。

於戲，盛矣哉！

公承父兄之命，請於朝而修譜，今始克因厥遺緒，詮次成編。然必先之以舊譜序文者，明作譜之權輿也。次之以史傳記載者，彰姓氏之源流也。又次之以郡縣及世表者，見門第素望有在也。於是爲圖以詳世系焉。其爲圖也，準歐陽氏五宗九世之法，推而上之，則見其本之所自出；遜而下之，則見其支之所由分。愈推則愈高，而尊尊之義昭；愈遜則愈卑，而親親之仁溥。譜法莫備於兹矣。復以行實見於翰墨間者係之，則又推譜之餘意也。

嗟乎，譜豈易言哉！自大宗小宗之法廢，而尊尊親親之道所賴以不墜者，惟譜牒存焉爾。至歐陽氏推本年表，著爲圖譜，而後譜法有定論，蓋得大宗小宗之遺意也。近世公卿大夫士家鮮知講及於此，間或牽連附合，如翦桃接柳，氣味不相入也；或填隙補空，如斷港絶潢，脈絡不相貫也。渾淪者病繁蕪，簡略者病枯索，大率無徵無法，譜云乎哉！夫圖永傳者，貴乎有法；冀後信者，貴乎有徵。無信不足傳，無徵不足信。公之是編，世系雖遠，斷自仁瑞公始遷弋爲適，則有徵矣；譜牒雖夥，本於歐陽氏之格律爲正，則有法矣。是誠足以傳永信後，視彼穿鑿謬戾之習，豈不徑庭也哉？

公勳名德業，前輝後裕，軒輊穹壤，爊灼古今，獨步當世，宜其所成之不苟也如此〔二〕。是編成，不特陳氏子孫始有以興起其尊尊親親之意〔三〕，引而不替，而四方賢士大夫苟有敦

仁義、重本始者，且將於此取法焉，庸叙以歸之。（康熙）西江志卷一七七藝文

案：古今圖書集成氏族典卷一三〇、陳文正公文集卷一〇皆載録此文。考陳康伯於高孝之際兩度出任左相：紹興三十一年三月，康伯遷左僕射、同平章事，至隆興元年十二月罷相，以少保、觀文殿大學士判信州，進封福國公，此爲第一次；隆興二年十一月，康伯拜左僕射、同平章事、兼樞密使，進封魯國公，至乾道元年二月致仕（宋史宰輔表四）。序文既稱康伯爲「左司丞相、福國公」，則此文必作於隆興元年十二月康伯罷相、進封福國公之後，二年八月浚去世之前。隆興二年夏，浚既罷相，乃取道饒、信，欲還潭州。時康伯判信州，以族譜見示，請爲之序。見此文當作於隆興二年夏秋間。

校勘記

〔一〕由穎川避難　「川」，古今圖書集成氏族典卷一三〇作「田」，陳文正公文集卷一〇作「由」。

〔二〕宜其所成之不苟也如此　「如此」二字原闕，據古今圖書集成氏族典卷一三〇、陳文正公文集卷一〇補。

〔三〕不特陳氏子孫始有以興起其尊尊親親之意　「始」，古今圖書集成氏族典卷一三〇作「皆」。

大慧普覺禪師讚佛祖跋　隆興二年六月

宗師垂語，切忌錯會，要須識得真實受用處，方證大自在解脱安樂法也。隆興甲申季

夏十日，紫巖居士張浚書。大慧普覺禪師語録卷一二

案：「隆興甲申季夏十日」，即隆興二年六月十日也。據魏公行狀，是歲四月二十二日，浚罷尚書右僕射兼樞密使，判福州，旋除醴泉觀使。又過嚴子陵釣臺詩刻石題記曰：「紫巖張浚過嚴子陵釣臺題。隆興甲申五月二十有二日。」南軒先生文集卷三五書相公親翰曰：「甲申孟秋朔，先公次餘干，暑甚，憩趙氏養正堂。」因知跋文作於隆興二年六月十日浚由浙江赴江西途中。

行狀

寶誌公行狀 紹興三十二年春夏間

師諱寶誌，金陵人。宋元嘉中示迹於東陽市古木鷹巢中。朱氏婦汲水，聞嬰兒啼，遂致育之，因以朱爲姓。後施宅爲寺，即今寶林寺是也。師鏡容鷹爪，不類凡童。七齡入京師鐘山道林寺，師事僧儉，修習禪業。至宋太始初，忽離是寺，居止無定。持一錫杖，掛刀尺、拂子、鏡帛之類，徒跣於闤闠間，髮長數寸，飲啖不擇，或數日不食而無飢容，或一日數食而無飽態。齊建元間，異跡頗著，士庶恭事者不可勝數。梁武踐祚，益加優禮。師嘗求

魚膾於帝，帝雖從請，意頗惡之。師索水吐盆中，魚活如故。有木浮江中，泝流而上，帝與師及士庶觀之。師舉錫一招，木隨至岸，迺紫檀也。帝敕供奉俞僧紹刻師之像，既克肖矣，但少鬚髪，師拔髪插像兩髩，髪即隨長。帝敕張僧繇寫師真容，竟不能就，師遂以爪劃開面門，現十二面觀音相，曰：「毗婆尸佛早留心，直至如今不得妙。」徐陵三歲，其父攜往見師，師撫其頂，曰：「此天上石麒麟也。」中大同丙寅冬，師移華林園金像於所住房，帝曰：「師將去我耶？」未及旬日，是年十二月，示疾。帝命奏樂，晝夜不絕。至初六日而終於興皇寺，葬全身於鐘山。皇女永安公主爲造塔五層，塔前建開善精舍，梁錫「妙覺大師應世之塔」。太平興國七年，賜額太平興國禪寺。真宗朝，詔天下避師諱，祇稱「寶公」，乃改賜「道林真覺」之號。高宗加慈應慧感大師〔一〕，賜其塔爲「感順」云。佛法金湯編卷一四

案：佛法金湯編卷一四載「紹興末，公判建康軍府，嘗撰寶誌公行狀」。據要録卷一九四、一九五及輯稿禮五九之六，紹興三十一年十一月四日壬申，以浚「判建康府、兼行宫留守」；十二月十九日丁巳，始至建康治事；三十二年七月八日，浚以「觀文殿大學士、充江淮東西路宣撫使，建康府置司」，不再判建康府。則其撰作寶誌公行狀當在紹興三十二年春夏間。

校勘記

〔一〕高宗加慈應慧感大師　「高宗」二字疑後世刊刻者添改。時高宗尚在世，不當稱其廟號。

祭文

祭李丞相文 紹興十年正月

維紹興十年，歲次庚申，正月丁丑朔，二十二日戊戌，復授資政殿大學士、左宣奉大夫、福建路安撫大使、馬步軍都總管、兼知福州軍州事張浚，謹以清酌庶羞之奠，遣本州簽廳官、左朝請大夫、通判福州軍州事蔣毓等，致祭於故宫使、大觀文、僕射相公之靈。惟公奎躔孕秀，崧嶽降靈。奮百世之英風，推一時之豪傑。頃未冠字，事親行古人之難；迨展壯圖，許國任天下之重。著直聲於左史，決大策於太常。喘登侍從之班，爰及將相之任。凡三朝之歷事，惟一德以自持。雖屢逸於祠宫，實乃心於王室。每當艱難之際，力陳忠讜之言。慨功名未副於所期，而泉壤遽成於永訣。浚揭來假守，載獲親仁。備聞雅論之餘，益佩成人之德。豈謂云亡之歎，俄興契闊之悲。念一老之非遺，徒自嗟於交臂。倘百身之可贖，其孰憚於捐軀？恤涕泗之無從，具醪羞而致薦。明靈不昧，昭鑒此誠。嗚呼哀哉！尚饗。梁溪先生文集附録案：紹興十年正月十五日辛卯，李綱卒於福州（要録卷一三四）。時浚在福建路安撫大使任，因作祭文。

再祭李丞相文 紹興十年正月

維紹興十年，歲次庚申，正月丁丑朔，二十九日乙巳，復授資政殿大學士、左宣奉大夫、福建路安撫大使、馬步軍都總管、兼知福州軍州事張浚，謹以清酌庶羞之奠，遣安撫司簽廳官、左宣教郎、充福建路安撫大使司主管機宜文字施德修等，致祭於故宫使、大觀文、僕射相公之靈。

惟公挺秀，特邁往之才，歷輔相有爲之日，定大議、決大策，氣壓嵩華，忠貫金石，聲望聳於朝野，風棱動乎蠻貊。隱隱然可與鎮輕浮而靖患難，堂堂然可與當大事而定社稷。勳業未就，志願未伸，辭機政而退處，久居外以均佚。憂國之言，屢沃帝聰；愛君之心，不忘王室。搢紳大夫，幸公春秋之未高，神明之無恙，望公秉鈞軸而在相，整車書而混一。何斯人之無禄，棄人世如陳迹。聖主興不慭之嘆，蒼生動云亡之戚。

浚躡朝路於後，先慕義概於疇昔。偶此承乏，復遂款密。聞急訃而驚悼，爲清時而嗟惜。再陳薄奠，涕泗俱出。尚饗。梁溪先生文集附録

三祭李丞相文 紹興十年二月

維紹興十年，歲次庚申，二月丙午朔，初三日戊申，復授資政殿大學士、左宣奉大夫、福建路安撫大使、馬步軍都總管、兼知福州軍州事張浚，謹以清酌庶羞之奠，致祭於故宮使、大觀文、僕射相公之靈。

嗚呼哀哉！公之碩德重望，著人耳目。重惟天生英傑，蓋將以爲一世之用，胡不假之以齡，俾遂康濟。涕泗交頤，爲天下惜。揭來此邦，公不我棄，促席之言，諄諄在耳。憂國憂君，念念莫置。天兮莫測，不祐忠義。薄酒菲殽，聊寓誠意。尚饗。梁溪先生文集附録

祭顔門下文 胡銓代 紹興十一年八月

維紹興十一年，歲次辛酉，八月丙寅朔，具位某謹以清酌庶羞之奠，祭於故宮使、大資顔公之靈。曰：

嗚呼！公乎實惟兖國公淵之苗裔。淵也簞瓢，公身三圭。淵也短命，公壽七十。淵也無尺寸之地，以行其志；公嘗參大政，事業暴天下。較公所得，亦已多矣，復何所憾。凡今爲公戚戚者，萬里旅櫬，無家以歸也；將死之言，無子以託也。以是爲可悲耳。雖

然，是處青山可埋骨，旅櫬非所悲；有弟有孫以承家，無子非所悲。然則凡今爲公戚戚者，皆非某之所悲也。某嘗同朝，有一日之雅；來涖茲土，又獲朝夕承顔接辭。平生相知如公蓋少，一日不見而亡。吁！可悲也！尚何言哉！尚何言哉！百統黄腸，屑涕霑衣，蓋上以爲天下慟，而下以哭其私。嗚呼哀哉！尚饗。（胡澹庵先生文集卷二二）

案：紹興十一年七、八月間，前執政顔岐卒於福州（輯稿禮四一之四七）。時浚任福建路安撫大使、知福州，胡銓簽書威武軍判官，正在幕下，因代作祭文。

祭李提刑文 胡銓代　紹興十一年秋

公出相家兮，自致青雲。晚蒙識拔兮，一鶴鷄群。釐□省户兮，亭刑海壖。不見運動兮，人自不冤。一夫得情兮，萬里鳴絃。誰不富貴兮，衣錦夜行。公不忘本兮，持節吾鄉。百姓蒙福兮，願公壽康。踰五望六兮，忽焉其亡。蘭桂委翳兮，蕭艾則芳。龍媒既逝兮，駑牛上驤。造物小兒兮，固亦難量。伯仲叔季兮，森然雁行。今獨季在兮，寧不盡傷。矧皆故吏兮，悲曷能忘。郗莒之餐兮，浮蟻滿觴。嗚呼哀哉兮，能復來嘗。尚享。（胡澹庵先生文集卷二二）

案：題後原注「李丞相伯紀之弟」。據楊時所作綱父李夔墓誌，綱有弟三人：李維、李經、李綸（龜山先生全集卷三二李修撰墓誌銘，宋集珍本叢刊影印明萬曆刻本）。要録卷一三四，紹興十年正月「辛卯……觀文殿大學士、提舉臨安府洞霄宫李綱薨於福州。綱之弟校書郎經早卒，綱悼恨不已。會上元節，綱臨其喪，哭之慟，暴得疾，即日薨，年五十八。上……徙其弟兩浙東路提點刑獄公事維於閩部，以治其喪，令所居州量給葬事」。因知爲治綱喪，朝廷移其弟李維任福建提刑，故祭文稱「李提刑」。又據（淳熙）三山志卷二五秩官類六提刑司官載：「李維，右朝散郎、直秘閣，紹興十年三月二十五日到任，至十一年八月初五日致仕。」知李維當卒於紹興十一年秋。時浚仍在福建路安撫大使任，由胡銓代作祭文。

祭劉兩府文　唐仲友代　紹興三十二年二月

嗚呼！古有名將，如公近之。天方滅胡，奪公何爲？公生山西，雄姿傑出。文武兼備，忠誠獨立。干戈衛社，險夷三紀。公爾忘私，卒勤以死。虜昔亂華，萬億犬羊。發憤霆擊，百焉一當。醜類幾殲，國威遂振。膽落凶酋，謂吾有人。投閒彌厲，作鎮惟良。授鉞淮左，軍聲用張。狂胡大入，出師以律。輿疾啓行，推鋒制敵。偏將違令，虜張莫摧。封豕在前，長蛇後來。人爲寒心，公方勇鬭。乘勝而旋，江津是守。病既有加，告休於都。

謂宜勿藥，收之桑榆。天道難知，忽焉川逝。有識痛心，凡民隕涕。匈奴未滅，家靡餘財。結草圖報，遺言可哀。卹典隆厚，國恩始終。用而不早，恨亦何窮。靈車遄邁，丹旐有翩。致奠水濱，洒淚潸然。永樂大典卷一四〇四六

案：紹興三十二年二月十日丁未，太尉、威武軍節度使、提舉萬壽觀劉錡卒（要録卷一九七）。錡嘗爲浚麾下將，及卒，唐仲友代浚作祭文。時浚以觀文殿大學士判建康府事。

祭大慧禪師文 隆興元年八月或稍後

嗚呼！我之與師，本自心契。燕語從容，相忘物外。惟師之心，忠孝是依。憂國憂民，不落他歧。孰識真僧，巧肆中毀。投之嶺隅，快己私意。惟彼太虚，纖塵何污？惟彼真金，烈火何渝？晚歲際遇，本自天理。師不少留，爲之出涕。尚享！降授特進、樞密使、都督江淮軍馬、魏國公張浚。大慧普覺禪師語録卷下

案：隆興元年八月十日，大慧禪師宗杲卒於臨安徑山寺（本書卷二四大慧普覺禪師塔銘）。祭文當作於是月或稍後。據宋史孝宗本紀一，隆興元年六月十四日癸酉，以符離師潰，浚「降授特進，仍前樞密使、江淮東西路宣撫使」，至八月八日丙寅，「復都督江淮軍馬」，與祭文繫銜正合。

張浚集卷二十四

箴銘

蘇雲卿箴 紹興五年初至七年八月

雲卿風節，高於傅霖。予期與之，共濟當今。山潛水杳，邈不可尋。弗力弗早，予罪曷鍼。荆溪林下偶談卷八

案：宋史卷四五九蘇雲卿傳亦載此箴。荆溪林下偶談謂浚入相，遣人延至之，不從，浚因作此箴。考浚嘗兩入相，一爲紹興五年初至七年九月，一爲隆興元年末至二年四月。此箴當爲初相期間所作。

四德銘 紹興十六年至二十年

忠則順天，孝則生福，勤則業進，儉則心逸。魏公行狀

案：據行狀，此銘乃紹興十六年至二十年浚謫居連州時所作。

雙溪閣銘 紹興十六年至二十年

萬物同體，孰一其視？惟聖德大，涵濡以漬。我來雙溪，默識帝意。一念昭澈，仁塞天地。我來雙溪，清風沓至。魚躍淵泉，陶陶自遂。湟流洋洋，飛閣煌煌。天子萬年，四夷來王。（道光）廣東通志卷二二五古蹟略十

案：此銘亦浚謫居連州時所作。雙溪閣，據通志，「在雙溪上，宋紹興間郡守王大寶建」。

新學門銘并序 紹興二十四年

宋紹興甲戌冬十二月，永州學南門成，太守廬陵彭侯所建也。太守視民以身，以王事爲家事，政治既舉，又思有以教化之。得蜀文翁禮殿繪像本，使工次第摹寫堂上，勵士子以儀刑之學。復建斯門，闢壅塞，導勝氣，氣象偉甚，學舍厨廡從而易新，示勸之意厚矣。宜銘之，詞曰：

人不知學，莫適禔身。學而不行，不學爲均。行之伊何？惟一惟誠。孝弟忠信，本之於心。成之於性，守之以仁。日積月化，粹然其醇。可以格天，可以感神。可以正物，可

以化人。發爲辭章，德人之文。施於政事，君子之名。其道甚大，與天地并。凡爾爲士，勿替於勤。欽之勉之，無愧此門。

特進、提舉江州太平興國宮、和國公張浚撰并書。門生右朝請大夫、知永州軍州、主管學事兼管内勸農營田事彭合立石并篆額。（光緒）湖南通志卷二七三藝文二九

案：國家圖書館現藏此銘拓本。甲戌即紹興二十四年，時浚謫居永州。

墨銘 紹興二十五年

存身於昏昏，而天下之理因以昭昭，斯爲瀟湘之寶，予將與之歸老。程史卷一〇紫巖二銘

案：據程史，此銘乃浚「復詔居零陵」後所作，又謂秦檜「以爲諷己，將奏之，會病卒，不果」，按檜卒於紹興二十五年十月，則此銘或即是年所作。

逍遥杖銘 紹興二十五年

用則行，舍則藏，惟我與爾；危不持，顛不扶，則焉用彼。同上

寂照庵銘 紹興二十七年

太極混成，全體不露。象數既分，塵塵畢舉。夫惟寂然，乃能通故。一以知萬，一亦

莫覩。寂然如斯，作佛作祖。成都文類卷四八

案：成都文類卷四八張浚寂照庵頌：「信相禪老顯公頗通易學旨要，其鄉閭宗族爲卜庵居，予名之曰『寂照』，又繫之以銘：『太極混成……』」「信相禪老顯公」，即信相宗顯正覺禪師，據戴瑩瑩宋代巴蜀臨濟禪僧初探（載宋代文化研究第二十二輯），宗顯卒於紹興二十七年。考是歲浚護母喪自永州西歸綿竹，曾短暫居蜀中。是知此銘當作於紹興二十七年浚歸蜀之時。

養正書室銘 隆興二年夏

天下之動，以正而一。正本我有，養之斯吉。道通天地，萬化流出。精思力行，無忘朝夕。魏公行狀

案：據行狀，隆興二年夏，浚罷相，將還潭州，「行次餘干，假宗室趙公頊之居而寓止焉。所居之南有書室，公名之曰『養正』，而爲之銘曰：『天下之動……』」則此銘乃隆興二年夏浚客居餘干所作甚明。

大慧普覺禪師塔銘 隆興二年五月至七月

隆興元年八月十日，大慧禪師宗杲示寂於徑山明月堂。皇帝聞之嗟惜，詔以明月堂

爲妙喜菴，賜謚普覺，塔曰寶光，用寵賁之。其徒以師全身葬於菴之後，使了賢來請銘。

先是，上爲普安郡王時，聞師名，嘗遣内都監至徑山謁師，師作偈以獻上，上甚嘉之。及在建邸，復遣内知客請師山中，爲衆説法，親書「妙喜菴」大字及製真讚寄師。又二年而上即位，始賜號大慧禪師。明年，復取向所賜宸翰，以御寶識之，恩寵加厚而師亡矣。仰惟主上神聖英武，資不世出，而惠顧一方外之士如此，蓋師於釋氏，所謂卓然傑出於當世者。忠誠感格，得之天理，是以上動宸心，眷知特異。吁其盛哉！

自昔聖賢，以傳心爲學，誠明合體，變化興焉。西方之教，指心空爲解脱究竟，蓋得一而不見諸用，而悟入要處，或幾於盡性者所爲。後世三宗並行，臨濟正傳，號爲得人。超出聲塵，不立一法，根源直截，以證爲極，焜耀震動，卷舒無礙。如師子兒〔一〕，游戲自在，獲大無畏。此固不可以智知識識也。臨濟六傳至楊岐，楊岐再世，而圜悟禪師克勤，得法於五祖演，被遇兩朝，其道蓋盛行矣。師實嗣圜悟，益光明焉。

師諱宗杲，宣州寧國人，姓奚氏。年十七爲浮圖，不欲居鄉里，從經論師，即出行四方。始從曹洞諸老宿游，既得其説，歎曰：「是果佛祖意耶？」去之，謁準湛堂。準識師眉睫間久，謂之曰：「子談説皆通暢，特未可以敵生死。吾今疾革，他日見川勤，當能辦子事。」勤即圜悟師也。湛堂死，師謁丞相張公無盡，求準塔銘。無盡門庭高，於天下士亦小許可，見師一言而契，即下榻，朝夕與語，名其菴曰妙喜，字之曰曇晦。且謂：「子必見圜悟師，吾助子往。」遂津致行李來京師，見勤於天寧。一日，勤陞堂，師豁然神悟，以語勤，勤曰：「未也。子雖有得矣，而大法故未明。」又一日，勤舉演和尚「有句無句」語〔二〕，師言：「下得大安樂法。」勤拊掌曰：「始知吾不汝欺耶？」自是縱横踔厲，無所疑於心，大肆其説。如蘇張之雄辯，孫吴之用兵，如建瓴水，轉圓石於千仞之阪。諸老斂衽，莫當其鋒。於時賢士大夫，往往争與之游。雅爲右丞吕公舜徒所重，奏賜紫衣，號佛日大師。會女真之變，其酋欲取禪僧十輩，師在選中。已而得免，蓋若有相之者。

渡江而南，圜悟方主雲居席，命師居第一座，爲衆授道，譽望蔚然。已而去，入雲居山，居古雲門，學者雲集。復避亂走湖南，轉江右入閩，築菴長樂洋嶼，時從之者纔五十有三人。未五十日，得法者十三輩，前此蓋未始有也，後皆角立。始應給事江公少明之請，住小谿雲門菴。而浚在蜀時，勤親以師囑，謂真得法髓。浚造朝，遂以臨安徑山延之。道法之盛，冠於一時，百舍重趼，往赴惟恐後，拜其門惟恐不得見，至無所容。敞千僧大閣以居之〔三〕，凡二千餘衆。所交皆俊艾，當時名卿，如侍郎張公子韶，爲莫逆友，而師亦竟以此遇禍。蓋當軸者恐其議己，惡之也。毁衣焚牒，屏居衡州凡十年。徙梅州，梅州瘴癘寂寞之地，其徒裹糧從之，雖死不悔。噫，是非有以真服其心而然耶？又五年，太上皇帝特恩放還。明年，復僧服，四方虚席以邀，率不就。最後以朝命住育王，聚衆多，食或不繼，築涂田凡數千頃，詔賜其莊名般若。又二年，移徑山。師之再住此山，道俗歆慕，如見其所親。雖老，接引後進不少倦。居明月堂凡一年以終。將示寂，親書遺奏，及寄聲别右相湯公〔四〕，又貽書於浚。了賢請偈，復取筆大書，不少亂。

師雖爲方外士，而義篤君親，每及時事，愛君憂時，見之詞氣，其論甚正確。晚自徑山來秣陵見浚，垂涕言：「先人不幸無後，某之責。家貧何所仰，願乞一給使名，藉公重，庶有肯就者。」浚爲惻然興歎，遂奏其族弟道源奉師親後。既退居明月堂，冒暑走其鄉，上塚葺治，所存蓋如此。使爲吾儒，豈不爲名士？而其學佛，亦卓然自立於當世，非豪傑丈夫哉！卒被光寵，表之無窮，誠有以自致也。所賜御書，建閣藏於妙喜菴，與茲山不磨矣。師壽七十有五，坐夏五十八年。僧俗從師得法悟徹者，不啻數十人，皆有聞於時。鼎需、思嶽、彌光、悟本、守浄、道謙、遵璞、祖元、沖密，先師而卒。我秦國太夫人亦嘗於師問道焉。

嗚呼！我識師之早，此心默契，未言先同，從容酬接，達旦不倦，人間至樂，孰與等擬？蓋惜其淪没山林〔五〕，惠利之不博加於人也。然而以道觀之，安可以隱顯去來，索師於形骸之内哉？我實知師，宜爲之銘。銘曰：

死生爲一，非想非説。證徹了悟，一息千劫。嗟師何爲，拳拳忠孝。欲迪群迷，俾趨

正教。嘻笑怒罵，佛事熾然。情生智隔，疑謗興焉〔六〕。天目巍巍，終古莫移。師兮道德，此山與齊。大慧普覺禪師語録卷六

案：（咸淳）臨安志卷八三亦節録此文。題下原署「少師、保信軍節度使、充醴泉觀使、魏國公張浚撰」。考隆興二年四月二十三日丁丑，浚罷相，特授少師、保信軍節度使，判福州；五月二十三日丁未，充醴泉觀使；七月十六日己亥，薦享祖考，既奠而跌；八月二十八日辛巳，卒於餘干（輯稿職官一之五、五四之一六、魏公行狀）。則此文當作於隆興二年五月末至七月中旬間。

校勘記

〔一〕如師子兒　「師子兒」，（咸淳）臨安志卷八三作「獅子吼」。

〔二〕勤舉演和尚有句無句語　「和尚」，（咸淳）臨安志卷八三作「大師」。

〔三〕敞千僧大閣以居之　「大」，（咸淳）臨安志卷八三作「之」。

〔四〕及寄聲別右相湯公　「聲」「別」間，（咸淳）臨安志卷八三多一「告」字。

〔五〕蓋惜其淪没山林　「淪」，（咸淳）臨安志卷八三作「泯」。

〔六〕疑謗興焉　「謗」，（咸淳）臨安志卷八三作「諦」。

不欺室銘　隆興二年八月

泛觀萬物，心則惟一。如何須臾，有欺暗室？君子敬義，不忘栗栗。魏公行狀

案：據行狀，隆興二年「仲秋二十日，猶爲饒守王十朋作不欺室銘，有曰：『泛觀萬物……』」則此銘作於隆興二年八月二十日甚明。時浚客居餘干。

座右銘

夫血氣不可以勝人，勝人者理也；剛不可以屈物，屈物者柔也。懷疑於人，人未必疑而已先疑矣；逆詐於人，人未必詐而已先詐矣。揚人之善，人將揚其善；掩人之惡，人將掩其惡。待我以不誠，而我應之以誠，則彼自愧；犯我以非禮，而我服之以禮，則彼自服。我以容人則易，人以容我則難。望人太深則生怨，察物太明則取憎。宋稗類鈔卷二三

案：此銘繫年不可考。

論

論易數

易有太極，是生兩儀。太極一也，兩儀三之也。分爲二，而七、八、九、六之數五十有五，此天地之中數也。何以知其然？蓋一、三、五、七、九合爲天數，而天數不過五；二、四、六、八、十合爲地數，而地數不過五。天地奇耦，合之爲十，總之爲五十有五。自然之

數，皆不離乎中，中故變，變故其道不窮。聖人神而明之，用數之中，故消息盈虛之妙、闔闢變化之幾皆在於我，而動静莫違焉，中其至矣。魏公行狀

案：此篇以下諸論之繫年不可考。

論剛柔

君道主剛，而其動也用柔，故乾動則爲坤矣。臣道主柔，而其動也用剛，故坤動則爲乾矣。故夫必欲遠聲色，必欲去小人，必欲配帝王，必欲定社稷，必欲安民人，必欲服四夷，乾之剛也，君則之於内而主斷也。至於禮臣下、下賢才、撫四鄰、愛百姓、卹孤寡，虚心取善，舍己從人，其動莫非柔矣。不敢唱始，不敢先事，謹禮法、循分守、安進退、守職業，坤之柔也，臣得之於内而有承者也。至於犯顔敢争，捐軀盡節，可以託六尺之孤，可以寄千里之命，可殺不可辱，可困而不可使爲不義，守忠義之大訓，弭患難於當年，斷大計、定大疑，正色立朝，華夷讐服，其動莫非剛矣。故夫善觀易者，必觀夫剛柔之中而究其所以用，則六十四卦、三百八十四爻之或得或失，或悔或吝，或吉或凶，可以類推矣。不知剛柔之用，不可言易也。魏公行狀

案：行狀謂浚「嘗論剛柔之義示子姪，曰『君道主剛……』」

論春秋

春秋所書，莫非人事章章者。作之於心，見之於事，應之於天，毫釐不差。夫子叙四時，稱天王，以謂順天則治，生物之功於是興；逆天則亂，生物之功於是息。爲千萬世訓，至明也。故一言以斷春秋之義，曰天理而已矣。嗚呼！使王知有天，則諸侯知有王，大夫知有諸侯，陪臣知有大夫，馴致之理，得之自然，禍難孰爲而作哉？蓋王者知有天而畏之，言行必信，政教必立，喜怒必公，用舍必當，黜陟必明，賞罰必行。彼列國諸侯雖曰强大，敢違天不恭，以重拂天下之心而自取誅滅耶？周道既衰，王之不王，不能正身行禮，奉承天心，以大明賞罰於天下。春秋爲是作，以我褒貶，代天賞罰，庶幾善者勸、惡者懼，亂臣賊子易慮變志，不復接踵於後，天地之大德，始獲均被萬物。聖人先天心法之要，蔑有著於此書者矣。魏公行狀

題名

連州列秀亭題名 紹興十七年二月

廣漢清河郡張浚，紹興丙寅秋被命謫居陽山，姪杅、男栻侍行。重陽前六日抵郡境，

授館濯纓堂，因晴夕必登列秀亭，周覽風物，少釋懷親之思。眉山史堯弼自星沙偕來，表弟臨邛計孝稱以秦國意繼至省問。丁卯寒食日題。從居者八人：僧慧廣，使臣楊安、王實、王資、何遵，密院知客王端，親隨賈似，頭陀光衡。（同治）連州志卷六

案：（同治）連州志卷六古跡志載「列秀亭，在州學東南，群峰拱秀，帶水縈洄，超然有蓬瀛之勝。宋丞相張魏公浚謫居遊憩於此，題石刻……」「丁卯」，即紹興十七年；「寒食日」，宋時「以冬至後一百五日爲大寒食」（東京夢華録卷七），考紹興十六年十一月十日丙子爲冬至（是日高宗行南郊禮，參要録卷一五五），則紹興十七年寒食節當爲二月二十七日辛酉。時浚謫居連州。

連州燕喜亭題名 紹興十九年二、三月間

紫巖張浚攜子栻遊燕喜亭。陽山唐賦、陳宗諤、歐陽獻可、歐陽相，武夷李翔，湘僧元真，蜀僧宗範[一]、大祁同來。皇宋紹興己巳清明前一日，浚書[二]。（同治）連州志卷六

案：又見（道光）廣東通志卷二一〇。燕喜亭，唐貞元中連州司户參軍王弘中建，韓愈作記。「紹興己巳」，即紹興十九年；「清明」，宋時寒食第三日，即清明節（東京夢華録卷七）。時浚仍謫居連州。

校勘記

〔一〕蜀僧宗範　「範」，（道光）廣東通志卷二一〇作「元」。

〔二〕浚書　「浚」字原闕，據（道光）廣東通志卷二一〇補。

永州環翠亭題名　紹興二十五年五月

紫巖張浚同郡倅長樂張登謁太守廬陵彭公合於環翠。酌泉巖□□觀景物之勝，俟月而返。浚子姪栻、杓、枃，姪孫炎、默、炳從行。紹興乙亥端午後六日，浚題。（光緒）湖南通志卷二七三

案：「乙亥」，即紹興二十五年；「端午後六日」，五月十一日也。時浚謫居永州，與知州彭合、通判張登同游環翠亭，因作此題名。

題旌陽道院疏

滿空咄咄，因逃儒而歸楊；得意飄飄，更避堂而舍蓋。昔指隱侯之故宅，又傳東老之詩仙。幾年過城南，識老樹精；一日棄人間，從赤松子。旌陽斬蛟，第二劍有時重來；揚州騎鶴，十萬錢於何取辦？諸賢樂與，勝事便成。三千年歸城，會共手摩於銅狄；七十二福地，誰知山施於金公？（天啓）成都府志卷五三

案：題下原注「德陽縣舊志」，未知何時所作。

雜録

丁巳瀟湘録 紹興七年

浚奉使川陝日奏上曰：「陝西士馬彫弊，勢非五年之後，不可大舉。」既上往會稽，賊乘隙侵陵，海道之行危甚。後雖退師，而僞四太子者猶於淮西駐軍。浚與參議劉子羽議曰：「今度虜勢必再犯江南，儻事有不意，爲天下後世罪人矣。勢當傳檄舉兵，以爲牽制。」子羽曰：「相公不記臨行天語乎？此兵非五年訓練，安可輕用？」浚曰：「事有不可一拘者。假令萬有一前日海道之行，變生不測，吾儕奈何？雖欲復歸陝西，號令諸將，其可得乎？」子羽之議遂塞。此事外人不及知，多誚浚輕舉，且歸罪子羽爲多，天實鑑之也。

皇朝中興紀事本末卷一四

案：「丁巳」，即紹興七年也。是歲冬十月九日，浚以淮西兵變，責授朝奉大夫、秘書少監、分司西京，永州居住。明年二月，始至永州貶所（魏公行狀）。所謂丁巳瀟湘録者，當係紹興七年末浚赴永州貶所，途經湖南一帶所作。然瀟湘録，似僅見於皇朝中興紀事本末。

附録一

祭文輓詞

祭張魏公文

汪應辰

嗚呼！輔相之業，必曰格天。嗟後世之籍籍，角巧力以爲賢。萬姓塗炭，中原腥羶。豈夷狄之能爲？蓋感應召致，而則然將導迎於善氣，必有與天爲一者焉。於維我公，體道之真。聖有謨訓，力行以身。念慮精一，不已其純。雖在闇室，如見大賓。移所以事親者事上，推所以愛己者愛人。任重道遠，白首日新。武夫悍卒，兒童婦女，聞公之名者如仰日星，望公之貌者如見父母。蠢彼犬羊，亦作人語。每問中國，用公與否。之人之德，發揚普詡，綏之斯來，其孰能禦！然而變故百出，艱難備嘗。拯神器於已傾，遏醜虜於方張。既顛危之獲濟，亦進退之靡常。志雖馳於幽燕，迹乃滯於湖湘。二十年餘，再秉樞鈞。百未施其一二，復異説之紛綸。蓋公之所能者天，其所不能者人。自古所嗟，今復奚云！方宴適於林泉，謂永綏於壽考。胡不憖遺，喪此元老！惟某出入公門，期式瞻於儀表，以畢

願於斯文。孰謂此來，言無復聞！既念其私，復哀彼民。徒反袂而長號，淚淋浪而沾巾。嗚呼哀哉！汪文定公集卷一三

祭張魏公文　胡銓

維隆興二年，歲次甲申，某月某日，門生權尚書兵部侍郎、兼侍讀胡某謹以清酌時羞之奠，致祭於近故座主大丞相魏國張公先生之靈。建炎戊申，駐蹕維揚。公爲春官，貳卿文昌。詳定殿廬，多士在庭。得銓大對，謂如劉蕡。擢置第一，執政不平。遂降在五，公驚待罪。人謂公危〔一〕，公曰何害。苗、劉變作，上皇蒙塵。微公捍艱，國步實屯。復辟之功，千祀一人。富平之役，如雁門踦。日月之更，人皆仰之。賜環於閩，百辟是師。時維紹興，改元之始。有盜在夏，曰楊么子。群偷相挺，號百萬人。湖北搶攘，比屋紅巾。憂見天顔，岳飛授鉞。公出視師，纔三穀月。一鼓賊平，妖氛廓清。凱還建康，握砥迓衡。辨賢不肖，黑白大分。群小抵巇，飛語上聞。當宁致疑，蓄怨未發。會酈瓊叛，淮南甀甀〔二〕。白簡交攻，中以深文。公竟坐之〔三〕，出帥七閩。席不暇温，危機復蹈。竄徙流離，半世嶺嶠〔四〕。飲冰食蘗，以身殉道。辛巳秋高，虜騎長驅。逆亮顔行〔五〕，飲馬長江。垂頭中原，謂必無家。百寮竄身，轂下洶洶。禾絹失色〔六〕，急詔起公。遂自長沙，拜命總戎。

膽落犬羊，不戰而僨。逆亮被戕，一夕師遁。額額淮城，萬井相望。知幾萬家，微公幾亡。嗣皇龍飛，首請恢復。都督諸軍，勢如破竹。符離之役，暗嗚憎戎。曷潰其師，李邵争功一云「宏淵顯忠」。師雖奔潰，公獨堅卧。父子泣違，觀者淚墮。虜不敢動，復全淮南。帝命公歸，正位具瞻。再登鼎司，纔四穀朔。百不一施，讒口交鑠〔七〕。一跌不復，群飛刺天。曷不憖遺，一朝溘然。上嘗語銓，朕憂魏公。旦旦籲天，蕲公壽隆。一離訾謗〔八〕，卒以廢死。謂上不懷，言猶在耳。民之無禄，國喪元龜。爲天下慟，非哭其私。公嘗謂人，平生相知。邦衡、子韶，始末不移。子韶已矣，銓獨在此。懷禄不去，其顏有泚。敬遣家奴，惟致生芻。矯首望雲，涕泗霑裾。嗚呼哀哉，尚饗！胡澹庵先生文集卷二三

校勘記

〔一〕人謂公危　「謂」，文淵閣四庫全書本作「爲」。

〔二〕淮南甈甈　「甈甈」，文淵閣四庫全書本作「𨉖𠩺」，似是。

〔三〕公竟坐之　文淵閣四庫全書本作「獨公竟坐」。

〔四〕半世嶺嶠　「世」，文淵閣四庫全書本作「生」。

〔五〕逆亮顔行　文淵閣四庫全書本作「恣意横行」。

〔六〕禾絹失色　「禾絹」，文淵閣四庫全書本作「舉朝」。

〔七〕讒口交鑠　「交鑠」，文淵閣四庫全書本作「頷頷」。

〔八〕一離訾謗　「訾謗」，文淵閣四庫全書本作「謗鑠」。

祭張魏公文　王十朋

惟公學造誠明〔一〕，才全文武，忠孝根於天性，節操貫乎歲寒。社稷之功最高，親曾取日〔二〕；君父之讐未復，誓不共天。二十年見斥權臣，五百歲重逢聖主。夷狄服汾陽威德，兒童知司馬姓名。意者天必相之〔三〕，嗟乎命何止此？方渡江而擊楫，遽樂聖以銜杯。宣室興思，蒼生望起。雖曰閉門絶粒，不忘憂國愛君。中山功未及成〔四〕，讒謗之書盈篋；武侯死有遺恨，英雄之淚滿襟。一老不遺，百身莫贖。某濫此假守〔五〕，驚聞訃音，忍觀絶筆之銘，愧阻臨棺之奠。嗟吾道之窮已甚，非斯人之慟而誰！梅溪先生後集卷二八

案：（康熙）綿竹縣志卷四亦收録此文，題曰聞訃祭張魏公文。

校勘記

〔一〕惟公學造誠明　「誠明」，（康熙）綿竹縣志卷四作「明誠」。

〔二〕親曾取日　（康熙）綿竹縣志卷四作「親嘗捧日」。

〔三〕意者天必相之　「者」，（康熙）綿竹縣志卷四作「在」。

〔四〕中山功未及成　（康熙）綿竹縣志卷四作「中山之功未成」。

〔五〕某濫此假守　「某」，（康熙）綿竹縣志卷四作「朋」。

重祭張魏公文　王十朋

嗚呼！蠻夷猾夏，以和得志。食肉者鄙〔一〕，力主和議，萬口和附，争言五利。曰國之福，何惜土地，甘心事讐，不恥稱謂〔二〕。附和者用，沮和者棄。和猶未成，邊已撤備。既棄唐鄧，又棄海泗，淮北生靈，幾無噍類。國既日蹙，兵亦尋至。公之勛德，公之忠義，公之人望，群嘲聚詈〔三〕。公欲恢復，指爲生事；公欲禦戎，斬爲兒戲；公欲養兵，詆爲妄費；公欲進賢，目爲朋比；公得人心，謂有異意〔四〕。巧言如簧，吁其可畏。天眷雖隆，不容在位。汾陽兵柄，奪於讒惎，度無顯公，豈獨前智？怒疽范增，間走樂毅。公存虜懼，公死虜肆，虜方陸梁，國若斿贅。上心焦勞，當食而喟。彼蒼者天，胡不憖遺？九原不作，蒼生曷慰？遥望衡山，滂然墮淚〔五〕。梅溪先生後集卷二八

案：（康熙）綿竹縣志卷四亦收録此文，題曰聞訃祭張魏公文。

校勘記

〔一〕食肉者鄙　「食肉」，（康熙）綿竹縣志卷四作「肉食」。

〔二〕不恥稱謂　「恥」，（康熙）綿竹縣志卷四作「止」。

〔三〕群嘲聚詈　「聚」，（康熙）綿竹縣志卷四作「衆」。

〔四〕謂有異意　「謂」原作「公」，據（康熙）綿竹縣志卷四改。

〔五〕滂然墮淚　「滂」，（康熙）綿竹縣志卷四作「沛」。

祭張魏公文

楊萬里

具官楊某謹以清酌之奠，西望慟哭，百拜致祭於近故大丞相、少傅、魏國張公先生之靈。嗟乎！殄瘁之悲，天人丕同。同至極者，孔明與公。敵人骨驚，中原欲平。厦屋垂成，而折其甍。孰喪孔明？非天而天。孰喪我公？天而非天。胡爲乎天？天厭漢也。胡爲非天？天宋睠也。宋睠則那，而奪其老。天不其奪，天不其保。叔破旦斧，叔毁孔日。天而能保，則握其舌。公未再相，國人曰賢。公既再去，左右乃驩。謂公賢矣，莫留其歸。公不賢矣，國人我欺。招以萬口，麾以一手。一不勝萬，其然其否。彼退則憂，公進則憂。憂同而殊，家國之謀。正叔之學，公則心之。君實之德，公則身之。因心以身，因身以君。正君以祖，太太真仁。相於兩朝，期年期月。日洗天澄，淮妥江謐。期月乃爾，胡不百年。公而百年，公無地安。公今安矣，民則艱矣。呼公不聞，民則潸矣。踽踽小子，受知惟深。道學之傳，可諼於心。報公則無，雨以清血。俎以名誼，斞以誠實。羸然倚廬，莫望喪車。

千里一鶴，公其吐諸。誠齋集卷一〇一

代倉部祭張魏公文

呂祖謙

嗚呼！鼎分三極，中貫至誠。扶世建俗，經幽緯明。明此北面，尨臣鴻弼。侯皋侯夔，侯旦侯奭。前授後承，皆原於一。降秦迄唐，中間幾息。既極乃通，是開魏公。有遠其傳，有統其宗。匪符匪節，匪券而同。厥初事親，自誠而孝。基德寢門，參騫是蹈。肆其事君，自誠而忠。四朝一心，本始末終。昔在建炎，爲國馳騖。蝨賊内訌，將祲天路。迺義其旗，馳囊走羽。爝彼妖焰，萬河並注。掃除黄道，手扶日馭。勾陳太微，莫不順序。始命樞極，再命台衡。柄是文武，内拊外征。我雨我露，我雷我霆。熛起蠭屯，隨指而平。區脱之酋，氈毳之渠。威名所加，失戈墮車。既其無爲，里忻户愉。群獻具來，翼帝之圖。孰柅其成，放迹江湖。已貴不賤，已豐不約。零陵之居，韋布所愕。披剥萬象，獨全至樂。身外鸞臺，夢中麟閣。戎馬飲江，奪公閒燕。臣轂高幢，陪都是殿。大人繼明，登我元臣。爾衮爾鉞，坯冶載新。瞋目語難，熊羆貔虎。聞公之升，屯歌壘舞。野耕肆商，秀眉垂髻。聞公之升，連手嬉遨。北邊有興，禡牙祭纛。志之所期，欲無遐徼。挈輿地圖，還之清廟。炯炯丹衷，日月所照。帝閔公勞，佚以殊廷。欻騎箕尾，上比列星。殄瘁之悲，五方同聲。

某頃以孱陋，遠戍邊城。敵情叵測，民力弗勝。條利畫病，狂言屢興。朝扣暮應，是獎是稱。籌恩權惠，丘山猶輕。几几赤舄，庶幾快覩。未目德輝，已耳凶訃。扁舟西還，飛旐南去。隻鷄斗酒，莫展情素。公視死生，猶旦與暮。一氣闔闢，新新故故。默友造物，冒此下土。我獨何爲，淚落彤俎。東萊吕太史文集卷八

代祭張魏公文　林光朝

一年秋，九月既望，越六日癸卯，具位謹以牢醴之奠，敬致祭於故丞相、觀使、魏國公之靈。嗚呼！當代人物，飈馳弗留。此聲歷耳，有淚如抽。公歸何所，爛柯前頭。謂言乞骸，將老菟裘。豈曰夜壑，迄無停舟。今者東維，一星上浮。亦有巷哭，寒風颼颼。嗚呼悲夫！要知都督，江淮草木。雖百其身，又焉可贖！維公是寶，豐年之玉。維公是愛，飢歲之粟。白溝以南，黄河之曲。寫公赤心，如空中燭。孰不墮淚，牛馬之僕。烏乎悲夫！古事重名，唯傳一節。刑維爾咎，教維爾卨。赤松焉往，是爲漢傑。古之盛名，與公同轍。左袒一呼，如彼烈烈。捧日而出，俄焉朝徹。公以是故，而不可涅。人今祈公，至於大耋。推鋒越河，無乃斬絶。公每從容，謂之若缺。烏乎悲夫！安石聲名，喧喧百蠻。當其甘寢，不動如山。幼度來前，無畫可彈。我非斯人，若是旁觀。海州初定，晉公乃還。瞻彼

綠野，徜徉其間。晉公之幕，有陪者韓。曾是屢書，矯鳳翔鸞。顧我才薄，爲之汗顏。屹屹裴度，堂堂謝安。周郎、武侯，維是班班。百年一息，乃如驚湍。行道感泣，愁傷肺肝。哭公百舍，秋菊登槃。望望悽斷，不遠餘干。烏乎悲夫！尚饗！艾軒先生文集卷七

祭張魏公墓文 朱熹

惟公功存社稷，澤在生民。上比列星，多歷年所。英靈陟降，千古如存。曰有遺丘，乃寄茲土。熹夙深宗慕，亦誤知憐。茲幸分符，獲參守奉。瞻言螭首，饋奠莫親。寓此一觴，諒蒙昭鑒。晦庵先生朱文公文集卷八七

故少師張魏公挽詞三章 楊萬里

出晝民猶望，回軍敵尚疑。時非不吾以，天未勝人爲。自別知何恙，從誰話許悲。一生長得忌，千載卻空思。

手麾日三舍，身馭月重輪。始是岷峨秀，前無社稷臣。向來元破斧，何用更洪鈞。只使江淮草，明年不作春。

讀易堂邊路，曾聞赤舄聲。心從晝前到，身在易中行。憂國何緣壽，思親豈欲生。不

應永州月，猶傍兩窗明。誠齋集卷二

去年余佐京口遇王嘉叟從張魏公督師過焉魏公道免相嘉叟亦出守莆陽近辱書報魏公已葬衡山感歎不已因用所遺拄頰亭詩韻奉寄　陸游

河亭挈手共徘徊，萬事寧非有數哉。黄閣相君三黜去，青雲學士一麾來。中原故老知誰在，南嶽新丘共此哀。火冷夜窗聽急雪，相思時取近書開。劍南詩稿卷一

拜張魏公墓下　朱熹

衡山何巍巍，湘流亦湯湯。我公獨何往？劍履在此堂。念昔中興初，孽豎倒冠裳。公時首建義，自此扶三綱。精忠貫宸極，孤憤摩穹蒼。元戎二十萬，一旦先啓行。西征奠梁益，南轅撫江湘。士心既豫附，國威亦張皇。縞素哭新宮，哀聲連萬方。黠虜聞褫魄，經營久傍徨。玉帛驟往來，士馬且伏藏。公謀適不用，拱手遷南荒。白首復來歸，髮短丹心長。拳拳冀感格，汲汲勤修攘。天命竟難諶，人事亦靡常。悠然謝台鼎，騎龍白雲鄉。

坐令此空山，名與日月彰。千秋定軍壘，岌嶪遥相望。賤子來歲陰，烈風振高岡。下馬九頓首，撫膺淚淋浪。山頽今幾年，志士日慘傷。中原尚腥羶，人類幾豺狼。公還浩無期，嗣德煒有光。恭惟宋社稷，永永垂無疆。晦庵先生朱文公文集卷五

附録二

行狀傳記

少師保信軍節度使魏國公致仕贈太保張公行狀上　朱熹

本貫漢州綿竹縣仁賢鄉武都里。

曾祖文矩，故不仕，贈太師、沂國公。妣沂國夫人楊氏。

祖紘，故任殿中丞致仕，贈太師、冀國公。妣冀國夫人趙氏、王氏。

父咸，故任宣德郎，贈太師、雍國公。妣秦國夫人計氏。

公諱浚，字德遠，本唐宰相張九齡弟節度使九皋之後。自九皋徙家長安，生子抗，抗生仲方，仲方生孟常，孟常生克勤，克勤生縟，縟生紀，紀生璘，即公五世祖，仕僖宗時爲國子祭酒，從幸蜀，因居成都，壽百有二十歲。長子庭堅，以蔭爲符寶郎，後不仕。符寶之子即沂公也。沂公蚤世，夫人楊氏攜三子徙綿竹依外家，遂爲綿竹人。長子即冀公也。

冀公幼慷慨有大志，不肯屑屑爲舉子業，於書無所不通。慶曆元年，詔舉茂才異等，近臣魚公周詢以公文五十篇應詔，召試秘閣報聞。時西鄙方用兵，魚公謂公曰：「天子以西事未寧，宵旰求賢，惟恐不及，子其可在草野乎？僕當復率賢公卿共薦論，不敢隱也。」遂與程公戡以公慶曆禦戎策三十篇上。公之策大抵謂：「唐之所患，節鎮兵盛；今之所患，中原兵弱。邊鄙有警，無以禦敵，良由四方藩境無調習之甲兵，無親信之士卒。兵以衆合，將以位充，行陳部伍都無倫理，何異敺市人而戰？古者兵出不踰時，今五年矣，民困財匱，點科不息，生盜賊心，後患未可量也。可不速有改更，圖所以爲靖民威敵久遠之計乎？今當以陝西四路、河北三路、河東一路割兵屬將，公選其人，不拘官品，爲置文臣通曉者二人爲軍謀，而使各得自辟其屬，丁壯之目、財賦之用悉付之，勿使中官擾其事，勿使小人分其權。而通置采訪使二員，分部八路，提其綱領，糾其姦非。如轉運、提刑、運判、監軍可悉罷去，庶幾事權歸一，戎虜可遏而人民可蘇也。」有旨下國子監詳定以聞。召試西掖。張公方平奏公論議優長，天子嘉之，授將作監主簿。實二年之冬，事載國史。程公尤器重公，及帥涇原，辟公掌機宜事。移高陽，復辟焉。改秩知雷州。時黎人擾朱崖，朝命委公自四明遣兵數百，浮海道往鎮海隅。公至，不鄙其民，撫綏安靜，寇亦旋息。除管幹都進奏院。公年踰六十，即浩然思歸，致其事。自號希白先生，築希白堂，一時賢公卿皆爲賦詩。

公親教授雍公。雍公字君悦，中元豐二年進士第，歷官州縣。職事之外，覃思載籍，諸子百氏之説無不貫穿，而折衷於六經，其爲文辭奇偉條暢。元祐三年，自華州學官以近臣舉應賢良方正能直言極諫科，奏篇爲天下第一。比閣試，乃報罷。時太皇太后垂簾，哲宗未親庶政，自宰相、百執事皆選用名彦，更張前日王安石政事之弊，排斥異議，沮抑邊功。公念明時難遇而内有所懷，思以補報，既不得對，無路上達。宰相吕汲公大防方貴重用事，公作時議上之，大略謂：「今民和時雍，守成求助，而戒飭警懼不可以忽。況大憂未艾，深患未弭，慱禍未去。所謂大憂，戢兵之説也；所謂深患，差役之説也；所謂慱禍，行法之説也。戢兵之説，其憂有三：有損勢耗財之憂，有沮軍擾民之憂，有滋敵玩兵之憂。差役之説，其患有三：有貧富不均之患，有州縣勞擾之患，有簿書侵撓之患。而二者之本則在朝廷，惟朝廷之上去私意、公是非、明可否，一本於大中至正。法之可行，無問於新之與舊；議之可用，無問於今之與昔。除目前之害，消冥冥之變，則所謂大憂者可轉而爲樂，所謂深患者可轉而爲安，所謂慱禍者可轉而爲福。今日之治，斯可維持於永世矣。」汲公不納，而識者歎公先見之明且遠云。公歸又六年，復召試，考官以公文辭傑出，置高等。宰相章惇覽其策不以元祐爲非，且及廟堂用私意等事，無所回互，甚不悦。數日，公往謝之，惇嘻笑曰：「賢良一日之間萬餘言，筆鋒真可畏。」因授宣德郎、簽書劍南西川節度判官廳公事。人爲公不滿意，而公處之恬然。惇於是奏罷賢良方正科，而更置宏詞科。初，祖宗立制舉，招延天下英俊，俾陳時政闕失。天子虚己而聽，得士爲多。自熙寧六年用事大臣惡人議己，始令進士御試用策而罷制科。司馬丞相輔元祐初政，以求言爲先務，遂復置焉。至是，惇惡雍公辭直，又廢之而立詞科。詞科之文，如表、章、贊、頌、記、序之屬，皆習爲佞諛者，以佞辭易直諫，蠹壞士心，馴致禍亂，而人不知其廢置之源蓋在此也。公晚得異夢，若有告者曰：「天命爾子名德，作宰相。」未幾而公生，故字之曰德遠云。

公生四年而雍公没，太夫人年二十有五，父母欲嫁之，誓而弗許。勤苦鞠育公，能言即教誦雍公文，能記事即告以雍公言行，無頃刻令去左右。故公雖幼，而視必端，行必直，坐不欹，言不誑，親族鄉黨見者皆稱爲大器。年十六入郡學，講誦不間蚤夜。同輩笑語喧譁，若弗聞者，未嘗一窺市門。教授蘇元老嘆曰：「張氏盛德，乃有是子。吾觀其文無虚浮語，致遠未可量也。」甫冠，與計偕，入上庠。太夫人送之，拊其背而泣曰：「門户寒苦，賴爾立。當朝夕以爾祖爾父之業爲念。」凡數十條，書之策以授公。公去親側，常若在旁，無一言一動不遵太夫人之教。京師紛華，每時節游觀，同舍皆出，公獨在。蓬州老儒有嚴賡者，時亦遊太學，見公之爲，咨嗟愛重。賡嘗學易有得，遂以乾坤之説授公。

公中政和八年進士第。知樞密院鄧洵仁，蜀人也，與雍公有雅舊，謂公來見，當處以編修官，公竟不答。調山南府士曹參軍以歸，奉版輿之官。山南大府事夥，帥重公才識，悉以委焉。公爲區處，細大各有條理。治獄明審，務盡其情。至狴犴木索，沐浴食飲，亦必躬涖之，寒暑不廢。以故軍民歸心，訟於庭者，皆願得下士曹治。其受輸盡去舊弊，使民得自執權概，人又便之。公事罷歸，即對太夫人讀書，至夜分乃寐。故同寮之賢者莫不親之，其不肖者亦往往革面憚公，不敢爲非。蒲中孫偉奇父，名士也，時過府與帥飲，至夜分，帥命繼酒於公所，公謂其使曰：「此爲何時？而欲發鑰取酒酣飲乎？郡人其謂何？某不敢也。」復命，帥未應，奇父整冠拱手曰：「公有賢屬如此，某罪人也。」問公姓名志之，即登車而去。

又兼權成固縣事，秩滿，郡人遮道送者以千計，畫公像持以送公者至百餘。轉運使歎曰：「爲小官得人之情如此，使得志於時，又當如何耶？」

調褒城令，辟熙河路察訪司幹辦公事。到官偏行邊壘，覽觀山川形勢。時猶有舊戍守將，公悉召，與握手飲酒，問以祖宗以來守邊舊法及軍陣方略之宜，盡得其實。故公起自疎遠，一旦當樞筦之任，悉通知邊事本末，蓋自此也。有旨以夏人争地界事委察訪司，命其屬往視分畫。公以十數騎直抵界上所謂陽關者，夏人始張旗幟騎乘於谷中，意不可測。及見公開誠，遂數語而定。改秩至京師，調恭州司録以歸。

會靖康改元，尚書右丞何㮚薦公，同胡寅召審察。先是，㮚以中丞論事罷去，寓居鄭州。公調官歸過鄭，念㮚亦蜀人，粗有時望，因見之，告以國事阽危，宜益自重，思經濟之圖，無爲淺露。㮚心重公，及執政，首薦焉。公到闕，聞㮚益輕儇，浸失人望，初見即以劄子規之，辭切厲。㮚不悦，不復使對，止除太常寺主簿。

未幾而虜至城下，公在京師，獨與開封府判官趙鼎、虞部郎中宋齊愈、校書郎胡寅爲至交，寢食行止未嘗相舍，所講論皆前輩問學之方與所以濟時之策。時淵聖皇帝召涪陵處士譙定至京師，將處以諫職。定以言不用力辭，杜門不出。公往候見，至再三，定開關延入。公問所得於前輩者，定告公但當熟讀論語。公自是益潛心於聖人之微言。

二聖出城，公以職事在南薰門，有燕人姓韓者仕虜爲要官，往來南薰，稔識公面。一日，謂公曰：「大人輩虜人呼貴酋爲大人以京城之人不肯盡出金帛，翌日當洗城。」指城一角曰：「至時吾立大皂旗於此，爾來立旗下，庶可免。」公笑謂之曰：「公宜爲大人輩言，京師之人若盡死，金帛誰從而得乎？」姓韓人喜，若有得色。他日復值之，謂公曰：「比日以爾言説諸大人，已罷洗城之議矣。」此事世莫知也。

逆臣張邦昌乘時竊僭，公逃太學中，聞光堯壽聖太上皇帝即位南京，星夜馳赴。至即除樞密院編修官，改虞部員外郎。會上以初履寶位，登壇告天，公攝太常少卿導引。上見公進止雍容静重，心重之，即欲大用。詰朝以語宰執，時中書侍郎黄潛善嘗在興元，知公治績，因稱述焉。上簡記，他日除公殿中侍御史。先是，宰相李綱以私意論諫議大夫宋齊愈腰斬。公與齊愈素善，知齊愈死非其罪，謂上初立，綱以私意殺侍從，典刑不當，有傷新政，恐失人心。既入臺，首論綱罷之。駕幸東南，道途倉卒，後軍統制韓世忠所部軍人劫掠作過，逼逐左正言盧臣中墜水死。公以雖在艱難擾攘中，豈可廢法如此，即奏劾世忠擅離軍伍，致使師行無紀，士卒散逸爲變，乞正其罰。有旨從贖，公重論奏，及乞追捕散逸爲變者。上爲奪世忠觀察使，上下始肅然，知有國法。至維揚，即勸上無忘二帝北狩，常念中原，汲汲然修德去弊，以振紀綱。每奏事，上未嘗不從容再三問勞，泛及爲治之方，輒至日昃。公所論專自人主之身以及近習、内侍、戚里，以爲正天下之本在此。乃奏崇、觀以來，濫授官資，乞盡釐正；戚里邢焕、孟忠厚不當居侍從，宜换右職；駙馬潘正夫不待扈從，先來維揚，請治其罪；内侍李致道誤國爲深，不當引赦叙復；尚書董耘獨以藩邸恩夤緣通顯，宜即退閑。皆蒙采納。時以藩邸舊宫錫號升暘，至維揚，内侍占官寺爲之。公奏：「方時艱難，行幸所至，豈宜爲此以重失人心？此必從行官吏欲假威福，妄興事端，借御前之號，爲奉己之私耳。乞行罷止。」上從之。

遷侍御史，賜五品服。公感上知眷，益思效忠。時車駕久駐維揚，人物繁聚而朝廷無一定規摹，上下頗觖望。公奏：「近日軍民論議紛然，彼得藉口爲説者，蓋二帝遠在沙漠，而陛下乃與六宫端居於此，何怪人之竊議。願明降睿旨，以車駕不爲久住維揚之計曉諭軍民，仍乞朝廷早措置六宫定居之地，然後陛下以一身巡幸四方，規恢遠圖，上以慰九廟之心，下以副軍民之望。」他日奏事，上謂公曰：「朕於直言容受不諱，近有河北武臣上書，不知朝廷事體，詆毁朕躬，亦不加罪。」公請以所得聖語布告中外，激勸言者，庶幾有補於國，上嘉納焉。又奏：「中原，天下之根本也；朝廷，中原之根本也。本之不摇，事乃可定。願降詔旨，敕東京留守司略葺大内及開、陜、襄、鄧等處，常切準備車駕巡幸，及以今來行在所止不爲久居之計，庶幾内外和悦，各思奮勵以圖報國。」宰相浸不悦。又論御營使司屬猥衆，俸給獨厚，資格超越而未嘗舉其職，乞行沙汰，使僥倖者無以得志，法行自近，軍氣必振。又論無謂虜不能來，當汲汲修備治軍，常若寇至，遂大咈黄潛善等意。

公以孀母在遠，乞外補，除集英殿修撰，知興元府。公已登舟，候朝辭，有旨除禮部侍郎，日下供職。召對便殿，上慰勞宣諭曰：「卿在臺中，知無不言，言無不盡。朕將有爲，政如欲一飛沖天而無羽翼者。卿爲朕留，當專任用張慤及卿。」公頓首泣謝，不敢言去。慤時爲中書侍郎，未幾而卒。上一日復謂公曰：「郭三益可與卿共事。」未幾而三益亦卒。公念虜騎必至，而廟堂晏然，殊不爲備，率同列力爲宰相言之。潛善及汪伯彦笑且不信。

公常以疾在告，獨上眷遇益深，除公御營參贊軍事，撥魯珏、楊周等所部兵，令同呂頤浩教習所謂長兵者。公親往點閱，籍其鄉貫、年齒與所習藝能。復被旨同頤浩於江淮措置。未幾，虜騎自天長逼近郊，公從駕渡江。至平江，朝議東幸，詔朱勝非留吴門禦賊。問誰當佐勝非，左右莫應。公獨慷慨願留，遂以本職同節制平江府、常、秀州、江陰軍軍馬，車駕遂東。時建炎三年二月八日也。

公行平江四境，規度可控扼虜所來道，決水溉田爲限，立烽堠，召土豪與議。時禁衛班直及諸軍潰歸無慮數萬衆，乏食，所至焚劫。一夕，知府事湯東野蒼黄見公曰：「城四外焚廬舍，火光並起，奈何？」公笑曰：「此必潰軍之歸，正當招集。」問府藏銀絹有幾，即曰勝非便宜出黄牓及旗於門，以聖旨招集，支賜銀絹各若干，令結甲而入，且令市人廣造食物以俟。頃之，潰兵皆以次入，既得賜，又市食，無敢譁者。明日，令依所結甲出盤門，赴行在所，違者斬。如是數日不絶，而公舊所教習長兵至者亦近三千人。

二十日，朱勝非召赴行在，公獨節制。三月八日，東野忽復遽告公，聞有赦至。公慮時方艱難，事變莫測，命東野先遣親信官馳至前路，發封以告。少頃，東野馳來曰：「事變矣，乃明受赦也。」袖以示公。時府中軍民已知有赦，公謂東野令登譙門，宣有旨犒設諸軍一次，内外乃定。

九日，有自杭持苗傅、劉正彦檄文來者。公慟哭，念王室禍變如此，戴天履地，大義所存。雖平江兵少力單而逆順勢殊，豈復强弱利害之足較？便當唱率忠義，舉師復辟，誅討叛賊，以濟艱難。雖孀母在遠，身無嗣繼，而義有所不可已也。亟召東野及提點刑獄趙哲至，喻之，且激以忠義。二人感激願助，因秘其事，夜召哲以防江爲名，盡調浙西弓兵，令東野密治財計。十日，得省劄，召公赴行在。

時承宣使張俊領萬人自中塗還，公遣問之，乃云傅等敕俊交割所總人馬，赴秦鳳路總管任。公念上遇俊厚，而俊純實，可謀大事，急使東野啓城撫諭諸軍。俊立詣公所，公獨留俊，握手語曰：「太尉知皇帝遜位之由否？此蓋傅、正彦欲危社稷。」語未終，泣下交頤，俊亦大哭曰：「有辛永宗者來自杭，備爲俊言。適徧喻將校輩，且當詣張侍郎求決。侍郎忠孝，必有處置。」公慮俊意未確，復再三感動之。俊曰：「只在侍郎。若官家别有它虞，何所容身？」公應曰：「某處置已定，當即日起兵問罪。」俊大喜，且拜曰：「更須侍郎濟以機權，莫令驚動官家。」公給俊軍衣糧，并及其家，皆大悦。公召辛永宗問傅、正彦所與謀爲誰。曰：「歸朝官王鈞甫、馬柔吉。」舊聞侍郎嘗識鈞甫等，請以書先離間之。」是夜，公發書約吕頤浩、劉光世兵來會。時頤浩節制建業，光世領兵鎮江，公慮書不達，復遣人賫蠟丸從間道往。公已再被赴行在之命，知爲傅等姦謀，而兵未集，未欲誦言，戒東野、哲各密奏虜未退，靳賽數萬衆窺平江，若張某朝就道，恐夕敗事。公亦奏：「張俊驟回，平江人情震讋，臣不少留，恐生事。」因命俊遣精兵二千扼吳江而奏曰：「俊兵在平江者多，臣故分屯，以殺其勢。」蓋懼傅、正彥覺勤王之謀，先出不意，遣兵直擣平江故也。

十一日，附遞發奏：「臣伏覩三月五日睿聖皇帝親筆：『朕即位以來，强敵侵凌，遠至淮甸，其意專以朕躬爲言。朕恐其興兵不已，枉害生靈，畏天順人，退避大位。』臣伏讀再四，不覺涕泣。臣竊以國家禍難至此，皆臣等不能悉心圖事，補報朝廷，致使土地侵削，人民困苦，上負睿聖之恩，下失天下之望。今睿聖皇帝以不忍生靈之故避位求和，臣獨有一説，不敢不具陳其詳。臣竊以當今外難未寧，内寇竊起，正人主憂勞自任，馬上求治之時。恐太母以柔静之身，皇帝以沖幼之質，端居深處，責任臣寮，萬一强敵侵凌，不肯悔禍，則二百年宗廟社稷之基拱手而遂亡矣。臣愚不避萬死，伏願太母陛下、皇帝陛下特軫宸慮，祈請睿聖念祖宗付託之重，思二帝屬望之勤，不憚勤勞，親總要務，據形勢之地，求自治之計，抑去徽名，用柔敵國，然後太母陛下、皇帝陛下監國於中，撫靖江左，如此則國家大計自爲得之。如以臣言爲然，乞行下有司，令率文武百寮祈請施行。」貼黄：「臣契勘，伏覩睿聖皇帝方春秋鼎盛，而遽爾退避大位，恐天下四方聞之不無疑惑，萬一别生它虞。更乞睿斷，詳酌施行。」并具因依申尚書省：「伏望朝廷率文武百官力賜祈請。」及具咨目報苗傅、劉正彦：「某久病無聊，日思趨赴行在，緣靳賽人馬過平江，平江之人各不安居，守貳日夕相守，不容出城。朝夕事畢，即便登途。邇者睿聖皇帝以不忍生靈塗炭之故避位求和，足見聖心仁愛之誠。然當此多難，人主馬上圖治之時，若睿聖謙沖退避，上無以副宗廟之寄，次無以慰父兄之望，下無以厭四海之心。某曩備員言官日，竊見睿聖皇帝聰明英斷，意欲有爲，止緣小大臣寮誤國至此。某叨竊侍從，蓋亦誤國之人，迺至過江，事出倉卒。向使將相有人，睿聖豈肯輕發？今太母垂簾，皇帝嗣位，而睿聖乃退避别宫，若不力請，俾聖意必回，與太母分憂同患，共濟艱難，中興之宗未易可圖。二公苟不身任此事，人其謂何？當念祖宗二百年涵養之舊，今所恃以存亡，惟睿聖皇帝。況皇帝天資仁厚，從諫如流，願勉爲之，再三懇請，睿聖宜無不允也。」又與柔吉、鈞甫書曰：「此事當責在二公。」是日，公再被促赴行在之命。有進士馮轓者後更名康國，與公爲太學之舊，來平江相從。公察轓慷慨氣義人也，夜四鼓，呼轓具道所以，且云：「已具奏及移書，今若得一人往面悉此意，大善。」轓激厲請行，詰朝即就道。是日，再以書促頤浩、光世報所處分次序。

十三日，以所奏檢報諸路，復督頤浩、光世速選精鋭來會平江，而張俊再被赴秦州指揮，且命陳思恭總其兵。思恭知逆順，信用公言，奏不敢交俊兵。十四日，公被命除禮部尚書，將帶人馬疾速赴行在。公復奏不可離平江狀。十五日，傅、正彦遣俱重賫詔書撫諭，且來吳江代張俊。公召重至平江，重初桀驁，以秘計恐之，重逃避。既而公得請兼領俊兵。有報韓世忠海船到常熟岸者，俊喜曰：「世忠來，事辦矣。」即白公。公以書招之，世忠得書號慟。十八日，見公於平江，相對慟哭。世忠曰：「某願與張俊身任之。」偶甄援自杭來，詭稱睿聖面令促諸軍。公使偏論俊、世忠，及至鎮江喻光世及部曲等衆，皆號慟。十九日，馮轓至自杭，傅、正彥答公書皆不情語，柔吉、鈞甫亦以書來。是日，頤浩、光世報軍行。二十日，公大犒俊、世忠將士，令世忠奏以兵歸行在，而密戒世忠急至秀，據糧道，候大軍至。酒五行，公親呼諸將校至前，厲聲問曰：「今日之舉，孰順孰逆？」衆皆曰：「我順賊逆。」公復厲聲曰：「若某此事違天悖人，可取某頭歸苗傅等。聞傅等以觀察使及金鉅萬求某，得某者可即日富貴。不然，一有退縮，按以軍法。」衆感憤應諾。世忠軍自平江舟行不絕者三十里，軍勢甚振。是時逆黨傳聞，已自震懾，有改圖之意矣。公又恐賊急邀車駕入海道，先遣官屬措置召募海船，亦甚集。

二十一日，復遣馮轓以書行，且令轓居中，幾事相應。會得傅等書云：「朝廷以右丞待侍郎，伊尹、周公之任，非侍郎其誰當之？」公不勝忠憤，度傅等已覺公義兵動，而我兵勢既已立，遂因遞報之，其略云：「自古言涉不順謂之指斥乘輿，事涉不遜謂之震驚宮闕。是以見君輅馬，必加禮而致恭，蓋不如是，無以肅名分、杜僭亂也。廢立之事，非常之變，謂之大逆不道。大逆不道者，族矣。凡爲人臣者，握兵在手，遂可以責君之細故而議廢立，自古豈有是理者哉？今建炎皇帝春秋鼎盛，不聞失德於天下，一旦遜位，豈所宜聞？自處已定，雖死無悔。嗚呼！天佑我宋，所以保衛皇帝者歷歷可數。出質則虜人欽畏而不敢拘，奉使則百姓謳歌而有所屬。天之所與，誰能廢之？況祖宗在天之靈豈不昭昭，借使事正而或有不測，猶愈於終爲不義不忠之人，而得罪於天下後世也。」傅等得書怒，遣赤心軍及王淵舊部精鋭盡駐臨平，而韓世忠之軍已扼秀州矣。公作蠟丸帛書云：「不得驚動聖駕。」募人賫付主兵官左言以下八人及知臨安府康允之，皆達。又作手牓，遣人間道曉諭臨安居民曰：「訪聞前日睿聖皇帝遜位，軍民掩泣，各不聊生，足見軍民忠義之情。」

世忠既抵秀州，稱病，日令將士造雲梯，修弓矢器械。傅、正彦震駭，亟除世忠、俊節度使，指揮略云：「世忠、俊深曉內禪大義，不受張某詿誤。」二人皆不受命。傅、正彦又令朝廷降指揮謫公，其詞曰：「張某陰有邪謀，欲危社稷，責授黄州團練副使，郴州安置。」仍令平江差兵級防送，經由行在赴貶所。」二十四日，頤浩以兵至，公迓，且勉之，握手嚱嘘。頤浩亦曰：「事不諧，不過赤族。」翌日，光世亦至。

二十七日，傳檄內外，辭曰：「宋有天下垂二百年，太祖、太宗開基創業，真宗、仁宗德澤在民，列聖相傳，人心未厭。昨因內侍童貫首開邊禍，遂致虜騎歷歲侵凌。逆臣苗傅躬犬彘不食之資，取鯨鯢必戮之罪，乃因艱難之際，敢爲廢立之謀；劉正彦以孺子狂生，同惡共濟，自除節鉞，專擅殺生。仰惟建炎皇帝憂勤恭儉，志在愛民，聞亂登門，再三慰喻，而傅等陳兵列刃，凶燄彌天，逼脅至尊，蒼黄遜位，語言狂悖，所不忍聞。大臣和解而不從，兵衛皆至於掩泣。詔書所至，遠近痛心。駭戾人情，孰不憤怒！況傅等揭牓闤市，自稱曰余，祖宗諱名，曾不回避，迹其本意，實有包藏。今者吕頤浩因金陵之師，劉光世引部曲之衆，張某治兵於平江，韓世忠、張俊、馬彦溥各領精鋭，辛道宗、陳思恭總率舟師，湯東野、周杞扼據衝要，趙哲調集民兵，劉誨、李迨餽餉芻糧，楊可輔等參議軍事，并一行將佐官屬等，同時進兵，以討元惡。師次秀州，四方響應。用祈請建炎皇帝亟復大位，以順人心。今檄諸路州軍官吏軍民等，當念祖宗涵養之恩，思君父幽廢之辱，各奮忠義，共濟多艱。所有朝廷見行文字，並是傅等僞命，及專擅改元，即不得施行。敢有違戾，天下共誅之！」二十八日，張俊、光世相繼行，聞行在已有復辟之議矣。

初，公遣馮轓，授以計策，傅、正彦聞平江之師將至，甚憂恐。轓知可動，即以大義白宰相朱勝非曰：「張侍郎之意，蓋以國步艱難，政當馬上治之。主上盛年，乃傳位襁褓之子，聽斷不出簾帷，天下恐有不測之變。縱主上謙虚，固執内禪之論，此猶有一説焉。主上受淵聖詔，爲天下兵馬大元帥，今日當以淵聖爲主，睿聖稱皇太弟，依舊天下兵馬大元帥，嗣聖當易稱皇太姪。太母垂簾聽政，大元帥治兵征伐於外，此最爲得策。」勝非令輻與二人議，輻反覆告之，傅、正彥有許意，遂與同議都堂。輻同傅、正彥、鈞甫四人並引見，太后勞問曰：「卿等皆忠義之臣。」輻遂奏曲折。議定，乞賜傅、正彥鐵券，詔宣百官。少頃，畢集，宣詔云：「二十五日，苗傅、劉正彥等四人上殿奏事。奉聖旨：睿聖皇帝宜稱皇太弟，依舊康王、天下兵馬大元帥。皇帝宜稱皇太姪。」百官退詣睿聖宮，上御殿引見傅、正彥，詞色粹然，問勞有加。傅等出宮，以手加額曰：「不意聖天子度量如此。」既而傅、正彥歸軍，逆黨張逵曰：「趙氏安，苗氏危矣。」王世修尤大悖，三鼓詣勝非府變其事，復欲改正嗣皇依舊，而睿聖之名止稱處分天下兵馬重事，勝非不能奪。輻次日力争，勝非云：「勿與較，其實一也。」輻遂歸，而勤王之師已悉至秀州。三十日，公被命同知樞密院，亦不受。

四月二日，公次秀州，奉復辟手詔，而傅等大兵屯臨平，公進發。三日，次臨平，世忠當前，俊次之，光世又次之。逆黨立旗招喻世忠等，世忠與戰，軍小卻。世忠親揮刃突前曰：「今日不爲官家面上帶幾箭者，斬之！」衆争奮，賊黨苗翊等大敗，傅、正彥相繼逃遁。是夕，皇帝聖旨除公知樞密院事。

翌日，公與頤浩等入內朝見，伏地待罪泣下。再三慰勞，宣喻云：「曩在睿聖，兩宮幾不相通。一日，朕方啜羹，小黃門直趨前傳太母之命，曰『張浚早來不得已安置郴州』，朕不覺覆虀於手，今其迹尚存。自念卿既被責，此事誰任？」公嗚咽奏：「臣蒙陛下眷遇之厚，久歷臺省，不能補助，致虜騎憑凌，禍變竊發。臣之罪大，敢復論功？」上再三稱歎，獨留公，引入後殿，過宮庭。上宣喻：「隆祐皇太后知卿忠義，欲一識卿面目，適垂簾見卿自庭下過矣。」公惶恐，頓首謝。上屬意欲倚公爲相，公辭晚進，不敢當。蓋公意以關陝爲中興根本，欲請行矣。上曰：「顧無以見朕意。」解所服玉帶，命内侍覆去龍飾，賜公曰：「此祖宗御府所寶也。」公重辭元樞之命，詔書曰：「卿以小宗伯之職贊天營之事，乃能總合諸師，來赴行在之急，俾姦究不敢輒肆。威聲既振，妖孽宵奔，致朝廷於安平無事之地，卿之功大矣。宜勿復辭。」傅、正彦既敗走，與死黨直趨閩中。公命世忠以精兵追之，並縛於建州，檻至行在所。及其黨左言、張逵、王世修等，伏法建康市。

初，公起義兵，行次嘉禾，一夕坐至夜分，外間警備亦甚嚴，忽有刺客至前，腰間出文書，乃傅、正彦遣來賊公，賞格甚盛。公顧左右皆鼾睡，見其辭色不遽，問：「爾欲何如？」對曰：「某河北人，粗知逆順，豈以身爲賊用者？况侍郎精忠大節，感通神明，某又安忍害侍郎耶？特見備禦未至，恐後有來者，故來相報耳。」公下執其手，問姓名。曰：「某粗讀書，若言姓名，是徼後利。顧有母在河北，今徑歸矣。」遂拂衣而去，其超捷若神。公翌日取嘉禾死罪囚斬以徇，曰：「此苗傅等刺客也。」後亦無它。公私識其人狀貌，物色之，終不遇云。

盜薛慶嘯聚淮甸，兵至數萬，附者日衆。公以密邇行闕，一有滋蔓，爲患不細，且聞慶等無所係屬，欲歸公麾下，請往示大信以招撫之。渡江而靳賽等率兵降，遂徑至高郵，入慶壘，從行者不及百人。出黄牓示以朝廷恩意，慶感服再拜。始，公入賊壘，外間不聞公信，浮言胥動，頤浩等遽罷公樞筦。及聞公訖事還，上歎息，即日趣公歸，且詔就職。公辭，上撫勞再四，復親書御製中和堂詩賜公，有曰：「願同越勾踐，焦思先吾身。」其卒章曰：「高風動君子，屬意種蠡臣。」仍題其後曰：「卿看畢可密藏，恐好議者以朕屬意篇什也。」其眷待如此。

公素念國家艱危以來，措置首尾失當，若欲致中興，必自關陝始，又恐虜或先入陝陷蜀，則東南不復能自保，遂慷慨請行。詔以公充川陜宣撫處置使，便宜黜陟。賜親筆詔書曰：「朕嗣承大統，遭時多艱，夙夜以思，未知攸濟。正賴中外有位悉力自效，共拯艱危。今遣知樞密院事張某往喻密旨，黜陟之典，得以便宜施行。卿等其念祖宗積累之勤，勉人臣忠義之節。以身徇國，無貽名教之羞；同德一心，共建隆興之業。當有茂賞，以答殊勳。」

公行有日矣，會御營平寇將軍范瓊來赴行在。瓊自靖康圍城與女真通，及京城破，逼脅后妃及淵聖太子、宗室入虜中，又乘勢剽略爲亂，左右張邦昌，爲之從衛，罪狀非一。至是聞二凶伏誅，始自豫章擁衆入朝。既陛對，恃其衆盛，悖傲無禮，多所邀求，且乞貸傅、正彦逆黨左言等死。公奏大略云：「瓊大逆不道，罪冠三千之辟。呼吸群凶，布在列郡，以待竊發。若不乘時顯戮，則國法不正，且它日必有王敦、蘇峻之患。臣任樞筦之寄，今者被命奉使川陜，啓行有日，洒心踟蹰。若不盡言，乞伸典憲，死且不瞑。」上深然之。公獨與權樞密院檢詳文字劉子羽密謀，夜召子羽，及選密院謹飭吏數輩，作文書劄榜皆備，鎖吏於府中。翌早，公赴都堂，召瓊議事。瓊從兵溢塗巷，意象自若。坐定，公數瓊罪，瓊愕眙，命縛送大理寺。子羽已張榜於省門外，親以聖旨撫勞瓊衆曰：「聖旨罪止瓊，餘皆御前軍也，無所預。」衆頓刃應喏。瓊論死，兵分隸神武軍。

自靖康後，紀綱不振，王室陵夷。公首倡大義，率諸將誅傅、正彦，乘輿返正，復論正瓊罪，而後國法立，人心服。自武夫悍卒、小兒竈婦、深山窮谷、裔夷絶域皆聞公名，盎然歸仰忠義之感，實自此也。

公辟子羽參議軍事，遂西行。獨念上孤立東南，朝廷根本之計未定，蚤夜深思，苟有所見，不敢不納忠，以身在外而不言也。嘗奏曰：「前日餘杭二凶鼓亂，彼豈真惡内侍哉？當此艱危，人情易摇，欲爲不順，借此以鼓惑衆聽耳。然在我者，有隙可指，其事乃作。願陛下謹之察之，於細微未萌之事每切致意，使姦逆無以窺吾間。」又曰：「臣累具奏，謂前此大臣不肯身任國事，意謂事苟差失，衆言交攻，取禍必大。惟因循度日，萬一得罪而去，亦不過謂庸繆，落職領祠而已。此風誤國有素，願陛下臨朝之際，不匿厥指，與大臣決議，繼自今必使身任其責，脱或敗事，誅罰無赦。」又奏曰：「聽言之難，自古記之。書稱先王之盛有曰：『侍御僕從，罔匪正人。』夫僕從之微也，而亦必嚴擇，蓋其朝夕在君側，浸潤膚受，言爲易入。苟使小人得售，將何所不至？夫小人進讒説以快其私，經營窺測，投隙伺間，固不正名其事、顯斥其人也。或因獻談諧之説，或假託市井之論，夤緣附會，其端甚微。人君一或忽之，則忠賢去國，億兆離心，其禍有不可勝言矣。臣謂欲盡聽言之道，莫若親君子而遠小人。不然，雖有過人之聰明，而朝夕所狎近者既皆非類，漸漬以入，其能無過聽之失乎？」又奏曰：「自古大有爲之君，未有不體乾剛健而能成其志者也。易曰：『天行健，君子以自强不息。』人君法天，莫大於此。少康氏有田一成，有衆一旅，而夏后之業復振，蓋其經營越四十年，向使其間一萌退縮之意，則王業無自而興矣。漢高帝困於鴻門，屏於巴蜀，敗於滎陽、京、索間，屢挫而愈不屈，終滅項氏以啓漢基。此二君者，豈非剛健不息而卒能配天乎？今日禍變可謂極矣，意者天將開中興之基，在陛下體乾之剛，身任天下而已。願陛下以至公至誠存心，惻怛哀矜，思天下之所以困窮，生民之所以塗炭，自反自咎，身任其責，便佞之惑耳者去之，美麗之悦目者遠之，以至於衣服飲食，亦惟菲薄之務，淡然漠然，視天下無足以動吾心者，而專以宗社生靈爲念。苟言之非有益於宗社生靈者弗言也，苟思之非有益於宗社生靈者弗思也，持之以堅，行之以久，乾乾不息，則上可以動天，下可以格人。由近及遠，由内及外，民雖至愚，豈不感化？少康、漢祖之事業又何難哉？臣於陛下分則君臣，情則父子，故雖遠去天威，而區區愛君之心不敢不思所以自效。」上手書賜公曰：「卿自離闕，曾未幾時，奇畫深規、忠言讜論著之簡牘，已三上矣。虚懷領覽，嘉歎不忘。」

時渡江大赦，獨李綱以言者論列，貶海外不放還。公論奏：「逆黨如吴幵、莫儔顧反得生歸，綱雖輕疎，亦嘗爲國任事，乃不得叙，天下謂何？」上用公奏，綱得内徙。始，公嘗論綱罪，至是獨爲伸理，其用心公明，無私好惡類如此云。

公自七月離行在，經歷長江，上及襄漢，與帥守監司議儲蓄之宜，以待臨幸。先是，上問公大計。公請身任陜蜀之事，置司秦川，而乞别委大臣韓世忠鎮淮東，令吕頤浩扈駕來武昌，張俊、劉光世等從行，與秦川首尾相應。朝廷議既定，公行。未及武昌，而江浙士夫摇動頤浩，遂變初議。公以十月二十三日抵興元，奏曰：「竊見漢中實天下形勢之地，臣頃侍帷幄，親聞玉音，謂號令中原，必基於此。臣所以不憚萬里，捐軀自效，庶幾奉承聖意之萬一。謹於興元理財積粟，以待巡幸。願陛下鑾輿早爲西行之謀，前控六路之師，後據兩川之粟，左通荆襄之財，右出秦隴之馬，天下大勢，斯可定矣。」

始，公未至，虜已陷鄜延，鄜延帥郭浩寄治德順軍。虜驍將婁宿孛堇於九月二十九日引大軍渡渭河，犯永興，知軍郭琰遁去。虜兵四掠，而諸帥方互結仇怨，不肯相援，人心皇皇。公到才旬日，即出行關陝，復奏請早決西來之期，以係天下心。至陝，訪問風俗，罷斥姦贓，而尤以搜攬豪傑爲先務，一時氣義拳勇之士，争集麾下。吴玠及其弟璘素負才略，求見公，願自試。公與語，奇之。時玠方修武郎，璘尚副尉，公獎予，不次擢用，命玠爲統制，璘領帳前親兵，皆感激，誓以死報。諸帥亦惕息聽命。

會諜報虜將寇東南，公即命諸將整軍向虜，使婁宿不得下。已而虜果大入，寇江淮，車駕浮海東征。四年二月，公以虜勢未退，治兵入衛。未至襄漢，遇德音，知虜既北歸矣，乃復還關陝。奏曰：「陛下果有意於中興之功，非幸關陝不可。願先幸鄂渚，臣當糾率將士，奉迎鑾輿，永爲定都大計。」又奏曰：「臣竊惟國家不競，患難薦臻，夷虜憑淩，海宇騰沸。二聖久征於遠塞，皇輿未復於中原。而敵國交兵，方興未艾。郡邑半陷於賊手，黎元悉困於塗泥。自古禍亂所鍾，罕有若此之比。必欲昊穹悔禍，甿庶獲安，自非君臣之間更相勉勵，痛心嘗膽，修德著誠，大誅姦邪，頓革風俗，親君子、遠小人，去讒佞、屏聲色，簡嗇慾、崇節儉，則曷以上應天變，下懷民心？四海黔黎，殊未有休息之日也。若昔黄帝遭蚩尤之亂，大禹罹洪水之災，卒能平夷，終歸安治者，正以君臣上下苦心勞形，杜邪枉之門，開公正之道，天人響應，遐邇協謀，故能平難平之寇，成不世之績。」上手書報公以虜退衂狀，且曰：「卿受命而西，大恢遠略，布朝廷之惠意，得將士之歡心。積粟練兵，興利除害，去取皆當，黜陟惟公。而又雅志本朝，嘉猷屢告。眷惟忠懇，實副倚毗。」是月，虜大酋粘罕復益二萬騎，聲言必取環慶路。公率諸將極力捍禦，虜勢屢挫，生擒女真及招降契丹、燕人甚衆。

時聞兀朮猶在淮西，公懼其復擾東南，使車駕不得安息，事幾有不可測者，即謀爲牽制之舉。始公陛辭，上命公三年而後用師進取。至是上亦以虜欲萃兵寇東南，御筆命公宜以時進兵，分道由同州、鄜延以擣虜虚。公遂決策治兵，移檄河東問罪。八月十三日，收復永興軍。虜大恐，急調大酋兀朮等由京西路星夜來陝右，以九月二十間與粘罕等會，而五路之師亦以二十四日至耀州富平，大戰。涇原帥劉錡身率將士先薄虜陣，自辰至未，殺獲頗衆。會環慶帥趙哲擅離所部，哲軍將校望見塵起驚遁，而諸軍亦退舍。公斬哲以徇，退保興州。時陜右兵散，各歸本路，宣撫司獨親兵實從。官屬有獻議退保夔州者，公堅駐不動，以扼虜衝。獨參議劉子羽毅然與公意合，逌劾異議者。遣子羽出關召諸將，收散亡。將士知宣司在興州，皆相率會子羽於秦亭，凡十餘萬。公哀死問傷，録善咎己，人心悦焉。迺命吴玠聚涇原兵，據高扼險於鳳翔之和尚原，守大散關，斷賊來路。命關師古等聚熙河兵於岷州大潭一帶，命孫渥、賈世方等聚涇原、鳳翔兵於階、成、鳳三州以固蜀口。虜見備禦已定，輕兵至輒敗，不敢近。公上疏待罪，上手書報公曰：「卿便宜收合夷散，養鋭待時，但能據險堅壁，謹守要害，既以保固四州之地，又能牽制南下之師，則惟卿之賴。」公奉詔，益厲諸將嚴備待虜。

紹興改元五月，虜酋烏魯卻統大兵來攻和尚原，吴玠乘險擊之，虜敗走。三日間，連戰輒勝，虜逗留山谷，人馬死亡十之四。八月，粘罕在陝西病篤，召諸大酋謂曰：「吾自入中國，未嘗有敢嬰吾鋒者。獨張樞密與我抗，我在猶不能取蜀，爾曹宜息此意，但務自保而已。」兀朮出而怒曰：「是謂我不能耶？」粘罕死，即合兵來寇。九月，親攻和尚原。吴玠及其弟璘與合戰，出奇邀擊，大破之，俘馘酋領及甲兵以萬計。兀朮僅以身免，亟自髠鬚髯，狼狽遁歸，得其麾蓋等。自虜入中國，其敗衄未嘗如此也。

先是，上以公奉使陝右，捍禦大敵，制加公通奉大夫。公念自靖康中召赴京師，更歷變故，出身爲國，違去太夫人色養，於兹七年，乃奏迎太夫人自廣漢來閬中版輿就養。又思所以悦母意，遂乞以通奉恩命特封外祖父母。優詔許焉。二年，上謂公未至西方時，虜已陸梁，蹂踐關陜。及引師而歸，勢誠不敵。而保護衝要，連挫大敵，蜀賴以全。聚兵至十五萬，勤勞備至。制加公檢校少保、定國軍節度使，賜手書曰：「朕非敢决取秦穆之效，而卿自修孟明之政，是用夙夜歎嘉。今遣内侍任源往宣旨。」源歸，公附奏謝，且密奏曰：「天下之事，每當謹微，一失於初，末不可救。夫莫顯者，微也。常情謂爲微而忽之，明智以其著而謹之。唐玄宗惑女色而致禄山之禍，憲宗任内侍而啓晚唐之禍，其初二君之心皆以爲微而不加察也。孰知其貽害之烈至此哉？願陛下於事之微每深察焉，則天下幸甚。」是歲，公亦遣兄滉及官屬奏事行在所，上喜，恩意有加。

公在關陜凡三年，以新集之軍當方張之虜，蚤夜勤勞，親加訓輯，其規模經畫，皆爲遠大恢復之計。以劉子羽爲上賓，子羽忠義慷慨，有才略，諸將歸心。任趙開爲都轉運使，開善理財，治茶鹽酒法，方用兵，調度百出而民不加賦。擢吴玠爲大將，守鳳翔。玠每戰輒勝，虜不敢近。而西北遺民聞公威德，歸附日衆，於是全蜀按堵，且以形勢牽制東南，江淮亦賴以安。然公承制黜陟，悉本至公，雖鄉黨親舊，無一毫假借，於是士大夫有求於宣司而不得者，始紛然起謗議於東南矣。有將軍曲端者，建炎中任副總管，逼逐帥臣王庶，奪其印，又方命不受節制。富平之役，張忠彦等降虜，皆端腹心，實知其情。公送獄論端死，而謗者謂公殺端及趙哲爲無辜，且任劉子羽、趙開、吴玠爲非是，朝廷疑之。三年春，遂遣王似來副公。公聞即求去，且論吴玠、劉子羽有功於蜀，不應一旦以似加其上。公雖累乞去，而以負荷國事至重，未嘗少忘警備。會虜大酋撒離喝及劉豫叛黨聚大兵自金、商入寇，公命嚴爲清野之計，分兵據險，前後撓之。虜至三泉，掠無所得，乏食，狼狽引遁。大軍躡之，人馬死曳滿道，所喪亡不減鳳翔時。是時公累論奏王似不可任，而似與宰相吕頤浩有鄉里親戚之舊，頤浩不悦。又或告朱勝非以公唱義平江時，嘗有斬勝非語，勝非陰肆謗毁，詔公赴行在。公力求外祠，章至十數上，上弗許。

四年二月，至行在。御史中丞辛丙嘗知潭州，公在陝時，調丙發潭兵赴湖北，丙怯懦不能遣，反鼓唱軍士，幾致生變。公奏劾丙，且令提刑司取勘。丙憾。至是遂率同列劾公，誣以危語。始公在陝，嘗以秦州舊驛秦川館爲學舍，以待河東、陝西失職來歸之士，給以衣食，令一人年長者主之。又新復州郡乞鑄印，請於朝廷，往返動經歲，恐失事機，即用便宜指揮鑄以給之，然後以聞。而丙謂公設秘閣以崇儒，擬尚方而鑄印。公初被命還闕，奏歸上冢，取道東蜀、夔、峽，庶幾安遠近之心。而吕頤浩又以書來，言若一離川陝，事有意外，誰任其責？宜以事實告上，萬一欲尚留宣司，當爲開陳如請。公不顧也，而丙反謂公不肯出蜀，意有他圖。公恐懼，亟以頤浩書進呈。上始愕然，即詔宣押奏事。公竟移疾待罪，而論者亦不已。六月，遂以本官提舉臨安府洞霄宫，福州居住。

公知虜既釋川陝之患，必將復萃師東南，不敢以得罪遠去而不言。且是時朝廷已盛講和好之議，乃具奏曰：「臣竊觀此虜情狀，專以和議誤我，亦云久矣。彼勢蹙即言和，勢盛即復肆，前後一轍。請姑以近事明之。紹興三年秋，粘罕有親寇蜀之意，先遣王倫還朝，且致勤懇。蓋懼朝廷大兵乘彼虛隙，又其爲劉豫之計，至委曲周悉也。自後九月，余覩作難，前謀遂寢。至十二月，余覩之難稍息，則復大集番漢之衆，徑造梁、洋。是時，朝廷已遣潘致堯出使矣。次年二月，虜困饒風，進退未皇。先是，朝廷開都督府，議遣韓世忠直抵泗上，虜實畏之。於四月遣致堯還。其辭婉順，欲邀大臣共議，此非無所忌憚而然也。梁、洋之寇未能出境，至五月而後得歸，既狼狽矣，而世忠大兵尋復輟行。虜之氣力固已復蘇，而叛豫之心亦云舒緩，所以前日使人之來，求請不一，故爲難從之事也。竊惟此虜傾我社稷，壞我陵寢，廹我二帝，驅我宗室百官，自謂怨隙至深，其朝夕謀我者不遺餘力矣。況劉豫介然處於其中，勢不兩立，必求援於虜。借使暫和，心實未已。數年之内，指摘他故，豈無用兵之辭？而我將士率多中原之人，謂和議既定，不復進取，將解體思歸矣。若謂今日不得已而與之通使，爲陛下之權，敵亦固能用權也。願陛下蚤夜深思，益爲備具，處將士家屬於積粟至安之地，使出爲戰守者無返顧奔散之憂；精擇奇才以撫川陝之師，使積年戍邊者無懈惰懷望之意；江淮、川陝互爲牽制，斥遠和議，用定大業。臣奉使川陝，竊見主兵官除吴玠、王彦、關師古累經拔擢，備見可任外，其餘人才尚衆，謹開具如左：吴璘、楊政可統大兵，田晟可總一路，王宗尹、王喜、王彦可爲統制。」後皆有聲，時服公知人。

公即日赴福州，從者皆去，肩輿才兩人。既至，閩門以書史自娱。是歲九月，劉豫之子麟果引虜大兵繇數路入寇，騰言侮慢，上下恟懼。上思公前言之驗，罷宰相朱勝非，而參知政事趙鼎亦建請車駕幸平江，召公任事，遂以資政殿學士、提舉萬壽觀、兼侍讀召，不許辭免，日下起發。手書賜公曰：「卿去國累月，未嘗弭忘，考言詢事，簡在朕心。想卿志在王室，益紓籌策，毋庸固辭，便可就道，夙夜造朝。嘉謀嘉猷，佇公入告。」金書疾置，絡繹於道，公即日行，中途條具戰守之宜甚悉。且乞先遣岳飛渡江入淮西張聲勢，以牽制虜大兵在淮東者。

以十一月十四日入見，玉音撫勞，加於疇昔。即日復除公知樞密院事。公奏曰：「人道所先，惟忠與孝。一虧於己，覆載不容。自昔懷姦欺君，妬賢賣國，當時閭巷細民，莫不深怨嫉憤，恨不食其肉者。至若一心事上，守正盡忠，雖天下後世皆知企慕稱歎，思見其人焉。蓋理義人心之所同，故好惡不期而自定。臣以區區淺薄之質，幼被家訓，粗知義方。平居立身，以此自負。偶緣遭遇，寖獲使令。陛下任之太專，待之過厚，而有怨於臣者攻毁之備至，有求於臣者責望之或深。上賴聖智，保全微蹤。臣奉使無狀，豈不自知？至於加臣於大惡之名，陷臣於不義之地，隳臣子百世之節，貽孀親萬里之憂，言之嗚咽，痛憤無已。今陛下察其情僞，保庇孤忠，許以入侍，旋擢樞筦，在臣毁首碎身，無以論報。然而公議之所劾，訓詞之所戒，傳之天下，副在史官，臣復何顔，敢玷近列？」上親書詔曰：「張浚愛君憂國，出於誠心。頃屬多艱，首唱大義，固有功於王室，仍雅志於中原。謂關中據天下之上游，未有舍此而能興起者，乘虜百勝之後，慨然請行。究所施爲，無愧人臣之義；論其成敗，是亦兵家之常。矧權重一方，愛憎易致，遠在千里，疑似難明。然則道路怨謗之言，與夫臺諫風聞之誤，蓋無足怪。比復召浚，置之宥密，而觀浚恐懼怵惕，如不自安，尚慮中外或有所未察歟？夫使盡忠竭節之臣，懷明哲保身之戒，朕甚愧焉。可令學士院降詔，出牓朝堂。」

時太史局占明年當日食正旦，公奏曰：「臣聞太史推測天象，以來年正月之旦日有食之。臣竊惟天之愛人君，必示以災變，使之恐懼修省，勉求爲治。人主修德畏天，則天心眷佑，享國無窮。如其怠忽不省，歸之時數，禍有不可勝言者矣。然而應天之道，在實不在文，當求之於心，考之於行，心有未至者勉之，行有不善者改之，如天之無不公，如天之無不容，如天之至誠無私而不失其信，則何憂乎治道之不興，何患乎賢才之不至哉？」

公既受命，即日赴江上視師。時大酋兀朮擁兵十萬於維揚，朝廷先遣魏良臣、王繪奉使軍前。還，夜與公逮於中塗，公問以虜事及大酋問答。良臣、繪謂虜有長平之衆，且喻良臣等當以建州以南，王爾家爲小國，索銀絹犒軍，其數千萬。又約韓世忠剋日過江決戰。公密奏：「使人爲虜恐怵，朝廷切不可以其言而動，及不須令更往軍前，恐我之虚實反爲虜得。」上然之，公遂疾驅臨江，召大帥韓世忠、張俊、劉光世與議，且勞其軍。將士見公來，勇氣十倍。既部分諸將，遂留鎮江節度之。令韓世忠移書兀朮，爲言張樞密已在鎮江。初，虜諜報公得罪遠貶，故悉力來寇。至是，兀朮問世忠所遣麾下王愈：「吾聞張樞密貶嶺外，何得已在此？」愈出公所下文書，兀朮見公書押，色動，即强言約日當戰。公再遣愈以世忠書往問戰期，愈回一日，而虜宵遁，士馬乏食，狼狽死者相屬。遣諸將追擊，所俘獲甚衆。上遣内侍趣公赴行在所。五年二月十二日宣制，除公宣奉大夫、尚書右僕射、同中書門下平章事、兼知樞密院事、都督諸路軍馬，而趙鼎除左僕射。

先是，公在川陝，念上繼嗣未立，以紹興元年八月十五日上奏曰：「臣荷陛下恩德之厚，事有干於宗廟社稷大計，臣知而不言，誰敢爲陛下言者？惟陛下察其用心，貸以萬死。臣恭惟陛下自即位以來，念兩宫倚託之重，夙夜憂勤，不近聲色，不事玩好，是宜天地感格，祖宗垂祐，受福無窮，決致中興。臣之區區，亦冀依日月之末光，獲保終年，少效補報。

聖德久之。

臣竊見西漢之制，人君即位，首建儲嗣，所以固基本、屬人心。臣願陛下時詔大臣講明故事，仍先擇宗室之賢優禮厚養，以爲藩屏。」至是入謝，復陳：「宗社大計，莫先儲嗣。雖陛下聖德昭格，春秋方盛，必生聖子，惟所以系天下之心，不可不早定議。」上首肯久之，乃云：「宮中見養二人，長者藝祖之後，年九歲，不久當令就學。」公出見趙鼎都堂，相與仰歎聖德久之。

自是與鼎益相勉厲，同志協謀。以爲爲治之要，必以正本澄源爲先務，誠能陳善閉邪，使人君無過舉，則國勢尊安，醜虜自服。是以進見之際，於塞倖門、抑近習尤諄切致意焉。嘗奏曰：「王者以百姓爲心，修德立政，惟務治其在我，則大邦畏其力，小邦懷其德，天下捨我將安歸哉？固不僥倖於近績也。仰惟陛下躬不世之資，當行王者之事，以大有爲。正心以正朝廷，正朝廷以正百官，正百官以正萬民，國勢既隆，强虜自服，天下自歸。」因書王朴平邊策以獻，上嘉納焉。又奏：「臣昨奉清光，竊見陛下於君子小人之際反覆詳究，退自慶幸，以爲治道之本，莫大夫辨君子小人之分。聖意孜孜於此，宗社生靈之福也。昔唐李德裕言於武宗曰：『邪正二者，勢不相容。正人指邪人爲邪，邪人亦指正人爲邪，人主辨之甚難。臣以爲正人如松柏，特立不倚，邪人如藤蘿，非附他物不能自起。』臣嘗推類而言之，君子小人見矣。大抵不私其身，慨然以天下百姓爲心，此君子也。謀身之計甚密，而天下百姓之利害我不顧焉，此小人也。志在於爲道，不求名而名自歸之，此君子也。志在於爲利，掠虚美，邀浮譽，此小人也。其言之剛正不撓，無所阿徇，此君子也。辭氣柔佞，切切然伺候人主之意於眉目顔色之間，此小人也。樂道人之善，惡稱人之惡，此君子也。人之有善，必攻其所未至而掩之，人之有過，則欣喜自得，如獲至寶，旁引曲借，必欲開陳於人主之前，此小人也。難進易退，此君子也。叨冒爵禄，蔑無廉恥，此小人也。臣嘗以此而求之，君子小人之分，庶幾其可以概見矣。小人在位，則同於己者譽之以爲君子，異於己者排之以爲小人，不顧公議，不恤治亂，不畏天地鬼神。是以自崇、觀以來以至今日，有異於己者而稱其爲君子乎？臣以爲必無之也。彼其專爲進身自營之計，故好惡不公，以至於忘身忘家，亂天下而莫之悔。惟陛下親學問、節嗜欲，清明其躬，以臨照百官，則君子小人之情狀又何隱焉？」

上還臨安，公留相府。未閲月，復出江上勞軍。至鎮江，召韓世忠親喻上旨，使舉軍前屯楚州，以撼山東。世忠欣然受命，即日舉軍渡江。公至建康撫張俊軍，至太平州撫劉光世軍，軍士無不踴躍思奮。

時巨寇楊么據洞庭重湖，朝廷屢命將討之，不克。公念建康東南都會，而洞庭實據上流，今寇日滋，壅遏漕運，格塞形勢，爲腹心害。不先去之，無以立國。然寇阻重湖，春夏則耕耘，秋冬水落則收糧於湖寨，載老小於泊中，而盡驅其衆四出爲暴。前日朝廷反謂夏多水潦，屢以冬用師，故寇得併力而我不得志。今乘其怠，盛夏討之，彼衆既散，一旦合之，固已疲於奔命，又不得守其田畒，禾稼蹂踐，則有秋冬絶食之憂，黨與必攜，可招來也。雖已命岳飛往，而兵將未必諭此意，或退兵殺戮，則失勝筭，傷國體。遂具奏請行，上許焉。

公在道，念國家任事不顧身者常遇禍，而畏避祟虚譽者常獲福，以爲國之大患，奏曰：「今未有疾於此，正在膏肓，庸醫畏縮，方且戒以勿吐勿下，姑進參苓而安養之，雖終至於必死，主人猶以爲愛己也。乃若良醫進剖胸洗腸之術，旁觀駭愕，指以爲狂。至其疾良已，尚不免於輕試之謗。自古掠美附衆者得譽常多，而骨鯁當權者負謗常重。澶淵之役，寇準決策親征，功存社稷。事定之後，姦臣乃謂其輕棄萬乘。今合天下之力以誅天下之不義，雖湯、武復生，亦必出此。而顧乃爲恐懼顧慮之計，何由而事功可集哉？」蓋公所以自任者始終如此，故每因事爲上言之。

行至醴陵，獄犴數百人，盡楊么遣爲間探者，帥席益傳至遠縣囚之。公召問，盡釋其縛，給以文書，俾分示諸寨曰：「爾今既不得保田畒，秋冬必乏食，且餒死矣。不若早降，即赦爾死。」數百人驩呼而往。五月十一日至潭州，於是賊寨首領黄誠、周倫先請受約束。然誠等屢嘗殺招安使命，猶自疑不安。公遣岳飛分兵屯鼎、澧、益陽，壓以兵勢，其黨大恐，相繼約日來降，丁壯至五九萬，老弱不下二十萬。公一切以誠信撫之。六月，湖寇盡平，乃更易郡縣姦贓吏，宣布寬恩。上手書賜公曰：「覽奏，知湖寇已平。非卿孜孜憂國，不憚勤勞，誰能寬朕憂顧？奏到之日，中外歡賀，萬口一詞，以謂上流既定，則川陝、荆襄形勢接連，事力增倍。天其以中興之功付之卿乎！」於是公奏遣岳飛之軍屯荆襄，圖中原，遂率官屬吏兵泛洞庭而下。時重湖連年舟楫不通，公舟始行，風日清夷，父老歎息，以爲變殘賊呻吟之區爲和氣也。

始，公定議令韓世忠屯承楚，於高郵作家計。及公出征而廷議中變，公復請去。上悟，優詔從公初計。公既兩發儲嗣之議，至是聞建資善堂，皇子出就傅，喜不自勝，以爲當以擇師傅爲先。遂具奏，薦起居郎朱震、秘閣修撰范沖可任訓導之選。公雖在外，常以内治爲憂，每有見輒入奏。其一謂：「自昔人君命相，與之講論天下大計，次第而施行之，故日積月累，成效可必。譬之營室，先度基阯，次定規模，付諸匠者，以責其實。一有不合，安可輕委？自建炎以來，陛下選用大臣，未知責以何事；而大臣進説於陛下，未知何以奉詔。臣但見一相之入，引進親舊，報讎復怨，以行其私意而已。欲望國家之治安，其可得乎？」其二謂：「祖宗置臺諫，本慮夫軍民之利害、人才之善惡、官吏之能否，廟堂不能盡見而周知，臺諫得以風聞而論列。不幸大臣不得其人，則臺諫力争明辨以去之耳。今乃不然，陰肆揣摩，公爲反覆，或伺候人主之意，或密結大臣之私，捃摭細故，以示其公。人主不可以不察也。」其三謂：「祖宗時，郎曹之選非累歷親民不以授，自臺閣而爲守貳者十嘗七八，蓋使之更歷世故，諳曉民情，養成其材，以備任使。今則不然，事口記者可至言官，弄文采者皆升館職，日進月遷，驟竊要位。一居京局，視州縣爲冗官。故有爲大臣而不知民情之休戚、財用之盈虚、軍政之始末者，有爲侍從而不知州縣所宜施行者，況責以任天下大計哉？」上嘉納焉。

公自岳、鄂轉淮西、東，諸將大議防秋之宜，直至承、楚，僞境震動。上念公久勞於外，遣中使賜手書促歸，制除公金紫光禄大夫。公力辭至四五乃許。特封公母許氏秦國夫人，賜公兄滉紫章服及五品服二人，官公親屬兩人。

公以十月十一日至行在，上勞問曰：「卿暑行甚勞，然湖湘群盜既就招撫，以成朕不殺之仁，卿之功也。」公頓首謝曰：「陛下誤知，使當重任，故臣得效愚計。」上親書周易否、泰卦以賜焉。公奏：「自古小人傾陷君子，莫不以朋黨爲言。夫君子引其類而進，志在於天下國家而已。其道同，故其所趨向亦同，曾何朋黨之有？惟小人則不然，更相推引，本圖利禄，詭詐之蹤，莫可跡究。或故爲小異以彌縫其事，或内外符合以信實其言。人主於此，何所決擇而可哉？則亦在夫原其用心而已矣。臣嘗考泰之初九『拔茅茹，以其彙，征』，而象以爲志在外，蓋言其志在天下國家，非爲身故也。否之初九『拔茅茹，以其彙，貞』，而象以爲志在君，則君子連類而退，蓋將以行善道而未始忘憂國愛君之心焉。觀二爻之義而考其用心，則朋黨之論可以不攻而自破矣。臣又觀否泰之理，起於人君一心之微，而利害及於天下百姓。方其一念之正，其畫爲陽，泰自是而起矣。一念之不正，其畫爲陰，否自是而起矣。然而泰之上六，三陰已盡，復變爲陽，則小人在外，而泰之所由以生焉。當今時適艱難，民墜塗炭，陛下若能日新其德，正厥心於上，臣知其將可以致泰矣。異時天道悔禍，幸而康寧，則願陛下常思其否焉。」

上嘗召公獨對便殿，問所宜爲。公退奏曰：「臣竊惟二帝皇族遠處沙漠，憂憤無聊，與夫輕侮受辱，可想而見也，尚忍言之哉！臣嘗屈指計之，如此者蓋三千晝夜矣。虎狼用意，實欲摧折而消磨之也。雖然，此尚以陛下總師於南耳。異時或一有差跌，其禍可勝言乎？今事雖有可爲之幾，理未有先勝之道。蓋兵家之事不在交鋒援戰，然後勝負可分，要在得天下之心，則士氣百倍，虜叛歸服。雖然，是豈可以聲音笑貌爲哉？心念之間，一毫有差，四海共知。今使天下之人皆曰吾君孝弟之心須臾不忘，寢食之間父兄在念，當思共爲陛下雪雠矣。皆曰吾君之朝君子在位，小人屏去，侍御僕從罔匪正人，譖說不行，邪言不入，市井之談不聞，道義之益日至，則内外安心，各服其職，而有才智者悉思盡其力矣。

皆曰吾君棄珠玉、絶弄好、輕犬馬、賤刀劍，金帛之賞不以予幸，惟以予功，則上下知勸矣。以至吾君言動舉措俱合禮法，至誠不倦，上格於天，則望教化之可行矣。如是則將帥之心日以壯，士卒之心日以奮，天下百姓之心日以歸。夷狄雖號荒服，然非至若禽獸也。聞陛下之盛德，知中國之理直，則氣折志喪，小大雖異，戰必不力，衆必不同，則陛下何爲而不可成乎？或有不然，疑似之説毫髮著見，天下之人口不敢言而心敢怒。異日事乖勢去，禍亂立作，如覆水之不可救也。蓋隙見於此，則心生於彼，不易之道，自古爲君之難，非特今日也。一言之失，一行之非，或失色於人，或失禮於人，或一小人在側，便足以致禍致難，起戎起兵。前日明受之變，大逆之徒陳兵闕下，旁引他辭，其監不遠也。爲人上者，其可不兢畏戒懼耶？」其警戒深切如此。上皆嘉納，且命公以所見聞置策來上。公承命條列以進，號中興備覽，凡四十一篇。立國之本，用兵行師之道，君子小人之情狀，駕馭將帥之方，均節財用之宜，聽言之要，待近習之道，以至既往之得失，郡縣之利病，莫不備具。上深嘉歎，置之坐隅。

六年正月，上謂公曰：「朕每以事幾難明，專意精思，或達旦不寐。」公奏曰：「陛下以多難之際，兩宮幽處，一有差失，存亡所系，慮之誠是也。然臣嘗聞之，聽雜則易惑，多畏則易移。以易惑之心行易移之事，終歸於無成而已。是以自昔君人者修己正心，惟使仰不愧於天，俯不怍於人，持剛健之志，洪果毅之實，爲所當爲，曾不它卹。陛下聰明睿知，灼知古今，苟大義所在，斷以力行，夫何往而不濟乎？臣願萬機之暇，保養天和，澄静心氣，庶幾利害紛來，不至疑惑，以福天下，以建中興。」

公以虜勢未衰，而叛臣劉豫復據中原，爲謀叵測，不敢皇寧處於朝，奏請親行邊塞，部分諸將，以觀機會。上許焉，即張榜聲豫僭逆之罪，以是月中旬啓行。公謂：「楚、漢交兵之際，漢駐兵殽、澠間，則楚不敢越境而西。蓋大軍在前，雖有它岐捷徑，敵人畏我之議其後，不敢踰越而深入也。故太原未陷，則粘罕之兵不復濟河，亦以此耳。論者多以前後空闕，虜出它道爲憂，曾不議其糧食所自來，師徒所自歸。不然，必環數千里之地盡以兵守之，然後爲可安乎？」既以此告於上，又以此言於同列，惟上深以公言爲然。至江上，會諸帥議事，命韓世忠據承楚以圖淮陽，命劉光世屯合淝以招北軍，命張俊練兵建康，進屯盱眙，命楊沂中領精兵爲後翼佐俊，命岳飛進屯襄陽以窺中原。形勢既立，國威大振。上遣使賜公御書裴度傳以示至意。公於諸將中尤稱韓世忠之忠勇，岳飛之沉鷙，可倚以大事。世忠在楚州時入僞地，叛賊頗聚兵。世忠渡淮擊敗之，直引兵至淮陽而還，士氣百倍。上手賜書公曰：「世忠既捷，整軍還屯，進退合宜，中外忻悦。每患世忠發憤直前，奮身不顧，今乃審擇利便，不失事機，亦卿指授之方。卿宜明審虛實，徐爲後圖，或遣岳飛一窺陳蔡，使賊支吾不暇，以逸待勞。」時飛母死，扶護葬廬山。公乞御筆敦趣其行，飛奉詔歸屯。

公身任輔相，雖督軍在外，朝廷有大差除，不容不預議。而孟庾除知樞密院，及高世則除節度使，皆不知始末。具奏，以爲如此則臣不當在相位。上親筆喻指焉。公以東南形勢莫重建康，實爲中興根本。且人主居此，則北望中原，常懷憤惕，不敢自暇自逸。臨安僻居一隅，内則易生安肆，外則不足以號召遠近，係中原之心。奏請車駕以秋冬臨建康，撫三軍，以圖恢復。公又渡江遍撫淮上諸屯，屬方盛暑，公不憚勞，人人感悦。時防秋不遠，公以方略諭諸帥，大抵先圖自守以致其師，而乘幾擊之。

六月，制加公食邑、食實封。時公所遣人自燕山回，知徽宗皇帝不豫，又聞欽宗皇帝所貽虜酋書，奏曰：「臣近得此信，不勝臣子痛切憤激之情。仰惟陛下處天子之尊，遭父兄之變，聖懷惻怛，勤切於中，固不止坐薪嘗膽也。臣願陛下至誠剛健，勉强有爲，成敗利害，在所不恤。彼藉姑息之論，納小忠之説者，爲一己妻孥計耳。使天有志於中興，陛下奮然決爲，躬冒矢石，事無不濟。使天無意乎中興，陛下雖過爲計慮，以圖一身之安，曾何補於事乎？但當盡其在我，一聽天命而已。況夫孝弟可以格天，仁厚可以得民，推此心行之，臣見其福，不見其禍也。」

七月，有詔促公入覲。八月，至行在。時張俊軍已進屯盱眙，三帥鼎立，而岳飛遣兵入僞地，直至蔡州，焚其積聚，時有俘獲。公力陳建康之行爲不可緩，朝論同者極鮮，惟上斷然不疑。車駕以九月一日進發，逮至平江，公又請先往江上。諜報叛賊劉豫及其姪猊挾虜來寇，公奏虜疲於奔命，決不能悉大衆復來，此必皆豫兵。公既行，而邊遽不一，大將張俊、劉光世皆張大賊勢，争請益兵。自趙鼎而下，莫不恟懼。至欲移盱眙之屯，退合淝之師，召岳飛盡以兵東下。公獨以爲不然，以書戒俊、光世曰：「賊豫之兵以逆犯順，若不盡剿，何以立國？平日亦安用養兵爲？今日之事，有進擊，無退保。」時楊沂中爲張俊軍統制，公令沂中往屯濠梁，且使謂之曰：「上待統制厚，宜及時立大功，取節鉞。或有差跌，某不敢私。」諸將悚懼聽命。

公至江上，知來爲寇者實劉麟兄弟，豫封麟淮西王，兵凡六萬人。寇已渡淮南，涉壽春，逼合淝。公調度既已定矣，而張俊請益兵之書日上，劉光世亦欲引兵退保。劉豫又令鄉兵僞胡服，於河南諸州十百爲群，由此間者皆言處處有虜騎。趙鼎及簽書樞密院事折彦質惑之，移書抵公至七八，堅欲飛兵速下。又擬條畫項目，乞上親書付公。大略欲俊、光世、沂中等退師善還，爲保江之計，不必守前議。公奏：「俊等渡江則無淮南，而長江之險與虜共矣。淮南之屯正所以屏蔽大江，向若叛賊得據淮西，因糧就運，以爲家計，江南其可保乎？陛下其能復遣諸將渡江擊賊乎？淮西之寇，正當合兵掩擊，令士氣益振，可保必勝。若一有退意，則大事去矣。又岳飛一動，則襄漢有警，復何所制？願陛下勿專制於中，使諸將不敢觀望。」上手書報公曰：「朕近以邊防所疑事咨問於卿，今覽卿奏，措置方略、審料敵情條理明甚，俾朕釋然，無復憂顧。非卿識慮高遠，出人意表，何以臻此？」是時内則廟堂，外則諸將，人人畏怯，務爲退避自全之計。雖公遠策之忠始終不貳，然握兵在外，間隙易生，向非主上見幾之明，不惑群議，則諸將必引而南，大勢傾矣。及奉此詔，異議乃息，而諸將亦始爲固守計。既而賊大張聲勢於淮東，阻韓世忠承楚之兵不敢進，楊沂中亦以十月四日抵濠州。公聞光世已舍廬州而南，淮西人情恟動，星夜疾馳至采石，遣諭光世之衆曰：「有一人渡江，即斬以徇。」光世聞公來采石，大恐，即復駐軍，與沂中接連相應。劉猊分麟兵之半來攻沂中，是月十日，沂中大破猊於藕塘，降殺無遺。猊僅以身免，麟拔寨遁走，虜獲甚衆，得糧舟四百餘艘。

於是公奏車駕宜乘時早幸江上，上賜手書曰：「賊豫阻兵，梟雛犯順，夾淮而陣，侵壽及濠。卿獎率師徒，分布要害，臨敵益壯，仗義直前，箕張翼舒，風馳電掃，遂使凶渠宵遁，同惡自焚，覩草木以成兵，委溝壑而不顧。昔周瑜赤壁之舉，談笑而成；謝安淝上之師，指揮而定。得賢之效，與古何殊？寤寐忠勤，不忘嘉歎。」公奏曰：「逆雛遠遁，尚稽授首之期；金寇方强，未見息戈之日。臣之罪大，何所逃刑？願陛下念十年留滯之非，歎雙馭還歸之晚，儻爲民而勞己，當有神以相身。無使自謀擇利之言，得惑至高無私之聽。」又上奏，以「賊臣邇者輒入邊塞，今雖勝捷，而渠魁遁去，殺戮雖衆，亦吾赤子。致彼操戈而輕犯，由臣武備之弗嚴。願賜顯黜，以允公議」。上深嘉歎焉。有旨：「都督府隨行官吏、軍兵諸色人等備見勤勞，可令張某等第保奏。」公奏：「馳驅盡瘁，職所當然，賞或濫加，士將解體。乞上保奏戰功，庶可旌勸軍士。」又遣内侍賜公古端石硯、筆、墨、刀劍、犀甲，且召公還。及至平江，隨班朝見，上曰：「卻賊之功，盡出右相之力。」於是趙鼎惶懼乞去。

方公未至平江時，鼎等已議回蹕臨安。公入見之次日，具奏曰：「昨日獲聞聖訓，惟是車駕進止一事利害至大。蓋天下之事，不唱則不起，不爲則不成。今四海之心，孰不思戀王室？虜叛相結，脅之以威，雖有智勇，無由展竭。三歲之間，賴陛下一再進撫，士氣從之而稍振，民心因之而稍回。正當示之以形勢，庶幾乎激忠起懦，而三四大帥者，亦不敢懷偷安苟且之心。夫天下者，陛下之天下也。陛下不自致力以爲之先，臣懼被堅執鋭、履危犯險者皆有解體之意。今日之事，存亡安危所自以分。六飛儻還，則有識解體，内外離心，日復一日，終以削弱。異時復欲下巡幸詔書，誰能深信而不疑者？何哉？彼知朝廷姑以此爲避地之計，實無意於圖回天下故也。論者不過曰萬一秋冬有警，車駕難於遠避。

夫軍旅同心，將士用命，扼淮而戰，破敵有餘。況陛下親臨大江，氣當百倍。苟士不效力，人有離心，陛下雖過自爲計，將容足於何地乎？又不過曰當秋而進，士有戰心，及春而還，絶彼窺伺。爲此論者，特可紓一時之急，應倉卒之警。使年年爲之，人皆習熟，謂我不競，當有怨望，難乎其立國矣。又不過曰賊占上流，順舟而下，變故不測。夫襄漢我所有也，賊舟何自而來？使虜叛事力有餘，果然淩犯，水陸偕進，自上而濟，陛下雖深處臨安，亦能以安乎？矧惟陛下負四海之重責，有爲而未成，天下猶矜憐而歸心於陛下；不爲而坐待其盡，其爲禍可勝言耶！要須剛大志氣，恢廓度量，以拯救天下爲心，仰不愧於天，俯不怍於人，度事而爲，審時而動，先謀自治，利而誘之，致而破之，何難而不可濟？今臣侍陛下以還歸，在臣之謀，無所任責，臣亦得計矣。而爲陛下國家計，則爲不忠。是以披心腹、露肝膽，反復一二言之。惟陛下詳教而曲諭焉，庶幾君臣之間得盡其道，不貽萬世之悔。」上翻然從公計。

十二月，趙鼎出知紹興府，專委任公。公謂親民之官治道所急，而比年以來内重外輕，祖宗之法盡廢。流落於外者，終身不獲用；經營於内者，積歲得美官。又官於朝者，不歷民事，利害不明，詔令之行，職事之舉，豈能中理？民多被其害。遂條具以聞：「郡守、監司有治狀，任滿除郎。郎曹資淺，未經民事之人，秩滿除監司、郡守。令中書省、御史臺籍記姓名，回日較其治效，優加擢用。治民無聞者，與閑慢差遣。館職未歷民事者除通判、郡守，殿最如前。仍乞降詔。」又以災異奉復賢良方正科，上皆從之。

七年正月，上以公去冬卻敵之功，制除特進。公懇辭再四。先是，十二月以祿令成書加金紫光祿大夫。公辭不得，即求回授兄滉。至是上謂公曰：「卿每有遷除，辭之甚力，恐於君臣之義有未安也。」公乃奉命。晦庵先生朱文公文集卷九五上

少師保信軍節度使魏國公致仕贈太保張公行狀下　朱熹

公與趙鼎當國時，議徽宗在沙漠，當遣信通問，遂遣問安使何蘚等行。是年正月二十五日，蘚歸，報徽宗皇帝、寧德皇后相繼上仙。上號慟擗踊，哀不自勝。公奏：「天子之孝與士庶不同，必也仰思所以承宗廟、奉社稷者。今梓宮未返，天下塗炭，至讎深恥，亘古所無。陛下揮涕而起，斂髮而趨，一怒以安天下之民，臣猶以爲晚也。」數日後求奏事，深陳國家禍難，涕泣不能興。因乞降詔諭中外。上命公具草以進，親書付外。其詞曰：「朕以不敏不明，託於士民之上，勉求治道，思濟多艱。而上帝降罰，禍延於我有家，天地崩裂，諱問遠至。嗚呼！朕負終身之戚，懷無窮之恨。凡我臣庶，尚忍聞之乎！今朕所賴以宏濟大業，在兵與民。惟爾小大文武之臣，早夜孜孜，思所以治兵卹民，輔朕不逮。皇天后

土，實照臨之。無或自暇，不卹朕憂。」又以公請，命諸大將率三軍發哀成服，中外感動。

公退，又具奏待罪曰：「仰惟陛下時遇艱難，身當險阻，圖回事業，寢食不遑。所以思慕兩宮，憂勞百姓，未嘗一日忘也。臣之至愚，獲遭任用，在諸臣先，每因從容語及北狩事，聖情惻怛，淚必數行。臣感慨自期，願殲虜讎。十年之間，親養闕然，爰及妻孥，莫之私顧，其意亦欲遂陛下孝養之至，拯生民塗炭之難，則臣之事親保家，庶幾得矣。昊天不弔，禍變忽生，使陛下抱無窮之痛，積罔極之思，哀復何言？罪將誰執？載念昔者陝蜀之行，陛下丁寧告戒，且曰：『我有大隙於虜，刷此至恥，惟臣是屬。』而臣終隳成功，使賊無憚。況以沙漠之墟，食飲憂慮，兩宮處此，違豫固宜。今日之禍，端自臣致。尚叨近輔，實愧心顏。伏願明賜罷黜，亟正典刑，仰以慰上皇在天之靈，俯以息四海怨怒之氣。」上降詔起公視事，公再上疏待罪，不獲請。

車駕以二十七日發平江，三月十一日至建康。時公總領中外之政，會車駕巡幸，又值國卹，幾事叢委。公以一身任之，至誠惻怛，上下感動，人情賴公以安。每對必深言讎恥之大，反復再三，上未嘗不改容流涕。上方厲精克己，務自損節，戒飭宮庭内侍等無敢少有越度者。事無巨細，必以咨公。賜諸將詔旨，往往命公擬進，未嘗易一字。四方有災異，公必以聞，祥瑞則皆抑不奏。知果州宇文彬、通判龐信孺進嘉禾九穗，並鐫秩放罷，而四方皆知朝廷好惡所在矣。

四月，公行淮西，撫喻諸屯，築廬州城，治東、西關，且申防秋備。自公來東南，太夫人留蜀。及再入政府，遣人迎侍。太夫人安於蜀，未即出。上爲降旨，召公兄滉俾迎侍而來，又遣内侍胡宗回往喻意。五月始達建康，而公亦自淮西歸。上疊遣中使勞問太夫人，賜予稠疊。公戴星而出，經處國事，至暮入侍色養，委曲奉承，中外觀感歆慕，傳相告語，以爲美談。自公與趙鼎在相位，以招來賢才爲急務，從列要津，多一時之望，百執事奔走效職，不敢自營，人號爲小元祐。而公尤未嘗以恩澤私親戚，仲兄滉，上知其賢，累欲加以異恩，公輒辭。及賜進士第，後省官繳駁，公非惟不加忤，且奏不當以臣故沮後省公議。外舅宇文時中政和中爲郎，出守大藩，舊已寓直，萬里召赴，僅進職知湖州。舅氏計有功久在幕府，得直徽猷閣。公止，乞就秘閣，人服其公。公以人主當務講學以爲修身致治之本，薦河南門人尹焞宜在講筵，有旨趣赴闕。會旱災，且自太夫人以次闔門悉卧病，公力求去，至再四不得。

方車駕在平江時，公歸自江上，奏劉光世握兵數萬，無復紀律，沈酣酒色，不卹國事。語以恢復，意氣怫然。宜賜罷斥，用警將帥。上然之，罷光世，而以其兵盡屬督府。公命參謀、兵部尚書吕祉往廬州節制，公又自往勞之，人情協附，上下帖然。而樞密使秦檜、知樞密院事沈與求意以握兵爲督府之嫌，奏乞置武帥。臺諫觀望，繼有請，乃以王德爲都統制，即軍中取酈瓊副之。公歸，以爲不然，奏論之，而瓊等亦與德有舊怨，與其下八人列狀訴御史臺。乃命張俊爲宣撫使，楊沂中、劉錡爲制置、判官以撫之。此軍自聞王德爲帥，往往懷疑，而酈瓊遂陰有異志，唱摇其間。八月八日，瓊等舉軍叛，執吕祉以行，欲渡淮歸劉豫。祉不肯渡，詈瓊等，碎齒折首以死。公遂引咎，力求去位。上不得留，因問可代者。公辭不對。上曰：「秦檜何如？」公曰：「近與共事，始知其暗。」上曰：「然則用趙鼎。」遂令公擬批召鼎。既出，檜謂公必薦己，就閤子與公語良久，上遣人促進所擬文字，檜始錯愕而出。後反謂鼎：「上召公，而張丞相遲留，至上使人促，始進入。」檜之交諜類此。公本以檜靖康中建議立趙氏，不畏死，有力量，可與天下事，而一時仁賢薦檜尤力，公遂推引。既同朝，始覺其顧望包藏，故臨行因上問及之。

先是，公遣人賫手榜入僞地云：「劉豫本以書生被遇太上皇帝，曾居言路。主上嗣極，擢守鄉郡。當山東之要衝，任濟南之委寄，眷禮殊厚，責望至深。俄聞率衆以請降，旋乃失身而據位。諒亦迫於畏死，姑務偷生。如能誘致金人，使之疲弊，精兵健馬，漸次消磨，茲誠報國之良圖，亦爾爲臣之後效。更須愛惜民力，勿使傷殘。儻或永懷異心，自致顯戮，豈惟皇天后土有所不容，抑恐義士忠臣終懷憤疾。」金虜用事者見此榜，已疑豫。八月，豫聞王師欲北向，遣韓元英告於虜，謂南寇張某總領烏合之兵，或逼宿亳，或窺陳蔡，或出襄陽，增修器甲，趣辦軍裝，其志不小。先起制人，後起制於人，欲乞兵同舉。虜得此報，謂豫真欲困己，益疑之。會瓊等叛去，公復多遣間，散持蠟書故遺之。大抵謂豫已相結約，故遣瓊等降，而豫又乞兵於虜。十月，虜副元帥兀朮徑領兵來廢豫，惜其機會之來，公已去位矣。

蓋公以九月五日得請，授觀文殿大學士、提舉江州太平興國宫。左司諫王縉奏乞留公，即日補外。都官郎中趙令衿繼上疏，亦罷去。而御史中丞周祕、殿中侍御史石公揆、右正言李誼交章詆公未已。旋落職，以朝奉大夫、秘書少監分司西京，永州居住。於是趙鼎復當國，而車駕自江上還臨安矣。

公出任國事，每以不得從容盡子職爲念。及既去國，太夫人以公退處，欣然從之。八年二月，抵永，左右侍旁，凡所以順承親意者無不曲盡。太夫人安之，不知其爲遷謫也。然公自以爲上遇我厚，雖流離遠屏，亦未嘗一念不在朝廷。作草堂旁近，以奉版輿遊歷，命以「三省」，爲文紀之曰：「予作堂於寓止客館之東隅，僅庇風雨，取曾子三省之目以名之。其省謂何？思吾之忠於君、孝於親、修於己者，恐或未至也。士大夫學聖人之道，當求所以通天人之際。予之三省，將有進於斯，而愧其未能也。」則公之所深省而自得者遠矣。

是歲，秦檜已得政，始決屈己和戎之議。九年正月，詔書至永。公伏讀恐懼，寢食不安，移書參知政事孫近，大略曰：「魯仲連不尊秦爲帝，且云『連寧有蹈東海而死』，蓋知帝秦之禍遲發而大。況我至讎深隙，迺欲修好而幸目前少安乎？異時歲幣求增而不已，使命絡繹以來臨，以至更立妃后，變置大臣，起罷兵之議，建入覲之謀，皆或有之矣。某是以伏讀詔書，不覺戰汗。幸公深思，密以啓沃。」又聞故人李光自洪州召入政府，復以此意移書抵之，懷不自已。又具劄子以奏曰：「恭覩詔書之頒，再三伏讀，通夕不寐。今日事之虛實姑未論，借令虜中有故，上下分離，天屬盡歸，河南遂復，我必德其厚賜，謹守信誓。將來人情益解，士氣漸消，彼或内變既平，指瑕造隙，肆無厭之欲，發難從之請，其將何詞以對？顧事理可憂，有甚於此者。陛下焦心勞慮，積意兵政，精誠感格，將士漸孚。一旦北面事虜，聽其號令，遊談之士取功於一時，忠勳之臣置身於無用，小大將帥，孰不解體？陛下且欲經理河南而有之，臣知其無與赴功而共守者矣。今從約之遽，肆赦之速，用世儒之常説，答猾虜之詭秘，措置失緒，不勝寒心。願陛下思宗社之計，圖恢復之實，逼之以大勢，庶乎國家可得而立。臣罪戾之餘，一意養親，深不欲論天下事。顧惟利害至大至重，不忍緘默，以負陛下之知。惟陛下留意。」

二月，以大霈復宣奉大夫，提舉臨安府洞霄宮，任便居住。公復具劄子曰：「竊惟今日事勢處古今之至難，一言以斷之，在陛下强勉圖事而已。陛下進而有爲，則其權在我，且順天下之心。間雖齟齬，終有莫大之福。陛下退而不爲，則其權在敵，且怫天下之心。今雖幸安，後將有莫大之憂。夫在彼者情不可保，在我者心不可失。外徇敵國，内罷實害，智者所不爲也。仰惟聖慈深計審慮，茂圖大業，永福元元。」又自作謝表云：「敢不專精道學，黽勉身修。求以事親，方謹晨昏之養；庶幾報國，敢忘藥石之規！」視此，則公許國之忠爲如何哉！

居旬日，又具劄子曰：「自陛下回駐臨安，甫閱歲時，聖心之所經營，朝論之所商榷，專意和議，庶幾休息，莫不幸其將成矣。臣嘗不寐以思，屈指而計，虜人與我讎釁之深，設心措意，果欲存吾之國乎？抑願其委靡而遂亡也？臣意其力弱未暇，姑借和以怠我之心。勢盛有餘，將求故以乘吾之隙。理既甚明，事又易見，然則紛紛異議可端拱而決矣。料虜上策，還梓宫、復母后，輿地來歸，不失前約，結懽篤好，以怠我師。遲之數年，兵無戰意，然後遣一介之使，持意外之詔，假如變置大臣，更立妃后，將何以塞請？虜出中策，則必重邀求、責徽禮，失約爽信。近在期年，中原之地，將有所付，如梁武之立北魏王顥者，尚庶幾於前。虜出下策，怒而興師，直臨江表，勢似可愕，而天下之亂，或從此而定矣。」是月，復資政殿大學士，知福州，兼福建路安撫大使。公以太夫人念鄉，不欲東去，力辭至再三。

四月，公奏前論講和事未蒙開納，又具劄子曰：「竊惟陛下建炎初載，嘗歷大艱，天意至深，益彰聖德。前事不忘，後事之鑑。伏願亟收人心，務振士氣，權勢專制，操縱自我，外之醜虜，曷發敢梅之謀？內之群帥，益堅盡節之志。天下國家，我所自定；宋之社稷，永永無窮。夫理有近利，亦有深憂。有天下者，當審機會、度人情、斷大義，持柄握權，不以與敵。腐儒寡能遠見，事至而悔，將何及焉？況夫今日事機尚可，因權適變，速於救藥。惟望聖慈斷以無疑，則天下幸甚！」八月，聞虜遣使來，以詔諭爲名，則又具奏曰：「臣近者累輸瞽説，仰瀆聖明，誠以憂君過慮，不能自息。竊惟天下之事有置必有廢，有與必有奪。虜以詔諭爲名，持廢置與奪之大柄。且其蓄謀起慮，欲以沮人心、奪士氣而坐傾吾國。臣之所憂，不但目前也。劉先主曰『濟大事以人心爲本』，此存亡之大計。願陛下考臣前後所奏，留神毋忽焉。」

福州之命既累辭不獲，公念時事多虞，惟在近或可以補報萬一，遂受命而東。九月，至閩中。閩素號健訟難治，公謂人心一也，正由臨民者先有逆詐億不信之心，是以不能感格。入境，一切諭以義理，飭守令誠意民事，令鄉里長老知書者率勸後生，及强悍者無爲鄉黨羞，民皆感仰。每出，觀者至升屋登木如堵墻。十年正月，上遣中使撫問，公附奏謝，且曰：「願陛下全養精神，剛大志氣，惟果惟斷，見幾見微，察强弱於言辭之際，轉禍福於談笑之間，無使噬臍，爲天下笑。」

時虜中變盟約，復取河南。公奏曰：「臣竊念自群下決回鑾之議，國勢不振，事機之會失者再三。向使虜出上策，還梓宫，歸兩殿，供須一無所請，宗族隨而盡南，則我德虜必深，和議不拔，人心懈怠，國勢寖微。異時釁端卒發，何以支持？臣知天下非陛下之有矣。今幸上天警悟，虜懷反復，士氣尚可作，人心尚可回。願因權制變，轉禍爲福，用天下之英才，據天下之要勢，奪敵之心，振我之氣。措置一定，大勳可集。臣又有臆見，當燕山新復，朝廷恃郭藥師爲固。一旦醜虜敗盟，藥師先叛。何則？賣國無恥之人，本無它長，難與共事。願陛下每以爲鑑，制御於早，無忽。」繼聞淮上有警，連以邊計奏知，又條畫海道舟船利害。上嘉公之忠，遣中使奬諭。公時大治海舟至千艘，爲直指山東之計，以俟朝命。在郡細大之務必躬必親，人人感悦，和氣薰然，訟事清簡。山海之寇招捕無餘，間引秀士與之講論，閩人化之。

十一年三月，劉錡大破兀术於順昌。錡本晚出，公一見關陝，奇之，即付以事任，錡亦感慨自立。公歸，薦之上，謂錡才識諸將莫及。而一時輩流嫉其材能出己右，百計沮遏。公既平湖寇，即薦知岳州。已而召赴行在，左右扶持，付以王彦軍，且擢爲騎帥。至是，錡竟以所部成大功。方欲進兵乘虜虛，而檜召錡還矣。錡還朝，上見之，首曰：「張某可謂知人。」檜遣郎官蓋諒來諷公，使附其議，當即引公爲樞密使。公答檜書，歷言和不可成，虜不可縱，且面爲諒言。諒歸，檜怒。時幕將等歸自虜，朝廷復遣劉光遠等奉使，而公亦力請祠奉親矣。十一月，除檢校少傅、崇信節度使，充萬壽觀使，免奉朝請。去福之日，軍民送者咨嗟號泣，相屬於道。公以蜀遠朝廷，不欲徑歸，遂奉太夫人寓長沙。

十二年，太母鑾輅來歸，制封公和國公，具劄子以賀，且曰：「與或爲取，安必慮危。夫惟務農而强兵，乃可立國而禦侮。願勤聖慮，終究遠圖。」公恐太夫人念歸，乃即長沙城之南爲屋六十楹，以奉色養，太夫人安焉。築堂牓曰「盡心」，親爲之記，大意欲益求所以盡心於君親者。居間玩意六經，考諸史治亂得失，益思前事之機微，憂時之志，一飯未嘗忘也。檜既外交仇讎，罔上自肆，惡嫉正論，諱言兵事，自以爲時已太平，日爲浮文侈靡，愚弄天下，獨忌公甚。中丞万俟卨希檜旨，論公卜宅僭擬，至倣五鳳建樓，上不以爲然。檜遣朝士吳秉信以使事至湖南，有所案驗，且以官爵誘之。秉信造公，見其居不過中人常産可辦，不覺歎息，反密以檜意告公而歸，且奏其實。檜黜秉信。

十六年，公念檜欺君誤國，使災異數見，彗出西方，欲力論時事，以悟上意。又念太夫人年高，言之必致禍，恐不能堪。太夫人覺公形瘠，問故。公具言所以，太夫人誦先雍公紹聖初對方正策之詞曰：「臣寧言而死於斧鉞，不忍不言而負陛下。」至再至三，公意遂決。乃言曰：「臣聞受非常之恩者，圖非常之報；拯焚溺之急者，乏徐緩之音。竊惟當今事勢，譬如養成大疽於頭目心腹之間，不決不止。決遲則禍大而難測，決速則禍輕而易治。惟陛下謀之於心，斷之以獨，謹察情僞，豫備倉卒。猶之奕棋，分據要害，審思詳處，使在我有不可犯之勢，庶幾社稷有安全之理。不然，日復一日，後將噬臍，異時以國與敵者反歸罪正議。此臣所以食不下咽，不能一夕安也。儻非陛下聖德在人，獲天地之祐，承祖宗之慶，有以照察其心，臣亦何所逃罪？」事下三省，檜大怒。

時公又以天申節手寫尚書無逸篇，具劄子爲賀曰：「臣嘗潛心聖人之經，有可以取必於天，膺大福、獲大壽，決然無疑者，輒輸丹誠，爲陛下獻。臣伏考周公無逸篇，商王中宗『嚴恭寅畏，天命自度，治民祗懼，不敢荒寧』，高宗『嘉靖商邦，至於小大，無時或怨』，周文王『自朝至於日中昃，不遑暇食，用咸和萬民』，『不敢盤於遊田，以庶邦惟正之供』。三君者，非獨身享安榮，而有國長久，後世莫加焉。商自祖甲之後立王，『生則逸，不知稼穡之艱難，不聞小人之勞，惟耽樂之從』，是以『罔或克壽，或十年，或五六年，或四三年』。天道昭然，其應如響。古之聖人以一身莅天下，惠澤四海，無不如意，未嘗少有憂懼退怯之懷。凡以天道可必，吾無愧歉於心而已。臣不勝臣子祝頌之誠，願陛下兢兢業業，勉之又勉，永堅此心，以奉天道。天之所以報吾君者，宜如何哉！」

七月，檜命臺諫論公，章四上。上以特進、提舉江州太平興國宮，連州居住。樊川周勣者，氣義人也。自公貶永，即來相從。公帥福唐，辟爲屬。公來長沙，勣亦從居焉。檜累書招勣不得，恨之，乃謂公與勣誹謗時事，亦削勣官，竄封州。公被命即行，自夫人以下皆留侍，獨挈子姪往。太夫人送之曰：「汝無愧矣，勉讀聖人書，無以家爲念。」公至貶所，月一再遣人至太夫人所。日夕讀易，精思大旨，述之於編，親教授其子栻。連爲州，景物甚勝，暇即策杖遊歷。連人愛重公，争持肴果以迎，所至必爲曲留終日。時檜益肆凶焰，遷謫者不絕於道，四方觀望。公處之恬然，形氣益充實，太夫人亦安居長沙。公在連，作四德銘以示其人曰：「忠則順天，孝則生福，勤則業進，儉則心逸。」連人相與鑱之於石，家傳人誦焉。己巳歲，嶺南瘴疫大作，日色晝昏。官於連者，自太守而下死凡數人，郡人無不被疾，哭聲連巷，鄉落至有絕爨者。公和藥拯之，病者來請，日至千餘人。惟公家下至僕厮無一人告病，過者咨歎，莫不以爲天相忠誠也。

居連凡四年，二十年九月，移永州。湖湘之人見公歸，喜甚，争出迎。望見公所養勝前，退皆歎息相賀。公遣人迎太夫人，以次年四月至永，母子相見，强健如初。永舊所嘗居，人情尤相安，而公兄徽猷公遽以疾終。方公官於朝及在貶，徽猷公常留太夫人左右，悦適其意，太夫人鍾愛之。至是，悲惻殆不能爲懷，雖公解釋備至，太夫人亦年高多疾矣。蓋公去國，至是幾二十年，退然自修，若無能者。而天下士無賢不肖莫不傾心，武夫健將言公者咨嗟太息，至小兒婦女，亦知天下有張都督也。虜人憚公尤甚，歲時使至虜中，其主必問公安在。方約和時，誓書有「不得輒更易大臣」之語，蓋懼公復用云。

至是秦檜寵位既極，老病日侵，鄙夫患失之心無所不至，無君之迹顯然著見。意欲先剪除海内賢士大夫，然後肆其所爲。尤憚公爲正論宗主，使己不得安，欲亟加害，命臺臣王珉、徐嚞輩有所彈劾，語必及公。至彈知洪州張宗元文，始謂公國賊，必欲殺之。有張柄者，嘗奏請令檜乘金根車，其死黨也，即擢知潭州。汪召錫者，娶檜兄女，嘗告訐趙令衿，遣爲湖南提舉官，俾共圖公。又使張常先治張宗元獄，株連及公。以爲未足，又捕趙鼎子汾下大理獄，備極慘酷，考掠無全膚，令自誣與公及李光、胡寅等謀大逆。凡一時賢士五十三人，檜所惡者，皆與獄上。會檜病篤，不能書判以死。時紹興二十有五年也。

上始復親庶務，先勒檜子熺致仕，盡斥群凶，公迹稍安，而太夫人遽薨。有旨復公職觀文殿大學士，除判洪州，公已在苫塊矣。哀苦扶護，以治命當歸葬雍公之兆，奏請俟命長沙。獨念天下事二十年爲檜所敗壞，人心士氣委靡銷鑠，政事無綱，邊備蕩弛，幸其一旦隕斃，當汲汲惟新令圖，而未見所以慰人望者。且聞頑顔亮篡立，勢已驕豪，必將妄舉，可爲寒心。自惟大臣義同休戚，不敢以居喪爲嫌，五月，具劄子曰：

臣夙負大罪，自謂必死瘴癘之地。仰惟陛下優容之，矜憐之，保全之，死骨復生，盡出聖神之造。自今以往，皆已死之日，而陛下實生之。臣今雖居苫塊中，安敢恝然遂忘陛下恩德，且顧惜一己而默不出一言，庶幾有補萬一哉！惟陛下察其用心，恕之而已。

臣聞自昔忠臣事君，莫不欲其主之聖，莫不欲其主之名顯日月，功蓋宇宙。彼知夫國家安榮，則其身亦與有安榮，故犯顔逆指而不敢辭也。姦臣不然，惟利是圖，不復它卹。導君於非，使重失天下之心，而陰肆其邪志。始則曲意媚順，而欺蔽人主之聰明，終則專事擅權，而潛移生殺之大柄。跡其包藏，有不可勝言者矣。然而身滅國亡，族覆世絶，見於史册，歷歷可考。天下後世視之，曾犬豕之不若。彼誠果何所利耶？惜乎至愚而莫之思也。

日者陛下法乾之剛而用以沉潛，施設中幾，天下四夷孰不畏服？是臣可言之秋也。臣疎遠，不復預聞朝廷幾事，而伏自思念，今日事勢極矣，陛下將拱手而聽其自然乎？抑將外存其名而博謀密計，求所以爲長久歟？臣誠過慮，以爲自此數年之後，民力益竭，財用益乏，士卒益老，人心益離，忠臣烈將淪亡殆盡，内憂外患相仍而起，陛下將何以爲策？方祖宗盛時，嘗與虜通和，惟力敵勢均，而國家取兵於西北，取財於天下，文武之才世不乏人，是故得以持久。而百四十年之後，靖康大變，事出不意，禍亂之大，亘古所無。論者猶恨夫恃和爲安而不自治之失。今天下幾何？譬之中人之家，盜據其堂，安居飽食其間，而朝夕陰伺吾隙，一日之間，其舍我乎？然則陛下不可不深思力圖於此時也。

或謂虜嘗有弑立之舉，夫弑立之人，天地所不容，人情所甚惡。誠能任賢選能，修德立政，斷然爲吾之所當爲，口不絶和而實以勢臨之，彼必有瓦解之憂。借使虜不量度，輕爲舉動，第堅壁清野以持之，明示逆順，其衆自離，虜之危亡可立而待。何則？人心必不肯附逆而忘順。假之五七年，而虜之君臣之分定，彼國有人得柄用事，雖有賢智，莫知爲陛下計矣。願陛下精思審謀，無忘朝夕，無使真有噬臍之歎。夫約和衰弱之時，謂不能久，而强虜之變荐生於内，是天贊陛下。違天不祥，陛下其承之！

臣聞人主之俯仰天地間，所以自立其身者，不過「忠孝」二字。此天下之大義，不可須臾少忽也。而臣行負神明，孤苦餘生，親養已無所施矣。事有大義所當爲者，不過盡忠於陛下。顧雖頭目手足有可捐棄而爲陛下用者，所不當顧惜。而況親逢聖明，極力保全，恩德至大，使臣有懷私顧己、匿情慮禍之心，則是陛下不負臣，臣實負陛下，天地鬼神，其肯容之哉！是以不顧嫌疑，不避鼎鑊，不卹讒毁，爲陛下陳之。陛下勿謂軍民之心爲可忽，忠良之言爲可棄。夫治天下譬如檠水，一決而潰，有不可收拾者矣。陛下其念之哉。

臣行年六十，死亡無日，非若紛紛互持和戰之説，惟恐其説之不勝而身之不獲用，貪目前之得，忽久遠之圖。臣知爲陛下國家計耳。陛下安榮，臣亦預有安榮，臣之自謀，亦豈有不審耶？幸未即隕，得終禮制。陛下不以臣爲愚而卒棄之，願陛下許臣居嚴、婺間，優游養痾，爲陛下謀畫心腹之臣，以畢愚盡忠，庶幾有補萬一。臣之志願足矣。惟陛下廓乾坤之度，以精求天下之賢，無忘祖宗國家之恥，父兄宗族之讎，盛德大業，昭著後世，臣猶幸及見之。

繼被朝命，以太夫人之喪歸蜀。八月，行至荆南，會以星變詔求直言。公念虜數年間勢決求釁用兵，吾方溺於宴安，謂虜可信，蕩然無備，沈該、万俟卨據相位，尤不厭天下望，朝廷益輕。顧伏在苫塊，經歷險阻，死亡無日，不得爲上終言之，懷不自安，乃復奏曰：

臣受陛下更生大恩，今至憂迫身，涉險萬里，常恐一旦死填溝壑，終無以仰報萬一。思以展盡所懷，瞑目無憾。臣嘗病世儒牽於戰和異同之説，而不知實爲一事。

或者竊儒爲姦，不知經史之心，切切焉利禄是圖，而有以欺惑陛下之聽也。又其甚，則大姦大惡挾虜懷貳，以自封殖其家，簧鼓曲説，愚弄天下，敢畢陳之。

臣聞天地之大德曰生，而天地生物之功，本於秋冬。蓋非嚴凝之於秋冬，則無以敷榮之於春夏。然則秋冬之嚴凝，乃生物之基也。在萃之象曰：「除戎器，戒不虞。」泰之九二爻辭曰：「包荒用馮河。」泰、萃之世，聖人謹於武備如此，謂不如是，不足以生物而行其心也。況時方艱難，而可忽略不省，啓大禍於後，反謂是爲得哉？

若夫一時之和，則亦聖賢生利天下之權矣。商湯事葛矣而終滅葛，書曰「湯一征自葛始」；周太王避狄矣，築室於岐，未幾謀以卻敵，詩曰「乃立冢土，戎醜攸行」；文王事昆夷矣，卒伐之，詩曰「昆夷駾矣，維其喙矣」；越勾踐事吴矣，坐薪嘗膽，竟以破吴，越語曰「越十年生聚，而十年教訓」。彼皆翕之乎始而張之乎終，汲汲乎德政修立而以生利爲心，未嘗恃和爲安，自樂其身而已也。漢高祖與項羽和，羽歸太公、吕后，割鴻溝以西爲漢，東爲楚。良、平進言：「今楚兵罷食盡，釋而弗擊，是養虎自遺患也。」漢王從之，卒成大業。漢文帝與匈奴和，曾無間歲之寧。漢文全有天下，可謂和以息民。方是時，百姓猶不免侵凌之苦，至武帝始一大征伐之。其後單于來朝，漢三百年間用以無事。唐太宗初定天下，有渭上之盟。未幾，李靖之徒深入沙漠之地，犂其庭，係其酋，海内始安焉。兹豈非以和爲權而亦得之哉？

若夫石晉之有天下則不然，取之非其道，謀之非其人。桑維翰始終於和，其言曰：「願訓農習戰，養兵息民，俟國無内憂，民有餘力，觀釁而動，動無不成。」若有深謀者。然考其君臣所爲，名實不孚於上下。朝廷之上，專務姑息，賞罰失章，施設繆戾，權移於下，政私於上，無名之獻，莫知紀極。一時用事方鎮之臣，往往昏於酒色，厚於賦斂，果於誅戮，以害於百姓，朝廷莫知所以御之。所謂訓農習戰，養兵息民，略無實事。維翰所陳，殆爲空言，姑欲信其當時必和之説，以偷安竊位而已。契丹窺見其心，謂晉無人，須求凌侮，日甚一日。後嗣不勝其忿，始用景延廣之議，僥倖以戰，而不知其荒淫怠傲，失德非一日，天下之心已離，天下之勢已去，天下之財已匱。延廣不學，不知行聖賢之權，亟思所以復其心、立其勢、强其國，急於兵戰之争，事窮勢極，數萬之師無一夫爲之發矢北向者，至今爲天下嗤笑。言君臣委靡不振，服役夷狄者，必曰石晉云。

仰惟陛下聰明聖智，孝心純一，即位以來，簡用實才，虜人聞風而畏之，於是有議和之事。陛下以太母爲重，且幸徽宗皇帝梓宫之亟還，和之權也。不幸用事之臣貪天之功，肆意利欲，乃欲剪除忠良，以聽命於虜，而陰蓄其邪心。方國家間暇之時，怠傲是圖，德政俱廢，而專於異己之去，意果安在哉？夫虜日夕所願望者，欲我之忠良淪没耳，欲我之盡失天下之心耳，欲我之將士解體，其氣不復振作耳，欲我之懷於宴安以甘於酖毒耳。前日用事者一切徇其所甚欲而畢爲之，不幾乎與虜爲地歟？身死之日，天下酌酒相慶，不約而同。下至田夫野老，莫不以手加額。其背天逆人，不忠於君，而天下之心重惡之如此。

且彼曾不思虜之於我，其愛之而和乎？其有餘力而肯和乎？其國中亦有掣肘之虞而和乎？其欲圖之於後而和乎？臣謂虜有大讎大怨，不可復合，譬夫一葉之分。今日之和，必其酋帥攜離，人心睽異，姑爲此舉，以息目前。而圖回江淮以去除後患之心，其中未嘗一日忘也。惜夫昏庸姦賊之人，豢於富貴，闇於政事，曾無尺寸之效以上報於國家，毫髮之惠以下及於百姓，分列黨與，布在要郡，聚斂珍貨，獨厚私室，爲身謀，爲子孫謀，而不知爲陛下謀，不知爲國家天下謀，坐失事機者二十餘年，誤陛下社稷大事。有識之士，誰不痛心？且夫賢才不用，政事不修，形勢不立，而專欲責成受命於虜，適足以啓輕侮之心而正墮其計中。魯仲連所謂「彼將有所予奪，梁王安得晏然乎」，而甚可痛恨者也。敵國之人何自而畏？敵國之心何自而服？敵國之難何自而成？遲以歲月，百姓離心，將士喪氣，亦危亡而已矣。

臣願陛下鑒石晉之敗而法商湯、周太王、文王之心，用越勾踐之謀，考唐、漢四君之事，以保圖社稷。深思大計，復人心，張國勢，立政事，以觀機會。未絶其和，而遣一介之使與之分别曲直逆順之理，事必有成。臣不孝之身，親養已絶，含毒忍死，其亡無日，徒能爲陛下言之而已。又伏思祖宗之德在天下，至大至厚，太平之治，多歷年所，三代盛時，有不能及。恭惟皇帝陛下稟乾剛之資，輔以緝熙之學，何爲而不成？何治而不致？願陛下充其志氣，擴其聰明，必使清明在躬，如太虚然，惟是之從，以選賢才，以修德政，以大基業，天下幸甚！

又以所著否、泰卦解義進之，奏曰：「臣往待罪相位，陛下賜臣親書周易否、泰二卦辭。其後臣謫居連山，益遠天日，葵傾之心，不能自已。遇朔望，必取再拜伏讀。竊不自揆，爲二卦訓釋。久欲獻之，以備乙鑒，而負罪積畏，無路上達。今謹繕寫，昧死以進。顧坐井之見，豈足以仰補萬一？惟臣子愛君之誠，則不能自已焉。竊惟易謹君子小人之辨，而二卦則其效之尤深切著明者也。其事則本諸一心，惟陛下留神。」上付前奏三省，宰執沈該、万俟卨、湯思退等見之大怒，以爲虜初未有釁，歲時通問，不翅如膠漆，而公所奏，乃若禍在年歲者，或笑以爲狂。臺諫湯鵬舉、凌哲聞之，章疏交上，謂公方歸蜀，恐摇動遠方。有旨復令永州居住，候服闋日取旨。

公自扶護西歸，抵綿竹，即卜日治太夫人葬，附雍公之兆。賓客紛至，自朝及夕，哭泣應接不少倦。子姪交諫尊年不宜致毁，而公孝誠自天，不能已也。太夫人既葬十日而謫命至，且有朝旨促迫甚急。公即日就道。服闋，得旨落職，以本官奉祠，居永。公自爲表謝曰：「念君臣雖分於異勢，而利害實係於同舟。」其憂國之誠拳拳不捨蓋如此云。公自是不復接賓客，日紬繹易、春秋、論、孟，各爲之説，夜則閲司馬氏通鑑。如是者又四年，而宇文夫人亦終焉。

自庚辰秋冬，朝廷頗聞虜有異志，公卿大夫下至軍民無不内懷岌岌，日願公還相位，表疏不絶。三十一年春，有旨令公湖南路任便居住。時臨安積陰，命下之日，廓然清明，上下欣悦。公歸至潭。五月，奉欽宗諱，號慟至不能食。又聞虜有嫚書，不勝痛憤，上奏曰：「孝慈皇帝訃自北來，又聞逆虜兵動，凡爲臣子，孰不痛憤？臣往叨任使，孤負眷知。主憂臣辱，主辱臣死，無所逃罪。臣又度今日虜勢決無但已，九月十月之間，必有所向。願陛下與大臣計議，早定必守必戰之策，上安社稷。」未幾而亮兵大入，中外震動。十月，復公觀文殿大學士、判潭州。時虜騎跳梁兩淮，王權兵潰，劉錡引歸鎮江，兩淮之人奔迸南來，沿江百姓荷擔而立。遂改命公判建康府、兼行宮留守，金書疾置，敦促甚遽。長沙在遠，傳聞不一，人人危懼。公被命明日，即首途，曰：「吾君方憂危，臣子之職，戴星而趨，猶恐其緩。」至岳陽，遇大雪，亟買小舟，冒風濤，泛長江而下，且欲經歷諸屯，慰接將士。未至鄂，有士大夫自江東來者云：「虜焚北采石，煙炎漲天，南岸人不復可立，公毋庸進也。」公愀然曰：「某被命即攜二子來，正欲赴君父之急。今無所問，惟直前求乘輿所在耳。」長江是時無一舟行，獨公以小舟徑下，遭大風幾殆。北岸又近虜兵，從者憂惴甚，公不少顧。過池陽，聞亮被殺，然餘衆猶二萬屯和州。李顯忠兵在沙上，公渡江往勞，以建康激賞犒之。一軍見公，以爲從天而下，驩呼增氣。虜諜報惴恐，一二日遁去。顯忠乘士氣鋭追之，多所俘獲。

公至建康，奏乞車駕早來臨幸。聞已進發，乃督官屬治具，不半月而辦，風采隱然，軍民恃以安。上至建康，公迎見道左。衛士見公，至以手加額，無不喜公復用，而悲公久處瘴癘，形容之瘠也。車駕入行宫，首引公見，問勞再四。公頓首謝上更生骨肉之賜，且曰：「方秦檜盛時，非陛下力賜保全，無此身矣。」上亦爲之慘然，曰：「檜之爲人，既忌且妬。」後六日，再引對，公奏：「國家譬如人之一身，必元氣充實，然後邪不能干。朝廷，元氣也。今邪氣得以干犯，必是元氣之弱，或汗或下。邪氣固暫退，然元氣不壯，邪再干之，恐難勝任。用人才、修政事、治甲兵、惜財用，此皆壯元氣之道。」上改容開納。

時車駕將還臨安，欲付公以江淮之事。已而中止，更留御營宿衛使楊存中，俾專措置。臨發，復引公對。公奏：「陛下當京城阽危之際，毅然請使不測之虜，後復受任開元帥府，以孤軍當虜鋒。當是時，不知陛下之心還知有禍福生死否？」上曰：「朕爾時一心家國，豈知有禍福？豈知有死生？」對曰：「是心乃天心也。願陛下試反此心而擴充之，何畏乎虜賊？」上首肯焉，且勞公曰：「朕待卿如骨肉，卿在此，朕無北顧之憂矣。卿久在謫籍，聞甚清貧，郊祀合得奏薦及封邑當盡以還卿。」繼遣内侍賜公黄金及象筦筆，公皇恐不敢辭。秦檜二十年間所以譖公者無所不至，有臣子所不忍聞者。獨賴上主張，不至死地。至是上見公辭和氣平，無淹滯之歎，而温乎忠愛之誠，爲之感動，對輔臣嘉美再三。車駕既還，或有勸公求去者。公念舊臣它無在者，而國家多虞之際，人心尤以己之去就爲安危，不忍舍而遠去。日治府事，細大必親。時虜騎雖去，人情未安，朝廷賴公，屹然增重。兩淮之兵渡江歸息，而奔走瘡痍之餘，重以疫癘，自三衙諸軍皆留建康，死者日數十人。公親爲分課醫工，置曆診候，自帥司給藥餌及它費，遣官屬監示。至日暮，公親視曆，考其勤惰得失而賞罰之，全活甚衆。

四月，楊存中罷。公被旨兼措置兩淮，繼兼節制建康、鎮江府、江、池州、江陰軍駐屯軍馬。時虜以十萬衆圍海州甚急，鎮江都統制張子蓋提兵在淮上，欲前救。聞當受公節制，士氣十倍。而公受命之日，亦即爲書抵子蓋，勉以功名，令出奇乘虜弊。子蓋率兵力戰，大破虜衆，得脱歸者無幾。公謂去歲淮上諸軍奏功例不以實，有功者擯不録，而庖人廝役悉沾濫賞，輕名器、耗財用、亂紀綱，使軍士不復知所勸激。奏：「今海州上功當有以深革其弊，使可爲後法。」於是令諸大將，戰勝則命統制官以下至旗頭、押擁隊公共保明，限三日申。稍有繆僞，重置典憲。

公德威表著，將士望風畏愛。至是復總兵權，當軍政二十年廢弛之後，問疾痛、卹勞苦、撫孤遺、禁刻剥、勉將士，俾知忠順，於是人人勉勵，慨然有趨事赴功之志。公念軍籍日益凋寡，中原之人久困腥羶，思慕我宋，欲因茲時，乘虜事力未强，頓兵淮甸要處，以招集忠義來歸之人，内以壯軍勢、實曠土，外以讋虜情、系人心。奏曰：「虜人退兵之後，士馬物故幾半，飲馬長江之志固未敢萌也。而用事群酋人各有心，日夜備具，似有欲窺淮甸之謀。先事預圖，理不可緩。我之甲兵方之西北之士，所存無幾，而又去歲捍禦大敵，傷折逃亡，繼以病死，十亦四五，馬固同之。以今歲事力比量酌度，夫人而知其爲弱也。議者或欲弭兵息民，以治在我，此説近是也。誠恐虜之圖事未肯但已，一旦倉卒，何以待之？又況補集將士，必資西北之人，能戰忍苦，方爲可仗。然則乘機及時，内堅守備，外疑敵心，左牽右制，使之首尾奔趨，人情摇動，斯爲成算，不可忽也。淮甸要處，我不先圖，異日强虜起侮渡淮，先據形勢，則事有難處者矣。」又奏曰：「臣體訪得東北今歲蝗蟲大作，米價踴貴，中原之人極艱於食。欲乞朝廷或撥米糧，或錢物，付臣措置，招來吾人。人心既歸，虜勢自屈。」

公又以淮楚之人自古可用，乘其困擾之後，當收以爲兵，又奏曰：「兩淮之人素稱强力，而淮北義兵尤爲忠勁，困於虜毒亦已甚矣。讎虜欲報之心，蓋未嘗一日忘也。特部分未嚴，器甲不備，雖有赤心，不能成事。自强虜恣爲殘虐，十室九空，皇皇夾淮，各無所歸。臣恐一旦姦夫鼓率，千百爲群，別致生事。謂可因其憤嫉無聊之心而招集之，欲置御前萬弩營，募民强壯年十八以上、四十五以下堪充弩手之人，並不刺臂面，以御前强弩效用爲名，各給文帖，書寫鄉貫、居住之處及顏貌、年甲、姓名，令五人結一保，兩保爲一甲，十甲爲一隊，遞相委保，有功同賞，有罪同罰。於建康府置營寨安泊。」詔皆從公請。公即下令曰：「兩淮比年累被荼毒，父子兄弟夫婦殺傷虜掠，不能相保。今議爲必守之計，復恥雪怨，人心所同。有願充者，宜相率應募。至於淮北，久被塗炭，素懷忠義，欲報國恩，亦當來歸，共建勳業。」於是兩淮之人欣然願就，率皆强勇可用。公親訓撫之，又奏差陳敏爲統制。敏起微賤，聲迹未振。公擢於困廢中，感激盡力圖報，未幾成軍。方召募之初，浮言鼓動，欲敗成績。數月間，來應者不絶，衆論始定。

公謂虜長於騎，我長於步，制步莫如弩，衛弩莫如車，乃令敏專制弩治車。又謂三國以後，自北窺南，未有不由清河、渦口兩道以舟運糧。蓋淮北廣衍，糧舟不出於淮，則懼清野無所得，有坐困之勢。於是東屯盱眙、楚、泗以振清河，西屯濠、壽以扼渦、潁，大兵進臨，聲勢連接，人心畢歸，精兵可集。即具奏言之。又乞多募福建海船，由東海以窺登、萊，由清河窺淮陽。有旨下福建選募。張子蓋自鎮江來謁，公與之語，見其智識過人，謀慮精審，與圖規取山東之計。奏子蓋才勇而性剛氣直，願優容之。且乞益以精甲，資以財用，俾屯江淮，措置招來。會今上即位，公首奏建康行宮當罷工役華采之事，據今所營，足備臨幸。有詔從之。

上自藩邸熟聞公德望，臨朝之初，顧問大臣，咨嗟歎息。首召公赴行在，賜公手書曰：「朕初膺付託，以眇然一身，當萬幾之繁，夙夜祗懼，未知攸濟。公爲元老，被遇太上皇帝禮遇之久，群臣莫及。宜有嘉謀至計，輔朕初政。方今邊疆未靖，備禦之道，實難遥度。思一見公，面議其當，使了然如在目中。繄公是望，公其疾驅，副朕至意。」公奏曰：「臣敢不以前日恪事太上皇帝之心事陛下。惟一其志，有隕無二。」遂就道。未至國門，敦促再四，至即引見。上見公，改容禮貌曰：「久聞公名，今朝廷所恃惟公。」命内侍賜公坐，降問再四。公奏：「人主以務學爲先。人主之學本於一心，一心合天，何事不濟？所謂天者，天下之公理而已。人主惟嗜欲私溺有以亂之，失其公理。故必須兢兢業業，朝夕自持，使清明在躬，惟是之從，則賞罰舉措無有不當，人心自歸，醜虜自服。」上竦然曰：「當不忘相公之言。」公又奏：「今日便當如創業之初，宜每事以藝祖爲法，自一身一家始，以率天下。」公見上天錫英武，每言及兩朝北狩、八陵廢隔、兆民塗炭，讎恥之大，感痛形於詞色，因力陳和議之非，勸上堅志以圖事。制除公少傅、江淮東西路宣撫使，節制建康、鎮江府、江、池州、江陰軍屯駐軍馬，進封魏國公。太上皇退處德壽宮，群臣希得進見，獨再引公，見輒移時。以秋防復往江上，留臨安旬日，中使問賜飲食等不絕，禮遇冠一時。

公舟行出國門，見蝗自北來，飛長數里，即具奏曰：「災異之起，必有所因。陛下即位之初，憂勞庶政，豈容有此？伏願益修欽畏，以答天心。抑天之愛陛下，殆將有以警勉於初，助成聖德也。更乞延見近臣，咨問時政，必使惠澤實及軍民。」先是，公謂新政以人才爲急，人才以剛正爲先，因疏當今小大之臣有經挫折而不撓、論事切直者凡十數人薦於上，且乞以間暇時數引賢者自近，賜以從容，庶幾啓沃之間有所廣益。復薦陳俊卿、汪應辰可爲宣撫判官，有旨差俊卿。又奏前國子司業王大寶可備勸講論思，上遂命召大寶。公至江上，復奏曰：「直言不聞，非國之福。自秦檜用事，二十年間，誣以它罪，賊殺忠良，不知幾何人。願下明詔，以太上之意條具往以直言獲罪之人，各加恩施。其誣之以事而身已淪没，許本家開析事因，經朝廷雪訴，庶幾冤憤之氣得申今日。」又奏乞盡天下之公議，以用天下之才。時洪邁、張掄使虜回，見公於鎮江，具言初到虜中，鎖之寓館，不與飲食，令於表中換「陪臣」字。公奏：「虜主恃强，彈壓諸國。今日之事，惟修德立政，寢食之間無忘此讎，上慰天心，下從人欲，不當復遣使以重前失。」

翰林學士史浩建議，欲築瓜洲、采石城，上下公議。公謂：「今臨淮要地俱未措置，高郵、巢縣家計亦復未立，而乃欲驅兵卒，但於江干建築城堡，豈不示虜削弱，失兩淮之心，墮將士之氣？或有緩急，誰肯守兩淮者？不若先城泗州便。」上以公言爲然。浩已爲參知政事，力主初議，其餘公所措置，浩輒不以爲是。公以張子蓋可任，使鎮淮上，圖山東，而子蓋所陳，浩輒沮抑百端，至下堂劄詰責，又深遏海州之賞。公方招來山東之人，至者雲集，而浩不肯應副錢糧，且謂不當接納以自困。公奏乞上幸建康，而浩專欲爲懷安計。公治舟楫於東海，所圖甚遠，而浩輒令散遣。凡公所爲，動皆乖異，黨與唱和，實繁有徒。子蓋西人，負氣竞以成疾。公遣官屬勞問不絶，且乞上親喻之。上賜手書撫存備至，而子蓋卒不起，山東前所結約者皆失望。

浩遣其腹心司農寺丞史正志來建康，專欲沮招納事。公論奏曰：「竊惟國家自南渡以來，兵勢單弱，賴陜西及東北之人不忘本朝，率衆歸附，以數萬計。臣自爲御營參贊，目所親見，後之良將精兵，往往皆當時歸正人也。三十餘年，扞禦力戰，國勢以安。今一旦遽欲絶之，事有大不可者。此令一下，中原之人以吾有棄絶之意，必盡失其心，一也。人心既失，變爲寇讎，内則爲虜用，外則爲我寇，二也。今日處分既出聖意，將見淮北之人無復渡淮歸我者。人迹既絶，彼之動息無自而知，間探之類，孰爲而遣？三也。中原之人本吾赤子，今陷於虜者三十餘年，日夜望歸，如赤子之仰父母。今有脱身而來者，父母拒户棄絶之，不得衣食，於天理人情皆所未順，四也。自往歲用兵，大軍以奔疲疾疫死亡十之四五。陛下慨念及此，命諸將再行招募。若淮北之人不復再渡，所募之卒何自而充？五也。尋常諸軍招江浙一卒之費不下百緡，而其人柔脆，多不堪用。若非取軍淮北，則軍旅之勢日以削弱，六也。若果絶之，人心一失，大事去矣。國家所系，人心爲本。惟陛下恢廓聖度，同符天地，信順獲佑，其理必然。」上見之感悟，事得不罷。正志又受浩旨，聚兩路監司、守臣往瓜洲相度築壘事。及見公，恃其口辯，欲爲浩遊説。公折大義，正志乃愧恐不敢言。將行，公復謂之曰：「歸致意史參政，秦檜主和，終致誤國。參政得君，無蹈覆轍。」浩聞之悚然。時浩已遣使使虜，報登寶位。公奏：「陛下初立，方欲圖回恢復，而遽聞遣使，懼天下解體。前日洪邁虜中供伏事狀，尋聞虜酋備坐告喻嶺北諸國。虜借我和議之名以迫脅諸國類如此，願毋遣。」浩竟遣之，然虜計已行，亦竟責舊禮不納也。

十一月，有旨召宣撫判官陳俊卿及公子栻赴行在。公附俊卿等奏曰：「今日之事，非大駕親臨建康，則決不能盡革宿弊，一新令圖，鼓軍民之氣，動中原之心。臣自太上時，已爲此謀。蓋江南形勢，實在於此，舍而不爲，未見其策。」又奏曰：「漢文帝初立，有司請早建太子，以尊宗廟，其爲天下國家計甚遠。願陛下留意焉。」公於九月中嘗具奏，以謂：「近聞吴璘之兵在德順，曾未幾月，與虜大戰，不可不爲之深思也。使此虜得志於西，則氣焰必熾，脅制蕃漢，聚兵邊陲，迫我臣屬，事固難處。今持久不決，有大利害存焉。儻坐視不問，貽憂異時，非計之得也。當令兩淮之師虎視淮壖，用觀其變，而遣舟師自海道摇山東，及多遣忠義結約中原，疑惑此虜，使有左顧右眄之慮。而德順之師知我有奉制之勢，將士當亦賈勇自奮。」至是復令俊卿等力言之。時浩已發詔，命璘棄德順。蓋浩志專欲亟和，以自爲功，謂德順既棄，則非徒璘無能爲，亦固撓公之謀矣。上見俊卿等，問公動静飲食顔貌，曰：「朕倚公如長城，不容浮言摇奪。」

時上已有欲幸建康之意矣，而浩殊不以爲然。上遣内侍黄保躬賜公鞍馬手書曰：「卿以元勳，特爲重望，慨風塵之未静，仗忠義以親行。首固邊防，徐謀開拓，俾朕居尊，無復軫慮。緬思忠赤，益用歎嘉。」俊卿等歸，公知車駕來建康之期尚緩，深慮有失機會，復具奏曰：「人心向背，興亡以分。建康之行，一日有一日之功。願仰稽天道，俯徇衆情，亟定行期，以慰中外之望。」

時契丹酋窩斡亦起兵攻虜，爲虜所滅，其黨奔潰。驍將蕭鷓巴、耶律适里自海道來降。公以爲女真一國之兵，其數有限，向來獨以强力迫脅中國之民及諸國之人爲用，是以兵盛莫敵。今當招納吾民，厚撫諸國，則女真之心自生疑惑，中原諸國莫爲其用，虜可亡也。奏乞厚撫鷓巴等。上從之，詔公擬官賞施行，仍賜手書勞公曰：「卿以文武全才，副朕倚毗，宣威塞垣，厥功益茂。夷虜來歸，中外帖然。今賜卿貂帽等。」

時虜以十萬衆屯河南，多張聲勢，欲窺兩淮。公以大兵屯盱、泗、濠、廬，虜不敢動，但移牒三省、密院及移書宣撫司，虛爲大言，欲索海、泗、唐、鄧、商州及歲幣等。公奏此皆詭詐，不當爲之動，卒以無事。

隆興元年正月九日，制除公樞密使、都督建康、鎮江府、江、池州、江陰軍屯駐軍馬，且命即日開府視事。始，公命諸將築泗州兩城，至是而畢，隱然爲邊塞重鎮。時虜將萬户蒲察徒穆及僞知泗州大周仁以兵五千屯虹縣，都統蕭琦以萬餘人屯靈壁，積糧修城，遣間不絶。公謂至秋必爲邊患，當及時掃蕩。若破兩城，則淮泗可奠枕也。且蕭琦素有歸我之意，累遣親信至宣撫司。會主管殿前司李顯忠、建康都統制邵宏淵亦獻擣二邑之策，公具以奏上。上手書報可。

三月，召公赴行在。公中道具奏曰：「今之議者，孰不持戰守之説？其下則欲復遵舊轍，重講前好。以臣觀之，戰守之説是也。然而戰守之道，本於廟勝。君天下者，誠能正身以正朝廷，正朝廷以正百官，正百官以正萬民，用之戰則克，用之守則固，理有決然者矣。今德政未洽於人心，宿弊未革於天下，揆之廟算，深有可疑。臣願陛下發乾剛、奮獨斷，於旬月之間，大布德章，一新内外，盡循太祖、太宗之法，使南北之人知有大治於後。人心既孚，士氣必振，於以戰守，何往不濟？」既至，復伸前説。上再三歎美，謂公當先圖兩城，邊患既紓，弊以次革。乃命李顯忠出濠州趨靈壁，邵宏淵出泗州趨虹縣，而令參議馮方隨往犒勞。公亦自往臨之。將行，念軍事利鈍難必，恐或小跌，傷上有爲之心，謂諸葛亮建興六年所上奏其言明切，曲盡事機，乞上置之坐右，嘗觀覽焉。又出旗牓軍前曰：「面奉聖旨：『大軍所至，務要秋毫不擾，專以慰安百姓爲事。敢有行一不義，殺一不幸，達於聽聞，朕所不赦。』」

公渡江，聞李顯忠至靈壁，而蕭琦中悔，以衆來拒。顯忠大破之，琦所將萬五千人降殺殆盡。邵宏淵亦進圍虹縣，顯忠會之，徒穆、周仁窮蹙，率其衆降，亦以萬數。公又遣戚方將舟師趨淮陽，慮顯忠輕敵深進，則親帥官屬前駐盱眙，幾使近得以指呼。顯忠虜蕭琦至宿州近城，琦與家屬及千户頭領等百餘人降，遂直抵城下。虜僞元帥者遣二萬餘人來戰，大破之。進攻城，將士蟻附而上，遂克之，中原震動，歸附日至。上手書曰：「近日邊報，中外鼓舞。數十年來，無此克捷。」公以盛夏人疲，急召顯忠等還師，而上亦戒諸將以持重，皆未達。僞副元帥紇石烈志寧率大兵至，顯忠等恃勝不復入城，但於城外列陣以待，士卒頗疲矣。僞帥令於陣前打話，謂「爾若破我，當盡歸河南之地」。既戰，兵引卻。明日復來戰，我師小不利，統制官有遁歸者，軍心頗摇。顯忠等率兵入城，虜衆進攻城，復殺傷而退。居數日，得諜者報，虜大兵將至，顯忠等信之，夜引歸，虜亦不能追也。時虜名酋勇將降執系道，精甲破亡不翅三倍，是後不復能爲靈壁、虹縣之屯矣。

方初退師，公在盱眙，去宿不四百里，浮言洶動，傳虜且至。官屬中有懷檄以歸者，亦有請公亟南轅者。公不答，遂北渡淮，入泗州城。軍士歸者勞而撫之，視瘡痍，拯疾病，存録死事，旌有功，人情胥悦。凡數日，上下始知虜初無一騎過宿者，人心始定。時公獨與子栻留盱眙幾月，俾將士悉歸甜而後還維揚，具奏待罪。上手書撫勞，公復奏曰：「今日之事，明罰爲本。而罰之所行，當自臣始。」上手書報曰：「卿屢待罪，欲罰自卿始。卿此言至公，豈不感格？朕委任卿，未嘗少變，卿不可以此介意。正賴卿經畫，他人豈能副卿？」有旨降授特進，更爲江淮宣撫使。宿師之還，士大夫素主和議者乘時抵巇，非議百出。上又賜手書曰：「今日邊事尤倚卿爲重，卿不可以畏人言而懷猶豫。前日舉事之初，朕與卿獨任此事。今日亦須朕與卿終任此事，切不可先啓欲和之言。」又荐遣内侍勞公，於是公又第都統制官以下，乞以次行罰。時朝廷建遣楊存中以御營使行江上守備，首途有日。公謂命令不一，將士觀望，或敗國事，身死無益，遂論奏之。上即日詔存中毋行。

公留真揚，大飭兩淮守備，命魏勝守海州，陳敏守泗州，戚方守濠州，郭振守六合，治高郵、巢縣兩城爲大兵家計，修滁州關山以扼虜衝，聚水軍淮陰，馬軍壽春、廬州。大抵虜人來攻泗州，則糧道回遠，城中兵二萬餘足以守，乘其弊足以勝。如其出奇自淮西來，則清野堅壁，使無所掠。既不得進，合兵攻之，可大破也。然是時師退未幾，人不自保，公命栻往建康挈家屬來維揚，衆情大安。兩淮郡縣悉增葺屋宇，人物熙熙，以至鄉落亦皆成聚。

上復召栻奏事，公附奏曰：「自古大有爲之君，必有心腹之臣相與協謀同志，以成治功，不容秋毫之間，然後上下響應影從，事克有濟。如伊尹之於湯，太公之於周，其次管夷吾之於齊，諸葛亮之於蜀，書傳所載，始終可考。不然，作舍道邊，何自而成？而況安危禍福之幾，其應不遠，可不畏哉！今邊隅粗定，軍旅粗整，虜以傷敗之故，其勢未能爲竭國之舉。而臣以孤蹤，跋前疐後，動輒掣肘，陛下將安所用之？願深惟國計，精選天下岩穴之賢，付以中外大柄，任之專，信之篤，如前數君所爲，謀出於一，不使小臣得以陰間，不使異議得以輕摇，先内後外，以圖恢復，庶幾日積月著，太平可期。載惟陛下當至艱至難之時，遇自古未嘗有之强敵，若非君臣相與爲一，朝夕圖回，不較利鈍，終期有成，誠恐歲月易流，後悔難追，甚可痛惜也。臣老且病，望陛下矜憐，賜以骸骨，使之待罪山林，無令出處狼狽，取笑天下後世。」上覽奏，謂栻曰：「雖乞去之章日至，朕決不許。朕待魏公有加，終不爲浮議所惑。」公聞之，不敢復有請。時上對近臣未嘗名公，獨曰魏公，每遣使來，必令視公飲食多寡，肥瘠何如，其眷禮如此。

八月，有旨復公都督之號。虜都元帥僕散忠義與志寧並貽書三省、密院，索四郡及歲幣等。且云「今茲治兵，決在農隙」，以恐脅我。公奏：「虜力强則來，力弱則止，初不在夫和與不和之間。使其有隙可乘，有機可投，雖使人接踵於道，卑辭厚禮無所不至，亦莫足以遏其鋒也。今僞帥書蓋知江南之士欲和者衆，離間吾心腹，撓亂吾成謀，坐收全功，以肆其忿毒於後。惟陛下深察之。臣誠過慮，竊恐腐儒之論不知大計，遂爲真和。曾不知三數年之後，虜馬日蕃，人心益定，我之將士解體怠墮，方是時，何以枝梧？然今日内治未立，人多懷私，只貴謀身，不思爲國，軍民之弊，漠不加意。不求之此而區區於末，恐無益也。」時朝廷欲謝卻歸正人，已至者悉加禁切，且不欲公多遣間諜，恐生邊釁。公奏曰：「自昔創業中興之君，圖回天下，初非有夙任之將、素養之兵、舊撫之民爲之用也。考其施設，事非一端。或取之群盜，或得之降虜，或以夷狄攻夷狄，莫不虛懷大度，仰憑天道，俯順人心，以成大功。後世仁德之不孚，措置之失宜，馴致降人多有背叛。此非徒人事之謬，蓋亦天命之不歸也。今陛下紹隆祖宗，方務恢復，乃於降者而首疑之，則左右前後與夫今日軍旅之衆，孰不可疑？而況它日進撫中原，必先招徠，事乃可濟。若處之失當，反激其怒，它日人自爲敵。計之出此，豈不誤哉？陛下將有經營四海之心，推誠待人，如天如日，豈比固陋之士，姑爲保身之謀，獨無天命之可信哉？」又奏：「虜之於我，有不戴天之讎，挾詐肆欺，不遺餘力。自宣和、靖康以來，專以和議撓亂國家，反覆詭秘，略無一實。今敗盟如此，而朝廷尚蹈覆轍，號爲信義，恐生兵隙，臣所未喻也。昔宋襄公謂君子不重傷，不禽二毛，而卒敗於楚，得無類是乎！」

時湯思退爲右相，思退本檜死黨，尤急於求和，遂遣盧仲賢、李栻持書報虜，並借職事官以往。公又奏：「仲賢小人多妄，不可委信。」上因其辭，戒勿許四郡，而宰執則令仲賢等許之無傷。栻至境，託故不行，獨仲賢往。僕散忠義懼之以威，仲賢遂鼠伏拱手，狀稱歸當稟命許四郡，願持書復來。仲賢見公，謬稱虜有數十萬之衆近邊，若不速許四郡，今冬必入寇，我無以當其鋒。且公重臣，不宜在江外，當亟渡江。公知仲賢爲虜所脅，即謂之曰：「某在此，邊備已飭，借使虜來，當力破之。況探報日至，虜之屯河南者不過十萬，計議得無爲虜游説耶？」栻復被旨，令入奏。公命栻奏仲賢辱國無狀，但所謀事，未知有無出朝廷之意，臣實不預此議。栻至，上即召見，首問仲賢事。栻具奏其狀，且曰：「仲賢不可不明正其罰，朝廷與爲表裏，不可不察。」上怒，下仲賢大理寺。思退等惶懼，反謂仲賢能説虜削去君臣之禮，止以叔姪相往來爲有功，百端救之，至與左相陳康伯等叩頭殿上乞去。上不悦，猶鐫仲賢官。

思退及其黨懼，益大唱和議，建遣王之望、龍大淵爲通問使、副。公在遠，争不能得。見諸軍惶惑，歸正人尤不自安，即出牓諸軍，謂虜人妄有邀索，如輒敢渡淮，當約日決戰。朝廷聞公出此牓，皆大恐，獨上以爲然。公又奏曰：「伏聞朝廷遣使甚亟，思慮反復，實不遑寧。伏念臣頃居謫籍幾二十年，流離困苦，加以憂患，狼狽萬狀。所以養愛此身，不敢即死，亦以臣子大義，負不戴天之深讎，終幸一朝得伸素志，瞑目無憾。幸遇陛下龍飛之始，英武奮發，慨然有澄清天下之志。臣是敢受任而不辭。今將士人情日以振作，而虜寇作於內，師老於外，少稽時月，形勢畢見。載惟此虜若勢力有餘，內無掣肘，則秋冬之交必引兵長驅，要我以和，何求不成？而乃遣書約期，勢實畏怯，其狀甚露。縱令敢以偏師深入，自淮西來，爲我則利，爲彼非福。蓋三百里之內，野無芻粟，扼以不戰，又何能爲，而直爲此急急也？重念臣衰老多病，所見所爲迂闊寡合。自度賦分單薄，無以勝任國事，方欲俟歲晚力求休退。惟臣所愛者，陛下之聖德聞於天下，有有爲之時。惟臣所憂者，夷狄之姦計得以肆行，而後悔何及！不然，臣年餘幾何？豈不欲姑就安逸以畢此身，而固爲異同於今日也？」又奏：「今歲守備甚嚴，自秋涉冬，初無一事。向若虜不貽我以書，固自若也。不幸因虜以一介持書慢我，而朝廷忽遽遣人，自招紛紛。緣此内外之情各不懷安，於國體所係甚大。今茲使行，事體尤重，豈宜更復草草？惟此虜若必欲侵凌我，雖懇請百拜，有不可遏。如其不能，亦何由而動？況專幸寇讎之不我侵，急急然徒爲懇免苟安之計，臣之所未諭也。」上賜手書諭意，將以首相待公。公奏力辭。未幾，遂召公赴行在奏事。

公初議答虜書事，以爲但當輕遣一介往觀其情僞而爲之所。至是，乃聞朝廷遣之望等。十一月二十五日，行至鎮江，上奏曰：「近者竊承朝廷已定遣使之議，臣身在外，初不預聞。竊惟徽宗、欽宗不幸不反，亘古非常之巨變，凡在臣庶，不如無生。而八陵久隔，赤子塗炭，國家於虜，大義若何？況逆亮憑陵，移書侮嫚，邀求大臣，坐索壤地，其事近在前歲。今議者不務力爲自强之計，而因虜帥一貽書，遽遣朝士奔走麾下，再貽書，欲遣侍從近臣趨風聽命，復將哀吾民之膏血以奉讎人，用猶子之禮以事讎人，欺陛下以款之之名，而爲和之之實。其説固曰吾將款之而修吾兵，政不知使命一遣，歲幣一出，國書一正，將士褫氣，忠義解體，人心憤怨，何兵政之可修？又不過曰吾將款之而理吾財用，不知今雖遣使而兵不可省，備不可撤，重以歲幣之費，虜使之來，復有它須，何財用之可理？此可見欺陛下以款之之名，實欲行其宿志也。彼方惟黨與之是立，惟家室之是顧，惟富貴之是貪，豈復以國事爲心哉？況兩朝鑾輿之望已絶，宗室近親流落虜廷，戕賊殆盡，猶欲與之結和，不知於天理安否？臣實痛之。臣年老多病，所論與朝廷略不相合，豈可蒙恥更造班列，以重敗其素節？且陛下廟堂之上，豈容狂妄不合之臣濫厠其間？臣雖至愚，亦誠不忍與今日力主和議之臣並立於朝。伏乞早降指揮，罷臣機政。臣見力疾至前路秀州，聽候指揮。」上賜手書曰：「覽卿奏，欲在秀州候指揮，甚非朕所望也。卿忠誠爲國，天下共知，和議事專竢卿到，面盡曲折。卿宜速來。」繼遣内侍甘澤賜公手書曰：「卿赴召入覲，何爲中道遽欲引嫌自陳？軍國大事，正要卿同心叶濟。已差甘澤宣卿，宜體朕意，疾速前來。」

公以上意厚甚，不敢固辭，復上奏曰：「臣竊聞道路之言，謂今兹議和非陛下本心，事有不得已者。詢之士大夫，多以爲然。惟臣昔嘗力陳和之不可，爲秦檜所擠，瀕死者屢。賴太上皇帝保全覆護，獲有餘生。今日之議，臣以國事至大，不敢愛身，力爲陛下敷陳，不知陛下終能主張之否？又有事之大者，人才混殽，風俗陵夷，綱紀久弛，上下偷安，巨細積弊，内治自强未見端緒。若力圖所以革之，一繩以公，不卹浮議，則怨謗之言投隙伺間，巧爲傷中，事必無成。若因循不革，日復一日，何以爲國？國政不立，何以禦寇？不知陛下能力斷於中，果行於外，君臣一心，無間可乘，以濟此疑難之業否？臣是以食不遑味，寢不遑處，拳拳憂心，有如皦日。思所以爲陛下計、爲社稷計，須臾不敢忽也。不然，臣年老數奇，粗知學道，豈敢叨踰榮寵，竊位於朝，以負陛下社稷哉！臣到闕日，願賜清間之燕，俾盡區區。度其是否，使之進退有據，不違其道。不勝幸甚！」

既至入見，上首諭公以欲專委任之意，公復力陳和議之失。上爲止誓書、留使人，而令通書官胡昉、楊由義先往諭虜帥以四郡不可割之意。於是之望、大淵待命境上，而上與公密謀，若虜帥必欲得四郡，當遂追還使人，罷和議事。

十二月二十二日，制拜公尚書右僕射、同中書門下平章事、兼樞密使，都督如故。而思退亦轉左僕射。上諭當直學士錢周才以注意在公，故思退雖爲左相，而公恩遇獨隆。每奏事，上輒留公與語，又時召栻入對，賜公御書聖主得賢臣頌。思退等素忌公，至是益甚。

公既入輔，首奏當旁招仁賢，共濟國事。上令條具，公奏虞允文、陳俊卿、汪應辰、王十朋、張闡可備執政，劉珙、王大寶、杜莘老宜即召還，胡銓可備風憲，張孝祥可付事任，馮時行、任盡言、馮方皆可備近臣，朝士中林栗、王秬、莫沖、張宋卿議論據正，可任臺諫，皆一時選也。

公自太上時，即建議當駐蹕建康，以圖恢復。上初即位，公入對，又首言之。及總師江淮，每申前説。至是復力言於上曰：「今不幸建康，則宿弊不可革，人心不可回，王業不可成。且秦檜二十年在臨安，爲燕安酖毒之計，豈可不舍去之而新是圖？大抵今日凡事皆當如藝祖創業時，務從省約，而專以治軍卹民爲務，庶國有瘳。不然，日復一日，未見其可。」上深感悟。

通書官胡昉等至宿州，僕散忠義以不許四郡之故，械繫迫脅。昉等不屈，忠義計窮，更禮而歸之。上聞之，亟召栻語之故，令諭公曰：「和議之不成，天也，事當歸一也。」始議以四月進幸建康。公又奏當詔之望等還，上批出曰：「王之望、龍大淵并一行禮物並回。」思退等大駭，更約翌日面奏。及至漏舍，思退等競執前説。公折以正論，輒屈。是日三月朔旦，上當詣德壽宮。未登輦，召宰執議事。思退及參知政事周葵、同知樞密院洪遵叩頭力争，上怒，聲色頗厲。及自德壽宮回，復批出曰：「追回之望等劄子宜速進入。」適詣德壽宮，太上皇帝亦深怒：「此虜無禮，卿等不可專主和議，恐取議於天下。」思退等懼，遂以劄子進入，發金字遞行。公奏胡昉等能不爲虜屈，當加賞。而向者盧仲賢擅以國家境土許寇與讎，宜有重罰。有旨：「仲賢除名勒停，編管郴州。」又奏：「宜牓示諸軍，諭以僕散忠義械繫使人，加以無禮，使各奮忠義，勉勵待敵，趨赴功名，庶幾諸軍知曲在虜，且知和議不成，激昂增氣。」上令都督以此旨降牓兩淮、荆襄、川陜，數日之間，號令一新，中外軍民皆仰上英斷。

思退計窮，復奏力主和議，且請上以宗社大計奏禀太上皇帝而後從事。上親批其後，降付三省曰：「虜無禮如此，卿猶欲言和，今日虜勢非秦檜時比，卿之議論，秦檜之不若。」故事，宰相日一人啓御封。是日適公當啓，啓畢，即轉示思退。思退大駭，藏去。先是，上既決幸建康之議，思退等初不與聞。後奏事上前，語屢屈，因請曰：「和議不成，虜至何以待之？」上曰：「朕已決幸建康。」思退等失色。及又見批語，乃陽爲皇恐乞祠狀，而陰與其黨謀爲傾陷之計，蹤跡詭秘，人不得盡知也。居數日，俄有旨命公按視江淮。公知一日出外，姦人必得肆意，然趣行之旨屢下，而事之成敗則又有非人力所能爲者，乃行。既出國門，思退遂與右正言尹穡通謀，日夜汲汲益求所以間公者。公未抵鎮江，道遇王之望等還，見之望力主和議，因密奏之。而思退等亦相與陰謀，謂不毁守備則公不可去，和不可成，乃令之望等盛毁守備一無以恃者。又陰以官爵諷諸將，令入文字，稱虜盛强，爲畏怯語。而穡專主其議，百計毁公。

蓋公受任江淮兩年有半，念國家多虞，醜虜未靖，憂恐計度，寢不遑安，食不遑味。祁寒盛暑，勞撫將士，接納降人，講論軍務，未嘗少倦，少年精力有不能及。而公忠義奮激，曾不以爲勞。諸軍感悦，有不待號令而從者。計所招來山東、淮北忠義之士，實建康、鎮江兩軍凡萬二千餘人。萬弩營所招淮南强壯及江西群盜又萬餘人，陳敏統之，以守泗州。淮南軍士知泗爲兩淮要塞，皆願以死守，至挈父母妻子往焉。要地如海、泗、高郵、巢、和、六合等皆已成築，其可因水爲險處，皆積水爲櫃，增置江淮戰艦，諸軍弓矢器械悉備。兩年冬，虜屯重兵十萬於河南，爲虚聲，脅和至再至三，皆有約日決戰之語。泗州將士日望虜至，成大功，而虜亦知吾備禦甚設，卒不敢動，反爲防我計。及是，公又以宰相來撫諸軍，將士無不踴躍思奮，軍聲大振。虜聞公來，亦檄宿州之兵歸南京，沿邊清野以俟。淮北歸正者日來不絶，山東豪傑悉遣人來受節度。公曉之曰：「淮北、山東之人慕戀國恩，厭苦虐政，保據山險，抗拒賊兵，於今累年。首領冒難遠來，備述爾等忠勤，爲之惻痛。已具奏皇帝，記録汝等姓名。將來大兵進討，則犄角爲援，晝驚夜劫，抄絶糧道。如是賊兵深入，便當連跨城邑，痛剿賊徒。勳績儻成，節鉞分茅，皆所不吝。但當觀時量力，無或輕動，反墮賊計。今本朝厲兵秣馬，以俟天時，汝等亦宜訓習，以待王師之至。」公又以蕭琦乃契丹四軍大王之孫，沉勇有謀，欲令琦盡統契丹降衆，且以檄喻契丹，大意謂本朝與契丹有兄弟之好，不幸姦臣誤兩國，皆被女真之禍。今契丹不祀，皇帝無日不念此。爾能結約相應，本朝當敦存亡繼絶之義。虜人益懼，遂爲間書，鏤板摹印，散之境上，類後周所以間斛律明月之意。

督府參議官馮方立朝有直聲，臨事不避難，遍行兩淮，築治城壘，最爲勞勩。思退等以其效力尤多，尤惡之，使穡論方不當築城費財，凡再章而方罷。又論公所費國用不貲，公奏：「計督府遣間探、給官吏等，二年半之費，實不及三十萬緡。其餘爲修城、造舟、除器、招軍等用。」上出公奏，思退、穡議屈，於是始謀更造它事撼公。殿前後軍統制張深守泗有勞，軍士安之。俄有旨放罷，而以趙密之子廓代之。公至淮東，詢問知狀，奏留深，而穡指公此事爲拒命跋扈。思退等又相與謀，上眷公厚，必未肯遽罷公，但先罷都督，則公自當引去。穡奏論如思退計，而公自聞馮方罷，已上奏乞罷督府。詔從公請，而公亦封章力求還政矣。穡連疏詆公愈力。左司諫陳良翰奏：「如公忠勤，人望所屬，不當使去國。」上謂良翰：「本無此事，且當今人材孰有踰魏公者？卿宜遍喻侍從臺諫，使知朕此意。」侍御史周操素同良翰議，至是爭論甚力。然是時公留平江虎丘，致仕之章已八上矣。上察公懇誠，欲全其去。四月二十有二日，制除公少師、保信軍節度使、判福州，而思退等遂決棄地求和之議。且命宣諭司及統領司磨治督府文書錢物，吹毛求疵，卒不可得，乃已。公力辭恩命，上不許，至五六，除醴泉觀使。

公雖去國，不敢以嫌故有隱，奏尹穡姦邪，必誤國事，又奏勸上務學親賢。故舊門生或勸公當勿復問時事，後雖有召命，亦無庸起。公慨然語之曰：「君臣之義，無所逃於天地之間。況吾荷兩朝厚恩，久尸重任，今雖去國，猶日望上心感悟。苟有所見，安忍不言？上復欲用某，某當即日就道，敢以老病爲辭？如公等言，復何心哉！」聞者聳然。公以連年疲勞，比得退休，已覺衰薾。且畏暑，未能遂還長沙。行次餘干，假宗室趙公頭之居而寓止焉。所居之南有書室，公名之曰「養正」，而爲之銘曰：「天下之動，以正而一。正本我有，養之斯吉。道通天地，萬化流出。精思力行，無忘朝夕。」日讀易，更定前說，且曰：「庶幾未死，於學有進也。」又取易象題坐右曰：「謹言語，節飲食，致命遂志，反身修德。」親舊來訪者，輒與講論古道，終日不倦。蓋其心純一，無出處動静之間如此。

孟秋既望，公薦享祖考，既奠而跌。公起，歎曰：「吾大命不遠矣。」手書家事付兩子，且定祭祀昏喪之禮，俾遵守，曰：「喪禮不必用浮屠氏。」且曰：「吾嘗相國家，不能恢復中原，盡雪祖宗之恥，不欲歸葬先人墓左。即死，葬我衡山足矣。」及仲秋二十日，猶爲饒守王十朋作不欺室銘，有曰：「泛觀萬物，心則惟一。如何須臾，有欺暗室？君子敬義，不忘栗栗。」至二十有二日，始寢疾。二十八日，疾病。日晡時，命子栻等坐於前，問國家得無棄四郡乎？且命作奏乞致仕。日暮，命婦女悉去，夜分而薨。先是，六月末有大星隕於趙氏居養正堂之北，光芒若晝，趙氏一家盡驚。翌日，得公書欲來寓居云。訃聞，上震悼，輟視朝兩日。有旨贈公太保。栻等不敢違公志，扶護還潭州。以是歲十一月辛亥葬於衡山縣南嶽之陰豐林鄉龍塘之原。

公自幼即有濟時之志，未嘗觀無益之書，未嘗爲無益之文，孜孜然求士尚友，講論當世之故。聞四方利病休戚，輒書之册，至一介之賤，亦曲加詢訪。在京城中，親見二帝北狩，皇族係虜，生民塗炭，誓不與虜俱存。委質艱難之際，事有危疑，它人方畏避退縮，則挺然以身任之，不以死生動其心。南渡以來，士大夫往往唱爲和説，其賢者則不過爲保守江南之計。夷狄制命，率獸逼人，莫知其爲大變。公獨毅然以虜未滅爲己責，必欲正人心，雪讎恥，復守宇，振遺黎，顛沛百罹，志踰金石。晚復際遇，主義益堅，雖天嗇其功，使公困於讒慝之口，不得卒就其志，然而表著天心，扶持人紀，使天下之人曉然復知中國之所以異於夷狄，人類之所以異於禽獸者，而得其秉彝之正，則其功烈之盛，亦豈可勝言哉！

公論事上前，務盡道理，期於聽從，不爲苟激。其在官守，事無細大，必以身親，視國事如家事，視民疾苦如在己身，至誠懇惻，貫徹上下。平生四被謫命，處炎方幾二紀，拳拳念君之心，遠而彌篤。見朝廷一舉措之善，則喜溢詞色；一事不厭，則憂思終夕不寐。嘗曰「事君者必此心純一，而後能有感格」，蓋其忠義自壯至老，或用或舍，未嘗有斯須之間也。

事太夫人先意承志，婉愉順適，曲盡其心，奉養恭恪，寒暑不渝。家人婦子見公身率，莫敢不敬。或時遠去侍側，每覺意緒不佳，則曰：「太夫人得無有疾乎？」遣人候問，則其日果太夫人服藥也。太夫人方嚴，或顔色不和，則公拱立左右，踧踖若無所容。俟太夫人意舒，乃敢安。蓋自膝下至白首如一日。太夫人既没，見素所服用之物，未嘗不泣下，起敬起孝，孝誠篤至，上自宫禁，下至閭閻，無不咨嗟歎息。縉紳軍民聞風而興起慕用，與夫愧悔改行者，不可勝計也。於兄徽猷公友弟篤至，教養其子與己子不少異。置義莊以贍宗族之貧者，以至母族喪葬婚嫁，亦皆取給焉。歲時祭祀，必預戒小大，使各嚴恪。滌牲治具，必親涖焉。及祭，肅乎如祖考臨之。時節嘗新，必先薦於廟而後敢食。器皿擇精潔者備薦享，不以它用。素能飲酒，至斗餘。及貶連山，太夫人曰：「南方地熱，宜省酒。」即不敢飲。及再見太夫人，命之飲乃飲，遂終身不踰三酌。於器用取具，不問美惡，平生無玩好，視天下之物泊然，無足以動其心者。燕處飲食，皆有常度，雖在閨門，無戲語，無惰容。未嘗偏倚而坐，未嘗疾呼遽行，言必有教，動必有法。盛德日新，至老無息。及在餘干，未寢疾間，温恭朝夕，無絲毫倦怠意。絶筆二銘，於今讀之，猶能使人悚然起敬。則公之心雖未易以言語形容，然於此亦可以少見其幾矣。蓋其天資粹美，涵養深厚，以至於德成而行尊，非强勉所能及也。

公之學一本天理，尤深於易、春秋、論、孟。嘗論易數曰：「易有太極，是生兩儀。太極一也，兩儀二之也。分爲二，而七、八、九、六之數五十有五，此天地之中數也。何以知其然？蓋一、三、五、七、九合爲天數，而天數不過五；二、四、六、八、十合爲地數，而地數不過五。天地奇耦，合之爲十，總之爲五十有五。自然之數，皆不離乎中，中故變，變故其道不窮。聖人神而明之，用數之中，故消息盈虚之妙、闔闢變化之幾皆在於我而動静莫違焉，中其至矣。」又嘗論剛柔之義示子姪曰：「君道主剛，而其動也用柔，故乾動則爲坤矣。臣道主柔，而其動也用剛，故坤動則爲乾矣。故夫必欲遠聲色，必欲去小人，必欲配帝王，必欲定社稷，必欲安民人，必欲服四夷，乾之剛也，君則之於内而主斷也。至於禮臣下、下賢才、撫四鄰、愛百姓、卹孤寡，虚心取善，舍己從人，其動莫非柔矣。不敢唱始，不敢先事，謹禮法、循分守、安進退、守職業，坤之柔也，臣得之於内而有承者也。至於犯顔敢争，捐軀盡節，可以託六尺之孤，可以寄千里之命，可殺不可辱，可困而不可使爲不義，守忠義之大訓，弭患難於當年，斷大計、定大疑，正色立朝，華夷讋服，其動莫非剛矣。故夫善觀易者，必觀夫剛柔之中而究其所以用，則六十四卦、三百八十四爻之或得或失，成悔或吝，或吉或凶，可以類推矣。不知剛柔之用，不可言易也。」

胡銓求公序其所著春秋傳者，公告之曰：「春秋所書，莫非人事章章者。作之於心，見之於事，應之於天，毫釐不差。夫子叙四時，稱天王，以謂順天則治，生物之功於是興；逆天則亂，生物之功於是息。爲千萬世訓，至明也。故一言以斷春秋之義，曰天理而已矣。嗚呼！使王知有天，則諸侯知有王，大夫知有諸侯，陪臣知有大夫，馴致之理，得之自然，禍難孰爲而作哉？蓋王者知有天而畏之，言行必信，政教必立，喜怒必公，用舍必當，黜陟必明，賞罰必行。彼列國諸侯雖曰强大，敢違天不恭，以重拂天下之心而自取誅滅耶？周道既衰，王之不王，不能正身行禮，奉承天心，以大明賞罰於天下。春秋爲是作，以我褒貶，代天賞罰，庶幾善者勸、惡者懼，亂臣賊子易慮變志，不復接踵於後，天地之大德，始獲均被萬物。聖人先天心法之要，蔑有著於此書者矣。」

公於本朝大臣最重李文靖公，謂近三代氣象。又以寇忠愍、富文忠、范文正之事爲可法，嘗曰：「萊公自澶淵還，恥於城下之盟，益勸上修德立政。既不獲用，乃有東封西祀之説。鄭公使虜還，以和議爲恥，以自治爲急務，而不受樞庭之賞。文正自西鄙入參大政，勸仁祖開天章閣，俾大臣條時務，大修政事。文正所具二十條，無非要切，然亦不克施。使三公獲盡其猷爲，則王業必不至二百年而中微也。異時歸老山林，當作三賢堂於弊廬之側，庶幾朝夕想像，如見其人。」豈三公所爲適有契於公心也與？

每訓諸子及門人曰：「學以禮爲本，禮以敬爲先。」又曰：「學者當清明其心，默存聖賢氣象，久久自有見處。」見人有一善，爲之喜見辭色。子姪輩言動小不中理，則對之愀然不樂，人自感動。

公初娶楊國夫人樂氏，旬日被命召，即造朝。及爲侍從，或以公盛年，勸買妾。公曰：「國事如此，太夫人在遠，吾何心及此？」遂終身不置妾。再娶蜀國夫人宇文氏，賢明淑順，與公同志。事太夫人盡禮，鷄初鳴，已冠帔立寢前，俟太夫人寐覺。夜則俟太夫人寢，至息勻寐安乃去。食飲湯藥，一一親之。太夫人常曰：「吾兒孝，天賜賢婦，以成其心。」内外宗族敬仰無間言，起居飲食亦皆如公有常度不渝，相對如賓。公方貴，未嘗言及宇文氏私門，每訓諸子曰：「吾朝夕兢兢，履地如履冰，惟恐一言之失，一事之差。」蓋其德誠足以配公焉。先公五年薨，葬衡山，與公同兆異穴。生子男二人：長栻，右承務郎、直秘閣；次杓，右承奉郎。

公奏議務坦明，不爲虚辭，率口誦，令子姪書之，皆根於心，不易一字。有紹興奏議、隆興奏議各十卷，論語解四卷，易解并雜記共十卷，春秋解六卷，中庸解一卷，詩書禮解三卷，文集十卷。

惟公忠貫日月，孝通神明，盛德鄰於生禀，奥學妙於心通。勳存王室，澤在生民，威震四夷，名垂永世。平生言行，非編録可紀。謹掇其大略，以備獻於君父，下之史官，傳之無窮，且將以求當世立言之君子述焉。謹狀。乾道三年十月日，左迪功郎、特差監潭州南嶽廟朱熹狀。晦庵先生朱文公文集卷九五下

張魏公傳　楊萬里

張浚字德遠，漢之綿竹人。唐宰相九齡弟九皋之後。祖紘，嘗舉茂材異等。父咸，舉進士，復擢賢良方正異等。浚四歲而孤，母計守志鞠養。雖幼，行直視端，儼如成人，識者知爲遠器。甫冠，入太學，中政和八年進士第，調山南府士曹參軍、恭州司録。

靖康改元，召除太常寺主簿。張邦昌僭竊，浚逃太學中。聞高宗皇帝即位南京，星馳赴焉。除樞密院編修官，改虞部員外郎，擢殿中侍御史，遷侍御史。嘗奏事，高宗曰：「朕於直言容受不諱，近有河北武臣上書，詆毁朕躬，亦不加罪。」浚請宣布中外，以勸言者。

時乘輿在維揚久之，中外竊議，以爲上將安居焉者。浚言：「中原天下之根本，願下明詔，令葺東京、關陝、襄鄧，以待巡幸。」大咈宰相意。請補外，除集英殿修撰、知興元府。未行，擢禮部侍郎。高宗召諭曰：「卿知無不言，言無不盡，朕將有爲，政如欲一飛沖天而無羽翼，卿爲朕留。」浚頓首泣謝。除御營使司參贊軍事。浚念虜騎必至，而廟堂不

爲備，力言之於宰相黄潛善、汪伯彦，皆笑不答。

三年春，虜果犯維揚。乘輿渡江，行幸錢塘，留朱勝非吴門禦虜，以浚同節制平江府、秀州、江陰軍軍馬。已而勝非召赴行在，浚獨留。時潰兵數萬，所至焚剽，浚散金帛招集，事甫定，會三月五日苗傅、劉正彦作亂，脅立皇子，隆祐皇太后垂簾同聽政，高宗退處睿聖宫，改元明受。赦至平江，浚命守臣湯東野秘不宣。傅等以檄來，浚慟哭，召東野及提點刑獄趙哲謀起兵討賊。

時傅等以張俊爲秦鳳路總管，將萬人自中途還。浚念高宗遇俊厚，而俊純實，可謀大事，握手泣語之故，俊亦哭。浚曰：「浚即起兵問罪。」俊喜再拜，因偏犒其師。吕頤浩在建康，劉光世在鎮江，浚以書約其兵來會。傅、正彦等脅朝廷召浚詣行在所，浚奏張俊軍驟還，宜少留尉撫之。因命俊分精甲二千扼吴江，即上疏請復辟，仍以奏草報諸路，又令蜀人馮轓持書往諭傅等。俄除浚禮部尚書，命將所部人馬詣行在所，浚復言不可離平江狀。會韓世忠舟師抵常熟，張俊喜曰：「世忠來，事濟矣。」亟以白浚。浚以書招之。世忠至，相對慟哭。世忠曰：「願與張俊身任之。」因大犒俊、世忠將士。浚呼諸將校至前，抗聲問曰：「今日之舉，孰逆孰順？」衆皆曰：「賊逆我順。」浚又曰：「若浚此事違天悖人，可取浚頭歸苗傅等。不然，一有退縮，悉以軍法從事。」衆莫不感憤。浚令世忠奏以兵歸闕，而密戒其急至秀，據糧道以伺軍至。浚又恐賊急，邀乘輿入海，遣官屬募海舟，皆集。傅等遣大兵駐臨平，浚爲蠟帛書，募人持付臨安守臣康允之等，俾勿驚乘輿。韓世忠至嘉禾，稱病不進，日造攻具。傅、正彦等大懼，亟除俊、世忠節度使，謫浚黄州團練副使、郴州安置。俊、世忠皆拒不受。二十四日，吕頤浩、劉光世踵至。二十七日，乃傳檄中外，浚率諸將相繼以行。傅等聞師且至，憂恐不知所出。馮轓以浚意説宰相朱勝非，率百官請復辟。四月二日，浚至嘉禾，奉復辟手詔。三日，進次臨平，傅、正彦逆黨屯距不得前。世忠等搏戰，大破之。傅、正彦脱身遁。是夕，除浚知樞密院事。翌旦，浚與頤浩等入見，伏地涕泣待罪。高宗再三問勞，曰：「曩在睿聖，兩宫隔絶。一日朕方啜羹，小黄門忽傳太母之命，言不得已貶卿郴州，朕不覺羹覆於手，今其迹尚存。念卿被責，此事誰任？」留浚，引入後殿，過宫庭曰：「皇太后知卿忠義，欲識卿面，適垂簾見卿過庭矣。」解所服玉帶以賜。傅、正彦既敗，走閩中，浚命世忠以精兵躡之，並獲於建安。檻以獻，與其黨皆伏誅。

乘輿方經理東南，顧關陝之重，未有所付，浚亦以中興之功當自關陝始，慨然請行。詔以浚爲川陜宣撫處置使，命以便宜黜陟。將御營平寇將軍范瓊擁衆自豫章來朝，浚疏其通虜從僞之罪，吕頤浩請留浚，委以誅瓊而後行。在道，屢言於高宗，願體乾之剛以大有爲，謹左右之微而杜其隙，聽言之道在親君子而遠小人，責大臣以身任國事。高宗手書嘉納焉。

先是，高宗問浚大計，浚請身任陜蜀之事，置幕府於秦川，別屬一大臣與韓世忠鎮淮東，令吕頤浩扈蹕來武昌，從以張俊、劉光世，與秦川相首尾。議既定，浚行。未及武昌，而頤浩變初議。

浚以十月抵興元，時虜已陷鄜延，驍將婁宿孛堇引大兵渡渭，犯永興，諸帥莫肯相援。浚至甫旬日，即行關陜，問風俗，斥姦贓，搜豪傑，諸帥聽命。諜告虜將寇東南，浚即命諸將整軍向虜，使婁宿不得下，已而虜果入寇渡江。

四年二月，浚治兵入衛，未至襄漢，遇德音，知虜北歸，乃復還，請幸關陜，爲定都大計。是月，虜益兵，欲必取環慶，浚率諸將極力捍禦，虜勢屢挫。時聞兀朮猶在淮西，浚懼其復擾東南，謀爲牽制之舉。浚之始行，高宗命浚三年而後用師。至是，詔浚以時進討，浚遂合五路之師以復永興。虜大恐，急調大酋兀朮等由京西來援。九月，大戰於富平，涇原帥劉錡身率將士薄虜陣，殺獲頗衆。會環慶帥趙哲擅離所部，哲軍將校望見塵起，驚遁，諸軍亦退。浚斬哲以徇，退保興州，命吴玠聚涇原兵於鳳翔和尚原，守大散關以斷賊路，命關師古等聚熙河兵於岷州大潭，命孫渥、賈世方等守階、成、鳳以固蜀口，虜輕兵至，輒敗。浚上疏待罪，高宗手書尉勉焉。

紹興元年五月，虜酋烏魯卻統大兵來攻和尚原。吴玠乘險擊之，連戰三日，虜大敗走。八月，兀朮復合兵來寇。九月，親攻和尚原。吴玠及其弟璘邀擊，復大破之。兀朮僅以身免，祝鬚鬢而遁。制加通奉大夫，尋拜檢校少保、定國軍節度使，賜手書，遣中使宣旨。浚遣兄滉及屬官奏事行在所，高宗喜，恩意有加。

浚在關陝三年，以新集之軍，當方張之虜，蚤夜訓輯。以劉子羽爲上賓，子羽忠義有才略。任趙開爲都轉運使，開善理財，治茶鹽酒法。方用兵，調度百出，而民不加賦。擢吴玠爲大將守鳳翔，玠每戰輒勝。

先是，將軍曲端逐其帥王庶而奪之印，又不受節制。富平之役，其腹心張忠彦等降虜，端與知之。浚送端獄論死，西北遺民聞浚威德，歸附日衆。於是全蜀按堵，且以形勢牽制東南，江淮亦賴以安。然浚承制黜陟，悉本至公，雖鄉黨親舊無一毫假借。於是士大夫有求於幕府而不得者，謗浚殺趙哲、曲端爲無辜，而任劉子羽、吴玠、趙開爲非是。朝廷疑之，三年春，遣王似副浚。會虜大酋撒離喝及劉豫叛黨聚大兵自金、商入寇，破金州，奪饒風嶺。先是，浚命劉子羽爲興元帥。至是，子羽約吴玠同守三泉，守禦甚固。虜至金牛，知三泉有備，又聞子羽遣鋭師襲己，懼而引退。王師掩擊其後，斬馘及墮溪谷死以數千計。浚聞王似來，求解兵柄。吕頤浩、朱勝非不悦浚，日毁之。詔浚赴行在所。浚力丐外祠，高宗弗許。

四年二月，浚至。御史中丞辛炳率同列劾浚，誣以危語。六月，以本官提舉臨安府洞霄宫，居福州。浚知虜既無西顧憂，必併力窺東南，而朝廷已議講解，乃極言其狀。

是歲九月，劉豫之子麟果引虜大兵繇數路入寇。高宗思浚前言之驗，策免宰相朱勝非，而參知政事趙鼎請幸平江及召浚。以資政殿學士、提舉萬壽觀、兼侍讀召。既入見，復除知樞密院事。高宗親書降詔，辯浚前誣，仍牓朝堂。浚既受命，即日赴江上視師。時兀朮擁兵十萬於維揚，浚遂疾驅臨江，召大將韓世忠、張俊、劉光世與議，且勞其軍，留鎮江節度之。兀朮聞浚至，一夕遁。

高宗遣中使趣浚赴行在所。五年二月，除宣奉大夫、尚書右僕射、同中書門下平章事、兼知樞密院事、都督諸路軍馬，而趙鼎除左僕射。浚與鼎同志輔治，務在塞倖門，抑近習，以正原本。書王朴平邊策以獻。高宗還臨安，浚留相府未閱月，復出江上勞軍。至鎮江，召韓世忠，諭上旨，使舉軍前屯楚州，以撼山東，世忠即日渡江。

巨寇楊么據洞庭，朝廷屢命將攻之，不克。浚自請以盛夏乘其怠討之。行至醴陵，釋邑囚數百人，乃楊么遣爲諜者，給以文書，俾分示諸砦，諭以早降，皆驩呼而往。五月至潭，遣岳飛分兵屯鼎、澧、益陽，賊魁相繼請降，衆二十餘萬，浚一以誠信撫之。六月，湖寇盡平，遂奏遣岳飛之軍屯荆襄，以圖中原。自鄂、岳轉淮東，會諸將，大議防秋之宜。高宗遣中使賜手書促歸，制除浚金紫光禄大夫。浚力辭不拜，請以其恩封其母。

十月，至行在所。高宗勞問曰：「卿暑行甚勞，然湖湘群盜既就招撫，以成朕不殺之仁，卿之功也。」親書周易否、泰卦以賜。浚言：

自古小人之陷君子，必以朋黨爲言。夫君子引其類而進，志在於天下國家而已。其道同，故其趨向亦同，何朋黨之有焉？小人則不然，更相推引，本圖利禄而已。或故爲小異以彌縫其事，或表裏相符以信實其言。人主於此何所決擇哉？原其用心而已。臣嘗考泰之初九「拔茅茹，以其彙，征」，而象以爲志在天下國家，非爲身故也；否之初六「拔茅茹，以其彙，正」，而象以爲志在君，則君子連類而退。蓋將以力行善道，而未始忘憂國愛君之心焉。觀二爻之義而考其心，則朋黨之論可以不攻而自破矣。臣又觀否泰之理，起於人君一心之微，而利害及於天下。方其一念之正，晝而爲陽，泰自是而起矣；一念之不正，晝而爲陰，否自是而起矣。陛下能日新其德，正心於上，臣知其可以致泰矣。異時天道悔禍，幸而康寧，願陛下常思其否焉。

又言：

今日之事，雖有可爲之幾，而其理未有先勝之道。蓋不在於交鋒接戰之際，而在於得天下之心，是豈可以聲音笑貌爲哉！心念之間，一毫有差，四海共知。今使天下之人皆曰吾君孝悌之心，寢食不忘父兄，則當思共爲陛下雪讎恥矣；皆曰吾君之朝，君子在位，小人屏去，侍御僕從，罔匪正人，則有才智者悉思盡其力矣；皆曰吾君棄珠玉，絶玩好，賞不予幸，惟以予功，則上下知勸矣。以至吾君言動舉措俱合禮法，至誠不倦，上格於天，則望教化之可行矣。如是則將帥之心日以壯，士卒之心日以奮，天下百姓之心日以歸。夷狄聞陛下之盛德，知中國之理直，則氣折志喪。陛下何爲而不成乎？不然，疑似之心毫髮著見，隙見於此則心生於彼。天下之人口不敢言而心敢怒，異日事乖勢去，禍亂立作，足以致禍致難，起戎起兵。前日明受之變，大逆之徒陳兵闕下，旁引他辭，其監不遠也。爲人上者，其可不兢畏戒懼耶？

又言：

聽雜則易惑，多畏則易移。以易惑之心行易移之事，終歸於無成而已。是以自昔人君修己正心，惟使仰不愧於天，俯不怍於人，持剛健之志，洪果毅之姿，爲所當爲，曾不他卹。陛下聰明睿智，灼知古今，苟大義所在，斷以力行，夫何往而不濟乎？臣願萬幾之暇，保養天和，澄淨心氣，庶幾利害紛來，不至疑惑，以福天下。

召對便殿，問所宜爲，浚既面奏，復條列以進，號中興備覽，凡四十一篇。高宗嘉歎，置之坐隅。

浚以虜勢未衰，而叛臣劉豫復據中原，請親行邊塞，部分諸將。六年正月至江上，牓豫僭逆之罪，命韓世忠據承楚以圖淮陽，命劉光世屯合肥以招北軍，命張俊練兵建康，進屯盱眙，命楊沂中領精兵爲後翼以佐俊，命岳飛進屯襄陽以窺中原。高宗遣使賜浚御書裴度傳，浚請乘輿以秋冬幸建康。浚復渡江，遍撫淮上諸戍。七月，詔促浚入覲。八月，至行在所。時張俊軍已進屯盱眙，岳飛遣兵入僞地至蔡州，浚復力趣建康之行，乘輿九月朔進發，浚先往江上。

劉豫及其姪猊挾虜來寇，浚以書戒俊、光世，令進擊，又令楊沂中往屯濠梁。劉麟渡淮南，涉壽春，逼合肥。張俊請益兵，劉光世欲引兵退保。趙鼎及僉書樞密院事折彦質移書抵浚，欲召岳飛兵速東下，又乞高宗親書付浚，欲俊、光世、沂中等退師爲保江之計。浚奏：「俊等渡江，則無淮南，而長江之險與虜共矣。淮南之屯，正所以屏蔽大江，向若叛賊得據淮西，江南其可保乎？又岳飛一動，則襄漢有警，復何所制？」高宗手書聽浚。楊沂中以十月抵濠州，浚聞劉光世舍廬州而南，疾馳至采石，令光世之衆：「渡江者斬！」光世聞浚來，大恐，即復駐軍，與沂中接連。劉猊分麟兵之半來攻，沂中大破猊於藕塘，猊僅以身免，麟拔栅而遁。

高宗遣内侍賜浚端硯、筆墨、刀劍、犀甲，且召浚還。至平江，班見。高宗曰：「卻賊之功，盡出卿力。」時鼎等已議回蹕臨安，浚奏：「天下之事，不倡則不起。三歲之間，陛下一再進撫，士氣百倍。今六飛一還，人心解體。」高宗幡然從浚計。

十二月，趙鼎出知紹興府，浚獨相。以親民之官，治道所急，而比歲内重外輕，遂條具郡守、監司、省郎、館閣出入迭補之法，又以災異奏復賢良方正科，皆從之。

七年正月，以去冬卻敵之功，制除特進，浚懇辭。先是，禄令成書，加金紫光禄大夫，浚辭不獲，即求流貤兄滉。至是，高宗謂浚曰：「卿每有遷除，辭之甚力，恐於君臣之義未安。」浚乃奉詔。

問安使何蘚歸，報徽宗皇帝、寧德皇后上僊，高宗號慟擗踊，哀不自勝。浚奏：「天子之孝與士庶不同，必思所以承宗廟、奉社稷者。今梓宮未返，天下塗炭，願陛下揮涕而起，一怒而安天下之民。」乞降詔諭中外。高宗命浚草以進，其辭哀切。又請命諸大將率三軍發哀成服，中外感動。乘輿發平江，至建康，幾事叢委，浚獨身任之，人情賴浚以安。每見，必深言讎恥之大，反復再三，高宗未嘗不改容流涕。時高宗方厲精克己，戒飭宫庭，内侍無敢越度。事無巨細，必以咨浚。賜諸將詔旨，往往命浚草之。四方災異，浚必以聞，祥瑞皆抑不奏。

劉光世在淮西，軍無紀律。浚奏其狀，高宗罷光世，而以其兵屬督府。浚命參謀軍事、兵部尚書吕祉往廬州節制，浚又自往勞之。人情初無他，而密院以握兵爲督府之嫌，奏乞置武帥，乃以王德爲都統制，即軍中取酈瓊副之。浚歸，奏其不然，瓊亦與德有宿怨，自列於御史臺。乃更命張俊爲宣撫使，楊沂中、劉錡爲制置、判官以撫之。未至，瓊等舉軍叛，執殺吕祉以歸劉豫。浚引咎求去位，以觀文殿大學士提舉江州太平興國宫。

先是，浚遣人持手牓入僞地間豫，會瓊等叛去，浚復遣間持蠟書遺之，大抵謂豫已相結約，故遣瓊等降。虜疑豫，遂廢之。臺諫交章詆浚，旋落職，以朝奉大夫、秘書少監分司西京，居永州。於是趙鼎復相，乘輿自建康還臨安。

九年二月，以赦復宣奉大夫、提舉臨安府洞霄宫，除資政殿大學士，起知福州，兼福建路安撫大使。時秦檜得政，始決和戎之議。虜遣使來，以詔諭爲名，浚前後五上疏争之。十年正月，高宗遣中使撫問。時虜敗盟，復取河南，浚奏願因權以制變。繼聞淮上有警，連以邊計奏知，又條畫海道舟檝利害甚悉。高宗嘉浚之忠，遣中使奬諭。浚大治海舟至千艘，爲直指山東之計，以俟朝命。在郡細務必親，訟清事簡，山海之寇招捕無餘。間引秀士，與之講學，閩人化之。

十一年十一月，除檢校少傅、崇信軍節度使，充萬壽觀使，免奉朝請。十二年，太母鑾軺來歸，制封浚和國公。十六年，彗出西方，浚上疏力論時事。浚又以天申節手書尚書無逸篇以進爲賀。秦檜大怒，令臺諫交章論浚，以特進提舉江州太平興國宫，居連州。二十年九月，徙永州。

浚去國至是幾二十年，退然自修，若無能者。而天下士無賢不肖，莫不傾心，武夫健將言浚者，必咨嗟太息。至小兒婦女，亦知天下有張都督也。每使至虜，虜主必問浚安在。先是，虜載書有「毋易大臣」之語，蓋憚浚復用也。於是檜令臺臣王珉、徐嘉每彈事必及浚，至謂浚爲國賊，欲必殺之。又令張柄知潭州，汪召錫爲湖南提舉，以圖浚。又令張常先爲江西轉運判官，治張宗元獄，株連及浚。又捕趙鼎子汾下大理獄，令自誣與浚及李光、胡寅等謀大逆，一時賢士檜所惡者凡五十三人皆與焉。

會檜死，高宗始親庶務，復浚觀文殿大學士、判洪州。浚時喪母，將歸葬。浚念天下事二十年爲和議所移，邊備蕩弛，且聞元顔亮篡立，勢已驕悍。浚憂之，自以大臣義同休戚，不敢以居喪歸蜀。會星變，詔求直言，浚慮虜數年間其勢決生隙用兵，而吾方信虜，蕩然莫備，乃復言：「願法湯、文事葛事狄之心，用勾踐事吴之謀，以和爲權；鑒石晉之事契丹，以和致敗。」大臣沈該、万俟禼、湯思退見之大怒，以爲虜初未有釁，而浚所奏乃若禍在年歲者，或笑以爲狂。臺諫湯鵬舉、凌哲論浚歸蜀，恐摇動遠方，詔復居永州。服除落職，以本官奉祠。

庚辰秋冬，朝廷聞虜有異志，中外表疏請還浚相位者不絕。三十一年春，命浚自便。浚歸至潭，奉欽宗諱，號慟不食。又聞虜有嫚書，不勝痛憤，上疏請早定守戰之策。未幾，而亮兵大入，中外震動。十月，復浚觀文殿大學士、判潭州。

時虜騎充斥兩淮，王權兵潰，劉錡兵退歸鎮江，遂命浚判建康府、兼行宫留守。浚被命即首途，至岳陽，遇大雪，亟買小舟，冒風濤而下。時道塗之言，傳聞日異，中外危懼。長江無一舟敢行北岸者，浚不少顧。過池陽，聞亮死，然餘衆猶二萬屯和州。李顯忠兵在沙上，浚渡江犒之。一軍見浚，驩呼增氣。虜惴恐，即遁去。浚至建康，請乘輿亟臨幸。聞已進發，乃督官屬儲徛以須，不半月而辦，軍民恃以安。

三十二年正月，高宗至建康，浚迎見道左。衛士見浚，以手加額。乘輿入行宫，首見浚。浚言：「國如身也，元氣充則外邪遠。朝廷，元氣也。用人才，修政事，治甲兵，惜財用，皆壯元氣之道。」高宗嘉納之。乘輿還臨安，將行，勞浚曰：「卿在此，朕無北顧之憂矣。」

四月，命浚經理兩淮，繼兼節制建康、鎮江府、江、池州、江陰軍屯駐軍馬。時虜兵十萬圍海州，浚命鎮江都統張子蓋往救，大破虜衆。浚以軍籍凋寡，請招集忠義來歸之人，及募淮楚壯勇之士，以充弩手，未幾成軍。又謂虜長於騎，我長於步，衛步莫如弩，衛弩莫如車，乃令陳敏專制弩治車。且請東屯盱眙、楚、泗以扼清河，西屯濠、壽以扼渦、潁，外可以塞虜寇之糧道，内可以接大兵之氣勢。益募福建之海舟，由東海以窺東萊，由清河以窺淮陽。張子蓋自鎮江來謁，浚與圖取山東之計，奏乞益以精甲，俾屯淮上。

上即位，浚首言建康行宫當罷工役華采之事，詔從之。上自藩邸熟浚德望，臨朝之初，顧問大臣，咨嗟歎息。召浚赴行在所，賜手書。未至國門，遄趣三四，既見，上改容曰：「久聞公名，今朝廷所恃唯公。」賜坐，降問再三，浚言：「人主以務學爲先，人主之學以一心爲本。一心合天，何事不濟？所謂天者，天下之公理而已。人主之心，一爲嗜慾私溺所亂，則失其公理矣。必兢業自持，使清明在躬，則賞罰舉措，無有不當。人心自歸，醜虜自服。」上竦然曰：「當不忘公言。」又言：「今日當如創業之初，每事以藝祖爲法，自一身一家始，以率天下。」

浚見上天錫英武，力陳和議之非，勸上堅志以圖事。制除浚少傅、江淮東西路宣撫使，節制建康、鎮江府、池州、江陰軍屯駐軍馬，進封魏國公。薦陳俊卿爲判官，復往江上。

翰林學士史浩議欲城瓜洲、采石，下浚議，浚謂不守兩淮而守江干，是示虜以削弱之形，怠軍民戰守之氣。一有緩急，誰肯守淮者？不若先城泗州。浩既爲參知政事，浚所規畫，浩必沮撓，如不賞海州之功，沮死驍將張子蓋，散遣東海舟師，皆浩之爲也。先是，洪邁、張掄使虜回，見浚，具言虜不禮我使狀，且令稱陪臣。浚請不當復遣使，而浩議遣使報虜以登寶位。浚請毋庸遣，竟遣之。虜責舊禮，不納而還。

十一月，上召俊卿及浚子栻赴行在所。浚請臨幸建康，以動中原之心；用師淮堧，進舟山東，以遥爲吴璘德順之援。上見俊卿等，問浚動静飲食顔貌，曰：「朕倚魏公如長城，不容浮言摇奪。」契丹酋窩斡起兵攻虜，爲虜所滅。其驍將蕭鷓巴、耶律适里自海道來降。浚請厚撫之，詔浚擬官以聞。虜以十萬衆屯河南，聲言窺兩淮。浚以大兵屯盱眙、泗、濠、廬，虜不敢動，第文移索海、泗、唐、鄧、商州及歲幣。浚言虜詐，不當爲動，卒以無事。

隆興元年正月，制除樞密使，都督建康、鎮江府、池州、江陰軍屯駐軍馬。時虜將萬户蒲察徒穆及僞知泗州大周仁屯虹縣，都統蕭琦屯靈壁，浚謂至秋必爲邊患，當及時掃蕩。會主管殿前司李顯忠、建康都統制邵宏淵亦獻擣二邑之策，浚具以聞，上手書報可。

三月，召浚赴行在所。浚中道上疏，謂：「廟勝之道，在人君正身以正朝廷，正朝廷以正百官，正百官以正萬民。今德政未洽，宿敝未革，揆之廟勝，深可疑者。願發乾剛，奮獨斷，盡循太祖、太宗之法。」上謂浚當先圖兩城，邊患既紓，弊以次革。乃命李顯忠出濠州趨靈壁，邵宏淵出泗州趨虹縣，浚自往臨之。以軍事利鈍難必，乞上以諸葛亮建興六年所上奏置之座右，又以上旨出旗牓軍前，慰安百姓。李顯忠至靈壁，敗蕭琦，邵宏淵圍虹縣，降徒穆、周仁，乘勝進克宿州，中原震動，歸附日至。上手書曰：「近日邊報，中外鼓舞，數十年來無此克捷。」

浚恐盛夏人疲，急召顯忠等還師，而上亦戒諸將以持重，皆未達。僞副元帥紇石烈志寧率兵至，顯忠與戰，連日未決。諜報虜益兵將至，顯忠等信之，夜引歸，虜亦解去。時浚在盱眙，去宿不四百里，傳言虜且至，浚亟北渡淮，入泗州城，撫歸士已，乃還維揚。上疏待罪，上手書撫勞。浚復奏曰：「今日之事，明罰爲本。罰之所行，當自臣始。」上手書報從其請，降授特進，更爲江淮宣撫使。

宿師之還，士大夫主和議者非議百出。上又賜手書曰：「今日邊事倚卿爲重，卿不可以畏人言而懷猶豫。前日舉事之初，朕與卿獨任之，今日亦須朕與卿終之。」荐遣内侍勞浚。浚留真揚，大飭兩淮守備。是時，師退未幾，人不自保。浚徙家惟揚，衆情始定。於是浚又第諸將，乞以次行罰。命魏勝守海州，陳敏守泗州，戚方守濠州，郭振守六合，治高郵、巢縣兩城，爲大兵形勢，修滁關山，以扼虜衝，聚水軍淮陽，馬軍壽春，由是兩淮守備寖固。

上復召栻奏事，浚言：「自古有爲之君，必有腹心之臣，相與協謀同志，以成治功。不使浮言異議，得以動摇。今邊隅觕定，軍旅觕整，而臣以孤蹤，跋前疐後，動輒掣肘。陛下將安用之？」因乞骸骨。上覽奏，謂栻曰：「雖乞去之章日至，朕決不許。朕待魏公有加，不爲浮議所惑。」上對近臣，未嘗名浚，獨曰魏公。每遣使來，必令視浚飲食多寡，肥瘠何如。

八月，有旨復浚都督。虜元帥僕散忠義貽書三省、密院，欲索四郡及歲幣，且云「今茲治兵，決在農隙」。浚言：「虜强則來，弱則止，不在和與不和。」時朝廷欲謝遣來歸之人，其已至者，悉加禁切。浚言：「陛下方務恢復，乃於降者而首疑之。」時湯思退爲右相，急於求和，遂遣盧仲賢持書報虜。浚言仲賢小人多妄，不可委信。已而仲賢果以許四郡辱命。朝廷復建遣王之望爲通問使，龍大淵副之，浚争不能得。未幾，召浚赴行在奏事。至鎮江，以論議不合，乞罷機政。上賜手書，報以面議。既入見，上諭浚以欲專委任之意，浚復力陳和議之失，上爲止誓書，留使人，而令通書官胡昉、楊由義先往諭虜以四郡不可割之意。於是之望、大淵待命境上，而上與浚密謀，若虜帥必欲得四郡，當追還使人，罷和議。

十二月，制拜浚尚書右僕射、同中書門下平章事、兼樞密使，都督如故，思退爲左僕射，上書聖主得賢臣頌以賜。虜械胡昉等，上聞之，諭浚曰：「和議之不成，天也。自此事當歸一矣。」

二年三月，始議以四月進幸建康。浚又言：「當詔之望等還。」上從之。幸建康之議，思退初不與聞，大駭，力争，乃與其黨密謀爲陷浚計。俄詔浚行視江淮。自浚受任督府，且將三年，講論軍務，不遑寢食。所招來山東、淮北忠義之士，以實建康、鎮江兩軍，凡萬二千餘人。萬弩營所招淮南壯士及江西群盜，又萬餘人。要害之地，城堡皆築，其可因水爲險者，皆積水爲堰。置江淮戰艦，諸軍弓矢、器械悉備。兩年冬，虜屯重兵十萬於河南，爲虚聲脅和，有刻日決戰之語。將士望虜至成大功，而虜亦知吾有備，卒不敢動。及是，浚又以宰相來撫，諸軍將士踴躍思奮。虜聞浚來，亦檄宿州之兵歸南京，沿邊清野以俟。淮北來歸者日不絶，山東豪傑悉願受節度。浚又以蕭琦契丹望族，沈勇有謀，欲令琦盡統契丹降衆，且以檄喻契丹，虜益懼。

思退乃令王之望盛毁守備，以爲不可恃。又令尹穡論罷督府宣力屬官馮方，又論浚費國用不貲，又論浚奏留張深守泗、不受趙廓之代爲拒命，又論乞罷浚都督。浚亦請解督府，詔從其請。言者詆浚愈力，左司諫陳良翰、侍御史周操言浚不當去國。上謂良翰曰：「當今人才，孰踰魏公？卿宜偏諭侍從、臺諫，使知朕意。」

浚留平江，上章乞致仕者八。上察其誠，欲全其去。四月，制除浚少師、保信軍節度使、判福州，朝廷遂決棄地求和之議矣。浚懇辭恩命，改除醴泉觀使。行次餘干，以家事付兩子，曰：「吾嘗相國家，不能恢復中原，盡雪祖宗之恥，即死，不當歸葬先人墓左，葬我衡山足矣。」八月二十二日寢疾，後七日，呼子栻等於前，問國家得無棄四郡乎？且命作奏乞致仕而薨。訃聞，上震悼，輟視朝兩日。贈太保。後五年，上追思浚忠烈，加贈太師，賜謚忠獻。

浚自幼即有濟時志，不觀無益之書，不爲無益之文。孜孜求士尚友，以講明當世之故。在京城中，親見二帝北狩，皇族係虜，生民塗炭，誓不與虜俱存。艱難危疑，人所畏避，則以身任之，不以死生動其心。

南渡以來，士大夫唱爲和戎之説，浚獨以虜未滅爲念。晚志益確，雖不克就，然表著天心，扶持人紀，使天下知有君臣父子之道。論事上前，必以人君當正心務學、修德畏天、至誠無倦爲先。紹興間，力挽耆儒，置之講筵，至隆興罷政，猶惓惓勸上講學。紹興之日食，隆興之飛蝗，率上疏請修德以弭變。又以儲副爲天下本，自在川陝，即上疏乞選養宗室之賢。及爲相，復陳宗廟大計。及資善堂建，皇子出就傅，又薦朱震、范沖充訓導之選。

每以東南形勢，莫重建康，人主居之，北望中原，常懷憤惕；若居臨安，內則易以安肆，外則難以號召中原。故自紹興至隆興，屢以遷幸爲言。

稟性至公。嘗劾李綱以私意殺從臣宋齊愈，罷其政。及大赦，綱貶海外，獨不原。浚爲請，得内徙。韓世忠軍士剽掠，浚嘗奏奪其觀察使。及視師淮上，獨稱世忠忠勇，可倚以大事。兄滉以才學爲高宗所知，賜進士第，後省繳駁，浚言不可以臣故違後省公議。其輔政以人才爲急，與趙鼎當國，多所引擢，從臣、朝列皆一時之望，人號爲小元祐。至隆興初，首薦論事切直、挫折不撓者數十人。及再相，又薦虞允文、汪應辰、王十朋、劉珙等，皆一時名士，其後多至執政、侍從。尤善於撫御將帥，而知其才。始在關陝，吴璘由行間識擢，卒有大功於蜀。劉錡晚出，浚一見奇之，即付以事任，歸薦於朝，卒成潁昌之奇功。高宗嘆息，謂浚知人。其他若楊政、田晟、王宗尹、王彦，後皆爲名將。

大抵浚之用心，以致君堯舜之道爲己任，以春秋復讎之義爲己責，以未復祖宗之境土爲己憂。議者謂其論諫本仁義似陸贄，其薦進人才似鄧禹，其奮不顧身、敢任大事似寇準，其志在滅賊、死而後已似諸葛亮云。

事母至孝，及出身爲國，離母七年。爲宣撫日，始迎養於閬中。暨在相位，始遣人迎於蜀。彗星之見，浚將論時事，恐爲母憂。其母見浚瘠，問故，具以告。母誦其父對策之語曰：「臣寧言而死於斧鉞，不忍不言以負陛下。」浚意乃決。母喪，浚踰六十，哀毁不自勝。於兄滉友弟尤至，教養其子如己子，置義莊以贍其族及母族，昏喪皆取給焉。

生無玩好，視天下之物泊然，無足以動其心。起居皆有常度，在餘干未疾之前，温恭朝夕，無一毫倦怠意。

浚之學，一本天理，尤深於易、春秋、論語、孟子。奏議務坦明，不爲虚辭。口占成文，不易一字。有紹興奏議、隆興奏議各十卷，論語解四卷，易解并雜説共十卷，春秋解六卷，中庸解一卷，書詩禮解又三卷，文集十卷，藏於家。長子栻，自有傳；次子杓，以才諝稱，今爲權兵部尚書、知臨安府。誠齋集卷一一五

宋史張浚傳

張浚字德遠，漢州綿竹人，唐宰相九齡弟九皋之後。父咸，舉進士、賢良兩科。浚四歲而孤，行直視端，無誑言，識者知爲大器。入太學，中進士第。靖康初，爲太常簿。張邦昌僭立，逃入太學中。聞高宗即位，馳赴南京，除樞密院編修官，改虞部郎，擢殿中侍御史。駕幸東南，後軍統制韓世忠所部逼逐諫臣墜水死，浚奏奪世忠觀察使，上下始知有國法。遷侍御史。

時乘輿在揚州，浚言：「中原天下之根本，願下詔葺東京、關陝、襄鄧以待巡幸。」咈宰相意，除集英殿修撰、知興元府。未行，擢禮部侍郎，高宗召諭曰：「卿知無不言，言無不

盡，朕將有爲，正如欲一飛沖天而無羽翼，卿勉留輔朕。」除御營使司參贊軍事。浚度金人必來攻，而廟堂晏然，殊不爲備，力言之宰相，黄潛善、汪伯彦皆笑其過計。

建炎三年春，金人南侵，車駕幸錢塘，留朱勝非於吴門捍禦，以浚同節制軍馬。已而勝非召，浚獨留。時潰兵數萬，所至剽掠，浚招集甫定。會苗傅、劉正彦作亂，改元赦書至平江，浚命守臣湯東野秘不宣。未幾，傅等以檄來，浚慟哭，召東野及提點刑獄趙哲謀起兵討賊。

時傅等以承宣使張俊爲秦鳳路總管，俊將萬人還，將卸兵而西。浚知上遇俊厚，而俊純實可謀大事，急邀俊，握手語故，相持而泣，因告以將起兵問罪。時吕頤浩節制建業，劉光世領兵鎮江，浚遣人齎蠟書，約頤浩、光世以兵來會，而命俊分兵扼吴江。上疏請復辟。傅等謀除浚禮部尚書，命將所部詣行在，浚以大兵未集，未欲誦言討賊，乃託云張俊驟回，人情震讋，不可不少留以撫其軍。

會韓世忠舟師抵常熟，張俊曰：「世忠來，事濟矣。」白浚以書招之。世忠至，對浚慟哭曰：「世忠與俊請以身任之。」浚因大犒俊、世忠將士，呼諸將校至前，抗聲問曰：「今日之舉，孰順孰逆？」衆皆曰：「賊逆我順。」浚曰：「聞賊以重賞購吾首，若浚此舉違天悖人，汝等可取浚頭去；不然，一有退縮，悉以軍法從事。」衆咸感憤。於是，令世忠以兵赴闕，而戒其急趨秀州，據糧道以俟大軍之至。世忠至秀，即大治戰具。

會傅等以書招浚，浚報云：「自古言涉不順，謂之指斥乘輿；事涉不遜，謂之震驚宮闕；廢立之事，謂之大逆不道，大逆不道者族。今建炎皇帝不聞失德，一旦遜位，豈所宜聞？」傅等得書恐，乃遣重兵扼臨平，亟除俊、世忠節度使，而誣浚欲危社稷，責郴州安置。俊、世忠拒不受。會呂頤浩、劉光世兵踵至，浚乃聲傅、正彥罪，傳檄中外，率諸軍繼進。

初，浚遣客馮轓以計策往説傅等，會大軍且至，傅、正彥憂恐不知所出。轓知其可動，即以大義白宰相朱勝非，使率百官請復辟。高宗御筆除浚知樞密院事。浚進次臨平，賊兵拒不得前，世忠等搏戰，大破之，傅、正彥脱遁。浚與頤浩等入見，伏地涕泣待罪，高宗問勞再三，曰：「曩在睿聖，兩宮隔絶。一日啜羹，小黄門忽傳太母之命，不得已貶卿郴州。朕不覺羹覆於手，念卿被謫，此事誰任？」留浚，引入内殿，曰：「皇太后知卿忠義，欲識卿面，適垂簾，見卿過庭矣。」解所服玉帶以賜。高宗欲相浚，浚以晚進，不敢當。傅、正彥走閩中，浚命世忠追縛之以獻，與其黨皆伏誅。

初，浚次秀州，嘗夜坐，警備甚嚴，忽有客至前，出一紙懷中曰：「此苗傅、劉正彥募賊公賞格也。」浚問欲何如，客曰：「僕河北人，粗讀書，知逆順，豈以身爲賊用？特見爲備不嚴，恐有後來者耳。」浚下執其手，問姓名，不告而去。浚翌日斬死囚徇於衆，曰：「此苗、劉刺客也。」私識其狀貌物色之，終不遇。

巨盜薛慶嘯聚淮甸，至數萬人。浚恐其滋蔓，徑至高郵，入慶壘，喻以朝廷恩意。慶感服下拜，浚留撫其衆。或傳浚爲賊所執，吕頤浩等遽罷浚樞筦。浚歸，高宗驚嘆，即日趣就職。

浚謂中興當自關陝始，慮金人或先入陝取蜀，則東南不可保，遂慷慨請行。詔以浚爲川陝宣撫處置使，得便宜黜陟。將行，御營平寇將軍范瓊擁衆自豫章至行在。先是，靖康城破，金人逼脅君、后、太子、宗室北行，多瓊之謀；又乘勢剽掠，左右張邦昌，爲之從衛。至是入朝，悖傲無禮，且乞貸逆黨傅、正彦等死罪。浚奏瓊大逆不道，乞伸典憲。翌日，召瓊至都堂，數其罪切責之，送棘寺論死。分其軍隸神武軍，然後行。與沿江、襄漢守臣議儲蓄，以待臨幸。

高宗問浚大計，浚請身任陝、蜀之事，置幕府於秦川，别遣大臣與韓世忠鎮淮東，令吕頤浩扈蹕來武昌，復以張俊、劉光世與秦川相首尾。議既定，浚行，未及武昌，而頤浩變初議。浚既抵興元，金人已取鄜延，驍將婁宿孛堇引大兵渡渭，攻永興，諸將莫肯相援。浚至，即出行關陝，訪問風俗，罷斥姦贓，以搜攬豪傑爲先務，諸將惕息聽命。會諜報金人將攻東南，浚命諸將整軍向敵。已而金人大攻江淮，浚即治軍入衛。至房州，知金人北歸，復還關陝。

時金帥兀朮猶在淮西，浚懼其復擾東南，謀牽制之，遂決策治兵，合五路之師以復永興。金人大恐，急調兀朮等由京西入援，大戰於富平。涇原帥劉錡身率將士薄敵陳，殺獲頗衆。會環慶帥趙哲擅離所部，哲軍將校望見塵起，驚遁，諸軍皆潰。浚斬哲以徇，退保興州。命吴玠聚兵扼險於鳳翔之和尚原、大散關，以斷敵來路；關師古等聚熙河兵於岷州大潭，孫渥、賈世方等聚涇原、鳳翔兵於階、成、鳳三州，以固蜀口。浚上書待罪，帝手詔慰勉。

紹興元年，金將烏魯攻和尚原，吴玠乘險擊之，金人大敗走。兀朮復合兵至，玠及其弟璘復邀擊，大破之，兀朮僅以身免，亟鬄其須髯遁歸。始，粘罕病篤，語諸將曰：「自吾入中國，未嘗有敢攖吾鋒者，獨張樞密與我抗。我在，猶不能取蜀；我死，爾曹宜絶意，但務自保而已。」兀朮怒曰：「是謂我不能邪？」粘罕死，竟入攻，果敗。拜浚檢校少保、定國軍節度使。

浚在關陝三年，訓新集之兵，當方張之敵，以劉子羽爲上賓，任趙開爲都轉運使，擢吴玠爲大將守鳳翔。子羽慷慨有才略，開善理財，而玠每戰輒勝。西北遺民，歸附日衆。故關陝雖失，而全蜀按堵，且以形勢牽制東南，江淮亦賴以安。

將軍曲端者，建炎中，嘗迫逐帥臣王庶而奪其印。吴玠敗於彭原，訴端不整師。富平之役，端議不合，其腹心張忠彦等降敵。浚初超用端，中坐廢，猶欲再用之，後卒下端獄論死。

會有言浚殺趙哲、曲端無辜，而任子羽、開、玠非是，朝廷疑之。三年，遣王似副浚。會金將撒离曷及劉豫叛黨聚兵入攻，破金州。子羽爲興元帥，約吴玠同守三泉。金人至金牛，宋師掩擊之，斬馘及墮溪谷死者，以數千計。浚聞王似來，求解兵柄，且奏似不可任。辛相吕頤浩不悦，而朱勝非以宿憾日毁短浚，詔浚赴行在。

四年初，辛炳知潭州，浚在陜，以檄發兵，炳不遣，浚奏劾之。至是，炳爲御史中丞，率同列劾浚，以本官提舉洞霄宫，居福州。浚既去國，慮金人釋川陜之兵，必將併力窺東南，而朝廷已議講解，乃上疏極言其狀。未幾，劉豫之子麟果引金人入攻。高宗思浚前言，策免朱勝非；而參知政事趙鼎請幸平江，乃召浚以資政殿學士提舉萬壽觀、兼侍讀。入見，高宗手詔辨浚前誣，除知樞密院事。

浚既受命，即日赴江上視師。時兀朮擁兵十萬於揚州，約日渡江決戰。浚長驅臨江，召韓世忠、張俊、劉光世議事。將士見浚，勇氣十倍。浚既部分諸將，身留鎮江節度之。世忠遣麾下王愈詣兀朮約戰，且言張樞密已在鎮江。兀朮曰：「張樞密貶嶺南，何得乃在此？」愈出浚所下文書示之。兀朮色變，夕遁。

五年，除尚書右僕射、同中書門下平章事、兼知樞密院事、都督諸路軍馬，趙鼎除左僕射。浚與鼎同志輔治，務在塞倖門，抑近習。時巨寇楊么據洞庭，屢攻不克，浚以建康東南都會，而洞庭據上流，恐滋蔓爲害，請因盛夏乘其怠討之，具奏請行。至醴陵，釋邑囚數百，皆楊么諜者，給以文書，俾招諭諸砦，囚讙呼而往。至潭，賊衆二十餘萬相繼來降，湖寇盡平。上賜浚書，謂：「上流既定，則川陜、荆襄形勢接連，事力增倍，天其以中興之功付卿乎？」浚遂奏遣岳飛屯荆襄以圖中原，乃自鄂、岳轉淮東，大會諸將，議防秋之宜。高宗遣使賜詔趣歸，勞問之曰：「卿暑行甚勞，湖湘群寇既就招撫，成朕不殺之仁，卿之功也。」召對便殿，進中興備覽四十一篇，高宗嘉嘆，置之坐隅。

浚以敵勢未衰，而叛臣劉豫復據中原，六年，會諸將議事江上，榜豫僭逆之罪。命韓世忠據承楚以圖淮陽；命劉光世屯合肥以招北軍；命張俊練兵建康，進屯盱眙；命楊沂中領精兵爲後翼以佐俊；命岳飛進屯襄陽以窺中原。浚渡江，徧撫淮上諸戍。時張俊軍進屯盱眙，岳飛遣兵入至蔡州，浚入覲，力請幸建康。車駕進發，浚先往江上，諜報劉豫與姪猊挾金人入攻，浚奏：「金人不敢悉衆而來，此必豫兵也。」邊遽不一，俊、光世皆張大敵勢，浚謂：「賊豫以逆犯順，不剿除何以爲國？今日之事，有進無退。」且命楊沂中往屯濠州。劉麟逼合肥，張俊請益兵，劉光世欲退師，趙鼎及簽書折彥質欲召岳飛兵東下。御書付浚，令俊、光世、沂中等還保江。浚奏：「俊等渡江，則無淮南，而長江之險與敵共矣。且岳飛一動，襄漢有警，復何所恃乎？」詔書從之。沂中兵抵濠州，光世舍廬州而南，淮西洶動。浚聞，疾馳至采石，令其衆曰：「有一人渡江者斬！」光世復駐軍，與沂中接。劉猊攻沂中，沂中大破之，猊、麟皆拔柵遁。高宗手書嘉獎，召浚還，勞之。

時趙鼎等議回蹕臨安，浚奏：「天下之事，不倡則不起，三歲之間，陛下一再臨江，士氣百倍。今六飛一還，人心解體。」高宗幡然從浚計。鼎出知紹興府。浚以親民之官，治道所急，條具郡守、監司、省郎、館閣出入迭補之法；又以災異奏復賢良方正科。

七年，以浚卻敵功，制除特進。未幾，加金紫光禄大夫。問安使何蘚歸報徽宗皇帝、寧德皇后相繼崩殂，上號慟擗踊，哀不自勝。浚奏：「天子之孝，不與士庶同，必思所以奉宗廟社稷，今梓宮未返，天下塗炭，願陛下揮涕而起，斂髮而趨，一怒以安天下之民。」上乃命浚草詔告諭中外，辭甚哀切。浚又請命諸大將率三軍發哀成服，中外感動。浚退上疏曰：「陛下思慕兩宮，憂勞百姓。臣之至愚，獲遭任用，臣每感慨自期，誓殲敵讎。十年之間，親養闕然，爰及妻孥，莫之私顧，其意亦欲遂陛下孝養之心，拯生民於塗炭。昊天不弔，禍變忽生，使陛下抱無窮之痛，罪將誰執？念昔陝、蜀之行，陛下命臣曰：『我有大隙於北，刷此至恥，惟爾是屬。』而臣終隳成功，使敵無憚，今日之禍，端自臣致，乞賜罷黜。」上詔浚起視事。浚再疏待罪，不許，乃請乘輿發平江，至建康。

浚總中外之政，幾事叢委，以一身任之。每奏對，必言讎恥之大，反復再三，上未嘗不改容流涕。時天子方厲精克己，戒飭宫庭内侍，無敢越度，事無巨細，必以咨浚，賜諸將詔，往往命浚草之。

劉光世在淮西，軍無紀律，浚奏罷光世，以其兵屬督府，命參謀、兵部尚書吕祉往廬州節制。而樞密院以督府握兵爲嫌，乞置武帥，乃以王德爲都統制，即軍中取酈瓊副之。浚奏其不當，瓊亦與德有宿怨，列狀訴御史臺，乃命張俊爲宣撫使，楊沂中、劉錡爲制置、判官以撫之。未至，瓊等舉軍叛，執吕祉以歸劉豫。祉不行，詈瓊等，碎齒折首而死。浚引咎求去位，高宗問可代者，且曰：「秦檜何如？」浚曰：「近與共事，方知其闇。」高宗曰：「然則用趙鼎。」檜由是憾浚。浚以觀文殿大學士提舉江州太平興國宫。

先是，浚遣人持手榜入僞地間劉豫，及酈瓊叛去，復遣間持蠟書遺瓊，金人果疑豫，尋廢之。臺諫交詆，浚落職，以秘書少監分司西京，居永州。九年，以赦復官，提舉臨安府洞霄宫。未幾，除資政殿大學士、知福州兼福建安撫大使。

金遣使來，以詔諭爲名，浚五上疏争之。十年，金敗盟，復取河南。浚奏願因權制變，則大勳可集，因大治海舟千艘，爲直指山東之計。十一年，除檢校少傅、崇信軍節度使，充萬壽觀使，免奉朝請。十二年，封和國公。

十六年，彗星出西方，浚將極論時事，恐貽母憂。母訝其瘠，問故，浚以實對。母誦其父對策之語曰：「臣寧言而死於斧鉞，不能忍不言以負陛下。」浚意乃決。上疏謂：「當今事勢，譬如養成大疽於頭目心腹之間，不決不止。惟陛下謀之於心，謹察情僞，使在我有不可犯之勢，庶幾社稷安全；不然，後將噬臍。」事下三省，秦檜大怒，令臺諫論浚，以特進提舉江州太平興國宫，居連州。二十年，徙永州。

浚去國幾二十載，天下士無賢不肖，莫不傾心慕之。武夫健將，言浚者必咨嗟太息，至兒童婦女，亦知有張都督也。金人憚浚，每使至，必問浚安在，惟恐其復用。

當是時，秦檜怙寵固位，懼浚爲正論以害己，令臺臣有所彈劾，論必及浚，反謂浚爲國賊，必欲殺之。以張柄知潭州，汪召錫使湖南，使圖浚。張常先使江西，治張宗元獄，株連及浚，捕趙鼎子汾下大理，令自誣與浚謀大逆，會檜死乃免。

二十五年，復觀文殿大學士、判洪州。浚時以母喪將歸葬。念天下事二十年爲檜所壞，邊備蕩弛，又聞金亮篡立，必將舉兵，自以大臣，義同休戚，不敢以居喪爲嫌，具奏論之。會星變求直言，浚謂金人數年間，勢決求釁用兵，而國家溺於宴安，蕩然無備，乃上疏極言。而大臣沈該、万俟卨、湯思退等見之，謂敵初無釁，笑浚爲狂。臺諫湯鵬舉、凌哲論浚歸蜀，恐摇動遠方，詔復居永州。服除落職，以本官奉祠。

三十一年春，有旨自便。浚至潭，聞欽宗崩，號慟不食，上疏請早定守戰之策。未幾，亮兵大入，中外震動，復浚觀文殿大學士、判潭州。

時金騎充斥，王權兵潰，劉錡退歸鎮江，遂改命浚判建康府兼行宫留守。浚至岳陽，買舟冒風雪而行，遇東來者云：「敵兵方焚采石，煙炎漲天，慎無輕進。」浚曰：「吾赴君父之急，知直前求乘輿所在而已。」時長江無一舟敢行北岸者。浚乘小舟徑進，過池陽，聞亮死，餘衆猶二萬屯和州。李顯忠兵在沙上，浚往犒之，一軍見浚，以爲從天而下。浚至建康，即牒通判劉子昂辦行宫儀物，請乘輿亟臨幸。

三十二年，車駕幸建康，浚迎拜道左，衛士見浚，無不以手加額。時浚起廢復用，風采隱然，軍民皆倚以爲重。車駕將還臨安，勞浚曰：「卿在此，朕無北顧憂矣。」兼節制建康、鎮江府、江州、池州、江陰軍軍馬。

金兵十萬圍海州，浚命鎮江都統張子蓋往救，大破之。浚招集忠義，及募淮楚壯勇，以陳敏爲統制。且謂敵長於騎，我長於步，衛步莫如弩，衛弩莫如車，命敏專制弩治車。

孝宗即位，召浚入見，改容曰：「久聞公名，今朝廷所恃唯公。」賜坐降問，浚從容言：

「人主之學，以心爲本，一心合天，何事不濟？所謂天者，天下之公理而已。必兢業自持，使清明在躬，則賞罰舉措，無有不當，人心自歸，敵讎自服。」孝宗悚然曰：「當不忘公言。」除少傅、江淮東西路宣撫使，進封魏國公。翰林學士史浩議欲城瓜洲、采石。浚謂不守兩淮而守江干，是示敵以削弱，怠戰守之氣，不若先城泗州。及浩參知政事，浚所規畫，浩必沮之。浚薦陳俊卿爲宣撫判官，孝宗召俊卿及浚子栻赴行在。浚附奏請上臨幸建康，以動中原之心；用師淮堧，進舟山東，以爲吴璘聲援。孝宗見俊卿等，問浚動静飲食顔貌，曰：「朕倚魏公如長城，不容浮言摇奪。」金人以十萬衆屯河南，聲言規兩淮，移文索海、泗、唐、鄧、商州及歲幣。浚言北敵詭詐，不當爲之動，以大兵屯盱眙、濠、廬備之，卒以無事。

隆興元年，除樞密使，都督建康、鎮江府、江州、池州、江陰軍軍馬。時金將蒲察徒穆及知泗州大周仁屯虹縣，都統蕭琦屯靈壁，積糧修城，將爲南攻計。浚欲及其未發攻之。會主管殿前司李顯忠、建康都統邵宏淵亦獻擣二邑之策，浚具以聞。上報可，召浚赴行在，命先圖兩城。乃遣顯忠出濠州，趨靈壁；宏淵出泗州，趨虹縣。而浚自往臨之。顯忠至靈壁，敗蕭琦，宏淵圍虹縣，降徒穆、周仁，乘勝進克宿州，中原震動。孝宗手書勞之曰：「近日邊報，中外鼓舞，十年來無此克捷。」

浚以盛夏人疲，急召李顯忠等還師。會金帥紇石烈志寧率兵至宿州，與顯忠戰。連日南軍小不利，忽諜報敵兵大至，顯忠夜引歸。浚上疏待罪，有旨降授特進，更爲江淮宣撫使。

宿師之還，士大夫主和者皆議浚之非，孝宗復賜浚書曰：「今日邊事倚卿爲重，卿不可畏人言而懷猶豫。前日舉事之初，朕與卿任之，今日亦須與卿終之。」浚乃以魏勝守海州，陳敏守泗州，戚方守濠州，郭振守六合。治高郵、巢縣兩城爲大勢，修滁州關山以扼敵衝，聚水軍淮陰、馬軍壽春，大飭兩淮守備。

孝宗復召栻奏事，浚附奏云：「自古有爲之君，腹心之臣相與協謀同志，以成治功。今臣以孤蹤，動輒掣肘，陛下將安用之？」因乞骸骨。孝宗覽奏，謂栻曰：「朕待魏公有加，不爲浮議所惑。」帝眷遇浚猶至，對近臣言，必曰魏公，未嘗斥其名。每遣使來，必令視浚飲食多寡，肥瘠何如。尋詔復浚都督之號。

金帥僕散忠義貽書三省、樞密院，索四郡及歲幣，不然，以農隙治兵。浚言：「金强則來，弱則止，不在和與不和。」時湯思退爲右相。思退，秦檜黨也，急於求和，遂遣盧仲賢持書報金。浚言仲賢小人多妄，不可委信。已而仲賢果以許四郡辱命。朝廷復以王之望爲通問使，龍大淵副之，浚争不能得。未幾，召浚入見，復力陳和議之失。孝宗爲止誓書，留之望、大淵待命，而令通書官胡昉、楊由義往，諭金以四郡不可割，若金人必欲得四郡，當追還使人，罷和議。拜浚尚書右僕射、同中書門下平章事兼樞密使，都督如故；思退爲左僕射。

胡昉等至宿，金人械繫迫脅之，昉等不屈，更禮而歸之。孝宗諭浚曰：「和議之不成，天也，自此事當歸一矣。」二年，議進幸建康，詔之望等還。思退聞之大駭，陽爲乞祠狀，而陰與其黨謀爲陷浚計。

俄詔浚行視江淮。時浚所招徠山東、淮北忠義之士，以實建康、鎮江兩軍，凡萬二千餘人。萬弩營所招淮南壯士及江西群盜又萬餘人，陳敏統之，以守泗州。凡要害之地，皆築城堡；其可因水爲險者，皆積水爲匱；增置江淮戰艦，諸軍弓矢器械悉備。時金人屯重兵於河南，爲虛聲脅和，有刻日決戰之語。及聞浚來，亟徹兵歸。淮北之來歸者日不絶，山東豪傑，悉願受節度。浚以蕭琦契丹望族，沈勇有謀，欲令盡領契丹降衆，且以檄諭契丹，約爲應援，金人益懼。思退乃令王之望盛毁守備，以爲不可恃；令尹穡論罷督府參議官馮方；又論浚費國不貲，奏留張深守泗不受趙廓之代爲拒命。浚亦請解督府，詔從其請。左司諫陳良翰、侍御史周操言浚忠勤，人望所屬，不當使去國。浚留平江，凡八章乞致仕，除少師、保信軍節度、判福州。浚辭，改醴泉觀使。朝廷遂決棄地求和之議。

浚既去，猶上疏論尹穡姦邪，必誤國事，且勸上務學親賢。或勉浚勿復以時事爲言，浚曰：「君臣之義，無所逃於天地之間。吾荷兩朝厚恩，久尸重任，今雖去國，猶日望上心感悟，苟有所見，安忍弗言？上如欲復用浚，浚當即日就道，不敢以老病爲辭。如若等言，是誠何心哉！」聞者聳然。行次餘干，得疾，手書付二子曰：「吾嘗相國，不能恢復中原，雪祖宗之恥，即死，不當葬我先人墓左，葬我衡山下足矣。」訃聞，孝宗震悼，輟視朝，贈太保，後加贈太師，謚忠獻。

浚幼有大志，及爲熙河幕官，徧行邊壘，覽觀山川形勢，時時與舊戍守將握手飲酒，問祖宗以來守邊舊法，及軍陣方略之宜。故一旦起自疏遠，當樞筦之任，悉能通知邊事本末。在京城中，親見二帝北行，皇族係虜，生民塗炭，誓不與敵俱存，故終身不主和議。每論定都大計，以爲東南形勢，莫如建康，人主居之，可以北望中原，常懷憤惕。至如錢塘，僻在一隅，易於安肆，不足以號召北方。與趙鼎共政，多所引擢，從臣朝列，皆一時之望，人號「小元祐」。所薦虞允文、汪應辰、王十朋、劉珙等爲名臣；拔吴玠、吴璘於行間，謂韓世忠忠勇，可倚以大事，一見劉錡奇之，付以事任，卒皆爲名將，有成功。一時稱浚爲知人。浚事母以孝稱，學邃於易，有易解及雜説十卷，書、詩、禮、春秋、中庸亦各有解，文集十卷，奏議二十卷。子二人：栻、杓。栻自有傳。

論曰：儒者之於國家，能養其正直之氣，則足以正君心，一衆志，攘凶逆，處憂患，蓋無往而不自得焉。若張浚者，可謂善養其氣者矣。觀其初逃張邦昌之議，平苗、劉之亂，其才識固有非偷懦之所敢望。及其攘卻勍敵，招降劇盜，能使將帥用命，所嚮如志。遠人伺其用舍爲進退，天下占其出處爲安危，豈非卓然所謂人豪者歟！群言沸騰，屢奮屢躓，而辭氣慨然。嘗曰：「上如欲復用浚，當即日就道，不敢以老病辭。」其言如是，則其愛君憂國之心，爲何如哉！時論以浚之忠大類漢諸葛亮，然亮能使魏延、楊儀終其身不爲異同，浚以吳玠故遂殺曲端，亮能容法孝直，浚不能容李綱、趙鼎而又詆之，茲所以爲不及歟！至於富平之潰師，淮西之兵變，則成敗利鈍，雖亮不能逆睹也。

附録三

著作序跋

張魏公紫巖論語説序　宋魏了翁

魏國忠獻張公之卒，距今六十有三年，精忠篤諒，凛凛猶有生意。某少嘗譜其年行，裒其論奏，今又得論語解於公之從曾孫希亮，此天厚吾嗜者也。希亮將鋟梓以傳，而使某識其篇端。粤惟論語一書，此孔門弟子之嗜學者，於聖人容貌詞氣、動容周旋之頃，身體而心會，氣感而機應，故其所書親切有味。凡一時師傳友授，閲萬世如見。然自七十子終，然後大義乖，訖孟子死，盡失其傳。然而生乎千載之後，亦聖人所與共學之人也，豈終於乖失而不可復傳與？本朝全盛時，河洛之間諸儒輩出，掃除末師之陋，隨事體習，切己研求，以上尋千載之緒。然後人知聖人之所以言與群弟子之所以書，皆日用飲食間事，在立則見，無行不與，而非託諸空言也。至近世張氏、朱氏父子傳家，原流浞浞，益大以肆。忠獻公資禀醇實，既從北方學者講誦遺言，又與南渡諸賢更歷事變，自事親而事君，治己而治人，反覆參驗，無一不合。故其爲是書也，非苟知之，凡皆精察力踐之餘，先儒所謂篤其實而藝者書之也。學者誠能推尋究玩，而知前輩讀書異乎今之讀者，即是以約諸經，即經以驗諸己，不亦求端用力之要乎！鶴山先生大全文集卷五四

紫巖易傳跋　宋張獻之

曾王父忠獻公潛心於易，嘗爲之傳。前後兩著稿，親題第二稿云：「此本改正處極多。紹興戊寅四月六日，某書。」斯爲定本矣。獻之頃嘗繕録之，附以讀易雜説，通爲十卷，藏之於家。忠獻嘗與屏山劉公書云：「無他用心，惟静默體道，卒究聖人心法。」又答澹庵胡公書云：「杜門亦惟聖賢之道是求。」夫求而得之者，其在是矣。惜其傳之未廣。竭來舂陵，刻於郡齋，與學者共之。嘉定庚辰仲冬吉日，曾孫獻之百拜謹書。皕宋樓藏書志卷一

中興備覽跋　宋張忠恕

先大父忠獻，紹興初嘗進中興備覽三帙，凡修德立政之本、聽言用人之道、選將用兵之策與夫古今成敗之鑒，概見於此。高廟乙覽之餘，玉音嘉歎。雖已鋟木宛陵郡齋，以廣其傳，亦恐有志於國者所欲見也。嘉定甲戌，七月既望，嗣孫忠恕敬題。涉聞梓舊本中興備覽附

後世評論節録

桐江續集卷三二宣撫朱參政南山遺集序 元方回

張魏公五路之師以趙哲擅離所部而潰，魏文靖公罷督府三日而趙范失襄陽，天下不以是咎二公立功之不足。家庭講學，是生南軒；端平大老，真魏並峙。

剡源戴先生文集卷一九題渡江諸賢帖 元戴表元

渡江以來，人品如李伯紀丞相，固當第一。張魏公、李莊簡正可相伯仲，然皆流離困躓，百折而忠純，骨鯁之氣，濱死不衰。吕元直附會其間，優游取容，比同時諸公，蓋差少遂意。由今較之，所就亦復幾何哉！

雙湖先生文集卷一〇高宗 元胡一桂

李綱爲相，朝綱、兵防皆已振整。方七十五日，爲汪伯彦、黄潛善所讒，張浚所論而罷。汪、黄不足責矣，魏公乃如是，深可惜也。

揭文安公全集卷八宋史論序　元揭傒斯

張浚抑李綱、殺曲端、引秦檜，雖君子而猶有所憾。

揭文安公全集卷一四題昔刺使宋圖後　元揭傒斯

大抵宋之南渡不能復振者，本於張浚抑李綱、殺曲端、引秦檜、檜殺岳飛父子，而終於賈似道之專、劉整之叛。

楊文恪公文集卷三張浚　明楊廉

詆和主戰豈非長，累疏何爲論李綱。秖欠知人幾誤國，想應無意附汪黄。

椒丘先生文集卷六張浚殺左武大夫曲端　明何喬新

張浚之殺曲端，議者以爲端善撫將士，長於兵略，浚以王庶、吴玠之譖而置之死，豈其罪哉？此所以來讒慝之口也。予謂端之死，實有以取之，非特浚之過也。當南渡之時，大戎蹂躪中原，鑾輿漂泊江表，爲臣子者降心以相從，謀協以相濟，共圖恢復可也。然婁室之取延安，庶帥師救之，而端按兵不進，曷嘗念宗社之阽危耶？既乃逐庶而奪其印，又欲併王瓊兵，非蓄不臣之心，詎敢爲此哉？其語張彬破虜之策，欲按兵據險，時出偏師擾之，其説亦非也。婁室懸兵深入，方圖進取，而不乘時圖之，使彼食足守固，又豈可破耶？迹端舉措，而察其心，不可謂之純臣。使其不死，亦將如關師古舉關陝以降虜耳，豈能效節以立功哉？

王氏家藏集卷二五張魏公論　明王廷相

嗟乎！君子有爲於天下，得時以持權，人望以取信，才識以達用而已。才德具而無權曰不遇，有才而無德望曰不信，有望而寡才識曰不濟。三者不足以有爲，均爾矣。然不遇者天也，於人若無咎矣。張魏公四出而當國，不可謂不遇矣，而訖無所建圖。何哉？蓋當紹興播遷，士大夫無持論也，嚚嚚矣。李伯紀、趙忠簡之足以繫天下者，又不能久安於位。於斯時也，志任天下而氣足以勝之，忠誠體國而論不爲邪議所奪者，獨公可以厭衆心爾。其屢退而屢用者，非幸也，宜也。此魏公之所長也。嗟乎！當事者譬之操舟焉，眂湍撇漩，夾溜避石，舟人之所長也。顧使農畯主槁，販賈主柁，以長年爲亂，已而棄之砥柱、瞿塘之險，吾知其難矣。王統制富平之策，岳武穆酈瓊之議，善也，乃不用而忌之；曲端才略可備任使也，乃疑而害之。嗟乎！群策所以濟己也，自任自忌而不與爲圖，謂駕馭遠略，得乎？不幾於欲飛翀也而自鎩其羽乎？此魏公之所短也。

青溪暇筆卷下　明姚福

張魏公浚，南軒先生父也。其故人蘇雲卿稱其長於知君子，短於知小人，後儒以爲確論。福竊以爲不然。蓋張公忠亮是其所長，知人是其所短也。其在當時，嘗劾奏李綱，又與趙鼎不合，而岳飛亦在其所不平，至以譖者之言而殺曲端，謂之長於知君子，可乎？與黄汪同朝而不察其姦，力引秦檜而不覺其詐，是昧於知人之鑒矣。雖然，此福之所見也，尚有俟夫君子而詳焉。

士翼卷二　明崔銑

宋張浚，其晉殷浩、唐房琯乎？高談可聽，實用不副，天性克忌，讐李綱、趙鼎、宗澤、岳飛，而薦秦檜、信吕祉，不采善謀，而致三敗。世有英主，當辟失律。文公之狀，似爲庇護。噫！大賢牽於朋好，宋事可盡信乎？

太史升菴文集卷五〇張俊張浚二人 明楊慎

張俊，附秦檜而傾岳忠武者。張浚，廣漢人，嘗稱飛忠孝人也。及飛寃死，後高宗納太學生程宏圖之奏，昭雪光復，浚與參贊陳俊卿悲感歎服。浚爲都督，俊爲樞密。劉豫遣子麟、姪猊合兵七十萬犯淮西，張浚聞之，以書戒張俊曰：「賊豫之兵，以逆犯順，若不剿除，何以立國？今日之事，有進擊無退保也。」此見張潁所著岳飛傳。浚與俊豈可混爲一人哉？今之士夫，例以傾岳爲浚之短，不知受誣千載如此。

宋史筆斷卷一〇隆興元年詔親征命張浚都督荆襄 明佚名

宋之委任張浚非不重也，然三命爲將而三至敗績者，何哉？蓋以量狹而不能下士，智黯而不能知人故耳。建炎之初，朝廷新立，金虜無可乘之釁，江南無可分之兵，張浚奉命出兵，道由同州、鄜延以擣虜虛，檄召熙河六路兵四十萬人、馬七萬匹，鼓行而前，復拒吴玠之議，必與虜戰，遂爲虜所乘，此所以有富平之敗也。至紹興七年，浚視師淮西，酈瓊本與王德等夷，素不相下，岳飛言其必争，而浚靦然不聽，乃曰「非太尉不可」，此所言有酈瓊之叛也。孝宗即位，命張浚都督荆襄，總率李顯忠、邵宏淵等進克宿州，宏淵與顯忠不相能，又若酈瓊與王德之不相下，而浚不能禁，士卒憤怒，遂潰而歸，此所以有符（龍）〔離〕之潰也。故觀其三敗之跡，非其量狹拒諫、智黯不明而何？雖然，浚之不能經略中原，豈止如是而已？富平之役，李綱尚在，浚忌之而不能用；淮西之舉，岳飛在營，浚惡之，聽其歸終母喪而不能留；符離之戰，虞允文遠在川陝，浚雖聞其賢，而不能舉以自副，乃以桀傲争利之人自隨，與圖大事，夫安得不敗噫？浚之爲將，其視趙奢之下許歷、韓信之拜李左車，相去固亦遠矣。

祝子罪知録卷三張浚愚而好自用也　明祝允明

說曰：浚志端名正，忠盛才小，識闇空疎，脱漏乖張，錯繆鹵莽，偏忍褊愎，佻躁自用，皆其爲人之實也。美惡雜焉，以其美者可言，而又加以時君之寵任，爵位之極貴，挾以道學之嘉名，故舉世誦其忠、贊其賢，一切匿置其惡而不爲之權衡。

駱兩溪集卷一三南埜雜談　明駱文盛

張魏公一代人物，然嘗爲潛善客，因奏胡珵筆削陳東之書，欲使布衣挾進退大臣之權，幾至召亂。嗚呼！東所言六賊及薦李綱、去潛善，乃天下大計，魏公不能伸其說，反從而排之，卒使東獲重罪。千載而下，令人痛心。其患蓋在於附灊善耳。此小人無忌憚之爲，而魏公乃甘心焉。後來雖有微功，不足贖也。

宋史新編卷一二六張浚傳論　明柯維騏

論曰：張浚在高、孝朝，薦歷將相之任。觀其平劇盜、討除逆凶，始終排和議，與强虜抗，非篤於忠義，能然乎？奈才疎量褊，往往自用，於賢者弗能容，是以國事鮮濟，王師屢衂。没，身有遺恨焉。朱熹晚年頗悔撰狀失實，元儒揭傒斯亦極論其罪。蓋事久而是非彌定，修史者第襲狀中語，何耶？雖然，昔魯莊與齊不共戴天，乾時戰敗，仲尼以爲榮而不諱。金固讎也，可以用兵勝負議浚哉？

芝園定集卷五一張浚　明張時徹

魏公負一時之望，論者比之諸葛孔明。然孔明治國之大要，在開誠心、布公道、集衆思、廣忠益，魏公果有是乎？不聽偏裨之言，致富平之敗；不聽岳飛之言，激酈瓊之叛。始劾李綱，助成黄灊善之奸；終排趙鼎，效尤秦檜之計。甚者，秦檜既廢而薦之復用，信吴玠之讒而殺曲端非其罪，坐視岳飛之冤而無一言之申救。君子不能無譏焉。惟其恢復一念，始終不變，忠義之節，夷險以之，是則可稱也。

高文襄公集卷四一論語　明高拱

張魏公本自輕率寡謀，喪師數萬，宋事幾不可爲，而庇之者猶曰「魏公心事，自是青天白日」，是以義不以力也，豈不壞人天下國家？

弇州山人四部稿卷一四〇說部　明王世貞

問：李綱、張浚、趙鼎忠乎？曰：忠矣。然而綱之失愎，浚之失躁，鼎之失闇也。靖康之初，不失汴也，綱也；其再失汴也，臬之狃綱也。江左之得爲江左，鼎與浚也；江左之不得爲中原，亦鼎浚也。浚氣强，鼎氣弱，浚過多，鼎過少。

賜餘堂集卷一〇張浚傳　明錢士升

嘗三復張魏公事，而重有歎也。下流之惡易歸，盛名之訾難摘。蓋依附衆則己不知非，緣飾多則人爲護短，欺世盜名，類有然者。功之不集，猶曰成敗難逆覩也；策之屢失，猶曰應變非所長也。至於人有邪正，事有順逆，本心自明，何煩擬議。德遠之黨齊愈、排伯紀，其心術何如？以邪始未有能以正終者。任非不專，權非不重，疑忌滿腹，謬妄塞胸，鼎謝恊恭，飛難正對，殆與開誠布公異矣。

來恩堂草卷一〇論張浚劾李綱　明姚舜牧

張浚此劾何爲哉？李綱正好做事，高宗内惑於黄、汪二人，已極可恨，所賴者正人相爲扶持耳。張浚卻附二人，以劾綱，公論安在哉？國是安賴哉？厥後助秦檜殺岳飛，是極奸極惡一賊臣也。世但以其子張栻故，曲爲庇護。愚敢直數其惡，以伸天下萬世之公議。

來恩堂草卷一〇論張浚與岳飛忤　明姚舜牧

張浚初問岳飛，亦謂飛可與議事耳。乃飛以正對，即艴然與忤，何爲哉？及聞酈瓊之叛，引罪求去，倘悔不用飛言，何不以岳飛可任大事薦之朝廷耶？一言不合，怒氣相加，一事相左，終身不與，浚亦暴戾人哉！

來恩堂草卷一〇論張浚三大敗　明姚舜牧

張浚終身不主和議，是其佳處。若劾李綱之罪，忌岳飛之對，拒吴玠之議，使將相大才不獲大展於當世，而富平、淮西、符離之師在在皆潰，總由於任人之失。嗟乎！國家豈堪此三大敗哉！此休休大臣所以見稱於古昔而鄙哉，之浚實負當日長城之重寄也。

譚輅卷上　明張鳳翼

論宋事者多以張浚殺曲端爲非，予獨以爲不然。夫莊賈不誅則穰苴之法不立，二姬不斬則孫武之軍不成。五里坡之役，端敢失期，致張嚴戰死，其罪一也。婁室陷延安，王庶使端救之，端次襄樂不進，其罪二也。陝州將陷，李彦仙告急，張浚檄端援之，而端嫉彦仙，不肯奉命，致陷屠戮，其罪三也。彭原之役，不援吴玠，致汾州被焚，其罪四也。浚殺之，誠是矣。駁馬不可羈的，且將囓人，況才將乎？吴玠、王庶目擊其然，要非譖之也。

荷華山房詩稿卷四過符離感張魏公事有述　明陳邦瞻

魏公宋宗臣，堂堂自萬古。志在扶王室，氣亦吞狂虜。富平及符離，再出耀旗鼓。爪牙一不中，大軍挫雄武。勝負兵家常，計定終莫禦。廟堂志和戎，未念嘗膽苦。上心一狐疑，廷議遂首鼠。從此江淮師，不復窺齊魯。我來古戍前，陰風吹榛莽。時清無戰塵，列城撤樓櫓。尚思裂南北，中原滿豺虎。英雄事不成，賫志没黄土。吊古向蒼茫，悲歌淚如雨。

少室山房筆叢卷六張俊張浚二人　明胡應麟

張俊附秦檜而傾岳忠武者，張浚廣漢人，嘗稱飛忠孝人也，及飛冤死後，高宗納太學生程宏圖之奏昭雪光復，浚與參贊陳俊卿悲感歎服。浚爲都督，俊爲樞密，劉豫遣子麟、姪猊合兵七十萬犯淮西，張浚聞之，以書戒張俊曰：「賊豫之兵，以逆犯順，若不剿除，何以立國？今日之事，有進擊無退保也。」此見章穎所著岳飛傳，浚與俊豈可混爲一人哉？今之士夫例以傾岳爲浚之短，不知受誣千載如此。陳白沙詩：「秦傾武穆因張浚，蜀取劉璋病孔明。」蓋言二事皆涉厚誣也，舉世懵然，失於不考。余故詳著以見賢者之不可厚誣，考古之不可不精，議論之不可輕立，而益嘆今人之不知學也。麟案，用修沾沾此解，若以辯二張爲獲一真珠船者，可大爲捧腹也，第浚亦有説。與秦檜同陷岳飛者張俊也，浚因酈瓊之軍與岳異同久矣，豈全無關涉者哉？本傳自明，楊不考。陳詩「秦傾武穆緣張俊」，非「浚」字，其結句云：「萬古此冤誰洗得，老夫無計挽東瀛。」蓋以武穆、孔明爲被誣，非楊所見也。崔子鍾頗以岳爲浚所忌致禍，蓋弘、正間諸公史學率草草也。

執齋先生文集卷一三張浚

明劉玉

張浚之於宋，則志有餘而才未足也。

天水中微，金源搆釁，徽欽遷而北，高宗奔而南。天下之勢，如滄海橫流，莫之敢遏，傾危者屈身於犬羊，巽懦者捧首而鼠竄。浚以眇然儒者，赤手障之，脱圍城，走維揚，奉命川陝，視師江淮，再貶而起，以至於没。知有君父之讐，而不知有身；知有國之廢興，而不知有生死。其志何如哉？然迹其平生，僅能殄苗劉、摧麟猊，而不能制吴乞買之命。一戰富平，盡喪西土，符離之潰，訖無後功。其才何如也？

故嘗論之，浚之學得其大者，真見夫讐虜不可與共天，臣子之職，鞠躬盡瘁，死而後已。故其志光明剛大，可以掀宇宙，麗日星，非瑣瑣者比，而才不足以充之。是以立朝則攻李綱、沮趙鼎，在師則無以馭曲端、制酈瓊。然其心固以爲忠，而知弗及。高宗不察，至屏之終身，則過矣。天下之變，惟志足以鎮之，而才不與焉。漢公孫弘之才優於汲黯，然竊淮南之謀，顧不在弘而在黯，誠以黯招之不來，揮之不去，其志可憚也。浚屢跛之餘，疑無足用，然將士見之，勇氣自倍，雄傑如兀朮，亦聞之動色，何哉？則以浚興復之志素著於人，用浚則帝之志堅，中國之氣張，戎敵之謀沮，不戰而勝形矣……後之論人者無責備於浚，欲學浚者不可不求備於己。

珂雪齋外集卷一四　明袁中道

張浚輕舉，始不聽曲端之謀，失四十萬人；終不聽張宗元之謀，爲酈瓊叛去四萬人；終不聽史浩之謀，致令山東兵甲一空，宋從此不振矣。其罪甚大，而逃於國憲。夫失律者不治，何以將將？宋之亡也，必矣。曰：浚人品非小人也，夫國家有事，有功則賞，罪則誅，假使任伯夷爲將，脱或失律，亦當明正典刑，況下此者乎？兩軍對壘，一失事則宗社不保，君父受辱，此何事也？豈請三老飲鄉飲酒耶？

史評小品卷二一張浚　明江用世

靖康之禍，二帝雖北轅，河北、河東猶爲宋守，詔議割以畀金，而民皆涕泣不奉命，李綱乃設招撫、經制司以綏懷之，兩河不摇，汴京自固，綱去而汴京再蹂，駕已南矣，綱固以張浚之讒而去也。浚在樞密，岳飛挾累勝之勢，更圖大舉，帝亦以中興委之。自浚與飛議，酈瓊、王德不合，又問張（浚）〔俊〕、楊沂中，飛皆不甚與可，遂艴然郤飛，竟用德、瓊以致亂。而張浚銜飛不已，乃成大理之獄。岳固以張浚釀而殺之也，然則亡宋者，浚其首惡，汪、黄猶其從耳。若以新集之衆僥倖於富平之戰，國五其將，將五其兵，臂指不應，關隴盡陷，士氣沮而和議興，又喪師蹙國之餘矣。故張浚、趙鼎同相，皆謂其同心爲國。然江左之得爲江左，此兩人，江左之不得爲中原，亦此兩人。乃鼎也闇，浚也躁，鼎之過猶小，浚過大矣。

史糾卷五張浚傳　明朱明鎬

魏公之傳，强半失實。殺曲端則委吴玠以咎，平楊么則没岳飛之功，諸如富平之敗、符離之潰、廬州悍將之叛，皆曲加掩飾，深爲之諱，而巧爲之辭。宋史是非頗不背謬，若此一傳，未免失之諛而可削也。考亭爲魏公撰狀，晚年自悔其失實，元人作傳，純取狀中語，而不一爲竄定，亦獨何耶？宜揭傒斯極論魏公之罪不少借也，是非久而益定，愆過蓋而彌章。即有南軒爲之子，考亭爲之狀，終無補於魏公志大才疎之失，可見人心良史，自在天地間耳。雖然，魏公之失固不可逭，魏公之美亦不可没。徐夢莘之流所著北盟彙編，厚詆醜誣，一時正人如李伯紀、趙元鎮、張德遠輩，無不肆其惡喙，此不過磨衲集、碧雲騢之屬耳。流傳人間，變亂黑白，悉聚而火之可也。

沈氏弋説卷三張浚

明沈長卿

論者以主和議爲秦檜罪，以張魏公恢復之計不遂爲高宗罪。予曰：罪不專在檜與高宗也，浚實無所逭罪焉。夫高宗所以任浚者重矣，三爲將而三敗績，恢復之計何居？富平之敗，拒吴玠之言也。然當時李綱尚在，獨不可用乎？淮西之叛，王德、酈瓊素不相能，而浚故使之也。然當時岳飛在營，乃聽其歸終母喪而不一留乎？符離之潰，李顯忠、邵宏淵素不相協，而浚又使之也。然當時虞允文雖遠在川陝，而有賢聲，顧不能舉以自助乎？剛狠懻忮之氣不以尋諸仇讐，而愎諫妬能，齕齕如也。三敗績，皆其所自取也。古有三戰而三北者，在曹沫、孟明視，或可藉口於勝負無常之説，而獨不可以恕張浚，何也？浚先有致敗之道，而又無壇上之刼、殽尸之封以贖也，故不可以恢復許也。況殺曲端不以其罪，心情微曖有不可對人者乎？嗟乎！高宗於李綱令弗安其位，於宗澤令賫志以歿，於韓世忠無罪而罷，於岳飛有功而戮，夫非以主恢復不主和議故哉？而魏公獨終始無恙，其人概可想已。予不欲使秦檜、湯思退之徒偏蒙惡聲，而漏綱於張浚，故特闡之。朱晦翁爲浚撰狀，晚頗悔其失實。元儒揭奚斯亦極排之，則信乎！姦巧可以欺一時，久未有不敗露者也。

東江詩鈔卷二讀張浚傳　清唐孫華

攘臂争先擊李綱，又聞推轂頌咸陽。秦會之當國，人不敢斥言，目爲咸陽。空談久已同殷浩，詖史猶誇似武鄉。猛將西邊膏鐵鑕，神州北望失金湯。那將十萬符離血，博取齁齁睡一場。浚喪師誤國，以其子南軒故，有議其失者，輒指爲邪黨，人皆噤不敢言。符離之敗，浚夜酣寢，鼻息如雷。儒者猶知痛癢之論，可爲千古笑端也。

古歡堂集卷一四讀張浚傳　清田雯

南宋虞張可並陳，魏公才望倍嶙峋。紫陽評論無虚謬，也爲南軒一輩人。

爲可堂初集卷九張浚論　清朱一是

張浚三用兵而三失事。川陝爲恢復要地，富平之役，五將出師而大潰，西北之事不可爲矣。高宗未嘗無志恢復也，浚與趙鼎同相，其時君子用事，朝野繫望。浚奏罷劉光世宣撫淮西，迫酈瓊使降劉豫，兵未出門，叛亡四萬，乃引咎求去。及孝宗受禪，鋭意用兵，浚入見，即除樞密使、都督建康鎮江等處軍馬，又違衆輕舉，欲有事於山東，先潰兵於符離，喪軍資器械殆盡，致新主沮氣，不敢再議復讐。浚之所爲，大概如是，豈得爲中興之名佐哉？

雖然，吾未以此爲浚罪也。浚之志大而才疎，本非用兵之人，安任用兵之事，雖遭顛蹶，志猶可諒。獨其爲御史，劾去李綱，陰助汪黄，俾國事大壞，則浚罪無可解耳。蓋當靖康、建炎之間，先後賢相，李綱、趙鼎二人而已，鼎才又不及綱。當時可以有爲，實圖恢復，唯綱一人。即其爲相七十五日，朝綱已定，兵備粗修，振國命於危亡之餘，復士氣於奔竄之頃，何其整嚴有序哉。且高宗之恢復大機，亦在綱相之日。時值金兵初去，劉豫未降，宗澤留守東京，收降諸賊，練集民兵，疆土雖殘，人心正憤。使從綱計，先幸南陽，即圖還汴，猶然北宋規模也。以有爲之人乘有爲之勢，張、韓、劉、岳、楊、吴諸名將已俱在行間，漸執兵柄。使綱在内，駕馭而鼓舞之，賈勇長驅，豈止固守吾圉，即返二帝而痛飲黄龍，豈虚望哉？浚獨何心，劾綱私意擅殺侍從及買馬招軍之罪，使之不得一日安其位。自綱去，而汪黄專恣，風鶴驚疑，帝即南渡矣。宋之不能復振，由南渡也；宋之勢不能存而南渡，由綱去也；綱之去，由浚劾也。然則汪黄苗劉諸姦，未必能亡宋，而浚實亡之，非誤國之首罪哉？

渡江以後，中原淪没，勢不得不出於和。秦檜因而用事，浚乃終身不主和議，與檜相左。是猶自撥其根本，空扶其枝葉，決河潰防而徒争末流，何其不知量也！夫爲相莫急於知人，跡浚之劾李綱、殺曲端、睽趙鼎、距岳飛，平生舉措，顛倒已甚，無怪乎臨事輒敗，屢蹶而辱國。論者猶以賢相許之，虚名誤人，浚之謂歟！晦菴以其子栻之故爲浚誌二萬言，公論之失實如是，可慨也已！

張魏公作事，實令人懊恨，不得不痛斥之。

夏峰先生集卷一三語録　清孫奇逢

毁譽莫看得容易。張魏公身爲將相，師久無功，君厭之，民苦之。至殺曲端、陷岳飛，此非小失也。而身後之文無遺議，儼然推爲古之大臣，未免是譽。

用六集卷九張浚論　清刁包

張魏公是非，談者如聚訟。是之者稱其爲社稷臣，或方諸武侯，或方諸令公，或借曹彬岐溝之敗，爲公口實；非之者譏其無尺寸功，或以爲跋扈，或以爲奸巧，或取南軒異疾之死，爲公遺孽。噫嘻！皆過也。公之功罪，蓋不可得而掩也，但未免功小而罪大耳。厥功云何？浚辟之績是也。苗劉告變，公以兵勤王，以義誅叛，扶危定傾，在指顧間，何可沒也？全蜀安堵，雖吴玠之力，然非公善任使不及此。此皆其生平之强人意者也。

若問厥罪，則以沮李綱、退岳飛爲首，而富平、淮西、符離之三敗次之，殺曲端又次之。何也？李綱，不世出之相也，使公推賢讓能，如畢士安之於寇準，則澶淵之捷立奏；岳飛，不世出之將也，使公薦賢爲國，如蕭何之於韓信，則淮陰之功再睹。豈不巍巍乎一代元勳也哉？乃公不惟不推轂已也，又從而下之石，其劾李綱數罪，若昧於知人之哲猶可言也，揆厥所繇，則以於宋齊愈爲心腹，於黄潛善爲門下士耳。嗚呼！人臣之義，進賢退不肖。公何德於亂臣賊子若是之厚，何仇於忠臣義士若是之忍也哉？其聽岳飛終母喪，若昧於金革之事猶可言也，揆厥所繇，則以策王𨛦之必争，陳張楊諸君之非將帥才耳。嗚呼！太尉之言，若持左券。始既不能慨然舉公以立功，終又不能翻然召公以謝過，何其甘於失長城、誤君父，而不肯一破其忮懻褊拗之見也哉！

殷浩、房琯，夙負當代之望，及其一敗，盡喪生平。公蓋三視師而三敗績矣，合而計之，舉數十萬兵馬，付之一擲，舉數十萬資糧器械，付之一擲。江南草創，武備幾何，能堪此挫衄耶？喪師辱國，莫此爲甚，邦有常刑，其何以逭？而且遷官受賞無虚日也，使非黨與衆多，從中推挽，能若是耶？

曲端倔强，誠有之，迄今讀其詩歌，蓋未嘗不以中原爲念，且號令嚴肅，步伐止齊，魏公所親見，使其誦漢武求賢之詔，讀老泉御將之篇，如孔明之用魏延，王猛之用鄧羌，豈不足資中興之一助？乃陰用而陽棄之，業已取笑敵國，而又置之死地也，何異保固腹心而反自割其指臂乎？克敵制勝，宜其難也。是以屢將重兵，決機兩陣，不聞一挫强敵，而史乃云敵人憚公，每不交兵而退，又云敵人嘗問公，惟恐其復用，皆粧點粉飾之辭，而不可盡信者也。以功若彼，以罪若此，功小罪大，亶其然乎？尚論者矜其志可也，取其節可也。因形而吠其聲，吹毛而求其疵，皆過也。

兼濟堂文集卷一五跋張魏公小像卷後　清魏裔介

才與運會遘，而後得成其功；德與學問合，而後得著其業。自古名臣，往往若此。若宋室大臣，如張魏公者，誠所謂卓爾不群之豪傑也。觀其屢膺重任，鋭意恢復，部分諸將，不主和義，雖未能進取中原，然臣子之義，固無負矣。孝宗曰：「朕倚魏公如長城，不容浮言摇動。」尤可謂知公之深也。其子敬夫又與晦菴朱子同衍孔孟正學之傳，宜今日子孫之篤實而昌盛也。余瞻其遺像，不勝緬懷矜式，又何必以成敗論之哉！

宋論卷一一孝宗　清王夫之

孝宗初立，鋭志以圖興復，怨不可旦夕忘，時不可遷延失，誠哉其不容緩已。顧當其時，宋所憑藉爲折衝者奚恃哉？摧折之餘，凋零已盡，唯張德遠之孤存耳。孝宗專寄腹心於德遠，固舍此而無適與謀也。然而德遠之克勝其任，未可輕許矣。其爲人也，志大而量不弘，氣勝而用不密。量不弘，用不密，則天下交拂其志，而氣以盛而易虧。

榕村語録卷二二歷代　清李光地

張德遠爲宋齊愈劾去李忠定，齊愈何人也？乃首出張邦昌姓名、擁戴邦昌者。自是忠定終於不起，而宋祚遂終於臨安。後又不喜武穆，全是私意。雖朱子爲作行狀，不敢謂非徇南軒情面也……魏公後亦復薦忠定，魏公得罪，忠定亦救之。大抵魏公尚是正經人，但糊塗太甚耳。

張魏公平生只管誤事，朱子每多恕詞，或以南軒之故。

歷代名臣傳卷二七張浚　清朱軾、蔡世遠

論曰：建炎諸將相，志於恢復者，惟李綱、宗澤、岳飛、韓世忠及浚五人而已。浚之任事，詳審精密，若不逮於趙鼎者。然登朝則國勢振舉，在軍則將士用命，緩急進退，旋轉曲折，如臂之使指，莫敢違也。觀其誅范瓊，廢劉光世，指顧之間，不動聲色，非其氣有大過人者乎？惟勇於赴敵，輕舉浪戰，有違於臨事而懼之義。然包舉群謀，驅策衆力，其所成功，亦已多矣。所舉士皆爲名臣賢將。數十年之間，效命戰場，保安疆圉，揆厥所由，咸浚之建立，固不可以富平、符離之敗黜之也。

歸愚詩鈔餘集卷七張魏公　清沈德潛

殺曲端，薦秦檜，富平失，符離敗。末路殉國矢復讐，功罪紛綸一身備。南軒令子儒者宗，溯源厥考德與功。行狀萬言表公忠，誰作文，朱徽公。

讀史提要録卷一〇宋　清夏之蓉

張浚徇國之心，未嘗不摯，又屢立戰功，軍民皆引以爲重。孝宗初即位，即手書召之，

浚勸帝堅意圖恢復。其後視師江淮，金人大懼，帝既云「倚魏公如長城」矣。何始則見沮於史浩，繼復見譖於湯思退耶？所不能爲魏公諱者，如刼李綱、殺曲端、不救岳忠武而反下石焉。此爲好惡未協於正耳。考亭作魏公行狀，微欠直筆，爲南軒故也，非定論也。

蛾術編卷六〇張浚　清王鳴盛

張浚一生無功可紀，而罪不勝書。富平之敗，關陝盡失，符離之敗，淮土日蹙，皆以浚之闇愎忌忮，制置乖張致之。其平生以心學自許，符離師潰，流血成川，堅卧帳中，鼻息如雷，曰：「我不動心耳。」浚之狼戾如此，而妄自附於正人。雖然，此其罪猶可言也。曲端屢敗金師，威望甚著。浚挾私憾，與王庶及吴玠比，誣以謀反，並囑素與端有隙之唐隨，潛斃之獄。此尚得謂有人心者乎？最堪恨者，宋齊愈以勸進張邦昌伏法，而浚刼李綱以私意殺侍從，且論其買馬招軍之罪。綱罷去，宋事遂不可爲矣。浚本黄潛善門客，又嘗力薦汪伯彦。人知沮抑綱而逐之者，汪、黄也，而浚實沮抑之。史以汪入姦臣傳，而曲譽浚，烏得爲公論乎？綱既因浚言罷，陳東力言汪黄不可任，李綱不可去，東竟坐誅。東之死，浚有力焉。刼綱之客胡珵代東筆削，欲以布衣操進退大臣之權。勒珵編置，浚之罪不可逭矣。厥後浚去位，綱復奏留之，浚能無愧死乎！紹興七年視師淮西，欲以吕祉節制酈瓊兵，岳飛争之，浚艴然怒，飛乞解兵柄，浚益怒，乞以張宗元監其軍。未幾，瓊叛降劉豫，浚且大恨飛。韓世忠初亦有忌飛意，後飛爲秦檜所陷，世忠詣檜詰問，且曰：「何以服天下？」而浚則安知不幸災樂禍也。至於薦檜可與共大事，傾毀趙鼎，皆班班具載於史。夫浚之所申雪，則宋齊愈也。所親附論薦，則黄潛善、汪伯彦、秦檜也。所彈劾，則李綱、胡珵也。所忌害，則趙鼎、岳飛也。所誅殺，則曲端也。所委任，則王庶、吴玠、唐隨、酈瓊也。嗚呼！孰謂浚而可以爲正人哉！

或曰：浚於岳飛之死，子謂其有幸心，得毋深文乎？予曰：非也。浚之子栻與朱子友善，朱子作浚行狀，凡四萬三千二百餘字，推奉甚至。修史者既以栻充道學，與朱子同傳，故於浚傳多恕辭焉。然其彈李綱、排趙鼎、忌岳飛、薦秦檜，猶不能爲隱，往往見於他傳。朱子謂浚因檜靖康中議立趙氏，不畏死，有力量，可與共天下事，遂爲推引；既覺其暗，爲上言之。朱子之爲浚解則善矣。獨怪其叙牴牾趙鼎事，抑揚其辭，若有所不滿於鼎者；而争酈瓊事則諱而不言，賴宋史言之。宋史惟朱是從，而猶不能諱此事，則浚之忌飛無疑矣。且檜之逐鼎，自泉而漳而潮而吉陽，檜命本軍月報存亡，鼎知必殺己，不食而死。浚雖去，優遊近地，檜死復用。由此觀之，浚雖不至附檜殺飛，其心迹何如也？或曰：鼎亦嘗薦檜，子何責浚之甚乎？予曰：正惟兩人皆薦檜，而檜待兩人厚薄縣殊，予所以大疑浚也。學者宜參以三朝北盟會編、鶴林玉露、齊東野語、桯史、鼠璞、賓退録，庶得其實。

春融堂集卷三三張浚論

清王昶

建炎以後稱中興賢相者，以趙鼎、李綱、張浚爲首。愚以爲浚非君子也，不得與趙、李比。蓋宋當南渡之時，京湖、川陝宴然無恙，桑仲、戚方、李成諸劇盜猶未縱横於境内，而兩河豪傑枕戈礪刃，以從義者，所在多有，天下形勢尚可爲也。高宗宣撫之任，行便宜，操黜陟，以軍國重事付之，而乃剛愎自用，致四十萬人坐喪於婁宿之手，四方震動，兵氣沮喪，譬猶大病之人，復以鋟刻之藥投之，元氣殆盡，幾何其不至於死也？宋之不亡，不獨諸將力戰之功，亦天幸耳。且浚而以恢復中原爲己任乎？則曷爲而劾李綱？綱也忠勇果烈，能搘柱於孤城危急之餘。既爲僕射，而張所之招撫，王瓊之經制，宗澤之留守，布置歷歷，確有成算，蹟其殺宋齊愈，及召募軍士，所以爲國計者甚大，浚借以斥其罪，其意安在？且浚爲辛炳所劾，落職久矣，自趙鼎勸親征而召之福州，起爲宣撫，因一吕祉之事擠而去之，鼎盡薦賢爲國之美，浚乃入朝見嫉。宋室中衰，小人盤互，僅僅一二賢臣，而復出死力以傾軋之，專權固位，桀驁自雄，其心尤有不可問者。他如王庶，小將也，信之而殺曲端；酈瓊，劇盜也，任之而拒岳飛；邵宏淵，驕卒也，護之而敗李顯忠。顛倒失措，好惡拂人，故三督師而敗衄。良臣絶跡於内，良將離心於外，士卒糜爛於疆場，宋之天下有可爲而卒至於不可爲，皆浚有以致之也。

愚以爲其材甚庸，其識甚闇，其性甚妬，其量甚狹，其自用也甚專，生平勳業德行無足紀者。宋儒以南軒故，交相推重，噤口不敢作一指摘語。最可異者，至以諸葛武侯比之，其果然乎？或以其不主和議嘉之，夫韓侂胄曷嘗不伐金也？

廿二史劄記卷二三宋史各傳迴護處　清趙翼

浚一生不主和議，以復讎雪恥爲志，固屬正人。然李綱入相時，宋齊愈以附逆伏誅，浚爲御史，劾綱以私意殺侍從，且論其買馬招軍之罪。見高宗紀及綱傳。浚又嘗薦秦檜可任大事。見趙鼎傳。陳東伏闕上書，已被誅，浚又奏胡珵筆削東書，以布衣挾進退大臣之權，遂追勒編置。蓋浚乃黄潛善客，珵則李綱客也。見戴埴鼠璞。浚又嘗與岳飛論呂祉、王德、酈瓊兵事不合，飛因解兵奔喪歸，浚奏其意在併兵，以去要君，遂命張宗元權其軍事。見高宗紀。汪伯彦既貶，浚以伯彦舊嘗引己，遂與秦檜援郊祀恩起伯彦知宣州。見汪伯彦傳。今浚傳皆不載，惟殺曲端一事略見傳中，而又謂端部將張忠彦降金，故下端於獄，似非枉殺者。

潛研堂集卷二張浚論

清錢大昕

宋之張浚，志廣而才疎，多大言而少成事，迹其生平用兵，有敗無勝，此聖人所譏「暴虎馮河，死而無悔」者，而史家曲爲稱贊，至以諸葛武侯相況，何其擬之不於倫邪！武侯於隆中問答，已謂曹操難與争鋒，欲收荆、益以爲根本，既而卒如其言。及後主之世，前後出師，鞠躬盡瘁，蓋審乎己之智謀，足以制敵而不制於敵，即未能一舉吞魏，亦必無失地蹙國之慮，故任其事而不辭耳。浚早年爲汪黄所引，專攻李綱，本非公論所與。逮苗劉之變，興師勤王，致位樞密，遂幡然以功名爲己任。其始欲經略關陝，意非不善也，乃有李彦仙而不能救，有曲端而不能用。富平一敗，五路盡失，不得已爲保蜀之計。既而撤離喝入興元，又不能固守，俟其糧盡引退，靦然以收復論功。其進退無據亦已甚矣。淮西之役，既奪劉光世兵權，乃疑岳飛而不用，欲以輕躁喜事之吕祉盡護諸將。酈瓊既畔，資糧盡空，淮西之未失者，特其幸耳。隆興之初，金主新立，彼雖有釁，我實無謀，以垂暮之年，驅難御之將，傾國大舉，裁得兩縣，便即潰敗，此豈有老謀勝算者哉！

吾謂浚之無謀，不待潰敗之時知之，當其出師之始而已知之。何也？古之克敵者，量力而進，如善博者，非勝弗投也。桓温嘗滅蜀矣，劉裕嘗滅燕與秦矣，不聞請移蹕以壯其聲勢也。即諸葛之北伐，亦何嘗請後主幸漢中哉！浚初經略陜西，則請幸武昌矣；其後用兵淮、泗，則又請幸建康矣。武昌之議，幸而不用，建康之與臨安，均爲偏隅，浚既志在恢復，而猶必假主威以作將士之勇，此其氣已怯，其號令必不嚴，固不待臨陣而知其無能爲矣。彼特見澶淵之役，以天子自將成功，而不知真宗全盛之時，思陵播越之後，事勢迥殊，彼方畏金如虎，而我欲借其虚名以當孤注之擲，亦見其惑矣。靖康之恥，臣子一日不可忘，身爲大臣，自量無戡亂之才，毋寧避位以俟能者。否則，竭生民之膏脂，糜生民之血肉，有損於邦國，無益於君親，況乎建議移都，雖曰責難於君，實欲分己之咎，此尤無策之甚者，未可以其負一時盛名而隨聲附和也。

廿二史考異卷七九張浚傳　清錢大昕

浚有恢復之志，而無恢復之才，平居好大言，以忠義自許，輕用大衆，爲僥倖之舉，故蘇雲卿料其無成。史家以其子爲道學宗，因於浚多溢美之詞，符離之敗，但云南軍小不利而已，豈信史乎！

十駕齋養新録卷七張浚爲黄汪所薦　清錢大昕

紹興五年七月，右承直郎黄秠，令吏部差虔州録事參軍。宰相張浚言：「臣頃建炎之初擢預郎曹，實出宰相黄潛善、樞密汪伯彦之薦。潛善以謬戾得罪，死於貶所，骨骸未覆，貲産凋零。其子秠仕宦不競，殆無餬口之計。臣愚欲用初除樞密事合得有服親一名差遣恩例，陳乞秠差遣一次，上推陛下廣覆包涵之仁，下全微臣朋友故舊之分。」故有是旨。見繫年要録。宋史不載其事於潛善與浚傳，蓋史家以南軒之故曲爲浚諱。然浚早年黨於黄、汪，力攻李忠定，幾欲置之死地，此豈有是非之公者乎？晚節以不附和議，頗爲清流所許，而志廣才疎，屢致敗衄，迹其生平，瑕瑜不能相揜。自朱文公爲作行狀，極其贊美，楊誠齋以浚不與配享，力争去官，而後之稱浚者往往過其實矣。其爲黄潛善子乞恩澤一事，不失古人篤於故舊之誼，要其附和汪黄之迹，終不能爲之諱也。

史林測義卷三三張浚　清計大受

論張浚者，皆深訾其詆李綱、殺曲端二事。按綱疏請買馬招軍、勸民出財以助兵費，宋齊愈論以民財不可盡括，西北之馬不可得，而東南之馬不可用，至於兵數，若郡增二千，則歲用千萬緡，費將安出？說亦未爲大非也。綱因齊愈嘗於金人議立張邦昌，書其姓名以示衆，於是以屬吏，戮之東市。視其時罪彼僭逆附僞者獨酷，不可謂非有挾而殺矣。浚之舉論，所謂君子不黨，但當是時，捨綱無以佐中興，方爲汪伯彦、黄潛善所間，而又從而詆之，使之求去愈決，爲可惜耳。然厥後綱之起，亦浚之薦其忠也。或議浚附潛善以傾綱，豈知浚者哉？

若曲端者，則負必誅之罪非一，非僅如史剛愎取禍之說也。如不受王庶節制，康定之役無故斬庶所遣扼敵之劉延亮，不從救延安；又欲乘危擅誅，雖見阻於謝亮，而卒奪其節印，拘其官屬。至謀併兵於王瓊，幾爲其追斬，圖叛賊之張宗諤，反爲所襲殺，不皆其跋扈不法、若罔知有朝廷乎？又浚欲仗以敵愾，而金婁室孤軍深入，可合兵以攻之，則爲俟一二年之議；烏珠窺江淮，宜出師以撓之，且爲十年乃可之說。此猶藉口無輕舉。吴玠之戰於彭原也，則擁兵退屯而不爲救；李彦仙之死於陝州也，則浚檄往援而不奉命。比而觀之，意誠叵測，而將有不可制之患。浚承制罷其兵柄，而尋斃之於獄，所以遏亂萌也。謂聽王庶、吴玠之讒，似非信史。雖未於不奉命援彦仙之時即正軍法，而釁之所積，豈不受誅者？宋史及續綱目皆以殺無罪例書，非是。富平之戰，由趙哲擅離所部而敗，浚之斬哲，視晉林父之戮先縠，漢諸葛之戮馬謖何異？當日言者以與殺曲端並論爲無辜，後人而不徒然耳食焉，愈可明此之謬以證彼之非矣。

嘯亭雜録卷二張魏公　清昭槤

世之訾張魏公者，皆謂其不度德量力，專主用兵，幾誤國事。殊不知其誤不在稱兵黷武，反在過於持重之故。按宋金强弱之不敵，夫人知之，魏公即勉力疆埸，親持桴鼓，尚未知勝負若何。今考其出師顛末：富平之敗，魏公方在邠州；淮西之失，公方在行在；符離之潰，公方在泗州。皆去行間數百千餘里，安得使士卒奮勇，而能保其不敗哉？故酈瓊對金梁王言「宋之主帥皆持重擁兵，去戰陣數十里外，不如王之親冒矢石」之語，蓋指魏公而言也。

陶文毅公全集卷五九綿州吊張魏公　清陶澍

半壁臨安已不支，富平新敗又符離。少年入幕憐才子，殘局同朝誤太師。海内每聞諸葛號，陣前猶卓曲端旗。將軍脱幘長城壞，孤負黄龍痛飲期。

養默山房詩稿卷五張魏公　清謝元淮

退守江淮力已殫，戰和無計强登壇。同仇未合排忠定，制敵何當宥曲端。豈是長城堪倚重，可憐王業竟偏安。酈瓊叛後符離潰，從此中原克復難。

讀通鑑綱目劄記卷一九張浚卒 清章邦元

張浚力排和議，而未知以守爲本。急於恢復，不免浪戰，以至屢奮屢蹶。朝廷用之，亦一敗即罷，是以迄無成功。浚固志大才疏者也，論者至比之諸葛亮，不知亮一秉至公，毫無私意。若浚於秦檜，媚之則以爲可用，違之始知其懷姦。至李綱、趙鼎，明知其爲賢，而故毀之，又知岳飛之可爲大將，而故不益之以兵，且專任呂祉，誤聽吴玠。凡此褊淺懷私，其有愧武侯多矣。

思伯子堂詩集卷六張魏公 清張際亮

魏公才略早英桓，大節原推世所難。和敵苦持天子議，歸朝能使國人歡。誰教一表疎忠定，自是西師賴曲端。功過分明輿論在，符離莫訕紫陽寬。

蘊愫閣文集卷一張浚論 清盛大士

宋張魏公浚以吴玠故殺曲端，又不能容李綱、趙鼎，後人譏之。余謂曲端之殺，浚不任咎；即其與鼎異議，要其所議爲公非爲私也；惟因宋齊愈而劾李綱，則浚不得辭其咎。端在渭州，浚欲仗其威聲，擢爲大將，而端素剛愎，與浚議論不合。彭原之戰，端不救吴玠，玠以兵敗怨端，端劾之，玠遂譖端於浚。初，朝廷命王庶以龍圖閣待制統陝西六路軍馬，端不受節制，庶深銜之，乃語浚曰：「曲端不可用，且嘗作詩指斥乘輿。」浚下端獄，端死獄中，聞者冤之。端雖有將才，而桀驁無人臣禮，既違王庶節制，又欲即軍中斬庶頭、奪其兵，朝廷召之，擁兵不行，諸將士籍籍謂端且反。浚不能數其罪而斬之，此浚之過也，乃以作詩誹謗，謂罪不當誅，可乎？

建炎初，浚薦趙鼎爲司勳郎，累遷侍御史。浚往江上視師，遣其屬吕祉入奏事，所言誇大，鼎每抑之。浚乞幸建康，鼎請回蹕臨安；浚乞乘勝攻河南，且罷劉光世軍政，鼎言得河南不能保金人之不内侵，光世累世爲將，無故罷斥，恐人心不安，浚滋不悦。鼎出知紹興府，帝罷光世，以王德爲都統制，酈瓊副之，命受吕祉節制，瓊與德執祉以降僞齊。浚復入相，帝欲遠竄浚，鼎固争之，乃以散官分司永州，議者謂鼎無争功之念，浚有忌賢之心。不知鼎之爲國以固本爲先，本固而後敵可圖、讎可復，浚之爲國則在於因利乘便，作興士氣，維繫人心；鼎恐宿將驟廢，戰士解體，浚以光世庸懦不足有爲。二人所見不同，其忠一也，且浚去位時，帝欲用秦檜，浚止之，乃用鼎，曷嘗有忌賢之心哉？

李綱以三疏進高宗，一曰募兵，二曰買馬，三曰募民出財以助軍費。諫議大夫宋齊愈論其不可，浚謂齊愈曰：「公受禍自此始矣。」其意若有不滿於綱者。初，金人議立異姓，吏部尚書王時雍問於吴幵、莫儔，二人微言敵意在張邦昌。適齊愈至，時雍問之，齊愈取片紙書張邦昌，議乃決。至是，齊愈論綱三事之失，不報。齊愈將再上疏，其鄉人嗛齊愈者竊其草以示綱，綱乃奏逮齊愈，正其助逆之罪，戮之東市。時浚爲御史，劾綱以私意殺侍從，且論其買馬招軍之罪，詔罷綱，提舉洞霄宫。夫邦昌，國賊也；齊愈，擁戴國賊者也。以丞相殺侍從不可，以丞相誅國賊奚不可？且其時方將枕戈嘗膽，選士練兵，以進取中原而成大業，而忽阻招軍買馬之議，是不過愛惜小費，苟且偷安，束手待斃，委天下而畀之於强敵也。至李綱一去，兩河相繼陷没，此則不能不爲浚咎耳。

若夫秦檜之姦，浚不能察，及與共事方知其闇。蓋檜機穽深險，外和中異，知人之明，不獨浚有不逮，即鼎亦有不及防者。吾觀浚之忠悃，至死不變，臨没誡二子以國恥未雪，身死不當葬先人墓下。浚亦人傑矣哉。乃論者謂浚多過失，宋史本傳特因其爲南軒之父而過於褒美，此殆所謂好議論不樂成人之美者與？

輯校書目

宋陳康伯：陳文正公文集，續修四庫全書影印清刻本，上海古籍出版社，二〇〇二年。
宋范成大纂修：吴郡志，宋元方志叢刊影印民國十五年吴興張氏擇是居叢書影宋刻本，中華書局，一九九〇年。
宋洪适：盤洲文集，中華再造善本影印國家圖書館藏宋刻本，北京圖書館出版社，二〇〇四年。
宋胡銓：胡澹庵先生文集，哈佛大學燕京圖書館藏清乾隆二十二年胡澐刻本。
宋李綱：梁溪先生文集，天津圖書館藏清刻本。
宋李燾：續資治通鑑長編，中華書局點校本，二〇〇四年。
宋李心傳：建炎以來朝野雜記，中華書局點校本，二〇〇〇年。
宋李心傳：建炎以來繫年要録，文淵閣四庫全書本。
宋李心傳：建炎以來繫年要録，臺灣圖書館藏周星詒舊藏清鈔本。
宋梁克家纂修：（淳熙）三山志，宋元方志叢刊影印明崇禎十一年刻本，中華書局，一九九〇年。

宋林光朝：艾軒先生文集，宋集珍本叢刊影印明正德刻本，綫裝書局，二〇〇四年。
宋劉清之：戒子通録，文淵閣四庫全書本。
宋劉時舉：續宋中興編年資治通鑑，中華書局點校本，二〇一四年。
宋陸游著，錢仲聯校注：劍南詩稿校注，上海古籍出版社，一九八五年。
宋呂祖謙：東萊呂太史文集，中華再造善本影印國家圖書館藏宋嘉泰四年呂喬年刻元明遞修本，北京圖書館出版社，二〇〇四年。
宋潛説友纂修：（咸淳）臨安志，宋元方志叢刊影印清道光十年錢塘汪氏振綺堂刊本，中華書局，一九九〇年。
宋釋法宏、道謙：普覺宗杲禪師語録，卍續藏經本，臺灣新文豐出版公司，一九九三年。
宋釋紹隆：圓悟佛果禪師語録，大正新修大藏經本，臺灣新文豐出版公司，一九八三年。
宋釋曉瑩：雲臥紀談，卍續藏經本。
宋釋藴聞：大慧普覺禪師語録，大正新修大藏經本。
宋釋祖詠：大慧普覺禪師年譜，國家圖書館藏明刻本。
宋汪應辰：汪文定公集，四庫全書存目叢書影印中山圖書館藏明嘉靖二十五年夏浚刻本，齊魯書社，一九九七年。

宋王十朋：梅溪先生文集，四部叢刊初編影印明正統間劉謙温州刊本，上海書店，一九八九年。
宋王象之：輿地紀勝，影印清道光二十九年懼盈齋刻本，中華書局，一九九二年。
宋王質：雪山集，宋集珍本叢刊影印清孔氏微波榭抄本，綫裝書局，二〇〇四年。
宋王質：雪山集，文淵閣四庫全書本。
宋魏了翁：鶴山先生大全文集，四部叢刊初編影印嘉業堂藏宋刊本，上海書店，一九八九年。
宋魏齊賢、葉棻：聖宋名賢五百家播芳大全文粹，宋集珍本叢刊影印宋刻本，綫裝書局，二〇〇四年。
宋吴子良：荆溪林下偶談，國家圖書館藏明抄本。
宋熊克：皇朝中興紀事本末，四部叢刊四編影印國家圖書館藏清鈔本，中國書店，二〇一六年。
宋徐夢莘：三朝北盟會編，國家圖書館藏明湖東精舍抄本。
宋徐夢莘：三朝北盟會編，國家圖書館藏明王氏鬱岡齋本。
宋楊時：龜山先生全集，宋集珍本叢刊影印明萬曆刻本，綫裝書局，二〇〇四年。

宋楊萬里：誠齋集，日本宮内廳書陵部藏南宋端平元年刻本。
宋袁説友：成都文類，中華書局點校本，二〇一一年。
宋岳珂：寶真齋法書贊，文淵閣四庫全書本。
宋岳珂編，王曾瑜校注：鄂國金佗稡編校注，中華書局，一九八九年。
宋岳珂：桯史，中華書局點校本，一九八一年。
宋張淏纂修：（寶慶）會稽續志，宋元方志叢刊影印清嘉慶十三年刻本，中華書局，一九九〇年。
宋張浚：中興備覽，清咸豐涉聞梓舊叢書本。
宋周必大：周益公文集，宋集珍本叢刊影印明澹生堂抄本，綫裝書局，二〇〇四年。
宋祝穆撰，宋祝洙增訂：方輿勝覽，中華書局點校本，二〇〇三年。
宋朱熹：晦庵先生朱文公文集，四部叢刊初編影印明嘉靖刻本，上海書店，一九八九年。
宋朱熹：晦菴先生文集，中華再造善本影印國家圖書館藏宋浙刻本，北京圖書館出版社，二〇〇四年。
宋佚名：建炎復辟記，全宋筆記第三編，大象出版社，二〇〇八年。
宋佚名：中興兩朝編年綱目，中華再造善本影印國家圖書館藏宋刻元修本，北京圖書館出版社，二〇〇六年。
宋佚名：中興兩朝編年綱目，國家圖書館藏清影宋抄本。
元戴表元：剡源戴先生文集，四部叢刊初編影印明萬曆刊本，上海書店，一九八九年。
元方回：桐江續集，文淵閣四庫全書本。
元胡一桂：雙湖先生文集，續修四庫全書影印清康熙四十二年刻本，上海古籍出版社，二〇〇二年。
元揭傒斯：揭文安公全集，四部叢刊初編影印烏程蔣氏密韻樓藏孔葒谷鈔本，上海書店，一九八九年。
元脱脱等：金史，中華書局點校本，一九七五年。
元脱脱等：宋史，中華書局點校本，一九八五年。
元佚名：宋史全文，文淵閣四庫全書本。
元佚名：宋史全文續資治通鑑，中華再造善本影印復旦大學圖書館中國國家圖書館藏元刻本，北京圖書館出版社，二〇〇六年。
明陳邦瞻：荷華山房詩稿，續修四庫全書影印明萬曆刻本，上海古籍出版社，二〇〇二年。

明陳道、黄仲昭纂修：（弘治）八閩通志，四庫全書存目叢書影印天津圖書館藏明弘治刻本，齊魯書社，一九九六年。

明崔銑：士翼，文淵閣四庫全書本。

明馮任修，明張世雍等纂：（天啓）新修成都府志，中國地方志集成四川府縣志輯影印一九六二年熊承顯抄本，巴蜀書社，一九九二年。

明高拱：高文襄公集，四庫全書存目叢書影印明萬曆刻本，齊魯書社，一九九七年。

明何喬新：椒丘先生文集，國家圖書館藏明嘉靖元年配明正德劉氏慎獨齋刻本。

明胡應麟：少室山房筆叢，上海書店出版社，二〇〇九年。

明黄淮、楊士奇編：歷代名臣奏議，影印明永樂十四年内府刊本，上海古籍出版社，一九八九年。

明江用世：史評小品，四庫未收書輯刊影印明末刻本，北京出版社，二〇〇〇年。

明柯維騏：宋史新編，續修四庫全書影印明嘉靖四十三年刻本，上海古籍出版社，二〇〇二年。

明李培修，明黄洪憲等纂：（萬曆）秀水縣志，中國地方志集成浙江府縣志輯影印民國十四年鉛字重刊本，上海書店，一九九三年。

明李賢等修，明萬安等纂：大明一統志，國家圖書館藏明天順五年内府刻本。

明劉大謨修，明楊慎等纂：（嘉靖）四川總志，國家圖書館藏明嘉靖刻本。

明劉日暘修，明陳薦夫纂，明王繼祀續修，明丁朝立續纂：（萬曆）古田縣志，國家圖書館藏明萬曆刻本。

明劉玉：執齋先生文集，續修四庫全書影印明嘉靖二十八年刻本，上海古籍出版社，二〇〇二年。

明駱文盛：駱兩溪集，四庫全書存目叢書影印明萬曆四十一年刻本，齊魯書社，一九九七年。

明錢士升：賜餘堂集，四庫禁燬書叢刊影印清乾隆四年刻本，北京出版社，二〇〇〇年。

明沈長卿：沈氏弋説，國家圖書館藏明萬曆刻本。

明史朝富修，明陳良珍纂：（隆慶）永州府志，國家圖書館藏明隆慶刻本。

明宋奎光：徑山志，四庫全書存目叢書影印首都圖書館藏明天啓四年李煒然刻本，齊魯書社，一九九六年。

明王世貞：弇州山人四部稿，國家圖書館藏明萬曆刻本。

明王廷相：王廷相集，中華書局點校本，一九八九年。

明吴之鯨：武林梵志，國家圖書館藏明萬曆刻本。
明解縉等編：永樂大典，中華書局縮印本，一九八六年。
明解縉等編：永樂大典卷八〇二三至八〇二四，英國大英博物館藏本。
明解縉等編：永樂大典卷一二九二九至一二九三〇，日本京都大學圖書館藏本。
明心泰編：佛法金湯編，卍續藏經本，臺灣新文豐出版公司，一九九三年。
明楊廉：楊文恪公文集，續修四庫全書影印明刻本，上海古籍出版社，二〇〇二年。
明楊慎編：全蜀藝文志，綫裝書局點校本，二〇〇三年。
明楊慎著，明楊有仁編：太史升菴文集，明萬曆十年刻本。
明姚福：青溪暇筆，續修四庫全書影印明邢氏來禽館鈔本，上海古籍出版社，二〇〇二年。
明姚舜牧：來恩堂草，國家圖書館藏明刻本。
明于鳳喈、鄒衡纂修：（正德）嘉興志補，四庫全書存目叢書影印上海圖書館藏明正德刻本，齊魯書社，一九九六年。
明袁中道：珂雪齋外集，續修四庫全書影印明萬曆四十六年刻本，上海古籍出版社，二〇〇二年。

明張鳳翼：譚輅，續修四庫全書影印明萬曆刻本，上海古籍出版社，二〇〇二年。

明張時徹：芝園定集，四庫全書存目叢書影印四川省圖書館藏明嘉靖刻本，齊魯書社，一九九六年。

明朱明鎬：史糾，文淵閣四庫全書本。

明祝允明：祝子罪知録，四庫全書存目叢書影印明萬曆刻本，齊魯書社，一九九六年。

明佚名：宋史筆斷，四庫全書存目叢書影印明刻本，齊魯書社，一九九六年。

清白潢修，清查慎行纂：（康熙）西江志，國家圖書館藏清康熙刻本。

清卞寶第、李瀚章等修，清曾國荃、郭嵩燾等纂：（光緒）湖南通志，續修四庫全書影印商務印書館一九三四年影印清光緒十一年刻本，上海古籍出版社，二〇〇二年。

清卞永譽：式古堂書畫彙考，中華再造善本影印國家圖書館藏清康熙二十一年自刻本，國家圖書館出版社，二〇一三年。

清陳常鏵修，清臧承宜纂：（光緒）分水縣志，清光緒三十二年刻本。

清陳夢雷：古今圖書集成，上海中華書局影印本，一九三四年。

清刁包：用六集，四庫全書存目叢書影印清康熙三年刻本，齊魯書社，一九九六年。

清黃廷桂等修，清張晉生等纂：（雍正）四川通志，文淵閣四庫全書本。

清計大受：史林測義，續修四庫全書影印清嘉慶十九年楓溪别墅刻本，上海古籍出版社，二〇〇二年。

清李光地：榕村語録，中華書局點校本，一九九五年。

清陸心源：皕宋樓藏書志，續修四庫全書影印清潛園總集本，上海古籍出版社，二〇〇二年。

清潘永因：宋稗類鈔，文淵閣四庫全書本。

清錢大昕：鳳墅殘帖釋文，國家圖書館藏清抄本。

清錢大昕：廿二史考異，上海古籍出版社點校本，二〇〇四年。

清錢大昕：潛研堂集，上海古籍出版社點校本，一九八九年。

清錢大昕：十駕齋養新録，上海書店出版社整理本，二〇一一年。

清阮元修，清陳昌齊等纂：（道光）廣東通志，續修四庫全書影印一九三四年商務印書館影印清道光二年刻本，上海古籍出版社，二〇〇二年。

清沈德潛：歸愚詩鈔餘集，續修四庫全書影印清乾隆刻本，上海古籍出版社，二〇〇二年。

清盛大士：藴愫閣文集，續修四庫全書影印清道光六年刻本，上海古籍出版社，二〇〇二年。
清釋元賢：鼓山志，中國佛寺史志彙刊第一輯影印乾隆原刊光緒補刊本，臺灣明文書局，一九八〇年。
清蘇東柱纂修：（順治）邠州志，國家圖書館藏清康熙四十四年刻本。
清孫奇逢：夏峰先生集，中華書局點校本，二〇〇四年。
清唐孫華：東江詩鈔，四庫禁燬書叢刊影印清康熙刻本，北京出版社，二〇〇〇年。
清陶澍：陶文毅公全集，續修四庫全書影印清道光刻本，上海古籍出版社，二〇〇二年。
清田雯：古歡堂集，文淵閣四庫全書本。
清王昶：春融堂集，續修四庫全書影印清嘉慶十二年刻本，上海古籍出版社，二〇〇二年。
清王夫之：宋論，中華書局點校本，一九六四年。
清王鳴盛：蛾術編，上海書店出版社，二〇一二年。
清王謙言纂輯，清陸箕永增補，清安洪德、吴一璜、柴蓁再增修：（康熙）綿竹縣志，南京大學圖書館藏稀見方志叢刊影印康熙四十四年刻乾隆四十二年柴蓁再增刻本，國家圖書館出版社，二〇一四年。

清王士禛：池北偶談，中華書局點校本，一九八二年。
清王元弼修，清黄佳色纂：(康熙)零陵縣志，中國地方志集成湖南府縣志輯影印清康熙二十三年刻本，江蘇古籍出版社，二〇〇二年。
清魏裔介：兼濟堂文集，中華書局點校本，二〇〇七年。
清夏之蓉：讀史提要録，四庫未收書輯刊影印清乾隆三十七年刻本，北京出版社，二〇〇〇年。
清謝元淮：養默山房詩稿，續修四庫全書影印清光緒元年刻本，上海古籍出版社，二〇〇二年。
清徐松輯：宋會要輯稿，中華書局據大東書局影印徐松原稿縮印本，一九五七年。
清徐松輯：宋會要輯稿，上海古籍出版社點校本，二〇一四年。
清徐松輯：中興禮書，續修四庫全書影印清蔣氏寶彝堂鈔本，上海古籍出版社，二〇〇二年。
清楊廷望纂修：(康熙)衢州府志，國家圖書館藏清光緒八年刻本。
清袁泳錫等修，清單興詩纂：(同治)連州志，國家圖書館藏清同治十年刻本。
清章邦元：讀通鑑綱目劄記，四庫未收書輯刊影印清光緒十六年刻本，北京出版社，二〇〇〇年。
清張際亮：思伯子堂詩集，續修四庫全書影印清同治八年刻本，上海古籍出版社，二〇〇二年。
清昭槤：嘯亭雜録，續修四庫全書影印清鈔本，上海古籍出版社，二〇〇二年。
清趙翼著，王樹民校證：廿二史劄記校證，中華書局，二〇一三年。
清朱軾、蔡世遠撰：歷代名臣傳，國家圖書館藏清雍正刻本。
清朱一是：爲可堂初集，四庫未收書輯刊影印清順治十一年刻本，北京出版社，二〇〇〇年。
劉必達修，史秉貞等纂：（民國）邠州縣新志稿，中國地方志集成陝西府縣志輯影印民國十八年鉛印本之鈔本，鳳凰出版社，二〇〇七年。
北京圖書館金石組編：北京圖書館藏中國歷代石刻拓本匯編，中州古籍出版社，一九八九年。